Karin Zeitler, 1961 im Rheinland geboren, lebt seit 1999 mit ihrer Familie in Jena. Die Journalistin lernte ihren Beruf nach dem Jurastudium im Rahmes eines Volontariats bei der Deutschen Presse Agentur (dpa) von der Pike auf. Danach arbeitete sie mehrere Jahre als verantwortliche Redakteurin in verschiedenen Büros von dpa und ap. Seit der Geburt ihrer Kinder übt sie den Journalistenberuf freiberuflich aus und organisiert Pressearbeit für verschiedene Firmen und Verbände.

Seit jeher interessiert sie sich besonders für die Geschichte und die Geschichten ihrer zahlreichen Wohnorte. Bei Recherchen zur Historie der Universitätsstadt Jena stieß sie auf Berichte über amerikanische Deportationen nach 1945 in den Westen Deutschlands. Ihre Neugierde war geweckt und die Idee zum vorliegenden Buch geboren.

Karin Zeitler

Die lange Reise der Glasmacher

Roman

Verlag Neue Literatur

2013

Bibliografische Information der Deutschen Nationalbibliothek
Die Deutsche Nationalbibliothek verzeichnet diese Publikation in der Deutschen Nationalbibliografie; detaillierte bibliografische Daten sind im Internet über http://dnb.d-nb.de abrufbar.

www.verlag-neue-literatur.com

Cover: fotolia.de & Fotostudio Julia Hauswald
Gesamtherstellung: Satzart Plauen
Printed in Germany

ISBN 978-3-940085-67-2

Inhaltsverzeichnis

Vorwort

Stellen Sie sich vor, Sie haben 48 Stunden Zeit, um das Nötigste zusammenzupacken, sich zu verabschieden und zu einer Reise ins Ungewisse aufzubrechen. Nicht freiwillig – wohlgemerkt –, sondern auf Befehl des ehemaligen Feindes. So geschehen 1945 in Jena, als sich kurz nach Kriegsende 41 Mitarbeiter des weltberühmten Jenaer Glaswerks Schott mitsamt ihren Familien einem amerikanischen Deportationsbefehl zu beugen hatten.

Wie gingen die betroffenen Glasmacher mit dieser Extremsituation um? Welche Wendungen nahm ihr weiteres Leben? Sahen sie in der Deportation die Chance auf eine bessere Zukunft oder lediglich ein unabwendbares Unglück?

Im Mittelpunkt der »langen Reise der Glasmacher« stehen drei Jenaer Familien, die diese sieben Jahre währende Odyssee selbst miterlebt haben. Erst mit der Gründung des neuen Schott-Glaswerkes 1952 in Mainz fanden sie endlich eine neue Heimat. Ihr gesamtes weiteres Leben wurde von dem Deportationsbefehl genauso maßgeblich geprägt wie von den politischen Entwicklungen des beginnenden Ost-West-Konfliktes und der Gründung zweier deutscher Staaten.

Der Roman basiert auf Interviews, die die Autorin mit Zeitzeugen geführt hat. Einzelheiten zur Firmengeschichte des Traditionsunternehmens »Jenaer Glaswerk Schott & Genossen« konnte sie im Firmenarchiv des Stammsitzes in Jena recherchieren.

Kurz vor dem Ende

1

Angst empfand Clara selten, wenn die Sirene auf dem Dach ihrer Schule mal wieder zum schnellen Aufbruch mahnte. Es war vielmehr ein Gefühl von mulmiger Aufgeregtheit, gepaart mit einem Hauch von Abenteuer, das die Achtjährige dann regelmäßig befiel. An diesem Vormittag fühlte sie sich überdies maßlos erleichtert: Das schrille Geheul platzte mitten in die verhasste Rechenstunde hinein.

»Puh, gerade noch einmal drum herum gekommen«, seufzte sie ihrer Freundin am Nebentisch zu, denn Clara war sich sicher, dass sie gleich an der Reihe gewesen wäre.

Wie ein erlösendes Fanal klang daher der ohrenbetäubende Lärm der Sirene in ihren Ohren, bedeutete er doch das sichere Ende der heutigen Stunde. Nachdem die Kinder im ersten Augenblick instinktiv zusammengezuckt waren, sprangen sie im nächsten alle gleichzeitig von ihren Plätzen auf, um so schnell wie möglich ihre sieben Sachen einzupacken und den Klassenraum zu verlassen. Die disziplinierte Ruhe, die eben noch geherrscht hatte, verwandelte sich schlagartig in Hektik und Durcheinander.

Auch die Lehrerin, Frau Buchner, wurde von der Aufregung angesteckt, man sah es ihr an. Immerhin war sie für die Kinder verantwortlich und musste sie rechtzeitig und sicher in den Luftschutzkeller der Schule bringen.

Einige ihrer Schützlinge schickte sie allerdings auch nach Hause. Die Schulleitung hatte bestimmt, dass diejenigen, die in unmittelbarer Nähe wohnten, lieber zu Hause bei ihren Familien Zuflucht suchen sollten, sobald der Voralarm das Heranrücken feindlicher Fliegerverbände ankündigte. Dann war in aller Regel immer noch genügend Zeit, bis die Flugzeuge tatsächlich eintrafen und ihre todbringende Fracht abwarfen.

Clara gehörte zu den Kindern, deren Eltern nur wenige Straßen von der Nordschule entfernt wohnten. Während die durchdringenden Sirenentöne ihren Brustkorb vibrieren ließen, verstaute sie unordentlich die bunten Rechenstäbchen in ein kleines Blechkästchen. Zusammen mit ihrem Rechenbuch, dem Griffelkasten und ihrem Schulheft stopfte sie alles in den alten Lederranzen, den sie von ihrer großen Schwester geerbt hatte. Energisch zerrte sie an den schon lange ausgeleierten Riemchen. Mit einem entschlossenen

Gesichtsausdruck warf sie sich den Ranzen auf den Rücken, schnappte sich ihre Jacke und wollte gerade aus dem Klassenraum stürmen, als Frau Buchner sie mit einem energischen Ausruf zurückhielt.

»Clara, halt! Niemand verlässt den Klassenraum, ohne sich anständig zu verabschieden.«

Erschrocken hielt Clara inne. Immer wieder passierte ihr das. Sie vergaß einfach, sich »ordentlich« zu verabschieden, so wie sie es alle gleich zu Beginn ihrer Schulzeit gelernt hatten. Und die alte Lehrerin legte Wert darauf, dass die Formen eingehalten wurden, selbst wenn es Alarm gab. Schnell stellte sich Clara also vor ihre Lehrerin, streckte die rechte Hand schräg vor sich in die Höhe und nuschelte undeutlich:

»Auf Wiedersehen Frau Buchner. Ich gehe jetzt nach Hause. Heil Hitler!«

Deren Kopfnicken war zwar knapp, aber sie lächelte Clara dabei an. Sie mochte dieses aufgeweckte Kind ausgesprochen gern, auch wenn ihr das Rechnen offensichtlich schwer fiel und sie mitunter etwas »huschelig« war. Clara erwiderte das Lächeln und lief schnell zur Tür hinaus.

»Nichts wie weg hier, bevor sie doch noch an die Hausaufgaben denkt«, murmelte sie ihrer Freundin neben sich zu.

2

»Wo bleibt sie bloß? Sie müsste doch längst da sein!«

Claras Mutter, Agnes Stockmüller, schaute ungeduldig aus dem geöffneten Küchenfenster. Von dort aus konnte sie die ganze Straße einsehen, die Clara von der Schule aus heimwärts entlangkommen musste. Aber selbst wenn sie ihre Augen noch so sehr zusammenkniff, konnte sie ihre Jüngste nirgends entdecken.

»Diese Unbekümmertheit! Warum kann sie sich nicht vorstellen, was ich mir für Sorgen mache und sich wenigstens mir zuliebe beeilen?« Laut schimpfend haderte Agnes mit ihrer Tochter und wusste doch, dass sie von einer Achtjährigen nicht so viel Vernunft erwarten konnte.

Und dann spürte sie sie wieder: diese täglich unerträglicher werdende Angst, die ihr die Luft zum Atmen nahm. Wann würde dieser grässliche Krieg endlich vorbei sein? Würden sie ihn überleben?

Wenn die Sirenen aufheulten, und sie nicht wusste, ob Clara, ihr Mann Karl und ihre große Tochter Elisabeth, die schon seit einigen Monaten nicht mehr zu Hause wohnte, weil sie ihr praktisches Jahr absolvierte, in Sicherheit waren, fühlte sie sich täglich kraft- und hilfloser.

»Lieber Gott, beschütze meine Familie und stehe auch mir bei!« Obwohl Agnes kein besonders gläubiger Mensch war, betete sie dann.

Wie vermutlich die meisten Deutschen konnte sich Agnes in diesen Märztagen des Jahres 1945 nicht vorstellen, wie lange sie diesen Krieg, den Deutschland vor knapp sechs Jahren angezettelt hatte, noch würde ertragen müssen. Sie wusste bloß, dass sie die permanente Anspannung nicht mehr lange aushalten würde.

Endlich wieder ruhige Nächte ohne Bombenalarm, ohne diese ständige Angst, dass es auch jemanden aus ihrer Familie erwischen könnte.

Agnes wünschte sich nichts sehnlicher als Frieden.

Wieder schaute sie angestrengt die Straße entlang: »Das gibt es doch gar nicht! Wo bleibt sie bloß?« Auf ihrem unauffälligen und doch hübschen Gesicht gruben sich zwei Falten von der Nasenwurzel aus steil aufwärts immer tiefer in ihre Stirn ein.

Wieder gingen ihre Gedanken auf Wanderschaft. Wie würde es weitergehen, wenn endlich wieder Frieden herrschte? In den vergangenen Kriegsjahren war so viel zerstört worden, und zwar nicht nur in den Städten, sondern in den Köpfen der Menschen – auch in ihrem –, dass sie es sich einfach nicht vorstellen konnte.

»Ist jetzt auch egal!«

Als wollte sie diese Gedanken wie eine lästige Fliege verscheuchen, fuhr sie mit einer ungeduldigen Handbewegung durch die Luft. Das würde sich alles ergeben, wenn es so weit war. Im Moment wollte sie nur wissen, wo Clara blieb.

»Gott sei Dank!«

Plötzlich entdeckte sie ihre Tochter am Ende der Straße, deren straff geflochtene, nussbraune Zöpfe bei jedem Schritt fröhlich hin und her hüpften, als gäbe es keine Bedrohung aus der Luft.

»Wo hast du denn bloß so lange herumgetrödelt?« Während Agnes ihr half, den Ranzen abzusetzen, ergoss sich ihr ganzer Unmut in diesem einen Satz.

Doch Clara schaute sie mit großen, dunkelblauen Augen unschuldig an und lächelte die Sorgen ihrer Mutter einfach weg.

»Habe ich wirklich so lange gebraucht? Tut mir leid!«

»Beeile dich bitte einfach beim nächsten Mal etwas mehr!«

Agnes konnte Clara nicht lang böse sein.

»Tu es mir zuliebe, ja?«

Ihre Gesichtszüge entspannten sich, auch wenn sie bereits jetzt wusste, dass sie vermutlich beim nächsten Alarm genauso lange auf ihre Tochter würde warten müssen.

»Jetzt aber los! Wir müssen runter in den Keller.«

Mit diesen Worten schob Agnes ihre Tochter zur Tür hinaus.

Clara hatte den Vorwürfen ihrer Mutter nicht viel entgegenzusetzen. Sie hätte nicht genau sagen können, was sie dieses Mal auf dem Heimweg aufgehalten hatte. Sie entdeckte einfach immer etwas Spannendes, für das es sich lohnte, einen Augenblick lang stehen zu bleiben. Selbst, wenn die Sirenen Eile geboten.

Natürlich, die Bedrohung aus der Luft ängstigte auch Clara, vor allem wenn diese sie mitten in der Nacht aus den schönsten Träumen riss. Es war immer etwas unheimlich, wenn sie gemeinsam mit ihrer Mutter und ihrem Vater in den nur spärlich beleuchteten Keller tappte, wo auch die anderen Bewohner des Hauses Schutz suchten.

Während die Erwachsenen angespannt das Dröhnen der Flugzeuge und die nachfolgenden Detonationen zu orten versuchten, kuschelte sich Clara einfach zwischen ihre Eltern. Auf den bereitgestellten Kisten und Pritschen war dies mit Hilfe einiger alter Kissen und Decken ganz gut möglich. Dann empfand sie das beruhigende Gefühl der Geborgenheit viel intensiver als die so unbegreifliche Bedrohung aus der Luft. Meist fiel es ihr nicht einmal besonders schwer, auch einen Hauch Abenteuer zu verspüren und sich wie eine mutige Prinzessin in einer spannenden Geschichte einfach aus der bedrohlichen Wirklichkeit hinwegzuträumen.

Bis jetzt hatte Familie Stockmüller Glück gehabt. Immer wenn sie wieder nach oben geklettert waren, hatten sie ihre gemütliche Wohnung im Erdgeschoss des von außen hässlichen, ehemaligen Mauthauses unversehrt vorgefunden. Jedenfalls nahezu: Nur die Fensterscheiben waren bisher zu Bruch gegangen.

Claras Vater arbeitete zwar im Glaswerk von Schott als Elektriker und saß sozusagen an der Quelle, jedoch war es ihm bisher nicht gelungen, neue Fensterscheiben aufzutreiben, da diese derzeit überall Mangelware waren. Immerhin hatte er Sperrholz organisieren können, das er als Provisorium in die Fensterrahmen eingepasst hatte.

»Jetzt brauchen wir keine zusätzliche Verdunklung mehr«, hatte er seine Konstruktion kommentiert und damit in der für ihn typischen Weise reagiert, mit der er sogar unangenehmen Tatsachen etwas Positives abgewinnen konnte.

»Immerhin haben wir noch ein Dach über dem Kopf und damit geht es uns besser, als all den Ausgebombten und Flüchtlingen, die nach Jena kommen.«

3

»Eigentlich verstehe ich nicht, warum die Amis und Briten Jena nicht schon längst in die Zange genommen haben«, sagte Karl eines Abends im März, als er sich mit Agnes über die jüngsten Entwicklungen unterhielt. »Immerhin gibt es hier doch mit dem Zeiss-Werk und unserem Glaswerk zwei rüstungsrelevante Betriebe, wie es so schön heißt.«

Agnes sah ihren Mann schief an.

»Ja, und unglücklicherweise arbeitet mein Mann ausgerechnet in einem dieser beiden Betriebe. Das nimmt mir nicht unbedingt die Angst um dich!«

In der Tat waren die beiden großen Werke von Carl Zeiss und Otto Schott, die das Stadtbild Jenas maßgeblich prägten, strategisch wichtige Ziele. Schließlich stellte das »Jenaer Glaswerk Schott & Gen.« nicht nur feuerfeste Backformen und hitzebeständige Babyfläschchen her, mit denen es einst weltberühmt geworden war. Es lieferte seinem Schwesterunternehmen Carl Zeiss vielmehr vor allem jene hochwertigen, optischen Spezialgläser, die zum Bau der weltweit gefragten optischen Geräte gebraucht wurden. Und weil dazu nicht nur Mikroskope und Objektive gehörten, sondern seit Kriegsbeginn auch Feldstecher, Nachtsichtgeräte und andere militärische Präzisionsapparate, galten beide Firmen als »rüstungsrelevante Betriebe«.

»Aber du hast Recht. Ich habe auch das Gefühl, dass der Krieg seit ein paar Wochen so richtig und mit aller Wucht zu uns nach Jena drängt. Früher hat es zwar immer mal Fliegerangriffe gegeben, doch in letzter Zeit sind sie deutlich heftiger geworden«, bestätigte Agnes.

Sie ließ die Angriffe der Vergangenheit Revue passieren.

»Weißt du noch, als vor gut zwei Jahren, ich glaube, es war im Mai '43, bei diesem schrecklichen Angriff eine ganze Reihe Menschen umkamen? Damals war doch vor allem das Haupt- und auch das Südwerk von Carl Zeiss getroffen worden, oder?«

Karl überlegte kurz. »Genau und seitdem kann Zeiss nur noch eingeschränkt produzieren.«

»Dagegen verliefen die ganzen Bombenangriffe, die es danach gab, meist doch recht glimpflich«, meinte Agnes.

»Ja, zum Glück für uns alle hier. Ich denke, die Alliierten hatten andere Ziele im Visier, die ihnen wichtiger waren. So wie Dresden oder Leipzig. Was man so hört, muss es dort schlimm aussehen. Da sind sie über uns einfach nur hinweg geflogen. Bei uns gab es zwar Alarm, ihre Bomben haben sie aber dort abgeladen. Denk doch bloß an den Feuersturm in Dresden.« Karl schüttelte sich vor Entsetzen. »Grauenhaft!«

»Ich bin froh, dass sie Jena offenbar für zu unbedeutend halten«, bekannte Agnes mit einem Seufzer.

»Ja, aber damit scheint es jetzt vorbei zu sein. Seit Februar nehmen die Alliierten die beiden Betriebe ganz schön in die Zange. Und damit auch die Stadt. Erinnere dich doch nur an diesen grauenhaften Angriff am 9. Februar. Ich glaube, damit hat es richtig angefangen. Nur ein paar Minuten haben sie gebraucht, um die halbe Altstadt in Schutt und Asche zu legen. Ich habe gelesen, dass fast hundert Menschen dabei ums Leben gekommen sein sollen. Und seitdem, finde ich, müssen wir uns ganz schön oft in den Keller retten. Wer weiß, was noch alles auf uns zukommt. Hoffentlich wird es nicht so schlimm wie in Dresden.«

Agnes fühlte sich plötzlich völlig kraftlos.

»Ach, ich wünschte, es gäbe endlich Frieden! Ich bin das alles so leid!«

4

Die Befürchtungen der Stockmüllers sollten sich bewahrheiten: Zwischen dem 9. Februar und dem 19. März erlebte Jena insgesamt acht schwere Bombenangriffe, bei denen mehr als 700 Menschen den Tod fanden und Tausende verletzt wurden. Unzählige Wohnungen, Häuser und Geschäfte wurden beschädigt oder vollkommen zerstört.

Das Schott-Werk wurde am 17. März besonders schwer getroffen. Agnes stand Todesängste um ihren Karl aus, der zu diesem Zeitpunkt im Werk arbeitete.

Wider jede Vernunft machte sie sich kurzentschlossen gemeinsam mit Clara auf den Weg quer durch die Stadt zum Werk, um sich nach dem Verbleib ihres Mannes zu erkundigen. Es war verrückt und unvernünftig, doch das erkannte Agnes erst, als sie sich – auf dem verwüsteten Firmengelände angekommen – verzweifelt nach Karl umsah und plötzlich nicht wusste, wie sie ihren Mann in dem Chaos je finden sollte. Dann kam ihr der Zufall zur Hilfe.

»Agnes, Clara, was macht ihr denn hier? Seid ihr völlig verrückt?«

Sie zuckte zusammen, als sie plötzlich Karls Stimme hinter sich hörte.

»Oh Karl! Gott sei Dank! Du lebst!«

Erleichtert fiel sie ihm in die Arme und hatte das Gefühl, dass die Beine ihr gleich den Dienst versagen könnten, so schwach fühlte sie sich plötzlich.

»Mich hat es nicht erwischt. Alles in Ordnung«, beruhigte er sie. »Als es hier krachte, war ich zum Glück ganz hinten, am anderen Ende des Werks. Und das eigentlich nur aus purem Zufall, weil ich etwas aus dem Lager holen wollte. Mein Schutzengel war ganz schön auf Zack, würde ich sagen.«

Karl grinste schief. »Puh, sieht das wüst aus.«

Erst jetzt wurde ihm bewusst, wie viel Glück er gehabt hatte.

»Ich habe mich gleich zum Aufräumen gemeldet. Deshalb bin ich hier.«

5

Ob sie auch dieses Mal verschont würden? Der letzte Angriff lag erst zwei Tage zurück, doch Agnes und Clara saßen erneut im Keller unter ihrer Wohnung.

»Oh Gott! Das ist nicht weit von uns entfernt. Das ganze Haus wackelt.«

Die einschlagenden Bomben waren deutlich zu hören und Agnes dachte an Karl, der auch heute wieder im Werk arbeitete, anstatt hier bei ihnen zu sitzen.

Sie dachte an den Anruf vorhin, kurz bevor die Sirenen losgegangen waren. Karl hatte sie vom Werk aus im Gemischtwarenladen an der Ecke angerufen und extra holen lassen. Eindringlich hatte er sie darum gebeten, mit Clara so bald wie möglich aus der Stadt zu fliehen.

»Ich befürchte, dass hier so etwas Ähnliches wie in Dresden passiert und will, dass ihr fort seid, bevor vielleicht so ein vernichtender Feuersturm auch Jena in Schutt und Asche legt. Am besten, ihr wandert zu Margot und Ernst. Dort kommt ihr auch unangemeldet unter.«

Margot und Ernst waren gute alte Freunde, die in Rothenstein wohnten, einem kleinen Dorf, das südlich von Jena an der Saale lag. Es würde zwar – vor allem für Clara – einen anstrengenden Fußmarsch bedeuten, aber das war Karl egal.

»Wenn ich euch dort weiß, fühle ich mich einfach besser«, hatte er Agnes gedrängt.

»Ja, und ich würde mich besser fühlen, wenn du dabei wärst«, hatte diese etwas pampig erwidert. Aber sie wusste, dass er im Werk gebraucht wurde und nicht mitkommen konnte.

Schließlich hatte sie nachgegeben: »Sicherlich hast du Recht.«

Aber nun mussten sie erst einmal diesen Angriff abwarten und hoffen, dass es auch dieses Mal gut ging. Agnes dachte an ihre große, 16-jährige Tochter Elisabeth, die schon seit mehreren Monaten ein praktisches Jahr absolvierte und seitdem in Neustadt an der Orla lebte, einem kleinen Ort gut 25 Kilometer südlich von Jena. Sie arbeitete dort auf einem Bauernhof und vermutlich war Elisabeth dort sicherer als hier. Das hoffte Agnes zumindest inständig.

6

Es schien endlos zu dauern, bis die Sirenen Entwarnung gaben. Als sich die schwere Kellertür problemlos öffnen ließ, war Agnes zuversichtlich, dass ihr Haus nicht allzu viel abbekommen haben würde. Und in der Tat fand sie ihre Wohnung unbeschadet vor. Nun erst weihte sie Clara in ihre Pläne ein:

»Wir machen uns jetzt gleich auf den Weg zu Tante Margot und Onkel Ernst. Dein Vater hat mich vorhin angerufen und gebeten, dass wir ein paar Tage in Rothenstein bleiben sollen.«

Noch während Agnes sprach, begann sie bereits Wechselwäsche, Zahnbürsten, Papiere und noch ein paar andere Kleinigkeiten in ihren alten Rucksack zu packen.

»Brauche ich dann nicht zur Schule zu gehen?«, fragte Clara, ihre Mutter beobachtend. Sie mochte die Schule zwar, aber gegen ein paar freie Tage hatte sie nichts einzuwenden.

»Ja, Vati wird dich bei Frau Buchner entschuldigen. Er muss leider hier bleiben, weil er nicht aus dem Werk weg kann.«

Wieder durchfuhr Agnes eine Welle von Unbehagen. Um sich abzulenken, suchte sie im Schlafzimmerschrank schnell nach dem kleinen Päckchen Seife, das sie stets wie einen Schatz zwischen ihrer Wäsche gehütet hatte. Es war schon alt, aber duftete immer noch herrlich nach Rosen und erinnerte Agnes an ein Beet leuchtend gelber Teerosen. Jetzt, in Kriegszeiten, war es tatsächlich zu einer kleinen Kostbarkeit geworden. Sie zog es heraus.

»Das bringen wir Tante Margot als Dankeschön mit«, erklärte sie Clara und hielt das Seifenstück wie eine Trophäe hoch. Obwohl sie sich nicht gern von dem duftenden Päckchen trennte, da es sie an bessere, friedlichere Zeiten erinnerte, war ihr auf die Schnelle nichts anderes eingefallen.

Clara nutzte die Chance und holte ihre Puppe aus dem Bett. Auf die wollte sie unter keinen Umständen verzichten.

»Oh je, der Angriff hat die Stadt voll erwischt.« Agnes schluckte.

Je näher sie zum Stadtzentrum kamen, desto größer wurde das Ausmaß der Zerstörung. Die Feuerwehr war längst angerückt, um Brände, die aus Dachstühlen und Fensteröffnungen loderten, zu löschen. Bewohner liefen verzweifelt kreuz und quer über Bürgersteige und Straßen und versuchten unter Einsatz ihres Lebens, Hab und Gut vor den um sich greifenden Flammen zu retten. Viele Betroffene schienen völlig orientierungslos.

»Mutti, schau doch nur, da fehlt ja die ganze Hausseite! Das sieht fast wie ein riesiges Puppenhaus aus.«

Agnes nickte beklommen und war in diesem Moment dankbar für Claras kindliche Fantasie.

»Ja, du hast recht. Nur hat die Puppenmami nicht besonders gut aufgeräumt«, versuchte sie auf den Vergleich ihrer Tochter einzugehen und sich nicht anmerken zu lassen, wie schockiert sie tatsächlich war. Auch Clara erschütterten all die Zerstörung und das Leid zusehends.

»Komm, lass uns so schnell wie möglich versuchen aus der Stadt herauszukommen. Das ist kein schöner Anblick!«

Agnes wollte nicht, dass ihre Tochter länger als nötig diesem Grauen ausgesetzt war. Bedrückt und wortlos kämpften sich die beiden durch die zerstörten Straßen Jenas. Ein scharfer Brandgeruch verdrängte die milden Gerüche des nahenden Frühlings und erschwerte ihnen das Atmen. Immer wieder mussten sie Umwege machen, weil ihnen herabgestürzte Dachbalken oder lodernde Flammen den Weg versperrten.

Agnes hatte das Gefühl, in eine unwirkliche Welt gelangt zu sein, die mit der, die sie kannte, nichts mehr gemein hatte. Am liebsten hätte sie Clara einfach die Augen zugehalten, um dem Kind den Anblick von Tod und Verwüstung zu ersparen. Doch das war unmöglich. Die Bilder und Szenen des heutigen Tages sollten beide nie wieder vergessen.

Als Agnes bemerkte, dass die Altstadt mitsamt der großen Stadtkirche St. Michael schwer getroffen worden war, beschloss sie, einen Bogen darum zu machen und lieber am Ufer der Saale entlangzulaufen.

Sie hatten bereits einigen Abstand zum Zentrum gewonnen, als Clara plötzlich stehen blieb und auf die Stadtkirche zeigte.

»Mama, sieh nur, dort vorne! Das sieht aus wie eine riesige Fackel, die von einer unsichtbaren Hand in den Himmel gehalten wird.«

»Mein Gott, du hast recht. Da brennt tatsächlich unsere Stadtkirche. Wie furchtbar.«

Gebannt starrten beide einen Augenblick lang regungslos auf das Flammenmeer. Dann kam plötzlich Bewegung in Agnes.

»Nur weg hier!«, stieß sie gepresst hervor und schob Clara vor sich her.

Ihre Schritte wurden immer schneller, bis sie fast rannte.

»Mutti, ich kann nicht mehr«, empörte sich Clara schon bald und blieb einfach wie ein störrischer Esel stehen.

Unwillkürlich blickten beide zurück, um das überwältigende Schauspiel aus einer veränderten Perspektive zu beobachten. Die lodernden Flammen schlugen aus dem Kirchturm hoch in den blassblauen Frühlingshimmel.

»Unser gemütliches Jena, ich fürchte, von der Stadt, die wir kennen, ist nicht mehr viel übrig.«

Tiefe Trauer übermannte Agnes.

Sie brauchten fast den ganzen Nachmittag, bis sie endlich in Rothenstein ankamen.

»Ist es noch weit, Mutti? Ich kann nicht mehr. Können wir uns nicht eine Weile ausruhen?«, quengelte Clara immer öfter.

»Eigentlich möchte ich jetzt keine langen Pausen mehr machen. Schau doch, dort vorn ist schon die große Autobahnbrücke.«

Agnes deutete auf das beeindruckende Bauwerk, das mit seinen weiten Bögen majestätisch das gesamte Tal der Saale überspannte.

»Wenn wir dort drunter durch sind, ist es nicht mehr weit. Komm, wir schaffen das!«

Mit einem sanften Ruck zog sie ihre Tochter weiter. Auch sie selbst fühlte sich müde und ihre Füße brannten, aber sie wollte unbedingt vor Einbruch der Dunkelheit ankommen.

Als sie es endlich geschafft hatten, war Clara am Ende ihrer Kräfte.

Margot und ihr Mann Ernst machten große Augen, als Agnes samt ihrer Jüngsten auf den Hof geschlichen kam.

»Was verschafft uns die Ehre?«, rief Margot aus, die gerade frische Eier aus dem Hühnerstall geholt hatte und ins Haus zurückgehen wollte, als sie die beiden entdeckte. »Ist etwas passiert? Und wo ist Karl?«

Sofort stellte sie ihren Korb ab und lief ihnen entgegen. »Ihr seht ja ganz schön mitgenommen aus. Vor allem du, Clara.«

Sie nahm deren Gesicht liebevoll in ihre Hände und studierte es.

Nachdem Agnes Margot kurz den Sachverhalt geschildert hatte, nickte diese.

»Na, dann kommt erst einmal herein. Ich wollte sowieso gerade Abendbrot machen. Und ihr seht so aus, als könntet ihr auch was vertragen.«

»Oh ja! Ich sterbe gleich vor Hunger«, murmelte Clara, die vor allem froh darüber war, nicht mehr laufen zu müssen.

»Karl meinte, dass es in der Stadt immer gefährlicher für uns wird«, versuchte Agnes ihre Beweggründe nun ausführlicher zu erklären.

Doch ihre alte Freundin wischte all ihre Ängste mit einer einzigen Handbewegung fort.

»Ihr könnt selbstverständlich solange hierbleiben, wie ihr wollt. Ich freue mich über euren Besuch. So haben wir wenigstens genügend Zeit, um zu reden. Wie lange haben wir uns nicht mehr gesehen?«

Dabei nahm sie Agnes in den einen Arm und Clara in den anderen und führte sie ins Haus.

Ohne Umstände richtete sie zügig ein schmackhaftes Abendessen her. Agnes half bei den Vorbereitungen, nachdem sie ihr Reisegepäck in der Kammer unter dem Dach verstaut hatte. Der ausgelassene Speck für die Bratkartoffeln duftete in Claras Nase verführerisch und ließ ihr das Wasser im Munde zusammenlaufen. Sie konnte es kaum abwarten, bis alle am Tisch saßen. Margot häufte ihr eine extra große Portion auf den Teller.

»Iss, Kind!«

Das ließ sich Clara nicht zweimal sagen.

»Danke!«

Zu einem ähnlich verheerenden Feuersturm wie auf Dresden kam es in Jena in der folgenden Zeit nicht. Als Karl seine beiden Frauen nach gut zwei Wochen besuchte, bestand Agnes deshalb darauf, mit ihm zurückzukehren. Sie wollte Margot und Ernst nicht länger zur Last fallen.

»Egal, was du sagst, wir kommen heute mit zurück.«

Agnes ließ an ihrer Entschiedenheit keinerlei Zweifel und setzte so dem Disput zwischen ihr und Karl ein Ende. Er schaute sie unglücklich an, denn er kannte sie gut genug, um zu wissen, was dieser Tonfall bedeutete: Sie würde sich durchsetzen.

Trotzdem wollte er nichts unversucht lassen.

»Aber ihr seid hier viel sicherer, glaub mir doch. Weißt du eigentlich, dass an dem Tag, als ihr hier angekommen seid, gut 800 Bomben in gerade einmal 15 Minuten auf die Stadt niedergegangen sind? 150 bis 200 Flugzeuge sollen es gewesen sein. Das könnte doch jederzeit wieder passieren. Und dann vielleicht mit Brandbomben. Es ist noch nicht vorbei und keiner weiß, wann das endlich der Fall sein wird. Außerdem will ich wirklich nicht, dass ihr ausgerechnet beim Endkampf in der Stadt seid. Bitte, bleib doch mit Clara hier!«

Aber Agnes hatte ihre Entscheidung längst gefällt.

»Nein! Wir kommen nachher mit. Ich habe schon alles gepackt.«

Karl zuckte entnervt mit den Schultern. Er hatte es ja geahnt. Wenn Agnes ihren Dickkopf bekam, hatte er dem nichts entgegenzusetzen.

Die Amerikaner kommen

1

Gut drei Wochen später war der Krieg in Jena vorbei. Die Stadt gehörte schließlich – nach Nordhausen – zu den am stärksten zerstörten Orten in Thüringen.

Während der letzten Tage hatte ein Gerücht das nächste abgelöst, aber niemand wusste genau, wo die Frontlinie der Amerikaner tatsächlich verlief. Vor allem seitdem der Zugverkehr von und nach Jena vollkommen unterbrochen worden war, drangen kaum noch glaubwürdige Nachrichten bis an die Saale vor. Auch wenn sich die deutsche Propaganda bis zum Schluss bemüht hatte, der Bevölkerung etwas anderes weiszumachen, war den meisten Menschen doch klar, dass die Amerikaner von Westen her ständig weiter vorrückten und es nur noch eine Frage von Tagen oder Wochen sein konnte, bevor sie Jena erreichen würden. Keiner wusste, was dann passieren würde.

2

Familie Kreuzinger aus Lobeda verbrachte die letzten Tage des Krieges fast ununterbrochen in einem feuchten Gewölbekeller. Der kleine Ort Lobeda lag gut acht Kilometer südlich von Jena an der Saale.

Gemeinsam mit einigen anderen Familien aus der Nachbarschaft waren die Kreuzingers von der Polizei aufgefordert worden, hier unten Schutz zu suchen. Bisher hatten sie wie die Stockmüllers immer im eigenen Keller

Zuflucht gefunden – und stets Glück gehabt. Aber in den vergangenen Tagen waren die Angriffe so heftig geworden, dass Otto und seine Frau Johanna die Aufforderung schließlich doch beherzigt hatten.

Normalerweise arbeitete Otto Kreuzinger, genauso wie Karl Stockmüller, im Glaswerk bei Schott, allerdings in einer anderen Abteilung. Die vielen Bomben machten es ihm jedoch schon seit ein paar Tagen unmöglich, den Weg ins Werk einigermaßen gefahrlos zurückzulegen. Und so war er schließlich widerwillig zu Hause geblieben.

»Es ist mir ganz schön unangenehm, dass ich nicht zur Schicht kann, obwohl ich gesund bin. Wie ein Drückeberger fühle ich mich.« Otto lud seinen ganzen Unmut bei seiner Frau Johanna ab, die mit ihrer gemeinsamen Tochter Erika in dem muffigen Gewölbe neben ihm saß.

»So etwas habe ich noch nie gemacht. Ich habe ein richtig schlechtes Gewissen und komme mir vor, als würde ich blau machen.«

Otto war äußerst pflichtbewusst. Deshalb grübelte er auch so lange, weil die Tatsache, dass er dem Werk fernbleiben musste, in seinen Augen ein ernst zu nehmendes Versäumnis darstellte. Ihm war es zuwider, seine Arbeit nicht absolut korrekt zu erledigen. Normalerweise erschien er selbst dann pünktlich zur Schicht, wenn er erkältet war oder sich in anderer Weise schlecht fühlte. Aber im Moment half alles nichts, es führte im wahrsten Sinne des Wortes kein Weg von seinem Zuhause bis ins Werk.

»Ach, mach dir nicht zu viele Gedanken darüber«, versuchte Johanna ihn abwesend zu beschwichtigen.

»Na ja, mein Chef hat sich wahrlich nicht begeistert angehört, als ich ihn am Telefon hatte. Und du kennst ihn. Er ist nicht gut auf mich zu sprechen. Wer weiß, ob er mir daraus nicht einen Strick dreht.«

»Erst einmal müssen wir hier überhaupt wieder rauskommen. Für alles andere wird später genügend Zeit sein. Wenn du nicht ins Werk kannst, weil ständig Bomben fallen und wir angehalten wurden, hier unten zu bleiben, dann kann dir niemand einen Vorwurf machen, wenn du nicht erscheinst. Selbst dein Chef nicht.«

Johanna rutschte ungeduldig auf ihrem engen Sitzplatz hin und her, bevor sie entnervt aufbegehrte.

»Ach, ich will endlich wieder aus dieser muffigen Gruft raus. Ich fühle mich hier lebendig begraben.«

Von der feuchten und abgestandenen Luft war ihr anfangs schlecht geworden und sie hatte gegen den aufkommenden Brechreiz ankämpfen müssen. Mittlerweile hatte sie sich an den moderigen Geruch gewöhnt und nahm ihn kaum mehr wahr.

»Fass doch nur einmal unsere Decken an. Die sind ganz klamm geworden und wärmen überhaupt nicht mehr.«

Sie schüttelte sich.

»Ich bin schon richtig durchgefroren. Und diese ekeligen Ecken da hinten. Überall wuchert glitschiges Moos. Hast du das gesehen?«

»Bestimmt gibt es hier unten auch Ratten«, meldete sich nun auch ihre Tochter Erika zu Wort.

Bis jetzt hatte die Zehnjährige überwiegend stumm zwischen ihren Eltern gesessen. Aber die Unleidlichkeit ihrer Mutter wirkte ansteckend. Auch sie fand den Aufenthalt in dem düsteren Gewölbe unerträglich.

Erika saß fest zwischen ihren Eltern eingekeilt und konnte sich kaum bewegen. Jeder hing seinen eigenen trüben Gedanken nach. Die Erwachsenen sprachen nur wenig und so leise, dass sie es kaum verstand. Die Stimmung war genauso düster wie die Umgebung.

Erika hätte gern geschlafen und alles vergessen, aber es klappte einfach nicht, da sie auf den Bänken ohne Rückenlehne keine bequeme Position fand. Manchmal lehnte sie sich eine Weile lang an ihre Mutter neben sich. Doch nach kurzer Zeit mussten beide ihre Haltung wenigstens leicht verändern, damit ihre Glieder nicht vollkommen taub wurden. Und dann war Erika jedes Mal wieder hellwach. Die Zeit schien nicht voranzugehen.

»Ich habe es satt, hier unten festzusitzen«, polterte Erika schon bald los.

Sie hielt es nicht mehr aus und wäre am liebsten aufgesprungen und hinausgelaufen. Aber das ging natürlich nicht. Das wusste sie auch. Die Türen waren fest verschlossen und von draußen drangen die Bombeneinschläge dumpf bis zu ihnen.

»Was glaubst du, wie lange wir noch hier unten bleiben müssen?« Erika suchte nach einem Strohhalm, an den sie sich klammern konnte.

»Ich weiß es doch auch nicht!« Johannas gereizter Unterton war deutlich zu hören. »Wir müssen einfach durchhalten. So ist das Leben nun einmal.« Sie klang mutlos und müde.

Johanna war kein Mensch großer Gefühlsäußerungen. Bei ihnen zu Hause war es nicht üblich, über die eigenen Befindlichkeiten viele Worte zu verlieren, weder mit Otto, noch mit Erika. Johanna fand sich mit den Zwängen des Lebens ab und erledigte die sich daraus ergebenden Pflichten meist klaglos. Von ihren Mitmenschen erwartete sie selbstverständlich das Gleiche, auch von ihrer Tochter. Gefühlsduseleien jeglicher Art waren ihr unangenehm.

Dennoch konnte Johanna Erikas Gefühle hier unten in dieser feuchten Gruft durchaus nachvollziehen, gelang es ihr doch selbst nicht, sich der beklemmenden Düsternis zu entziehen.

»Es bleibt uns gar nichts anderes übrig. Keiner weiß, wie es weitergehen wird.« Fatalistisch zuckte sie mit den Schultern.

Erika spürte, dass sie, wie so oft, mit ihren Gefühlen allein fertig werden musste.

Aber eine höhere Instanz schien den Wunsch des Mädchens erhört zu haben, denn schon kurze Zeit später gaben die Sirenen Entwarnung. So schnell wie möglich drängelte sich Erika an den Erwachsenen vorbei raus ins Freie und inhalierte die kühle Luft tief in ihre Lungen.

»Ich werde schnell nach Hause laufen und frischen Proviant besorgen«, schlug Otto vor.

»Gute Idee, aber beeil dich. Die Leute sagen, dass das bestimmt nur eine kurze Pause ist und wir bald wieder nach unten müssen. Am besten bleibe ich mit Erika so lange hier. Wir vertreten uns in der Nähe ein bisschen die Beine.«

»In Ordnung, passt gut auf euch auf. Ich komme so schnell wie möglich zurück. Bis später.«

Der nächste Angriff kam schneller als erwartet. Otto schaffte es im letzten Augenblick zurück in den Keller, bevor die Türen wieder geschlossen wurden. Allerdings brachte er nicht nur frischen Proviant von zu Hause mit, sondern auch schlechte Nachrichten. Als er sich auf seinen Platz fallen ließ, erkannte Johanna sofort, dass etwas nicht stimmte.

»Was ist passiert? Nun sag schon!«

Otto musste sich einen Augenblick lang sammeln, bevor er wieder Luft bekam und sprechen konnte. Er war fast den ganzen Weg zurück gerannt. Als er endlich begann, kamen seine Wörter abgehackt und stockend hervor.

»Unser Haus … es wurde getroffen. Es … es sieht … grauenvoll aus.«

Die Nüchternheit, mit der er das sagte, war typisch für Otto.

»Mein Gott, das ist ja fürchterlich.« Entsetzt schlug Johanna ihre Hand vor den Mund.

»Was machen wir denn jetzt?«

Otto zuckte mit den Schultern und fuhr mit seiner Beschreibung fort.

»Das Dach ist total kaputt. Oben bei Schröders ist fast gar nichts mehr übrig geblieben. Aber auch bei uns im Parterre liegen überall Trümmer. Ich weiß nicht, was wir da noch herausholen können.«

Er machte eine kurze Pause.

»Zum Glück ist kein Feuer ausgebrochen.«

Draußen hörten sie das tiefe Brummen näher kommender Flugzeuge. Otto zeigte mit dem Daumen nach oben.

»Aber wir müssen ohnehin warten, bis das hier vorbei ist.«

Er machte eine Pause.
»Ich fürchte, wir sind jetzt obdachlos!« Seine Stimme klang tonlos.
Johanna konnte es nicht fassen.
»Wie soll es jetzt nur weitergehen? Ohne ein Dach über dem Kopf …«
Ihre Gedanken routierten: Bei wem könnten sie unterkommen, wenn sie tatsächlich nicht in ihrer Wohnung würden bleiben können? Welche Möbel und Sachen wären noch zu gebrauchen? Was wäre unwiederbringlich verloren?
Doch plötzlich erkannte Johanna, dass sie noch Glück im Unglück hatten.
»Wie gut, dass wir hier unten Zuflucht gesucht haben«, sagte sie. »Wer weiß, ob wir noch leben würden, wenn wir in unserem Keller gesessen hätten.«

3

Zwei Tage später waren die Kampfhandlungen in Jena eingestellt worden und Familie Kreuzinger begutachtete die Schäden. Das Geschoss hatte vor allem das Dach und die erste Etage des Mehrfamilienhauses zerstört. Ihre eigene Wohnung im Parterre war relativ verschont geblieben, auch wenn sämtliche Fenster zu Bruch gegangen waren und es im Schlafzimmer schlimm aussah.
»Hier können wir vorerst nicht mehr schlafen«, konstatierte Johanna nüchtern.
Das Geschoss war mit aller Wucht ins Dach eingeschlagen und hatte einen großen Krater in die Decke gerissen. Dadurch waren das Dach und die erste Etage vollkommen zerstört worden. Und die Schlafzimmereinrichtung der Schröders war samt der Zimmerdecke in den Betten der Kreuzingers gelandet. Nun lag alles kreuz und quer ineinander verkeilt. Die Möbel ihrer Nachbarn hatten den Aufprall nicht überstanden, ihre eigenen waren arg ramponiert.
»Das sieht aus, als würden Schröders Betten unsere umarmen«, meinte Erika belustigt.
Die ineinander verkeilten Bettgestelle sahen wirklich zu komisch aus. Ihre Mutter war allerdings nicht amüsiert.
»Das ist überhaupt nicht lustig«, wies sie ihre Tochter zurecht und funkelte sie böse an.
Otto kam hinzu.
»Stell dir vor, ich habe erfahren, dass unser Haus nicht etwa von den Amerikanern getroffen worden ist, sondern von einem deutschen Flakgeschoss.«

Seine Stimme klang empört. »Von unseren eigenen Leuten also. Ist das nicht ärgerlich?«

Er zeigte auf die steilen Hügel, die unmittelbar hinter dem Dorf aufragten.

»Die deutschen Verbände, die da oben auf den Kalkhügeln lagen, konnten wohl nicht richtig zielen, als sie die Amis auf der anderen Flussseite angepeilt haben. Es sei ein Versehen gewesen, hieß es. Ha, da kann ich ja nur lachen.«

»Mir ist es herzlich egal, wer unser Haus zerstört hat. Kaputt ist kaputt. Und jetzt müssen wir sehen, wo wir bleiben«, entgegnete Johanna. In der ihr eigenen Art dachte sie mehr an die praktischen Konsequenzen als an Schuldzuweisungen. Die brachten sie ohnehin nicht weiter.

Nachdem sie das ganze Ausmaß des Schadens inspiziert hatten, war Otto einigermaßen beruhigt.

»Ich denke, wir können das meiste retten.«

Und doch war er sauer. »Ausgerechnet unser Haus ist das einzige im ganzen Dorf, das während des Krieges ernsthaft beschädigt worden ist.«

Otto empfand dies als himmelschreiende Ungerechtigkeit und konnte sich damit nur schwer abfinden.

Er hatte sich sofort daran gemacht, die Löcher im Mauerwerk so gut wie möglich auszubessern und die Decke abzudichten. Dabei war er für die tatkräftige Hilfe seiner Nachbarn dankbar, auch wenn es selbstverständlich war, dass man sich gegenseitig unterstützte.

Auch Erika half beim Aufräumen so gut sie konnte. Vieles konnte wieder an Ort und Stelle gerückt werden, nachdem es von Staub und Mörtelresten befreit worden war. Erika fand es spannend, was auf diese Weise alles zum Vorschein kam und sie war froh, in der emsigen Betriebsamkeit der Erwachsenen auch eine Aufgabe erfüllen zu dürfen. So konnte sie sich wenigstens einbilden, gebraucht zu werden.

4

Verhieß es Glück oder Unglück, dass die Amerikaner ausgerechnet am Freitag, den 13. April, in Jena einmarschierten?

Wie auch immer, die meisten Einwohner waren einfach nur froh darüber, dass in der Nacht zuvor die heftigen Gefechte eingestellt worden waren.

In den vorangegangenen Tagen hatten die ostwärts zurückweichenden, deutschen Truppen in einem verzweifelten und sinnlosen Versuch noch sämtliche Saale-Brücken in die Luft gesprengt, in der trügerischen Hoffnung, die Amerikaner so aufhalten zu können. Die massiven Detonationen hatten die ganze Stadt erschüttert.

Nun also ruhten die Kämpfe. Über der ganzen Stadt lag eine gespannte Ruhe, sodass das Brummen des kleinen Beobachtungsflugzeuges am frühen Freitagmorgen überdeutlich zu hören war. Wenig später ratterten die ersten amerikanischen Panzer, von Weimar kommend, die kurvige Straße des Mühltals hinunter. Andere Verbände kämpften sich durch die waldigen Hügel zur Saale hinab. Da die Amerikaner außerdem einen großen Bogen geschlagen hatten, rückten ihre Truppen zur Verblüffung der Deutschen auch von Norden und Süden her in die Stadt, die sich, bis auf wenige Ausnahmen, bald ergab.

Es war nicht so, dass die Jenaer die amerikanischen Soldaten mit offenen Armen und großem Jubelgeschrei empfangen hätten, dafür hatten sie viel zu viel Angst vor dem, was jetzt wohl kommen würde. Schließlich waren »die Amis« bislang die Feinde Deutschlands gewesen. Das empfanden auch die Stockmüllers und Kreuzingers so. Doch die grenzenlose Erleichterung darüber, dass der Krieg mit seinem Bombenterror für sie offensichtlich zu Ende war, überwog eindeutig. Das Misstrauen gegenüber den siegreichen Amerikanern war zwar allgegenwärtig, doch so manch ein Deutscher begrüßte sie gleichzeitig auch als Erlöser aus der eigenen, kläglichen Lebenssituation, in die der Krieg sie manövriert hatte.

5

Natürlich bemächtigen sich die Amerikaner umgehend der beiden großen Werke von Zeiss und Schott.

Es war um die Mittagszeit, als die ersten Soldaten auf dem Werksgelände von Schott erschienen und es für besetzt erklärten. Erich Schott, der Sohn des Firmengründers Otto Schott und seit 1927 dessen Nachfolger in der Geschäftsführung, übergab den Traditionsbetrieb widerstandslos den schwer bewaffneten, amerikanischen Eroberern.

Von nun an führten in den beiden Stiftungsbetrieben amerikanische Luftwaffen-Offiziere das Kommando. Als Erstes beschlagnahmten sie sämtliche

Lagerbestände. Und es dauerte nicht lang, bis sie zur Überraschung der Mitarbeiter den Befehl erteilten, die Produktion wieder aufzunehmen, soweit es die eingetretenen Zerstörungen und noch vorhandenen Rohstoffe zuließen.

Warum die Amerikaner dies taten, wurde den Schottianern erst viel später bewusst: Die Vereinigten Staaten befanden sich zu diesem Zeitpunkt noch im Krieg mit Japan. Und dabei konnten sie die Feldstecher, Präzisionsobjektive und Zielgeräte aus Jena sehr gut gebrauchen.

Angst und Verunsicherung beherrschten die ersten Tage unter amerikanischem Kommando, sowohl in der Stadt als auch in den beiden Stiftungsbetrieben. Doch nach und nach beruhigten sich die Gemüter und man begann, das Beste aus der Situation zu machen.

Auch die Schottianer gewöhnten sich an den Anblick der amerikanischen Streitkräfte, die nun auf dem Werksgelände das Sagen hatten. Jeden Tag kamen neue, unbekannte Gesichter hinzu, die unendlich viele neugierige Fragen stellten. Da sie US-Uniformen trugen, bezweifelte niemand ihre Autorität.

Was die Deutschen dabei nicht wussten: Viele von ihnen waren keine normalen Soldaten, sondern Wissenschaftler. Sie gehörten zu einer Gruppe von insgesamt rund dreitausend amerikanischen und englischen Geheimdienstlern, die den Auftrag hatten, das gesamte wissenschaftliche und technologische Know-how Deutschlands, das für die Westalliierten von Interesse sein könnte, auszuforschen und zu sichern. So reisten sie in unmittelbarer Gefolgschaft der alliierten Truppen und spähten unmittelbar nach Kriegsende nicht nur Zeiss und Schott, sondern zahlreiche deutsche Betriebe aus.

Diese sogenannten *intelligence teams* begannen umgehend damit, sich systematisch über Produktionsabläufe, Patentschriften, Glaszusammensetzungen und Herstellungsverfahren zu informieren. Genauso gründlich studierten sie die Lagepläne der Werke.

Die Amerikaner beschlagnahmten unzählige Unterlagen, die ihnen die Mitarbeiter mehr oder weniger freiwillig herausgaben, und fotografierten Pläne von Maschinen und Werksanlagen. Vor allem aber befragten sie stundenlang und immer wieder aufs Neue die Spezialisten und Forscher in den Stiftungsbetrieben. Dabei verhielten sie sich meist höflich und korrekt, ließen aber zugleich keinerlei Zweifel daran, dass sie ganz genau wussten, worum es ging und wonach sie suchten.

Die angelsächsischen Fachleute ließen keine Ausflüchte zu, obwohl so mancher Deutsche seine Forschungsergebnisse nicht ohne Weiteres preisgeben wollte. Doch da die Fremden selbst Experten waren, konnten die deutschen Wissenschaftler kaum etwas vor ihnen geheim halten.

Im Glaswerk interessierten sie sich vor allem für die Herstellungsverfahren optischer Gläser, bei denen Schott weltweit führend war. Die im Werk zuständige Forschungsabteilung arbeitete schon seit geraumer Zeit an neuen Interferenzfiltern, an denen auch die Alliierten ein erhebliches Interesse zeigten.

6

Otto hatte mit den verschiedenen Forschungsabteilungen nichts zu tun. Er arbeitete als Glaspresser und war als Schichtführer für rund zwanzig Leute verantwortlich. Der neue Stil der Amerikaner überraschte ihn zusehends. Sein Misstrauen war jahrelang durch die deutsche Propaganda geschürt worden und saß tief. Deshalb hatte er mit dem Schlimmsten gerechnet.

»Wir machen unsere Arbeit genauso wie früher und im Großen und Ganzen läuft es ziemlich gut.«

Die Verwunderung spiegelte sich auf seinem Gesicht wider, als er Johanna abends von den neuen Verhältnissen im Werk erzählte.

»Gut, es fehlen natürlich Materialien und Leute und nicht alles klappt reibungslos. Trotzdem kann ich kaum glauben, dass der Krieg erst seit Kurzem vorbei ist und die Amerikaner jetzt das Sagen haben. Der große Onkel Sam ist doch nicht so schlimm, wie sie es uns immer weisgemacht haben.«

Sobald Otto die gröbsten Schäden an seiner Wohnung beseitigt hatte, war er ins Werk geradelt, um sich zurückmelden und war erleichtert, dass ihm niemand Vorhaltungen wegen seiner längeren Abwesenheit machte. Auch sein Chef nicht.

»Gut, dass Sie wieder da sind, Kreuzinger. Wir brauchen jetzt jede helfende Hand. Machen Sie sich gleich an die Arbeit«, war dessen einziger Kommentar gewesen.

Otto hatte erleichtert die Ärmel hochgekrempelt und losgelegt.

Der lähmende Stillstand, der zunächst mit der Besetzung einhergegangen war, wie der Fluch von Dornröschens böser Fee, dauerte nur kurz. Bereits wenige Tage nach der amerikanischen Übernahme wurden wieder Gläser produziert, wenngleich die frühere Normalität noch in weiter Ferne lag.

Für Otto war es schon immer etwas ganz Besonderes gewesen, ein Schottianer zu sein. Obwohl die Arbeit körperlich anstrengend war, empfand er es nach wie vor als Auszeichnung, bei diesem weltberühmten Unternehmen arbeiten zu dürfen. Viele seiner Kollegen sahen dies genauso. Wer es in der Stadt geschafft hatte, bei Schott oder Zeiss unterzukommen, war ein angesehener Mann.

Das lag nicht zuletzt an dem enormen sozialen Engagement, mit dem sich beide Firmen seit eh und je für ihre Mitarbeiter einsetzten. Schon zu Beginn des Jahrhunderts hatte der Physiker Ernst Abbe, der mit den Firmengründern Otto Schott und Carl Zeiss eng verbunden war, dafür gesorgt, dass Begriffe wie Kündigungsschutz, Acht-Stunden-Tag und Pensionsleistungen sowie Regelungen für Urlaubs- und Krankheitsfälle in den Stiftungsstatuten verankert wurden und für alle Arbeiter und Angestellten verbindlich waren. Und das zu einer Zeit, als die Gewerkschaften andernorts erst anfingen, dies für ihre Mitglieder zu erstreiten. Diese fortschrittliche Einstellung schaffte ein ganz besonderes Arbeitsklima und Zusammengehörigkeitsgefühl. Die Attribute »Schottianer« und »Zeissianer« kamen in der Stadt fast einem Ritterschlag gleich.

Bei Otto bewirkte es, dass er seine Arbeit stets mit größtmöglichem persönlichem Einsatz erledigte. Als er 1933 als einfacher Hofarbeiter eher zufällig zu Schott gekommen war, hatte er sofort das Gefühl gehabt, das große Los gezogen zu haben. Allzu lange war er zuvor arbeitslos gewesen, obwohl er eine Lehre als Elektriker erfolgreich abgeschlossen hatte und seine gewissenhafte, gründliche Art seine Vorgesetzten überzeugte.

Aber die Zeiten waren schlecht, viele Betriebe mussten Konkurs anmelden. So auch Ottos Lehrbetrieb. Schließlich war ihm nichts anderes übrig geblieben, als irgendeine Arbeit anzunehmen, und so kam er mit anderen Ungelernten als Hofarbeiter ins Glaswerk. Der Firmenname Schott versprach schon damals Sicherheit und Aufstiegsmöglichkeiten, und so hatte er es gelassen genommen, nicht sofort in seinem Beruf als Elektriker anfangen zu können. Vielleicht würde er sich hocharbeiten und dort später wechseln können, hoffte er. Am wichtigsten war ihm, überhaupt wieder Arbeit gefunden zu haben und eigenes Geld zu verdienen.

Seit Ottos Einstieg bei Schott waren mittlerweile zwölf Jahre vergangen. Als Elektriker arbeitete er zwar immer noch nicht, aber das war ihm längst nicht mehr wichtig. Seine Eigenart, alle Arbeiten selbstverständlich zu übernehmen und sorgfältig auszuführen, hatte ihn stetig voran gebracht, sodass er nun schon länger als Glaspresser und Schichtleiter in der optischen Abteilung arbeitete.

Die Aufgabe eines Glaspressers bestand darin, Glaswürfel mit bestimmten optischen Eigenschaften zu Prismen und Linsen zu pressen. Für diese körperlich sehr anstrengende Arbeit, die zugleich Fingerspitzengefühl und Erfahrung verlangte, gab es zu jener Zeit keine Maschinen. Da die optischen Presslinge ganz bestimmte Anforderungen erfüllen und absolut exakt gearbeitet sein mussten, stellte man sie manuell her. Jeder optische Pressling wurde eigens nach der Vorlage einer Zeichnung angefertigt.

Ein einzelner Glaspresser konnte die vielen verschiedenen Arbeitsschritte allerdings häufig nicht alleine bewältigen, sodass meist mehrere Experten in einer Gruppe zusammenarbeiteten.

Als Schichtführer musste Otto die Arbeitsabläufe fachlich sowie organisatorisch betreuen und koordinieren. Herrschte Not am Mann, stellte er sich aber auch selbst an den Ofen und half mit.

Das rechneten ihm seine Kollegen zwar hoch an, doch wirklich beliebt war Otto deshalb nicht. Seine spröde und manchmal pedantische Art machte es ihm unmöglich, Unzulänglichkeiten und Fehler zu akzeptieren und auch mal über diese hinwegzusehen – bei sich selbst ebenso wenig wie bei anderen. Sein strenger, ja häufig verbissener Gesichtsausdruck tat ein Übriges. Die meisten Kollegen respektierten Otto aufgrund seiner kollegialen Arbeit, doch Freunde besaß er keine. Aber die vermisste er auch nicht besonders.

Erich Schott hielt immerhin so viel von ihm, dass er ihn vor einigen Monaten, kurz nach Weihnachten, als der Krieg noch in vollem Gange war, vorübergehend nach Pirna geschickt hatte, wo das Glaswerk ein Tochterunternehmen betrieb. Dorthin war ein Teil der Jenaer Produktion verlagert worden. Mit einer gehörigen Portion Stolz hatte Otto die Herausforderung angenommen und seine Arbeit dort ebenso gewissenhaft erledigt. Trotzdem war er froh gewesen, als er einige Wochen später wieder nach Jena und zu seiner Familie zurückkehren konnte.

7

»Und halte dich ja von den amerikanischen Soldaten fern, die hier überall durch die Straßen fahren! Ich möchte auf keinen Fall, dass du denen irgendwie zu nahe kommst. Hast du mich verstanden?«

Nachdem die amerikanischen Panzer auch durch Lobeda in Richtung Jena gefahren waren, fühlte sich Johanna zu dieser Ermahnung genötigt. Ihr eindringlicher Tonfall und der strenge Gesichtsausdruck ließen an der Ernsthaftigkeit dieses Verbotes keinen Zweifel. Doch leider konnte sich Johanna bei ihrer Tochter nie ganz sicher sein, ob das Kind wirklich auf sie hörte. Erika hatte schon immer ihren eigenen Kopf gehabt.

Und man wusste ja nicht, was die Besatzer mit den Deutschen vorhatten. Zwar betrafen die grausigen Geschichten, die die Kreuzingers bisher gehört hatten, eher russische als amerikanische Soldaten und waren von Leuten kolportiert worden, die sich auf der Flucht vom Osten bis nach Jena durchgekämpft hatten. Aber Soldaten gehörten nie zur zimperlichen Sorte Mensch, egal welche Nationalität sie besaßen.

Erika hatte die Ernsthaftigkeit ihrer Mutter tatsächlich beeindruckt, weshalb sie sich ängstlich hinter der nächsten Hausecke versteckte, als sie zum ersten Mal amerikanische Soldaten aus der Nähe sah.

Aber sie war auch nicht gleich weggelaufen. Nach der ersten Schrecksekunde hatte sie aus sicherer Entfernung beobachtet, was die Soldaten taten. Erika konnte an ihrem Verhalten nichts Bedrohliches entdecken und auch den Menschen, mit denen die Fremden sprachen, widerfuhr offenkundig nichts Böses. Vermutlich hatte ihre Mutter mal wieder grenzenlos übertrieben, schlussfolgerte Erika, hielt aber sicherheitshalber auch weiterhin respektvollen Abstand zu den Soldaten.

Mit der Zeit jedoch verlor sich die Angst und machte ihrer angeborenen Neugierde Platz. Gemeinsam mit ein paar anderen Dorfkindern spielte sie einige Tage nach Johannas Ermahnung am Straßenrand, als eine Gruppe amerikanischer Soldaten die Straße passierte. Sie hatten ihre Maschinenpistolen im Anschlag und schauten sich aufmerksam, aber nicht feindselig um. Als die Männer die Kinderschar entdeckten, löste sich plötzlich einer aus der Gruppe und ging auf sie zu.

»Wie sieht der denn aus?«, raunte Erika entsetzt ihrer Freundin zu. »Der ist ja ganz schwarz! Was will der von uns?«

Instinktiv wollte sie flüchten, doch ihre Beine gehorchten nicht. Wie angewurzelt, den fremdartig wirkenden Mann anstarrend, blieb sie stehen.

Noch nie in ihrem Leben hatte sie einen Menschen mit solch dunkler Hautfarbe gesehen. Plötzlich zeigten sich mitten in dem dunkelbraunen Gesicht zwei Reihen strahlend weißer Zähne. Der Soldat lachte Erika breit an. Auch das noch! Ausgerechnet sie! Was sollte sie jetzt bloß machen? Sie überlegte noch, als der Mann ihr mit einer freundlich auffordernden Geste ein kleines Päckchen hin hielt.

»Hey baby, that's for you! Take it!«

Erika verstand kein Wort von diesem Kauderwelsch. Seine Stimme aber hatte einen warmen, melodischen Tonfall und klang keineswegs gefährlich.

Die Gesten, die er machte, waren eindeutig: Sie sollte das Päckchen nehmen. Er drängte es ihr zwar nicht auf, doch zog er seine Hand auch nicht zurück. Er wartete einfach schmunzelnd ihre Reaktion ab.

»Böse sieht der ja nicht aus«, murmelte Erika unentschlossen vor sich hin.

Nach kurzem Zögern nahm sie endlich das angebotene Päckchen mit spitzen Fingern aus der schwarzen Hand. Ängstlich achtete sie darauf, ja nicht die Haut des Soldaten zu berühren, der sie immer noch belustigt beobachtete und ihre Gedanken zu lesen schien.

»Chewing gum« stand auf dem Päckchen. Erika hatte keine Ahnung, was das heißen sollte. Da der Soldat sie aber immer noch erwartungsvoll anschaute, packte sie es sicherheitshalber aus. Unsicher betrachtete sie den weißlichen Streifen, der zum Vorschein kam und sah ängstlich zu dem Soldaten hoch.

»Chew it. Take it in your mouth.« Lächelnd machte er eine auffordernde Geste mit seiner Hand, die er zum Mund führte und tat so, als würde er kauen.

Voller Angst steckte Erika den Kaugummistreifen schließlich in ihren Mund. Wenn ihre Mutter sie jetzt sehen könnte, schoss es ihr dabei durch den Kopf. Das gäbe riesigen Ärger! Doch sie sah keinen Ausweg, als das zu tun, was dieser Mensch von ihr verlangte. Vorsichtig kaute sie einen Augenblick lang auf der schnell weicher werdenden Masse herum.

»Mhm, gar nicht so schlecht!«

Der frische Pfefferminzgeschmack erfüllte sofort ihren ganzen Mund.

»Das schmeckt ja lecker«, mit einem strahlenden Lächeln rief sie dem Soldaten ihre angenehme Überraschung zu, der sich daraufhin lachend umdrehte und zu seinen Kameraden zurückging.

Als er weg war, wurde Erika sofort von den anderen Kindern umringt, die vorhin verschwunden waren und sie allein stehen gelassen hatten. Jetzt trauten sie sich wieder aus ihren Verstecken. Erika ließ sich nicht lange bitten und verteilte die restlichen Kaugummis. Sie fühlte sich sehr mutig und wichtig.

»Merkwürdig finde ich ja nur, dass das Klümpchen beim Kauen nicht weniger wird. Das löst sich überhaupt nicht auf.«

Andachtsvoll kauten die Kinder fest auf der gummiartigen Masse herum und nickten zustimmend.

»Macht nichts, so hat man länger was davon!«

Als Erika später nach Hause kam, verheimlichte sie ihren Eltern wohlweislich die Begegnung mit dem schwarzen Soldaten. Sie wusste ganz genau, dass ihre Mutter das Verbot ernst gemeint hatte und es ein riesiges Donnerwetter geben würde, wenn es herauskäme.

Seit diesem denkwürdigen Erlebnis war Erikas Angst vor Amerikanern im Allgemeinen und vor dunkelhäutigen Menschen im Besonderen verschwunden. Bald schon wusste sie die Gutmütigkeit der Soldaten sogar für sich zu nutzen. Seitdem keine Bomben mehr fielen, durften die Kinder wieder auf den nicht weit entfernten Wiesen an der Saale spielen, wo die ersten Frühlingsblumen üppig blühten. Als Erika mit ihrer Freundin Anne zum ersten Mal wieder dort war und überall die bunten Blumentupfen entdeckte, hatte sie eine Idee.

»Vielleicht können wir noch mehr von diesen leckeren Gummistreifen bekommen.«

Anne schaute sie neugierig an. Auch ihr hatte der frische Geschmack ausgesprochen gut gefallen.

»Lass hören! Ich hätte nichts dagegen.«

»Wie wäre es, wenn wir kleine Sträußchen mit Blumen pflücken und sie den Soldaten einfach schenken«, dabei ließ Erika ihre Hand über die Wiese schweifen. »Wenn wir sie dann noch nett anlächeln, geben sie uns bestimmt was.«

Anne überlegte. »Das könnte klappen. Ja! Lass es uns versuchen!«

Sofort machten sich die beiden Mädchen ans Pflücken.

Und die Rechnung ging auf: Obwohl ihre kleinen Sträußchen manchmal recht welk waren, zeigten sich die Soldaten von ihrer großzügigen Seite und drückten den Mädchen allerlei Süßigkeiten in die Hand, die sie sofort vernaschten. Ihnen war durchaus bewusst, dass sie etwas Verbotenes taten und hüteten sich davor, ihren Eltern davon zu erzählen. Aber der verführerische Geschmack von Kaugummis, Himbeerbonbons und kleinen Erdnussriegeln war es allemal wert.

Dabei durften die Soldaten eigentlich gar nicht derartig entgegenkommend sein. *No fraternisation* lautete die klare Anweisung, die US-Präsident Harry S. Truman seinem Oberbefehlshaber General Dwight D. Eisenhower am 26. April übermittelte.

»Deutschland wird nicht besetzt zum Zwecke der Befreiung, sondern als besiegter Feindstaat. Die Verbrüderung mit deutschen Vertretern und der Bevölkerung muss streng vermieden werden«, kabelte er aus Übersee.

Doch viele amerikanische Soldaten bewiesen ihr Herz für Kinder, indem sie ihnen trotzdem Süßigkeiten zusteckten und so deren tägliche Not zwischen Trümmern und knappen Lebensmittelrationen etwas erträglicher machten.

8

Entbehrungen aller Art bestimmten unmittelbar nach Kriegsende den Alltag der meisten Deutschen. Auch bei den Kreuzingers war das nicht anders, obwohl es der Familie noch besser ging als vielen anderen. Sie lebten in einer Dorfgemeinschaft, die zusammenhielt und in der man sich mehr oder weniger gegenseitig half. Eine Hand wusch die andere: Für ein paar gelegte Elektroanschlüsse bekam Otto mal einen Sack Kartoffeln, mal Eier oder selbst geschlachtete Wurst. Johanna wusste geschickt, die wenigen Lebensmittel in einigermaßen schmackhafte Mahlzeiten zu verwandeln, was Erika trotzdem nicht davon abhielt, zu nörgeln, weil es immer wieder dasselbe gab.

»Ach, schon wieder Rübensuppe. Ich kann die nicht mehr sehen.«

»Sei froh, dass du überhaupt etwas zu beißen hast«, erwiderte ihre Mutter ungerührt. »Es gibt mehr als genug Deutsche, die nicht einmal das haben und sich die Finger danach lecken würden.«

Es kostete Johanna jeden Tag aufs Neue viel Mühe und Zeit, Lebensmittel zu organisieren. Manchmal stand sie stundenlang vor dem Gemischtwarenladen in der Schlange. Aber sie wartete geduldig, denn sie war dankbar, dass ihre Familie trotz der schlechten Zeiten keinen Hunger leiden musste.

Wochenlang war Johanna überdies damit beschäftigt, die ramponierte Wohnung wieder auf Vordermann zu bringen. Sie hatte das dringende Bedürfnis, den nach Angst riechenden Mief der letzten Kriegsjahre raus zu putzen.

Nur ihr Schlafzimmer konnten sie vorerst nicht benutzen. Deshalb richtete Johanna jeden Abend für sich und Otto ein Bett im Wohnzimmer her. Und Erikas Eisenbett, das früher im Elternschlafzimmer gestanden hatte, stellte Otto nun in die Küche.

9

»Das ist doch eine Frechheit! Jetzt wollen die uns das wenige, was uns geblieben ist, auch noch wegnehmen.«

Ottos Stimme zitterte vor Empörung. Es war Ende April als er von seiner Schicht im Glaswerk nach Hause kam und durch Zufall den angeschlagenen Aushang im Dorf entdeckt hatte. Die Amerikaner verfügten darin, dass die deutsche Bevölkerung in Jena und Umgebung sämtliche Wertgegenstände an die Besatzungsmacht abzuliefern hätte. Als Sammelstelle für die Bewohner in Lobeda war die Volksschule des Dorfes eingerichtet worden.

»Wir haben doch keine großen Schätze. Das ist einfach unverschämt!«

»Was sollen wir denn da abliefern?«, fragte Johanna, die noch nichts von dieser Anweisung gehört hatte.

»Na ja, überleg doch mal. Wertgegenstände. Sicherlich müsstest du also deine beiden Halsketten und die goldenen Ohrringe abliefern. Und Geld, aber davon haben wir ja nicht viel.«

Otto dachte nach.

»Bestimmt wollen die auch meine alte Leica-Kamera haben.«

Erregt schüttelte er den Kopf.

»Aber nein, die gebe ich bestimmt nicht her!«

Er schlug mit der Faust auf den Tisch.

»Das verspreche ich dir! Die behalte ich!«

»Dann fragt sich nur, wie du das anstellen willst«, gab Johanna zu bedenken. »Ich würde mich an deiner Stelle nicht mit den Amis anlegen. Obwohl ich zugeben muss, dass auch ich meinen Schmuck gerne behalten möchte.«

»Außerdem geht es hier ums Prinzip«, beharrte Otto dickköpfig auf seinem Standpunkt. »Sollen die doch zu denen gehen, die wirkliche Werte haben und nicht zu uns kleinen Leuten. Wir sind durch unsere kaputte Wohnung schon genug gestraft worden. Das bisschen, was wir besitzen, brauchen wir selbst. Und wenn es zum Tauschen ist.« Er hatte sich richtig in Rage geredet.

»Nun erkundige dich doch erstmal, wie das dort läuft«, beschwichtigte Johanna ihren Mann.

Otto sah seine Frau nachdenklich an. »Vielleicht hast du recht.«

Bevor er zur nächsten Schicht ins Werk fuhr, ging er an der Schule vorbei und versuchte möglichst unauffällig herauszufinden, wie ernst der Befehl gemeint war. Einige Dorfbewohner leisteten der Aufforderung bereits Folge und warteten geduldig in einer Schlange.

Durch das Fenster konnte Otto die beiden Soldaten gut beobachten, die über »abgeben müssen« und »behalten dürfen« entschieden. Es gefiel ihm überhaupt nicht, was er sah: Willkürlich pickten sie sich aus den vorgelegten Sachen Einzelnes heraus und ließen es in bereitgestellten Körben hinter sich verschwinden. Andere Sachen drückten sie den Deutschen einfach wieder in die Hand. Das Ganze wurde von einem Soldaten, der direkt daneben an einem kleinen Tisch saß, schriftlich festgehalten. Nachdem Otto dem Treiben eine Weile lang zugeschaut hatte, war sein Entschluss gefasst. Er würde seine Kamera behalten und Johanna ihren Schmuck.

»Ganz wohl ist mir nicht dabei«, meinte seine Frau, als er mit ihr darüber sprach. »Was wird, wenn die uns erwischen?«

»Woher sollen die denn wissen, dass wir eine solche Kamera und genau diese Ketten besitzen. Wir müssen uns nur gut überlegen, was wir denen stattdessen anbieten«, versuchte er Johanna zu überzeugen.

»Weißt du was? Wir werden heute Abend, wenn es dunkel ist, die Sachen einfach im Garten vergraben. Und morgen gebe ich dann irgendwelche anderen Dinge dort ab. Damit haben wir ihrem Befehl Folge geleistet und sie haben keinen Grund, misstrauisch zu sein.«

»Dann schaue ich mal nach, in was wir die Kamera wasserdicht einpacken können«, stimmte Johanna endlich zu und lächelte schwach. »Und natürlich meine Ketten.«

Sie verschwand auf der steilen Treppe hinunter in den Keller, wo Otto sie eine Weile hantieren hörte. Schließlich tauchte Johanna mit einer alten, metallenen Keksdose wieder auf, deren Deckel luftdicht abschloss.

»Die hier scheint mir am besten geeignet. Ich glaube, sie müsste auch groß genug sein und einigermaßen vor Feuchtigkeit schützen.« Wie eine Trophäe hielt sie die Dose hoch. Und tatsächlich, die Kamera passte hinein.

Als Erika fest schlief, trugen sie das in mehrere alte Zeitungen und zuletzt in ein Wachstuch gewickelte Paket, das Johanna mit robustem Paketzwirn verschnürt hatte, zur Hintertür. Otto buddelte in der Nähe des Komposthaufens ein tiefes Loch und versenkte das Paket vorsichtig darin. Als Lichtquelle diente ihm nur das matte Licht, das aus der Türöffnung quoll. Johanna beobachtete währenddessen ängstlich die Umgebung. Doch sie sah nichts Verdächtiges.

Beide plagte ein schlechtes Gewissen, denn es war nicht ihre Art, gegen offizielle Anweisungen zu verstoßen.

»Aber derzeit herrschen keine normalen Zeiten, also können wir uns auch nicht normal verhalten«, versuchte Otto sich zu rechtfertigen.

Am nächsten Morgen gab er schließlich ein paar unwichtige Sachen in der Volksschule ab und behauptete überzeugend, dass dies die einzigen Dinge von Wert seien, die seine Familie besitze.

Neue Zeiten ziehen auf

1

Seit dem 8. Mai galt der Zweite Weltkrieg in ganz Deutschland offiziell als beendet. Nachdem Generaloberst Alfred Jodl für das Heer, Generaladmiral Hans-Georg von Friedeburg für die Marine und General Wilhelm Oxenius für die Luftwaffe im französischen Reims die »bedingungslose Kapitulation aller deutschen Streitkräfte« vor den Westalliierten unterzeichnet hatten und diese Gesamtkapitulation am Tag darauf in Berlin-Karlshorst vor den Russen nochmals von Generalfeldmarschall Wilhelm Keitel als Chef des Oberkommandos der Wehrmacht wiederholt wurde, ruhten sämtliche Waffen in Europa. Nazideutschland war besiegt und nunmehr komplett der Befehlsgewalt der Alliierten unterstellt.

In Jena herrschte zu diesem Zeitpunkt bereits seit knapp vier Wochen Frieden. Längst hatten sich die Kreuzingers genauso wie Familie Stockmüller an den Anblick der amerikanischen Soldaten im Glaswerk sowie im gesamten Stadtbild gewöhnt.

»Eigentlich bin ich ganz froh darüber, dass die Amerikaner Jena erobert haben und nicht etwa die Russen«, meinte Karl einmal kurz nach der Machtübernahme. »Was ich bis jetzt von den Russen gehört habe, ist viel schlimmer als das über die Amerikaner.«

Er dachte nach. Eigentlich kannte er beide Nationalitäten nicht wirklich. Aber die Deutschen, die aus dem Osten vor den Russen geflüchtet und an der Saale gestrandet waren, hatten viele grauenvolle Berichte im Gepäck. Geschichten, die ihm Angst machten. Plünderungen waren dabei noch das Harmloseste, Berichte über Vergewaltigungen und willkürliche Erschießungen hatten Karl dagegen innerlich erschaudern lassen.

»Wenn die Russen hier wären, hätte ich noch mehr Angst um unsere beiden Mädchen und um dich«, meinte er zu Agnes.

»Hm, ich wohl auch«, stimmte seine Frau ihm zu. »Und über die Amerikaner kann ich mich bis jetzt wirklich nicht beschweren. Meist benehmen sie sich recht anständig, auch wenn ich Schwierigkeiten habe, sie zu verstehen.«

»Ich glaube nicht, dass die Amerikaner lange bleiben«, meinte Karl schließlich überzeugt. »Die wollen doch auch wieder nach Hause zu ihren Familien zurückkehren, meinst du nicht? Vielleicht bleiben sie hier, bis sich alle auf einen Friedensvertrag geeinigt haben. Aber mehr als ein paar Monate dauert das bestimmt nicht. Und dann überlassen sie Deutschland wieder uns Deutschen.«

»Das hoffe ich auch«, stimmte Agnes zu. »Aber egal, wir müssen es nehmen, wie es ist. Als Besiegte haben wir sowieso keine Rechte mehr und deshalb ist es besser, wir lassen alles auf uns zukommen.« Agnes hatte in letzter Zeit einen gewissen Fatalismus entwickelt. »Und außerdem sind mir unsere alltäglichen Probleme viel näher.«

Weder sie noch Karl hätten sich zu diesem Zeitpunkt in ihren wildesten Träumen vorstellen können, welches Schicksal die Siegermächte längst für Deutschland beschlossen hatten. Da Zeitungen und Rundfunkanstalten praktisch nicht mehr existierten und glaubwürdige Informationen kaum zu bekommen waren, wussten beide nichts von den Konferenzen der Alliierten in Jalta.

Dort hatten der amerikanische Präsident Franklin D. Roosevelt, der britische Premierminister Winston Churchill und der sowjetische Staats- und Parteichef Josef Stalin bereits Mitte Februar 1945 den künftigen Verlauf der Besatzungszonen in Deutschland verabredet und Deutschlands Aufteilung beschlossen. Obendrein hatte die Sowjetunion ein weiteres Jahr zuvor schon dem britischen Vorschlag zugestimmt, dass eine Ost-West-Demarkationslinie von Hof über Eisenach und Helmstedt bis nach Lübeck verlaufen sollte.

Dies hatte zur Konsequenz, dass Thüringen letztendlich der sowjetischen Zone zugeschlagen werden würde, auch wenn zunächst amerikanische Truppen den Landstrich erobert hatten. Die Amerikaner würden also über kurz oder lang »das Feld räumen« und es den Sowjets überlassen müssen, wollten sie nicht vertragsbrüchig werden. Das bedeutete, dass ihre Herrschaft auch in Jena nur auf vorübergehende Zeit angelegt war. Das wussten zwar die Amerikaner, die meisten Deutschen hingegen nicht. Erst im Laufe der Wochen tauchten die ersten Gerüchte auf, doch die nahm Karl Stockmüller zunächst nicht weiter ernst.

2

»Hallo, ist jemand zu Hause? Ich habe sie endlich bekommen«, rief Karl in die verwaiste Küche hinein, als er eines Nachmittags Mitte Mai von der Arbeit nach Hause zurückkehrte.

»Ich bin im Schlafzimmer«, hallte Agnes Stimme aus der Ferne. Doch sie hatte sich bereits auf den Weg in die Küche gemacht.

»Wen oder was hast du bekommen?«, fragte sie näher kommend.

Als sie ihren Mann sah, wusste sie, was er gemeint hatte. Karl legte mehrere Glasscheiben vorsichtig auf den Küchentisch.

»Heute gab es endlich Fensterscheiben«, strahlte er sie an. »Und ich konnte welche ergattern. Ist das nicht toll? Ich mache mich gleich an die Arbeit. Dann geht hier bald wieder die Sonne auf.«

»Oh, das ist ja wunderbar. Endlich wieder Licht!«

Diese Aussicht gefiel Agnes. Die Düsternis in der Wohnung ging ihr schon lange auf die Nerven, sodass sie Karl bereits mehrfach bedrängt hatte, neue Scheiben zu besorgen.

Der Kitt war kaum getrocknet, als Agnes mit ungewohnter Begeisterung begann, die neuen Fensterscheiben blitzblank zu putzen. Während sie das früher eher lästig fand, machte es ihr heute richtigen Spaß. Es war fast ein Akt der Befreiung und des Neuanfangs nach den vorangegangenen Monaten voller Düsternis und Angst. Noch immer wachte sie nachts voller Panik auf und hatte Todesangst. Sie brauchte dann immer eine Weile, bis sie sich vergegenwärtigen konnte, dass sie keine Bombenangriffe mehr zu befürchten brauchte, weil ja Frieden herrschte.

»Ich wusste gar nicht mehr, wie herrlich hell es hier drinnen sein kann«, rief sie immer wieder von der Leiter herunter, auf der sie stand, um auch an das Oberlicht zu kommen.

Sie war nicht zu stoppen, steigerte sich in einen regelrechten Putzrausch hinein und hielt erst inne, als alles frisch nach Seifenlauge roch und kein Grauschleier mehr die frischen Frühlingsfarben dämpfte. Es dauerte Tage, bis sie fertig war und stellte eine Art Bestandsaufnahme für ihren ganz persönlichen Neuanfang dar.

Wenn Karl abends aus dem Werk nach Hause kam, konnte er nur staunen, welche Energie seine Frau an den Tag legte.

»Ich glaube, das Schicksal hat es mit uns viel besser gemeint, als mit vielen anderen Deutschen«, stellte sie dankbar fest, als sie endlich fertig war.

Karl stimmte ihr voller Überzeugung zu.

»Ja, ich glaube, wir haben das Schlimmste wirklich überstanden. Jetzt kann es eigentlich nur noch besser werden.«

Doch er sollte sich täuschen.

Auch wenn keine Bomben mehr fielen, stellte jeder Tag eine neue Herausforderung dar. Mal wurde unversehens der Strom abgestellt, mal das Wasser oder das Gas. Längst hatte Agnes aufgehört, die vielen Stunden zu zählen, die sie Schlange stehend verbrachte, um ein bisschen Mehl, Fett oder Zucker zu ergattern, das ihrer Familie laut Lebensmittelmarken zustand und doch nie reichte.

»Zum Glück hat dein Onkel den Bauernhof«, seufzte sie erleichtert, als sie nach einem Einkauf mal wieder nur ein paar Lebensmittel auf dem Küchentisch ausbreiten konnte. Sie zeigte auf ein kleines Päckchen Fett, ein halbes Kilo Mehl und etwas Zucker.

»Wenn wir ausschließlich hier drauf angewiesen wären, müssten wir ganz schön Hunger schieben. Ich weiß gar nicht, wie andere Leute das schaffen, die niemanden haben.«

»Es gibt derzeit genügend Leute, die bitteren Hunger leiden«, bestätigte Karl.

Sein Onkel betrieb mit dessen Familie knapp zwanzig Kilometer nordwestlich von Jena einen kleinen Bauernhof bei Apolda. Und von dort bekamen sie mehr oder weniger regelmäßig frische Eier, etwas Speck oder ein paar Kilo Kartoffeln, sodass Agnes ihre Familie ganz gut satt bekam.

Agnes dachte an ihre große Tochter. »Und Elisabeth muss zum Glück gewiss auch keinen Hunger leiden.«

Die 16-Jährige hatte sich auf dem Bauernhof in Neustadt von Anfang an sehr wohl gefühlt und wollte selbst in der Endphase des Krieges lieber dort bleiben, als nach Hause zurückzukehren. Karl war damit sofort einverstanden gewesen und Agnes, die ihre Elisabeth viel lieber zu Hause gewusst hätte, sah doch die Richtigkeit der Entscheidung ein.

Da Elisabeths Gastfamilie ihr freundliches Wesen sehr schätzte und das Mädchen ins Herz geschlossen hatte, bekam sie für ihre Eltern öfters »Sonderrationen« zugesteckt.

3

Die kargen Rationen der Lebensmittelkarten waren auch für Sophie und Anton Heuerling nicht die einzige Ernährungsgrundlage, auf die sie täglich zurückgreifen konnten. Sie hatten vielmehr das unbeschreibliche Glück eines großen Gartens, der sich vor dem Haus von Antons Eltern im Jenaer Kernbergviertel erstreckte. Während die Älteren im Parterre wohnten, hatte das junge Ehepaar nach ihrer Hochzeit zwei Zimmer im ersten Stock bezogen.

Bereits in den Kriegsjahren war der Garten mehr und mehr zu einem reinen Nutzgarten geworden. Sogar die abgeschnittenen Äste wurden noch zum Anfeuern des Herdes in der Küche verwertet. Der Gemüseanbau war allerdings ziemlich mühselig, da das Grundstück stark abschüssig am Hang lag.

Dennoch reihten sich im Keller zahlreiche Marmeladen- und Kompottgläser auf einfachen Holzregalen aneinander und bargen das Aroma des Sommers. Weißkohl und Bohnen hatte Sophie gemeinsam mit ihrer Schwiegermutter in großen Steinguttöpfen sauer eingelegt. Auch Kartoffeln, Möhren und Zwiebeln ließen sich hier in der feuchten Kühle problemlos monatelang lagern. Da Sophie ein Talent dafür hatte, ihre essbaren Schätze konsequent und abwechslungsreich einzuteilen, kamen sie, Anton und ihre Schwiegereltern ziemlich gut über die Runden.

Anton Heuerling arbeitete wie Karl und Otto im Glaswerk. Allerdings kannte er die beiden nicht, da er als Laborant in der sogenannten Zylinder-Abteilung beschäftigt war. Dort wurden Glaszylinder aller Art hergestellt – ein gänzlich anderer Bereich als die optische Abteilung, in der Karl und Otto arbeiteten. Bei der Größe des Werkes war es nicht verwunderlich, dass sich die drei noch nie bewusst begegnet waren.

Anton hatte bei Schott direkt nach der Schule von der Pike auf gelernt. Damals war er gerade fünfzehn Jahre alt gewesen und hätte wesentlich lieber weiter die Schulbank gedrückt, um eine höhere Bildung zu erlangen und später vielleicht sogar zu studieren. Sein Lehrer hatte ihm die Fähigkeit dazu ausdrücklich attestiert und deswegen sogar bei Antons Eltern vorgesprochen. Doch diese hatten bedauernd abgelehnt. Sie mussten noch vier weitere Kinder versorgen und konnten das Geld für eine jahrelange akademische Ausbildung nicht aufbringen. Anton sollte vielmehr so schnell wie möglich auf eigenen Beinen stehen, um den knappen Geldbeutel des Vaters zu entlasten.

So war er eben im Glaswerk in die Lehre gegangen. Seinem Streben nach Wissen hatte dies indes keinen Abbruch getan. Immer wieder besuchte er Abendkurse an der Volkshochschule und qualifizierte sich nebenbei Schritt für Schritt weiter. Dank seines Fleißes und dem permanenten Willen, sein theoretisches und praktisches Wissen im Labor zu vertiefen, gehörte er längst zu den angesehensten Laboranten im Werk.

Seine Frau Sophie hatte bis in die letzten Kriegstage hinein als Kindergärtnerin gearbeitet. Doch als Jena im März die großen Angriffe erlebte, konnte sie es nicht mehr ertragen, jeden Tag zwei Mal den langen und gefährlichen Weg von ihrem Zuhause in Jena-Ost bis ins Westviertel zu laufen. Nachdem die halbe Innenstadt in Trümmern lag, wollte sie das einfach nicht mehr. Von einem Tag auf den anderen hatte sie sich zu Hause eingeigelt und sich später nicht mehr getraut, in den Kindergarten zurückzukehren, so ausgesprochen peinlich war ihr die ganze Situation.

Und wenn sie es sich so recht überlegte, gefiel ihr die Arbeit dort auch schon lange nicht mehr. Zu oft war es zu Streitereien mit der Leiterin gekommen.

»Ich suche mir lieber etwas ganz Neues, das besser zu mir passt«, verkündete sie Anton ihren Entschluss, der froh darum war. Denn obwohl Anton ein Mensch war, der nicht einfach alles hinschmiss, wenn es nicht klappte, bestärkte er Sophie, dort aufzuhören. Er konnte es nicht ertragen, wenn seine Frau litt.

»Ich verdiene längst genug Geld, damit es für uns beide reicht. Wir sind auf das, was du dort bekommen hast, überhaupt nicht angewiesen.« Seine Stimme klang stolz. Dass seine Frau es nicht nötig hatte, zu arbeiten, damit sie beide anständig leben konnten, empfand er als sozialen Aufstieg.

Vermutlich wegen der allgemeinen Auflösungserscheinungen, die das Kriegsende mit sich brachte, erkundigte sich tatsächlich niemand ernsthaft nach Sophie. Sie wollte den totalen Zusammenbruch der bisherigen Ordnung als Chance nutzen, um in Zukunft einiges anders zu machen.

»Vielleicht bekomme ich ja auch bald endlich ein Kind«, fügte sie hoffnungsvoll hinzu. Diesen Wunsch hegte sie schon lang.

Die Übernahme der Gehirne

1

So ging das Frühjahr langsam in den Sommer über – in den Wäldern rund um Jena wurde das lichte Maiengrün deutlich dunkler. Die Fülle und der Reichtum der Natur standen in krassem Gegensatz zu der Leere und Verunsicherung in den Köpfen vieler Deutscher.

Und doch musste jeder versuchen, sich unter den veränderten Bedingungen, die seit Kriegsende herrschten, neu einzurichten. Der Terror der Nazis war zwar vorbei, doch übrig geblieben war ein völlig zerstörtes Land, in dem nun die alliierten Besatzungstruppen das Sagen hatten und zuweilen ihrem Bedürfnis nach Vergeltung und Rache einfach nachgaben.

Die Deutschen hatten ihrerseits mit der Demütigung zu kämpfen, ein besiegtes Volk zu sein, dem von der restlichen Welt das Selbstbestimmungsrecht gänzlich abgesprochen wurde. Seit Kriegsende kamen immer mehr Gräueltaten ans Licht, die die Nazis im Namen des deutschen Volkes während der vergangenen Jahre begangen hatten. Die Schmach und Scham darüber war bei vielen Menschen unbeschreiblich groß und zerstörte den letzten Funken nationalen Selbstwertgefühls.

Gleichzeitig fiel es der Bevölkerung schwer, das Gewesene als Wahrheit zu akzeptieren und dafür – ganz unabhängig von persönlicher Verstrickung – Verantwortung zu übernehmen. Im Angesicht zerstörter Städte und Häuser, dem allgegenwärtigen Mangel an Lebensmitteln, Wohnungen und Heizmaterial sowie der Entwurzelung und Vertreibung Hunderttausender blieb zunächst nur wenig Bereitschaft für Fragen nach Ursache oder Schuld. Unzählige Deutsche hatten selbst mit Obdachlosigkeit, Hunger und Tod zu kämpfen, da ließen sich moralische Auseinandersetzungen leicht verdrängen. Vor dem Hintergrund des unbeschreiblichen Ausmaßes der Verbrechen während der Nazidiktatur musste jeder Einzelne ganz allein den Mut finden, sich damit auseinanderzusetzen. Nicht allen gelang dies.

Rund vier Wochen nach der bedingungslosen Kapitulation übernahmen die vier Siegermächte am 5. Juni 1945 die zentrale Regierungsgewalt in Deutschland. Dies sollte die Aufrechterhaltung der Ordnung sicherstellen sowie Behörden und Verwaltungen einen Handlungsrahmen gewährleisten. In ihrer Deklaration betonten die Siegermächte den provisorischen Charakter dieser Maßnahme. Keinesfalls sollte dies eine Annektierung Deutschlands oder eine Festlegung der rechtlichen Stellung beziehungsweise der späteren Grenzen bedeuten.

Um die längst beschlossene Aufteilung Deutschlands in die einzelnen Besatzungszonen zu vollziehen, einigten sich Amerikaner und Russen außerdem auf ein passendes Übergabedatum: den 1. Juli 1945. Dann würden sich die amerikanischen Einheiten aus denjenigen Gebieten zurückziehen, die sie zwar zunächst erobert hatten, die aber längst der sowjetischen Besatzungshoheit zugestanden worden waren.

Bis zum 1. Juli würden die Amerikaner Jena also wieder verlassen.

2

Aber noch war es nicht so weit und vorerst wurde dieses Datum der deutschen Bevölkerung auch nicht offiziell mitgeteilt. Natürlich machten jedoch entsprechende Gerüchte alsbald die Runde. Nur zwei Tage nach der Regierungsübernahme Anfang Juni schrieb Erich Schott einen Brief an seinen Bruder Gerhart, der zu diesem Zeitpunkt als Vorstandsmitglied der Schott-Tochtergesellschaft »Deutsche Spiegelglas AG« in Grünenplan im Weserbergland agierte, das von den Briten besetzt war.

»Die Lage ist völlig unübersichtlich«, beschrieb er die Situation in Jena.

Ihm waren die Gerüchte zu Ohren gekommen und natürlich trieb ihn die Sorge um, was bei einer russischen Machtübernahme aus dem Glaswerk sowie aus ihm und seiner Familie werden würde.

Außerdem irritierte ihn ein Befehl der Amerikaner, nach dem er Maschinen und Materialien aus dem Jenaer Stammwerk in das bayerische Zwiesel verlagern sollte. Besonders vor dem Hintergrund eines bevorstehenden amerikanischen Abzuges warf dies bei ihm allerhand Fragen auf.

In Zwiesel betrieb Schott schon lange ein Tochterunternehmen, das vor allem Kelchgläser herstellte. Bereits 1943 war es vom deutschen Rüstungsministerium als Ausweichbetrieb vorgesehen worden, falls das Jenaer Glaswerk durch Bomben zerstört worden wäre. Um die Produktion der so wichtigen optischen Gläser auch in diesem Falle sicherzustellen, hatte man bereits damals damit begonnen, das Werk in Zwiesel entsprechend umzubauen. Dies war nötig, da sich die Herstellungsverfahren von Kelchgläsern und optischen Gläsern in vielfältiger Weise von einander unterschieden. Doch man hatte den Umbau nie vollständig beendet.

Überraschenderweise drängten die Amerikaner Erich Schott nun zu einem zügigen Abschluss dieser Umbauarbeiten. Wahrscheinlich weil Zwiesel künftig in der amerikanischen Besatzungszone liegen würde und das Werk deshalb für die Amerikaner von besonderem Interesse war. Doch das konnte sich Erich Schott allenfalls zusammenreimen, denn er wurde in die Pläne der amerikanischen Besatzer nicht eingeweiht.

3

Allerdings dürften die Pläne zu diesem Zeitpunkt nicht vollkommen spruchreif gewesen sein. Vorerst wurden sie von den amerikanischen Militärbehörden im Hauptquartier der westalliierten Streitkräfte in Paris, dem SHAEF (Supreme Headquarters Allied Expeditionary Force), gründlich gegeneinander abgewogen – selbstverständlich unter strengster Geheimhaltung.

Die Amerikaner beabsichtigten jedenfalls, sich vor der Übergabe an die Russen ein möglichst umfassendes Know-how interessanter deutscher Industrieunternehmen zu sichern. Am liebsten hätten sie die gesamten Produktionsanlagen abgebaut und in ihre eigene Besatzungszone verlagert. Doch dies hätte zu offensichtlich gegen die Vereinbarungen mit den Sowjets verstoßen, in denen man sich gegenseitig versprochen hatte, Fabriken, Industrieanlagen und Betriebe genauso wie technische Unterlagen, Patente und Pläne in einem unversehrten und guten Zustand zu erhalten. Man befürchtete internationale Spannungen, wenn die abziehenden Amerikaner allzu ungeniert ganze Industriebetriebe mitgenommen hätten. Eine vollständige Verlagerung in die eigene Besatzungszone wäre daher äußerst problematisch gewesen.

Mit leeren Händen wollten die Amerikaner aber auch nicht gehen. Sie hatten kein Interesse daran, dem von der Sowjetunion vorangetriebenen Kommunismus Vorschub zu leisten, indem sie den Sowjets wichtige Betriebe und wissenschaftliche Forschungseinrichtungen komplett überließen und ihnen damit eventuell einen Vorsprung eingeräumt hätten. So entstand die Idee, außer umfangreichen Unterlagen und Materialien wenigstens noch besonders qualifizierte Mitarbeiter mitzunehmen.

Die genaue Vorgehensweise wurde im alliierten Hauptquartier in Paris noch überdacht, als Erich Schott am 14. Juni den amerikanischen Offizieren in Jena verschiedene Listen überreichte. Er war dazu aufgefordert worden, alles für eine komplette Verlagerung vorzubereiten, da die hier verantwortlichen Amerikaner zu diesem Zeitpunkt offenbar doch noch von dem Plan einer vollständigen Verlagerung ausgingen. Erich Schott sollte alles aufschreiben, was er dafür als unbedingt erforderlich erachtete. Außerdem musste er mit seinen engsten Führungskräften diejenigen Mitarbeiter auflisten, die für eine Produktionsverlagerung in den Westen unentbehrlich schienen.

Keine einfache Aufgabe, vor allem bei der Auswahl der Kollegen taten sich die Männer schwer. Immerhin hing an fast jedem Namen eine ganze Familie, die davon genauso betroffen sein würde. Die kleine vertraute Gruppe grübelte lange über den Listen. Ständig strichen sie Namen wieder aus und fügten andere hinzu. Die Betroffenen selbst wussten derweil noch nichts davon.

Wenig später erließen die Amerikaner den Befehl, alle aufgelisteten Materialien, Unterlagen und Maschinen in fünfzig Waggons zu verladen, die sie organisiert und am nahe gelegenen Westbahnhof bereitgestellt hatten. Zahlreiche Schottianer mussten dabei helfen und anpacken. Die Amerikaner trieben die Leute zur Eile an.

Spätestens zu diesem Zeitpunkt verdichteten sich unter der Belegschaft die bisherigen Gerüchte: Etwas Grundlegendes würde in absehbarer Zukunft passieren, das schien sicher. Da ihnen jedoch weder die Amerikaner noch Erich Schott Einzelheiten mitteilten, trieben die Spekulationen wilde Blüten. Ob tatsächlich bald die Russen nach Jena kommen würden, wie manche munkelten?

Am 17. Juni informierte Erich Schott den Direktor des Zwieseler Glaswerks brieflich darüber, dass die Amerikaner aller Wahrscheinlichkeit nach planten, künftig dort die optischen Spezialgläser herzustellen. Derzeit würde alles Notwendige dafür vorbereitet, schrieb er, um eine Überführung nach Zwiesel, einschließlich entsprechender Führungskräfte samt deren Familien, reibungslos bewältigen zu können.

»Die ersten Transporte sollen bereits im Laufe dieser Woche durchgeführt werden«, ergänzte er und bat gleichzeitig darum, für geeigneten Lagerraum zu sorgen. Im Übrigen, fuhr er fort, werde er vermutlich selbst dabei sein.

»Bitte tun Sie selbständig alles, was möglich ist, um diese Pläne vorwärts zu treiben«, beendete er seine Ausführungen.

Drei Tage später, am 20. Juni, traf in Jena ein Befehl des amerikanischen Hauptquartiers aus Paris ein, demzufolge nun doch von einer kompletten Produktionsverlagerung abgesehen werden sollte. Die Verantwortlichen von SHAEF hatten diesen Plan mittlerweile endgültig verworfen. Stattdessen hatte man beschlossen, nur verschiedene Wissenschaftler und führende Mitarbeiter von Zeiss und Schott sowie einige Fachleute von der Universität zum alsbaldigen Abtransport in das westliche Besatzungsgebiet vorzubereiten.

Die längst beladenen fünfzig Waggons, voll mit wichtigen Schmelzunterlagen, Forschungsergebnissen, Maschinen, Laboreinrichtungen und allen möglichen anderen Materialien verschwanden zwar, doch erfuhren die Schottianer davon nichts. Ihnen wurde erst viel später klar, dass die Waggons offensichtlich nie an ihrem vermeintlichen Ziel in Zwiesel angekommen waren.

Erst Jahrzehnte später – nach dem Ende des Kalten Krieges – konnte anhand von mittlerweile freigegebenen, amerikanischen Unterlagen rekonstruiert werden, dass vermutlich US-Soldaten die Waggons nur kurze Zeit nach dem Beladen wieder ausgeräumt hatten.

We take the brain – »wir nehmen das Gehirn, das Wissen mit« – so lautete schließlich das Motto, mit dem die Amerikaner sich auf das Essentielle beschränkten: Auf das geistige Potential von besonders fähigen Wissenschaftlern und Mitarbeitern, mit deren Hilfe sich im Westen eine neue Produktion aufbauen ließe. Es wäre zwar viel bequemer gewesen, wenn man sämtliche Maschinen und Einrichtungen sowie alle Unterlagen gehabt hätte, doch es würde auch so gehen.

4

Karl zuckte erschrocken zusammen, als er aus dem Werkslautsprecher seinen Namen, verzerrt aber durchdringend, hörte. Seine beiden Kollegen, mit denen er an diesem Mittwoch im Juni gerade dabei war, eine elektrische Leitung zu reparieren, schauten ihn verdutzt an. Ihre Namen wurden nicht genannt.

»Na, Karl, was hast du denn ausgefressen? Gib's ruhig zu«, scherzte der eine und grinste Karl breit an.

»Komm schon, uns kannst du es doch erzählen«, ärgerte ihn auch der andere.

Doch Karl war nicht zum Lachen zumute.

»Was hat das denn zu bedeuten?«, stieß er beunruhigt aus, anstatt auf den Spaß seiner Kollegen einzugehen.

Er kletterte von seiner Leiter, wischte sich mit einem Lappen bedächtig die dreckigen Finger ab und lauschte konzentriert der Lautsprecherstimme. Die leierte in gleichbleibender Tonlage noch eine ganze Reihe weiterer Namen herunter.

»In das Dienstzimmer von Dr. Schott soll ich kommen. Meine Güte, das muss was Wichtiges sein«, murmelte Karl, als die Stimme endlich verstummte. Er zermarterte sich den Kopf darüber, was er wohl falsch gemacht haben könnte.

»Ich bin mir keines Fehlers bewusst!«, rief er schließlich den anderen beiden zu, denen mittlerweile ebenfalls das Lachen vergangen war. Die ganze Situation hatte etwas Bedrohliches an sich.

»Ich kann mir beim besten Willen keinen Reim darauf machen, warum ausgerechnet ich aufgerufen wurde«, sagte Karl und schüttelte den Kopf.

Das Arbeitszimmer von Erich Schott gehörte für ihn zu den »heiligen Hallen« des Glaswerks, in die er sich bisher nicht allzu oft verirrt hatte. Es musste also in der Tat etwas Außerordentliches passiert sein.

»Das hat entweder etwas sehr Gutes oder etwas sehr Schlechtes zu bedeuten«, meinte er schließlich Schulter zuckend und versuchte lockerer zu klingen, als er sich fühlte.

»Na, dann gehe ich mal. Bis später!«

Er winkte seinen Kollegen zu und machte sich grübelnd auf den Weg.

Angesichts der vielen Namen, die die Lautsprecherstimme außer seinem aufgerufen hatte, war ihm klar, dass es etwas sein musste, was nicht nur ihn allein betraf. Natürlich hatte Karl von den verrückten Gerüchten einer

Produktionsverlagerung gehört, doch wäre er nicht im Traum darauf gekommen, dass ihn das selbst betreffen könnte.

Otto erging es ähnlich. Auch ihn beschlich ein ungutes Gefühl, als er seinen Namen aus dem Werkslautsprecher vernahm und er sich auf den Weg zum Dienstzimmer des Dr. Schott machte.

»… Anton Heuerling …«

Seinen Namen aus dem Lautsprecher zu hören, verursachte regelrechte Schmerzen in Antons Ohren, obwohl er, im Gegensatz zu Karl und Otto, seit Beginn der Durchsage damit gerechnet hatte. Seine größte Befürchtung war Realität geworden. Denn er wusste bereits, worum es ging.

Ein Kollege war vor zwei Tagen unerwartet auf ihn zugekommen und hatte ihm hinter vorgehaltener Hand verraten, dass sein Name auf einer Liste mit Leuten stünde, die bei einer möglichen Produktionsverlagerung mitmachen müssten.

»Das kann ich mir nicht vorstellen. Ich bin doch bloß ein kleiner, unbedeutender Laborant«, hatte Anton ungläubig entgegnet. »Die nehmen doch nicht alle mit und so jemand Unwichtigen wie mich schon gar nicht. Woher haben Sie diese Information?«, wollte er wissen.

»Ich darf ihnen meine Quelle nicht verraten. Ich habe Verschwiegenheit versprochen. Aber ich versichere ihnen, dass sie glaubwürdig ist.« Sein Kollege hatte sich auf keine Diskussionen eingelassen, sondern sich einfach umgedreht und war gegangen.

Anton war wütend gewesen. Wenn er nicht wusste, woher die Behauptung stammte, konnte er sie doch nicht ernst nehmen. Schon die ganze Zeit geisterten die verrücktesten Gerüchte im Werk herum, deshalb fiel es ihm schwer, den Wahrheitsgehalt des eben Gehörten einzuschätzen. Anton hatte schließlich versucht, es als dummes Gerede abzutun.

Doch das Gesagte stand im Raum und ließ ihn nicht mehr los. Was wäre, wenn doch etwas dran war. Die Vorstellung, Jena verlassen zu müssen, erschien ihm unerträglich. Nach kurzem Zögern beschloss er, den einzigen Menschen zu fragen, der die Wahrheit kennen musste: Dr. Schott persönlich.

Zu seinem Entsetzen hatte dieser das Gerücht bestätigt. Er stand auf einer von den Amerikanern angeforderten Liste von Mitarbeitern, die in Zwiesel eine neue Produktion aufbauen sollten.

Anton fühlte sich wie vom Blitz getroffen, als er diese Bestätigung aus dem Mund seines Chefs hörte. Doch er musste nicht lange überlegen, um seine Erwiderung zu formulieren: »Herr Dr. Schott, das mache ich nicht mit! Ich weigere mich, aus Jena wegzugehen! Bitte streichen Sie mich sofort von dieser Liste! Sie können nicht auf mich zählen und Sie können das auch nicht von mir verlangen. Ich komme auf gar keinen Fall mit.«

Aber Erich Schott hatte nur müde mit den Schultern gezuckt.

»Glauben Sie wirklich, dass Sie eine Wahl haben? Die Listen sind bereits bei den Amis. Ich glaube nicht, dass die Amerikaner zu irgendwelchen Kompromissen bereit sind.«

»Dr. Schott, ich bleibe dabei: Keinesfalls werde ich Jena verlassen.«

Erregt und wütend war Anton aus dem Raum gerauscht.

Nun, angesichts der Nennung seines Namens wusste er, dass seine Intervention nichts bewirkt hatte. Er brauchte einige Minuten, bevor er wieder einen klaren Gedanken fassen konnte. Erst dann machte er sich widerstrebend auf den Weg zu Dr. Schotts Büro.

5

Als Karl, Otto und Anton dort eintrafen, herrschte bereits aufgeregtes Gedrängel. Obwohl sie die lange Liste von Namen eben selbst gehört hatten, waren sie doch überrascht, wie viele Menschen hier versammelt waren. Jeder von ihnen sah bekannte Gesichter.

»Ach, du bist auch hier? Ich habe deinen Namen eben gar nicht gehört.«

Karl war froh, einen vertrauten Kollegen, mit dem er »per Du« war, zu treffen und gesellte sich erleichtert zu ihm.

»Hast du eine Ahnung, was das alles bedeuten soll?«

»Nein, aber bestimmt hat es was mit den Amerikanern zu tun. Wer weiß, vielleicht ist an den ganzen Gerüchten doch was dran.«

»Hoffentlich nicht!«

Karl nickte säuerlich und ließ seinen Blick über die Menschenmenge schweifen. Anspannung und Angst lag auf den Gesichtern. Es war unerträglich heiß in dem großen Raum, obwohl die Fenster weit offen standen und ein leichter Sommerwind hereinwehte. Abteilungsleiter waren darunter, genauso wie Laboranten, Schleifer, Glasschmelzer, Glaspresser, Schalwärter, Schlosser und Elektriker – so wie er selbst. Fast wie ein Querschnitt durchs Werk, ging es Karl durch den Kopf.

»Es scheint aus jeder wichtigen Abteilung jemand dabei zu sein«, raunte er seinem Kollegen zu. »Da hinten stehen sogar zwei Frauen. Ich glaube, die eine arbeitet in der Verwaltung und die andere kenne ich doch auch. Genau, soweit ich weiß, ist die in der Forschung.«

Er verstummte abrupt, als Erich Schott, sein Stellvertreter Richard Hirsch und ein amerikanischer Oberst den Raum betraten.

Die Ausführungen des amerikanischen Kommandanten waren präzise und ließen an der Ernsthaftigkeit der ganzen Angelegenheit keinerlei Zweifel aufkommen:

»Auf Befehl von General Eisenhower und dem westalliierten Hauptquartier: Folgende Leute müssen sich innerhalb von 48 Stunden zur Abfahrt bereithalten.«

Nachdem er ohne Unterbrechung die Namen der 41 Anwesenden verlesen hatte, erteilte der Oberst noch einige Erläuterungen:

»First: Familienangehörige, die im gleichen Haushalt leben, können mitgenommen werden. Second: Jede Familie bekommt einen 2,5-Tonnen-Lastwagen der US-Army zur Verfügung gestellt, genauso wie große Kisten. Third: Persönliche Habe kann mitgeführt werden. Fourth: Auf größere Möbel sollten Sie verzichten. Fifth: Für Verpflegung sorgt die US-Army. Sixth: Es kann jederzeit losgehen. Seventh: Sie erhalten noch genaue Informationen.«

Einen Moment lang herrschte Fassungslosigkeit: Die Mitteilung hatte den Leuten wahrhaftig die Sprache verschlagen. Doch nur für einen kurzen Augenblick. Dann brach ein Sturm der Entrüstung los.

»Wohin soll die Reise gehen?«

»Das können Sie doch nicht mit uns machen!«

»Wie lange sind wir weg?«

»Wann kommen wir wieder?«

»Sind wir jetzt Kriegsgefangene?«

Aufgeregt und wütend schrien die Betroffenen durcheinander. Der Amerikaner antwortete nur auf wenige Fragen und das lediglich ausweichend.

Dann reichte es ihm offenkundig. Mit einer entschiedenen Handbewegung gebot er Ruhe.

»Die Aktion kann jederzeit beginnen!«

Er drehte sich um und wollte den Raum verlassen, doch dann besann er sich und betonte nochmals laut und deutlich:

»Wir erwarten weder Einspruch noch Verweigerungen gegen die Namensliste. Andernfalls …« Der Oberst zuckte mit den Schultern. »Nun, dann müsste sich eine andere Abteilung damit beschäftigen, die für den Abtransport sorgen würde.«

Er brauchte die Drohung nicht weiter zu verdeutlichen. Jedem war klar, was er meinte. Als er die entgeisterten Gesichter sah, wurde seine Stimme milder.

»I'm sorry. Aber die ganze Aktion ist eine Folge des verlorenen Krieges. Bedenken Sie das bitte.«

6

Betroffen und bedrückt, manche auch voller Empörung, verließen die 41 Werksmitarbeiter das Zimmer von Erich Schott, der ebenfalls auf der Liste stand. Er hatte während der ganzen Zeit abseits von dem Oberst gestanden und geschwiegen. Sein Gesicht wirkte unendlich müde.

Im Gegensatz zu den meisten seiner Angestellten hatte er, genauso wie sein engster Führungsstab, mit dem er in den vergangenen Tagen die Listen zusammengestellt hatte, schon etwas Zeit gehabt, um sich an den Gedanken zu gewöhnen.

Für Karl, Otto und die überwiegende Mehrheit dagegen war die Vorstellung, Jena so plötzlich mit unbestimmten Ziel verlassen zu müssen und dabei nur das Notwendigste mitnehmen zu dürfen, gleichermaßen schockierend wie niederschmetternd.

Nie hätte Karl erwartet, dass die Gerüchte auch ihn betreffen könnten. Als er an seinen Arbeitsplatz zurückgekehrt war und ihn seine beiden Kollegen ausfragten, fühlte er sich hilflos und leer. Von jetzt auf gleich war alles anders.

»Es kann jeden Augenblick losgehen«, erzählte er immer noch fassungslos. »Wie soll ich das meiner Agnes beibringen?«

Er fühlte sich dem Schicksal vollkommen ausgeliefert, denn er glaubte nicht, seine Deportation noch irgendwie verhindern zu können.

»Der Amerikaner hat recht. Jetzt bezahlen wir die Rechnung für diesen furchtbaren Krieg«, resignierte er.

Seine Kollegen wirkten genauso schockiert wie er, als er mit seinem Bericht fertig war. Natürlich hatten sie Mitleid mit Karl und den anderen Kollegen, doch dann machten sich allerlei Fragen in ihren Köpfen breit, die auch sie selbst betrafen: Was würde mit ihnen, den Zurückbleibenden, passieren? Würden sie so weitermachen können wie bisher, wenn die besten Leute fehlten? Würde man sie überhaupt lassen? Und was würde aus dem Werk werden, wenn ein Teil der Produktion verlagert wird? Bedeutete der amerikanische Abzug, dass jetzt tatsächlich die Russen kommen? Und was würden die dann anordnen?

Fragen über Fragen, auf die niemand eine Antwort kannte.

Klar war nur, dass vom heutigen Tag an vermutlich nichts mehr so sein würde, wie es war.

»Wenigstens können wir unsere Familien mitnehmen. Ich würde es nicht ertragen, meine Mädels alleine hier zurückzulassen und nicht zu wissen, was passiert. Vor allem, wenn tatsächlich die Russen kommen«, versuchte Karl das Bevorstehende positiv zu sehen. Doch das war nur ein schwacher Trost, genauso wie der Umstand, einige persönliche Sachen mitnehmen zu können. Was würde aus dem Rest werden? Was passierte mit ihren Freunden und Verwandten, die hier blieben? Wie und wo würden sie demnächst leben?

Er dachte an die anderen, die ebenso betroffen waren.

»Was sollen bloß diejenigen machen, die gebrechliche Eltern zu Hause versorgen? Oder diejenigen, deren erwachsene Kinder hier in Jena längst ihren eigenen Hausstand besitzen? All diese Familien werden doch zwangsläufig auseinandergerissen.«

Karl schüttelte traurig den Kopf.

»Eines steht fest: Wir alle müssen von nun an vermutlich unser gewohntes und vertrautes Leben aufgeben. Alles wird anders werden, für die, die gehen müssen genauso wie für die, die bleiben dürfen. Nur wissen wir alle beisammen noch nicht, wie es wird.«

Karl ging – wie seinerzeit wohl die meisten Deutschen – davon aus, dass die Aufspaltung in verschiedene Besatzungszonen nur eine temporäre Erscheinung sein würde und er Jena nicht für immer verlassen müsste. Nun gut, er würde sich fügen. Wenn das sein Preis war, den er zahlen musste! Aber selbstverständlich würde er irgendwann in seine Heimat zurückkehren. Das stand für ihn außer Frage.

7

Als Anton leichenblass ins Labor zurückschlich, sahen seine Kollegen sofort, wie erschüttert er war. Seine Lippen zu einem schmalen Strich zusammengepresst, ließ er sich kraftlos auf den nächsten Stuhl fallen, unfähig auch nur ein Wort zu sagen. Keiner traute sich, ihn anzusprechen.

Eigentlich fühlte er sich schon seit seinem Gespräch mit Dr. Schott vor zwei Tagen krank – krank vor Sorge und Angst.

»Ich will Jena nicht verlassen«, hämmerte es seither unablässig in seinem Kopf. Er fühlte sich so eng mit seinen Eltern, der Stadt und seinem gesamten

Umfeld verbunden, dass er sich ein Leben anderswo nicht vorstellen konnte. Ein widerlich flaues Gefühl hatte sich direkt nach dem Gespräch mit Dr. Schott in seinem Magen ausgebreitet und war seitdem hartnäckig geblieben. Jetzt, nachdem sämtliche Hoffnung zunichte gemacht worden war, reagierte sein Körper heftig: Sein Bauch war verkrampft und sein Kopf fühlte sich an, als hätte ihm jemand mit einem schweren Hammer drauf geschlagen. Ein dunkelgrauer Schleier vernebelte ihm die Sicht und gleichzeitig ließ ihn ohnmächtige Wut am ganzen Körper zittern.

Anton wusste nicht, wie er weiterarbeiten sollte und meldete sich kurz entschlossen krank. Er musste nach Hause und zwar sofort!

Auf dem Heimweg ließ Anton seine Zeit im Glaswerk Revue passieren: Eigentlich hätte er in diesen Tagen sein Jubiläum feiern sollen – seit genau 25 Jahren, einem Vierteljahrhundert, dachte er aufgebracht, arbeitete er nun schon bei Schott in Jena. Sollte es damit jetzt vorbei sein? Der Gedanke trieb ihm die Tränen in die Augen. Er hatte nie woanders gearbeitet und konnte es sich beim besten Willen auch nicht vorstellen.

Sophie brauchte ihren Mann nur anzusehen, als der viel früher als normalerweise in der Türe stand, um zu begreifen, was los war. Sie wusste von dem drohenden Unheil, denn Anton hatte ihr vorgestern Abend bereits von seinem Gespräch mit Dr. Schott erzählt. Bis spät in die Nacht hinein hatten sie gemeinsam nach einem Weg gesucht, um Jena nicht verlassen zu müssen. Sophie wollte Jena genauso wenig den Rücken kehren wie Anton. Eine überzeugende Lösung war ihnen jedoch nicht eingefallen.

»Mein Gott, Anton, was ist los mit dir? Nun sag schon!«

Sophie ahnte die Antwort zwar, doch hoffte sie inständig auf einen anderen Grund.

»Es ist so weit. Wir müssen tatsächlich mit den Amis in den Westen. Es kann jederzeit losgehen. Vorhin hat es uns ein amerikanischer Oberst im Büro von Dr. Schott mitgeteilt.« Er spie die Worte voller Hass und Abscheu aus. »Ich stehe, wie befürchtet, auch auf ihrer Liste.«

Anton lehnte sich kraftlos an den Türrahmen. Alles an ihm war in sich zusammengesunken.

»Dann hat dein Vorsprechen bei Dr. Schott also nichts genutzt. Das ist ja fürchterlich!«, rief Sophie aufgebracht aus. Tränen füllten ihre Augen.

»Was sollen wir jetzt nur machen?«, flüsterte sie verzweifelt.

Sie hatte so sehr auf ein Wunder gehofft, dass jetzt die Welt für sie zusammenbrach. Es würde keines geben! Sie nahm ihren Mann in die Arme und drückte ihn fest an sich. Jetzt kamen auch Anton die Tränen. Als hätten sich Schleusen geöffnet, ließen beide ihrem Leid freien Lauf.

»Was ist das für eine himmelschreiende Ungerechtigkeit«, stieß Sophie schließlich hervor. »Warum trifft es ausgerechnet uns und nicht andere Leute, die sowieso gerne von hier weggehen würden. Davon kenne ich einige.« Verzweifelt schüttelte sie den Kopf. »Für uns ist das keine Chance, sondern ein … ein …«, sie suchte nach dem passenden Ausdruck, »ein Herausreißen aus allem, was uns lieb und teuer ist.«

Anton schaute sie traurig an und nickte. Ein Gefühl grenzenloser Leere und Hilflosigkeit hatte sich seiner bemächtigt.

»Ja, warum ausgerechnet wir? Ich bin doch nur ein ganz normaler Laborant. Warum haben sie nicht einen anderen aus unserer Gruppe genommen. Ich verstehe das wirklich nicht!«

»Irgendetwas müssen wir doch dagegen tun können!«, begehrte Sophie laut auf. »Jetzt, nachdem wir den Krieg einigermaßen heil überstanden haben und wir uns alles wieder so schön hergerichtet haben, können sie uns das nicht antun! Und was soll aus deinen Eltern werden? Die schaffen das doch gar nicht alleine.«

Während Sophie sich ihre Wut von der Seele redete und trotzig nach einem Ausweg suchte, legte sich Anton krank ins Bett. Er fühlte sich sämtlicher Lebenskraft beraubt und flüchtete sich in einen unruhigen Dämmerschlaf.

Sophie hingegen grübelte weiter und beschloss, am nächsten Tag ebenfalls persönlich bei Dr. Schott vorzusprechen. Vielleicht würde sie ja mit ihrem weiblichen Charme, der ihr schon so manches Mal weiter geholfen hatte, etwas erreichen können. Es war zumindest einen Versuch wert, fand sie.

Am nächsten Morgen machte sie sich auf den Weg quer durch die Stadt zur Villa der Familie Schott, die auf dem Firmengelände direkt oberhalb des Westbahnhofs lag. Anton hatte nur müde abgewunken, als sie ihm von ihrem Plan erzählt hatte.

»Da wirst auch du nichts ausrichten«, prophezeite er frustriert. »Es ist längst alles entschieden.«

»Na, das wollen wir doch mal sehen.« Die Mutlosigkeit Ihres Mannes ärgerte sie.

Es war ein strahlend schöner Sommertag mit warmen Temperaturen, sodass Sophie schnell völlig durchschwitzt war. Als sie endlich vor dem stattlichen Haus stand, musste sie nach Luft schnappen und erst wieder zu Atem kommen. Nachdem sie in ihrem kleinen Handspiegel ihr Aussehen geprüft hatte und feststellen musste, dass ihre sonst so strahlend wasserblauen Augen sie traurig und mit roten Rändern ansahen, klingelte sie hastig, bevor der Mut sie gänzlich verließ.

Ein Hausmädchen geleitete sie in den Wintergarten und bat Sophie, zu warten. Sie nutzte den Augenblick und ging neugierig zu der großzügigen Fensterfront. Von dort aus hatte man einen herrlichen Blick über die ganze Stadt und die Saale, die sich von Süd nach Nord durch das grüne Tal schlängelte.

»Was für ein wunderschöner Anblick«, dachte sie und entdeckte auf der anderen Seite des Tales ihr eigenes Haus.

Nein hier wollte sie definitiv nicht weg!

»Mein Mann kann leider nicht mit Ihnen sprechen«, eröffnete in diesem Augenblick Frau Schott das Gespräch. Sie war lautlos in den Raum getreten, sodass Sophie erschrocken herumfuhr.

»Ähm … ja … guten Tag, Frau Schott,« stotterte sie überrascht. »Das ist sehr schade, ich muss Ihren Mann nämlich unbedingt sprechen.«

Es hatte sie aus dem Konzept gebracht, dass nicht Herr Schott, sondern seine Frau so unvermittelt vor ihr stand. Bei ihm hätte Sophie sich sicherer gefühlt, da sie ihn kannte.

In der Mitte des Raumes plätscherte friedlich ein kleiner Zimmerbrunnen vor sich hin und verbreitete eine der Ernsthaftigkeit nicht angemessene Leichtigkeit und Frische.

»Das glaube ich gerne. Und es tut mir sehr leid«, sagte Frau Schott. »Aber mein Mann ist krank und liegt mit Fieber und Durchfall im Bett.« Sie taxierte Sophie. »Vielleicht kann ich Ihnen ja auch weiterhelfen?«

»Wahrscheinlich weiß sie ganz genau, worum es geht«, dachte Sophie.

»Geht es um die Deportation?«, fragte Frau Schott, als habe sie ihre Gedanken gelesen. »Sie können mir glauben, diese Situation ist auch für uns nicht leicht. Mein Mann ist darüber krank geworden.«

»Ich will aber nicht weg hier«, begehrte Sophie auf. »Ich will in Jena bleiben, bei meiner Familie, meiner Mutter und meinen Schwiegereltern. Ich will sie nicht einem ungewissen Schicksal überlassen. Und überhaupt, wissen Sie, was mit uns wird? Wohin uns die Amerikaner bringen werden und was sie mit uns vorhaben? Warum muss ausgerechnet mein Mann mitkommen? Ich verstehe das nicht.«

Frau Schott schaute Sophie nachdenklich an, bevor sie leise erwiderte: »Es tut mir leid für Sie. Warum Ihr Mann auf der Liste steht, kann ich nur mutmaßen: Sicherlich gehört er zu denjenigen, die für unentbehrlich gehalten werden und deshalb unbedingt mitkommen sollten.«

Völlig enttäuscht machte sich Sophie auf den Rückweg. »Nun kann ich nichts anderes mehr tun, als zu packen«, dachte sie frustriert.

Kurz bevor sie heute Morgen losgegangen war, hatten die Amerikaner bei ihr – genauso wie bei allen anderen betroffenen Familien – große Kisten für den Hausrat angeliefert. Sophie hatte sich nicht getraut, sie ganz zurückzuweisen und die sperrigen Dinger deshalb neben den Schuppen stellen lassen, direkt gegenüber vom Hauseingang. Als sie jetzt zurückkam, fiel ihr Blick sofort darauf. Hasserfüllt starrte sie sie an.

»Ich habe nichts erreicht. Leider!«

Sie konnte den enttäuschten Blick ihres Mannes kaum ertragen, als sie ihm von dem Besuch erzählte. Insgeheim hatte er sich doch ein Fünkchen Hoffnung gemacht. Kraftlos legte sich Anton nun wieder in sein Bett und zog die Decke hoch bis zum Hals, als würde er frieren und starrte mit leerem Blick auf die Wand.

Sophie war bei allem Verständnis für seine Verzweiflung doch ein bisschen wütend und enttäuscht über das Verhalten ihres Mannes. Warum kämpfte er nicht? Schließlich war sie genauso verzweifelt und ratlos. Doch sie spürte, dass sie ihn am besten in Ruhe ließ, bis er selbst wieder die Kraft finden würde, um weiterzumachen. Bange fragte sie sich, wie lange sie wohl darauf würde warten müssen.

Daher atmete sie erleichtert auf, als Anton unerwartet zum Abendbrot in der Küche auftauchte. Mit einem entschuldigenden Lächeln setzte er sich auf den Stuhl ihr gegenüber.

»Es tut mir Leid. Ich wollte dich heute Vormittag nicht einfach so stehen lassen. Aber ich konnte nicht mehr. Ich bin so ratlos.«

»Schon gut. Ich verstehe dich ja. Es ist nur so, dass wir uns jetzt wirklich genau überlegen müssen, was wir machen. Und ich wäre dir dankbar, wenn ich das nicht alleine tun müsste.«

An diesem Abend saßen sie noch lange zusammen und beratschlagten sich. Auch wenn feststand, dass sie Jena auf keinen Fall verlassen wollten, hinderte sie ihre Loyalität zum Glaswerk und den Kollegen an einer offenen Weigerung genauso wie die Angst vor amerikanischen Repressalien. So mutig waren sie beide nicht. Sie würden also wohl oder übel mitgehen müssen.

»Aber wir kehren so bald wie möglich nach Jena zurück, das steht fest!« Antons Stimme überschlug sich vor Leidenschaft. »Es muss einen offiziellen und ehrlichen Weg geben, um das zu erreichen.«

»Ja, das denke ich auch. Die Amerikaner können uns schließlich nicht ewig festhalten und uns davon abhalten, in unsere Heimat zurückzukehren«, stimmte Sophie zu.

Als sie sich am nächsten Morgen ans Packen machten, beschränkten sie sich absichtlich auf Kleidung und Wäsche.

»Wir brauchen nicht viel Hausrat mitzunehmen, wenn wir bald wieder zurückkommen«, meinte Sophie entschieden.

»Ja, wir wollen uns erst gar nicht auf eine längere Zeit in der Fremde einrichten«, stimmte ihr Anton zu.

Allerdings wanderten dann doch ein paar Kleinigkeiten, an denen sie ganz besonders hingen, in die Kisten. Mal fiel Sophies Blick auf ein gut getroffenes Familienbild aus glücklichen Tagen, mal entdeckte Anton das Buch, das sie ihm zum letzten Weihnachtsfest geschenkt hatte.

»Als geistige Nahrung, sozusagen«, entschuldigte er sich.

»Schon gut. Ein paar Dinge müssen eben sein. Trotzdem reisen wir wirklich mit leichtem Gepäck«, meinte Sophie nicht ohne Stolz.

»Wie wäre es, wenn wir noch einige Gläser Eingemachtes mitnehmen würden? Wo immer wir hingebracht werden, wir wissen nicht, ob und was es dort zu essen gibt.« Es war die praktische Sophie, die auf die Idee kam.

»Das kann bestimmt nicht schaden. Und zur Not können wir sie als Tauschobjekte verwenden.«

Zusammen gingen sie in den Keller und wählten verschiedene Gläser aus. Zu guter Letzt legte Anton noch zwei Flaschen Wein dazu.

»Die können wir auch gut eintauschen«, erklärte er, als er Sophies überraschtes Gesicht sah.

»Und warum nimmst du nicht die eine Flasche Sekt noch mit, die da oben jetzt ganz alleine herum liegt?«, fragte Sophie.

Die Flasche sah in der Tat etwas verloren aus. Aber Anton winkte ab.

»Nein, die lassen wir absichtlich hier. Diese Flasche Sekt trinken wir mit unseren Eltern, wenn wir – hoffentlich bald - hierher zurückkehren!«

Es klang wie ein feierliches Versprechen.

»Ja, das machen wir! Und das wird dann der schönste Augenblick in unserem Leben sein.«

8

Als Karl Stockmüller an diesem Mittwoch, der das weitere Leben seiner Familie grundlegend ändern sollte, aus dem Glaswerk nach Hause kam, war der Nachmittag erst halb vorbei. Clara entdeckte ihren Vater schon von Weitem, da sie bereits seit Stunden mit ihrer Freundin auf dem breiten Bürgersteig vor dem Haus das »Vater-Mutter-Kind-Spiel« spielte. Sie war gerade dabei, ihr

Puppenkind in den Puppenwagen zu legen, als sie ihn am Ende der Straße entdeckte.

»Da ist ja mein Vati«, rief sie überrascht und ließ ihre Puppe achtlos fallen. »Komisch, sonst kommt er doch immer viel später.«

Sie wunderte sich, aber das war egal, Hauptsache ihr Papa, den sie über alles liebte, war da. Und wer weiß, vielleicht würde er sogar mit ihr spielen. Das tat er manchmal, wenn er Zeit und gute Laune hatte. Angesichts dieser verlockenden Aussicht vergaß Clara ihre Freundin augenblicklich. Ohne ein Wort ließ sie das Mädchen stehen und rannte fröhlich winkend ihrem Vater entgegen.

Karl schaffte es gerade noch, sein Fahrrad an die Hauswand zu lehnen, bevor Clara wie ein Wirbelwind auf ihn zuflog. Schnell stellte er sich breitbeinig hin und fing sie auf. Laut lachend wirbelten beide zusammen mehrfach im Kreis herum. Claras nackte und vom Barfußlaufen kohlrabenschwarzen Füße flogen einen wundervollen Augenblick lang fast waagerecht durch die Luft, bevor Karl sie vorsichtig wieder absetzte. Dies war ihre vertraute und häufig praktizierte Form der Begrüßung, wenn Karl von der Arbeit heim kam. Beide kämpften torkelnd gegen den Drehwurm in ihrem Kopf an und auch Karls Bemerkung: »Na, das ist ja mal wieder eine stürmische Begrüßung! Guten Tag, Clara«, gehörte zu ihrem eingeübten Ritual.

»Ich gehe jetzt rein«, rief Clara kurz entschlossen ihrer Freundin zu, als sie wieder schwindelfrei geradeaus schauen konnte. Das Spiel mit der Freundin erschien ihr plötzlich langweilig.

»Vielleicht spielt mein Vati ja jetzt mit mir«, sagte sie hoffnungsfroh, raffte ihre Puppe und die anderen Spielsachen zusammen und folgte ihrem Vater ins Haus.

Agnes war genauso überrascht wie Clara, als sie ihren Mann so früh heimkommen sah. Eigentlich dauerte seine Schicht doch noch zwei Stunden. Verwundert hielt sie mit ihrer Hausarbeit inne.

»Du bist schon da? Was ist denn los? Ist irgendetwas passiert oder bist du krank?«

Forschend ging sie ihm entgegen. Aber Karl schien keine Erklärungen abgeben zu wollen. Seine eben noch so unbeschwert wirkende Fröhlichkeit, die er bei der Begrüßung seiner Tochter gezeigt hatte, war wie weggeblasen. Er ließ sich schwer auf einen Küchenstuhl fallen. Clara, die seinen abrupten Stimmungswechsel bemerkt hatte, war enttäuscht. Das sah nicht mehr nach gemeinsamem Spiel aus.

Auch Agnes beschlich ein ungutes Gefühl. Wenn Karl diesen Gesichtsausdruck hatte, der so betont harmlos wirken sollte, wusste sie genau, dass etwas nicht stimmte.

Anstatt auf die Fragen seiner Frau einzugehen, widmete Karl lieber Clara seine ganze Aufmerksamkeit. Und die ergriff die Chance sofort.

»Schau mal Vati, was ich heute in der Schule gemalt habe!«

Schnell zog sie ein buntes Bild aus ihrem Schulranzen, der neben dem Küchenschrank stand, und wedelte damit vor seinem Gesicht herum. Sie hatte das Bild erst morgens gezeichnet und von Frau Buchner dafür ein großes Lob bekommen. Nun erwartete sie von ihrem Vater eine mindestens genauso große Anerkennung.

»Nicht so dicht! Sonst kann ich ja überhaupt nichts erkennen«, rief er mit falscher Fröhlichkeit und nahm ihr das Bild aus der Hand. Als ginge es darum, einen echten Dürer zu begutachten, betrachtete er das farbenfrohe Gemälde seiner Tochter mit ganzer Konzentration.

Er war dankbar, dass Clara ihn so in Beschlag nahm. So gewann er noch etwas Zeit, bevor er seiner Frau das Unglaubliche erklären musste.

Auf dem gesamten Heimweg hatte er darüber nachgegrübelt, wie er es Agnes beibringen sollte. Aber die Tatsache an und für sich war so ungeheuerlich, dass ihm beim besten Willen keine geeignete Formulierung hatte einfallen wollen. Ohne sich dessen bewusst zu sein, war er umso langsamer geworden, desto näher er seinem Zuhause kam.

Er spürte den bohrenden Blick seiner Frau schmerzhaft im Rücken. Mit Absicht hatte er sich so hingesetzt, dass er Agnes nicht direkt ins Gesicht schauen musste. Plötzlich wurde ihm klar, dass er Angst vor ihrer Reaktion hatte. Also blieb er Agnes eine Antwort schuldig und fragte stattdessen unwirsch: »Ist was zu Essen da? Ich hab Hunger und außerdem bin ich in Eile. Ich muss gleich wieder weg.«

»Wie, du musst gleich wieder weg? Wo willst du denn hin?« Agnes hasste es, wenn Karl ihr so auswich. Das war in den bald achtzehn Jahren ihrer Ehe zum Glück nur selten vorgekommen. Gewöhnlich hatten sie ein sehr gutes Verhältnis zueinander und konnten alles vertrauensvoll miteinander besprechen. An die wenigen Male, die es anders gewesen war, konnte sie sich dafür umso intensiver erinnern.

»Frag nicht so viel«, fuhr Karl sie unfreundlich an.

Agnes ärgerte sich über die Art und Weise, wie er sie abwies. Aber sie kannte ihn gut genug, um zu wissen, dass sie in dieser Laune sowieso keine vernünftige Antwort bekommen würde. Ohne ein weiteres Wort drehte sie sich zornig um und ging zum Küchenschrank, wo ein paar vom Mittagessen übrig gebliebene, gekochte Pellkartoffeln abgedeckt standen. Mit zusammengekniffenen Lippen fing sie an, sie zu schälen, in kleine Stücke zu schneiden und in einer alten, gusseisernen Pfanne zu braten, die sie zuvor flüchtig mit einer Speckschwarte ausgerieben hatte. Alle Handgriffe erledigte Agnes automatisch, während in ihrem Kopf die Gedanken durcheinander tobten. »Wahrscheinlich will er eine Radtour mit seinen Kegelbrüdern unternehmen, und es ist ihm peinlich, das zuzugeben«, mutmaßte sie.

Karl fühlte sich der Situation nicht gewachsen. Seufzend schaute er seiner Frau eine Weile lang zu. Es war nicht zu übersehen, dass sie böse auf ihn war, und er schimpfte mit sich selbst. »Jetzt hast du alles vermasselt«, dachte er traurig.

Er hatte sie nicht verärgern wollen, natürlich nicht! Eigentlich hatte er sich vorgenommen, ihr in aller Ruhe und in allen Einzelheiten von dem Geschehenen zu berichten, um dann gemeinsam mit ihr zu überlegen, was sie am besten machen sollten. Aber das war jetzt wohl gründlich misslungen. Er musste all seinen Mut zusammennehmen, bevor er das unheilvolle Schweigen brechen konnte: »Setz dich mal hin. Ich muss dir was sagen!«

Sein Ton war jetzt viel verbindlicher und ließ Agnes aufhorchen. Trotzdem war sie noch viel zu wütend, um gleich einzulenken. Also stellte sie ihre Unlust offen zur Schau, als sie widerwillig die Pfanne vom Feuer zog. Schließlich setzte sie sich auf den Stuhl ihm gegenüber.

»Eines sage ich dir gleich«, platzte er ungeschickt heraus, »ewige Heulerei hat überhaupt keinen Sinn! Ich hole jetzt die Elisabeth aus Neustadt mit dem Motorrad ab.«

»Was hast du denn vor?«

Agnes schaute Karl verwirrt an. Jetzt verstand sie überhaupt nichts mehr.

»Ist was mit der Elisabeth? Bist du angerufen worden? So sag doch endlich, was los ist!«

Schlagartig wich all ihr Ärger der Angst um ihre älteste Tochter. Elisabeth hatte auch nach Kriegsende nicht den Bauernhof in Neustadt verlassen wollen und war bei der Bauernfamilie geblieben.

»Nein, es ist nichts mit der Elisabeth. Du brauchst dir keine Sorgen zu machen.«

Karl winkte ab.

»Aber …«, er zögerte einen Augenblick und fuhr sich mit der Hand über die Augen, bevor er die nächsten Worte aus sich heraus quälte. »Na ja, … also … wir … ähm … wir müssen mit den Amis mit. Wir alle. Die ganze Familie. Das ist uns heute von einem amerikanischen Oberst befohlen worden. Übermorgen soll es losgehen. Und deshalb hole ich jetzt die Elisabeth aus Neustadt ab. Schließlich können wir sie nicht hier lassen. Ich habe schon die nötigen Passierscheine von den Amis bekommen, um bis nach Neustadt zu fahren.«

Nun war es raus! Karl war erleichtert, dass er es hinter sich hatte, wartete aber gleichzeitig gespannt auf die Reaktion seiner Frau, die ihn bisher nur entgeistert angestarrt hatte.

»Ich verstehe es ja selbst nicht«, fügte er verzweifelt hinzu. »Heute Morgen, als ich ins Werk gefahren bin, war noch alles in Ordnung. Wie hätte ich ahnen können, dass unser Leben innerhalb von wenigen Stunden völlig auf den Kopf gestellt werden würde. Damit konnte doch keiner rechnen! Und du kannst mir glauben, mir passt das auch nicht.«

In Agnes Kopf rotierte es: Warum? Wieso? Wann? Wie? Aber Karl ließ sie nicht zu Wort kommen. Jetzt, nachdem die Tatsache raus war, konnte er die Ereignisse vom Vormittag der Reihe nach schildern. Es herrschte fassungsloses Schweigen, als er fertig war.

»Ich glaub, du bist nicht ganz gescheit! Ich gehe doch nicht weg von hier«, fiel Agnes einen Augenblick später über Karl her. »Jetzt, nachdem wir diesen furchtbaren Krieg mit all seinen Bomben heil überstanden haben, neue Fenster eingesetzt sind und wir alles wieder in Ordnung gebracht haben, sagst du mir, wir müssen weg? Nee, mein Lieber! Das kommt überhaupt nicht in Frage!«

Agnes war richtig empört. Sie stand mit einem so heftigen Ruck auf, dass ihr Stuhl nach hinten umkippte.

Das hatte Karl befürchtet. Seitdem er das Büro von Erich Schott verlassen hatte, tobte in seinem Kopf ein Kampf: Einerseits wollte er nichts lieber, als hier in Jena zu bleiben und so weiterzumachen wie bisher. Hier hatte er sein Auskommen und eine gute Stellung im Glaswerk. Ihm machte seine Arbeit Spaß und bei seinen Kollegen war er beliebt. Mit seiner Frau und den Mädchen hatte er sich ein gemütliches Zuhause geschaffen und auch seine anderen Verwandten lebten nicht weit von Jena entfernt.

Aber würde es so bleiben, wenn die Russen tatsächlich die Macht von den Amerikanern übernähmen? Das schien immer wahrscheinlicher. Und die Russen waren ihm alles andere als geheuer, dafür hatte er zu viele brutale Geschichten über sie gehört. Er bekam schreckliche Angst um »seine drei Frauen«. Angesichts dessen wäre es vielleicht gar nicht so schlecht, mit Hilfe der Amerikaner von hier wegzugehen, argumentierte er mit sich selbst.

Schließlich hatte der Oberst am Morgen ausdrücklich zugesichert, das die Amis für das Notwendigste sorgen würden. Und sie könnten sogar einen Teil ihrer Sachen mitnehmen.

Er konnte sich zwar nicht erklären, wieso sie gerade ihn mitnehmen wollten und was sie dafür von ihm verlangen würden, aber es war nun einmal so. Und würde das Glaswerk überhaupt weiter produzieren können, wenn die wichtigsten Leute weg wären? Vielleicht müsste er sich dann sowieso eine andere Arbeit suchen?

Wenn er ganz ehrlich war, wusste er sowieso nicht, ob er wirklich eine Wahlmöglichkeit hatte.

»Die Entscheidung ist doch längst gefallen«, dachte er resigniert, als ihm die unterschwellige Drohung des Oberst einfiel. Trotzdem gab er seiner Frau jetzt das Gefühl von Alternativen:

»Du hast nicht viel Zeit, dich zu entscheiden: Bleiben wir hier, übernehmen die Russen vermutlich das Kommando. Wer weiß, was die mit uns vorhaben. Vielleicht verschleppen sie uns sogar in die Sowejtunion. Wäre dir diese Vorstellung angenehmer?«

Karl machte extra eine kleine theatralische Pause, damit seine Worte besser wirkten. Mit einiger Befriedigung registrierte er, wie sich ihre Augen vor Entsetzen weiteten.

»Oder wir gehen mit den Amis. Da wissen wir zwar auch nicht genau, wohin es uns verschlägt, wahrscheinlich aber zu einem der Zweigwerke von Schott. Und mir sind die Amis irgendwie lieber als die Russen. Morgen liefern uns die Amerikaner Umzugskisten. Wir können also sogar unsere Sachen mitnehmen – zumindest das Wichtigste. Ist das nicht vielleicht besser?«

Agnes wusste nicht, was sie sagen sollte und starrte Karl bloß an. Die Bemerkung mit den Russen hatte ihre Wirkung nicht verfehlt. Nach einer Weile stand Karl auf, holte seine Jacke, die er vorhin achtlos über einen Stuhl geworfen hatte, und zog sie an.

»So, ich fahre jetzt los und hole Elisabeth ab. Du hast Zeit, bis ich zurück komme. Überleg dir deine Entscheidung gut.»

Agnes fühlte sich wie vor den Kopf gestoßen. Als die Tür ins Schloss fiel und ihr klar wurde, dass Karl weg war, ließ sie sich kraftlos auf einen Stuhl plumpsen. Ihr Kopf fühlte sich hohl und gleichzeitig wahnsinnig schwer an, sodass sie ihn mit ihren Händen stützen musste. Hier alles aufgeben? Sie schaute sich in der Küche um, als sähe sie Herd, Schrank und die alte Kaffeemühle zum ersten Mal. Nein! Und nochmals Nein!

Andererseits hatte sie der Hinweis ihres Mannes auf die Sowjetunion erschüttert. Ob sie vielleicht tatsächlich dorthin gebracht würden? Oder vielleicht nur Karl allein? Das wäre fast noch schlimmer.

»Nein, dann lieber irgendwo anders in Deutschland und das zusammen mit ihm«, dachte sie entschieden.

Allein wenn sie an die russische Sprache dachte, wurde ihr unbehaglich zumute. Wie fürchterlich, sie würde nichts verstehen! Gut, gestand sie sich selbst ein, Englisch sprach sie auch nicht, aber wenn sie an einen anderen Ort in Deutschland gebracht würden, könnten sie wenigstens Deutsch sprechen.

Und dann die Sorge um Clara und vor allem um Elisabeth. Immerhin war die mittlerweile 16 Jahre alt und wurde immer hübscher. Ein kleines, stolzes Lächeln huschte über Agnes Gesicht, als sie an ihre große Tochter dachte. Nein, sie musste ihre Mädchen beschützen!

Dieser Gedanke gab den Ausschlag: Auf keinen Fall zu den Russen!

Karl hatte schon ein gutes Stück seines Weges nach Neustadt zurückgelegt, als Agnes sich endlich von ihrem Stuhl aufraffen konnte. Sie ging von der Küche ins Wohnzimmer, betrachtete alles eingehend und überlegte dabei, ob sie sich bald davon würde trennen müssen. Ihr Herz wurde immer schwerer.

Clara beobachtete derweil ihre Mutter und konnte sich keinen Reim auf deren merkwürdiges Verhalten machen. Sie hatte das Gespräch ihrer Eltern nicht mitbekommen, da sie sich beleidigt in ihr Zimmer zurückgezogen hatte, nachdem ihr Vater doch nicht zum Spielen aufgelegt war. Dort hatte sie allein gespielt. Aber sie spürte instinktiv, dass etwas Grundlegendes passiert sein musste und sie ihre Mutter lieber nicht stören sollte. Gleichermaßen fasziniert wie ängstlich beobachtete sie diese.

»Komm Clara, wir gehen zum Opa.«

Sie zuckte erschrocken zusammen, als Ihre Mutter sie unerwartet ansprach.

»Jetzt noch? Das machen wir doch sonst nie. Kommt Vati auch mit? Wo ist der überhaupt?«

»Nein, der holt deine Schwester ab.«

»Wieso das denn?«, wunderte sich Clara, bekam aber keine Antwort.

Obwohl sie immer noch nicht verstand, was geschehen war, beschloss sie, lieber einfach zu machen, was von ihr verlangt wurde, denn das Verhalten ihrer Mutter war einfach zu komisch. So schnell wie möglich schlüpfte sie in ihre Sandalen.

Die beiden brauchten für den kurzen Weg bis zu Agnes Vater, der nicht weit entfernt in der Dornburger Straße allein in einer kleinen Zwei-Zimmer-Wohnung lebte, nur wenige Minuten. Auf dem Weg dorthin sprachen sie kein Wort miteinander. Clara war zwar brennend neugierig, doch wagte sie es immer noch nicht, die Gedanken ihrer Mutter zu stören.

Erst als Agnes ihrem Vater von dem drohenden Abtransport berichtete, erfuhr auch Clara, was los war. Dabei verstand sie nur ansatzweise, worum es ging. Doch ihr Opa reagierte schockiert und fassungslos, also musste es etwas Schlimmes sein, schlussfolgerte das Kind. Lastwagen … Packen … große Reise … Fahrt ins Ungewisse … Was sie aufschnappte, hörte sich in ihren Ohren allerdings irgendwie auch ungeheuer spannend an. Es roch förmlich nach Abenteuer. Etwas furchtbar Aufregendes würde bald passieren, da war sie sich schließlich ganz sicher, zumal sich keiner der Erwachsenen die Mühe machte, es ihr zu erklären.

Sie blieben nicht lange. Agnes führte Clara weiter den steilen Weg hoch zum nahe gelegenen Nordfriedhof, wo ihre Mutter seit zwei Jahren begraben lag. Sie hatte das tiefe Bedürfnis mit ihr Zwiesprache zu halten. Zu gern hätte sie deren Rat gewusst, doch als sie vor dem Grab stand, fühlte sie nur Leere. Agnes erkannte, dass sie diese Entscheidung ganz allein treffen musste.

»Wann gehen wir nach Hause?« Es hatte eine Weile gedauert, bis Clara sich traute ihre Mutter zu fragen. Aber sie langweilte sich und wollte endlich wieder zurück.

»Du hast recht, es wird höchste Zeit, dass wir nach Hause gehen.«

Zärtlich strich Agnes ihrer Tochter über den Kopf. Plötzlich tat ihr das Kind leid.

»Entschuldige bitte! Ich bin komisch heute, nicht wahr? Ich erkläre dir alles später. Du würdest es sowieso nicht verstehen. Ich verstehe es ja selbst nicht. Aber ich weiß jetzt, was wir machen werden.«

Ohne eine weitere Erklärung nahm sie Clara an die Hand und ging bestimmten Schrittes nach Hause.

»So ein Quatsch! Ich will nicht weg aus Neustadt oder aus Thüringen, ich bleibe hier!«

Statt einer Begrüßung schimpfte Elisabeth lautstark, als sie spätabends mit ihrem Vater die Wohnung am Spittelplatz betrat. Die holprige Fahrt von Neustadt auf den zum Teil kaputten Straßen hatte kein Ende nehmen wollen und die beiden waren kräftig durchgeschüttelt worden. Doch von Erschöpfung war bei Elisabeth nichts zu spüren. Ganz im Gegenteil: All ihre aufgestaute Empörung entlud sich schlagartig, kaum dass sie die Küche ihrer Mutter betreten hatte. Ihre graublauen Augen füllten sich erneut mit Tränen, als sie schließlich doch ihrer Mutter in die Arme fiel.

»Ich verstehe nicht, warum ich unbedingt mitkommen soll. Fahrt doch alleine mit den Amis und lasst mich in Neustadt. Da bin ich doch gut aufgehoben. Und sobald es geht, kommt ihr wieder zurück.«

Zwar hatte sie bereits vorhin ihren Vater mit keinem Argument davon abbringen können, sie heute Abend mitzunehmen, doch probierte sie es jetzt sicherheitshalber nochmal bei ihrer Mutter.

Doch vergebens. Agnes schüttelte bedauernd den Kopf.

»Glaubst du ernsthaft, wir würden dich hier zurücklassen, wenn wir alle Jena verlassen müssen? In diesen unsicheren Zeiten, in denen keiner weiß, wie es weitergeht? Nein, mein liebes Kind, ganz gewiss nicht. Wenn wir hier weg müssen, kommst du ganz sicher auch mit. Schließlich sind wir eine Familie und gehören zusammen.«

»Aber das ist ungerecht«, begehrte Elisabeth auf. Sie dachte an die unschöne Szene, die es vorhin gegeben hatte, als ihr Vater so unerwartet auf dem Bauernhof aufgetaucht war. Er hatte sich nicht lange mit einer Begrüßung aufgehalten.

»Du musst sofort deine Sachen packen. Ich bin gekommen, um dich nach Jena zu holen«, war alles, was er von sich gab, nachdem er sie im Stall entdeckt hatte. Sie war gerade dabei gewesen auszumisten. Karl wollte so schnell wie möglich zurückfahren, um nicht lange im Dunklen unterwegs sein zu müssen. Von seiner sonst so verbindlichen und freundlichen Art war nichts zu spüren. Irritiert hatte Elisabeth nach dem Warum gefragt, aber bloß ein unwirsches »Jetzt mach schon, was ich sage und frag nicht so viel« zur Antwort bekommen.

»Aber ich kann doch hier nicht einfach alles stehen und liegen lassen und verschwinden. Der Bauer zählt auf mich, er braucht meine Hilfe, vor allem solange sein ältester Sohn noch nicht aus dem Krieg zurück ist.« Elisabeth hatte nicht kampflos aufgeben wollen und appellierte an sein Verantwortungsgefühl. Aber auch das nutzte nichts.

»Das ist mir egal! Ich hab andere Sorgen und deshalb musst du jetzt mit mir nach Jena kommen. Ich erkläre es dir später.«

»Aber ich will nicht!«

Auf keinen Fall wollte sie verraten, dass der eigentliche Grund ihrer Ablehnung den Namen Peter trug. Vor ein paar Wochen erst, beim Tanz in den Mai, hatte sie ihn kennengelernt. Noch war nichts Ernsthaftes zwischen ihnen, aber sie mochte ihn sehr gern und sah all ihre Chancen schwinden, wenn sie jetzt von hier weggehen würde.

»Elisabeth bleibt! Wir brauchen sie und lassen sie nicht weg von hier.« Der Bauer, der auf den lauten Wortwechsel im Stall aufmerksam geworden war und nun nach dem Rechten schauen wollte, hatte den letzten Teil des Gespräches mitbekommen und stellte sich sofort auf Elisabeths Seite.

»Das kannst du nicht machen, Karl. Sie leistet so viel Arbeit wie eine volle Hilfskraft. Wir können sie gar nicht entbehren. Außerdem absolviert sie ihren Dienst hier. Erst müssten wir einen Ersatz für sie finden. Und das kann dauern.«

Er versuchte auf Zeit zu spielen.

Auch die Bäuerin war in den Stall gelockt worden. Demonstrativ stellte sie sich neben Elisabeth und legte schützend einen Arm um sie.

»Meinst du nicht, dass deine Tochter da ein Wörtchen mitzureden hat? Sie macht mir nicht den Anschein, als würde sie gerne von hier weggehen.«

Karl merkte, dass er nicht umhin kam, ein paar Erklärungen abzugeben. Nachdem er den Sachverhalt knapp umrissen hatte, endete er abrupt und wendete sich mit Nachdruck erneut an Elisabeth:

»Also bitte, hol jetzt deine Sachen! Ich will los! Sonst wird es immer dunkler, ehe wir zurückkommen.«

Am nächsten Morgen lieferten amerikanische Soldaten auch bei den Stockmüllers die angekündigten Kisten ab. Außerdem bekamen sie einen Stapel mit ölgetränktem, wasserabweisendem Einpackpapier. Dies nährte bei Karl und Agnes eine Spekulation, die seit Bekanntgabe des Befehls viele Betroffene umtrieb.

»Wer weiß, was die mit uns vorhaben«, überlegte Karl, als er nachdenklich auf das Ölpapier blickte. »Ich frage mich, ob die Amis nicht vielleicht doch planen, uns über den großen Teich nach Amerika zu schicken. Warum sonst sollte Ölpapier notwendig sein? Für eine Reise nach Süddeutschland würden doch die Kisten ausreichen, meinst du nicht?«

»Du glaubst, die amerikanische Besatzungszone wird nur eine Durchgangsstation sein?«

»Möglich. Dann wäre auch verständlich, warum die Amerikaner uns nicht das Ziel der Reise verraten wollen.«

»Um Himmels Willen, nach Amerika«, Agnes musste schlucken. Sie fand die Aussicht erschreckend.

»Aber wir sprechen doch überhaupt kein Englisch. Wie sollen wir uns denn dort verständigen?«

»Na ja, vielleicht täusche ich mich ja auch«, beschwichtigte Karl sofort, als er merkte, wie beängstigend die Vorstellung offenbar auf sie wirkte. »Vielleicht gehört das Ölpapier bei den Amis ja auch zur Standardausstattung bei Umzügen.«

Er dachte nach.

»Wir sollten uns nicht verrückt machen. Solange wir nichts anderes wissen, sollten wir uns auf ein Leben irgendwo in Deutschland einrichten.«

»Ja, das ist richtig. Und schließlich könnte es ja auch sein, dass es dann nicht nach Übersee weitergeht, sondern wieder hierher zurück nach Jena«, spekulierte Agnes hoffnungsvoll.

»Genau. Wir sollten uns beim Packen also wirklich auf das Nötigste beschränken.«

Doch das war leichter gesagt, als getan. Das merkten Agnes und Karl schnell. Was war das Allerwichtigste? Beide verstanden darunter durchaus unterschiedliche Dinge.

Beim Hausrat ließ sich Agnes nicht beirren und Karl hütete sich davor, ihr hineinreden zu wollen. Schließlich war sie im Haushalt der Chef und wusste, was sie jeden Tag brauchte. Dabei stellte sie praktische Erwägungen in den Vordergrund und versuchte allzu sentimentale Erwägungen nicht zuzulassen. Doch gelang ihr das nicht immer. Eine Reihe alter Fotos wanderten deshalb genauso in die Kisten wie die paar Silbersachen und Schmuckteller, die sie einst zu ihrer Hochzeit geschenkt bekommen hatten, und die sie jetzt keinesfalls Fremden überlassen wollte.

Auch die alte Singer-Nähmaschine sollte ihrer Meinung nach unbedingt mitkommen.

»Dann kann ich wenigstens für die Mädchen und mich mal was Neues nähen«, erklärte sie. »Und wer weiß, vielleicht lässt sich damit sogar ein bisschen Geld verdienen, wenn ich für andere nähen könnte.« Bevor Widerrede laut wurde, verstaute Agnes die Maschine kurzerhand zwischen ein paar dicken Federbetten, die sowieso mitkommen sollten.

»So ist sie doch bestens gepolstert«, grinste sie.

Am Abend fühlten sich beide völlig erschöpft und ausgelaugt. Und das war nicht nur der körperlichen Anstrengung an diesem Tag geschuldet. Karl hatte zunächst im Glaswerk gearbeitet und später Agnes beim Packen geholfen.

Nein, es war vielmehr der bevorstehende Abschied von Jena, von ihren Verwandten und Freunden, von der vertrauten Umgebung. Das machte ihnen mehr zu schaffen, als sie zugeben wollten.

Als Agnes aus dem Fenster schaute und das weiche Licht der untergehenden Sonne bemerkte, wollte sie nicht mehr räumen.

»Komm, lass es gut sein für heute«, schlug sie schließlich vor. »Ich will nicht mehr und ich kann nicht mehr. Und wir haben doch schon eine Menge geschafft. Sieh mal zum Fenster hinaus. Es ist so schön. Wollen wir nicht lieber noch ein letztes Mal diese friedliche Abendstimmung genießen? So, wie sonst immer?«

Sie holte ein dickes Sofakissen, legte es auf das Fensterbrett des geöffneten Wohnzimmerfensters und klopfte einladend darauf.

»Dazu werden wir demnächst keine Gelegenheit mehr haben«, bemerkte sie deprimiert.

Karl nahm das Angebot gern an und legte einen Arm um sie.

»Sei nicht zu traurig. Wer weiß, vielleicht wird es ja gar nicht so schlimm.«

Er merkte, wie ungelenk der Versuch war, seine Frau zu trösten, doch ihm fiel nichts Besseres ein. Er war selbst viel zu traurig.

»Wir müssen nach vorn schauen und darauf vertrauen, dass alles gut wird«, versuchte er sich selbst Mut zu machen.

Agnes nickte stumm, der Kloß in ihrem Hals hinderte sie am Sprechen. Sie hatte Angst, dass sie die Tränen gleich nicht mehr würde zurückhalten können. Stur schaute sie zum Fenster hinaus und versuchte sich zu beruhigen.

Es war eine alte Angewohnheit von ihnen, im Sommer den Tag dort am Fensterbrett ausklingen zu lassen, Schulter an Schulter und den Blick in dieselbe Richtung nach draußen gerichtet, ließen sie gern die Ereignisse des Tages Revue passieren.

»Es wird mir fehlen, nicht mehr hier stehen zu können und in die Welt hinaus zu schauen«, sagte sie traurig.

Sie sah sich nach allen Seiten um und versuchte sich jede Einzelheit, die ihr bisher so selbstverständlich erschien, einzuprägen. Sie wollte alles fest in ihrem Gedächtnis einbrennen und wenigstens auf diese Weise mitnehmen.

»Unsere Nachbarn haben es gut. Sie brauchen sich keine Gedanken darüber zu machen, was sie mitnehmen sollen«, meinte Agnes und beobachtete zwei größere Jungen, die auf der anderen Straßenseite einen Ball hin und her kickten und winkte dann der alten Frau Johannson zu, die gerade ihren Mülleimer laut scheppernd ausleerte.

All das war so langweilig normal wie immer und doch hatte Agnes den Eindruck, noch nie etwas Schöneres gesehen zu haben.

»Oh, wie sehr ich sie darum beneide, einfach hier bleiben zu können.« Es tat weh, all das Vertraute aufgeben zu müssen.

Müde wollte Agnes sich gerade abwenden, als sie auf der Straße einen Kollegen von Karl entdeckte, der mit seiner Frau unterwegs war. Nachdem die beiden Karl und Agnes entdeckt hatten, kamen sie selbstverständlich für einen kleinen Schwatz näher. Die vier kannten sich gut, doch sie hatten sich schon eine Weile lang nicht mehr gesehen. Agnes platzte ohne Umschweife mit dem Wesentlichen heraus.

»Übrigens, wir machen fort. Wir gehören zu denjenigen, die mit den Amerikanern, wer weiß wohin, müssen.« Es tat ihr gut, mit Unbeteiligten darüber zu reden.

Die Tatsache der bevorstehenden Deportation hatte sich in Jena wie ein Lauffeuer herumgesprochen, zumal außer den Schottianern auch Fachleute von Zeiss und einem Siemens-Zweigwerk sowie mehrere Wissenschaftler der

Universität betroffen waren. Ihre Bekannten wussten deshalb sofort, worum es ging. Doch es gab noch einen triftigeren Grund:

»Was, ihr auch? Das wussten wir gar nicht. Wir sind doch auch dabei!«

Ungläubig starrte Agnes ihre Bekannten an. Mit dieser Antwort hatte sie nicht gerechnet und dachte zunächst, sich verhört zu haben.

»Wie bitte? Ihr geht auch mit den Amis und packt alles zusammen?«

Agnes konnte es nicht glauben.

»Versteht mich bitte nicht falsch. Aber das finde ich jetzt wirklich beruhigend, euch auch dabei zu wissen.« Etwas machte »Klick« in ihr. Sie würden das Kommende nicht allein ertragen müssen. Irgendwie tröstete sie diese Erkenntnis.

9

Im Haus der Familie Kreuzinger begann das Räumen und Aussortieren bereits kurz nachdem Otto mit der unglaublichen Neuigkeit heimgekehrt war. Natürlich war Johanna entsetzt gewesen, als sie von ihrem Mann erfuhr, was sich am Vormittag im Glaswerk zugetragen hatte, und welche Konsequenz das für sie haben würde. Gleichwohl hörte sie ihm zunächst ruhig zu und unterbrach ihn während seines Berichtes kaum.

»Also, um es kurz zu machen: Auch ich gehöre zu denen, die mit den Amerikanern in den Westen gehen sollen.« Der Stolz in seiner Stimme war nicht zu überhören. Weder klang es so kläglich und unglücklich wie bei Anton, noch hatte er es seiner Frau so ungeschickt beigebracht wie Karl.

Otto hatte sich vielmehr bereits mit der Vorstellung arrangiert, Jena zu verlassen. Die kurze Zeit zwischen dem Verlesen des Befehls und jetzt hatte gereicht, damit er diese überraschende Wendung in seinem Leben akzeptieren konnte. Ja, sogar mehr noch: Er begriff es als Auszeichnung und Chance. Wenn er mitkommen sollte, wurde er gebraucht, schlussfolgerte er stolz, denn sicherlich kämen nur die Besten und Wichtigsten mit. Er würde allen beweisen, dass sie nicht umsonst Vertrauen in ihn gesetzt hatten. Ihn reizte die Herausforderung, die es bestimmt sein würde. Obwohl er sich nicht im Geringsten vorstellen konnte, was ihn erwartete, war er guten Mutes.

»Kannst du dir vorstellen, mitzukommen und irgendwo anders nochmal neu anzufangen? Denn das müssten wir wohl. Auch wenn uns ein Laster für unsere Sachen zur Verfügung gestellt wird, können wir ja doch nur einen Teil mitnehmen.«

Er sah seine Frau erwartungsvoll an. Eigentlich kannte er keinen Widerspruch von ihr, aber bei dieser weitreichenden Entscheidung war er doch unsicher, wie sie reagieren würde.

Johanna schaute ihn prüfend an und überlegte. Sie spürte seinen Stolz und seinen Wunsch, mitzumachen und sich zu beweisen. So brauchte sie nicht lange, bevor sie antwortete.

»Sicher! Ich mache das, was du machst! Wenn du da mit musst, komme ich auch mit. Das ist selbstverständlich.«

Seit sie verheiratet waren, hatte für Johanna festgestanden, dass sie ihren Weg durchs Leben gemeinsam mit Otto gehen würde, egal wohin.

Dieses recht nüchterne Einverständnis, das beide verband, erleichterte ihnen nun die Situation erheblich. Zwar müssten sie Ottos Eltern, die in der Nähe wohnten genauso zurücklassen wie Johannas Eltern, die nicht weit entfernt in Eisenberg lebten. Doch waren diese Beziehungen nicht so innig, dass sie deshalb davon Abstand nehmen würden. Und Erika käme auf alle Fälle mit, das bedurfte keiner weiteren Überlegung.

Und so ging es auch bei den Kreuzingers drunter und drüber. Johanna sortierte und packte das Wichtigste in die amerikanischen Kisten ein, vieles aber verschenkte sie an Nachbarn und Verwandte. Natürlich konnten sie sich kaum vorstellen, was sie tatsächlich in der Fremde zum Leben brauchen würden. Das Gerücht, dass Amerika das wirkliche Ziel ihrer Reise sein könnte, hatte sich auch bis zu ihnen herumgesprochen.

»Mir würde ein neues Leben in den Vereinigten Staaten durchaus gefallen«, bekannte Otto, nachdem er Johanna von dem Gerücht erzählt hatte. »Auch wenn wir dann erst einmal Englisch lernen müssten.«

Johanna fand die Idee ebenfalls spannend.

»Ja, warum nicht, wenn wir sowieso von hier weg müssen, kommt es darauf auch nicht mehr an.«

»Am besten verzichten wir auf allzu große Möbelstücke. Die würden uns nur behindern und eine Reise über den großen Teich vermutlich ohnehin nicht heil überstehen«, meinte Otto. »Da ist es besser, wenn wir sie gleich unseren Eltern oder Freunden überlassen. Die können sie vielleicht gut gebrauchen.«

»Ja, es ist bestimmt sinnvoll, sich auf das Nötigste zu beschränken.« Johanna hing ohnehin nicht sehr an diesen alten Möbeln. Dann fiel ihr etwas ein. »Ich finde aber, wir sollten unbedingt Erikas Eisenbett mitnehmen. Das kann man auseinanderschrauben und es nimmt nicht viel Platz weg. So haben wir wenigstens für das Kind ein Bett dabei.«

»In Ordnung«, stimmte Otto augenblicklich zu.

Ähnlich wie bei den Stockmüllers bestand Johanna außerdem darauf, ihre alte Nähmaschine zu behalten, obwohl die sehr sperrig war. Otto war einverstanden, denn er kannte seine Frau: Johanna war so geschickt beim Nähen, dass sie wahre Meisterstücke zaubern konnte.

»Die kann uns noch nützlich sein«, war er sich daher sicher.

»Wir dürfen unseren kleinen Schatz nicht vergessen«, fiel es Otto im Laufe des Tages siedendheiß ein. Er hatte die verbuddelten Wertgegenstände in den vergangenen Wochen tatsächlich fast vergessen.

Als es abends dämmrig wurde, grub Otto die Blechkiste mitsamt ihrem wertvollen Inhalt wieder aus und reichte sie feierlich an Johanna. Gespannt wickelten sie sie auf dem Küchentisch aus und begutachteten alles kritisch.

»Gott sei Dank, es ist alles in Ordnung«, seufzte Johanna schließlich erleichtert. Dann packten sie alles wieder ein und legten ihren Schatz ganz unten in eine der amerikanischen Kisten.

10

»Warum gerade ich? Warum wollen die Amerikaner ausgerechnet mich mitnehmen und nicht einen meiner Kollegen?«

Diese Frage beschäftigte nicht nur Otto, Karl und Anton, sondern vermutlich alle 41 Schottianer, genauso wie die bei Zeiss und der Universität Betroffenen. Eine Antwort bekamen sie indes nicht. Die Amerikaner sahen sich zu keinerlei Erklärungen veranlasst.

Es war nur klar, dass die Besatzer einen repräsentativen Querschnitt von solchen Mitarbeitern mitnehmen wollten, der einen Produktionsaufbau in der eigenen Besatzungszone ermöglichen würde. Dazu gehörten nicht nur Wissenschaftler, die wichtige Forschungsprojekte betreuten, sondern genauso Meister und Facharbeiter wie Otto und Karl, die den Betrieb von der Pike auf kannten und so mit ihrer Erfahrung und Zuverlässigkeit zum Gelingen beitragen konnten.

Vermutlich machte auch Erich Schott seinen Einfluss auf die Auswahl geltend, schließlich hatten die Amerikaner von ihm detaillierte Auskunft darüber verlangt, wen er für einen solchen Umzug für geeignet hielt. Gleichwohl wurden die endgültigen Listen vom alliierten Hauptquartier in Paris abgefasst. Und manchmal war es wohl auch einfach Zufall.

Die Odyssee beginnt

1

Am Montagmorgen schien bereits zeitig eine makellose Sonne vom frischblauen Sommerhimmel. Der 25. Juni versprach ein herrlicher Tag zu werden. Und doch verdunkelten traurige Gedanken vielen Jenensern diesen prächtigen Morgen. Denn heute war es so weit: Heute sollte die Reise ins Ungewisse losgehen. Es hieß Abschied nehmen. Ohne zu wissen, ob und wann man Verwandte und Freunde wiedersehen würde. Und ohne zu wissen, was einen selbst erwartete.

Die Amerikaner hatten den Abtransport aller betroffenen Familien auf zwei Konvois aufgeteilt: Der erste sollte heute starten, der nächste würde morgen folgen. Ziel: unbekannt!

Bereits am Samstagabend waren die Familien darüber benachrichtigt worden. Sie sollten sich am Montagmorgen, pünktlich um acht Uhr am Zeiss-Hochhaus im Stadtzentrum einfinden, hieß es. Dort würden sie dann ihre Laster zugewiesen bekommen.

Sowohl Otto als auch Anton waren für den ersten Transport vorgesehen. Karl sollte mit seiner Familie dagegen erst am Dienstag starten.

Otto und Anton wollten unbedingt rechtzeitig am Treffpunkt sein. Otto kam sogar eine Viertelstunde zu früh. Doch auf dem Platz herrschte bereits reges Treiben. Er entdeckte nicht nur Erich Schott mit Frau und Sohn, sondern auch einige Bekannte, zu denen er sich gesellte. Alle waren aufgeregt.

Um Punkt acht Uhr begann ein amerikanischer Soldat damit, die Namen der Teilnehmer des heutigen Transportes laut vorzulesen. Mehrere höherrangige amerikanische Militärs standen in der Nähe und beobachteten regungslos das Treiben. Weiter entfernt sicherten einige Soldaten mit Maschinenpistolen im Anschlag den Platz. Wer seinen Namen hörte, musste sich melden und wurde auf der Liste abgehakt. Keiner fehlte.

»Sie gelten nicht als Kriegsgefangene«, versicherte der Soldat nochmals ausdrücklich, nachdem er mit dem Verlesen der Namen fertig war. Welchen Status sie stattdessen haben würden, wurde allerdings auch nicht klar, doch niemand traute sich, danach zu fragen.

»Bitte gehen Sie jetzt mit den Soldaten zu dem Autoabstellplatz. Dort steht für jede Familie einer unserer 2,5-Tonnen-Laster bereit«, erklärte der Soldat weiter. »Alles, was auf die Ladefläche passt, können Sie mitnehmen. Trotzdem raten wir Ihnen dringend, auf sperrige Möbel zu verzichten. Sie haben zwei Stunden Zeit, um den Wagen zu bepacken, dann müssen Sie fertig sein. Also beeilen Sie sich.«

Jeweils zwei amerikanische Soldaten warteten bei einem Wagen. Sie würden die Fahrzeuge steuern und begleiten. Im Gegensatz zu den Schottianern wussten sie allerdings, in welche Richtung die Reise gehen würde.

2

Anton bekam noch vor Otto »seinen« Laster zugewiesen. Er begrüßte die beiden daneben stehenden Soldaten mit einem knappen Händedruck. Mehr war nicht möglich, da weder er Englisch noch die Amerikaner Deutsch sprachen. Aber nach einer freundlichen Unterhaltung war ihm sowieso nicht zumute.

Umgehend kletterten die zwei in den Fond des Lasters, mit Anton in der Mitte. Mit Gesten zeigte dieser den Weg zu seinem Elternhaus in Jena-Ost.

»Nur noch zwei Stunden Zeit, bevor wir von hier entführt werden«, dachte er verbittert.

Wie eine hängen gebliebene Schallplatte wiederholten sich diese Worte ständig in seinem Kopf.

»Nur zwei Stunden … nur zwei Stunden.«

Alles würde jetzt sehr zügig gehen müssen.

Dabei fühlte sich Anton total schlapp und konnte nur mit äußerster Selbstdisziplin einen Fuß vor den anderen setzen. Man sah ihm die Anspannung der vergangenen Tage deutlich an: Er war unnatürlich blass, seine Wangen waren eingefallen und auf der Stirn wirkten die Falten viel tiefer als früher. Er sah missmutig und unglücklich aus. Heute früh, kurz nach dem Aufstehen, war ihm plötzlich schlecht geworden und er hatte es gerade noch rechtzeitig bis zur Toilette im Hof geschafft. Seitdem machte es ihm ein dicker Kloß im Hals fast unmöglich, normal zu atmen oder zu reden. Immer wieder schnappte er förmlich nach Luft, wie ein Fisch auf dem Trocknen. Sophie, der es ebenfalls nicht gut ging, die sich aber besser unter Kontrolle hatte, beobachtete Anton mit Sorge. Doch sie wusste nicht, wie sie ihm hätte helfen können.

Die beiden Soldaten waren nette, unkomplizierte Burschen, die selbstverständlich mit anpackten. Mit Gesten klärten sie ab, was alles auf die

Ladefläche geschafft werden sollte. Das meiste hatten Sophie und Anton schon vor der Haustür bereitgestellt. Da sie sich ja dazu entschlossen hatten, möglichst wenig mitzunehmen, waren sie sogar noch vor dem Ablauf der zwei Stunden mit dem Beladen fertig.

»So, jetzt fehlen nur noch die Einlege-Matratzen«, meinte Sophie schließlich, »dann haben wir alles verstaut.« Erst heute Morgen hatten sich die beiden kurzerhand dazu entschlossen, die Matratzen doch mitzunehmen.

»Wer weiß, wo wir schlafen müssen«, hatte Sophie laut nachgedacht, »da ist es vielleicht von Vorteil, eigene Matratzen zu haben. Meinst du nicht?«

»Das ist mir ziemlich egal, aber bestimmt hast du Recht«, hatte Anton desinteressiert geantwortet.

Während der Laster beladen wurde, standen Antons Eltern dicht beieinander am Gartentor und verfolgten jedes Stück, das auf der Ladefläche verstaut wurde, mit ungläubigem Staunen. Sie wirkten vollkommen fehl am Platz, so als hätte sie jemand im falschen Bild abgestellt. Sie konnten den unabwendbar näher rückenden Abschied nicht begreifen.

Sophies Mutter, die nur wenige Straßen entfernt wohnte, war schon vor Stunden herübergekommen. Sie wollte keine Minute der letzten gemeinsamen Zeit verpassen. Mit rot verweinten Augen stand sie neben Antons Eltern und zerrte heftig an ihrem durchnässten Taschentuch. Wie mahnende Trauergestalten standen die drei wortlos nebeneinander aufgereiht.

Keiner schaffte es, seine Tränen zu verbergen, auch Anton und Sophie nicht. Und niemand fand tröstende Worte für den anderen, jeder war viel zu sehr mit seinem eigenen Kummer beschäftigt. Wann und wo würden sie sich wiedersehen? Oder war es womöglich sogar ein Abschied für immer? Schließlich waren die Eltern schon recht betagt.

Irgendwann war auch die letzte Kiste auf dem LKW verstaut. Sie mussten sich endgültig verabschieden.

»Passt gut auf euch auf und übernehmt euch nicht im Garten«, ermahnte Sophie ihre Schwiegereltern überflüssigerweise. Sie wusste nicht, was sie sonst hätte sagen sollen und die alten Leute nickten nur stumm.

Die beiden Soldaten im Fond des Lasters wurden ungeduldig. Sie hupten und deuteten auf ihre Armbanduhren. Schweren Herzens rissen sich Sophie und Anton von ihren Eltern los.

»Bitte kümmere dich um sie«, flüsterte Sophie ihrer Mutter bei einer letzten Umarmung zu. »Ich glaube, sie schaffen es nicht alleine.«

Ihre Mutter nickte knapp.

»Das ist doch selbstverständlich.«

Widerwillig kletterten Sophie und Anton auf die Ladefläche und versuchten zwischen all den Kisten eine halbwegs bequeme Sitzposition zu finden.

»Wir kommen bald wieder! Ganz bestimmt! Dafür werde ich sorgen«, rief Anton beschwörend und winkte aufgeregt, als das Fahrzeug ruckend anfuhr. »Schließlich müssen wir doch die Flasche Sekt zusammen trinken, die ich extra für den Tag unserer Rückkehr im Keller gelassen habe!« Er klang trotzig und voller Inbrunst. »Und dann, das verspreche ich euch, gehen wir nie mehr weg von hier!« Seine Worte glichen einem Gelübde.

Während der Laster an Fahrt gewann, schaute Anton ein letztes Mal auf den am Hang liegenden Garten, der ihm von Kindesbeinen an vertraut war. Wie zum Hohn strotzte er vor üppigem Grün und reifenden Früchten.

»Weißt du noch, wie viel Arbeit wir uns im Frühjahr damit gemacht haben?«, bemerkte er verbittert. »Oh, es ist solch eine bodenlose Gemeinheit, dass sie uns verschleppen. Mit welchem Recht tun sie das eigentlich?«, empörte er sich hasserfüllt.

»Mit dem Recht der Sieger«, murmelte Sophie.

3

Auch Otto wurde von zwei US-Soldaten in dem zugewiesenen Armee-Laster nach Lobeda zurückgefahren. Dort wartete bereits der Rest der Familie. Sofort begannen sie gemeinsam mit dem Beladen.

Erika war hin und her gerissen. Was ihre Eltern ihr über die bevorstehende Abreise erzählt hatten, hörte sich für die Zehnjährige zunächst ausgesprochen spannend an, aber dann waren ihr doch Bedenken gekommen.

»Heißt das etwa, dass Oma nicht mitkommt?«, hatte sie ungläubig gefragt.

»Ja, das heißt es. Leider!«

»Aber das geht nicht!«, empörte sie sich. »Wir gehören doch zusammen. Ohne Oma will ich auch nicht weg.« Erika brauchte nicht lange zu überlegen.

»Bitte, dann muss sie eben auch mitkommen.«

»Aber Erika! Überleg mal! Sie kann doch Opa nicht alleine lassen. Und da die beiden nicht mit uns in einem Haushalt leben, nehmen die Amerikaner sie nicht mit. Und du gehörst zu uns und musst mit uns kommen.«

Erika liebte ihre Oma, die Mutter von Otto, über alles. Diese hatte immer Zeit und ein liebes Wort für sie übrig. Allzu gern verwöhnte die ältere Frau das Kind und gab Erika das gute Gefühl, wirklich geliebt zu werden. Deshalb suchte das Mädchen auch viel lieber die Nähe ihrer Oma als die ihrer Mutter. Dort fand sie Verständnis, Trost oder Zuwendung, je nachdem, was sie brauchte. Und darum erschien ihr ein Abschied auch vollkommen unmöglich.

»Bitte, ihr müsst etwas unternehmen, damit Oma und Opa auch mitkommen können«, hatte sie deshalb immer wieder gebettelt.

Und tatsächlich hatte ihr Vater bei dem amerikanischen Oberst vorgesprochen und nachgefragt, ob seine Eltern sie nicht begleiten könnten. Doch das war sofort abgelehnt worden.

»Nur Personen, die in Ihrem Haushalt leben, können mitkommen«, lautete die knappe Antwort.

Seitdem Otto seiner Tochter diese niederschmetternde Nachricht überbrachte hatte, bereitete Erika die Abreise Angst. Die Vorstellung, dass ihrer Oma etwas passieren könnte, wenn sie nicht bei ihr ist, ließ das Kind nicht mehr los.

Nun, nachdem ihre Eltern, ihr Opa und der Nachbar vom ersten Stock mit dem Beladen begonnen hatten, schmiegte sie sich noch fester als sonst an ihre geliebte Großmutter. Beide hatten sich zwischen Haustür und Lastwagen postiert und konnten so alles genau beobachten. Immer höher türmte sich der Hausrat auf dem LKW.

»Wenn du mitkommen würdest, fände ich diese Reise ziemlich aufregend«, sagte Erika zu ihrer Oma. »Aber so …«

Sie konnte nicht weiter sprechen.

»Bestimmt wird es nicht lange dauern, bis wir uns besuchen können. Entweder ihr kommt zu uns oder wir besuchen euch. Das verspreche ich dir«, versuchte ihre Oma sie zu trösten.

Eigentlich hätte Ottos Mutter gern beim Beladen geholfen, doch sie spürte den Kummer ihrer Enkeltochter. Auch ihr war schwer ums Herz. Allzu gern ließ sie das Kind deshalb gewähren und genoss noch einmal die Nähe.

Nachdem auch Erikas Eisenbett und der Puppenwagen einen Platz auf der Ladefläche gefunden hatten, schleppten die Männer zum krönenden Abschluss zwei kleine samtgrüne Sessel aus der Wohnung. Johanna und Otto hatten sich überlegt, dass es sicherlich sinnvoll wäre, ihre Wohnzimmersessel aus der guten Stube mitzunehmen, um während der Fahrt einigermaßen bequem sitzen zu können.

Jetzt, da der Abschied unmittelbar bevorstand, fiel er Otto und Johanna doch schwer. Immerhin ließen sie alles Vertraute zurück und hatten keine Ahnung, was sie erwartete. Ottos Stolz war die eine Seite der Medaille, die andere Seite hingegen war die völlige Ungewissheit über ihre Zukunft. Das wurde ihnen jetzt so richtig bewusst.

Jeder hing seinen eigenen Gedanken nach, sodass wenig gesprochen wurde und sie vermieden es beide, sich anzuschauen. Auch wenn sie traurig waren, gelang ihnen ein weitgehend tränenloser Abschied. Es war nicht ihre Art, Gefühle zu zeigen. Schließlich kletterten sie auf ihre Sessel.

»Los Erika! Es wird Zeit«, forderte Johanna ihre Tochter auf und deutete auf den ihr zugedachten Platz.

Doch anstatt zu kommen, klammerte sich diese noch fester an ihre Oma und schüttelte trotzig den Kopf. Im Gegensatz zu den anderen, ließen die beiden ihren Tränen freien Lauf.

»Ich möchte bei dir bleiben, Oma. Bitte!«, flehte Erika leise.

Plötzlich schoss ihr eine Idee durch den Kopf. Warum war sie bloß nicht schon früher darauf gekommen?

»Ich könnte doch bei dir und Opa wohnen.« Sie war ganz begeistert von der Vorstellung. »Das wäre doch viel besser. Dann könnte ich ganz normal weiter zur Schule gehen und mit meinen Freundinnen spielen.«

Sie achtete nicht auf ihre Mutter, die sie erneut rief. Erwartungsvoll schaute sie stattdessen ihre Oma an.

»Bitte, sag Vati, dass ich nicht mitkomme, sondern bei euch bleibe. Ihr habt doch genug Platz für mich.«

Ihre Großmutter lächelte sie halb liebevoll, halb mitleidig an.

»Aber Erika, wie stellst du dir das denn vor? Ich hätte dich wirklich gerne bei mir. Aber du musst doch bei deinen Eltern bleiben und die müssen nun eben fort. Außerdem ist längst alles eingepackt.« Sie streichelte dem Mädchen bedauernd über den Kopf.

»Erika, komm endlich! Wir sind schon spät dran«, meldete sich nun Otto mit strenger Stimme zu Wort.

Seine Mutter schaute kurz zu ihm und dann auf ihre Enkeltochter.

»Es geht nicht, Erika, so sehr ich auch möchte.«

Sie streichelte Erikas Gesicht und gab ihr einen Kuss.

»Dein Vater ruft! Nun, geh schon.«

Mit sanftem Druck schob sie das Kind von sich weg.

»Leb wohl!«

Erika resignierte. Sie gab der alten Frau einen letzten zärtlichen Kuss und blickte noch einmal unglücklich in das geliebte Gesicht. Demonstrativ zog sie laut schniefend die Nase hoch, als sie endlich auf die Ladefläche kletterte. Dabei ignorierte sie die von ihrem Vater entgegengestreckte Hand absichtlich. Sie setzte sich auf die Holzkiste, die ihre Mutter mit ein paar Kissen ausgepolstert hatte. Unglücklich nahm Erika ihre beiden Puppen links und rechts in den Arm und starrte unverwandt auf ihre Oma. Die war mittlerweile neben ihren Mann getreten und hielt sich mit der einen Hand ein Taschentuch vors Gesicht, mit der anderen winkte sie ihr zu. Als der Laster mit einem Ruck anfuhr, kippte Erika nach hinten, aber ihren Blick hielt sie unbeirrt auf ihre Oma gerichtet. Immer kleiner wurde diese, bis der Laster um eine Ecke bog und sie ganz aus Erikas Blickfeld verschwand.

4

Die meisten Lastwagen trafen sich in der Innenstadt und starteten von dort aus gemeinsam. Einige Familien jedoch, die auf dem Weg stadtauswärts wohnten, stießen erst später zu der Kolonne hinzu. Dazu gehörten auch die Kreuzingers. Die amerikanischen Begleiter hatten ihre dahingehenden Anweisungen und alles klappte reibungslos.

Das Glaswerk überraschte die Reisenden zu guter Letzt noch mit einem besonderen Abschiedsgruß: Jede Familie erhielt eine Kiste mit zusätzlicher Verpflegung.

»Als letzte Fürsorge für unsere Werkskameraden überreicht Ihnen die Werksküche diese Lebensmittel. Alles Gute für die Zukunft!«, stand auf dem Zettel, der in der Kiste obenauf lag und außerdem den gesamten Inhalt auflistete: 4,5 Kilogramm Brot, 20 Rollen Drops, jeweils 4 Dosen Wurst und Gemüse mit Fleisch, 1 Kilogramm Trockenmilch, 500 Gramm Schmalz, 600 Gramm Julienne mit Kartoffeln, 5 Rollen mit je 100 Gramm Trockengemüse, jeweils eine Tüte Gries und Mehl, 1 kleine Tüte Salz, 8 kleine Tüten Zucker, 1 Dose Biskuits und 2 Tüten Kaffee.

Der lange Treck kleiner Armeelaster, der sich langsam durch Jenas Straßen schob und eine stinkende Dieselkraftstoffwolke zurückließ, sorgte bei den Passanten für Aufsehen. Etliche blieben stehen und winkten den Reisenden aufmunternd zu, die auf den offenen Ladeflächen zwischen Kisten und Stehlampen, zwischen Koffern und Kommoden eingeklemmt saßen. Die Deportation war seit Tagen Stadtgespräch und die meisten wussten Bescheid. Die Stimmung im Konvoi war gedrückt und hinterließ selbst bei den Passanten das unangenehme Gefühl des Ausgeliefertseins.

Anton, Sophie und all die anderen Familien schauten in verlegen dreinblickende Gesichter am Straßenrand. Das Gefühl, für den verlorenen Krieg in der einen oder anderen Weise bezahlen zu müssen, überwog. Es verdarb diesen so unschuldig anmutenden Sommertag.

Die bange Frage, wie es mit ihnen allen weitergehen würde, beschäftigte die Menschen am Straßenrand genauso wie diejenigen auf den Lastern.

Wobei es durchaus unterschiedliche Sichtweisen gab: Die einen glaubten, nochmal Glück gehabt zu haben, weil sie selbst Jena nicht verlassen und alles aufgeben mussten. Gleichzeitig überlegten sie bange, was wohl mit den Menschen auf den Lastern passieren würde, die sich das natürlich auch fragten.

Andere wiederum glaubten, dass diejenigen auf den Lastern Glück hatten, gerade weil sie noch rechtzeitig vor dem mittlerweile sicheren Einmarsch der Russen die Stadt verlassen konnten. Sie beneideten die Reisenden darum, die zwar nicht freiwillig, aber doch unter dem Schutz der Amerikaner gingen. Sie hatten Angst vor den zukünftigen Besatzern.

Aber es gab auch diejenigen, die Kommunisten waren und sich freuten, dass nun die Russen kommen würden. Mit deren Hilfe wollten sie eine bessere Zukunft, ein neues Deutschland aufbauen. Das war ihr Kalkül.

5

Es war um die Mittagszeit, als Ottos Laster am Rande von Lobeda auf den Konvoi stieß und sich an das Ende des langen Trecks anschloss. Sie waren etwas zu früh dran gewesen und hatten gut zehn Minuten lang am Straßenrand warten müssen, bis sich die Lasterkolonne langsam aus dem Stadtzentrum näherte.

Südlich von Lobeda verlief die Trasse der alten Reichsautobahn von Dresden nach Frankfurt, auf die es nun gehen sollte. Deren weitgespannte Bogenbrücke über das breite Saaletal war eine architektonische Glanzleistung aus Vorkriegszeiten und beherrschte in seiner majestätischen Erhabenheit die gesamte Landschaft. Doch nur die wenigsten der Reisenden nahmen diesen großartigen Anblick wahr. Vor ihrem inneren Auge schmerzten vielmehr noch immer die Bilder von traurigen und weinenden Freunden und Angehörigen. In ihren Ohren klangen noch immer deren Ermahnungen, gut auf sich aufzupassen.

Bei der nahe gelegenen Auffahrt fuhren die Laster in Richtung Dresden auf die Schnellstraße. Obwohl es eine vierspurige Autobahn war, ging es nur im Schneckentempo voran. Immer wieder zwangen tiefe Schlaglöcher und Schäden zu langsamer Fahrweise. Am Hermsdorfer Kreuz wechselte der Treck nach einer kurzen Pause die Autobahn und fuhr auf der Verbindung von Berlin nach Nürnberg in südlicher Richtung weiter. Auch auf dieser alten Reichsautobahn spürte man die zerstörerischen Folgen des Krieges. Streckenweise war die Straße überhaupt nicht zu befahren. Dann musste der Konvoi die Autobahn verlassen und weite Umwege über schmale, zum Teil unbefestigte Wege fahren.

Es dauerte nicht lange, bis die auf den offenen Ladeflächen sitzenden Menschen staubüberzogen waren. Immerhin herrschte bereits seit einiger Zeit herrliches Sommerwetter. Der letzte Regen war schon eine Weile her, die Straßen und Wege dementsprechend trocken und staubig. Es war überhaupt nicht zu vermeiden, dass die unmittelbar hintereinander fahrenden Laster den feinen Dreck hoch in den Sommerhimmel wirbelten. Eine dichte graue Wolke hüllte den ganzen Konvoi wie einen Kokon ein und in ihm wurde alles immer gedämpfter.

Nicht nur Otto und Johanna hatten bald mit trockenen Kehlen zu kämpfen.

»Ich habe Durst«, quengelte Erika.

»Ja, ich auch«, stimmte Johanna ihr sofort zu. »Hoffentlich machen wir bald eine Pause, damit wir wenigstens etwas Wasser trinken können.«

Sie leckte sich mit der Zunge über die trockenen Lippen. Dummerweise hatte sie nichts zu trinken eingepackt und ärgerte sich nun über ihre eigene Nachlässigkeit. Hoffentlich würden sie etwas von den Amerikanern bekommen.

Sie schaute an sich hinunter. Ihr blauer Rock wirkte wie mit einem Grauschleier bedeckt. Entnervt klopfte sie ihn nun schon zum x-ten Mal ab. Aber es dauerte nicht lange, bis er wieder genauso verstaubt war. Als hätten die Amerikaner ihren Wunsch erhört, hielt der Konvoi kurze Zeit später tatsächlich an. Alle bekamen Wasser und etwas zu essen.

»Habt ihr eine Ahnung, wohin die Fahrt geht?«, erkundigte sich währenddessen ein Bekannter bei Otto.

»Nein, uns wurde nichts gesagt«, antwortete dieser. »Aber wenn du mich fragst, glaube ich, dass wir nach Zwiesel gebracht werden. Dort gibt es das Zweigwerk von Schott. Es wäre doch logisch, wenn wir da weitermachen würden.«

»Ja, das stimmt. Die Himmelsrichtung passt auch. Und die Waggons, die wir in Jena beladen haben, die sollten doch nach Zwiesel gehen, oder?«

»Soweit ich weiß, schon. Bestimmt wird Zwiesel zumindest das erste Ziel unserer Fahrt sein«, meinte Otto.

»Bevor es weiter nach Amerika geht?«, mischte sich ein Dritter ein, der zufällig neben den beiden gestanden und die Unterhaltung mit angehört hatte.

»Tja, eine echte Fahrt ins Blaue«, versuchte es ein Vierter mit Galgenhumor.

Immer noch hatte sich niemand die Mühe gemacht, die Familien über ihre Reiseroute aufzuklären. Also brodelte die Gerüchteküche.

Als sie Bayreuth passiert hatten und weiter in Richtung Nürnberg fuhren, kamen die ersten Zweifel an Zwiesel als Ziel ihrer Reise auf. Denn wäre es tatsächlich Zwiesel gewesen, hätten sie hier nach Südosten abbiegen müssen.

»Was hat das nun wieder zu bedeuten?«, fragte sich Otto beunruhigt. »Wenn sie uns nicht nach Zwiesel bringen, wo fahren wir dann hin?«

Die amerikanischen Soldaten, die die Fahrzeuge lenkten, waren dabei auch keine Hilfe. Sie hatten die klare Anweisung, keine Auskünfte zu geben. Sobald sie darauf angesprochen wurden, winkten sie bloß bedauernd ab und taten plötzlich so, als verstünden sie kein Wort mehr.

»Sorry!«

Ansonsten waren sie höflich und hilfsbereit. Während der zahlreichen Pausen schäkerten sie ungeniert mit den jungen Mädchen und steckten den Kindern Kaugummis und Bonbons zu.

Doch die Deutschen gaben nicht auf. Bei jeder Pause versuchte ein anderer erneut sein Glück. Nachdem die Männer nicht weiter kamen, schickten sie ihre hübschesten Töchter vor. Und die setzten voller Berechnung ihren ganzen Charme ein.

Endlich hatte eine von ihnen tatsächlich Erfolg. Der junge Soldat konnte ihrem schmachtenden Augenaufschlag nicht widerstehen. Das sommersprossige Lächeln des jungen Fräuleins war so süß, dass er es nicht mehr einsah, warum er diesen Menschen nicht verraten sollte, wo sie in wenigen Stunden ohnehin ankommen würden. Sein amerikanischer Akzent machte es ihm fast unmöglich, den Namen richtig auszusprechen. Erst beim dritten Versuch verstand sie ihn: »Heidenheim an der Brenz.«

Sofort verbreitete sich der Name wie ein Lauffeuer von Lastwagen zu Lastwagen.

»Habt ihr schon gehört, es geht nach Heidenheim an der Brenz im Württembergischen.«

»Wohin? Wie heißt der Ort?«

»Heidenheim an der Brenz.«

»Habe ich ja noch nie gehört.«

Die wenigsten kannten diesen kleinen, idyllisch gelegenen Ort zwischen Ulm und Aalen. Warum wurden sie ausgerechnet dorthin gebracht? Dort gab es keine Glasfabrik oder ein Zweigwerk, weder von Schott, noch von Zeiss.

»Was sollen wir da?«, fragte sich nicht nur Otto irritiert, als er nach der Pause auf seinen Laster zurückkletterte.

6

Der Konvoi war eben erst wieder in Fahrt gekommen, als plötzlich ein durchdringender Knall, gefolgt von einem lang gezogenen, schrillen Pfiff die einschläfernde Gleichförmigkeit der dahin rumpelnden Lastwagen erschütterte. Otto und Johanna schauten sich erschrocken an.

»Um Himmels Willen! Was war das?«, rief Johanna ängstlich um sich suchend. »Das war doch ganz in unserer Nähe.«

Kaum hatte sie dies ausgesprochen, verlor ihr Laster abrupt an Fahrt und schlingerte hin und her. Es war so unerwartet, dass alle drei auf der offenen Ladefläche heftig durcheinander geschleudert wurden. Als der Wagen nach einem qualvoll langen Moment zum Stillstand kam, sprangen die beiden Soldaten sofort aus dem Fond des Lasters. Auch Otto kletterte von der Ladefläche.

»What happened?«, fragte einer der Soldaten aufgeregt und suchte das Fahrzeug ab.

Der andere Amerikaner und Otto taten es ihm gleich. Schnell hatten sie die Ursache gefunden.

»Hier liegt der Hase im Pfeffer«, rief Otto, als er am rechten Hinterreifen angekommen war.

Die beiden Soldaten, die andersherum gegangen waren, eilten zu ihm. Otto deutete nach unten.

»Der Reifen ist geplatzt.«

Während die wenigen, noch hinter ihnen fahrenden Laster es nur mit Mühe schafften, rechtzeitig zu bremsen, ohne auf sie aufzufahren, brauchten die vorderen Fahrzeuge hingegen eine Weile, bevor sie überhaupt bemerkten, was passiert war.

Die Soldaten reagierten zunächst verunsichert. War es Sabotage? Bestand Gefahr oder war alles ganz harmlos? Mehrere rannten zu »Ottos« Laster, der schnell als Ursache der Störung ausgemacht worden war und besprachen sich in Englisch. Viele der Deutschen kletterten ebenfalls von den Ladeflächen und nutzen die Panne als willkommene Unterbrechung, um sich die Beine zu vertreten.

Die Amerikaner brauchten nicht lange, um sich auf eine Lösung zu verständigen. Die Zeit drängte und so vereinbarten sie, dass der kaputte Laster mitsamt seinen Reisenden allein zurückbleiben sollte, während der restliche Konvoi weiterfahren würde. Die beiden zuständigen Militärs sollten den

Reifen so schnell wie möglich wechseln, und dann müssten sie sich eben beeilen, um die anderen wieder einzuholen. Die Amerikaner machten sich nicht die Mühe, Johanna und Otto über ihre Vorgehensweise aufzuklären. Doch lag das mehr an den gegenseitigen Verständigungsschwierigkeiten als am bösen Willen. Familie Kreuzinger musste sich ihren Teil denken.

Schnell wurde geprüft, ob der Ersatzreifen in Ordnung war und die beiden Soldaten alle notwendigen Werkzeuge zur Verfügung hatten. Dann setzte sich ein Laster nach dem anderen wieder in Bewegung. Alle bis auf Ottos Wagen, an dem sich mittlerweile die beiden Amerikaner an die Arbeit gemacht hatten. Es war selbstverständlich für Otto, so gut er konnte zu helfen.

»Komm, wir setzen uns solange dort drüben ins Gras«, sagte Johanna zu Erika und deutete auf eine saftig grüne Wiese am Straßenrand. »Das wird bestimmt eine Weile dauern.«

Während sie sich auf der Wiese niederließen, beobachtete Johanna die abfahrenden Laster mit gemischten Gefühlen. Sie wollte nicht hier in der Wildnis allein zurückbleiben. Jeder vorbeiziehende Wagen verstärkte in ihr dieses Gefühl der Verlassenheit.

»Bis später!«

»Viel Glück!«

»Ihr schafft das schon!«

An gut gemeinten Aufmunterungen mangelte es nicht. Doch Johanna konnte darauf nur säuerlich zurückwinken. Bis eben hatten die anderen Familien noch dasselbe Schicksal mit ihnen geteilt, was ihr ein bisschen Sicherheit gegeben hatte. Jetzt waren sie plötzlich auf sich allein gestellt.

»Hoffentlich finden wir euch tatsächlich wieder«, murmelte Johanna den anderen leise nach.

»Mutti, guck' doch mal! Das sieht aus wie ein riesengroßer, staubbrauner Wurm, der über die grünen Hügel kriecht«, rief Erika, als sie die Kolonne weit hinten am Horizont wiederentdeckte.

»Ja, das sieht wirklich ulkig aus.«

Beide starrten dem Konvoi hinterher.

Die Zeit verging.

»Wer weiß, wie lange die Männer noch brauchen«, meinte Johanna viel später, langsam ungeduldig werdend.

Otto und die beiden Soldaten versuchten abwechselnd, die fest gerosteten Schrauben an der Felge des zerfetzten Reifens zu lösen. Doch egal wie sehr sie sich anstrengten, keine einzige bewegte sich auch nur einen Millimeter.

»Oh, Mann, der letzte Reifenwechsel muss schon lange her sein«, stöhnte Otto entnervt, als ihm abermals der Schraubenschlüssel abgerutscht war.

Die Junisonne brannte erbarmungslos vom tiefblauen Sommerhimmel. Der Schweiß tropfte den Männern von der Stirn. Längst waren sie nicht nur durchgeschwitzt, sondern auch völlig erschöpft. Doch sie gaben nicht auf. Verbissen probierten sie es immer wieder, bis die erste Schraube endlich nachgab. Eine nach der anderen folgte.

»Puh, ist der schwer», stöhnte Otto überrascht, als es den drei Männern schließlich mit vereinten Kräften gelang, den großen LKW-Reifen von der Achse zu hieven. Alle drei taumelten unter dem Gewicht zurück. Sie ließen erst den Reifen, dann sich selbst zu Boden fallen. Nachdem sie etwas getrunken und sich ein bisschen erholt hatten, machten sie sich an den zweiten Teil der Arbeit.

Die Montage des neuen Reifens gestaltete sich beinahe ebenso mühsam, doch irgendwann war der Ersatzreifen fest geschraubt und es konnte endlich weitergehen. Sie hatten viel Zeit verloren, das stand fest.

Nachdem auch Johanna und Erika, die vor Langeweile im Gras eingeschlafen war, wieder ihre Plätze auf der Ladefläche eingenommen hatten, startete der Laster zu seiner Aufholjagd.

»Die Jungs fahren ja wie ein geölter Blitz«, bemerkte Otto wenig später halb anerkennend, halb vorwurfsvoll.

Der junge Amerikaner, dem nun die undankbare Aufgabe zukam, den Anschluss an den Konvoi wiederzufinden, legte eine halsbrecherische Geschwindigkeit vor. Die kurvigen und sehr schmalen Straßen waren eine Herausforderung für sein Fahrvermögen. Und hinten auf der offenen Ladefläche blieb Johanna, Otto und Erika nicht anderes übrig, als sich verzweifelt festzuklammern, um nicht herunter katapultiert zu werden. Vor allem Erika hatte Schwierigkeiten, sich auf ihrer Kiste festzuhalten und wurde von einer Seite zur anderen geschleudert. Schmerzlich spürte sie jedes Schlagloch und es dauerte nicht lange, bis sie das Gefühl hatte, mit blauen Flecken übersät zu sein.

»Mir wird schlecht«, jammerte sie plötzlich. »Ich halte das nicht mehr aus.« Die gemächlichere Fahrweise vor der Reifenpanne hatte ihr keine Übelkeit verursacht, aber jetzt revoltierte ihr Magen.

»Das musst du aber«, erwiderte ihre Mutter, die selbst gegen das Unwohlsein ankämpfte. »Die halten jetzt nicht schon wieder an. Wir müssen schließlich die anderen einholen.«

Ihr kam eine Idee, die sie an sich selbst ausprobierte.

»Halt dein Gesicht in den Fahrtwind und atmete tief durch.« Sie machte es vor. »Siehst du? Versuch es auch! Dann fühlst du dich gleich besser.«

Und tatsächlich, sie schafften es beide, ihren Brechreiz unter Kontrolle zu bekommen.

»Zum Glück sitzen wir im Freien«, meinte Johanna, als es besser wurde. »Ich glaube, in einem geschlossenen Auto hätte auch ich mich längst übergeben.« Wieder holte sie tief Luft.

»Das nimmt ja überhaupt kein Ende«, stöhnte Erika entnervt.

»Den Eindruck habe ich auch. Langsam bezweifele ich fast, dass wir die anderen noch einholen.« Johanna spürte Panik in sich aufsteigen. »Dafür hat der Reifenwechsel viel zu lange gedauert. Unsere Jungs wissen bestimmt nicht, welchen Weg sie einschlagen müssen.«

»Jetzt male den schwarzen Peter nicht an die Wand«, versuchte Otto sie zu beschwichtigen. »Die wissen zumindest, wo das Ziel unserer Reise liegt. Zur Not treffen wir die anderen eben in diesem Heidenheim wieder.«

»Sehr beruhigend.« Johanna schnitt eine Grimasse.

»Da. Schaut nur!«, mischte sich Erika plötzlich in ihr Gespräch ein. »Dort hinten … Das sind doch unsere Laster, oder?«

Tatsächlich: Auf einem Hügel, noch recht weit entfernt, entdeckten die drei den vertrauten Riesenstaubwurm.

»Du hast recht«, rief Johanna erleichtert, »das können nur unsere Leute sein. Gott sei Dank!«

Es dauerte noch eine Weile, bis ihr Laster sein halsbrecherisches Tempo drosselte und sich ans Ende des Konvois einreihte, als wäre nichts gewesen. Nur das wilde Hupen deutete darauf hin, dass etwas Besonderes geschehen war. Die Deportierten, die auf den Ladeflächen der letzten Laster saßen, klatschten anerkennend.

7

Als sie am frühen Abend Nürnberg passierten, waren die Deportierten schockiert über das Ausmaß der Zerstörungen in der einst so stolzen, alten Reichsstadt.

»Das sieht ja noch verheerender aus als bei uns«, meinte Anton fassungslos, während er sich umblickte. Er hatte während der ganzen Fahrt kaum gesprochen und bloß dumpf vor sich hingestarrt.

»Wenn ich daran denke, wie ich mit meinem Vater früher ab und zu hierher gefahren bin. Damals waren wir jedes Mal begeistert, was für eine schöne Stadt Nürnberg ist. Aber davon ist anscheinend nicht viel übrig geblieben.«

Sophie empfand das Ausmaß der Zerstörungen in Jena schon als furchtbar, doch es gab offensichtlich andere Städte, die es ungleich schlimmer getroffen hatte. Das wurde ihr nun so richtig bewusst. Gleichzeitig war sie erleichtert, dass Anton seine Sprache wieder gefunden hatte.

Natürlich hatten die Menschen hier, wie überall in Deutschland, längst mit dem Aufräumen begonnen. Trotzdem türmten sich vor den langen Reihen beschädigter Häuser meterhohe Berge aus Backsteinen, Holz und Schutt auf.

»Schau, das war bestimmt mal ein Sofa oder Sessel«, sagte Sophie und wies auf ein Stück Polstermöbel, das aus einem der Schuttberge herausragte. Anderswo lagen Reste, die einst ein Stuhl oder Schrank gewesen sein mochten.

»All die leeren Fensterhöhlen sehen aus, als würden uns tote Augen anstarren.« Sophie schüttelte sich. »Und dahinten die Kaminschlote, die so verloren aus der Schuttwüstenei herausragen.«

»Wie faulende Zahnstümpfe«, meinte Anton düster.

Seitdem sie in die Stadt gekommen waren, hatte er das Gefühl, von Tod und Verderben umgeben zu sein. Es erinnerte ihn erneut schmerzlich an den Verlust, den er heute Morgen erlitten hatte.

»Ich hätte gut darauf verzichten können, das hier zu sehen. Diese verdammten Amerikaner.«

Für ihn waren sie an allem Schuld: Für die furchtbaren Zerstörungen hier genauso wie dafür, aus seinem geliebten Jena verschleppt worden zu sein.

»Es war eine regelrechte Entführung heute Morgen, findest du nicht?«, er spuckte förmlich Gift und Galle.

»Jetzt beruhige dich doch. Im Moment können wir nichts dagegen tun und müssen es nehmen, wie es kommt.« Sophie versuchte ihren Mann zu beruhigen und legte eine Hand auf seinen Arm.

Anstatt einer weiteren Erwiderung schnaubte Anton nur verächtlich.

Glücklicherweise waren die Straßen so weit frei geräumt, dass die Kolonne sich zügig einen Weg durch die Stadt bahnen konnte. Auch Ansbach, Feuchtwangen und Crailsheim, die sie später passierten, wiesen ein ähnliches Ausmaß an Zerstörung auf.

»Puh, ich ertrage diese Kopfschmerzen bald nicht mehr«, stöhnte Anton und griff sich an die Stirn, kurz nachdem sie Crailsheim passiert hatten. »Außerdem habe ich das Gefühl, dass ich kaum noch Luft bekomme.«

Mit sichtbarer Anstrengung atmete er tief durch. Tatsächlich wurde die Luft immer schwüler. Die Gewitterstimmung wuchs mit jedem Kilometer, den sie vorankamen, und drückte allen aufs Gemüt.

»Das wird aber auch immer schwüler.« Besorgt schaute Sophie in den immer dunkler werdenden Abendhimmel. »Das gibt bestimmt noch ein heftiges Unwetter, so wie sich die Wolken da zusammenbrauen.« Sie zeigte nach oben.

»Sieh nur! Hoffentlich kommen wir da nicht mitten rein!«

»Ja. Ich habe das Gefühl, als würden wir uns unaufhaltsam dem Ende der Welt nähern«, meinte Anton.

Das Wetter passte zu seiner Stimmung.

8

»Heidenheim an der Brenz! Da war das Ortsschild! Ich hab's genau gesehen.«

Es war kurz vor Mitternacht als der Erste endlich das Schild am Straßenrand lesen konnte.

»Jetzt kann es nicht mehr lange dauern, bis wir da sind.«

Alle, die noch wach waren, atmeten erleichtert auf. Vielleicht würden sie es noch rechtzeitig schaffen, bevor der Himmel seine Schleusen öffnete. Während der letzten halben Stunde war das Grollen am Himmel immer lauter geworden, und was zunächst als entferntes Wetterleuchten begonnen hatte, wuchs sich nun zu immer näher kommenden Blitzen aus. Noch regnete es nicht, aber es konnte nicht mehr lange dauern.

Erika und die meisten anderen Kinder waren längst vor Erschöpfung eingeschlafen. Das eintönige Hin- und Herschaukeln der Laster hatte sie in den Schlaf gewiegt, aus dem sie jetzt sogar die tiefsten Schlaglöcher nicht mehr aufwecken konnten. Vielen Erwachsenen erging es ähnlich: Sie hatten einen ungemein erschöpfenden Tag hinter sich, sowohl körperlich als auch psychisch.

Die lange Fahrzeugkolonne zerriss die nächtliche Ruhe des Städtchens, als die LKW durch die nachtstillen Straßen dröhnten. Der Ort zog sich am Ufer der Brenz lang gestreckt durch das Tal. Links und rechts erhoben sich waldige Hügel, die den Ort tief unten einbetteten. Während sie auf der einen Seite sanft anstiegen, riegelte ein fast senkrecht auftürmender Felsen die andere Seite ab. Von dort schallte das Echo der Motoren unheimlich zurück.

Oben auf dem steilen Felsen thronte ein altes Schloss. Die Jenenser brauchten eine Weile, bis sie es entdeckten, denn es zeichnete sich im Dunkel der

Nacht immer nur für einen kurzen Augenblick ab, wenn das grelle Licht eines Blitzes darüber zuckte.

Sie hatten den Ort schon fast passiert, und diejenigen, die wach waren, wunderten sich bereits, ob Heidenheim tatsächlich das Ziel ihrer Reise sein könnte, als die Laster auf eine kurvige und sehr steile Straße abbogen, die sich quasi von hinten auf den Burgberg hochschlängelte. Nachdem sie ein kleines Wäldchen durchquert hatten, erreichten sie auf halber Höhe ein mit Stacheldraht abgesperrtes, waldiges Gelände. Dort stoppten die Laster vor einem Schlagbaum. Amerikanische Soldaten mit Maschinenpistolen im Anschlag sperrten den Eingang ab.

Anton, dessen Laster relativ weit vorn in der Kolonne fuhr, beobachtete, wie einer der beiden Amerikaner im ersten LKW mit einigen Papieren in der Hand aus dem Wagen sprang und diese dem diensthabenden Wachmann mit ein paar Worten übergab. Dann öffnete sich der Schlagbaum. Ein Laster nach dem anderen fuhr langsam auf das Gelände.

Man hatte die Jenenser bereits erwartet.

9

Der Konvoi hatte sein vorläufiges Ziel erreicht: eine ehemalige Polizeikaserne, in der bis vor Kurzem noch russische und polnische Zwangsarbeiter untergebracht waren. Doch das erfuhren die Deportierten erst später.

Otto und Johanna hatten während der gesamten Fahrt nicht geschlafen.

»Oh je, ich habe das Gefühl, dass mich einer durch die Mangel gedreht hat.«

Johanna stützte ihren schmerzenden Rücken, als sie langsam von der Ladefläche herunter kletterte.

»Ich glaube, ich muss erst einmal sämtliche Körperteile sortieren, bevor ich mich in Bewegung setzen kann. Alles fühlt sich taub und steif an.«

»Komm, ich helf dir runter«, brummte Otto müde.

Auch ihm tat alles weh. Er hatte kaum ausgesprochen, als beide ein plötzlich erschrocken inne hielten.

»Ausgerechnet jetzt! So ein Mist!«, schimpfte Otto, als er erste Tropfen auf seinen bloßen Armen spürte. »Hätte Petrus nicht noch warten können, bis wir unsere Sachen ins Trockene gebracht haben?«

Innerhalb von Sekunden schwollen die ersten, zaghaften Tropfen zu einem dichten Wasserschleier an und vermischten sich sogar mit Hagelkörnern.

Hektik brach aus. Nachdem die Leute begriffen hatten, was los war, versuchte jeder ein trockenes Plätzchen zu finden. Innerhalb kürzester Zeit waren alle durchnässt bis auf die Haut und drängelten sich unter den wenigen Vordächern, die ohnedies kaum Schutz boten.

Erika, die bis eben tief geschlafen hatte, empfand die kühlen Regentropfen wie eine belebende Dusche. Sofort war sie hellwach. Ohne Hilfe sprang sie von der Ladefläche hinunter in Johannas Arme.

»Schnell. Komm mit, da rüber!« Sie wies zu dem bereits überfüllten Unterstand, der ihnen am nächsten war. »Die werden uns schon noch dazwischen lassen«, hoffte sie und rannte mit Erika los.

Als sie unter dem schützenden Dach ankamen, griffen Hände nach Erika und zogen sie zu sich ins Trockene. Auch Johanna fand ein geschütztes Eckchen. Dankbar schaute sie sich nach Otto um. Doch der stand immer noch am Laster.

»Warum kommt er denn nicht hierher ins Trockene«, murmelte Johanna ärgerlich und winkte ihm ungeduldig zu.

Aber Otto reagierte nicht. Er war absichtlich stehen geblieben, als er bemerkt hatte, dass die beiden Soldaten, die ihren Wagen gesteuert hatten, sich daran machten, ihre Ladefläche mit einer großen Plane abzudecken. Otto überlegte kurz, woher die beiden diese so schnell gezaubert hatten, dann griff er beherzt zu.

»Moment, ich fasse an«, rief er ihnen zu und schnappte sich einen im Wind flatternden Zipfel.

Doch eine Sturmböe riss ihm die Plane im Nu wieder aus der Hand. Erneut schnappte er danach und hielt sie mit aller Kraft fest. Die vierte Ecke schlackerte noch immer wild umher und die drei Männer hatten ihre Not, die Abdeckung unter Kontrolle zu behalten.

»Bleib hier im Trockenen«, befahl Johanna ihrer Tochter, als sie die Schwierigkeiten der Männer bemerkte.

Ohne auf den Regen zu achten, rannte sie zum Laster zurück. Zufällig wehte der Wind ihr die lose Seite just in dem Augenblick entgegen, sodass sie leicht danach greifen konnte. Mit vereinten Kräften schafften sie es schließlich, die Plane komplett über die Ladefläche zu spannen und zu befestigen.

»Puh, war das schwierig«, seufzte Johanna.

Alle vier waren völlig durchnässt. Doch darauf achteten sie nicht. Viel wichtiger war, dass sie ihr weniges Hab und Gut aus Jena vor dem Regen schützen konnten. Die vier reichten sich gegenseitig die Hand.

»Vielen Dank«, sagte Otto, ehrlich gerührt zu den beiden Amerikanern. »Ohne Ihre Hilfe hätten wir das nie geschafft.« Es war ihm egal, ob die

Soldaten ihn verstehen konnten. Er drückte seine Dankbarkeit auch so deutlich aus. In diesem Augenblick tat es ihm aufrichtig Leid, kein Englisch sprechen zu können. »Ich frage mich, woher Sie plötzlich diese Plane gezaubert haben?«

That's okay«, winkten die beiden Männer lächelnd ab. Sie hatten den Sinn seiner Worte durchaus verstanden.

»Sieh nur«, sagte Johanna und stupste Otto an, »nicht alle haben so viel Glück gehabt. Da drüben steht alles unter Wasser.«

Während Otto und Johanna ihre Sachen im Trockenen wussten, kämpften andere verzweifelt darum, ihre wenigen Habseligkeiten vor den Wassermassen zu retten. Aber auf die Schnelle konnten sie nur kleinere und bewegliche Teile von den Ladeflächen herunterzerren, um sie ins Trockene zu bringen. Und dort war vor lauter Menschen ohnedies kaum mehr Platz für Kisten und Koffer, Lampen oder Kissen. Die meisten Sachen saugten sich also zusehends auf den offenen Ladeflächen mit Wasser voll.

»Jetzt haben all diejenigen das Nachsehen, die in Jena nicht auf ihre sperrigen Möbel verzichten wollten«, stellte Otto fest. »Die bekommen sie jetzt nämlich auf keinen Fall mehr rechtzeitig von den Lastern herunter. Dabei hatten die Amis uns extra angewiesen, darauf zu verzichten. Jetzt wissen wir warum.«

»Ach, sei doch nicht so selbstgerecht«, gab Johanna patzig zurück. »Mit solch einem Unwetter konnte kein Mensch rechnen. Und wenn wir nicht so ein Glück gehabt hätten«, sie deutete auf »ihre« Soldaten, »dann wären unsere Sachen jetzt genauso nass.«

Sophie und Anton hatten nicht soviel Glück. Wie die meisten anderen mussten sie hilflos dabei zusehen, wie ihre wenige Habe immer mehr vom Regen durchtränkt wurde.

»Das darf doch nicht wahr sein. Jetzt verdirbt auch noch unser letztes bisschen! Bevor wir irgendetwas davon nutzen konnten«, rief Anton verzweifelt. »Da hätten wir es doch besser zu Hause gelassen. Dann hätten wenigstens unsere Eltern was davon gehabt. Was haben wir denn bloß getan, dass wir so bestraft werden? Diese Reise steht unter keinem guten Stern, das sage ich dir.«

»Jetzt beruhig dich. Es wird schon nicht so schlimm werden.« Sophie legte tröstend einen Arm um ihren aufgebrachten Mann. »Überleg doch mal, wie dick und robust das Holz der Umzugskisten ist. Bis da tatsächlich Wasser durchsickert, kann es noch eine ganze Weile lang regnen. Außerdem haben wir das meiste in Wachspapier eingeschlagen. Auch das braucht lange, bevor es durchweicht.«

Sie lächelte Anton aufmunternd zu.

»Lass uns froh sein, dass wir fast keine Möbel aufgeladen haben. Schau dir nur die anderen an. Da haben manche wirklich Grund zum Verzweifeln.« Sophie wunderte sich über ihre eigene Ruhe und Gleichmütigkeit.

»Und was ist mit unseren guten Einlegematratzen?«, Anton schüttelte finster den Kopf. »Tja, die sind tatsächlich hin«, gab Sophie bedauernd zu.

»Die können wir nur noch wegschmeißen.«

»Oh, Mann!« Anton schnaubte vor Wut.

»Die hätten uns alle einfach in Jena lassen sollen. Dann säßen wir nicht hier im Regen und müssten zuschauen, wie unsere Sachen den Bach runter gehen.«

Er klang verbittert.

Der Schock der Deportierten

1

Die Situation wurde immer chaotischer. Die Geräuschkulisse war enorm: Babys und kleine Kinder, die bis eben noch friedlich auf den Ladeflächen geschlafen hatten, schrien irritiert und verängstigt. Größere Kinder hatten in dem Durcheinander ihre Eltern verloren und suchten sie laut rufend. Und Erwachsene rannten wie aufgezogenes Blechspielzeug kreuz und quer, getrieben von der verzweifelten Hoffnung, vielleicht doch noch etwas vor dem Regen retten zu können. Auch sie schrien und liefen wild durcheinander.

Schnell hatte sich der unbefestigte Boden in eine matschige Seenlandschaft verwandelt. Wer nicht aufpasste, rutschte in dem glitschigen Morast aus. Auch Johanna fand sich plötzlich im Matsch wieder. Nachdem sie sich von den Soldaten verabschiedet hatte, wollte sie so schnell wie möglich zu Erika zurück, die unter dem Vordach ausgeharrt und von dort aus die ganze Zeit ihre Eltern beobachtet hatte. Dann sah sie, wie ihre Mutter auf halber Strecke hart auf den Boden schlug. So schnell wie möglich bahnte sich Erika einen Weg zu ihr.

»Au, das hat weh getan«, klagte Johanna und rieb sich ihr schmerzendes Knie. »Nun schau dir das an! Wie sehe ich denn jetzt aus? Mein ganzes Kleid ist verdorben.«

Mit ungeduldigen Handbewegungen versuchte sie, sich die Schmiere vom Rock abzuwischen, hielt aber gleich darauf wieder inne.

»Ach, verdammt noch mal«, schimpfte sie, »dadurch wird ja alles nur noch schlimmer.«

Wütend schaute sie sich um und entdeckte noch andere, denen es genauso ergangen war wie ihr.

»Jetzt ist zu allem Unglück nicht nur unser Hausrat verdorben, sondern auch noch mein Kleid«, hörte Johanna ein Frau im Vorbeigehen jammern. »Es scheint sich aber auch alles gegen uns verschworen zu haben!«

Die amerikanischen Soldaten waren von dem Unwetter genauso überrascht worden wie die Deportierten und reagierten anfangs ebenfalls irritiert. Doch dann bekamen sie entsprechende Anweisungen und lotsten die Jenenser in einen Raum im Hauptgebäude, der als Kantine diente. Es dauerte lange, bis sich die meisten dort eingefunden hatten.

Auch Anton und Sophie ließen sich von dem Sog, der sie in den Speisesaal trieb widerstandslos mitziehen. Vor allem Anton hatte den Anblick seiner immer nasser werdenden Sachen auf dem LKW nicht länger ertragen können und war daher fast erleichtert gewesen, als ein vorbeikommender Soldat sie aufforderte, dort Schutz zu suchen.

»Das ist ja nicht auszuhalten«, stöhnte er leise, als sie den ungemütlichen Raum betraten, in dem sich bereits etliche Deportierte drängelten. Sophie entdeckte zwei freie Plätze an einem langen, schmalen Tisch und stupste Anton an.

»Komm, am besten setzen wir uns hier hin und warten ab, wie es weitergeht. Dann stehen wir wenigstens nicht im Weg herum.«

Sie wollte sich nicht länger von den nachdrängenden Menschen schubsen und schieben lassen. Anton nickte und nahm ihr gegenüber Platz.

Befremdet sah er sich um und beobachtete das chaotische Treiben. Überall riefen Leute durcheinander. Die meisten waren nass bis auf die Haut und hinterließen kleine Pfützen auf dem Boden, wenn sie längere Zeit stehen blieben. Die Luft war stickig und stank nach einer ungesunden Mischung aus Essensgerüchen und den feuchten Ausdünstungen durchnässter Haare und verschwitzter Kleidung. Während Anton gegen das immer stärker werdende Gefühl von Übelkeit ankämpfte, saß Sophie steif auf ihrem Stuhl und umklammerte mit beiden Händen ihre große Handtasche, die sie vor sich auf ihrem Schoß platziert hatte. Es sah aus, als wäre diese Tasche der einzige Halt, den sie noch hatte.

»Hier ist erst einmal was zu essen!« Plötzlich knallte ein Deutscher, der offenbar in der Kantine arbeitete, unaufgefordert einen Napf mit dunkel angelaufenen Kartoffeln und einen Teller voll dünner Wassersuppe auf den Tisch zwischen ihnen. Bevor Anton etwas erwidern konnte, war der Mann schon wieder weg. Anton starrte auf den Teller mit der durchsichtigen Brühe, die bei diesem Manöver fast über den Tellerrand geschwappt wäre und noch immer gefährlich hin und her schaukelte. Ein paar verloren wirkende dünne Möhrenscheiben und fette Speckstückchen schwammen darin umher.

»Hast du Hunger?«

»Nein danke!«, Sophie schüttelte sich. »Mir ist der Appetit schon lange vergangen.«

»Ich kann das auch nicht essen«, angewidert schob er die Teller möglichst weit von sich. So dünn die Suppe auch aussah, so unangenehm schien sie doch zu riechen.

»Ist das nicht grauenvoll, wie heruntergekommen und dreckig hier alles ist? Wie kann man hier überhaupt etwas essen?«, fragte Sophie leise.

»Das verstehe ich auch nicht. Aber sieh nur, dort drüben.« Anton zeigte auf einen anderen Tisch, wo sich zwei Männer über ihre Teller hermachten. »Die müssen wirklich Hunger haben, um diesen Fraß essen zu können.«

Ohne etwas dagegen unternehmen zu können, drängte sich ihm der feine Geschmack der leckeren Kartoffeln aus seinem Garten auf.

»Ach Jena«, seufzte er schwermütig. »Ich kann es einfach nicht glauben, dass es erst wenige Stunden her ist, als wir von unseren Eltern Abschied genommen haben.«

Bevor Sophie etwas erwidern konnte, fing ein amerikanischer Oberst an zu reden.

»Guten Abend, meine Herrschaften!« Er sprach in einem gut verständlichen Deutsch, auch wenn sein amerikanischer Akzent unverkennbar war.

»Ich bitte Sie unbedingt, unsere Vorschriften hier einzuhalten«, ermahnte er die Jenenser in freundlich reserviertem Ton und erklärte dann die Örtlichkeiten:

»Sie sind jetzt in dem zentralen Gebäude mit der Kantine und unseren Büros. Wenn sie heraustreten, liegen auf der rechten Seite zwei große Häuser mit Betten und dahinter befindet sich eine Reihe kleinerer Holzbaracken.«

Schließlich las er sämtliche Namen vor und wies jedem ein Bett in einer der Unterkünfte zu. Ein paar Soldaten, die abwartend im Hintergrund gestanden hatten, drückten den jeweils Aufgerufenen eine Decke und ein kleines Kissen in die Hand.

Sofort entstand erneut Unruhe. Die meisten waren so müde, dass sie nur noch schlafen wollten. Alles andere würde sich morgen regeln lassen.

Das Gewitter war mittlerweile weitergezogen. Die Donner grollten nur noch aus der Ferne. Allerdings schüttete es immer noch, auch wenn der Regen langsam in einen gleichmäßigen Landregen überging. Anton und Sophie wurden erneut nass, als sie durch die nur von einzelnen Lampen erhellte Dunkelheit stolperten und versuchten, die Baracke zu finden, in die sie eingewiesen worden waren.

»Hier entlang, ich glaube, es ist hier drüben«, rief Anton nach einigem Suchen und zeigte auf einen flachen, einstöckigen Holzbau. Er war in zwei Räume unterteilt, in denen jeweils sechs Etagenbetten dicht nebeneinander standen.

»Meine Güte, ist das eng und muffig hier drinnen«, meinte Sophie bedrückt, als sie einen der beiden Räume betrat. Sie wollte zum Fenster gehen, um es zu öffnen und frische Luft hineinzulassen, doch dann bemerkte sie überrascht, dass es schon offen stand.

»Na hoffentlich kühlt es sich im Laufe der Nacht noch etwas ab.«

Eine einzelne Glühbirne tauchte das Zimmer in ein trübes Licht.

Anton unterhielt sich mit einem anderen Zimmergenossen über die Bettenaufteilung.

»Eines steht fest, für unsere Kisten ist hier drinnen bestimmt kein Platz«, bemerkte ihr Bettnachbar. »Die müssen wir also vorerst draußen auf den Lastern lassen, wo sie weiter durchweichen. Aber das macht mittlerweile wohl auch nichts mehr aus. Es ist ohnehin alles verdorben.«

Anton warf ihm bloß einen säuerlichen Blick zu und nickte. Er hatte eben das Gleiche gedacht. Bevor er etwas darauf erwidern konnte, kamen zwei weitere Deportierte in den Raum, die ebenfalls hier eingewiesen worden waren. Damit war ihr Zimmer voll.

»Welche Betten sind noch frei? Wo können wir schlafen?«, fragten sie sofort.

Der Mann, mit dem sich Anton eben unterhalten hatte, wies auf das eine, noch freie Etagenbett. Die Neuankömmlinge nickten und platzierten ihre Sachen darauf. Sie waren viel zu müde, als dass sie lange hätten diskutieren wollen.

Sophie und Anton kannten keinen ihrer Zimmergenossen. Aber die Tatsache, dass sie alle aus Jena stammten, schweißte sie zusammen.

»Ich glaube, ich verzichte heute Abend einmal ausnahmsweise darauf, mir vor dem Schlafengehen noch Gesicht und Hände zu waschen und die Zähne zu putzen«, meinte Sophie schließlich leise zu Anton. »Eigentlich wäre mir zwar danach, aber erstens bin ich viel zu müde und zweitens finde ich die Vorstellung, jetzt nochmal durch Regen und Dunkelheit zu irren, um irgendwo vielleicht ein Waschhaus zu finden, allzu abschreckend.« Sie schüttelte den Kopf. »Nein, ich lege mich jetzt einfach hier in dieses Bett und will nur noch schlafen.«

»Ich denke, ich werde das Gleiche tun. So verschwitzt und verdreckt wie wir sind, nutzt eine kleine Katzenwäsche ohnehin nicht viel«, stimmte Anton ihr zu.

»Nicht mehr denken, nur noch schlafen«, murmelte er vor sich hin, als er die kleine Leiter am Fußende hinaufkletterte, um in sein Bett zu gelangen. Zuvor hatte er Sophie unauffällig einen schüchtern versteckten Kuss gegeben.

»Gute Nacht! Versuch, etwas zu schlafen! Ich hoffe, wir finden ein bisschen Ruhe!«

»So müde, wie wir sind, glaube ich das bestimmt. Schlaf du auch gut!«

Beide legten sich in ihr Bett.

Als Sophie sich auf ihrem Bett niederließ, bemerkte sie angewidert, wie alt und durchgelegen die Strohmatratze war. Sie versank regelrecht in einer tiefen Kuhle in der Mitte, aus der sie sich vermutlich nur mit Mühe wieder würde heraushieven können.

Während sie sich entschlossen das kleine Kissen unter ihrem Kopf zurechtrückte, ächzte das Gestell bei jeder Bewegung laut. Mittlerweile hatte einer der anderen das Licht gelöscht und es dauerte nicht lange, bis es ruhig wurde.

Das gesamte Zimmer war gerade im Begriff, im Tiefschlaf zu versinken, als Sophie plötzlich von einem lauten Fluch ihres Bettnachbarn wieder in die Wirklichkeit zurückgeholt wurde.

»Verdammt noch mal! Was ist denn das für eine Schweinerei hier?«

Mit einem Ruck fuhr er hoch, was das Bettgestell sofort mit heftigem Quietschen quittierte. Er kratzte sich hörbar und kletterte entschlossen aus dem Bett.

»Nicht einen Augenblick länger bleibe ich hier. Das ist ja nicht zumutbar!«, rief er in die Dunkelheit hinein und stolperte zum Ausgang. Die Tür knallte so laut ins Schloss, dass die dünne Holzwand wackelte und alle im Raum wieder hellwach waren.

»Was ist los? Was ist das für ein Krach?«

»Was ist denn in den gefahren?«

Keiner begriff, was los war. Alle mussten sich erst orientieren und auch Sophie und Anton verstanden nicht, was passiert war.

Dann flammte plötzlich die schwache Glühbirne auf und wirkte viel heller als vorhin. Auf alle Fälle reichte sie aus, um die Ursache der Störung zu erkennen.

»Igitt! Da sind ja Wanzen!«, schrie Sophie entsetzt auf, als der Lichtschein auf ihre Bettdecke fiel.

Die Viecher krabbelten überall herum und versuchten sich eilig in dunklen Falten und Ecken zu verstecken, sobald das Licht aufgeleuchtet war. Sie waren in der Dunkelheit massenhaft aus ihren Verstecken in den Strohmatratzen gekommen, um über die schlafenden Menschen herzufallen. Nun schafften es nicht alle schnell genug, dem fahlen Lichtschein wieder zu entkommen.

Mit einem entschiedenen Fußtritt schleuderte Sophie die Decke von sich und sprang entsetzt aus dem Bett. Anton tat es ihr gleich. Voller Ekel schüttelten sie sich und schlugen mit hektischen Handbewegungen die überall krabbelnden Wanzen von sich weg.

»Ich glaube, ich werde verrückt«, schrie Sophie panisch, als sie bemerkte, dass sich der ein oder andere Blutsauger bereits an ihr festgebissen hatte.

Anton, der ihr Entsetzen sah, beeilte sich, ihr zu helfen. Jede Wanze, die auf den Boden fiel, zertrat er erbarmungslos.

Auch die anderen Zimmergenossen schimpften angeekelt durcheinander und versuchten sich von den Blutsaugern zu befreien. Alle wollten möglichst viele Wanzen erwischen, bevor diese sich erneut unter losen Tapetenfetzen, in den Strohsäcken und zwischen den Fußbodenritzen verstecken konnten.

Instinktiv drängten alle zur Tür hinaus ins Freie.

»Frische Luft, ich brauche frische Luft«, japste Sophie, als würde sie gleich ersticken.

Mit tiefen Atemzügen voll feuchter Waldluft gelang es ihr endlich, sich wieder einigermaßen zu beruhigen. Auch Anton kämpfte lange gegen sein Ekelgefühl an, bevor er wieder gleichmäßig atmen konnte.

»Ist das widerlich! Das ist doch nicht zu glauben! Da schicken die uns in wanzenverseuchte Zimmer. Dass die sich nicht schämen! Ich gehe da nicht wieder rein, das sage ich dir.«

Sophie deutete mit zitternder Hand auf den Raum hinter sich. »Lieber schlafe ich hier draußen im Stehen.«

Als wollte sie ihren Worten zusätzlich Nachdruck verleihen, stampfte sie mit dem Fuß in den Matschboden.

»Ich habe das Gefühl, mich überall kratzen zu müssen.« Ohne sich dessen bewusst zu sein, hatte Anton das bereits die ganze Zeit über getan.

»Eigentlich hätte mir vorhin sofort der unangenehme Geruch in dem Raum auffallen müssen«, konstatierte Sophie im Rückblick. »Ich fand es gleich unerträglich muffig.« Sie ärgerte sich über sich selbst.

»Wahrscheinlich waren wir einfach zu müde und erschöpft«, bemühte sich Anton um eine Erklärung.

»Was sollen wir jetzt machen?« Einer der Zimmergenossen trat zu ihnen und sah sie fragend an, bevor er seine Frage selbst beantwortete.

»Ich glaube, wir sind uns alle einig, dass wir da nicht wieder reingehen , bevor wir nicht gründlich Jagd auf diese Blutsauger gemacht haben.«

»Das sehe ich genauso«, stimmte Anton sofort zu.

In diesem Moment stürzten die Bewohner des Nachbarzimmers ebenfalls zur Tür heraus.

»Ich glaube, die haben dasselbe Problem wie wir«, stellte er lakonisch fest.

In der Tat erging es den anderen Deportierten nicht besser. Bald war das ganze Lager wieder hellwach und verbreitete die hektische Betriebsamkeit eines aufgeschreckten Ameisenhaufens. An Schlaf war nicht mehr zu denken.

Die ganze Nacht über jagten sie das Ungeziefer und zerrten die alten Strohmatratzen, die sie als Hauptursache ausgemacht hatten, ins Freie. Dort schmissen sie die stinkigen Säcke auf einen großen Haufen.

»Gleich Morgen früh verbrennen wir sie«, beschlossen die Männer. »Und die Amerikaner müssen uns frisches Stroh besorgen.«

Tatsächlich bekamen sie am nächsten Morgen von den Amerikanern neue Strohsäcke.

»Wir sollten nachts in den Hütten sicherheitshalber das Licht brennen lassen«, waren sich alle einig. »Das schreckt die Viecher zusätzlich ab.«

Die Situation wurde zwar merklich besser, doch so erfolgreich wie sie gewünscht hatten, waren sie nicht. Jeden Morgen gab es wieder Leute, die frische Bissspuren vorzuweisen hatten.

2

Während die Jenenser in Heidenheim am nächsten Morgen noch den Schrecken der vergangenen Nacht verdauen mussten, machte sich in Jena der zweite Konvoi auf den Weg, unter ihnen Familie Stockmüller. An der Saale hatte es in der vergangenen Nacht kein Unwetter gegeben, sodass die Sommersonne auch den zweiten Treck erbarmungslos begleiten würde. Genauso wie gestern Anton und Otto, machte sich heute Karl auf den Weg ins Stadtzentrum. Das Prozedere war das gleiche wie am Tag zuvor.

Sobald der Laster mit Karl und zwei Soldaten vor dem Haus der Stockmüllers am Spittelplatz zum Stehen kam, wuselten alle aufgeregt durcheinander, um möglichst zügig Kisten und Koffer, Karls Fahrrad und die alte Couch auf der Ladefläche zu verstauen. Viele Verwandte und Bekannte waren zum Helfen und Abschiednehmen gekommen.

»Am besten platzieren wir das Sofa hinten quer zur Fahrtrichtung«, bestimmte Karl, als er das schwere Ding mit seinem Cousin aus der Wohnung hievte. Wie ein Riegel schloss es die gesamte Ladefläche nach außen ab.

»So können wir während der langen Fahrt wenigstens halbwegs bequem sitzen«, zeigte sich Karl höchst zufrieden mit seiner Idee.

»Es sieht fast so aus, als wäre es die hinterste Rückbank eines offenen Busses«, fand Agnes, als sie hinzukam. »Auf alle Fälle haben wir von dort oben einen guten Überblick. Da wir nicht wissen, wohin es geht, ist das vielleicht gar nicht so schlecht.«

Sie drehte sich um und wollte in die Wohnung zurückgehen, um noch ein paar Kleinigkeiten zu holen, als ihr Blick auf ihren Vater fiel, der am Rand stand und den anderen wortlos beim Packen zusah. Er hatte es sich nicht nehmen lassen, den kurzen Weg von seiner Wohnung bis hierher zu laufen. Seine Fassungslosigkeit und Trauer waren ihm deutlich ins Gesicht geschrieben. Er konnte es nicht glauben, tatsächlich seine Tochter samt ihrer fröhlichen Familie auf unabsehbare Zeit zu verlieren.

»Ich habe nicht mehr viel Zeit«, jammerte er fortwährend. »Wer weiß, wann ihr zurückkommt, und ob ich dann noch lebe und euch wiedersehen kann.«

Agnes griff nach seinen knochigen Händen.

»Bestimmt sind wir nicht lange fort«, versuchte sie ihn zu beruhigen. Doch wer weiß das schon, schoss es ihr im gleichen Moment zweifelnd durch den Kopf, auch wenn sie sich davor hütete, das laut auszusprechen.

»Was soll ich denn ohne euch machen?«, fragte er tonlos. »Ihr habt so viel Leben in meinen ruhigen Alltag gebracht. Seitdem die Mutter tot ist, ist es so still und einsam in der Wohnung. Ich hab doch nur euch.«

Agnes konnte nichts darauf erwidern, ein dicker Kloß saß ihr im Hals. Sie dachte daran, wie sie seit dem Tod ihrer Mutter regelmäßig zu ihrem Vater gegangen war, um seine Wohnung zu putzen und ihn mit Essen zu versorgen. Auch die Wäsche hatte sie für ihn erledigt. All das würde nun nicht mehr gehen.

»Du weißt ja, ich habe mit Frau Lehmann vom dritten Stock gesprochen«, erinnerte sie ihn. »Sie hat mir versprochen, dass sie für dich mit kocht. Du brauchst dir also keine Sorgen ums Essen zu machen. Du musst ihr nur deine Marken geben, damit sie die Sachen für dich besorgen kann. Versprich mir, dass du daran denkst.«

»Ja, ja«, winkte er müde ab. »An Essen mag ich jetzt wirklich nicht denken.«

Sein Blick fiel auf Clara, die eben aus der Haustüre trat.

»Wie schön war es immer, wenn die Mädchen mitgekommen sind.«

Er lächelte traurig und deutete auf Clara.

»Manchmal fand ich das ja ganz schön anstrengend, wenn sie mich mit ihren tausend neugierigen Fragen bombardiert haben. Aber andererseits …« Er zuckte mit den Schultern. »Ihr werdet mir fehlen.«

Karl, Elisabeth und Clara kamen zu ihnen.

»Ich denke, es wird Zeit, sich zu verabschieden. Wir haben alles untergebracht und sind abfahrtbereit«, meinte Karl sachlich. Er beugte sich zu seinem Schwiegervater vor und drückte ihn herzlich an sich.

»Leb wohl und halt die Ohren steif!«

Einer nach dem anderen verabschiedete sich von dem alten Mann, der das alles über sich ergehen ließ, als hätte er nichts damit zu tun. Jeder versuchte, ihn mit ein paar letzten lieben Worten aufzumuntern.

Agnes wollte sich absichtlich als Letzte von ihrem Vater verabschieden. Während sie darauf wartete, bis sie an der Reihe war, zerbrach sie sich zum wiederholten Mal im Stillen den Kopf, ob es nicht doch eine Möglichkeit gegeben hätte, ihren Vater mitzunehmen. Sie dachte an den erfolglosen Versuch von Karl, der vorgestern bei den Amerikanern vorgesprochen und darum gebeten hatte, den Großvater mitnehmen zu dürfen. Aber er hatte eine abschlägige Antwort erhalten. Da der alte Mann nicht im gleichen Haushalt wohne, gebe es keinen Handlungsspielraum, hieß es. Damit hatte Agnes fast gerechnet und wenn sie ganz ehrlich zu sich war, fragte sie sich ohnehin, ob ihr Vater eine solche Reise, die gewiss kein Erholungsurlaub sein würde, gesundheitlich überhaupt verkraften würde.

»Darüber brauche ich mir keine Gedanken mehr zu machen«, dachte sie traurig. »Leider.«

Sie nahm ihren Vater in den Arm und drückte ihn innig an sich. Irgendwie hatte sie plötzlich den Eindruck, dass der alte Mann unter seinen Kleidern geschrumpft war.

»Pass gut auf dich auf, Vater«, flüsterte sie ihm ins Ohr. »Wir bleiben bestimmt nicht lange weg. Du wirst sehen, die Amerikaner und Russen einigen sich bald und dann können wir wieder hierher zurück. Das kann gar nicht anders sein. Und bis dahin hilft dir Frau Lehmann vom dritten Stock. Das hat sie mir fest versprochen.«

Agnes hatte Mühe, ihre Stimme nicht allzu sehr zittern zu lassen.

»Ja, ja, es wird schon gehen.« Mit rauer Stimme wimmelte er ihre Fürsorge ab. »Pass gut auf deine Mädchen auf!«

Er tätschelte ihr Gesicht. Schnell drückte sie ihm noch einen Kuss auf die kratzige, unrasierte Wange. In diesem Augenblick trat ihr Bruder, der in Apolda lebte und eigens zum Abschied seiner Schwester gekommen war, neben den alten Mann und stützte ihn.

»Gib gut auf ihn Acht«, bat sie ihn.

Dann ließ sie ihren Vater los und kletterte hoch auf die Couch zu Karl und den beiden Mädchen, die längst Platz genommen hatten und sie beobachteten.

»Auf Wiedersehen, Vater!«

Sie winkte ihm zu. Es schien ihr, als würde der alte Mann die Stütze ihres Bruders dringend brauchen.

»Hoffentlich verkraftet er den Abschied«, sagte sie leise mehr zu sich als zu den anderen. Sie fühlte sich schuldig, weil sie den Eindruck hatte, ihren Vater im Stich zu lassen, doch sie konnte nicht weinen. Ganz tief in sich verbarg sie ihren Kummer.

»Nun, ade, du mein lieb' Heimatland …«

Unerträglich laut und fröhlich trällerte plötzlich Claras klare Stimme direkt neben Agnes Ohr. Die, aus ihren Gedanken gerissen, zuckte erschrocken zusammen und sah ihre Jüngste voller Entsetzen an. Die lächelte sie begeistert an und schmetterte mit stolzer Stimme die nächsten Takte des Wanderliedes, das sie erst vor Kurzem im Musikunterricht gelernt hatte.

Voller Inbrunst und mit klarer Stimme sang sie Strophe für Strophe und ließ sich von dem ungnädigen Blick ihrer Mutter nicht beirren. Dafür war sie viel zu stolz, dass sie den Text auswendig kannte. Dieses Lied hatte ihr gleich besonders gut gefallen und außerdem passte es ausgesprochen gut zu ihrer jetzigen Situation, fand sie. Neugierig beugte sich Clara beim Singen nach vorn, damit ihr auch ja nichts entging. Sie fand das alles ungeheuer aufregend. Ein bisschen enttäuscht war sie allerdings von dem strengen Blick ihrer Mutter. Eigentlich hätte sie doch etwas Anerkennung für ihr Können erwartet und nicht solch offenkundige Missbilligung.

Die Achtjährige erkannte schlichtweg nicht die Tragweite der Situation. Ihr erschien die Reise ins Unbekannte eher wie ein abenteuerlicher Familienausflug und sie kam gar nicht auf die Idee, dass es vielleicht ein Abschied für immer oder zumindest für sehr lange Zeit sein könnte.

Agnes und Karl hatten lange hin und her überlegt, inwieweit sie Clara über die bevorstehenden Veränderungen aufklären sollten und waren zu dem Schluss gekommen, dass ihre Jüngste die Auswirkungen der Deportation noch nicht erfassen konnte. Deshalb hatten sie dem Mädchen nur in groben Zügen erzählt, dass sie alle zusammen eine große Reise unternehmen würden. Karl und Agnes befürchteten, auf die bohrenden Fragen ihrer neugierigen Tochter keine Antworten geben zu können, weil sie selber nicht abzuschätzen vermochten, was mit ihnen passieren würde. Keinesfalls wollten sie Clara ihre eigene Hilflosigkeit spüren lassen.

Und da das Mädchen ein unternehmungslustiges Kind war, freute es sich geradezu diebisch auf das vor ihr liegende Abenteuer. Denn dass es ein Abenteuer werden würde, bezweifelte sie nicht im Geringsten.

»Wer weiß, was wir alles Neues erleben werden?«, hatte sie bei ihrer Freundin angegeben, als sie sich gestern von ihr verabschiedet hatte.

Schon seit ein paar Tagen spürte Clara diese Spannung und Aufregung in der Luft. Irgendwie erinnerte es sie an Weihnachten, wenn die Großen alle so geheimnisvoll taten, auf Fragen nur ausweichend antworteten und alles vor Erwartung schier überquoll.

Nur die bedrückten Gesichter der Erwachsenen und die Wutausbrüche ihrer großen Schwester hatten sie irritiert. Und Clara wunderte sich darüber, wieso ihre Eltern unbedingt so viele Sachen mitnehmen wollten.

»Wer weiß, vielleicht können wir das noch gut gebrauchen«, hatte ihre Mutter auf entsprechende Fragen ausweichend geantwortet.

Clara wurde aus den Ausflüchten nicht recht schlau, beschloss aber mit einem Achselzucken, sich davon die gute Laune nicht verderben zu lassen.

Und jetzt saß sie hier oben auf der offenen Ladefläche eines Armeelasters. Allein diese Tatsache war schon etwas Besonderes: Bisher war sie in ihrem Leben noch nie mit einem Auto, geschweige denn mit einem Laster gefahren. Wie oft hatte sie den wenigen schicken Autos hinterher gestarrt, die durch Jenas Straßen fuhren, und sich dabei gewünscht, auch einmal wie eine feine Dame in einer Limousine kutschiert zu werden. Sie thronte auf der Couch wie eine Prinzessin. Der starke Dieselgeruch, den die anderen so abstoßend fanden, roch in ihrer Nase nach dem vielversprechenden Duft der großen, weiten Welt.

Die beiden amerikanischen Soldaten, die den Laster steuerten, verunsicherten Clara nicht im Geringsten. Ganz im Gegenteil, sie fand die jungen Männer sehr nett. Obwohl deren Uniformen mit Waffen und Helm furchterregend aussahen und sie nicht verstand, was die Fremden zu ihr sagten, war sie sich doch sicher, dass sie ihr nichts tun würden, besonders seitdem die beiden sie mit Süßigkeiten versorgt hatten. So war Clara die Einzige der Familie, die diese Reise ins Ungewisse zuversichtlich und neugierig antrat.

Agnes versetzte das unbeschwerte Geträller ihrer Tochter einen Stich ins Herz. Wie konnte dieses Kind nur so unbekümmert singen, empörte sie sich im Stillen. Ihr lag ein strenges »Lass das bitte« schon auf der Zunge, doch dann zwang sie sich zur Zurückhaltung. Sie merkte, dass Clara ihre Zurechtweisung überhaupt nicht verstanden hätte.

Der Gesang machte Agnes den Abschied indes noch schwerer. Sie hatte das Gefühl, als würde sich ein breiter Stahlring immer fester um ihren Brustkorb zusammen ziehen und ihr die Luft zum Atmen abschnüren. Entschieden setzte sie sich mit einem Ruck aufrecht hin, in der Hoffnung, so ihre Beklemmung abzuschütteln und atmete tief durch. Dann schaute sie zu Elisabeth und Karl, um zu sehen, wie die auf Claras Gesang reagierten. Karl schien das Geträller überhaupt nicht wahrzunehmen, jedenfalls starrte er regungslos vor sich hin. Elisabeth dagegen wirkte fast so, als würde sie körperliche Schmerzen empfinden. Sie quittierte den Gesang ihrer kleinen Schwester mit einer entnervten Grimasse, die ihr ganzes Gesicht entstellte. Auch wenn sie kein Wort dazu sagte, brachte sie ihr Unbehagen klar zum Ausdruck.

Allerdings war sich Agnes sicher, dass es die gesamte Situation war, die Elisabeth zu schaffen machte. Seitdem Karl sie aus Neustadt zurückgeholt hatte, war das Mädchen abweisend und unfreundlich gewesen. Elisabeth weigerte sich mit ihnen zu reden. Die wiederholten Wutausbrüche waren derzeit die einzigen Situationen, bei denen sie mehr von sich gab als nur »ja« oder »nein«. Agnes spürte, dass Elisabeth ihre Eltern dafür verantwortlich machte, dass sie den Bauernhof in Neustadt verlassen musste.

Schließlich hatte Agnes genug. Sie konnte das Geträller ihrer Tochter nicht mehr ertragen.

»Clara, bitte! Könntest du aufhören mit dem Singen.« Agnes gab sich alle Mühe, sich ihren Unmut nicht allzu deutlich anmerken zu lassen. »Oder sing wenigstens leiser.«

Abrupt hielt Clara inne. »Findest du es nicht schön?«

Sie hatte nicht mit einer solchen Zurechtweisung gerechnet.

»Dabei habe ich doch so schön gesungen.«

Beleidigt setzte sie einen Schmollmund auf und verschränkte die Arme vor der Brust. »Na dann eben nicht! Wenn ihr nicht wollt. Dabei war ich doch so gut«, murmelte sie pikiert.

3

Die lange Fahrt schien genauso wie am Vortag kein Ende zu nehmen. Ohne Zwischenfälle kroch die Fahrzeugkolonne durch sommersatte Hügellandschaften und durch zerstörte Städte. Irgendwo in Crailsheim kam der Konvoi plötzlich zum Stillstand.

»Was ist denn nun los? Warum halten wir hier mitten auf der Straße«, fragte Agnes, als auch ihr Laster mit einem Ruck zum Stehen kam. »Kannst du erkennen, woran es liegt?«

Sie reckte ihren Kopf vor, aber der Laster vor ihnen hatte einen so ungünstigen Aufbau, dass sie keinen freien Blick hatte.

»Also, wenn ich das richtig erkenne, steht dort vorne ein Armeefahrzeug quer auf der Straße.«

Karl lehnte sich zur Seite und konnte so an dem Aufbau vorbei schauen.

»Es scheint so, als wenn der Wagen nicht weiter könnte. Allerdings sieht das nicht nach einem unserer Fahrzeuge aus.«

Er zuckte mit den Schultern.

»Keine Ahnung.«

Karl hatte keine Lust vom Sofa runterzuklettern, um sich Klarheit zu verschaffen. Irgendwann würde es schon weitergehen. Andere Deportierte hingegen nutzten die Chance, sich die Beine zu vertreten und liefen an den Anfang der Kolonne. Bald kamen die ersten zurück und verkündeten wichtigtuerisch ihre Erkenntnisse.

»Da vorne liegt ein defektes Armeefahrzeug, das nicht zu uns gehört, mitten auf der Straße und blockiert die Durchfahrt. Wir müssen wohl warten, bis sie den Wagen abgeschleppt haben. Wir kommen nicht daran vorbei.«

»Brauchen die noch Hilfe da vorn?«, fragte Karl sofort.

»Nein, ich glaube nicht. Es sind genug Soldaten da, die sich um alles kümmern. Ich denke, es wird nicht mehr lange dauern, bis sie den Laster von der Straße haben.«

»Ist mir auch recht, dann kann ich sitzen bleiben.«

Sie hatten also Zeit, um sich in aller Ruhe umzuschauen. Karl blickte an den Häusern hinauf.

»Mann, oh Mann! Crailsheim ist ja ganz schon zerstört worden«, bemerkte er. »Fast jedes Haus hat hier was abbekommen.«

Sein Blick fiel auf ein Wohnhaus, das gleich neben seinem Laster in die Höhe ragte und zeigte darauf.

»Nur das hier ist vergleichsweise gut erhalten.« Er blickte an der alten Sandsteinfassade hoch.

»Nur ein Einziges unter so vielen Häusern. Es ist unerträglich, wie kaputt alles ist. Nicht nur hier in Crailsheim, sondern überall.«

»Ja, und es wird bestimmt ewig dauern, bis alle Schäden beseitigt sind und wir wieder in einem intakten Land leben«, prognostizierte Agnes. »Dieser Krieg war verheerend für Deutschland.«

»Und für alle anderen Länder auch. Ich glaube, dass wir alle noch lange unter seinen Folgen leiden müssen. Auch wenn keine Bomben mehr fallen.«

Plötzlich blieb Karls Blick an einer dicken Frau hängen, die aus einem offenen Fenster im ersten Stock des unbeschädigten Hauses auf sie herab schaute. Sie stützte sich mit verschränkten Armen auf das Fensterbrett, sodass ihr kräftiger Vorbau förmlich ins Freie quoll. Regungslos beobachtete sie den Konvoi. Als die Frau Karls Blick bemerkte, kam plötzlich Leben in sie.

»Ja, wo gant ihr denn nah?«, rief sie neugierig und zeigte auf die Laster.

Karl hatte Mühe, ihren breiten Dialekt zu verstehen. Er erahnte den Sinn ihrer Worte mehr, als dass er sie verstand. In der ihm eigenen Schlagfertigkeit hatte er eine Erwiderung sofort parat. Er formte seine Hände zu einem Trichter vor dem Mund und rief bloß zwei Worte: »Nach Amerika!«

Die Frau wirkte entgeistert. Als müsste sie in Deckung gehen, nahm sie ihren Körper ein Stück aus der Fensteröffnung zurück und schien nicht zu begreifen, was er meinte. Dann fragte sie verdutzt:

»Ja, heut' noh?«

Ungläubig starrte sie ihn an. Karl musste lachen. Er wollte gerade seine Hände erneut an den Mund setzen, um es ihr zu erklären, als sich die Kolonne wieder in Bewegung setzte. Offenbar war das defekte Auto beiseite geschoben worden. Karl konnte nicht mehr antworten, nickte nur noch einmal bejahend und winkte ihr zum Abschied zu.

»Hast du das Gesicht der Frau gesehen?«, fragte er Agnes schmunzelnd, als ihr Wagen an Fahrt gewann. »Sie konnte nicht glauben, dass wir vielleicht nach Amerika gehen könnten.«

»Ja, tun wir das denn?«, Agnes war irritiert. Karl hatte ihr von entsprechenden Gerüchten natürlich erzählt. Aber die hatte sie bisher genauso wenig für bare Münze genommen wie Karl.

»Nein. Jedenfalls weiß ich nichts davon. Aber es könnte doch sein.«

Er sah seine Frau nachdenklich an.

»Und wenn ich ehrlich bin, finde ich die Vorstellung immer besser, desto weiter wir uns von Jena entfernen.«

Agnes sah ihn überrascht an.

»Ja, guck dich doch bloß um. Überall Zerstörung und Elend. In Amerika gab es keine Bomben. Da sind nicht ganze Städte dem Erdboden gleich gemacht worden. Vielleicht wäre ein Neuanfang dort gar nicht so schlecht. Jedenfalls sollten wir es uns ernsthaft überlegen, wenn wir vielleicht demnächst danach gefragt werden.«

»Und was ist mit der Sprache? Keiner von uns spricht Englisch«, gab Agnes zu bedenken.

»Na, das haben andere vor uns auch schon gelernt. Das würden wir bestimmt schaffen.«

»Also, ich weiß nicht.«

»Im Moment steht es ja gar nicht zur Debatte. Vielleicht sind es nur Hirngespinste. Aber, wie gesagt, wenn wir gefragt werden, sollten wir genau darüber nachdenken.«

4

»Wach auf, Clara, wir sind da.« Erfolglos versuchte Agnes ihre Tochter zu wecken.

Clara hatte die letzten Stunden der endlosen Fahrt fest schlafend auf dem Schoß ihrer Mutter verbracht. Die Erschöpfung hatte schließlich über ihre Neugierde gesiegt. Sie konnte die Augen nicht länger offen halten, auch wenn sie nichts von der Reise verpassen wollte. Sie merkte noch, wie ihre Mutter sie sachte zu sich zog, bevor sie in ihre Traumwelt abgetaucht war.

Als der Konvoi mitten in der Nacht in Heidenheim ankam, wurde Clara gar nicht mehr richtig wach. Sie verpasste die Begrüßung der schon anwesenden Jenenser genauso wie deren offenkundigen Neid über das Glück der Ankömmlinge, sich ohne Gewittersturm einrichten zu können. Und sie bekam auch nicht mit, in welche Baracke sie mit ihrer Familie eingewiesen wurde.

Nur schemenhaft registrierte sie die Stimme ihres Vaters.

»Warte Agnes, ich nehme sie dir ab und trage sie in die Baracke.«

Clara spürte, wie seine starken Arme sie sanft vom Schoß ihrer Mutter hoben. Willenlos ließ sie es mit sich geschehen.

Als Karl sie in eines der ihnen zugewiesenen Etagenbetten gelegt und zugedeckt hatte, drehte sie sich mit einem leichten Seufzer um und schlief weiter.

»Sie wird sich wundern, wo sie hier ist, wenn sie morgen früh aufwacht«, meinte Agnes und schaute sich in dem Raum um.

»Ich wünschte mir, wir könnten auch gleich so tief und fest schlafen«, meinte Karl und zeigte auf seine Tochter. »Ihr gesunder Schlaf ist beneidenswert. Ich fürchte, ich brauche lange, bis ich zur Ruhe komme, obwohl ich völlig erledigt bin.«

»Vielleicht auch nicht«, widersprach Agnes, »schließlich sind alle müde und erschöpft von der langen Fahrt.«

Die ersehnte Ruhe blieb dennoch aus. Kaum war das Licht gelöscht, fing ein Baby lautstark an zu schreien. Vermutlich hatte das stundenlange Schaukeln auf dem Laster es so lange in den Schlaf gewiegt, dass es jetzt ausgeschlafen war. Das Gebrüll wurde immer durchdringender. Karl konnte es bald nicht mehr ertragen. Das schrille Brüllen schmerzte in seinen Ohren.

»Meine Güte! Langsam reicht es«, schimpfte er, zunächst noch leise. »Bei diesem Lärm kann nur Clara unbeeindruckt schlafen.« Seine sonst fast grenzenlose Geduld war aufgebraucht.

»Ja, stell' doch mal einer diesen Lautsprecher ab«, völlig entnervt platzte er wenig später seinen Unmut in die Dunkelheit.

Prompt herrschte einen Augenblick lang überraschte Stille. Selbst das Baby hielt für ein paar Sekunden inne, und Karl wollte sich gerade über seinen Erfolg freuen, als es desto heftiger weiter brüllte.

»Ist das etwa der Stockmüllers-Karl?«, übertönte eine Stimme das Geschrei.

Karl stutzte. Er kannte diese Stimme, aber woher? Dann fiel es ihm ein. Sie gehörte einem Kollegen von ihm.

»Ja, sicher.«

»Du bist also auch in unserer Hütte gelandet? Na wie schön!«, frotzelte die Stimme im Dunkeln. »Wie wäre es denn, wenn du selbst mal den Mund halten und schlafen würdest. Oder willst du dich wie ein Baby aufführen?«

Karl hatte keine Lust auf eine Erwiderung und blieb einfach stumm. Trotzdem freute er sich im Stillen, einen Kollegen hier zu wissen. Der war ihm vorhin im Licht gar nicht aufgefallen. Morgen würde er sich mit ihm unterhalten können. Gut zu wissen.

5

Im hellen Sonnenschein des nächsten Morgens entdeckten Karl und Agnes noch viele weitere Bekannte.

»Was, Sie sind auch hier. Damit habe ich ja gar nicht gerechnet.«

Agnes freute sich über jedes vertraute Gesicht in der Fremde, gleichgültig, wie gut sie die betreffende Person aus Jena kannte. Überrascht bemerkte sie, dass ihr gemeinsames Schicksal sie plötzlich sogar über sämtliche soziale Grenzen hinweg verband. Jeder half jedem, gleichgültig, ob es mit guten Ratschlägen, Seife oder einem Pflaster war. Agnes hatte auch schnell den desolaten Zustand des Lagers erkannt.

»Es ist ziemlich eklig hier. Hast du die angetrockneten Essensreste gesehen, die an den Wänden und sogar an den Fensterkreuzen verschmiert worden sind? Wer kommt denn auf so eine Idee?« Agnes schüttelte sich vor Ekel.

»Wenn du mich fragst, klebt das Essen schon ziemlich lange dort, so dick, wie der Schimmel darauf blüht.«

»Ja, und das Schlimme ist doch, dass wir jetzt offenbar in diesem Dreck hausen müssen, weil sich keiner die Mühe gemacht hat, hier gründlich sauber zu machen, bevor wir einquartiert werden. Nur die Fliegen und anderes Ungeziefer haben ihre helle Freude daran«, meinte Karl abschätzig.

»Dazu passt die Geschichte von den Wanzen, die mir Frau Behnke vorhin erzählt hat. Bin ich froh, dass wir nicht im ersten Konvoi mitgefahren sind und das erleben mussten.«

Agnes hob ihren Arm hoch und hielt ihn Karl vors Gesicht. In der Nähe des Handgelenkes leuchtete eine frische Bisswunde.

»Offenbar haben sie nicht alle Viecher erwischt. Es juckt höllisch.«

Demonstrativ verrieb sie etwas Spucke auf dem Einstich.

»Weißt du eigentlich, wer hier vorher gewohnt hat?«

»Nein, nicht ganz genau. Aber ich habe gehört, dass auf diesem Gelände früher einmal eine Polizeischule gewesen sein soll, bevor es in ein Lager für Zwangsarbeiter umgewandelt wurde.«

»Ob die damals auch schon mit kaputten Fensterscheiben leben mussten? Und ohne Türklinken?«

»Na ja, ich glaube eher, dass sie halt alles, was nach und nach kaputt gegangen ist, einfach nicht repariert und ersetzt haben.«

Agnes nickte.

»Vermutlich hast du recht. Auf die fehlenden Scheiben kann ich jetzt im Sommer ja ganz gut verzichten. Da kommt wenigstens immer ein bisschen frische Luft in die stickigen Räume. Aber die fehlenden Türklinken finde ich doch ziemlich unangenehm.«

»Stimmt!«

»Und erst die Toiletten«, Agnes schüttelte sich, als sie an heute Morgen zurückdachte. »War das eklig. Eine richtige Zumutung!«, schimpfte sie sich in Rage. »Und dieser Gestank!«

Aus den randvollen Plumpsklos stank es bestialisch nach Ammoniak, was Millionen fetter Fliegen, die in sämtlichen Grüntönen schillerten, magisch anzog. Die Sitzflächen waren verschmiert und luden wahrlich nicht zum Hinsetzen ein. Agnes war speiübel geworden und sie musste sich hinterher regelrecht mit frischer Luft vollpumpen, um den widerlichen Geruch halbwegs wieder los zu werden. Sie schwor sich, künftig lieber in den Büschen zu verschwinden, als noch ein einziges Mal dorthin zu gehen, auch wenn es schwer sein würde, das in die Realität umzusetzen.

Danach suchte sie das Waschhaus auf. Sie konnte gar nicht mehr aufhören, ihre Hände zu schrubben. Wieder und wieder tauchte sie diese in die Waschschüssel ein. Als Agnes ihren Blick schweifen ließ, stellte sie jedoch zu ihrem Entsetzen fest, dass die Waschräume nicht viel besser waren. Ein schmieriger Dreckfilm klebte in den Becken und außen hatten hinunter gelaufene Wassertropfen graubräunlich schimmernde Tropfenbahnen gezogen. Überall, wo es feucht war, blühten schwarze Schimmelplacken.

»Oh, mein Gott, wie soll ich das aushalten?«, fragte sie sich verzweifelt. »Allein Clara wird sich freuen, wenn ich ihr verbiete, sich hier zu waschen«, dachte sie und musste wider Willen schmunzeln.

»Ab sofort höchstens noch Katzenwäsche«, hatte sie daraufhin ihrer gesamten Familie verordnet.

Hinzu kamen die endlosen Warteschlangen: Für die vielen Menschen gab es viel zu wenige Toiletten und Waschgelegenheiten. Einzig positiver Nebeneffekt daran: Man kam miteinander ins Gespräch. Alle mussten sich hier einreihen und so unterhielt man sich auch mit Leuten, die man noch nicht kannte. Erich Schott, sämtliche Mitglieder der Geschäftsführung sowie deren Familien genossen keinerlei Sonderbehandlung. Auch sie mussten mit Kulturbeutel und Handtuch unter dem Arm anstehen und warten, bis sie dran waren.

Eines Morgens stand Otto Kreuzinger zufälligerweise hinter Dr. Schott. Als er seinen Chef erkannte, grüßte er diesen ehrerbietig.

»Guten Morgen Herr Dr. Schott.«

Erich Schott erkannte Otto wieder. Immerhin hatte er ihn erst vor einigen Monaten persönlich in das Zweigwerk nach Pirna geschickt.

»Ach, Herr Kreuzinger, Sie sind ja auch dabei, richtig. Wie geht es Ihnen? Haben Sie soweit alles einigermaßen gut verkraftet?«

»Danke, dass Sie nachfragen, Herr Dr. Schott. Ja! Soweit ist alles in Ordnung. Meine Frau, meine Tochter und ich sind dort hinten untergekommen.«

Er zeigte auf eine Baracke, die ein Stück entfernt lag.

»Wir konnten sogar unsere Sachen vor dieser fürchterlichen Sintflut am ersten Abend retten. Eigentlich hatten wir bisher Glück.«

»Das freut mich für Sie.« Erich Schott lächelte schwach.

Otto fand, dass sein Chef sehr blass und müde aussah. Er ahnte, dass die Deportation für Erich Schott noch eine ganz andere Dimension hatte. Immerhin war es die Fabrik seines Vaters, die er zurücklassen musste. Deshalb rechnete Otto es ihm hoch an, dass dieser sich trotz allem noch für das Befinden seiner Mitarbeiter interessierte. »Wie ein mitfühlender Vater«, dache Otto anerkennend. Als er wenig später erfuhr, dass der Sohn des Firmengründers schon seit Tagen an Durchfall litt und sogar mehrfach in Ohnmacht gefallen war, wuchs sein Respekt noch.

»Ich habe mir gleich gedacht, dass etwas nicht mit ihm stimmt«, meinte er zu Johanna. »Stell dir vor, ich habe gehört, dass er vorübergehend sogar auf der Krankenstation versorgt werden musste. Der arme Mann. Er tut mir wirklich leid. Da hat sein Vater eine gut gehende Fabrik mit Weltruhm aufgebaut und jetzt – zack – ist alles weg und keiner weiß, was daraus wird und wie es weitergeht.«

Otto schüttelte den Kopf.

»Es sind wirklich schlimme Zeiten!«

Im Gegensatz zu Otto hielt sich Antons Mitgefühl für seinen Chef in Grenzen. Er hegte vielmehr einen tiefen Groll gegen ihn und machte daraus auch keinen Hehl. Durch Zufall kam er einmal mit Karl ins Gespräch, als beide in der Schlange hintereinander standen.

»Na, welche besondere Eigenschaft hat Sie denn dafür qualifiziert, auf unseren Ausflug mitzukommen?« Antons Stimme triefte vor Ironie.

»Tja, also, wenn ich ehrlich bin, weiß ich das selbst nicht so genau«, antwortete Karl irritiert. Ihm gefiel Antons Ton überhaupt nicht. Schließlich kannten sie sich nicht einmal.

»Aber wenn Sie mich nach meiner Arbeit im Glaswerk fragen, so kann ich Ihnen sagen, dass ich Elektriker bin.« Er hoffte, dass es sein Gegenüber damit gut sein ließe.

Doch Anton dachte überhaupt nicht daran. Sein ganzer Unmut sprudelte aus ihm heraus.

»Diese Deportation ist eine einzige, himmelschreiende Ungerechtigkeit. Die Amis haben uns doch regelrecht entführt und Dr. Schott hat ihnen dabei auch noch geholfen.« Sein Gesicht war wutverzerrt. »Denn im Grunde ist es nichts anderes als eine Entführung, was sie hier mit uns gemacht haben. Meinen Sie nicht auch?«

Karl war von Antons offensichtlichem Hass befremdet.

»Also nein! Eine Entführung ist doch wirklich etwas anderes. Natürlich kann man sich fragen, warum es ausgerechnet uns getroffen hat«, erwiderte er beschwichtigend. »Aber denken Sie doch mal an all die Ostflüchtlinge, die bei uns in Jena gestrandet sind. Wenn ich an deren Erzählungen denke, geht es uns doch vergleichsweise gut. Wir Deutschen haben nun mal den Krieg verloren«, gab Karl zu bedenken. »Wenigstens sind unsere Familien nicht auseinandergerissen worden. Stellen Sie sich doch einmal vor, wenn nur wir Männer deportiert worden wären. Da ist es mir so, ehrlich gesagt, lieber, denn wir sind wenigstens zusammen. Außerdem durften wir unsere wichtigsten Sachen mitnehmen. Das konnte in der letzten Zeit auch nicht jeder, meinen Sie nicht?«

»Pah, das ist ja ein toller Trost.« Anton schnaubte vor Wut. »Und in Jena gäbe es so viel zu tun.«

»Also ich finde, bisher haben sich die Amerikaner uns gegenüber wirklich anständig verhalten, das müssen Sie doch zugeben«, meinte Karl. »Ich kann mich jedenfalls über deren Verhalten nicht beklagen.«

»Na gut, das stimmt«, gab Anton widerwillig zu. »Bis jetzt waren sie korrekt und haben uns sogar geholfen. Trotzdem bleibe ich dabei, sie haben uns mit Hilfe von Dr. Schott willkürlich hierher entführt. Und das war nicht rechtmäßig.«

»Ich glaube, wir Deutschen können es uns derzeit nicht erlauben, nach irgendeiner Rechtmäßigkeit zu fragen«, wies ihn Karl zurecht. »Und Dr. Schott hatte wohl kaum eine Alternative. Die Amerikaner haben uns allen doch unmissverständlich klar gemacht, dass sie eine Weigerung nicht akzeptieren würden. Und das haben sie gegenüber Dr. Schott sicher auch getan. Ich denke, er hatte gar keine Möglichkeit, sich diesem Druck zu entziehen.«

Karl spürte, dass er sein Gegenüber nicht überzeugen konnte. Aber eigentlich war es ihm auch gleichgültig. In ein paar Minuten würde er an der Reihe sein: Die Warteschlange vor ihm löste sich auf.

»Komischer Kauz«, dachte er achselzuckend, als er vorrückte.

6

Die Jenenser galten als Internierte – nicht als Kriegsgefangene. Vorerst durften sie das stacheldrahtbewehrte und von waffentragenden Soldaten bewachte

Lager in dem Buchenwäldchen nicht verlassen. Am Tag nach ihrer Ankunft wurde ihnen eine ganze Reihe von Fragebögen in die Hand gedrückt.

»Füllen Sie diese bitte umgehend und wahrheitsgetreu aus«, lautete die Anweisung, die damit einherging.

Insgesamt 131 Fragen zur Person mussten beantwortet werden. Es ging um ihre vorangegangenen Tätigkeiten beruflicher sowie privater Natur und vor allem um ihre früheren politischen Aktivitäten und Ansichten. Alles musste mit Tinte ausgefüllt werden und natürlich durfte die Unterschrift nicht fehlen. Wer danach als Nazi eingestuft wurde, kam in ein anderes Lager. Doch das waren nur wenige. Bei Stockmüllers, Heuerlings und Kreuzingers gab es keine Schwierigkeiten. Sie galten danach als entnazifiziert.

Das Ausfüllen der Fragebögen beschäftigte die Deportierten allerdings nur für kurze Zeit. Danach überwältigte sie erneut die Trostlosigkeit des Lageralltags. Die Frauen waren fast dankbar, dass sie abwechselnd zum Küchendienst eingeteilt wurden, denn das versprach wenigstens ein bisschen Ablenkung. Die Männer dagegen ertrugen die erzwungene Untätigkeit viel schwerer.

Für ein paar Stunden hatten sie etwas zu tun, als sie den Befehl bekamen, ihre persönliche Habe von den Lastern abzuladen und in Schuppen oder aufgestellten Zelten unterzustellen. Aber zugleich erfüllte sie dies mit Unbehagen.

»Das bedeutet ja wohl dann, dass wir uns hier für länger einrichten müssen«, überlegte Karl laut.

»Keine schöne Aussicht«, nickte sein Kollege, mit dem er gerade gemeinsam sein Sofa von der Ladefläche wuchtete.

»Unsere Einlegmatratzen sind nicht mehr zu gebrauchen«, bemerkte Anton sauer, als er von seinem Arbeitseinsatz zu Sophie in die Baracke zurückkehrte. »Die sind immer noch feucht und stinken zum Himmel.«

Anton starrte grimmig vor sich hin.

»Es ist alles so ungerecht!«

Seine Stimmung hatte einen Tiefpunkt erreicht, der seiner Frau allmählich Angst machte. Die meiste Zeit saß er auf seinem Bett oder dem Stuhl daneben und stierte vor sich hin. Nur hin und wieder brach seine Empörung – so wie eben – heraus. Sophie hatte keine Ahnung, wie sie ihn hätte aufmuntern können.

»Hast du schon was Neues gehört, wie es mit uns weitergehen soll?«, fragte sie in dem vergeblichen Bemühen, ihn abzulenken.

»Nein, bis jetzt habe ich noch nichts gehört. Vermutlich machen die sich ohnehin nicht die Mühe, uns das mitzuteilen. Schließlich sind wir ihnen ausgeliefert und müssen machen, was sie von uns verlangen.«

Sophie merkte, dass sie das falsche Thema angeschnitten hatte und suchte krampfhaft nach anderem Gesprächsstoff. Aber bevor ihr etwas einfiel, fuhr Anton fort.

»Nur soviel scheint klar zu sein: Das Ziel unserer Reise kann nicht Amerika sein. Denn davon wird überhaupt nicht mehr gesprochen. Und, wenn du mich fragst, bin ich froh darum. Ich möchte nicht nach Amerika, auf keinen Fall. Ich will nach Jena zurück«, begehrte er kurz auf, bevor er erneut in mürrisches Schweigen verfiel.

»Aber wenn sie uns hier versauern lassen«, fuhr er leise fort, »halte ich das auch nicht lange aus. Das kann ich dir sagen. Die Vorstellung, in diesem Loch auf unbestimmte Zeit interniert zu sein«, er malte mit seiner rechten Hand einen großen Kreis durch die Luft, »macht mir eine Höllenangst.«

Anton sah Sophie Hilfe suchend an, doch die wusste nichts darauf zu erwidern, schon der Gedanke daran erschien auch ihr zu grauenvoll.

»Ich habe das Gefühl, dass ein riesiger Eimer grauer Farbe über mich geschüttet worden ist, seitdem wir Jena verlassen mussten«, brach es dann unerwartet aus Anton heraus. »Ich finde alles so sinnlos.«

Er zeigte auf den grauen Himmel vor dem Fenster.

»Seitdem wir hier sind, ist sogar das Wetter grau und düster. Der Sommer scheint so weit weg, die Sonne lässt sich überhaupt nicht mehr blicken.«

Sophie legte tröstend ihre Hand auf seinen Arm.

»Ja, sicher ist das alles furchtbar hier. Aber so sicher, wie nach einem Regenguss irgendwann die Sonne wieder scheint, wird es ganz bestimmt auch für uns bald wieder aufwärts gehen. Du musst nur fest daran glauben. Auch wenn wir uns im Moment nicht vorstellen können, wie das gehen soll.« Sie versuchte, so viel Zuversicht wie möglich in ihre Stimme zu legen, obwohl die Unsicherheit auch sie zermürbte. »Du wirst schon sehen!«

»Mutti, ich habe eine neue Freundin gefunden«, rief Clara schon am Tag nach ihrer Ankunft voller Begeisterung. »Sie heißt Gisela und ist sehr nett.«

Es dauerte nicht lange, bis sich eine ganze Bande von Sechs- bis Zwölfjährigen zusammengerauft hatte, und Clara mischte mittendrin mit.

Im Gegensatz zu den Erwachsenen schafften es die Kinder viel leichter, ihre gute Laune wieder zu finden. Wie sehr, hing natürlich von ihrem Alter und ihrer Sensibilität ab. Es waren viele Kinder mit auf die Reise gegangen – vom frisch geborenen Baby bis zum fast erwachsenen Jugendlichen. In der Enge des Lagers ließ es sich gar nicht vermeiden, dass sie sich schnell kennenlernten. Problemlos verwandelten sie alles in einen riesengroßen Abenteuerspielplatz. Jeder brachte das Spielzeug mit, das er aus Jena auf die große Reise mitgenommen hatte. Egal ob Bälle, Seile, Puppen oder Autos, sie hatten genug Spielsachen, um sich ihre Langeweile zu vertreiben. Und beim Versteckspiel oder der Jagd zwischen Räuber und Gendarm waren ihnen die gesamten Umstände ohnehin gleichgültig.

»Es ist fast wie im Ferienlager hier«, meinte Clara gut gelaunt, als sie von ihren neuen Freundinnen erzählte. »Schließlich gibt es keine lästige Schule mit blöden Hausaufgaben. Die vermisse ich nämlich überhaupt nicht«, befand sie fröhlich.

»So, so«, schmunzelte Agnes und war innerlich erleichtert darüber, dass ihre Tochter den ganzen Umständen so viel Gutes abgewinnen konnte.

»Ja, und es ist toll, dass wir den ganzen Tag lang spielen und machen können, was wir wollen.« Clara genoss diese Form von Freiheit.

Erst jetzt fiel Agnes auf, dass sie ihre Tochter tatsächlich manchmal fast den ganzen Tag nicht sah. Aber das war gut so, dachte sie erleichtert, denn sie hatte viel zu sehr mit ihren eigenen Sorgen zu tun, als dass sie sich um ihre Jüngste hätte kümmern wollen.

»Stört dich denn nicht der Dreck hier überall? Die ungepflegten Waschräume und verschmutzten Toiletten?«

»Nö, nicht besonders«, grinste Clara.

Sie reckte sich, als wolle sie ihren Worten zusätzliche Größe verleihen.

»Also, ich finde das herrlich! Und wenn ich mal muss, dann verschwinde ich halt hinter einem Busch.«

»Du bist ja ein ziemliches Schweinchen«, neckte Agnes sie und stupste ihr mit dem Finger auf die Nasenspitze. »Aber du hast recht. Und ich kann nur hoffen, dass wir nicht zu lange hier bleiben, sonst wird die Dreckkruste auf deiner Haut vermutlich so fest, dass wir sie nicht einmal mehr abkratzen können.« Agnes machte große Augen. Da sie voller Ernst gesprochen hatte, starrte Clara sie einen Moment lang verwirrt an. Meinte ihre Mutter das etwa ernst?

Als sie das kleine Zucken um den Mund ihrer Mutter bemerkte, das diese nicht unterdrücken konnte, lachte Clara erleichtert auf.

»So schlimm wird es bestimmt nicht werden«, rief sie frech, bevor sie aus dem Zimmer rannte, um ihre Freundinnen zu suchen.

Im Gegensatz zu Clara tat sich die zwei Jahre ältere Erika mit dem Lageralltag viel schwerer. Sie fühlte sich einsam und allein gelassen, vermisste ihre Freundinnen in Jena und lief mit einem mürrischen Gesicht herum. Sie wollte für sich bleiben und mied den Kontakt zu anderen Kindern. Wenn die sie trotz ihres abweisenden Gesichtsausdrucks zum Mitspielen aufforderten, blieb sie unfreundlich.

»Lasst mich in Ruhe! Ich hab keine Lust mit euch zu spielen«, blaffte sie von oben herab.

So dauerte es nicht lange, bis die anderen sie nicht mehr fragten. Aber das war ihr auch nicht recht.

Die meiste Zeit des Tages lag sie auf ihrem Bett und dachte traurig an ihre Oma, deren zärtliche Zuwendung sie schmerzlich vermisste. Noch immer hatte Erika das Bild vor Augen, als ihre Großmutter bei der Abfahrt vor dem Haus stand und immer kleiner und unschärfer geworden war.

Nur selten, wenn sie sich unbeobachtet fühlte, traute sie sich, ihren Tränen freien Lauf zu lassen. Nachts quälten sie regelmäßig Albträume. Vor allem hatte sie panische Angst davor, aus dem ungewohnten Etagenbett zu fallen.

Ihren Eltern erzählte sie von ihren Ängsten und ihrer Trauer nichts. Sie kannte sie und wusste, dass sie auf wenig Verständnis hoffen konnte. Also verschloss sie sich immer mehr.

Am liebsten hätte Erika auch das Essen und Trinken eingestellt. Jedes Mal, wenn ihre Mutter mit ihr in die Kantine gehen wollte, versuchte sie, es abzuwehren.

»Och, da müssen wir wieder stundenlang anstehen, um dann doch bloß diese widerliche Wassersuppe zu bekommen.«

Erika machte ein angewidertes Gesicht.

»Mir wird schlecht davon.«

»Mir schmeckt es auch nicht, aber es ist besser als nichts«, blieb ihre Mutter jedoch eisern. »Und du musst was essen, sonst bist du bald völlig entkräftet und wirst krank.«

Die Amerikaner stellten drei Mahlzeiten am Tag zur Verfügung. Doch die Portionen und die Qualität waren ausgesprochen mager: Pro Tag standen jedem Lagerbewohner circa 200 Gramm Brot, 5 Gramm Fett, etwas Wurst und zwei Mal am Tag rund ein halber Liter dünne Suppe zu. Da es immer die gleiche durchsichtige Suppe war, hielt sich der Appetit nicht nur bei Erika in Grenzen. Die meisten Erwachsenen sahen es so wie Johanna – es ging einzig darum, dem Magen etwas zum Verdauen anzubieten und einigermaßen bei Kräften zu bleiben.

Doch viele wurden von dem Essen erst richtig krank. Ihre Gedärme waren die einseitige Kost nicht gewöhnt und rebellierten. Gemeinsam mit den katastrophalen hygienischen Bedingungen gab das den erschöpften Menschen den Rest: In allen Baracken grassierten Magen-Darm-Erkrankungen mit Bauchschmerzen, Durchfall und Erbrechen.

7

»Wir können in eine andere Baracke umziehen. Eine, in der noch andere Schottianer einquartiert sind, die wir kennen.«

Anton war erleichtert, als er gleich am zweiten Tag mit dieser Neuigkeit von seiner Erkundungstour zu Sophie zurückkehrte. Durch Zufall hatte er erfahren, dass einige deportierte Universitätsangehörige anderswo untergebracht werden sollten und deren Plätze daher frei wurden. Sofort hatte er nachgehakt, ob er nicht mit seiner Frau zwei der frei gewordenen Plätze einnehmen könne und hatte nach einigen Verhandlungen dafür die notwendige Erlaubnis erhalten.

»Komm, pack deine Sachen zusammen, damit wir sie gleich rüberbringen können«, forderte er Sophie ungeduldig auf.

»Was soll das für einen Sinn haben? Es ist doch vollkommen egal, in welcher Baracke wir untergebracht sind«, fragte sie verständnislos. Auch wenn sie ihre Zimmergenossen vorher nicht gekannt hatte, fand sie doch alle recht nett und hatte deshalb nichts dagegen, in dieser Baracke zu bleiben.

»Nun, in dem Zimmer, in das wir einziehen können, wohnt bereits Familie Jensen, Ehepaar Baumgarten und Herr Schneider. Die kennen wir allesamt. Und ich finde das sehr viel angenehmer, als mit wildfremden Leuten in einem Raum schlafen zu müssen.«

»Obwohl jeder von denen wirklich nett ist«, insistierte Sophie. Aber sie spürte, dass dieser Bettenwechsel irgendwie wichtig für Anton war.

»Schon gut, ich fange sofort mit dem Packen an, dann kannst du in einer halben Stunde alles rüber schaffen«, lenkte sie daher ein.

Kaum hatten sie ihren kleinen Umzug bewältigt, erwischte es Anton mit voller Wucht: Schmerzhafte Magenkrämpfe quälten ihn genauso wie Durchfall und Erbrechen. Er hatte sich ja schon in Jena schlecht gefühlt, aber jetzt waren seine Kräfte ganz aufgezehrt. Wie eine starke Windböe einen schon angeknacksten Baum zum Kippen bringt, warfen die Umstände Anton vollkommen um.

»Ich fühle mich zu schwach, um aufzustehen«, befand er wehleidig.

»Soll ich den Arzt holen?« Sophie machte sich Sorgen um ihn.

»Nein, vorerst nicht. Der kann mir doch nicht helfen. Mir kann niemand helfen. Es sei denn....« Er guckte Sophie mit großen Augen an. »Es sei denn, wir würden augenblicklich nach Jena zurückfahren. Ich glaube, dann ginge es mir sofort wieder besser. Aber so ...«

Er zuckte mutlos mit den Schultern.

»Mir ist das Ganze im wahrsten Sinne des Wortes auf den Magen geschlagen. Jetzt verstehe ich, woher dieses Sprichwort kommt.« Anton ging der Spruch nicht mehr aus dem Kopf.

»In unserem Garten sind mittlerweile bestimmt die Kirschen reif und müssten gepflückt werden.« Vorwurfsvoll sah er seine Frau an. »Aber wer soll das machen? Mein Vater kommt mit seinen steifen Knien nicht mehr die Leiter hoch. Das wäre viel zu gefährlich für ihn.«

»Vielleicht fragen sie die Nachbarn. Die helfen ihnen bestimmt gerne, wenn sie dafür einen Eimer Kirschen bekommen.«

»Überleg doch mal, wie viele Gläser Kompott und Marmelade du daraus einkochen könntest. Der Baum hing so voll, wie schon lange nicht mehr.«

Für einen Moment sah er aus, als würde er sich den Geschmack frischer Kirschen im Mund zergehen lassen und gleich einen Kern ausspucken.

»Das wäre doch etwas anderes als dieser Fraß hier.« Keinen Kern, aber diesen Satz spie er förmlich aus.

Am nächsten Morgen fühlte sich Anton ein kleines bisschen besser. Als Erich Schott am späten Vormittag überraschend seine Leute in die Kantine bat, raffte er sich auf und ging zusammen mit Sophie hin. Er wollte wissen, was es Neues zu berichten gab.

»Vielleicht sagt er uns ja, wie es weitergeht«, hoffte er auf dem Weg dorthin.

Doch das wusste Dr. Schott selbst nicht. Dennoch überbrachte er ihnen eine gute Nachricht:

»Allen Deportierten des Glaswerks werden drei Monatsgehälter im Voraus ausgezahlt. So ist für den Moment wenigstens Ihre finanzielle Situation einigermaßen geregelt.«

Er machte eine kleine Pause. Erwartungsvolle Gesichter blickten ihn an.

»Ansonsten kann ich Ihnen leider noch nichts Neues mitteilen. Vorerst müssen wir wohl noch hierbleiben.«

»Das ist aber anständig«, meinte Otto anerkennend, und die meisten, die in seiner Nähe standen, stimmten ihm zu. »Sobald wir aus diesem Lager raus sind, werden wir das Geld bestimmt gut brauchen können.«

Anton beeindruckte diese Geste hingegen nicht im Geringsten.

»Das ist doch nur der untaugliche Versuch, uns ruhig zu stellen«, giftete er, bevor er in sein Bett zurückkroch, um einen weiteren tristen Lagertag totzuschlagen. Die erzwungene Untätigkeit und die Ungewissheit über ihre Zukunft machte vielen Jenensern zu schaffen, aber Anton zermürbte sie besonders.

Abends wollte Sophie zeitig zu Bett gehen, um die Zeit einfach zu verschlafen.

»Ich fühle mich so müde, als hätte ich seit Tagen kein Auge mehr zugetan.«

Sie sah Anton an.

»Und für dich wäre es auch das Beste. Aber bevor ich schlafen gehe, koche ich dir noch etwas Wasser mit unserem alten Tauchsieder ab, damit du für die Nacht halbwegs sauberes Trinkwasser hast. Aus der Leitung sollte man das Wasser hier lieber nicht trinken. Und du musst unbedingt viel Flüssigkeit zu dir nehmen. Das ist wichtig bei deinem Durchfall.«

Sie kramte in ihrer Reisetasche, die neben dem Bett stand, nach dem Tauchsieder. Als sie ihn gefunden hatte, hielt sie ihn hoch wie eine Trophäe.

»Wie gut, dass ich gerade noch in letzter Minute an dieses praktische kleine Gerät gedacht habe. Ich wusste doch, dass wir es brauchen würden. Jetzt bin ich wirklich froh darum. Woher solltest du sonst sauberes Wasser bekommen?«

»Oh, Frau Heuerling, Sie haben an ihren Tauchsieder gedacht. Das ist ja toll.« Frau Jensen, eine ihrer Mitbewohnerinnen, kam gerade zur Tür herein.

»Ich habe meinen nämlich vergessen, müssen Sie wissen. Und ich habe mich schon sehr darüber geärgert, weil ich einen Tee kochen wollte und es nicht tun konnte.« Sie ging zu ihrem Koffer und wühlte einen Augenblick darin herum. Sophie beobachtete sie abwartend.

»Ha, hier ist er ja!«, rief sie und zog eine verbeulte Blechbüchse hervor.

»Schauen Sie mal, was ich hier habe. Wissen Sie, was da drin ist?«

Sophie schüttelte den Kopf.

»Das ist guter, ostfriesischer Tee. Schön kräftig, wenn man ihn lang genug ziehen lässt. Eine reine Wohltat für die Nerven, wenn Sie mich fragen. Am besten schmeckt er mit etwas Kandiszucker und einem Schuss Milch. Aber zur Not geht es auch ohne das. Egal wie, jedenfalls genau das Richtige in unserer Lage! Nur …«, sie schaute Sophie listig lächelnd an, »brauche ich dafür kochendes Wasser.« Sie deutete auf den Tauchsieder in Sophies Hand. Diese folgte ihrem Blick.

»Oh, aber selbstverständlich können Sie meinen Tauchsieder haben.«

Ohne lange nachzudenken, drückte sie ihn Frau Jensen in die Hand.

»Hier, bitte. Kochen Sie nur erst ihren Tee. Ich kann solange warten.«

»Das ist aber nett. Vielen Dank!«

Sie zwinkerte Sophie zu.

»Wie wäre es? Meinen Sie nicht, dass ein feine Tasse Tee auch Ihrem Mann gut tun würde? Schließlich beruhigt schwarzer Tee den Magen, wissen Sie?«

»Ja. Da haben Sie allerdings recht«, ging Sophie lächelnd darauf ein.

»Also, dann kochen wir doch für uns alle hier eine Tasse.« Frau Jensen zog mit ihrer Hand einen einladenden Kreis durch den Raum, in dem die anderen Zimmergenossen entweder auf ihren Betten lagen oder am Tisch saßen und sich bis eben leise unterhalten hatten. Nun jedoch verfolgten alle interessiert das Gespräch der beiden Frauen.

»Ich glaube, jeder von uns könnte einen schönen heißen Tee vertragen.«

Erwartungsvoll blickte Frau Jensen in die Runde, aus der zustimmendes Gemurmel kam.

»Das ist eine tolle Idee!«

Sophie hatte ihre Müdigkeit vergessen. »Warten Sie, ich gehe schnell rüber in die Kantine und schaue, ob ich eine Kanne und ein paar Tassen für uns ausleihen kann.«

Sie war erfolgreich, aber es dauerte lange, bis das Wasser endlich kochte. Der Tee war gerade überbrüht, als Herr Schneider, der Junggeselle in ihrer Runde, in den Raum kam und zu den Frauen trat.

»Oh, was haben Sie denn vor?«

»Na ja, wenn Sie wollen, bekommen Sie gleich eine wunderbare Tasse Tee von uns. Ist das nichts?«

»Das hört sich in der Tat verlockend an.« Da er allein deportiert worden war, freute er sich über jeden Kontakt. Dann kam ihm eine Idee.

»Also, da fällt mir ein, ich habe noch eine Flasche Schnaps in meiner Koffer. Der würde doch ganz hervorragend dazu passen, oder meinen Sie nicht?«

Er fasste grübelnd an seine Stirn und grinste. Als er wenig später die Flasche polternd auf den Tisch stellte, kam schlagartig Leben in die anderen Bewohner.

»Hallo, das lobe ich mir ja!«

»Vielleicht wird das doch noch ein netter Abend!«

»Moment mal! Da fällt mir ein, ich hab noch Kekse aus dem Schott-Fresspaket.«

Einen Augenblick später standen auch die auf dem Tisch.

Der Tee war ziemlich stark und der Schnaps darin mehr als nur ein Schuss. Er hob zusehends die Stimmung. Während vorher keiner Lust zum Sprechen gehabt hatte, redeten und lachten bald alle durcheinander. Sie erzählten von Jena und von besseren Zeiten. Tee und Kekse beruhigten ihre Mägen und der Schnaps ihre wehmütigen Gedanken. Wer am Barackenfenster vorbeiging, wunderte sich neidisch, warum sie so gute Laune hatten.

»Oh, jetzt ist es aber spät geworden«, bemerkte Sophie irgendwann, als sie zufälligerweise auf ihre Armbanduhr blickte. »Und dabei wollte ich doch früh zu Bett gehen.«

»Tatsächlich, wir haben einfach die Zeit vergessen«, stimmte Anton verblüfft zu.

Er fand es ungeheuer tröstend, gemeinsam mit den anderen über Jena reden zu können. Es war Balsam für seine Seele. Anton fühlte sich zu seiner eigenen Überraschung viel besser und sogar stark genug, um mit seiner Frau noch ein paar Schritte zu laufen.

»Warte, ich begleite dich zum Waschhaus. Vielleicht tut mir etwas Bewegung und frische Luft ganz gut.«

Sophie sah ihn verblüfft an.

»Gerne!«

»Hast du gemerkt, wie viel wir gelacht haben? Das hätte ich nicht für möglich gehalten«, bemerkte Anton überrascht.

»Ja, es hat wirklich gut getan. Ich freue mich vor allem, dass es dir offenbar besser geht!« Sophie schaute ihren Mann von der Seite an. Sein Gesicht hatte im Laufe des Abends wieder Farbe bekommen.

»Und eigentlich verdanken wir diesen netten Abend einzig meinem Tauchsieder.« Sie schmunzelte. »Wie gut, dass ich in letzter Minute noch an ihn gedacht habe.«

8

»Unser Lagerleben hat schon bald ein Ende! Wir werden in Privatquartiere in der Umgebung verlegt. Ich habe eben gehört, wie ein Amerikaner es einem von uns versprochen hat.«

Sophie hatte das Gespräch zufällig mitbekommen und war sofort zur Baracke zurückgelaufen, vor allem um die Neuigkeit Anton, aber auch den anderen zu überbringen: »In den nächsten Tagen schon!«

Alle hatten diese Nachricht herbeigesehnt, die deshalb nun schnell die Runde machte.

»Gott sei Dank! Nichts wie weg!« Überall hörte man diesen Stoßseufzer.

Voller Aufregung und Hoffnung begannen die meisten sofort mit dem Einpacken, was dann allerdings doch voreilig war, denn die Amerikaner hatten noch etliche neugierige Fragen. Sie zitierten vor allem die wissenschaftlich arbeitenden Mitarbeiter zu Einzelverhören in ihre Büros.

Auch Anton gehörte dazu. Als er zurückkam, bedrängte ihn Sophie sofort.

»Was wollten die von dir? Du hast denen doch schon alles, was du weißt, in Jena gesagt.«

»Nun ja, manches wollten sie noch genauer wissen. Sie hatten eine Reihe von Fachfragen, die mit meinen Versuchsschmelzen zusammenhängen. Ich glaube, die wollen uns total ausspionieren. Privates hat sie dagegen fast überhaupt nicht interessiert.« Sein ganzes Misstrauen gegenüber den Amerikanern war nicht zu überhören.

»Ich habe so knapp und ausweichend geantwortet wie möglich.« Er schien stolz darauf zu sein. »Außerdem müssen wir uns alle noch einer ärztlichen Untersuchung unterziehen. Erst dann dürfen wir aus dem Lager. Wusstest du das?«

»Nein. Hoffentlich zieht sich das nicht so lange hin«, meinte Sophie. »Jede weitere Stunde hier ist mir eine zu viel. Ich will einfach nur weg hier!«

Auch die Stockmüllers konnten es kaum erwarten, das Lager wieder zu verlassen. Karl spekulierte mit seinem Kollegen gerade darüber, in was für Privatquartiere sie gebracht werden würden, als er diesem ins Wort fiel.

»Entschuldige, dass ich dich unterbreche! Aber schau doch mal da hinten! Ich glaube, ich spinne!«

Die beiden Männer beobachteten das Treiben am Ende des Lagerweges, der von ihrem Standpunkt aus gut zu überblicken war.

»Läuft dort tatsächlich unser Kantinenwirt aus Jena? Der gehörte doch gar nicht zu den Deportierten. Was macht der denn hier?«

Sein Kollege kniff die Augen zusammen. Er erkannte einen Mann, der von mehreren Lagerbewohnern umringt und offensichtlich überschwänglich begrüßt wurde. »Du hast recht, das sieht tatsächlich ganz nach unserem Willi aus Jena aus. Komm Karl, das schauen wir uns genauer an!« Er zog Karl mit sich.

»Ja, Willi, wie kommst du denn hierher?« Diese Frage schlug dem Überraschungsgast x-fach entgegen.

»Ich wollte halt mal sehen, wie es euch hier so geht«, grinste dieser und blickte sich um. »Also, ich habe gehört, das Essen in meiner Kantine soll besser sein!« Damit hatte er die Lacher auf seiner Seite. Schnell sprach sich seine unerwartete Ankunft herum und die Traube Menschen, die ihn umringte, wurde immer dichter.

»Ich bin aus freien Stücken und nur zu Besuch hier«, betonte er immer wieder. »Und ich muss noch heute weiter. Ich war in der Nähe, um ein paar Besorgungen zu machen, als ich zufällig erfuhr, dass ihr in diesem Lager untergebracht seid. Und da habe ich mir gedacht, dass es nett wäre, mich zu erkundigen, wie es euch allen bis jetzt ergangen ist. Das wird die

Zuhausegebliebenen in Jena sicherlich viel mehr interessieren als alles, was ich sonst auf meiner Fahrt organisiert habe«, lachte der Kantinenwirt.

Er war ein umtriebiger Mann, der in seiner Funktion derzeit vor allem damit beschäftigt war, Lebensmittel und andere brauchbare Sachen für das Werk zu besorgen. Dafür reiste er mit offizieller Genehmigung kreuz und quer durchs Land und kaufte oder tauschte alles halbwegs Sinnvolle. Es war Zufall gewesen, dass er kurz nach Abschluss der Deportation ebenfalls nach Baden-Württemberg gefahren war und auf den Aufenthaltsort seiner ehemaligen Kollegen gestoßen war.

»Können Sie einen Brief für mich nach Jena mitnehmen?«

Auf diese Frage hatte der Kantinenwirt gewartet. Die Postbeförderung klappte überhaupt nicht, daher war man darauf angewiesen, einen zuverlässigen Kurier für seine Briefe zu finden. Und bis jetzt hatten die Deportierten noch keine Möglichkeit gehabt, ihren Lieben zu Hause wenigstens ein Lebenszeichen zukommen zu lassen.

»Das ist ja auch ein Grund, warum ich hier bin«, raunte er mit gesenkter Stimme, denn offiziell war die private Briefbeförderung untersagt.

Kaum hatte er das gesagt, verschwanden viele eilig in ihren Baracken, um auf die Schnelle ein paar Zeilen zu Papier zu bringen. Diese Chance durfte man einfach nicht ungenutzt lassen. Auch Anton und Sophie griffen sofort zu Papier und Stift. Sie wollten ihre Eltern unbedingt wissen lassen, dass es ihnen gut ging, auch wenn das nur teilweise der Wahrheit entsprach.

»Was ist in Jena passiert, seitdem wir weg sind? Sind die Russen tatsächlich einmarschiert oder war das alles nur ein Gerücht?«

»Also, ganz genau kann ich das nicht sagen. Schließlich bin ich selbst schon seit ein paar Tagen unterwegs und nur kurze Zeit nach euch aufgebrochen. Aber bis dahin schien es tatsächlich so, als würden die Amerikaner massiv ihren kompletten Abzug vorbereiten. Offiziell wird noch immer der 1. Juli als Übernahmedatum genannt. Und der ist ja erst in ein paar Tagen.«

Nach und nach wurden dem Kantinenwirt immer mehr schnell gekritzelte Briefgrüße unauffällig zugesteckt.

»Das ist das Mindeste, was ich für euch hier tun kann«, wischte er die Dankbarkeit der Betroffenen weg und verstaute die Briefe sorgfältig in seinem Jackett. Insgeheim hatte ihn das Lagerelend schockiert. Die heimliche Postbeförderung war sein ganz privater, kleiner Beitrag, um die Situation der Deportierten ein wenig erträglicher zu machen. Schließlich musste man zusammenhalten!

Aller Anfang ist schwer

1

Am Samstagmorgen herrschte bereits zeitig munteres Treiben auf dem Lagergelände. Heute sollten die Schottianer auf Privatquartiere verteilt werden und jeder wollte fertig sein, bevor es losging. Seitdem ihnen die Verlegung in neue Unterkünfte vorgestern erstmals in Aussicht gestellt worden war, sehnten alle ungeduldig den Augenblick ihrer Abreise herbei. Die Vorstellung eines noch so bescheidenen Privatquartieres erschien nach den vergangenen Tagen nahezu luxuriös.

»Man wird bescheiden«, stellte Agnes lakonisch fest. »Allein die Hoffnung auf eine saubere Toilette und ein sauberes Waschbecken lässt mich geradezu euphorisch werden. Obwohl wir es ja eigentlich nur ein paar Tage in diesem ekligen Wanzenlager aushalten mussten. Trotzdem, das reicht!«

»Na, hoffentlich weiß das der liebe Gott und beschert uns ein sauberes Quartier«, entgegnete Karl frech. Auch er war erleichtert, nicht länger in dem Lager zum Nichtstun verdammt zu sein.

»Ich finde es nur ärgerlich, dass die Amerikaner uns wieder nicht sagen, was sie wirklich mit uns vorhaben. Sie sollten uns endlich reinen Wein einschenken!«, empörte er sich.

»Manchmal habe ich den Verdacht, dass sie selbst nicht wissen, was mit uns werden soll und sie uns das bloß nicht zeigen wollen«, mutmaßte Agnes nachdenklich.

Der Vormittag war fast vorbei, als endlich dieselben kleinen Militärlastwagen wie zu Beginn der Woche auf dem Gelände vorfuhren. Sofort entstand ein wildes Durcheinander. Jeder wollte möglichst schnell ein Fahrzeug zugewiesen bekommen, doch verzögerte die Drängelei tatsächlich deren zügige Verteilung. Nur langsam leerte sich das Lager.

Erich Schott konnte bei den Amerikanern erreichen, dass seine Leute nicht allzu weit auseinandergerissen wurden. Man verteilte sie in die rund um Heidenheim liegenden Dörfer Heuchlingen, Hermaringen, Herbrechtingen und Hohenmemmingen. Die Führungskräfte des Glaswerks, also auch Erich Schott mit seiner Familie, blieben in Heidenheim. Sie bezogen eine kleine Siedlung von ehemaligen Polizeischergen, nicht weit vom Lagergelände entfernt. Mitten im Wald lagen die kleinen Häuser. Größere Familien, die dort nicht genügend Platz gehabt hätten, wurden dagegen in leer stehenden Schulräumen in der Stadt untergebracht.

Die Betroffenen hatten keinen Einfluss darauf, wo sie unterkamen. Wie schon zu Beginn der Woche chauffierten jeweils zwei amerikanische Soldaten die Laster. Und nur die Fahrer wussten, wohin die Fahrt führen würde.

2

Karl war gerade auf die Ladefläche des Lasters gestiegen und blickte zurück, um sicherzustellen, dass seine Familie nichts liegen gelassen hatte, als sein Blick auf einen kleinen dreibeinigen Melkschemel fiel. Er lag an der Seite, achtlos zurückgelassen und offensichtlich herrenlos.

Familie Stockmüller gehörte zu den Letzten, die das Lager verließen. Es war deutlich ruhiger geworden. Und in ihrer Nähe war niemand, dem der Hocker hätte gehören können. Das sah Karl sofort. Ohne lange nachzudenken, sprang er vom Laster und machte zwei große Schritte in Richtung Schemel. Ein hastiger Blick nach links und ein weiterer nach rechts genügten ihm, dann schnappte er sich den Hocker und verstaute ihn betont selbstverständlich zwischen den eigenen Sachen auf dem Laster. Unschuldig dreinblickend stieg er wieder hoch.

Agnes, die schon oben saß, hatte ihren Mann die ganze Zeit über neugierig beobachtet. Als er in ihr verwundertes Gesicht blickte, fühlte er sich ertappt wie ein kleiner Schuljunge. Er sah sich zu einer Rechtfertigung gezwungen.

»Der ist für Elisabeth! Wer weiß, falls wir auf einen Bauernhof kommen, kann sie ihn vielleicht gut gebrauchen. Immerhin hat sie ja melken gelernt und hier wollte ihn ja offensichtlich keiner mehr haben.«

Agnes zog eine Augenbraue hoch und grinste bloß.

Die Stockmüllers wurden nach Heuchlingen gefahren, wo der Laster auf dem Dorfplatz vor dem Rathaus hielt. Familie Kreuzinger hatte es ebenfalls hierher verschlagen. Otto, Johanna und Erika, die schon länger warteten, beobachteten interessiert, wie sich der Wagen der Stockmüllers hinter ihrem einreihte.

Wie alle anderen musste auch Karl im Bürgermeisteramt die Personalien seiner Familie registrieren lassen. Danach warteten sie, ohne zu wissen, worauf. Viel später erst tauchte der Bürgermeister auf und begrüßte die Deportierten in seiner Gemeinde.

»Von nun an müssen sie sich zwei Mal in der Woche hier im Rathaus melden«, wies er sie an, bevor er alle mit Hilfe eines Gemeindebeamten auf die einzelnen Bauernhöfe in seinem Sprengel verteilte und die Soldaten mit entsprechenden Routenbeschreibungen ausstattete.

Für die Stockmüllers war es nur ein kurzer Weg. Sie wurden unweit vom Rathaus auf dem Hof des »Kirchenbauern« einquartiert. Otto und seine Familie brachte der Laster hingegen zu einem Bauernhof am Rande des Dorfes.

3

»Ja, Herr Gott's Zeiten! Was glauben Sie denn, was Sie da machen? Das ist Privatgrund. So geht das nicht! Was wollen Sie hier?«

In dem flächigen Gesicht der jungen Bäuerin stieg Zornesröte auf, als sie sich breitbeinig vor Karl, Agnes und den Mädchen aufbaute. Die waren eben von ihrem Laster gestiegen und versuchten noch, sich zu orientieren, als ihnen diese offensichtliche Empörung und Feindseligkeit entgegen schwappte wie eine Welle eiskalten Wassers. Die junge Frau war fast noch ein Mädchen, doch an Entschiedenheit fehlte es ihr gleichwohl nicht. Angriffslustig stemmte sie ihre Arme in die Taille und baute sich vor den Fremden auf, als wäre sie ein unverrückbarer Felsen.

»Wir nähme koi Leut'!« Ihr Ton ließ keine Einwände zu.

Karl versuchte es mit seinem Charme. Er legte seinen Kopf schief, setzte sein jungenhaft freches Grinsen auf und ging vorsichtig mit ausgestrecktem Arm auf sie zu, als wäre sie ein bissiger Hund.

»Aber, meine Gute. Jetzt beruhige dich erst einmal. Der Bürgermeister schickt uns zu euch. Wir sollen hier untergebracht werden.« Er redete sanft und beschwichtigend. Eigentlich war es ungehörig von ihm, sie einfach zu duzen. Doch das hatte er mit Absicht getan und es verfehlte seine Wirkung nicht. Die junge Frau wich ein kleines Stück zurück und guckte nicht mehr ganz so grimmig.

»Wir können ja auch nichts dafür. Wenn es nach uns gehen würde, wären wir gewiss nicht hier, sondern noch in Jena. Von dort kommen wir nämlich.«

Er drehte sich um und wies auf die amerikanischen Soldaten. »Wir hatten keine Wahl. Uns hat niemand gefragt.« Dann schob er seine Töchter vor.

»Dies ist übrigens Elisabeth und das ist unsere kleine Clara.«

Beide nickten der Bäuerin scheu zu, die ihren Gruß unwillig, aber schon weniger grimmig erwiderte.

»Und das ist meine Frau Agnes.«

Während Agnes ihr auffordernd die Hand zum Gruß entgegenstreckte, fragte Karl die junge Frau nach ihrem Namen.

»Mein Name ist Helene. Ich bin die älteste Tochter hier auf dem Hof. Mein Vater, der Kirchenbauer, ist mit den anderen draußen auf dem Feld. Es wird noch eine Weile dauern, bis sie alle zurückkommen.«

Sie schaute die vier, einen nach dem anderen, prüfend an.

»Also, ich kann nicht entscheiden, ob Sie hier bleiben können. Das muss mein Vater tun. Aber …«, sie zögerte kurz, »wenn es sein muss, können Sie ja warten, bis er zurückkommt.«

Sie ahnte bereits, dass sie sich nicht gegen eine behördliche Einweisung würden wehren können. Schließlich wurde das seit Kriegsende überall im Land praktiziert. Auch hier im Dorf hatte es bereits andere Einquartierungen gegeben.

Während des Wortwechsels hatten die beiden Soldaten einfach damit begonnen, sämtliche Sachen von dem Laster abzuladen. Alles stand ordentlich aufgereiht im Hof des Kirchenbauern. Als sie fertig waren, verabschiedeten sie sich kurz und fuhren davon. Ihre Aufgabe war erledigt. Es war für sie unvorstellbar, dass die Leute auf diesem Hof ihren Anordnungen nicht Folge leisten könnten.

Als der Bauer endlich mit seiner Frau auf einem Pferdegespann durch die Hofeinfahrt einfuhr und vier Fremde samt einem Haufen Gepäck und Hausrat in seinem Hof vorfand, blickte er irritiert zu seiner Tochter, die neben den Fremden stand und sich mittlerweile etwas lockerer mit Karl unterhielt.

Auch der Bauer war alles andere als begeistert.

»Na, diese Art von Überraschungen liebe ich ja. Wie kommt denn der Bürgermeister dazu, uns einfach Fremde aufzuhalsen, ohne vorher mit mir zu sprechen? Mit dem werde ich noch ein ernsthaftes Wörtchen reden« schimpfte er. Die Vorstellung, von nun an Fremde auf seinem Hof beherbergen zu müssen, behagte ihm überhaupt nicht.

»Ich denke, da kann auch der Bürgermeister nichts dafür«, nahm Karl diesen in Schutz. »Auch er muss den Befehlen der Amerikaner Folge leisten. So wie wir alle.«

»Hm, vielleicht«, brummte der Kirchenwirt.

Er betrachtete die vier Jenenser der Reihe nach. Und bald gewann Mitgefühl die Oberhand bei seinen widersprüchlichen Gefühlen.

»Ihr wärt vermutlich auch lieber dort geblieben, wo ihr herkamt. Wenn ich euch so anschaue …, also, eigentlich seht ihr ja alle beisammen ganz nett aus.« Im Grunde taten sie ihm leid. »Das ist schon eine Schweinerei, was sie mit uns Deutschen jetzt machen.«

Er gab seinem Herz einen Ruck.

»Na gut. Es geht ja nicht anders. Es sind halt böse Zeiten. Helene! Zeig den Leuten die beiden Kammern oben im Haus und hilf zusammen mit deiner Schwester und deinem Bruder, ihr Gepäck hoch zu schaffen.«

Er nickte Agnes und Karl freundlich zu, der ihm dankbar die Hand reichte.

»Wir werden bestimmt miteinander auskommen«, meinte er zuversichtlich. »Und vielleicht gibt es Möglichkeiten, wie wir uns erkenntlich zeigen können.«

»Ja, die gibt es bestimmt. Auf einem Bauernhof wie unserem können wir jede helfende Hand gut gebrauchen. Vor allem jetzt im Sommer zur Erntezeit.«

»Na, dann kommen Sie mal mit«, mischte sich nun die Kirchenbäuerin ein. »Ich zeige Ihnen, wo es lang geht.« Sie nahm jeweils eine Tasche in jede Hand und nickte Agnes auffordernd zu.

»Danke«, sagte diese, griff sich ebenfalls ein paar Gepäckstücke und folgte ihr. Was sie auf dem Weg nach oben sah, gefiel ihr. Es war alles schlicht, aber ausgesprochen sauber und ordentlich.

»Das ist aber schön hier«, rutschte es ihr erleichtert heraus.

Die Bäuerin, die sie beobachtet hatte, lächelte nur.

»Hier ist ein großer Schrank, in dem können Sie ihre Kleidung verstauen. Und dort stehen noch zwei Kommoden, die Sie auch benutzen können, sobald ich unsere Sachen raus geräumt habe. Und die Regale natürlich auch.«

Beim Hochschleppen des Gepäcks fassten alle tatkräftig mit an. Karl, Elisabeth und Clara rannten genauso wie Helene mit ihren beiden Geschwistern, Wilma und Gerd, mehrfach treppauf treppab, bis alles nach oben bugsiert war. Jedes Mal, wenn die jungen Leute sich auf der Treppe trafen und gegenseitig Platz machen mussten, taxierten sie sich mit schüchternen Blicken. Bald war das erste Eis gebrochen, ihre Blicke wurden immer unbefangener. Noch redeten sie nicht viel, aber es war klar, dass sie sich durchaus sympathisch fanden.

Nachdem die Kirchenbäuerin in die Küche gegangen war, traute sich Agnes erst, die beiden kleinen Räume unter dem Dach genauer zu inspizieren. Sie stand in der Tür, die die beiden Räume miteinander verband, und drehte sich langsam um die eigene Achse. Die Räume wirkten freundlich und stimmten sie augenblicklich heiter und zuversichtlich. Beide Zimmer waren nur mit dem Nötigsten eingerichtet, aber sie waren gemütlich. An den kleinen Fenstern hingen zierliche Gardinchen, die von roten Bändern seitlich festgehalten wurden. Die Betten waren noch nicht bezogen, sodass Agnes erleichtert registrierte, dass keine unappetitlichen Flecken auf Federkissen und Matratzen zu sehen waren. Gleich würde sie ihre eigene Bettwäsche heraussuchen und alles mit einem guten Gefühl frisch beziehen. Nach den Erfahrungen der vergangenen Tage hatte sie mit dem Schlimmsten gerechnet und fühlte sich nun beinah glücklich.

»Ach, bin ich froh, dass wir ausgerechnet hier untergekommen sind. Hier gibt es bestimmt keine Wanzen«, raunte sie ihrem Mann zu, als die beiden für einen Moment allein im Zimmer standen.

»Ja, der ganze Hof macht einen freundlichen und sauberen Eindruck.«

Karl drückte die Hand seiner Frau. Auch er war erleichtert.

Als Agnes damit beginnen wollte, den Inhalt der Taschen und Koffer auszupacken, die sich mittlerweile in den Zimmern stapelten, kam sie allerdings ins Grübeln. Lohnte es sich überhaupt, alles auszupacken? Wer wusste schon, wie lange sie dieses Mal hier bleiben würden. Keiner hatte ihnen dazu etwas gesagt. Aber es war ihr klar, dass das nicht die Endstation sein konnte. Für ein paar Tage aber, bräuchte sie nur das Nötigste auszupacken.

Agnes beschloss schließlich, soviel wie möglich in den großen Schrank und die beiden Kommoden einzuräumen. Auch in dem kleinen Wandregal sowie in den beiden Nachtschränkchen neben den Betten brachte sie Einiges unter.

»Obwohl es sich nur um ein Provisorium handelt, möchte ich es doch so gemütlich wie möglich haben«, verkündete sie Karl, als der das nächste Mal die Treppe herauf kam. »Gleichgültig wie lange wir hier bleiben werden. Nach den letzten Tagen weiß ich erst, wie wichtig mir das ist.«

»Das kann ich gut verstehen.«

Nur überflüssige Sachen sowie die großen sperrigen Teile, für die sich in den engen Zimmerchen kein Platz fand, landeten auf dem Dachspeicher.

Karl, Agnes, Elisabeth und Clara verstanden sich mit der Familie des Kirchenbauern auf Anhieb gut.

Für die Bäuerin war es selbstverständlich, die vier Neuankömmlinge zu einem gemeinsamen Abendbrot in die geräumige Wohnküche einzuladen, in der überwiegend das Familienleben stattfand. Bei frischem Brot, selbst gemachter Butter und Wurst sowie frisch gemolkener Milch konnte man sich ungezwungen kennenlernen. Karl und Agnes erzählten von Jena und wie es sie hierher verschlagen hatte. Zwischendrin geriet Agnes immer wieder ins Schwärmen.

»Hm, dieses Brot und diese Butter, das ist der reinste Genuss.«

Sie hielt ihr gerade frisch geschmiertes Butterbrot hoch, streute ein paar Salzkörnchen darauf und biss genussvoll rein.

»Es tut mir leid, aber ich kann nicht aufhören zu essen. Nach dem Fraß der vergangenen Tage ist das hier wahrhaftig paradiesisch. Und ich muss zugeben, dass ich auch vorher, in Jena, lange nicht mehr so ein schmackhaftes Brot gegessen habe.«

»Ja, das ist der Vorteil auf einem Bauernhof. Da ist man unabhängig von Lebensmittelrationen, weil man sich ohnehin selbst versorgt. Wir backen unser Brot mit dem eigenen Mehl, verarbeiten unsere Milch zu Butter und essen die Wurst unserer eigenen Schweine. Gerade in solchen Notzeiten geht es euch Stadtmenschen viel schlechter. Auch wenn ihr sonst immer so gerne auf uns Bauern herabschaut, möchte ich nicht mit euch tauschen.«

»Das ist gewiss alles richtig. Trotzdem war die Stadt Jena nun einmal unsere Heimat, und wir haben sie nicht freiwillig verlassen. Jetzt sind wir Fremde, egal wo wir hinkommen«, meinte Karl nachdenklich.

»Aber Sie werden sehen, man kann sich auch hier wohl fühlen«, versuchte die Bäuerin einzulenken.

Sie konnte nachempfinden, wie schwer es sein musste, das vertraute Zuhause aus heiterem Himmel aufgeben zu müssen. Sie war dankbar, dass ihr ein solches Schicksal bisher erspart geblieben war. Da sie die vier Jenenser im Laufe des Abends immer netter fand, wollte sie gern versuchen, ihnen den Anfang in der Fremde zu erleichtern.

Auch der Kirchenbauer war schnell mit dem unerwünschten Eindringen in die eigenen vier Wände versöhnt. Über alle regionale und gesellschaftliche Unterschiede hinweg, spürte er deutlich, dass seine Familie mit den Stockmüllers auf gleicher Wellenlänge lag. Als beide Familien nach einem kurzweiligen Abend schließlich zu Bett gingen, nahmen sie allesamt das beruhigende Gefühl mit, sich vermutlich gut zu verstehen.

Sogar Elisabeth fand Gefallen an ihrem neuen Aufenthaltsort. Sie war sofort erleichtert gewesen, als sie feststellte, dass ihre Familie auf einem Bauernhof unterkommen würde. Gleich nachdem sie ihrer Mutter beim Auspacken geholfen hatte, schlich sie in den Stall und sah sich dort neugierig um. Als sie in das Dämmerlicht eintrat und ihr der typisch-scharfe Geruch entgegen schlug, fühlte sie sich augenblicklich zu Hause. Es war ein vertrauter Duft, der ihr Geborgenheit gab. Mit einem seligen Lächeln auf den Lippen atmete sie ihn tief ein, als wäre er eine feine Parfumnote.

Am nächsten Morgen stand Elisabeth zeitig auf und gab sich Mühe, ganz leise zu sein, um Clara nicht aufzuwecken, die mit ihr im selben Zimmer schlief. Dann schnappte sie sich den von ihrem Vater mitgenommenen Schemel und lief zur Stallung, um beim Melken der Kühe zu helfen.

Das Knarren der Stalltüre schreckte die Bäuerin und Helene auf, die bereits zwischen den Kuhbeinen hantierten. Sie erwarteten niemanden und sahen verwundert auf, als Elisabeth plötzlich vor ihnen stand.

»Ja, sieh an, die Elisabeth. Guten Morgen! Du bist aber früh wach? Ich dachte, ihr Stadtmenschen schlaft lieber aus.«

»Nein, ich bin schon lange wach.« Sie lachte verlegen.

»Außerdem bin ich es gewohnt, zeitig aufzustehen. Schließlich habe ich bis vor ein paar Tagen auch auf einem Bauernhof gearbeitet und war dort morgens für das Melken zuständig.«

Sie drehte ihren kleinen Melkschemel demonstrativ vor sich hin und her. »Also, wenn ich darf, würde ich gerne helfen.«

»Aber sicher kannst du uns helfen. Nur zu gerne«, rief die Bäuerin angetan. »Wenn du melken kannst, nimmt dir die Bertha vor. Die steht dort hinten und war noch nicht dran.«

Sie zeigte auf eine schwarzweiß gefleckte Kuh und lächelte Elisabeth aufmunternd zu. »Nur zu!«

»Danke!«

Unauffällig beobachtete die Bäuerin Elisabeths Handgriffe. Was sie sah, gefiel ihr. »Oh, du machst das sehr gut und bist flink mit deinen Fingern!«

Angenehm überrascht machte sie sich wieder an ihre eigene Arbeit. Das Mädchen würde tatsächlich eine Hilfe auf dem Hof sein, dachte sie angetan.

Elisabeth war glücklich. Sie fühlte sich wieder in ihrem Element. Es dauerte nicht lange, bis der Milcheimer voll war.

»Soll ich vielleicht noch beim Ausmisten helfen und frisches Stroh verteilen?«

»Genau, das müssen wir noch machen. Dort hinten steht die Heugabel, die kannst du nehmen«, Helene deutete auf die Stallwand. Sie war ebenfalls vom Können der Städterin überrascht. Außerdem fand sie das Mädchen, das nahezu in ihrem Alter war, sehr nett. »Vielleicht werden wir ja Freundinnen«, dachte sie hoffnungsvoll. Ihr gefielen diese vier Stadtmenschen.

»Sag mal, wo hast du eigentlich den Melkschemel her? Habt ihr zu Hause in der Stadt etwa Kühe gehalten?«

Elisabeth lachte. »Nein, natürlich nicht!«

Während sie nach der Heugabel griff und damit das verbrauchte Stroh zusammenraffte, erzählte sie, wie ihr Vater gestern den Schemel »gefunden« hatte.

Helene lachte herzhaft über Elisabeths Vater.

»Na, der ist richtig.«

Als die beiden Mädchen fertig waren und die Heugabeln zur Seite gestellt hatten, hakte sich Helene bei Elisabeth unter.

»Komm, jetzt wollen wir erst einmal kräftig frühstücken. Ich denke, das haben wir uns redlich verdient. Und nachher zeige ich dir den Hof.«

Elisabeth nickte dankbar und ließ sich von Helene mitziehen.

»Gerne. Jetzt spür ich erst, wie hungrig ich bin.«

Sie lachte. Ihre abweisende Miesepetrigkeit, die sie gestern noch so demonstrativ zur Schau getragen hatte, war restlos verschwunden.

4

Otto, Johanna und Erika hatten nicht so viel Glück. Die Soldaten lieferten sie auf einem Gehöft ab, das am Rand von Heuchlingen lag. Der kleine Hof wurde von einem Bauern und seinen zwei unverheirateten Schwestern bewirtschaftet. Den dreien stand der Unmut deutlich ins Gesicht geschrieben, als die Soldaten ihnen unmissverständlich klarmachten, dass sie künftig ihr Zuhause mit diesen fremden Städtern würden teilen müssen.

»Ja, wenn es halt sein muss, dann können Sie dort drüben schlafen«, hatte der Bauer nach einigem Zögern missmutig gegrummelt und auf ein Zimmer über dem Misthaufen gewiesen.

Mit knappen Gesten zeigte er Otto den Weg dorthin und verschwand anschließend im Haus. Seine beiden Schwestern musterten derweil Johanna und Erika feindselig, als gelte es, die Fremden allein mit Blicken in Schach zu halten. Dabei verharrten Johanna und Erika ohnehin still bei ihren Sachen. Als der Bauer ins Haus zurückging, folgten die Frauen ihm wie dressierte Hunde, ohne ein einziges Wort an die Neuankömmlinge gerichtet zu haben.

Otto, Johanna und Erika schauten ihnen verwundert hinterher.

»Meine Güte, sind die aber unfreundlich«, murmelte Johanna, als die Haustür krachend ins Schloss fiel. Das Ausmaß der Ablehnung, die ihnen hier entgegen schlug, erschütterte sie.

»Mit offenen Armen nehmen die uns jedenfalls nicht auf. Das steht fest. Geschweige denn, dass wir Hilfe von denen erwarten können.«

Otto zeigte auf ihre Koffer, Kisten und Sessel.

»Die Sachen müssen wir dann wohl alleine in die Kammer bringen.«

Er nahm Erikas Arm. »Also komm, Erika, das schaffen wir auch so.«

Das Zimmer, das der Bauer ihnen zugewiesen hatte, war klein und eng.

»Ob wir hier wirklich all unsere Sachen unterbringen können, bezweifle ich«, meinte Johanna skeptisch, als sie schwer bepackt in den Raum trat.

»Und dieser Geruch. Puh, ist das muffig hier! Ich lüfte erst einmal!« Sie stellte ihre Taschen ab und ging zu dem kleinen Fenster.

»Oh, mein Gott!«

Kaum hatte sie es geöffnet, zog sie ihren Kopf, mit dem sie eben noch heraus geschaut hatte, ruckartig wieder zurück.

»Das riecht ja noch schlimmer als hier drinnen.«

Sofort schloss Johanna das Fenster wieder.

»Direkt unter uns liegt der Misthaufen! Na, Dankeschön! Wie sollen wir denn hier drinnen Luft bekommen?«

»Es wird uns vermutlich nichts anderes übrig bleiben, als uns daran zu gewöhnen«, erwiderte Otto, dem der strenge Geruch ebenfalls in die Nase stieg. »Vielleicht nehmen wir den Gestank ja in ein paar Tagen nicht mehr wahr«, hoffte er ohne wirkliche Überzeugung.

»Muff oder Misthaufen – das sind ja tolle Alternativen. Ich weiß nicht, wie lang ich das aushalte«, meinte Johanna skeptisch.

»Du wirst es müssen, solange es die Amerikaner wollen und uns hier einquartieren«, stellte Otto nüchtern fest. Auch ihm behagte diese Perspektive nicht. »Aber ich denke, es ist immer noch besser als im Lager, oder?«

Mit gemischten Gefühlen trugen sie ihre restlichen Sachen in das Zimmer.

»Ich glaube, die Sessel lassen wir erst einmal draußen«, bestimmte Otto zu guter Letzt. »Wir können uns ja schon jetzt kaum mehr drehen und wenden. Ich werde nachher den Bauern fragen, ob ich sie nicht vielleicht im Stall oder anderswo unterstellen kann.«

Johanna nickte.

»Ja, das wird das Beste sein.«

Es dauerte lange, bis sie sich einigermaßen organisiert hatten. Weder der Bauer noch seine Schwestern ließen sich blicken und auch sonst entdeckten sie niemanden, den sie nach den örtlichen Gegebenheiten hätten fragen oder um Hilfe bitten können.

Am späten Nachmittag fing Erika an, unleidlich zu werden. Sie hatte Hunger und war müde.

»Können wir nicht endlich Schluss machen für heute?«

Johanna überlegte nur kurz. »Ja, du hast recht. Mir knurrt auch der Magen. Wie es aussieht, müssen wir uns hier selbst versorgen. Da stellt sich dann nur die Frage, womit.«

Plötzlich hellte sich ihr Gesicht auf.

»Wir haben doch das Schott-Fresspaket! Im Lager haben wir davon nicht viel verbraucht. Also müsste es bestimmt noch für mehrere Mahlzeiten reichen.« Sofort zog sie die Kiste hervor und stöberte darin herum, bevor sie plötzlich inne hielt.

»Wir sollten uns das Essen lieber im Freien schmecken lassen. Hinter dem Haus habe ich eine Wiese gesehen. Da entkommen wir wenigstens für einen Moment diesem widerlichen Gestank hier drinnen und können mal richtig durchatmen.«

»Gute Idee«, stimmten Otto und Erika sofort zu. »Solch einen schönen Sommerabend sollte man ohnehin im Grünen verbringen.«

Sie saßen auf einer Decke hinter dem Haus und ließen sich ihr bescheidenes Mahl schmecken, als sie den Bauern entdeckten, der gerade aus dem Haus kam.

»Diese Chance darf ich mir nicht entgehen lassen«, rief Otto und sprang auf. »Wer weiß, wann wir den das nächste Mal zu Gesicht bekommen, so rar wie er sich macht«, fügte er, schon im Gehen, hinzu.

Er erwischte den Bauern, bevor dieser in einer anderen Tür verschwinden konnte und fragte nach einer Unterstellmöglichkeit für die Sessel, die immer noch, zusammen mit ein paar anderen Kleinigkeiten, mitten im Hof standen. Ohne eine Miene zu verziehen, wies der Bauer ihm einen Platz in der Scheune zu. Dann drehte er sich um und ließ Otto erneut stehen. Kopfschüttelnd ging dieser langsam zu Johanna und Erika zurück.

»So ein unfreundlicher Mensch. Wir haben dem doch nichts getan.«

»Na ja, du wärst wohl auch nicht begeistert, wenn du ihn und seine Schwestern bei uns unterbringen müsstest, oder?«, gab Johanna zu bedenken. Aber auch sie verstand diese Unhöflichkeit nicht. »Trotzdem wären wir bestimmt hilfsbereiter und netter. Da bin ich mir sicher.«

»Allerdings! Ich glaube, wir können nur hoffen, dass wir nicht lange hierbleiben müssen, denn die drei wirken nicht so, als würden sie irgendwann freundlicher.«

Diese demonstrative Ablehnung hatte ihnen die Laune gründlich verdorben und sie beschlossen, bald zu Bett zu gehen. Es war ohnehin ein anstrengender Tag gewesen. Otto und Johanna hatten Erikas Eisenbett quer vor das Fußende ihres eigenen Bettes gestellt, damit jeder ausreichend viel Platz zum Schlafen haben würde. Trotzdem wurde es keine erholsame Nachtruhe. Gleich in der ersten Nacht mussten sie feststellen, dass von dem Misthaufen nicht nur faulende Gase aufstiegen, sondern er außerdem Fliegen und Mücken ideale Brutbedingungen bot.

Am nächsten Morgen begutachteten alle drei gegenseitig die unzähligen roten Quaddeln an Armen und Beinen.

»Ich weiß gar nicht, wie oft ich heute Nacht wach geworden bin, weil mich wieder so ein Vieh gestochen hat«, meinte Johanna entnervt.

»Heute Abend machen wir vor dem Schlafengehen jedenfalls Jagd auf diese Quälgeister. Und außerdem lassen wir besser das Fenster zu, auch wenn es dann noch stickiger wird«, beschloss Otto, während er sich kratzte.

Doch es wurde nur unwesentlich besser. Selbst Johannas Idee, sich die alten Mullwindeln, mit denen sie ihr Porzellan eingewickelt hatte, über das Gesicht zu legen, half kaum. Sie mussten wohl oder übel mit den Quälgeistern leben.

Alle drei spürten schnell, dass eine merkwürdige Stimmung auf dem Hof herrschte, die unabhängig von ihrer Anwesenheit war. Sie fühlten eine unterschwellige Feindseligkeit, die der Bauer und seine Schwestern offenbar auch untereinander hegten und die alles vergiftete.

»Die drei sind sich nicht grün«, bemerkte Johanna bald. »Habt ihr die schon einmal lachen hören? Ich nicht! Ich glaube, die können überhaupt nicht lachen, so griesgrämig wie die immer aus der Wäsche schauen.«

Johannas Empörung wurde immer größer. Sie war zwar selbst kein ausgelassen fröhlicher Mensch, aber eine dermaßen schlechte Stimmung war ihr unerklärlich. »Und mit uns wollen die sowieso nichts zu tun haben. Die knallen einem regelrecht die Türe vor der Nase zu. Hast du schon mal gehört, wie die miteinander reden?« Sie macht eine kurze Pause.

»Genauso barsch und abweisend wie mit uns.« Es tat ihr gut, über sie herzuziehen.

»Ich glaube, die drei leben hier nur deshalb zusammen, weil sie es schon immer getan haben und es sich nie anders ergeben hat«, überlegte Otto. »Und darüber sind sie so verbiestert geworden.«

»Na ja, so wie die beiden Frauen aussehen, ist es kein Wunder, dass sie keinen Mann abbekommen haben«, giftete Johanna gehässig. »Das sind doch richtige alte Jungfern, die neidisch auf alle blicken, die verheiratet sind.«

Sie spürte instinktiv, dass die Frauen, die ungefähr in ihrem Alter waren, vor allem ihr nicht wohlgesonnen waren.

»Die sehen genauso schmuddelig aus wie der ganze Hof hier«, fügte sie bösartig hinzu. »Ich möchte ja gerne wissen, ob die beiden auch mal baden. Allzu oft bestimmt nicht, wenn ich an die fettigen Haare denke, die unter ihren Kopftüchern immer raus rutschen.«

»Da hast du allerdings recht«, stimmte ihr Otto zu. »Und ihre ganze Kleidung hätte dringend mal eine Wäsche nötig.«

Johanna nickte. Sie hatte zwar keinen Sinn für feine Kleidung, legte aber viel Wert auf Sauberkeit und ein ordentliches Erscheinungsbild. Und das boten die beiden Schwestern nicht.

»Aber zu mir sind die beiden eigentlich sehr nett«, mischte sich Erika plötzlich ein. »Gestern hat mir die eine sogar ein Butterbrot in die Hand gedrückt und gesagt, ich bräuchte was auf die Rippen.«

Johanna sah ihre Tochter überrascht an.

»Na gut. Das freut mich, wenn sie wenigstens zu dir nett sind. Wahrscheinlich, weil du ein Kind bist. Aber mir hat noch keine was angeboten und ich habe auch Hunger. Ihr hättet gestern mal den bösen Blick sehen sollen, als ich sie um etwas Milch gebeten habe. Als wenn ich einen unsittlichen Antrag gemacht hätte.« Johanna zog eine Grimasse.

»Und wenn ich Essen kochen will, muss ich diesen Kanonenofen anfeuern.« Sie zeigte auf den kleinen Ofen, der in der Ecke des Raumes stand.

»Ich will ja gar nicht mit denen essen, zumal ich mir nicht vorstellen kann, dass deren Mahlzeiten lecker schmecken. Aber sie hätten mir wenigstens anbieten können, dass ich unser Essen in ihrer Küche zubereiten darf.«

Sie wischte sich den Schweiß von der Stirn. »Schon alleine wegen dieser Sommerhitze und den vielen Fliegen.«

»Nun warte mal ab«, beschwichtigte Otto sie. »Mit dem Bauern kann man eigentlich einigermaßen reden. Auch wenn er kein Ausbund an Freundlichkeit ist, scheint er mir doch ganz vernünftig. Gestern hat er mir erzählt, dass er Witwer ist und auf seine beiden Söhne wartet, die noch nicht aus dem Krieg zurückgekehrt sind. Und bis die wieder da sind, braucht er dringend Hilfe für die Ernte.«

»Dafür bist du ihm wohl gut genug, oder wie?«

»Ja, ich habe ihm meine Hilfe sogar angeboten.« Er fühlte sich zu einer Erklärung genötigt: »Auf diese Weise habe ich was zu tun und kann ihn außerdem guten Gewissens um ein paar Lebensmittel bitten, quasi als Bezahlung. Milch, ein paar Eier und etwas Gemüse tun ihm nicht weh und machen uns satt. Und keiner ist dem anderen zu Dank verpflichtet.«

Johanna sah Otto nachdenklich an.

»Du hast recht, das ist eine gute Idee. Die Vorräte aus dem Schott-Fresspaket gehen langsam zur Neige. Aber mir wird es sehr schwer fallen, diesen furchtbaren Leuten auch noch zu helfen.«

Die Beziehung blieb unpersönlich.

»Ihr preußischen Eindringlinge«, beschimpfte der Bauer alle drei immer wieder und zeigte seine Ablehnung damit eindeutig, obwohl er Ottos Unterstützung bei der Ernte gleichzeitig selbstverständlich beanspruchte.

Otto, der unbeeindruckt von persönlichen Befindlichkeiten zu seinem Wort stand, machte sich damit schnell unentbehrlich. Wider Erwarten dankte es der Bauer ihm mit großzügigen Lebensmittelportionen. Seitdem sie außerdem bei den wöchentlichen Rapporten auf dem Bürgermeisteramt Lebensmittelkarten bekamen, hatten sie genug zu essen. Er war sich bewusst, dass der Bauer ihn als billigen Knecht ausnutzte. Doch das war ihm gleichgültig.

»Ich arbeite lieber den ganzen Tag hart auf dem Feld, als hier tatenlos rumzusitzen und nicht zu wissen, was ich machen soll«, stellte er eines Abends fest. »So wie diejenigen Schottianer, die in Heidenheim untergebracht wurden«, fügte er nachdenklich hinzu.

Otto war morgens auf dem Bürgermeisteramt gewesen und hatte dort Kollegen getroffen, die wiederum von der Situation anderer Deportierter in der Stadt wussten.

»Im Vergleich zu denen geht es uns hier ausgesprochen gut«, erzählte er. »Stell dir vor, die in Heidenheim sind tatsächlich ausschließlich auf ihre Lebensmittelkarten angewiesen.«

»Oh je, dann ist es wirklich knapp. Ich hätte mir nicht vorstellen können, dass ich einmal fast froh sein müsste, hier untergekommen zu sein.« Johanna schnitt eine Grimasse.

»Und gibt es sonst etwas Neues?«

Otto schüttelte den Kopf.

»Nein, leider nicht. Jedenfalls ist noch keine Entscheidung gefallen, wann und wo wir unsere Produktion wieder aufnehmen können.«

»Dann müssen wir also weiterhin hier bleiben?«

»Ja, vorläufig schon. Jedenfalls weiß ich nichts anderes.«

»Und müssen wir die Amerikaner immer noch fragen, wenn wir woanders hin wollen?«

»Ja, diese Vorschrift gilt unverändert. Die Amerikaner erlauben nicht, dass wir unsere Dörfer ohne deren Erlaubnis verlassen. Wobei uns das sicherlich weniger hart trifft, als diejenigen, die in Heidenheim leben.«

Erika erforschte derweil unbefangen sowohl den Hof als auch die Umgebung. Eigentlich fühlte sie sich ganz wohl.

»Wo warst du den ganzen Nachmittag?«, fragte Johanna immer wieder verblüfft, wenn Erika erst gegen Abend wieder auftauchte.

»Och, erst war ich bei den Kühen auf der Weide und dann habe ich auf der Streuobstwiese gespielt.«

Sie war gern allein.

»Vorhin, als ich losgegangen bin, hat die eine Bäuerin mir ein dick belegtes Schinkenbrot in die Hand gedrückt. Das hat sehr lecker geschmeckt.«

»Das freut mich für dich. Ich glaube, die beiden mögen dich wirklich gerne. Man hat fast den Eindruck, du bist ihr Ersatzkind«, meinte Johanna und sah ihre Tochter nachdenklich an.

Ihr war schon mehrfach aufgefallen, dass dem Mädchen keine argwöhnischen Blicke mehr folgten, wenn sie in Küche, Stall oder im Garten herum streunte.

Erika war ein Stadtkind, das ein Leben auf einem Bauernhof bisher nicht kannte. Doch sie mochte dieses neue Leben hier sehr. Es dauerte nicht lange, bis sie sämtliche Kühe und Schweine mit Namen kannte. Die Tiere waren ihr lieber als andere Kinder, deren Nähe sie nach wie vor mied. Statt einer Freundin erzählte sie ihrem Lieblingskälbchen von ihren Sorgen. Geduldigere Zuhörer gab es nicht, fand sie. Da die Erwachsenen allesamt mit ihren eigenen Angelegenheiten beschäftigt waren, behelligten die sie nicht. Das bescherte Erika viele Freiheiten, die sie liebte.

Kurze Zeit nach ihrer Ankunft gastierte ein kleiner Wanderzirkus in Heuchlingen. Erika war sofort Feuer und Flamme. Das war etwas ganz Neues und faszinierend Fremdartiges. Sofort bettelte sie ihre Mutter an, eine Vorstellung besuchen zu dürfen.

»Dafür haben wir wirklich kein Geld übrig«, lehnte Johanna zunächst ab.

Doch als sie das enttäuschte Gesicht ihrer Tochter sah, tat sie ihr leid. Das Kind hatte hier wirklich nicht viel Ablenkung.

»Also gut«, gab sie sich einen Ruck, »erkundige dich halt, wie viel es kostet.«

Tatsächlich betrug der Eintritt nur ein paar Groschen, sodass Johanna ihr ohne allzu schlechtes Gewissen über eine solche Verschwendung das Geld in die Hand drückte.

»Mach dir einen schönen Nachmittag und lass dich von den Zirkusleuten nicht einwickeln«, ermahnte sie ihre Tochter.

Erika empfand ein angenehmes Prickeln, als sie sich ohne Begleitung auf den Weg zum Zirkuszelt machte. Es war eine bunte und unbekannte Welt, deren schillernde Atmosphäre sie sofort in ihren Bann zog. Mit großen Augen saugte sie jede Kleinigkeit in sich auf: die glitzernde Dekoration unter dem Zeltdach genauso wie das fröhlich-bunte Kostüm des Clowns.

Vor allem der Auftritt der Seiltänzerin begeisterte sie. Überwältigt beobachtete sie deren federleichte Akrobatik und Grazie und wünschte sich nichts sehnlicher, als selbst einmal so tanzen zu können.

Damit hatte sie etwas gefunden, das sie in den kommenden Wochen vollkommen in Beschlag nahm. Sie dachte sich alle möglichen Übungen aus, von denen sie glaubte, sie würden sie zu einer ebenso leichtfüßigen Tänzerin machen wie ihr Vorbild im Zirkus. Mit Genugtuung bemerkte sie, dass ihr Handstand und Radschlag schon nach kurzer Zeit perfekt gelangen. Die Brücke rückwärts bereitete ihr dagegen einige Schwierigkeiten.

Doch gleichgültig ob Erfolg oder Misserfolg, sie behielt beides für sich. Sie wusste um die Skepsis ihrer Mutter und wollte ihr erst dann davon erzählen, wenn sie ihr Können auch vorführen könnte. Sie wollte sich ihren Traum von niemandem zerreden lassen.

Eines Tages entdeckte sie einen alten Baum am Ende einer Streuobstwiese. Er eignete sich perfekt zum Üben und Balancieren, weil er einen langen, nahezu waagerecht gewachsenen Ast, nicht allzu hoch über den Boden, hatte. Von nun an verbrachte sie dort die meiste Zeit und träumte sich in die glanzvolle Welt einer viel gefeierten Seiltänzerin. Sie hörte geradezu den tosenden Beifall ihrer imaginären Zuschauer. Dann verbeugte sie sich lächelnd und gewährte huldvoll eine Zugabe. Hätte Johanna sie dabei sehen können, wäre sie von der Anmut ihrer Tochter überrascht gewesen.

5

Anton und Sophie verschlug es an jenem Samstag, als die Deportierten auf Privatquartiere verteilt wurden, in ein ganz anderes Dorf als die Stockmüllers und die Kreuzingers: Ihr Armeelaster brachte sie in das kleine Örtchen Hermaringen. Anders als Heuchlingen, das auf der Heidenheimer Alb lag, befand sich Hermaringen unten im Tal der Brenz. Die freundliche und offene Landschaft gefiel beiden auf Anhieb gut.

»Es ist richtig schön hier«, stellte Sophie fest, als sie vom Laster aus die Gegend überblickte. Nur widerwillig gab sie das zu. »Diese üppigen Mischwälder und die grünen Hügel erinnern mich fast ein bisschen an Jena.«

»Ja«, pflichtete ihr Anton bei, »und das finde ich durchaus beruhigend.«

»Genau das ist es«, rief Sophie aus. »Es wirkt alles so friedlich. So, als hätte es hier nie Krieg gegeben.«

Anton geriet nach wie vor in Rage, sobald er über ihre so ungerecht empfundene Situation nachdachte. Trotzdem war er im Moment angesichts der Aussicht auf ein Privatquartier erleichtert.

»Hauptsache, wir kommen aus diesem unsäglichen Lager mit all seinen Wanzen und dem Stacheldraht raus. In den letzten Tagen habe ich mich gefühlt, als wären wir Sträflinge«, empörte er sich, als sie auf dem Laster saßen. »Dabei sind wir doch keines Vergehens schuldig.«

Sophie nickte.

»Von jetzt an können wir uns hoffentlich wieder freier bewegen, auch wenn wir leider noch nicht wirklich Herr unserer selbst sind.« Sie wussten bereits, dass sie sich zwei Mal pro Woche auf dem Gemeindeamt würden melden müssen.

Der Hermaringer Bürgermeister hatte bei seiner Begrüßung kurze Zeit später noch eine andere Ankündigung zu machen.

»Alle Deportierten aus Jena, die in unserer Gemeinde unterkommen, werden mittags und abends im »Gasthaus zum Lamm« gemeinsam verpflegt.« Ein Raunen ging durch die Reihen der Jenenser.

»Das Essen dort kann nur besser sein als das im Lager«, meinte Anton trocken.

Ein junges Mädchen zeigte dem Soldaten, der die Heuerlings kutschierte, schließlich den Weg zu einem großzügigen Hof.

»Oh, welch ein gepflegtes Anwesen«, meinte Sophie sofort anerkennend.

Auch Anton war positiv überrascht. Kaum waren sie von dem Laster gestiegen, kam eine alte Frau schwerfällig aus dem Wohnhaus auf sie zu. Ihr liebenswürdiges Gesicht stand in einem auffälligen Kontrast zu den strengen, zu einem Knoten zurückgebundene grauen Haaren.

»Grüß Gott! Was kann ich für Sie tun?«, fragte sie vorsichtig und blickte abwechselnd von Anton und Sophie zu den Soldaten und wieder zurück. »Was hat das alles zu bedeuten?«

Da die Deutschkenntnisse der Soldaten sehr gering waren, ließen sie Anton gern gewähren, als der sich anschickte, ihr den Sachverhalt in wenigen Worten zu erklären.

Die alte Frau schaute zu Sophie, der die Anstrengung der vergangenen Tage deutlich ins Gesicht geschrieben war. Voller Mitleid nahm sie Sophies Arm und schob sie vor sich her.

»Wir haben zwei schöne, leer stehende Gästezimmer oben im Haus. Dort können Sie vorerst wohnen und sich erholen. Sie sehen so aus, als bräuchten Sie das. Ich bin mir sicher, mein Sohn ist damit einverstanden.«

Obwohl längst ihre Kinder den Hof übernommen hatten, traf die Bäuerin diese Entscheidung unabhängig und selbstbewusst. Ihr Sohn, der jetzige Bauer, war mit dem Rest der Familie auf dem Feld. Und derweil kümmerte sie sich in alt vertrauter Manier um den Hof. Die Entscheidungen, die sie währenddessen traf, hatten für alle Geltung. Da sie den Fremden, die ihrem Hof offensichtlich zugewiesen worden waren, Unterkunft gewährte, würde auch der Bauer später nichts dagegen einzuwenden haben. Dass andere Schottianer die Ankunft in ihren Privatquartieren ganz anders erlebten, erfuhren Anton und Sophie erst viel später. In diesem Moment aber empfanden sie die entgegengebrachte Hilfsbereitschaft der Bäuerin als selbstverständlich.

Die wenigen Sachen der Heuerlings waren schnell in den beiden Räumen, die ihnen die Großmutter gezeigt hatte, verstaut. In einem der beiden Zimmer standen zwei Betten, ein Schrank und eine altmodische Frisierkommode. Der andere Raum würde ihnen als Wohnzimmer dienen.

»Wir haben genug Platz«, winkte die alte Frau ab, als sie ihnen die Räume zeigte. »Wenn Sie mit dem Auspacken fertig sind, kommen Sie doch runter in die Küche. Dann erkläre ich Ihnen alles Weitere.«

»Vielen Dank! Das ist sehr freundlich!«

Anton war währenddessen an eines der Fenster getreten, das weit offen stand, um die warme Sommerluft in die Räume zu lassen. Der dadurch entstandene Luftzug wirkte erfrischend. Plötzlich wurde Antons Blick ganz verzückt.

»Schau nur, wie schön«, rief er seiner Frau zu.

Gemeinsam blickten sie auf einen kleinen, etwas verwilderten Gemüsegarten, der hinter dem Haus angelegt war.

»Da gibt sich jemand viel Mühe, auch wenn mal wieder Unkraut gejätet werden müsste.«

»Und sieh nur den herrlichen Bauerngarten dahinter. Das ist ja ein wahres Blumenmeer. Und all die Obstbäume und diese saftig grüne Wiese.« Sophie konnte sich gar nicht satt sehen. Beiden fiel es schwer, sich von dieser Idylle loszureißen, um ihre Kisten und Koffer auszupacken.

»Man könnte sich glatt wie in der Sommerfrische fühlen«, fand Sophie. Nach den vergangenen Tagen war sie unendlich erleichtert, in einem so gepflegten und schönen Anwesen Unterkunft gefunden zu haben.

»Ja, wenn das unser Urlaubsort wäre, würden wir uns vermutlich auf erholsame Ferientage freuen«, analysierte Anton. Dann verdüsterte sich sein Gesichtsausdruck.

»Aber unter den Bedingungen, unter denen wir hierher gekommen sind, ist das alles eine himmelschreiende Ungerechtigkeit.« Seine Stimme klang hart und er ballte wütend seine Hände zu Fäusten.

»Sei lieber froh, dass wir hier untergekommen sind. Es hätte uns schlechter treffen können.« Langsam nervten Sophie die Wutausbrüche ihres Mannes.

Die beiden brauchten nicht lange, um festzustellen, dass das alte Bauernhaus, das Wohnräume, Stallungen und Scheune unter einem Dach verband, bis in den hintersten Winkel penibel gepflegt war.

»Ich habe den Eindruck, dass der Bauer zu den Wohlhabenden hier im Dorf gehört«, meinte Sophie, als sie auf dem Weg zur Küche waren. »Ich bin gespannt, was er für ein Mensch ist.«

Sie lernten ihn erst spätabends kennen. Er arbeitete den ganzen Tag auf dem Feld und als er zurückkehrte, waren Anton und Sophie bereits auf dem Weg zum Abendessen im »Gasthaus zum Lamm«.

Dort berichteten die in Hermaringen Untergebrachten lebhaft von ihren ersten Eindrücken und es wurde schnell klar, dass die Privatquartiere ganz unterschiedlich waren. Aber immerhin würde das Essen für alle gleich sein.

Der Wirt vom »Lamm« betrieb außer seinem Gasthof eine Fleischerei, was sich auf die Größe der Fleischportionen positiv auswirkte.

»Gegen diese Art der Gemeinschaftsverpflegung habe ich nichts einzuwenden«, meinte Anton nach dem Essen anerkennend und stand mit dieser Einschätzung nicht allein. »Hier werden wir wenigstens satt.«

»Setzen Sie sich doch auf einen Schoppen zu uns.«

Der Bauer winkte die Heuerlings zu sich in den Garten, als diese aus dem Gasthof zurückkehrten. »Dann können wir uns ein bisschen kennenlernen.«

»Also gut«, willigte Anton ein, »aber nicht lange. Wir sind sehr müde.« Er wollte nicht unhöflich sein und stimmte nur deshalb zu.

»Ich hole Ihnen einen Glas Apfelmost.«

Der Bauer stand auf.

»Setzen Sie sich doch auf die Bank hier.« Er wies auf die alte Holzbank, die unmittelbar am Stamm eines Obstbaumes angelehnt stand und auf der bereits seine Frau saß und verschwand dann im Keller.

»Wissen Sie, wir lassen im Sommer gerne den Tag hier mit einem Schoppen Most ausklingen. Es ist eine so verwunschene Stimmung«, schwärmte die Bäuerin.

Sophie sah sich um. Die Farbenpracht unzähliger Blumen war selbst im schwächer werdenden Licht noch ein wahrer Augenschmaus und die Luft war schwer vom Blumenduft.

»Wenn man eine Weile hier gesessen hat, wird man ganz ruhig, vergisst alle Probleme und kann dann hervorragend einschlafen«, betonte die Bäuerin mit einem Seitenblick auf Anton.

»Hier, bitte schön, nehmen Sie!« Der Bauer kam mit einem Glas in jeder Hand aus dem Keller zurück, wo er ein großes Fass mit selbst gekeltertem Most lagerte.

»Vielen Dank!«

Sophie nippte an dem Glas. Das moussierende, leicht gärende Getränk wirkte schneller als erwartet und besänftigte zusätzlich ihre Gemüter. Selbst Anton konnte sich dieser Magie nicht entziehen. Er spürte wie sich seine Nerven entspannten. In dieser Nacht schlief er so tief wie schon lange nicht mehr.

6

Nach ein paar Tagen tauchte Erich Schott zum ersten Mal in Hermaringen auf. Sobald die Amerikaner es ihm erlaubten, machte er sich von nun an immer wieder auf den Weg in die verschiedenen Örtchen, um seine Mitarbeiter zu besuchen. Er wollte wissen, wie es ihnen ging und ihnen gleichzeitig Mut zusprechen, denn er fühlte sich für sie verantwortlich.

Sie saßen alle im gleichen Boot: Während Erich Schott versuchte, Optimismus zu verbreiten, unterstützten ihn die anderen Deportierten mit Lebensmitteln. Denn die Versorgung in Heidenheim gestaltete sich ungleich schwieriger als auf den Bauernhöfen. Die dort Untergekommenen wurden zwar mittags ebenfalls in einer Gaststätte verpflegt, doch längst nicht so üppig und gut wie in Hermaringen, sodass viele der Männer nicht richtig satt wurden. Ansonsten waren sie ausschließlich auf ihre Lebensmittelkarten angewiesen, ohne auf großzügige Wirtsleute hoffen zu können.

Jedes Mal, wenn Erich Schott eines der Dörfer besuchte, gab es ein großes Hallo. Manchmal kam er allein, ab und zu brachte er auch seine Frau und seinen Sohn mit und immer sprach sich seine Ankunft schnell herum. Alle lechzten nach Neuigkeiten und wollten wissen, wie es weitergehen würde.

»Wann können wir zurück nach Jena?«

»Wie lange müssen wir noch nichts tuend hier ausharren?«

»Haben Sie Informationen aus dem Glaswerk?«

Es waren immer dieselben Fragen, mit denen sie ihren Chef bedrängten und die Schottianer hingen regelrecht an Erich Schotts Lippen, um seine Antworten zu deuten.

Doch eigentlich hatte dieser trotz seines ständigen Kontaktes zu den Amerikanern nichts Neues mitzuteilen. Denn diese hielten auch ihn hin.

»Wir wissen gar nicht, was ihr Deutschen immer tun wollt. Es ist so schönes Wetter, geht doch spazieren«, bekam Erich Schott einmal sogar zur Antwort. Es war einfach zum Verrücktwerden.

Hatten die Amerikaner überhaupt konkrete Vorstellungen, was mit den Schottianern passieren sollte? Immer mehr Deportierte zweifelten daran.

Erich Schott blieb nichts anderes übrig, als seine Leute fortwährend zu beschwören, die Hoffnung nicht aufzugeben.

»Wir dürfen den Kopf nicht hängen lassen!«

Dabei kam ihm der Optimismus vermutlich selbst mitunter abhanden, denn die Hinhaltetaktik der Amerikaner zermürbte auch ihn. Erich Schott waren die Hände gebunden, denn trotz seiner Position als ehemaliger Geschäftsführer war er denselben Restriktionen unterworfen wie seine Mitarbeiter. Auch er durfte Heidenheim ohne amerikanische Genehmigung nicht verlassen.

Die Deportation war für alle ein permanentes Wechselbad der Gefühle. Viele Schottianer, unter ihnen Karl und Otto, lobten den Einsatz ihres Chefs, gleichzeitig gab es aber auch Deportierte, die sein Verhalten kritischer sahen. Hierzu gehörte auch Anton.

»Er hat trotz allem immer und für jeden ein freundliches Wort übrig«, sagten die einen, »und versucht Missstände in unserem Sinne zu verbessern, obwohl es ihm selbst nicht besonders gut geht.«

»Ich mache Erich Schott persönlich dafür verantwortlich, dass wir alle hierher entführt worden sind«, beharrte dagegen Anton auf seiner Meinung. Er klang unversöhnlich und hart, auch wenn er sich nicht traute, offen zu rebellieren.

Die schöne Landschaft und das herrliche Sommerwetter konnten nur unzureichend vom erzwungenen Müßiggang ablenken. Vor allem die Männer litten unter der Tatenlosigkeit. Nicht nur für Otto, Karl und Anton war deshalb die Ernte ein wahrer Segen. Die körperlich harte Arbeit machte sie wenigstens so müde, dass sie abends schnell erschöpft einschliefen.

Aber auch die Frauen versuchten sich in den Küchen und Gärten ihrer Wirtsleute nützlich zu machen. Sogar Johannas Mithilfe war in diesen Erntewochen willkommen. Sie nahm die dafür angebotene frische Milch und das Gemüse mit wachsender Selbstverständlichkeit an.

»Schließlich habe ich dafür gearbeitet«, dachte sie und war froh, den beiden Schwestern nichts schuldig zu bleiben. Nach wie vor mochten sich die drei Frauen nicht.

Vielmehr Glück hatten dagegen Agnes als auch Sophie, die beim gemeinsamen Kochen, Backen und Saubermachen bald schon ein freundschaftliches Verhältnis zu »ihren« Bäuerinnen aufbauen konnten.

7

Es war einer dieser herrlichen Sommernachmittage, die eigentlich dazu geschaffen waren, faul unter einem Apfelbaum im Gras zu liegen, als Sophie stattdessen in der Küche vor einem riesigen Berg reifer Kirschen saß. Gemeinsam mit der Bäuerin wollte sie das Obst entsteinen und zu Kompott verarbeiten. Die Üppigkeit der prallen, tiefroten Früchte ließ sie unvermittelt an ihren eigenen Garten denken.

»Wenn Sie wüssten, was für ein großer Kirschbaum hinter unserem Haus in Jena steht«, schwärmte Sophie und bekam einen verklärten Gesichtsausdruck. »Die Großmutter meines Mannes hatte ihn einst aus einem Kirschkern selbst gezogen. Oh, diese herrlichen Früchte, die müssten Sie einmal probieren. Richtig dicke Knorpelkirschen. Aromatisch und saftig süß. Einfach fantastisch.« Sie konnte gar nicht mehr aufhören. »Die sind jetzt gewiss auch reif.« Unvermittelt wurde Sophies Blick traurig. Alle Leichtigkeit war weggeweht.

Die Bäuerin, die den abrupten Stimmungswandel gespürt hatte, erwiderte nichts, sodass beide eine Weile schweigend weiterarbeiteten. Nur das Klackern der gepulten Kirschkerne war zu hören, wenn diese in die Schüssel fielen.

»Erzählen Sie mir doch ein wenig von Jena. Wie ist diese Stadt denn so?« Die Bäuerin hatte das Gefühl, dass es Sophie vielleicht gut tun würde, von zu Hause zu erzählen. »Also, ich bin noch nie dort gewesen. Überhaupt bin ich bisher hier aus unserem Sprengel noch nicht viel herausgekommen.«

Sophie ging nur zu gern darauf ein. »Ach Jena, das ist eine schöne Stadt«, seufzte sie. Als hätte die Bäuerin den richtigen Knopf erwischt, kam Sophie sogleich ins Schwärmen.

»Wissen Sie, es hat so etwas Liebliches und Gemütliches an sich. Die Menschen sind ausgesprochen freundlich und gesellig. Eigentlich kann man sie in drei große Gruppen einteilen: die Universitätsangehörigen, die Zeissianer und die Schottianer. Alle zusammen prägen das Gesicht der Stadt. Irgendwo gehört man dazu. Mit allen Pflichten und Rechten. Man kennt sich und man hilft sich. Das ist selbstverständlich.«

Die Begeisterung sprudelte förmlich aus ihr heraus.

»Die Stadt ist nicht zu groß und nicht zu klein. Und im Sommer ist es herrlich grün überall. Wussten Sie, dass in Jena sogar Wein angebaut wird?

Allerdings ist das heutzutage nicht mehr besonders bedeutsam. Aber früher gab es einige Weinbauern.«

Wieder machte sie eine kurze Pause.

»Und, wir haben unser eigenes Paradies!«, fügte Sophie triumphierend hinzu und musste schmunzeln, als sie den verwunderten Gesichtsausdruck der Bäuerin sah.

»Na ja, nicht wirklich. Eigentlich ist es nur ein Teil der Saaleaue und ein Bahnhof, der danach benannt wurde. Aber der Park ist wirklich wunderschön.«

Die Bäuerin hatte von dem Aufschneiden der Kirschen blutrote Finger bekommen. Die Schüssel auf ihrem Schoss füllte sich langsam mit den entsteinten Früchten. Sie war eine gute Zuhörerin und ließ Sophie reden, während sie selbst arbeitete. Nur ab und zu nickte sie aufmunternd oder stellte eine kurze Nachfrage, wenn das Gespräch drohte, ins Stocken zu geraten.

Es tat Sophie gut, sich ihr früheres Leben in Jena in schillernden Farben vorzustellen. Die Kirschen vor sich hatte sie dabei völlig vergessen. Es wurde ihr erst bewusst, als die Bäuerin aufstand, um ihre mittlerweile randvolle Schüssel gegen eine leere auszutauschen.

»Meine Güte, jetzt habe ich die ganze Zeit nur geredet … und dabei keine einzige Kirsche entsteint.« Beschämt blickte Sophie zur Bäuerin. »Das tut mir wirklich leid. Und vermutlich habe ich Sie damit auch noch gelangweilt.«

»Ach, überhaupt nicht.«

Die Bäuerin lachte herzhaft und machte eine wegwerfende Handbewegung.

»Ich fand es richtig spannend und habe jetzt fast das Gefühl, Jena ein bisschen zu kennen.«

Sie nickte Sophie aufmunternd zu.

»Es klingt so, als wäre diese Stadt ein wunderschöner Ort.«

»Ja, das ist Jena wirklich.« Sophie lächelte verklärt. Ihr Heimweh war ein wenig erträglicher geworden.

»Ich danke Ihnen, dass Sie mir zugehört haben«, sagte sie schlicht.

Antons Haut hatte bereits nach ein paar Tagen Feldarbeit bei beständigem Hochsommerwetter einen satten Goldbraunton angenommen. Dadurch sah er vollkommen erholt aus – viel besser, als er sich fühlte. Kollegen, die aus Heidenheim nach Hermaringen kamen, blickten ihn voller Neid an.

»Das ist ja unverschämt, wie erholt und ausgeruht Sie aussehen. Als hätten Sie sechs Wochen Sommerferien hinter sich. Wie haben Sie das denn angestellt?«

»Alles harte Arbeit«, flachste Anton doppeldeutig zurück.

Er trug sein Herz nicht auf der Zunge, sodass Außenstehende keine Ahnung davon hatten, wie groß sein Groll, vor allem auf Erich Schott, tatsächlich war. Denn trotz ihrer vergleichsweise angenehmen Situation in Hermaringen, verdarb ihm sein Heimweh alles. Doch über seine wahren Gefühle sprach er nur mit Sophie. Seine Arbeitskollegen ahnten nichts davon.

»Hast du schon gehört? Von den Zeiss-Leuten hat sich einer heimlich zurück nach Jena durchgeschlagen. Und ein anderer soll sich sogar das Leben genommen haben.« Sophie hatte beim Einlösen ihrer Lebensmittelmarken im Krämerladen von einer Bekannten den neuesten Klatsch erfahren.

»Kann ich beides gut verstehen«, antwortete Anton heftig. »Am liebsten würde ich dem Zeissianer, der sich abgesetzt hat, auf den Fersen folgen. Was glaubst du wohl, was ich mir jeden Abend im Bett ausmale.« Sein Pflichtgefühl meldete sich: »Trotzdem geht das nicht! Wer weiß, was die Amis sich jetzt für uns überlegen. Schließlich haben sie eindeutig klar gemacht, dass sie die gelockerten Ausgangsregeln sofort wieder verschärfen, sollten Einzelne auf die Idee kommen, sich abzusetzen.«

Anton schaute nachdenklich.

»Und ich will – ehrlich gesagt – nicht dafür verantwortlich sein, dass meine Kollegen wegen uns Repressionen erleiden müssen. Das geht einfach nicht.«

Sophie nickte zustimmend. »Ich verstehe dich. Das ist eine Sache der Ehre. Wir können uns hier nicht einfach heimlich absetzen.«

Darüber hatten sie schon oft nachgedacht: Sie würden nichts Unehrenhaftes unternehmen, das zu Lasten der anderen Deportierten ging. Soviel stand fest. Auch wenn ihr größter Wunsch dadurch vielleicht nicht so schnell in Erfüllung gehen würde. Aber sie waren der festen Überzeugung, dass es einen offiziellen Weg zurück nach Jena geben musste. Antons Gesicht nahm einen andächtigen Ausdruck an, als er feierlich versprach:

»Du kannst mir glauben. Ich werde alles unternehmen, um diesen offiziellen Weg zu finden.«

Eine kleine Pause entstand, in der beide ihren Gedanken nachhingen.

»Ich bin mir sicher, dass die Zonengrenzen der Alliierten als unmittelbare Folge des verlorenen Krieges zu sehen sind. Deshalb können sie nur eine vorübergehende Sache sein. Irgendwann werden alle wieder nach Hause gehen und wir Deutschen haben unser Land wieder, sodass man auch reisen kann, wo immer man hin will.«

»Ja, das glaube ich auch«, stimmte Sophie zu. »Es wird nur eine Frage der Zeit sein, bis wir wieder problemlos nach Jena fahren und dort bleiben können.«

Beide klammerten sich an diese Hoffnung, die ihnen die Kraft gab durchzuhalten. Und mit dieser Einschätzung standen sie beileibe nicht allein. Wohl nur die wenigsten Menschen konnten sich im Sommer 1945 vorstellen, dass es im Laufe der kommenden Wochen und Monate zu einer immer stärkeren Abriegelung entlang der Demarkationslinie kommen würde.

Neue Perspektiven

1

Ein erster Streif am Horizont tat sich auf, als Erich Schott die Möglichkeit bekam, seine arg dezimierte Geschäftsleitung sowie einige seiner Wissenschaftler in den Räumen der Heidenheimer Maschinenfabrik J. M. Voith unterzubringen. Die Zeissianer hatten den entsprechenden Kontakt hergestellt. Zunächst bekamen die Jenenser einen großen Raum im Dachgeschoss zugewiesen, von dem die Schottleute rund dreißig Quadratmeter nutzen konnten. Sie waren überglücklich. Da die Mitarbeiter der Geschäftsführung größtenteils in Heidenheim untergebracht worden waren, gehörten sie zu denjenigen, die bisher am wenigsten hatten tun können. Die Aussicht auf eine sinnvolle Beschäftigung, die mit ihrer alten Tätigkeit zusammenhing, gab ihnen neuen Sinn und allen anderen neue Hoffnung. Endlich passierte etwas!

Obwohl sie nun Räumlichkeiten gefunden hatten, konnte trotzdem nicht gleich mit der Arbeit begonnen werden: Der Fabrikraum war unmöbliert. Zunächst brauchten sie also wenigstens ein paar Tische und Stühle sowie auch einige Regale oder Schränke. Da der Krieg allerdings erst vor Kurzem geendet hatte, stellte jede Form der Materialbeschaffung eine echte Herausforderung dar. Doch die Hilfsbereitschaft war genauso groß wie die Fantasie. So entstand ein Schreibtisch aus zwei Holzböcken mit einer quer aufgelegten Holzplatte, als Sitzgelegenheiten konnte man stabile Kisten verwenden und ein Regal ließ sich leicht aus ausrangierten Obstkisten bauen. Teilweise halfen sowohl die Amerikaner als auch die Firma Voith. Die Schottianer bekamen von Letzterer nicht nur ein paar »richtige« Stühle, sondern sogar eine alte Schreibmaschine.

Bald saß Erich Schott mit seinen engsten Vertrauten auf der einen Seite des Dachraumes und versuchte fortan, von dort aus die Lage zu sondieren und alte Kontakte zu beleben. Auf der anderen Seite versuchten einige Wissenschaftler an ihre alten Forschungsarbeiten aus Jena anzuknüpfen. Unter ihnen auch eine der beiden weiblichen Deportierten, die bereits in Jena sehr erfolgreich an der Entwicklung neuer Gläser gearbeitet hatte.

Ihre Arbeitsbedingungen waren allerdings noch weitaus unzulänglicher als die der Verwaltungsleute auf der anderen Seite. Sie hatten weder ein Versuchslabor noch notwendige Messinstrumente. Vorerst blieben sie also auf theoretische Grundlagenarbeit beschränkt, die in den offenen und beengten Räumlichkeiten jedoch auch deshalb schwer fiel, weil konzentriertes Denken nahezu unmöglich war. Die Situation verbesserte sich erst, als ihnen in der Konstruktionsabteilung der Firma Voith ein Plätzchen frei geräumt wurde. Vor allem deren mechanische Rechenmaschine sowie verschiedene mathematische Tabellen, die sie mitbenutzen durften, erleichterten ihnen von nun an erheblich die Arbeit.

Ganz klar, es ging aufwärts!

2

»Heute ist ein Brief aus Jena angekommen.«

Agnes Stimme überschlug sich förmlich vor Freude, als sie, mit dem Kuvert in der Hand, ihrem Mann entgegen lief. Es war später Nachmittag als Karl vom Feld zurückkam. Noch bevor der Leiterwagen ganz zum Halten gekommen war, sprang er hinunter, um direkt vor Agnes Füßen zu landen.

»Zeig mal her! Von wem ist er denn? Von deinem Bruder?«

»Ja. Er muss ihn schon ein paar Tage, nachdem wir abgefahren sind, geschrieben haben. Der Brief war also wochenlang unterwegs. Seitdem wird sich wieder vieles getan haben. Aber Hauptsache, er ist angekommen und wir haben ein Lebenszeichen von ihm. Soweit scheint alles in Ordnung zu sein. Aber lies doch selbst!«

Agnes drückte Karl den Brief in die Hand.

»Was schreibt er denn? Sind alle wohlauf?« Karl faltete das Briefpapier auseinander und begann zu lesen.

Ihr Lieben, hoffentlich seid ihr alle wohlauf und gesund. Nachdem ich endlich erfahren habe, dass ihr nach Heidenheim an der Brenz gebracht worden seid, setze ich mich gleich hin, um euch diese Zeilen zu schreiben. Ich hoffe, sie werden euch erreichen. Uns geht es den Umständen entsprechend gut, auch wenn der Vater offensichtlich immer noch unter eurem Weggang leidet.

Mittlerweile haben hier die Russen tatsächlich das Regiment übernommen. Kaum hatten alle Amerikaner die Stadt verlassen, rückten die Soldaten der »Roten Armee« am 1. Juli mit Sack und Pack nach. Und das meine ich wörtlich. Ich habe selbst gesehen, wie sie mit Planwagen hier durch die Stadt gefahren sind, an denen der unterschiedlichste Hausrat hing und die von Pferden gezogen wurden. Panzer waren natürlich auch dabei, genauso wie Lastwagen. Selbst Bettgestelle und Fahrräder hingen an den russischen Lastern. Könnt ihr euch das vorstellen? Ich möchte nicht wissen, wo das alles herkommt. Aber ich kann es mir lebhaft vorstellen, denn die Soldaten nehmen sich auch hier alles, was sie brauchen können: Autos und Möbel genauso wie Spirituosen, Mehlsäcke oder lebende Kühe und Schweine.

Gleich nach ihrer Ankunft haben die Russen zahlreiche Privatwohnungen konfisziert. Die bisherigen Bewohner mussten sehen, wo sie bleiben und sich anderswo Unterkünfte suchen. Überall in der Stadt sieht man Ausquartierte und Flüchtlinge, die mit ihren Handwagen oder Karren unterwegs sind, auf denen sich nur Wäsche und Kleidung befindet.

Leider haben die Russen auch eure Wohnung requiriert. Nur durch Zufall habe ich gerade noch rechtzeitig davon erfahren, sodass ich gleich hingefahren bin und versucht habe, möglichst viele eurer Sachen herauszuholen, bevor irgendwelche Flüchtlinge aus Ostpreußen in eure Wohnung gesetzt worden sind. Vor allem das gute Porzellan von unserer Mutter, Briefe und Unterlagen aus dem Schreibtisch und eine Reihe anderer Kleinigkeiten lagern jetzt in unserem Keller und warten auf eure Rückkehr. Ich habe mich aber nicht getraut, größere Möbel mitzunehmen oder gar alles rauszuräumen, da es ausdrücklich verboten worden war. Ihr müsst euch also diesbezüglich auf einige Verluste einstellen. Es tut mir wirklich leid …«

Karl schaute entgeistert auf und suchte Agnes Blick. Sie nickte traurig.

»Ja, es sieht so aus, als hätten wir einiges verloren. Vor allem unser gesamtes Schlafzimmer, den großen Wohnzimmerschrank, den blauen Sessel …« Sie machte eine hilflose Geste.

»Aber vielleicht sind die Flüchtlinge ja schon wieder aus unserer Wohnung verschwunden, wenn wir zurückkommen«, suchte sie nach einem Strohhalm.

»Mach dir mal nicht zu viel Hoffnung. Das sind doch selbst arme Schlucker, die alles verloren haben und froh sein werden, nicht nur ein Dach über dem Kopf zu haben, sondern bestimmt auch alles, was drinnen ist, gut gebrauchen können.«

»Vermutlich hast du recht«, nickte Agnes traurig. Dann fiel ihr etwas anderes ein: »Aber, falls es dich tröstet, wir sind nicht die Einzigen: Ich habe gehört, dass auch die schöne Villa von Dr. Schott vom Wohnungsamt konfisziert und sogar in vier Wohnungen unterteilt worden ist. Stell dir mal vor, wie viele Menschen da jetzt wohnen! Das ist doch fürchterlich!«

»Ja! Und Dr. Schott hat bestimmt wertvollere Sachen zurücklassen müssen als wir mit unserem alten Kram.«

Karl blickte auf den Brief, den er immer noch in seiner Hand hielt und merkte, dass er ihn noch nicht zu Ende gelesen hatte. »Trotzdem tut es mir um unsere Sachen leid«, murmelte er, bevor er weiter las.

... Genauso wie die Amerikaner haben auch die Russen umgehend die Werke von Zeiss und Schott besetzt. Seitdem wehen rote Fahnen am Zeiss-Hochhaus und der Schott-Kantine. Beide Werke stehen jetzt wohl unter der Befehlshoheit eines sogenannten russischen Hauskommandanten und man hört, dass auch die Russen viele neugierige Fragen an die Mitarbeiter hatten und sie stundenlang verhört haben.

Die Produktion wurde aber ziemlich schnell wieder hochgefahren. Darüber haben sich hier alle gewundert, waren aber auch sehr erleichtert.

Und die Russen helfen sogar so gut sie können. Ganze Güterzüge voll mit Steinkohle sind nach Jena umgeleitet worden, genauso wie andere Rohstoffe. Jedenfalls haben sie im Glaswerk alles Notwendige wie Quarzsand, Soda, Pottasche und Bor-Verbindungen. Offenbar haben die Russen ein großes Interesse daran, dass wieder Glas hergestellt wird. Aber das ist ja auch kein Wunder, so weltberühmt wie unser Jenaer Glas ist. Allerdings werden die fertigen Gläser alle gleich in die Sowjetunion geschickt, was schade ist, weil wir jedes Stück auch hier gut gebrauchen könnten.

Ich hoffe, wir hören bald von euch.

Herzlichst eurer Wolfgang

»Das, was dein Bruder über das Glaswerk schreibt, hört sich eigentlich gar nicht so schlimm an, wie wir befürchtet haben«, meinte Karl, nachdem er zu Ende gelesen hatte.

Agnes nickte.

»Ja, und das deckt sich mit dem, was andere von ihren Angehörigen erfahren haben. Alle sind angeblich überrascht, wie schnell es wieder aufwärts geht im Werk. Und die bekommen sogar Lohn von den Russen, stell dir vor.«

»Ja, das habe ich auch schon gehört. Es soll eigentlich eine ganz gute Stimmung und Arbeitsmoral herrschen. Dieser russische Hauskommandant hat wohl für alle Mitarbeiter eine neue einheitliche Arbeitszeit eingeführt. Jetzt ticken die Uhren nach der osteuropäischen Sommerzeit und alle müssen von 7:30 Uhr morgens bis nachmittags 16:30 Uhr arbeiten.«

»Dann scheint ja nicht mehr die Gefahr zu bestehen, dass die Russen den Rest des Glaswerks auch noch demontieren, wie es so viele befürchtet hatten und wie es anderswo derzeit ja auch passiert«, meinte Agnes.

»Nee, glaube ich auch nicht. Ich habe gehört, dass sie immer mehr im Glaswerk bestellen und auch ordentlich bezahlen. ›Russenaufträge‹ nennen sie die mittlerweile.« Karl überlegte: »Vielleicht haben sie ja eingesehen, dass sie das Glaswerk, so wie es ist, brauchen. Uns kann es nur recht sein. Dann haben wir nämlich Arbeit.«

3

Anton wurde richtig neidisch, als er die Neuigkeiten aus Jena hörte.

»Wenn ich lese, wie problemlos die Arbeit im Werk anläuft und sie es kaum schaffen, ihre Aufträge zu erfüllen, könnte ich vor Neid schwarz werden. In Jena müsste ich sein! Dort bräuchte ich nicht aus lauter Verzweiflung einem Bauern auf dem Feld zu helfen. Dort könnte ich meine eigentliche Arbeit machen. Ich hätte so viel zu tun.« Er ballte seine Faust.

»Und, was machen wir stattdessen? Wir sitzen hier tatenlos herum und drehen das Heu. Es ist nicht zu fassen!« Seine Faust donnerte mit Wucht auf den kleinen, runden Tisch in ihrem »Wohnzimmer«, sodass er bedenklich wackelte.

»Wie gerne würde ich beim Wiederaufbau unseres Werkes helfen – in Jena!« Antons Gesicht hatte einen verbitterten Ausdruck angenommen.

»Was wir hier machen, ist alles völlig sinnlos.«

»Jetzt beruhige dich erst mal. Bestimmt arrangieren sich die Amerikaner bald mit den Russen.« Sophie legte beschwichtigend ihre Hand auf Antons Faust.

»Und dann werden wir sicherlich nach Jena zurückgeschickt. Das macht doch alles keinen Sinn. Das werden auch die Amerikaner einsehen. Wenn ich bedenke, welche Schwierigkeiten die haben, um ein paar läppische Tische und Stühle zu organisieren, werden sie bald merken, wie schwer es ist, eine ganze Produktion aus dem Boden stampfen zu wollen. Spätestens dann werden sie uns nach Hause schicken. Hab Geduld.«

4

Kompliziert waren die rechtlichen Eigentumsfragen an Häusern und Grundstücken. Da die Deportierten davon ausgingen, über kurz oder lang nach Jena zurückzukehren, wollten sie ihre Eigentumsrechte rechtzeitig geltend machen. Sie fanden im Syndikus von Schott einen uneigennützigen Helfer, der ihnen mit seinem juristischen Fachwissen beistand und versuchte, sich in ihrem Sinne einzusetzen. Jedoch hatte er nicht immer Erfolg.

Der schlechte Ruf, der den Russen gemeinhin vorauseilte, schien sich zu bestätigen, als in den Briefen auch von Vergewaltigungen und Plünderungen die Rede war. So sorgte der Fall eines Professors in Jena für Aufsehen, der auf offener Straße von russischen Soldaten geschlagen und angeschossen worden war, weil er einem 14-jährigen Mädchen zu Hilfe kommen wollte, das von Soldaten brutal bedrängt worden war und sich nicht wehren konnte.

Vor allem während der ersten Wochen der sowjetischen Machtübernahme häuften sich ähnlich furchtbare Übergriffe, denen vor allem deutsche Frauen zum Opfer fielen. Als sie drohten, Überhand zu nehmen, griff der russische Stadtkommandant streng durch: Erwischte Übeltäter mussten mit drakonischen Strafen rechnen. Natürlich sorgten solche Geschichten für lebhaften Gesprächsstoff unter den Deportierten.

»Wenn ich mir überlege, dass unsere Elisabeth nur wenig älter ist als dieses arme Mädchen«, zeigte sich Agnes eines Abends entsetzt. »Was sind das nur für Unmenschen, die einen armen Professor einfach anschießen, nur weil er einem Kind helfen wollte.«

»Es ist wirklich schlimm und du kannst mir glauben, dass ich heilfroh bin, dass wir das nicht erleben müssen. Alleine wegen unserer Töchter!«

Als Karl dabei seine Frau ansah, fiel ihm auf, wie hübsch sie immer noch war. »Und natürlich wegen dir«, fügte er lächelnd hinzu. »Ich hätte permanent Angst um euch drei. Es soll ja sogar vorgekommen sein, dass Russen sich einfach Zutritt zu Wohnungen verschafft haben, wenn sie wussten, dass dort Frauen allein lebten. Stell dir das doch mal vor!«

»Es soll aber auch ganz nette Russen geben. Frau Meier hat von ihrer Schwester gehört, dass ihr ein russischer Soldat ganz galant geholfen hat, als sie irgendeine schwere Kiste quer durch Jena schleppen musste. Er hat sie sogar in seinem Wagen nach Hause gebracht und die Kiste in die Wohnung getragen und sich dann anständig verabschiedet. Sie wusste wohl gar nicht wie ihr geschieht«, berichtete Agnes vom Klatsch der anderen.

»Natürlich hast du recht. Es gibt überall und in jeder Nation anständige und weniger anständige Menschen. Auch bei den Amis gibt es bestimmt schwarze Schafe. Wir können von Glück reden, dass uns bisher noch keines davon über den Weg gelaufen ist.«

5

»Wusstest du eigentlich, wie viele verschiedene Vogelstimmen schon ganz früh morgens zu hören sind?« Clara war völlig begeistert. »Die sind mir früher in Jena nie aufgefallen. Es ist noch nicht richtig hell, da fangen sie schon an. Ich glaube, die unterhalten sich richtig miteinander.«

Ihre Mutter lachte.

»Ja, Amseln tun das.«

»Wenn ich ihnen zuhöre, male ich mir immer aus, was die sich wohl zu erzählen haben.« Clara verstellte ihre Stimme: »Oh, ich konnte die ganze Nacht nicht schlafen, weil mein Vogelkind Durchfall hatte.« Sie kicherte.

»Das macht richtig Spaß!«

Agnes stupste ihrer Tochter auf die Nasenspitze. »Und dann dieser Luxus: Obwohl du geweckt wirst, drängt dich keiner aufzustehen, weil du keine Schule hast.«

»Ja, das ist natürlich das Beste!« Clara grinste zufrieden.

Tatsächlich ging es ihr auf dem Hof des Kirchenbauern einfach prächtig. Von Anfang an genoss sie es. Sie hatte das Gefühl, unbeschwerte Sommerferien auf dem Land zu verleben.

»Mutti, es ist so schön hier.«

Jeden Abend sprudelten die Eindrücke des Tages regelrecht aus ihr heraus und sie erzählte voller Begeisterung davon, wenn Agnes sie abends zu Bett brachte.

»Es gibt so viel zu entdecken. All die Tiere! Das ist herrlich! Mit ein paar von ihnen habe ich schon Freundschaft geschlossen.«

»So, wirklich?« Agnes musste schmunzeln. Sie war erleichtert, dass ihre Jüngste Jena offenbar überhaupt nicht hinterher trauerte.

»Denkst du denn gar nicht mehr an Jena?«

»Nö, überhaupt nicht«, antwortete Clara spontan. »Was sollte ich denn vermissen? Ihr seid hier, das ist das Wichtigste.« Sie drückte sich an ihre Mutter und gab ihr einen dicken Kuss.

»Und den Kirchenbauern und seine Familie mag ich auch. Die sind alle so nett zu mir.«

Sie überlegte kurz.

»Außerdem kann ich den ganzen Tag lang durch alle Ställe und über sämtliche Wiesen und Felder streunen. Und überall gibt es was Spannendes zu entdecken. Das ist doch toll!« Voller Überschwang wirbelte sie ihre Ärmchen umher, dann kam ihr plötzlich ein unangenehmer Gedanke.

»Muss ich hier eigentlich auch irgendwann zur Schule gehen?«

»Oh, ja! Ganz bestimmt!«, betonte ihre Mutter sofort.

Clara machte ein enttäuschtes Gesicht.

»Schade! Ich habe gehofft, solange wir hier sind, gibt es keine Schule.«

»Also ehrlich gesagt, weiß ich nicht, wann und wo du wieder zur Schule gehen wirst. Und jetzt sind erst einmal Sommerferien, die vielleicht etwas länger dauern als sonst. Es hängt ja auch davon ab, wie lange wir hier bleiben. Das wissen wir selbst nicht. Aber fest steht, dass du wieder zur Schule musst, egal ob hier oder anderswo.«

Clara nickte unzufrieden. Dann zuckte sie mit ihren Schultern und rutschte unter die Decke.

»Na ja, vorerst habe ich ja noch frei.«

Clara hatte sich angewöhnt, morgens nach einer Katzenwäsche als erstes eine Runde durch die Ställe zu drehen, um »ihren« Tieren »Guten Morgen« zu sagen. Sämtliche Kühe, Hühner und Schweine waren von ihr »adoptiert« worden und sie hatte die Katzenmama mit ihren Jungen genauso ins Herz geschlossen wie den Hofhund in seiner Hundehütte.

Erst wenn Clara wusste, dass es ihren Schützlingen gut ging, spürte sie ihren eigenen Hunger und flitzte in die gemütliche Bauernküche.

»Guten Morgen!«

Wie ein Wirbelwind fiel dir Jüngste der Stockmüllers jeden Morgen in die Küche ein und steckte alle mit ihrer Fröhlichkeit an.

»Wo sind die anderen? Ist es schon so spät?«

»Ja, was glaubst du denn, wann die Wirtschaft auf einem Bauernhof anfängt«, fragte die Kirchenbäuerin lachend zurück. »Da hat nicht jeder soviel Zeit zum Ausschlafen wie das Fräulein Prinzessin.«

Sie deutete eine Verbeugung vor Clara an, die das Mädchen lachend erwiderte. Meist war die Bäuerin um diese Zeit längst allein in der Küche, um dort aufzuräumen und erste Vorbereitungen für das Mittagessen zu treffen. Nur ab und zu traf Clara ihre Mutter noch in der Küche an, wenn die der Bäuerin bei irgendetwas half.

»Hast du schon deine Runde gedreht?« Die Bäuerin hatte dieses immer fröhliche Kind unmittelbar nach ihrer Ankunft ins Herz geschlossen. »Dein

Glas Milch steht dort drüben«, sie zeigte zu dem großen, blank gescheuerten Tisch, auf dem ein einzelnes Frühstücksgedeck für Clara übrig geblieben war.

»Vielen Dank.«

Clara rutschte auf ihren Platz auf der alten Holzbank. Sie liebte es, hier in der Ecke zu sitzen, ein großes Glas frisch gemolkener Milch zu trinken und eine dicke Scheibe Bauernbrot mit selbst gemachter Erdbeermarmelade zu essen. Auch das lag bereits, fertig geschmiert, auf ihrem Teller. Sofort fiel sie darüber her und begann, es mit Heißhunger in sich hineinzustopfen. Dabei beobachtete sie genau, was die Bäuerin machte.

»Wieso schöpfst du den Rahm von der Milch?« Auch mit vollem Mund stellte sie neugierige Fragen. Ihr war so vieles fremd, das sie unbedingt verstehen wollte.

»Also, den Rahm verarbeite ich später zu Butter«, erklärte die Bäuerin geduldig. »Wenn du willst, kannst du mir dabei helfen. Das ist nämlich ganz schön viel Arbeit, den Rahm im Butterfass zu stampfen.«

Sie zeigte auf das schmale, hohe Holzfass, aus dem ein dicker Stab senkrecht nach oben herausstakte.

»Hast du Lust dazu?«

»Au ja, fein. Natürlich helf ich dir!«

Clara gefiel das Gefühl, gebraucht zu werden. Schnell spülte sie mit dem letzten Schluck Milch die Reste des Erdbeerbrotes herunter, dann sprang sie voller Tatendrang auf.

»Ich muss los«, rief sie, als hätte sie einen wichtigen Termin.

Irgendwo wartete bestimmt das nächste Abenteuer, auch wenn sie noch nicht genau wusste wo.

»Hallo, ich bin Clara. Ich wohne jetzt hier beim Kirchenbauern.«

Es waren erst ein paar Tage seit ihrer Ankunft in Heuchlingen vergangen, als sie das Mädchen auf der anderen Seite der schmalen Straße entdeckte. Clara hatte am Hoftor gespielt und beobachtet, wie es aus der Hofeinfahrt, die fast genau gegenüber lag, heraustrat. Sie fand das Mädchen mit den blonden langen Zöpfen, die den ihren außer der Haarfarbe ähnelten, sehr sympathisch. Ohne lange zu überlegen, sprach sie das Kind, das ungefähr in ihrem Alter war, an.

»Wie heißt du denn? Wohnst du dort drüben?«

Clara deutete auf das Gebäude, aus dem das Mädchen eben gekommen war.

»Ja, ich wohne da mit meiner Mutter und meiner Oma. Ich heiße Martha.«

Sie taxierte Clara mit ihren wachen blauen Augen.

»Bis du zu Besuch beim Kirchenbauern oder wohnst du neuerdings hier?«

»Also, so ganz genau weiß ich das auch nicht. Ich glaube, wir sind für länger hier. Meine Familie und ich sind auf dem Hof vom Kirchenbauern einquartiert worden.« Auch Clara beobachtete ihr Gegenüber genau. Ihr gefiel, was sie sah.

»Und ich hoffe, wir bleiben lange hier. Mir gefällt es nämlich sehr gut«, fügte sie mit Nachdruck hinzu.

Plötzlich wussten beide Mädchen nicht mehr, was sie sagen sollten. Für einen Moment lang standen sie verlegen herum, bevor sich beide zaghaft anlächelten. Da kam Clara die rettende Idee.

»Du kennst dich doch hier aus, oder? Könntest du mir nicht ein paar besonders schöne Stellen zum Spielen zeigen? Vielleicht könnten wir ja auch mal zusammen spielen?«

»Klar, das mache ich gerne«, antwortete Martha und hüpfte sofort los. Sie griff nach Claras Hand und zog sie mit sich fort. »Los komm, wir fangen gleich an!«

»Hast du Geschwister oder wohnst du mit deiner Mutter und deiner Oma alleine auf dem Hof?«, fragte Clara wenig später.

Als hätte sich eine Wolke vor die Sonne geschoben, sah Marthas Gesicht plötzlich ganz traurig aus. Nur zögernd antwortete sie.

»Ich habe eine ältere Schwester … und … eigentlich wohnt auch mein Vater auf dem Hof.«

Sie machte eine Pause.

»Aber er ist noch in Gefangenschaft und wir müssen auf ihn warten. Keine Ahnung, wie lange das noch dauern wird. Meine Mutter und meine Oma führen solange alleine den Haushalt und meine Schwester und ich helfen so gut es geht.«

Sie holte tief Luft.

»Eigentlich ist mein Vater der Schreiner hier im Dorf. Den Betrieb können wir Frauen natürlich nicht fortführen und deshalb ist die Werkstatt auch verwaist. Schon seitdem mein Vater damals in den Krieg ziehen musste.«

Sie stockte und kämpfte mit den Tränen.

»Damals war ich noch ganz klein.«

»Oh, das tut mir leid.«

Clara wusste nicht, was sie sagen sollte. Sie dachte an ihren Vater und konnte sich vorstellen, wie traurig Martha sein musste.

»Bestimmt kommt er bald zurück«, versuchte sie möglichst viel Zuversicht in ihre Stimme zu legen.

Martha nickte etwas verloren.

»Ja, das hoffen wir auch alle. Weißt du, eigentlich kenne ich meinen Vater gar nicht richtig. Nur von dem Foto, das in der guten Stube hängt und das bei der Hochzeit mit meiner Mutter gemacht worden ist.«

Plötzlich kam wieder Leben in sie.

»Aber jetzt komm. Ich wollte dir doch alles zeigen!«

Und das tat sie. Sie führte Clara nicht nur zu ihren Lieblingsverstecken, sondern machte sie außerdem mit sämtlichen Bauern im Dorf bekannt. So dauerte es nicht lange, bis Clara Heuchlingen und seine Umgebung genauso gut kannte wie die Einheimischen.

Die beiden Mädchen waren von diesem Tag an unzertrennlich. Da auch Martha wegen der Sommerferien keine Schule hatte, konnten sie viel Zeit miteinander verbringen.

Am liebsten war Clara den ganzen Tag lang barfuß unterwegs. Bald hatte sich eine so dicke Hornhaut unter ihren Füßen gebildet, dass sie selbst spitze Steinchen kaum mehr spürte.

Ihre Eltern sahen Clara während des Tages genauso selten wie ihre Schwester. Nur zu den gemeinsamen Mahlzeiten trafen sie sich regelmäßig. Jetzt zur Ernte wurde das Mittagessen als Vesper auf dem Feld eingenommen. Clara gehörte dann gern zu denjenigen, die gemeinsam mit der Bäuerin und ihrer Mutter die Körbe voller Essen hinaus auf die Äcker brachten. Mitunter gesellte sich auch Martha hinzu.

»Das Essen kommt!« Es klang wie ein Schlachtruf, wenn Clara schon von Weitem auf die Pause einstimmte.

Die Mädchen halfen gern bei der Ernte, denn es gab ihnen das Gefühl groß zu sein und gebraucht zu werden. So legten sie Bänder für die Garben bereit, auf denen die Erwachsenen anschließend das Stroh zum Trocknen aufhäuften und hochbanden. Sie pflückten Stachel- und Johannisbeeren und steckten dabei die Hälfte sofort in den Mund. Auch die reifen Möhren und Radieschen konnten sie aus der Erde ziehen und die daran klebende Erde in einer großen Zinkwanne grob abwaschen.

Der Höhepunkt des Tages kam für sie regelmäßig am frühen Abend, wenn die voll beladenen Leiterwagen zum Hof zurückkehrten. Egal, was die Mädchen bis dahin getan hatten, rechtzeitig bevor es losging, standen sie parat:

»Hallo, ihr Prinzessinnen!«, rief der Kirchenbauer gutmütig, sobald er sie entdeckte. Er wartete bereits sie, denn er gönnte ihnen den Spaß. »Eure Kutsche steht bereit!«

Mit einer einladenden Geste wies er dann auf die Ladung des Leiterwagens, die sich immer hoch auftürmte, egal ob sie aus Stroh, Heu oder frisch geschnittenem Klee bestand.

»Vielen Dank mein Herr«, ging Clara kokett auf seinen Tonfall ein und machte sich dran, den Ernteberg zu erklimmen.

Martha folgte, sobald Clara sicher oben angekommen war. Mit einem lauten »Ho!« zügelte der Bauer die Pferde und es ging los. Tatsächlich thronten die Mädchen hoch oben wie zwei Königstöchter. Vor Vergnügen spitze Schreie ausstoßend, ging es dann ruckelnd zurück zum Hof.

»Ist es nicht herrlich, die Welt von hier oben zu sehen?« Clara hätte jedes Mal aufs Neue vor Begeisterung jubeln können.

»Die Kartoffelkäfer sind in diesem Sommer eine wahre Plage.« Der Kirchenbauer klang entnervt, als er beim Abendessen davon sprach.

»Ja, das außergewöhnlich trockene Wetter bietet den Viechern geradezu ideale Bedingungen. Sie vermehren sich fast explosionsartig«, stimmte die Bäuerin zu.

»Ich mache mir langsam ernsthafte Sorgen um unsere Kartoffelernte. Ich glaube, es hilft nichts, wir müssen die Käfer einzeln von den Blättern abklauben.« Er schaute erwartungsvoll zu Clara.

»Du und deine Freundin Martha«, er zeigte mit dem Finger auf sie, »ihr könntet dabei gut helfen. Schließlich braucht ihr euch nicht so tief zu bücken und habt kleine Finger, mit denen ihr besser an die Käfer kommt als alle Erwachsenen zusammen.«

Clara blickte ihn wichtig an. Dass während des Essens das Wort an sie gerichtet wurde, kam nicht allzu häufig vor.

»Beißen die denn nicht, wenn ich sie in die Hand nehme?« Ein bisschen Angst hatte sie doch.

Der Bauer lachte.

»Nein! Und Martha kann dir zeigen, wie es geht. Sie kennt das schon.«

Gleich am nächsten Tag zogen die Mädchen in aller Frühe mit verschließbaren Einweckgläsern auf die Kartoffeläcker und machten sich ans Sammeln. Clara waren die krabbelnden Käfer anfangs nicht geheuer, doch sie gewöhnte sich schnell daran. Dann machte es sogar Spaß und es entstand ein regelrechter Wettbewerb zwischen den beiden Mädchen, wer wohl die meisten einsammeln würde. Sobald sie auf den Hof zurückkamen, setzten sich beide zusammen an einen ihrer verborgenen Plätze und zählten ihre Ausbeute.

»Wir müssen nur aufpassen, dass uns kein Käfer dabei entwischt. Sonst kriegen wir Ärger mit den Großen«, mahnte Martha.

Sie war klare Tagessiegerin und Clara war etwas enttäuscht. Doch das Lob des Bauern richtete sie wieder auf. Und in den nächsten Tagen gewann auch Clara ab und an.

6

Für Claras große Schwester Elisabeth stand bereits nach kurzer Zeit fest, dass sie aus Heuchlingen nicht mehr weg wollte. So widerwillig sie zunächst auf die Reise gegangen war, so schnell wurde der Hof des Kirchenbauern zu ihrem neuen Zuhause.

Es war früher Abend, Anfang August, als sie, wie jeden Tag um diese Zeit, in der Scheune auf ihrem Melkschemel zwischen den Beinen einer Kuh saß. Ihre Hände bewegten sich beim Melken vollkommen automatisch, da ihr die Handgriffe längst in Fleisch und Blut übergegangen waren. Ausnahmsweise war sie heute allein im Stall, da sowohl Helene als auch Wilma, mit denen sie normalerweise gemeinsam die Tiere versorgte, andere Arbeiten zu erledigen hatten.

Elisabeth machte das nichts aus. Sie liebte das diffuse Zwielicht, das um diese Tageszeit den Stall in einen verwunschenen Ort verzauberte. Die Luft war vom Summen unzähliger Fliegen erfüllt. Ab und zu erschütterte das unwillige Stampfen einer Kuh die einschläfernde Ruhe.

Es war ein heißer Tag gewesen. Hier im Stall hatte die Hitze die scharfen Ausdünstungen des Strohs nochmals intensiviert, doch Elisabeth nahm den Geruch kaum wahr. Sie war müde und verschwitzt. Heute reichte es ihr.

Sie dachte an den bevorstehenden Abendfrieden, als plötzlich das durchdringende Knarren der Stalltür das träge Einerlei störte. Langsam vergrößerte sich der Türspalt und ließ die tiefstehenden Sonnenstrahlen weit ins Dämmerlicht des Stalls fallen. Die plötzliche Helligkeit blendete Elisabeth, zumal sie genau im Lichtkegel saß. Sie kniff ihre Augen zusammen, um zu erkennen, wer es war, doch sie konnte nur eine große, männliche Gestalt ausmachen. Ein Gesicht konnte sie dagegen nicht sehen. Der rötliche Schimmer des Abendlichtes beleuchtete seine lockigen Haare von hinten und ließ sie regelrecht aufflammen. Wie ein Feuerkranz umspielten sie den Kopf des Unbekannten.

Es war ein imposanter Anblick, aber er bot keinerlei Anhaltspunkte, wer es sein konnte. Irritiert ließ Elisabeth das Euter der Kuh los und reckte sich in die Höhe.

»Hallo, wer ist denn da?«, fragte sie dem Fremden entgegen.

»Ist die Bäuerin nicht hier?« Anstatt sich vorzustellen, antwortete der Fremde mit einer Gegenfrage. Er hatte eine tiefe, sympathische Stimme, fand Elisabeth.

»Ich suche meine Tante, die Kirchenbäuerin. Ist sie nicht hier im Stall?«

Der junge Mann ließ den Griff der Stalltüre los, den er bisher festgehalten hatte, und kam langsam auf Elisabeth zu. Sie hatte zwar ihren Rücken gestreckt, war aber auf dem Melkschemel hocken geblieben. Jetzt endlich konnte sie dem Unbekannten ins Gesicht schauen. Sie hatte ihn noch nie gesehen.

»Meine Güte, sieht der gut aus«, durchfuhr es sie, als sie in seine fragenden, blauen Augen blickte.

Er lächelte sie freundlich an. Irgendetwas an ihm verwirrte Elisabeth so sehr, dass sie prompt vergaß, eine Antwort zu geben. Als ihr sein erwartungsvolles Schweigen bewusst wurde, räusperte sie sich verlegen.

»Ähm … Also … Nein.« Elisabeth versuchte sich auf die Frage zu konzentrieren.

»Nein, hier im Stall ist sie nicht.« Sie räusperte sich nochmals, bevor sie mit festerer Stimme fortfuhr.

»Sie wollte vorhin zur Frau vom Schmied gehen, um etwas abzugeben. Wahrscheinlich ist sie noch dort. Ich weiß es nicht genau.« Während Elisabeth antwortete und sich vollkommen blöd vorkam, überlegte sie krampfhaft, was sie noch sagen könnte. Überrascht bemerkte sie, dass sie ihn ungern wieder gehen lassen würde. Er gefiel ihr!

»Eigentlich müsste sie gleich wiederkommen. Warten Sie doch so lange hier«, hörte sie sich zu ihrer eigenen Überraschung sagen.

Der junge Mann schien es auch nicht eilig zu haben.

»Also gut, warum nicht? Wenn Sie nichts dagegen haben?« Er lachte sie unbekümmert an. »Darf ich fragen, wer Sie sind? Ich habe Sie noch nie hier auf dem Hof gesehen. Sind Sie eine neue Magd?«

»Nein«, lachte Elisabeth. Sie fand die Vorstellung ulkig. »Nein, ich bin keine Magd, auch wenn das im Moment so aussieht.«

Sie war mittlerweile aufgestanden und blickte an sich herunter. Was sie sah, machte sie verlegen: die hochgekrempelten Ärmel ihrer verschwitzten Bluse mitsamt den schmutzigen Armen und Händen, weiter unten ihre dreckige Schürze. In der Hoffnung, dass er nicht so genau hinschauen würde, fuhr sie fort.

»Wir, das heißt meine Eltern, meine kleine Schwester und ich, kommen eigentlich aus Jena. Wir sind vor ein paar Wochen von den Amerikanern bei Ihrem Onkel einquartiert worden. Ach ja, und mein Name ist Elisabeth.«

Neugierig blickte der junge Mann sie an und beeilte sich dann seinerseits, sich vorzustellen: »Sehr angenehm! Und ich bin Christoph, der Neffe der Kirchenbäuerin.«

Er streckte ihr die Hand zum Gruß entgegen, die Elisabeth verlegen nahm, nachdem sie sich ihre dreckigen Hände an der Schürze abgeputzt hatte.

»Ich freue mich wirklich, Sie kennen zu lernen!« Christoph lächelte sie an. Elisabeth hatte das Gefühl, dass er es tatsächlich so meinte.

»Ich … freue mich auch«, stotterte sie.

»Puh, ich bin so froh, endlich wieder in Heuchlingen zu sein!« Unvermittelt wechselte er das Thema. Es klang wie ein befreiender Stoßseufzer. Er ließ ihre Hand los und warf sich übermütig rücklings in einen Strohhaufen.

»Endlich wieder zu Hause! Jetzt bin ich wieder da, wo ich hingehöre.«

Der Neffe der Kirchenbäuerin breitete seine Arme aus, als wollte er den ganzen Strohhaufen rücklings umarmen.

Sie sah ihn überrascht an. »Sie sind hier zu Hause? Hier auf dem Hof des Kirchenbauern?«

»Ja, also nicht direkt hier auf dem Hof. Die Kirchenbäuerin ist meine Tante, die Schwester meiner Mutter. Meine Eltern wohnen nur ein paar Höfe weiter, auch in Heuchlingen. Der Hof hier ist mir genauso vertraut wie unser eigener.« Er machte eine kurze Pause und dachte an die zurückliegende Zeit.

»Sie können sich gar nicht vorstellen, wie einsam ich mich im Krieg gefühlt habe. Wie sehr mir all das hier gefehlt hat.« Christoph zog einen Kreis durch die Luft.

»Vor allem die letzten Wochen waren schlimm, nachdem ich meine Einheit verlassen hatte und mich zu Fuß alleine hierher durchschlagen musste.«

Er warf zwei Hände voll mit Stroh übermütig in die Luft. »Ich bin so froh, dass ich es geschafft habe!«

Er schwang sich auf, schüttelte sich das Stroh aus dem Haar und stand plötzlich dicht vor Elisabeth. »Das bedeutet ja, dass wir uns von jetzt an öfters über den Weg laufen.« Verschwörerisch zwinkerte er ihr zu.

»Welch angenehme Vorstellung! Ich freue mich schon darauf.« Er sah Elisabeth tief in die Augen.

Die konnte bloß lächelnd nicken. Sein Charme war einfach überwältigend.

»Tja, eigentlich wollte ich meiner Tante nur Bescheid sagen, dass ich wieder da bin. Ich mache gerade meine Runde durchs Dorf«, plauderte er weiter und ging langsam zur Stalltür.

Wie selbstverständlich begleitete sie ihn ins Freie. Sie hatte völlig vergessen, dass sie mit dem Melken noch nicht fertig war.

»Also«, räusperte sich Christoph, nun seinerseits verlegen, »vielleicht sollte ich mal im Haus nachschauen, ob ich nicht jemanden von der Familie finde.«

»Ja, natürlich!«, stimmte sie etwas zu schnell zu. »Das wird das Beste sein.« Am liebsten wäre sie mitgekommen.

»Tja, dann bis bald!«

Genau in dem Moment, als er ihr die Hand entgegenstreckte, kam die Bäuerin durch das Hoftor. Als sie die beiden zusammenstehen sah, stutzte sie einen Augenblick, bevor sie zu ihm rannte.

»Christoph! Bis du das?« Ungläubiges Staunen lag auf ihrem Gesicht. »Ich glaub es nicht! Endlich bist du wieder da!« Sie drückte ihn lachend an sich. »Gott sei Dank! Du lebst!«

Ohne ihn loszulassen, stieß sie ihn im nächsten Augenblick gleich wieder auf Armeslänge von sich. Ihr prüfender Blick ging langsam von oben bis unten.

»Lass dich anschauen. Dünn bist du geworden. Aber das kriegen wir schon wieder hin.« Sie lachte. »Und sonst scheint ja noch alles dran zu sein.«

Zärtlich streichelte sie über sein Gesicht, dann wuschelte sie ihm in altvertrauter Weise durch die Haare, wie sie es früher immer gemacht hatte, als er noch ein kleiner Junge war und lachte wieder. Plötzlich entdeckte sie Elisabeth, die etwas abseits gestanden und die beiden interessiert beobachtet hatte.

»Elisabeth, das hier ist mir der Liebste von allen: Christoph, der Sohn meiner Schwester.« Sie schob ihn vor. Er ließ es widerstandslos geschehen und sah dabei Elisabeth amüsiert ins Gesicht. Sie erwiderte sein Lachen und hatte nur Augen für ihn.

»Er ist ein guter Kerl. Das kannst du mir glauben.« Die Bäuerin, die die tiefen Blicke der beiden registriert hatte, musste schmunzeln. Dabei hakte sie sich bei ihrem Neffen ein und zog ihn Richtung Wohnhaus.

»Jetzt erzähl doch mal! Wie ist es dir ergangen?«

Elisabeth blieb zurück und blickte ihnen nach. Plötzlich nahm sie das lauter werdende Muhen der noch nicht gemolkenen Kühe wahr. Mit schlechtem Gewissen beeilte sie sich, in den Stall zurückzukommen, um ihre Arbeit zu beenden. Dabei musste sie die ganze Zeit an diesen netten Kerl denken. Hoffentlich würde sie ihn bald wiedersehen.

7

Erich Schott wurde langsam ungeduldig. Seit dem Einzug in das Dachgeschoss der Firma Voith tat sich nichts mehr. Obwohl er ständig unterwegs war, um neue Produktionsorte auszuloten, blieben seine Anstrengungen erfolglos: Die Amerikaner ließen sich zu keinerlei verbindlichen Auskünften oder Zusagen bewegen.

Da das Glaswerk in Jena infolge der Zonengrenzen und wegen der zahlreichen »Russenaufträge« Schwierigkeiten hatte, Gläser in den Westen Deutschlands zu liefern, müssten sie diese eben in den westlichen Zonen selbst herstellen – und zwar solange, bis die Grenzen wieder aufgehoben würden. Schließlich gab es ja einige Zweigwerke in der amerikanischen Zone, beziehungsweise in der britischen Zone. Nur brauchte Erich Schott unbedingt die Erlaubnis der Amerikaner dafür. Doch die machten keinerlei Anstalten.

Mittlerweile hatten frühere Kunden, die in den westlichen Besatzungszonen lagen, vom Schicksal der Glasmacher erfahren. Sie bedrängten Erich Schott, möglichst schnell wieder in die Produktion zu gehen – wenn es sein musste, auch fern von Jena.

Ihre Beweggründe waren eigennützig: Sie hatten einen schier unstillbaren Bedarf an Gläsern aller Art. Egal in welchen Formen, Größen und Beschaffenheiten, egal, ob es Fensterscheiben, Brillengläser, Babyfläschchen oder die vielfältigen Spezialgläser für optische und medizinische Belange waren. So kurz nach Kriegsende wurde alles gebraucht. Pharmazeutische und chemische Unternehmen konnten ohne die notwendigen gläsernen Behältnisse nicht arbeiten. Krankenhäuser brauchten dringend Ampullen, Spritzen, Laborgläser und Röntgenkolben in allen möglichen Größen und Ausführungen. Die Glasmacher hätten unendlich viel Glas blasen können, wenn sie nur gewusst hätten, wo.

Erich Schott wurde immer unbehaglicher zumute, schließlich hatte sein Unternehmen einen Ruf zu verlieren. Wenn es ihnen nicht bald gelingen würde, an die frühere marktbeherrschende Position anzuknüpfen, indem sie diesen Bedarf bedienten, würden Konkurrenten die Aufträge übernehmen. Die warteten längst auf ihre Chance, das wusste er genau. Das galt besonders für die schwierig herzustellenden Spezialgläser, mit denen Schott Weltruhm erlangt hatte.

Dabei war die durch den Krieg arg in Mitleidenschaft gezogene deutsche Industrie weniger gefährlich als die ausländische Konkurrenz, die offenbar verstärkt in den Markt mit Spezialgläsern einsteigen wollte, wie Erich Schott aus zuverlässigen Quellen erfahren hatte. Vor allem amerikanische und englische Glashersteller bereiteten ihm Sorgen, denn die hatten durch die Investigationen ihrer Militärs eine ganze Menge interessanter Informationen erhalten, die sie gut in ihre laufende Produktion einbauen konnten.

Dieser Gefahr konnte nur entgegengewirkt werden, wenn Schott selbst so schnell wie möglich wieder auf dem Markt präsent sein würde, egal wo die Gläser hergestellt wurden. Hauptsache, sie konnten ihre Kunden zufriedenstellen.

Aber es ging einfach nicht voran! Erich Schott lief die Zeit davon.

8

Vom 17. Juli an berieten die Regierungschefs der drei »großen« Siegermächte Amerika, Großbritannien und der Sowjetunion in Potsdam über eine Nachkriegsordnung für das kriegszerstörte Europa. Allem voran legten sie fest, wie es im besiegten Deutschland weitergehen sollte. In insgesamt 13 Vollsitzungen, die am 2. August 1945 mit dem »Abschluss-Protokoll« offiziell beendet wurden, entschieden sie über die politischen und wirtschaftlichen Grundsätze, die in dem ehemaligen Feindesstaat künftig maßgeblich sein sollten.

So regelten die Siegermächte etwa die Entmilitarisierung und Entnazifizierung Deutschlands. Sie beschlossen, dass die oberste Regierungsmacht bei den Alliierten bleiben sollte. Jede Siegermacht sollte allein für ihre eigene Besatzungszone verantwortlich sein. Ihre Reparationsansprüche würden die Sieger jeweils daraus befriedigen. Nur der Sowjetunion sprach man zusätzliche Leistungen aus den westlichen Zonen zu, die teilweise im Austausch mit Lebensmitteln und Rohstoffen erfolgen sollten. Probleme, die Deutschland als Ganzes betrafen, würden künftig vom Alliierten Kontrollrat behandelt. Deutschland sollte zwar weiterhin als wirtschaftliche Einheit gesehen werden, die politische Struktur seiner Verwaltung indes sollte dezentral und mit einer örtlichen Selbstverwaltung entwickelt werden.

Nach zähen Verhandlungen erkannten die westalliierten Siegermächte außerdem die Verschiebung der polnischen Grenze an sowie die damit verbundene, zwangsweise Umsiedelung der dort lebenden, deutschen Bevölkerung – wenn auch unter dem Vorbehalt eines endgültigen Friedensvertrages.

Während der Konferenz kam es zum Wechsel einer der maßgeblichen Verhandlungsführer. Bei den britischen Unterhauswahlen Ende Juli verlor Winston Churchill mit seiner Konservativen Partei die Stimmenmehrheit und musste seine Macht an den neuen Premierminister Clement Richard Attlee von der Labour Party abgeben. Wegen der Wahlen in Großbritannien wurden die Verhandlungen in Potsdam am 25. Juli unterbrochen. Nach der Wahl kehrte am 28. Juli der neue Premier Attlee anstelle Churchills auf Schloss Cecilienhof zurück. Dieser war nicht völlig fremd in der beratenden Runde, da er bereits am ersten Sitzungsabschnitt gemeinsam mit Churchill teilgenommen hatte. Attlee war also sowohl mit der Materie als auch mit den anderen Verhandlungsführern bestens vertraut.

Zwiesel gibt Hoffnung

1

Während die Politiker der Welt in Potsdam die Karten für Europa und besonders für Deutschland neu mischten, arbeitete Erich Schott weiter intensiv an einer Erlaubnis für die Glasherstellung in einem ihrer westlichen Zweigwerke: Solche gab es in Zwiesel, Landshut und Mitterteich, die genauso in Frage kamen, wie in Grünenplan und Holzminden, die beide im britisch besetzten Weserbergland lagen. Unter beschwerlichen Bedingungen reiste er dafür immer wieder durch das kriegszerstörte Deutschland. Auch nach München fuhr er häufig, da die zuständigen amerikanischen Militärbehörden dort residierten.

Für all diese Fahrten gewährten die Amerikaner ihm die notwendige Reisefreiheit. Da sie sein Auto bereits in Jena beschlagnahmt hatten, nutzte er jede sich bietende Mitfahrgelegenheit. Auf die Eisenbahn konnte Erich Schott nur bedingt zurückgreifen, da die meisten Verbindungen noch nicht zuverlässig funktionierten. Oft fuhr er in Militärfahrzeugen mit, die in die gleiche Richtung unterwegs waren.

Jede Reise war eine kräftezehrende Angelegenheit – und wurde überdies zum frustrierenden Erlebnis, wenn sich wieder nichts Konkretes ergab. Bisher war er noch von jeder Reise mit leeren Händen zurückgekommen.

Bald wurde klar, dass die Werke in Grünenplan beziehungsweise Holzminden nicht infrage kamen, nachdem Erich Schott vor Ort feststellen musste, dass die Engländer nicht gewillt waren, die erforderlichen Genehmigungen zu erteilen. Außerdem eigneten sich die Werke aufgrund ihrer räumlichen Verhältnisse nicht besonders gut für die aufwändige Produktion von Spezialgläsern.

Anfang August wurde Erich Schott, gemeinsam mit seinem Stellvertreter Richard Hirsch und dem Leiter der Optik, Dr. Edwin Berger, von den Amerikanern nach München befohlen. Über das Wieso und Warum teilten die Besatzer ihnen keine Einzelheiten mit. Lediglich ihre Familien sollten gleich mitkommen.

Das war ungewöhnlich!

Bisher machten die Verantwortlichen derartige Reisen allein oder nahmen höchstens auf eigenen Wunsch ihre Angehörigen mit. Deshalb ließ dieser Befehl alle Deportierten aufhorchen. Wieso sollten ausgerechnet dieses Mal Frauen und Kinder mitkommen? Die Zurückbleibenden in und um Heidenheim konnten sich keinen Reim darauf machen.

Auch Otto kam ins Grübeln. Ihm schwante nichts Gutes.

»Also, ich weiß nicht.« Skeptisch wiegte er seinen Kopf hin und her. »Frauen und Kinder würden doch nur stören, wenn jetzt Nägel mit Köpfen gemacht werden sollen.«

Otto unterhielt sich mit einem Kollegen, den er bei seinem wöchentlichen Rapport auf dem Gemeindeamt zufällig getroffen hatte und mit dem er nun interessiert die neuesten Entwicklungen besprach.

»Ja, ich habe da auch meine Zweifel«, stimmte sein Kollege zu. »Für mich passt das genau in die Richtung, die die Amerikaner offenbar jetzt eingeschlagen haben. Überall im Land wurden doch letzthin deutsche Industrielle festgenommen, um sie als Kriegsverbrecher anzuklagen. Das habe ich jedenfalls gehört. Hoffentlich wollen sie nicht auch unsere drei Herren als Kriegsgefangene festsetzen und ihnen den Prozess machen. Das wäre fürchterlich.«

»Allerdings«, meinte Otto düster. »Das wäre eine Katastrophe! Was sollen wir dann nur machen?« Er überlegte. »Man kann nur hoffen, dass wir bald Nachricht aus München bekommen.«

Seitdem ging Otto mindestens einmal täglich zum Gemeindeamt, allein weil er hoffte, etwas Neues zu erfahren. Nach ein paar Tagen wurde seine Mühe belohnt.

»Haben Sie schon gehört? Sie sind nicht verhaftet worden. Es ging wohl tatsächlich um unsere künftige Produktion und deren Standort.«

Wie ein Lauffeuer verbreitete sich die Nachricht.

»Gott sei Dank«, atmete Otto erleichtert auf. »Alles andere hätte unsere Lage noch komplizierter gemacht.«

Zunächst jedoch zogen sich die Verhandlungen in München weiterhin in gewohnter Manier zäh in die Länge. Eine Dienststelle verwies auf die nächste, ohne deren Zustimmung man leider keine verbindliche Zusage machen könne, hieß es jeden Tag aufs Neue.

Erich Schott hätte verrückt werden können.

»Verstehen Sie doch, die Zeit drängt«, versuchte er zu überzeugen, doch die Amerikaner ließen sich nicht aus der Ruhe bringen. Es dauerte fast den ganzen Monat lang, bis sie sich zu einer Entscheidung durchringen konnten.

Dann, auf einmal ging alles ganz schnell: Die Entscheidung fiel zugunsten von Zwiesel. Am 30. August erteilten die amerikanischen Militärbehörden in München endlich den zuständigen Stellen vor Ort den Auftrag, Schott in Zwiesel jede Unterstützung zukommen zu lassen, damit dort die Produktion optischer Gläser so schnell wie möglich anlaufen konnte.

Die Zeit der Untätigkeit war vorbei! Endlich!

2

Das war das so dringend herbeigesehnte Signal zum Aufbruch. Alle Schottianer in und um Heidenheim hatten bloß darauf gewartet. Mit einigen Tagen Verzögerung erreichte sie die erlösende Nachricht aus München.

Als Otto davon erfuhr, überschlug sich seine Stimme schier vor neuer Hoffnung.

»Dann ist unsere Zeit hier auf den Dörfern vermutlich bald vorbei und wir können endlich wieder in unserem Metier arbeiten. Oh, wie freue ich mich darauf.«

»Ja, ich glaube, jeder von uns ist froh darüber«, stimmte sein Kollege feierlich zu.

Anfang September schickte Erich Schott zunächst den Leiter der Optik, Dr. Edwin Berger, von München aus nach Zwiesel. Erich Schott ging es nicht anders als seinen Leuten: Er war zutiefst erleichtert und hatte das Gefühl, endlich wieder eine Perspektive zu haben. Als erstes wollte er seinen geschätzten und erfahrenen Mitarbeiter nach Zwiesel schicken. Dr. Berger sollte vor Ort die Lage sondieren und die Bedürfnisse für die Optik abklären. Er war der richtige Experte dafür und würde genau wissen, was erforderlich war.

Man hatte einen Wagen ausgeliehen, mit dem er nach Zwiesel reisen sollte. Unmittelbar vor der Abfahrt traf er sich nochmals mit Erich Schott. Mit dem Wissenschaftler würden sämtliche Hoffnungen der Deportierten reisen und es galt, noch einige Dinge abzuklären. Erich Schott wäre am liebsten gleich mitgekommen, doch hatte er noch einige Formalitäten in München zu erledigen. Und auch nach Grünenplan musste er nochmals reisen, bevor er nachkommen konnte. Aber er wusste, er konnte sich auf seinen erfahrenen Mitarbeiter verlassen. Sie schüttelten sich zum Abschied die Hände.

»Dann sehen wir uns in Zwiesel wieder. Bis dahin tue ich mein Bestes, Sie können sich auf mich verlassen. Auf Wiedersehen, Herr Dr. Schott.«

»Viel Erfolg bei ihren Bemühungen, Dr. Berger. Auf Wiedersehen und gute Fahrt!«

Dr. Berger hatte keine gute Fahrt und es war das letzte Mal, dass Erich Schott ihn sah. Der Glasspezialist erreichte sein Ziel Zwiesel nicht. Bei Deggendorf stieß sein Fahrzeug in einer Kurve mit einem entgegenkommenden Armeelaster zusammen, der mit Holz beladen war. Dessen Fahrer hatte in einer Kurve die Kontrolle über den LKW verloren, kam von seiner Spur ab und geriet auf die gegenüberliegende Seite, just in dem Augenblick, als das Auto von Dr. Berger entgegenkam. Sein PKW wurde von der Straße geschleudert, überschlug sich und blieb im Graben liegen.

Dr. Berger erlitt Kopfverletzungen, die so schwer waren, dass ihn keine ärztliche Kunst mehr retten konnte. Wenige Tage nach dem Unfall starb er im Krankenhaus an dessen Folgen.

Erst eine Woche, nachdem er begraben worden war, erfuhren die Jenenser in Heidenheim von dem tragischen Tod ihres Kollegen. Die Nachricht war ein Schock und dämpfte den gerade frisch entstandenen Elan. Erneut machte sich Hoffnungslosigkeit breit.

»Er war unser bester Mann!« Es klang wie ein mehrstimmiger Aufschrei. »Wie konnte das nur passieren?« Es gab keine tröstende Antwort.

Vor allem seine unmittelbaren Mitarbeiter fühlten sich wie gelähmt. Immer wieder setzten sie sich zusammen und suchten nach neuen Lösungsansätzen. Allerdings gestaltete sich dieser Prozess extrem schwierig, denn Bergers Fachwissen war enorm gewesen, sein Sachverstand und seine Kompetenz überragend. Er allein war allgemein anerkannt. Nur er hätte sie in dieser schwierigen Zeit anleiten können. Darüber herrschte Einigkeit. Ohne ihn hingegen würden sie hart kämpfen müssen.

Manchmal verließ Bergers engste Kollegen der Mut, ob sie es überhaupt versuchen sollten. Es kam ihnen vermessen vor, da die Arbeiten ihres verunglückten Chefs vor allem in Bezug auf die Entwicklung neuer Interferenzgläser, mit bisher unbekannten optischen Werten und Eigenschaften, noch nicht abgeschlossen waren. An denen hatte er schon in Jena geforscht.

»Leider haben wir keine Aufzeichnungen, die uns helfen könnten«, bedauerten seine Kollegen. Die meisten schriftlichen Unterlagen, die es gab, waren von den Amerikanern beschlagnahmt worden. »An die kommen wir nicht ran.«

Sie wussten, sie hatten gar keine andere Wahl, als es trotzdem zu versuchen. Darin lag ihre einzige Chance. Seitdem in Amerika neue Interferenzfilter bereits auf dem Markt waren, verlangte auch die deutsche Industrie danach.

»Wir haben nicht viel Zeit, dann müssen auch wir sie anbieten können.«

Darüber waren sich alle einig, auch wenn sie nahezu von vorne anfangen mussten. Bergers Tod hatte ein unerträglich großes Loch gerissen.

Erich Schott ernannte schließlich einen Assistenten des verstorbenen Optikleiters zu dessen Nachfolger. Zwei andere enge Mitarbeiter aus Bergers Abteilung sollten ihn unterstützen, darunter eine Frau.

Alle drei waren Praktiker, die ihr Metier von der Pike auf gelernt hatten und selber bereits erfolgreiche Arbeiten vorgelegt hatten. Und doch fehlten ihnen sowohl der reiche Erfahrungsschatz als auch der theoretische Hintergrund ihres früheren Chefs.

»Wir müssen es einfach schaffen! Das sind wir Dr. Berger schuldig!« Mit diesem Credo machten sie sich in schwierigen Momenten immer wieder gegenseitig Mut, um nicht zu verzweifeln.

Es funktionierte. Schritt für Schritt traten sie in die riesigen Fußstapfen ihres überragenden Chefs.

3

Der heiße und trockene Sommer ging langsam in den Herbst über. Und das bedeutete vor allem für die Kinder grundlegende Veränderungen.

»Bald ist die Zeit des Faulenzens auch für dich vorbei«, verkündete Karl eines Abends beim Abendbrot, als es draußen schon dämmrig wurde. Er stupste Clara von der Seite an. Die machte ein erschrockenes Gesicht.

»Was soll das heißen? Ich habe doch gar nicht gefaulenzt.«

»Das kann ich bestätigen«, sprang die Bäuerin Clara sofort zur Seite. »Das Kind hat mir in den vergangenen Wochen ausgesprochen viel geholfen.«

Sie zwinkerte Clara zu, die es mit einem dankbaren Lächeln quittierte.

»Na ja, das kann ja sein«, lenkte ihr Vater ein. »Aber ich meine das Lernen in der Schule. Am Gemeindehaus hängt ein Aushang, auf dem steht, dass die Schule für alle Kinder im Dorf nächste Woche wieder anfängt. Auch für die Schulkinder der Deportierten. Und dazu gehörst du doch wohl, oder?«

Clara machte ein langes Gesicht. »Zur Schule gehen? Darauf könnte ich gut verzichten.« Sie dachte an die zurückliegenden Wochen, in denen sie die Schule wahrlich nicht vermisst hatte.

»So ein Mist«, fluchte sie leise.

Ihre Mutter, die neben ihr saß, nahm sie tröstend in den Arm.

»So schlimm wird es schon nicht werden. Martha geht doch bestimmt auch hin. Du bist also nicht alleine. Und sicherlich kommt ihr in eine Klasse und könnt nebeneinander sitzen.« Sie hob das Kinn ihrer Tochter, damit Clara ihr in die Augen sah.

»Du wirst sehen, mal wieder etwas schreiben, lesen und rechnen wird dir nicht wehtun.«

Dann wandte sie sich nachdenklich an Karl: »Aber sag mal, lohnt sich das denn überhaupt? Werden wir denn nicht bald alle nach Zwiesel umziehen müssen, jetzt nachdem feststeht, dass dort die Glasproduktion anlaufen soll?«

»Soweit ich erfahren habe, sollen vorerst nur ein paar Männer dorthin gehen. Auf Erkundungstour sozusagen. Schließlich muss das Werk erst für unsere Bedürfnisse umgerüstet und vorbereitet werden. Und das dauert bestimmt einige Wochen oder Monate. Dr. Schott hat schon angekündigt, dass die Familien gewiss den ganzen Winter über hier in den Dörfern bleiben werden. Erst wenn in Zwiesel alles klar ist, sollen die Familien nachkommen. Und deshalb ist es richtig, wenn die Kinder vorerst hier zur Schule gehen.«

Agnes nickte nachdenklich.

»Gehörst du auch zu den ›paar Männern‹?«, fragte sie misstrauisch.

Karl zuckte mit den Schultern.

»Ich weiß es nicht. Bis jetzt hat Dr. Schott noch keine Namen genannt.«

»Hoffentlich musst du nicht mit«, bangte Agnes.

Es nutzte nichts: Karl gehörte genauso wie Otto zu dieser Vorhut. Ihre Kenntnisse waren so beschaffen, dass sie dort besonders für den Start eine große Hilfe sein würden. Deshalb suchte Erich Schott sie aus.

Agnes musste schlucken, als Karl ihr diese Neuigkeit mitteilte.

»Die kommenden Monate werden hart für uns«, fing er vorsichtig an, und Agnes ahnte schon, was er damit meinte.

»Ich bin selbst nicht sonderlich glücklich darüber. Das kannst du mir glauben! Aber ich soll mit einem kleinen Trupp anderer Männer nach Zwiesel. Dr. Schott hat es mir eben selbst gesagt.«

»Das bedeutet also, dass die Mädchen und ich hierbleiben müssen, während du mit ein paar Kollegen in Zwiesel versuchst, das Werk für den Guss optischer Gläser umzurüsten?«

Er nickte langsam. »Ja, genau.«

»Und hast du eine Ahnung, wie lange das dauern wird, bis ihr so weit seid?«

Karl nahm seine Frau in den Arm und schaute sie traurig an.

»Ehrlich gesagt, weiß ich das nicht.«

Agnes musste schlucken, um ihre Tränen zurückzuhalten.

»Da können wir ja nur froh sein, dass wir hier beim Kirchenbauern so gut aufgenommen worden sind. Letztens habe ich mich mit Frau Kreuzinger unterhalten. Die hat gar kein gutes Verhältnis zu ihren Wirtsleuten und sitzt die meiste Zeit in einem kleinen Kämmerchen fest. Hoffentlich muss ihr Mann nicht auch mit.«

Karl überlegte.

»Genau weiß ich es nicht. Aber ich meine, seinen Namen gehört zu haben.«

»Oh je, arme Frau Kreuzinger! Dann tut sie mir leid.«

Agnes Gedanken wanderten zu ihren Töchtern. »Ich könnte mir sogar vorstellen, dass unsere Mädchen ganz froh sind, Heuchlingen nicht verlassen zu müssen. Vor allem Elisabeth! Sie trifft sich nämlich mittlerweile ziemlich oft mit Christoph. Du weißt schon, der Neffe der Kirchenbäuerin.«

»Ja, ja, ich kenn ihn. Du meinst, sie ist verliebt?«

Agnes zuckte mit den Schultern und machte ein vages Gesicht.

»Ich weiß es nicht genau. Sie hat mir nichts gesagt. Aber wenn du die beiden zusammen siehst, machen sie einen ziemlich verliebten Eindruck.«

»Ach herrje!« Karl behagte die Vorstellung gar nicht. Es regte sich sein väterlicher Stolz.

»Und das ausgerechnet jetzt, wenn ich nicht hier bin und wenigstens ein Auge auf sie haben kann.«

Agnes musste schmunzeln.

»Na, ich kann dir versprechen, dass ich das für dich übernehmen werde.«

Im Gegensatz zu Karl und Otto gab es für Anton vorerst keine Aufgabe in Zwiesel. Er sollte erst später nachkommen, wenn die ersten Probeschmelzen durchgeführt würden. Derzeit war das jedoch noch Zukunftsmusik. Er würde also mit Sophie den Winter über in Hermaringen bleiben müssen.

»Eine furchtbare Perspektive!«, rief Sophie aus, als Anton ihr das mitteilte.

»Das kannst du laut sagen. Mir graut ganz schön vor den Wintermonaten!«

Anton ließ die Schultern hängen. »Bis jetzt ging es ja noch, da gab es wenigstens draußen viel zu tun. Aber was machen wir, wenn Frost und Schnee uns hier drinnen festhalten?« Er zeigte auf ihre beiden Zimmerchen.

»Wahrscheinlich die Decke festhalten, damit sie uns nicht auf den Kopf fällt.« Sophie sah ihren Mann schräg an. Wie sollten sie nur die bevorstehenden Wochen überstehen?

Bald waren auch die letzten Kartoffeln aus dem Boden gezogen und eingelagert. Dann wurden alle Männer zwischen 16 und 65 Jahren aufgefordert, im Wald mindestens drei Meter Holz als Brennmaterial für die kalte Jahreszeit zu schlagen. Das Sammeln von Tannenzapfen beschäftigte sie ebenfalls noch ein paar Tage lang, doch dann war Schluss – die Winterstille kehrte unweigerlich ein. Anton kam sie eher wie eine Totenruhe vor.

4

»Clara, aufwachen! Es wird höchste Zeit, aufzustehen. Du musst zur Schule!«

Agnes versuchte, ihre Tochter wach zu bekommen. Heute sollte Claras erster Schultag in Heuchlingen sein. Unwillig grummelte sie vor sich hin. Obwohl sie sonst selten später aufgestanden war, hatte sie keine Lust.

»Ich will aber nicht«, murmelte sie trotzig und drehte sich zur Wand um.

Doch Agnes ließ das natürlich nicht zu.

Auf dem Weg zu der kleinen Dorfschule holte sie Martha ab. Es war, wie ihre Mutter gesagt hatte: Sie fühlte sich sofort besser, als sie ihre Freundin neben sich wusste.

»Wir setzen uns auf alle Fälle zusammen, in Ordnung?«, Clara versuchte vorneweg schon ein paar entscheidende Dinge zu klären.

»Klar, was denkst du denn?«

Martha würde mit ihr in eine Klasse gehen, obwohl sie ein Jahr jünger war. Da sie den Schulbetrieb schon kannte, wusste sie, dass es nur zwei Schulräume gab. Einen für die Klassen eins bis vier, und einen Raum für die Jahrgänge fünf bis acht.

»Wir kommen beide in das Klassenzimmer für die kleineren Jahrgänge«, hatte sie Clara erklären können, die als Drittklässler galt.

Ottos Tochter, Erika, würde ebenfalls von nun an in Heuchlingen die Schulbank drücken. Doch im Gegensatz zu Clara und Martha kam sie zu den Großen, sodass die drei Mädchen kaum etwas miteinander zu tun hatten.

Als Clara in ihrem Klassenzimmer stand und darauf wartete, von ihrem künftigen Lehrer aufgerufen zu werden, schaute sie sich interessiert die anderen Kinder an. Sie fühlte sich sicher, da sie Martha neben sich wusste. Es war eine kunterbunte Mischung, die sie entdeckte, vom Alter genauso wie vom Verhalten her. Ein paar ihrer künftigen Klassenkameraden kannte sie bereits: Entweder waren es Kinder von Deportierten oder Dorfkinder, die sie im Laufe der Sommerwochen kennengelernt hatte. Aber es gab auch viele fremde Gesichter. Das waren vor allem Kinder, die mit ihren Familien aus Siebenbürgen vertrieben worden waren und nun ihrerseits versuchten, am Rand von Heuchlingen in kleinen, rasch hochgezogenen Häusern neue Wurzeln zu schlagen. Mit denen hatte Clara bisher kaum Kontakt gehabt.

Sie alle sprachen völlig unterschiedliche Dialekte. Die Dorfkinder hatten ihren breiten schwäbischen Tonfall, die Jenenser sprachen thüringisch und die Siebenbürger hatten wiederum einen ganz eigenen Zungenschlag. So konnten sich alle Kinder sofort gegenseitig einordnen.

Das gemischte Alter und die unterschiedliche Herkunft der Schüler machten es Herrn Anselm, ihrem künftigen Lehrer, nicht einfacher, zumal er kein ausgebildeter Pädagoge war, sondern Physiker. Er gehörte zu den Deportierten und hatte sich bereit erklärt, Unterricht zu geben, um so seine leere Zeit mit einer sinnvollen Aufgabe auszufüllen. Der Dorflehrer war nicht böse gewesen über die Verstärkung.

»Der macht eigentlich einen ganz netten Eindruck«, flüsterte Clara zu Martha, nachdem er damit einverstanden war, dass sich die beiden Mädchen nebeneinander setzten.

»Ja, aber ich finde, er sieht wirklich ganz schön streng aus«, gab Martha zu Bedenken.

Es dauerte nicht lange, bis beide Mädchen zu den Lieblingsschülerinnen des Lehrers gehörten. Sie hatten sich schnell an ihn gewöhnt und mochten ihn. Er gab sich viel Mühe und machte meist einen guten Unterricht. Es gab nur eine Sache, die beide Mädchen störte.

»Warum muss er immer so ungeduldig sein?«, beschwerte sich Clara schon bald. Seine Gefühlsausbrüche verunsicherten alle, obwohl Clara und Martha bisher immer Glück gehabt hatten. Sie hatten sich stets erfolgreich unsichtbar gemacht.

Ein paar Tage später erlebte Clara allerdings selbst, wie es sich anfühlte, zum Ziel seiner Unbeherrschtheit zu werden. Es ging so schnell, dass sie gar nicht begriff, wie ihr geschah.

Alles fing mit einem verhauenen Diktat an. Die Arbeit war in der ganzen Klasse schlecht ausgefallen. Das genügte, um Herrn Anselms Laune für den heutigen Schultag zu verderben. Mit missmutig zusammengezogenen Augenbrauen verkündete er: »Das Diktat war eine Katastrophe.«

Augenblicklich war es mucksmäuschenstill im Raum. Jeder ahnte Schlimmes. Nur Clara war noch in Gedanken woanders und hatte nicht richtig zugehört. Ihr unbedarftes Lächeln verging ihr augenblicklich, als Herr Anselm sie anblaffte.

»Sogar du hast viel zu viele Fehler gemacht!« Er baute sich breitbeinig vor ihrer Bank auf.

»Wie konnte das passieren? Du gehörst doch mit Martha sonst zu meinen besten Schülern.« Sein düsterer Blick schweifte zwischen beiden Mädchen hin und her. Dann ging er zum Pult, um Claras Heft aus dem Stapel herauszuziehen.

»Hab ich nicht klar und deutlich gesagt, ›Luther in Wittenberg‹?«, er fuchtelte mit dem Heft vor ihrem Gesicht herum. »Und, was schreibst du? ›Luther in Württemberg‹. Meine Güte Clara, denkst du nicht mit? Und zu allem Überfluss schreibst du Württemberg auch noch falsch.« Die Empörung stand ihm ins Gesicht geschrieben.

Kleinlaut wagte sie sich dennoch zu verteidigen: »Aber … aber, das haben wir doch gar nicht geübt.«

»Papperlapapp!«, unterbrach er sie zornig. »Ich verbitte mir jegliche Widerworte!« Völlig unerwartet zog er den Rohrstock hervor und schlug auf Claras Finger.

Sie schrie vor Schmerz auf und zog erschrocken ihre Hand zurück. Dabei stieß sie so unglücklich gegen das kleine Tintenfässchen auf ihrer Schulbank, dass es umkippte. Herr Anselm, der unmittelbar davor stand, bekam den Schwall Tinte ab. Auf seinem weißen Laborkittel, den er zum Unterricht stets trug, bildete sich ein hässlicher blauer Fleck. Entsetzen lähmte die ganze Klasse für einen Augenblick. Erschrocken hielt sich Clara ihre schmerzenden Fingerknöchel vor den Mund, Herr Anselm starrte wortlos an sich herunter.

»Das … das habe ich doch nicht gewollt«, stammelte Clara unglücklich. Tränen schossen ihr in die Augen.

Es schien endlos zu dauern, bis er sich regte. Sein vernichtender Blick traf Clara. Am liebsten wäre sie im Erdboden versunken. Voller Angst wartete sie, was geschehen würde. So wie die ganze Klasse. Ohne seinen drohenden Blick von Clara abzuwenden, nahm Herr Anselm wortlos ihr Diktatheft, das er vorhin auf ihren Tisch geschleudert hatte und das noch immer dort lag. Er zückte den Rotstift, der stets hinter seinem rechten Ohr klemmte, und zog voller Entschlossenheit einen fetten, roten Strich quer über das gesamte Diktat. Von links oben nach rechts unten. Anschließend malte er langsam den sanften Schwung einer Sechs unter den Text. Clara bemerkte ungläubig ein boshaftes Lächeln um seinen Mund. Dann schmiss er das Heft auf ihren Tisch, drehte sich um und ging zu seinem Pult zurück.

Fassungslos starrte Clara auf ihr Heft. Das war einfach nur ungerecht und gemein! Sie hatte es doch nicht mit Absicht getan!

Niemand traute sich, etwas zu sagen. Es war so still, dass alle Claras Tränen hören konnten, die auf das vermaledeite Heft tropften. Das schrille Gebimmel der Klingel zerriss plötzlich die Stille.

»Morgen schreiben wir wieder ein Diktat!« Es klang wie eine Drohung.

»Und als Hausaufgabe schreibt ihr den Text von diesem Diktat drei Mal ab! In Schönschrift! Und ohne Fehler! Verstanden?« Herr Anselm rauschte ohne Gruß aus dem Raum. Kaum hatte er das Klassenzimmer verlassen, kam Leben in die Kinder. Sie sprangen von ihren Bänken und umringten Clara.

»Arme Clara!«, schallte es von allen Seiten. Das Mitleid tat ihr unendlich gut.

»Eines kann ich euch versprechen!«Ihre Stimme bebte vor unterdrückter Wut, während sie ihre Schulsachen in den Ranzen stopfte: »Das verzeihe ich ihm nie!«

Als sie schließlich in der Küche des Kirchenbauern auftauchte, erschreckte sie ihre Mutter mit ihrem verheulten Gesicht.

»Was ist denn mit dir passiert? Haben dich wilde Jungs verdroschen oder hattest du Ärger in der Schule?« Agnes blickte forschend ins Gesicht ihrer Tochter. Augenblicklich schossen dieser neue Tränen in die Augen. Schnell schmiegte sie sich an ihre Mutter und weinte hemmungslos all ihren Ärger heraus. Agnes ließ sie gewähren.

»Er ist so gemein und ungerecht gewesen. Das kannst du dir gar nicht vorstellen!«, schluchzte sie.

Als Clara endlich wieder sprechen konnte, erzählte sie die ganze Geschichte und merkte dabei, dass mit jedem Satz die Empörung ihrer Mutter wuchs.

»Das ist ja wohl die Höhe!«, platzte Agnes zu guter Letzt heraus. »So geht es nicht. Gleich morgen gehe ich zur Schule und werde mit diesem Herrn mal ein paar Takte reden.« Agnes fand das Verhalten des Lehrers inakzeptabel.

Am nächsten Tag holte sie ihre Tochter mittags von der Schule ab und suchte den Lehrer im Klassenraum auf, sobald die meisten Kinder das Zimmer verlassen hatten. Es sollte ein unangenehmes Gespräch für beide werden. Agnes fand es schwierig, ihre Stimme ruhig zu halten, weil sie so aufgeregt war. Und Herr Anselm war es nicht gewöhnt, dass jemand seine Autorität als Lehrer in Zweifel zog.

Schließlich musste er widerwillig eingestehen, dass sein Verhalten tatsächlich unangemessen gewesen war. Im Nachhinein hatte Clara ihm leid getan, immerhin gehörte das Mädchen sonst zu seinen besten Schülerinnen.

»Also, gut, Frau Stockmüller, vielleicht war ich wirklich etwas zu hart gestern.« Er gab sich einen Ruck. »Ich bin bereit, die Sechs zurückzunehmen. Lassen wir es bei der ursprünglichen Vier.«

»Danke, Herr Anselm. Das ist anständig von Ihnen.« Agnes war erleichtert und beendete das Gespräch so schnell wie möglich mit einem freundlichen, aber äußerst knappen Kopfnicken.

Clara hatte derweil draußen auf dem Schulhof auf sie gewartet und fiel ihrer Mutter um den Hals, als sie von deren Erfolg hörte.

»Aber eins kann ich dir versprechen: Auch wenn er die Sechs zurückgenommen hat, wird er nie mehr mein Lieblingslehrer sein!«, grollte sie noch immer.

5

»Pass gut auf die Mädchen auf! Und natürlich auf dich selbst! Ich bin froh, euch wenigstens hier beim Kirchenbauern zu wissen. Der wird euch helfen, wenn es nötig ist.«

Karl streichelte Agnes ein letztes Mal zärtlich über die Wange. Gleich würde der Bus losfahren, der ihn, Otto und noch ein paar andere Jenenser nach Zwiesel bringen sollte.

Agnes nickte bloß, Tränen schimmerten in ihren Augen. Sie wollte ihren Mann nicht allein fahren lassen. Bis jetzt hatten sie es doch immer geschafft, alle zusammen zu bleiben, dachte sie traurig. Warum klappte das dieses Mal nicht? Ihr Verstand sagte ihr zwar deutlich, dass es für sie und die Mädchen besser war, auf dem Hof in Heuchlingen zu bleiben, wo sie sich alle wohl fühlten. Trotzdem fiel ihr der Abschied von ihrem Mann unendlich schwer.

»Ich lasse sobald wie möglich von mir hören. Außerdem nutze ich die nächste Mitfahrgelegenheit, um euch hier zu besuchen. Versprochen!« Karl stieg in den Bus.

»Auf Wiedersehen!«

Agnes winkte dem Bus hinterher, bis sie ihn nicht mehr sehen konnte.

»Wer weiß, wann es ein Wiedersehen gibt«, dachte sie traurig.

In Zwiesel stürzten sich die Männer sofort in die Arbeit. Anders als erwartet, wurden sie von den dortigen Schottianern nicht mit offenen Armen empfangen. Ganz im Gegenteil: Die Ablehnung der Belegschaft schlug ihnen wie ein eisiger Hauch entgegen. Karl und die anderen spürten sofort, dass die Kelchglasbläser sie nicht als Kollegen der großen Firmenfamilie Schott empfanden, sondern als unerwünschte Eindringlinge.

»Vermutlich denken sie, dass wir Konkurrenten sind, die sie aus ihren vertrauten Arbeitsbereichen herausdrängen wollen«, mutmaßte Karl eines Abends, als die Männer sich über das unfreundliche Verhalten unterhielten.

»Ja, und die ihr Werk nur deshalb umbauen wollen, weil sie es früher oder später übernehmen wollen«, fügte Otto hinzu. »So etwas habe ich heute jedenfalls gehört.«

»Das ist doch albern«, begehrte Karl auf. »Die müssen doch begreifen, dass alle Schottianer in einem Boot sitzen und wir es nur gemeinsam schaffen können. Mit optischen Gläsern kann man derzeit nun einmal mehr Geld verdienen als mit hübschen Kelchgläsern. Und Geld braucht die Firma jetzt dringend, um überhaupt wieder auf die Beine zu kommen.«

»Soweit ich weiß, hat Dr. Schott bereits mehrere wichtige Aufträge für optisches Glas an Land gezogen.«

Die anderen Jenenser nickten zustimmend. Es fiel allen schwer, gegen das Gefühl der Unerwünschtheit anzukämpfen. Jeden Tag entdeckten sie neue Stolpersteine, die ihnen absichtlich in den Weg gelegt wurden. Wenn sie sich abends in ihre primitive Unterkunft zurückgezogen hatten, machten sie ihrem Ärger Luft.

»Ich habe das Gefühl, wir müssen uns regelrecht auf unsere Sachen draufsetzen, wenn wir verhindern wollen, dass sie geklaut werden«, schimpfte einer, der morgens stundenlang nach seinem privaten Werkzeuggürtel gesucht und ihn schließlich rein zufällig in der hintersten Ecke eines ungenutzten Spindes wieder gefunden hatte.

»Ja, die Sache mit deinem Gürtel stinkt wirklich zum Himmel. Das war reine Boshaftigkeit. Genauso wie meine Kabeltrommel, die ich mir für heute zurechtgelegt hatte und die heute Morgen ebenfalls, oh Wunder, verschwunden war. Und wenn man sie um Unterstützung oder Werkzeug bittet, helfen sie einem fast nie, weil sie gerade etwas Wichtigeres zu tun haben. Das ist doch komisch, oder?« Otto schüttelte den Kopf. Er konnte dieses Verhalten nicht nachvollziehen, da es seiner eigenen Wesensart völlig fremd war. Wenn er um Hilfe gebeten wurde, war es selbstverständlich für ihn, mit anzupacken.

»Es ist so überflüssig und sinnlos«, meinte ein anderer.

»Und wir sind doch schließlich alle Schottianer, verdammt noch mal! Kapieren die das denn nicht?«

Diese permanente, wenn auch versteckte Feindseligkeit zehrte enorm an den Nerven der Jenenser. Bald fühlten sich alle müde und ausgelaugt. Auch der frühe Einzug des Winters machte ihnen zu schaffen.

»Nicht einmal ein paar Bettgestelle konnten sie für uns organisieren«, schimpfte Karl und stieß mit dem Fuß wütend gegen den feuchten Strohsack, der auf dem kalten Boden lag und als Matratze diente. »Das gibt es doch gar nicht! Hier friert man ja immer!«

Die anderen Männer im Raum nickten, sie empfanden es genauso. Die ersten klagten bereits über Husten und Gliederschmerzen.

Die Kälte des Bodens drang ungehindert durch die klammen Strohmatratzen, sodass den Männern während der ganzen Nacht nicht richtig warm wurde. Auch der Bau eines kleinen Ofens gleich zu Beginn ihres Aufenthaltes konnte daran nichts ändern. Nachdem sie festgestellt hatten, dass offenbar niemand der Zwieseler Belegschaft willens oder in der Lage war, einen Ofen in ihrem Schlafraum zu installieren, hatten sie sich wohl oder übel dazu entschlossen, dies selbst zu tun.

»Wenn wir große Schmelzöfen bauen können, müsste uns das doch eigentlich auch im Kleinen gelingen, oder?«, hatten sie trotzig aufbegehrt.

Und tatsächlich brannte ein munteres Feuerchen in dem kleinen Ofen, den sie zustande gebracht hatten und auf den sie stolz waren. Trotzdem blieb es klamm und kalt, denn die Leistung des Wärmespenders reichte bei Weitem nicht aus für den großen, zugigen Raum. Auch in der Fabrikhalle, die ihnen zur Verfügung gestellt worden war und nicht viel mehr als einen Rohbau darstellte, wurde ihnen nicht wärmer, denn auch hier herrschte zugige Kälte, weil die meisten Fenster fehlten. Unglücklicherweise rutschte die Quecksilbersäule in diesem Winter bereits zeitig so tief, dass sogar ihr Atem gefror. Immer wieder mussten sie sich in der dem Werk gegenüberliegenden Gaststätte, in der sie ohnehin verpflegt wurden, aufwärmen, um ihre steifen Finger aufzutauen und wieder bewegen zu können. Die dünne Brühe, die ihnen hier fast täglich vorgesetzt wurde, wärmte zwar ein wenig von innen, doch satt machte sie die hart arbeitenden Männer nicht. Wenn sie Glück hatten, schwamm eine Scheibe Blutwurst obenauf.

»Heute gibt es wieder Wassersuppe mit Ohren«, wurde zum geflügelten Wort. Nur mit Galgenhumor war das zu ertragen. Alle Versuche, den Wirt davon zu überzeugen, dass sie eine kräftigere Nahrung brauchten, schlugen fehl.

»Ich hab nix und das Werk zahlt nicht mehr«, schüttelte er ablehnend den Kopf. »Geht doch woanders hin.«

Damit war der Fall für ihn erledigt. Er wusste genau, dass die Jenenser keine Wahl hatten – es gab keine bezahlbaren Alternativen. Also schoben sie weiter Hunger, bis sie endlich, einige Wochen später, zusätzliche Lebensmittelkarten für Schwerarbeiter bekamen.

Nur langsam ließen sich die Bayern zur Zusammenarbeit bewegen. Offenbar fiel es ihnen schwer, einzusehen, dass die Produktion optischer und pharmazeutischer Spezialgläser in ihrem Werk auch für sie von Vorteil wäre.

Bisher hatte man in Zwiesel hauptsächlich Kelchgläser geblasen. Das dafür verwendete Glas war in seiner chemischen Zusammensetzung ganz anders als das der Spezialgläser. Daher mussten Schmelzwannen, Öfen und Kühlvorrichtungen auf diese speziellen Bedürfnisse umgestaltet, ja zum Teil sogar vollkommen neu gebaut werden. Mitunter konnte man an frühere Umbauten anknüpfen, die schon während des Krieges vorgenommen worden waren, da man ja das Werk als Ausweichstandort für den Fall einer Zerstörung in Jena vorgesehen hatte. Das erleichterte jetzt in mancher Hinsicht die Arbeit.

Trotzdem fehlte es an allen Ecken und Enden, überall musste improvisiert werden.

»Hätten wir doch nur wenigstens unser Werkzeug und all die Pläne für die Öfen und Kühlvorrichtungen, die wir damals in Jena in die Güterwaggons laden mussten. Diese Sachen könnten wir jetzt wirklich gut gebrauchen, und wir wären längst nicht so sehr auf die Hilfe der Leute hier angewiesen«, meinte Otto nachdenklich.

»Das stimmt! Hieß es nicht damals, dass der Güterzug nach Zwiesel fahren sollte? Wo ist der eigentlich abgeblieben? Oder habe ich das falsch in Erinnerung?«

»Nein, nein, das hat man uns damals in Jena erzählt. Aber wer weiß, was die Amis dann tatsächlich damit gemacht haben.«

»Es wäre eine ganz schöne Schweinerei, wenn all unsere Unterlagen, Einrichtungen und Gerätschaften für immer verschwunden wären.«

»Allerdings! Aber was hilft's? Wir müssen es auch so schaffen!«

Jeder Tag stellte die Jenenser vor eine neue Herausforderung: Bevor sie richtig loslegen konnten, mussten sie zunächst Unmengen von Schutt abtragen, der überall herum lag. Teilweise waren zentnerschwere Betonbrocken zu bewegen, doch standen ihnen lediglich zwei Ochsengespanne mit flachen Plattenwagen als Hilfsmittel zur Verfügung. Wenn sie Pech hatten, fiel ein Großteil der Ladung während des Abtransports wieder herunter.

Nach Beseitigung des Schutts wollten sie mit dem Bau eines Schmelzofens beginnen. Zum Glück kannte sich einer der Männer damit aus. Doch wo bekamen sie die notwendigen Materialien dafür her? Darüber hinaus wurde ihnen bewusst, dass viele ziemlich schwere Teile dabei sein würden, die man nicht einfach so mit Manneskraft bewegen konnte. Die einzige Möglichkeit, zentnerschwere Lasten millimetergenau an Ort und Stelle in den Ofen einzupassen, war eine Kranbahn. Solch eine brauchten sie unbedingt.

»Na wunderbar! Und wo bekommen wir die her?«

»Wir werden uns eine bauen müssen!«

»Wie soll das funktionieren? Hat jemand von euch so etwas schon mal gemacht?«

Alle schüttelten den Kopf. Es dauerte Tage, bis sie sich darüber im Klaren waren, dass sie für eine funktionierende Kranbahn zunächst die 15 Zentner schweren Schienen, die sie hatten, in eine exakt waagerechte Position würden verlegen müssen. Wieder gingen mehrere Tage schwerer Arbeit ins Land, bis sie an ihre Grenzen stießen.

»Es klappt nicht!« Die Enttäuschung war deutlich zu hören, als sich die Schottianer schließlich ihr Unvermögen eingestehen mussten.

»Wir haben nur ein Gefälle von wenigen Zentimetern, doch das reicht aus, um unsere gesamte Arbeit unbrauchbar zu machen«, stellten sie frustriert fest. »Ob wir wollen oder nicht, wir müssen noch einmal von vorne anfangen.«

»Ja, und bevor wir das tun, brauchen wir unbedingt eine exakte Wasserwaage. Sonst wird immer eine kleine Neigung zurückbleiben«, konstatierte einer. »Nur, wo bekommen wir die her?«

Sie fragten überall im Werk herum und waren nicht wirklich erstaunt, als sie feststellen mussten, dass sich nirgendwo eine brauchbare Wasserwaage auftreiben ließ. Wieder mussten sie improvisieren. Schließlich kam einer auf die Idee, einen langen, stabilen Schlauch zu nehmen, den mit Wasser zu füllen und damit die waagerechte Stellung der Schienen auszutarieren. Kaum glaubten sie, die Lösung für dieses Problem gefunden zu haben, als ihnen das nächste Problem bewusst wurde.

»Es ist Winter und in der Fabrikhalle ist es viel zu kalt, um mit Wasser zu hantieren«, fiel es einem der Männer ein. »Das friert uns im Schlauch fest.«

Ein Versuch ergab schnell, dass er recht hatte: Aus dem Wasser wurde Eis.

»Wir könnten es mit Glyzerin probieren«, kam der nächste Lösungsansatz, »dann bleibt es flüssig.«

»Und wo bekommen wir Glyzerin her?«

Es vergingen mehrere Tage, bis sie welches aufgetrieben hatten. Alle standen gespannt um den Wasserschlauch herum, als einer das Glyzerin hinzu gab. Dieses Mal klappte es! Das Wasser gefror nicht mehr und sie konnten ihre Arbeit fortsetzen: Tatsächlich schafften sie es, die schweren Schienen in die erforderliche, exakte Position zu bringen! Sie jubelten noch, als sie vor dem nächsten Problem standen. »Und womit justieren wir nun die Schienen im Boden?«

»Na, mit dicken Schrauben!«

»Haben wir welche?«

»Nein, nicht so große und nicht so stabile.«

Erneut versuchten sie ihr Glück bei den Kollegen im Werk: ohne Erfolg! Eigentlich hatten sie damit gerechnet.

»Also gut, dann versuche ich eben, welche selbst zu schmieden«, meinte daraufhin einer der Männer, der gelernter Schmied war.

Wieder mussten sie ihre Arbeit für mehrere Tage unterbrechen, bis seine Schrauben die richtige Größe und Form hatten.

Und dann – irgendwann – war der Kran tatsächlich funktionstüchtig!

Die Männer konnten es kaum glauben, diese Hürde bewältigt zu haben und hatten dadurch neuen Mut gefasst.

»Als nächstes kommt der Schmelzofen an die Reihe!« Sie gönnten sich keine Verschnaufpause, da sie wussten, dass die Zeit drängte.

»Ihr seht, wir können es schaffen, es gibt immer eine Lösung«, ermunterten sie sich gegenseitig und begannen damit, schwere Eisenträger für den künftigen Ofen zusammenzuschweißen.

Unverdrossen arbeiteten sie sich voran. Irgendwann bekamen sie endlich auch Fenster für die Halle, sodass es nicht mehr so zugig war und wärmer wurde. Ebenso gelang es ihnen, den defekten Generator zu reparieren, den sie unbedingt brauchen würden.

Die einheimische Belegschaft beäugte die Deportierten während dieser Zeit äußerst misstrauisch. Manche Ideen kamen den Bayern so verwegen vor, dass sie die Jenenser nur mitleidig belächelten. Doch irgendwann mussten sie ihnen Respekt zollen, als sie merkten, dass Otto, Karl und die anderen tatsächlich vorankamen und den ursprünglichen Rohbau langsam aber sicher in eine funktionsfähige Glashütte verwandelten.

Eines Tages bekamen sie Glasschneidemaschinen angeboten.

»Die können wir zwar im Moment noch nicht gebrauchen, aber später, für die Produktion werden sie unbedingt erforderlich sein«, dachten die Improvisationstalente schon weiter. Als sie die Maschinen genauer untersuchten, bemerkten sie allerdings, dass diese vollkommen verrostet waren.

»In diesem Zustand sind die nicht brauchbar.«

Enttäuscht stellten sie die Maschinen zur Seite und wendeten sich wichtigeren Aufgaben zu. Behalten würden sie diese trotzdem, dafür waren sie in diesen Zeiten des Mangels viel zu wertvoll. Viel später erst machten sich Otto, Karl und die anderen an die mühselige Arbeit: Sie zerlegten alle Maschinen in sämtliche Einzelteile, um dann jede Stange, Platte und Schraube einzeln mit Schmirgelpapier und Feile vom Rost zu befreien. Welch nervtötende, stundenlange Kleinarbeit! Doch sie schrubbten und schmirgelten, bis alles wie neu glänzte, bevor sie es mit der gleichen Geduld wieder zusammensetzten.

Die Wege trennen sich

1

Wenn die Männer in Zwiesel auch nur langsam vorankamen, setzten sie damit doch klare Zeichen: Es zeigte ihren festen Willen, zur Not auch fern des Stammhauses in Jena eine eigene Produktion aufzubauen, um so trotz der hinderlichen Einteilung in Zonen auf dem gesamten deutschen Markt wieder präsent zu sein. Natürlich blieben diese Bemühungen auch den neuen Verantwortlichen im Jenaer Glaswerk nicht verborgen. Und es gefiel ihnen überhaupt nicht. Für sie war Erich Schotts Verhalten und das seiner Leute eine offene Provokation. Sie waren nicht damit einverstanden, dass ihnen quasi aus den eigenen Reihen Konkurrenz erwachsen sollte.

Erich Schott hatte unmittelbar vor seiner Deportation drei Männer aus seinem vertrauten Umfeld zu »Stellvertretern auf die Dauer unserer Abwesenheit« bestimmt: Der Prokurist Fritz Dunger sollte sich künftig um die kaufmännischen Belange kümmern. Zum technischen Leiter berief er den Hüttenobermeister Albert Heintz, der gleichzeitig Betriebsratsmitglied war. Und die wissenschaftliche Führung übertrug er Dr. August Klemm als Dritten im Bunde.

Kurze Zeit danach bestätigte der – ebenfalls neu berufene – Stiftungskommissar dieses Triumvirat offiziell in seinen neuen Ämtern, wenn auch nur »bis zur Rückkehr der bisherigen Geschäftsleitung«.

Damit einhergehend wurde die Vertretungsmacht der »alten« Geschäftsführung, also die von Erich Schott und seinen Stellvertretern, aus dem Handelsregister in Jena gelöscht. Ihnen wurde somit rechtlich gesehen die Handlungsbefugnis für das Jenaer Glaswerk entzogen.

Die neuen Geschäftsführer standen gleichberechtigt dem Glaswerk vor. Allerdings konnten sie nicht unabhängig und nach rein betriebswirtschaftlichen Gesichtspunkten agieren. Vielmehr waren ihnen die Hände gebunden, da der russische Hauskommandant unmittelbar hinter ihnen stand und ihr Tun ebenso beobachtete wie andere, noch höherrangigere Vertreter der sowjetischen Besatzungsmacht in Berlin-Karlshorst.

Natürlich war die Berufung für jeden Einzelnen von ihnen eine ungeheure Herausforderung. Von heute auf morgen standen sie vor Aufgaben, mit denen sie sich bisher noch nie intensiv befasst hatten. Plötzlich galt es, wirtschaftliche Entscheidungen zu treffen, deren Konsequenzen oft nur schwer abzuschätzen waren, insbesondere unter den komplizierten Bedingungen, die einerseits die Kriegszerstörungen inklusive aller Mangelerscheinungen und andererseits die sowjetische Besatzung mit sich brachten. Selbst mit vollen Auftragsbüchern und gut bestückten Lagern wäre das keine einfache Aufgabe gewesen.

Die neue Geschäftsführung machte das Beste aus der Situation, arbeitete sich in die fremde Materie ein und leitete einvernehmlich die Belange des Glaswerkes. Als langjährige Schottianer fühlten sie sich dem Werk verpflichtet und trafen ihre Entscheidungen im Sinne des Firmengründers, der eine Tradition von sozialer Verantwortung und kollegialem Miteinander geprägt hatte. Dadurch waren Konflikte mit den ganz anders gelagerten Anforderungen der sowjetischen Besatzer vorprogrammiert: wahrlich ein schwieriges Unterfangen. Und jetzt kamen auch noch »Querschüsse« aus den eigenen Reihen, indem Erich Schott eine unabhängige Produktion in der – für sie – nur schwer zu erreichenden, amerikanischen Zone vorantrieb.

Zunächst hatte Mitleid für die Deportierten das Denken und Handeln in Jena Gebliebenen bestimmt. Sie versuchten, ihre früheren Vorgesetzten und Kollegen in Heidenheim so gut wie möglich zu unterstützen, soweit es nicht den eigenen Bedürfnissen widersprach.

Deshalb war es für die Ersatzgeschäftsführung selbstverständlich, den Deportierten die alten Arbeitsplätze in Jena zu garantieren, sofern sie nur in absehbarer Zeit wiederkommen würden, wovon alle ausgingen. Auch die Gehaltsfortzahlung für die ersten drei Monate war als Hilfe gedacht.

Die Heidenheimer nahmen diese Gesten der Verbundenheit dankbar an. Es gab ihnen das gute Gefühl, nicht einfach dem eigenen Schicksal überlassen und vergessen worden zu sein. Nein, sie gehörten nach wie vor dazu!

Auch im privaten Bereich unterstützte die neue Geschäftsführung die Deportierten so gut es ging. Mit jeder weiteren Woche fern von Jena tauchten neue Probleme rund um Wohnungs- und Eigentumsfragen auf, für die sich die früheren Kollegen vor Ort gewissenhaft im Sinne der Heidenheimer einsetzten.

Wenige Monate nach Kriegsende mussten sich alle Deutschen erst daran gewöhnen, dass sie im eigenen Land nicht mehr einfach von Nord nach Süd und von Ost nach West fahren konnten, ohne entsprechende Passierscheine der Siegermächte bei sich zu führen. Dass der »Eiserne Vorhang« innerhalb der nächsten Monate die »Ostzone« noch dichter von den anderen drei westlichen Zonen abriegeln würde, und damit alle Verbindungen zwischen Ost und West für Jahrzehnte erbarmungslos kappen würde, konnten sich die Menschen zu diesem Zeitpunkt beim besten Willen nicht vorstellen. Die meisten waren viel zu sehr mit ihrem eigenen täglichen Überlebenskampf beschäftigt, als dass sie den zunächst schleichend beginnenden Prozess überhaupt wahrgenommen hätten.

Wie die meisten Deutschen gingen auch die verantwortlichen Herren in Jena davon aus, dass sowohl die Deportationen als auch die Aufteilung Deutschlands in vier Besatzungszonen unmittelbare Folgen des verlorenen Krieges waren und nur vorübergehender Natur sein würden, die in absehbarer Zeit wieder rückgängig gemacht würden. Und dann könnten sie ihre Gläser aus Jena wieder in alle Himmelsrichtungen liefern.

Sie vertrauten auf das Potsdamer Abkommen, in dem festgelegt worden war, dass Deutschland als wirtschaftliche Einheit erhalten bleiben sollte. Dementsprechend würden gewiss auch sämtliche Transportbeschränkungen zwischen den Zonen aufgehoben werden.

Aus diesen Überlegungen heraus hielten sie die Aktivitäten ihres alten Firmenchefs auch für überflüssig. Wozu sollte man eine gleichartige Produktion für viel Geld, das man nicht übrig hatte, anderswo aufbauen, wenn sie doch genauso von Jena aus erledigt werden konnte?

Als die Geschäftsleitung in Jena durch Zufall davon erfuhr, dass Erich Schott versuchte, an alte Kundenkontakte im Westen anzuknüpfen und Aufträge zu bekommen, waren sie ernsthaft verstimmt. Sie bewerteten dies als den Versuch, eigene Kunden vom Stammwerk abzuwerben. Und man war doch selbst dringend auf jeden neuen Auftrag angewiesen!

Ähnlich verhielt es sich mit dem Versuch der Heidenheimer Gruppe, im Westen befindliche Außenstände des Glaswerkes, die noch aus Kriegszeiten stammten, für eigene Zwecke einzutreiben. Auch das empfanden die Jenaer als Affront, den sie nicht gewillt waren, hinzunehmen. Schließlich brauchte das Stammwerk selbst frisches Kapital. So erreichten bald die ersten empörten Briefe die improvisierte Geschäftsstelle in Heidenheim.

Sowohl Erich Schott als auch seine Mitarbeiter beeilten sich, die Wogen zu glätten. Sie wollten ihre Kollegen in Jena nicht verstimmen. Eiligst schickten sie versöhnliche Zeilen an die Saale, in denen sie gleichwohl ihren Standpunkt verteidigten. Sie hatten eine andere Sicht der Dinge.

Selbstverständlich fühlte sich Erich Schott als Sohn des Firmengründers und langjähriger Geschäftsführer nach wie vor voll verantwortlich für »sein« Werk, obwohl er eigenhändig die neue Geschäftsleitung bestellt hatte und ihm klar sein musste, dass ihm damit – rechtlich gesehen – keine Entscheidungsbefugnisse mehr oblagen. Für ihn war diese Benennung ein rein formaler Akt gewesen, zu dem er gezwungen worden war, der ihn jedoch keinesfalls aus seiner eigenen Verantwortung entband.

Und seine Verantwortung gebot ihm, alles zu unternehmen, um wieder auf die Beine zu kommen - auch fern von Jena. Dazu drängten ihn überdies die Amerikaner. Erich Schott konnte nicht warten, bis irgendwann die Zonengrenzen wieder fallen würden. Da der Warenaustausch zwischen den verschiedenen Gebieten nur schlecht klappte und das Stammwerk faktisch nicht überall hin liefern konnte, wollte er mit seinen Leuten den Part für die westlichen Territorien übernehmen – natürlich nur solange es notwendig sein würde.

Selbstverständlich fühlten sich alle Deportierten nach wie vor als Schottianer, auch wenn sie derzeit sozusagen ausgelagert waren. Erich Schott war deshalb nicht der Einzige in Heidenheim, der die harsche Ablehnung aus Jena nicht nachvollziehen konnte. Er verwies auf andere große Firmen in ähnlicher Situation wie Osram, AEG oder Siemens. Diesen war es gelungen, zügig Zweigproduktionen im Westen auf- oder auszubauen, und zwar mit der Unterstützung ihrer jeweiligen Mutterwerke.

Die Zonengrenze machte es überdies kompliziert, sich gegenseitig zu besuchen. Von Angesicht zu Angesicht wären die Differenzen womöglich leichter behoben worden. Aber die Kollegen aus Jena bekamen von den russischen Behörden nur ab und zu die notwendigen Reisegenehmigungen für ein Treffen in Heidenheim, sodass die zeitlichen Abstände dazwischen groß waren.

Meist reiste der altgediente Syndikus gen Westen und befand sich dann regelmäßig in einem inneren Konflikt. Nach wie vor fühlte er sich mit Erich Schott eng verbunden, mit dem er jahrelang einvernehmlich zusammengearbeitet hatte. Andererseits war er ein Angestellter des Glaswerks in Jena und musste als solcher versuchen, dessen Belange zu vertreten. Er versuchte sein Bestes und konnte doch genauso wenig wie alle anderen Besucher verhindern, dass sich auf beiden Seiten der Eindruck verhärtete, man arbeite gegeneinander.

Bald sahen sich die Jenaer Herren dazu veranlasst, ihre Fahrten in den Westen auch für Firmenbesuche bei früheren Kunden zu nutzen, die in den westlichen Zonen ihren Sitz hatten, um diese ausdrücklich davor zu warnen, mit dem Heidenheimer Sprengel zusammenzuarbeiten. Die Deportierten hätten keinerlei Handlungsbefugnis für das Glaswerk, argumentierten sie. Nur sie würden als neue Geschäftsführung das Jenaer Werk repräsentieren und seien die richtigen Ansprechpartner.

Die Kunden waren verwirrt. Schon einige Wochen zuvor hatten sie Post aus Jena bekommen, in der die neue Geschäftsleitung darauf hinwies, dass man für Verbindlichkeiten aus Rechtsgeschäften, die die alte Geschäftsführung in Heidenheim eingegangen sei, nicht aufkommen könne, solange man nicht das ausdrückliche Einverständnis dazu gegeben habe.

An wen also sollten sich die Kunden künftig wenden? Ein bloßer Wechsel an der Firmenspitze war gewiss kein Grund, um die Zusammenarbeit aufzukündigen. Doch war es sinnvoll, eine Geschäftsverbindung aufrechtzuerhalten, bei der man nicht sicher sein konnte, ob die bestellte Ware auch rechtzeitig geliefert werden würde? Wenn Zonengrenzen und russische Reparationsleistungen dies unmöglich machten, war es vielleicht doch sinnvoll, mit dem »Ableger« der vertrauten Firma in der eigenen Zone zu verhandeln, zumal wenn dieser dort eine neue Produktion aufbaute. Und man kannte Erich Schott noch von früher als stets zuverlässigen Partner.

Die vollkommen unüberschaubare rechtliche Situation nach dem Krieg erschwerte mögliche Lösungsansätze. Ständig tauchten neue Fragen auf, mit denen sich bislang kein Jurist befasst hatte. Wem etwa gehörte das aktuelle Geschäftsvermögen? Wem standen die noch vor Kriegsende aufgelaufenen Außenstände zu? Wäre es nicht tatsächlich sinnvoll, wenn die im Westen befindlichen Außenstände von den in den Westen deportierten Firmenangehörigen eingetrieben würden und diese darüber verfügen dürften? Zumal die Devisenbestimmungen im Interzonenverkehr große Schwierigkeiten bereiteten.

Welche rechtliche Stellung würden die Deportierten nach den ersten drei Monaten haben, für die das Jenaer Werk schon die Gehälter gezahlt hatte? Würden sie auch danach noch Mitarbeiter des Stammhauses sein oder liefe ihr Arbeitsverhältnis nicht durch ihre dauerhafte Abwesenheit konkludent aus? Und wenn sie noch Mitarbeiter wären, wer müsste dann ihre Gehälter bezahlen? Waren die Jenaer dazu verpflichtet oder etwa Erich Schott? Wessen Anordnungen hatten sie Folge zu leisten? Waren sie dem Triumvirat in Jena weisungsgebunden oder ihrem früheren Chef?

Eine entscheidende Frage war auch, was mit der Stiftung werden würde, in der die beiden Betriebe von Carl Zeiss und Otto Schott einstmals vereint worden waren, um ihren Bestand zu sichern. Wo und wie sollte diese Stiftung fortbestehen? Wie ein Damoklesschwert hing über allem außerdem die Frage, wie sich die politische Lage in Deutschland entwickeln würde. Was hatten die Siegermächte mit dem ehemaligen Feindesland vor?

Sollte die Zonengrenze doch von längerer Dauer sein und die Russen das Jenaer Werk vielleicht sogar nach sowjetischem Vorbild in einen Staatsbetrieb umwandeln, dann hätte das für beide Fraktionen des Glaswerks erhebliche Auswirkungen. Denn damit würde dauerhaft getrennt, was bislang zusammengehörte.

Unvorstellbar!

Und doch musste man es in Erwägung ziehen.

All das waren Fragen und Überlegungen, die das Miteinander zwischen Stammhaus und Deportiertengruppe zunehmend belasteten und viele Gerichte über lange Jahre hinweg beschäftigen sollten.

2

Elisabeth beschäftigten derweil ganz andere Fragen. Als ihr Vater nach Zwiesel musste, wurde ihr schlecht vor Angst.

»Heißt das«, fragte sie ihn vorsichtig, »dass wir mitkommen müssen?«

»Natürlich kommt ihr mit«, meinte ihr Vater bekräftigend, »aber erst, sobald es problemlos möglich ist.« Er sah Elisabeths erschrockenen Gesichtsausdruck. »Keine Angst, noch nicht sofort, das hat Dr. Schott bereits klargestellt. Erst wenn alles soweit vorbereitet ist und wir tatsächlich mit der Herstellung der Gläser anfangen können. Und das dauert sicherlich noch einige Monate. Aber spätestens dann gibt es keinen Grund mehr, warum ihr noch hier bleiben solltet.«

Elisabeth nickte zögernd und schluckte. Sie musste sich wegdrehen, weil sie den zuversichtlichen Blick ihres Vaters nicht ertrug. In ihrem Kopf schellten sämtliche Alarmglocken.

»Auf keinen Fall! Auf keinen Fall will ich aus Heuchlingen weg«, dachte sie verzweifelt! Sofort wanderten ihre Gedanken zu Christoph. Er allein war der Grund dafür, dass sie hier bleiben wollte. »Am liebsten für immer«, dachte sie sehnsüchtig.

Sie zog sich in ihre Kammer zurück, weil sie allein sein wollte. Sie musste in Ruhe nachdenken. Auf ihrem Bett liegend ließ sie die vergangenen Wochen

Revue passieren und musste unwillkürlich lächeln. Seitdem sie Christoph zum ersten Mal im Stall gesehen hatte, waren sie gute Freunde geworden. Sie dachte an all die schönen Momente, die sie miteinander verbracht hatten. Wundersamer Weise hatte Christoph immer irgendwelche Besorgungen für seine Tante zu erledigen und damit stets einen guten Grund, auf dem Hof des Kirchenbauern aufzutauchen. Und dann schaute er auch bei ihr vorbei, dachte sie glücklich. Sie genoss seine Nähe genauso, wie er die ihre suchte. Elisabeth konnte sich nicht vorstellen, darauf jemals wieder zu verzichten.

Die beiden hatten sich angewöhnt, spät nachmittags gemeinsam eine Runde über die abgeernteten Felder zu spazieren. Dort waren sie ungestört und fühlten sich unbeobachtet. Elisabeth liebte diese Streifzüge, egal wie das Wetter war. Es gab so unendlich viel zu erzählen und mitzuteilen, dass sie kaum spürte, wenn sie gegen Wind oder Regen ankämpfen musste. Gab es mal eine Zeit, als sie Christoph noch nicht gekannt hatte? Kaum zu glauben!

Als er sie heute zu ihrem täglichen Spaziergang abholte, prickelte zum ersten Mal seit Wochen nichts in ihr. Vielmehr quälte sie ein Gefühl bodenloser Traurigkeit, das sie zu erdrücken drohte.

»Was ist los mit dir?«, fragte Christoph augenblicklich. Er hatte gleich gemerkt, dass etwas nicht stimmte. »Du siehst so bedrückt aus? Wirst du krank?« Ihn beschlich ein ungutes Gefühl.

»Nein, nein, ich bin gesund!«, schüttelte Elisabeth verdrossen den Kopf, bevor sie in missmutiges Schweigen verfiel.

»Also, du hast doch was, das spüre ich genau!« Christoph ließ nicht locker.

Elisabeth musste all ihren Mut zusammennehmen und seufzte, bevor sie endlich antwortete.

»Jetzt steht es fest: Sie wollen demnächst in Zwiesel im bayerischen Wald optisches Glas herstellen.« Ihre Worte waren voller Widerwillen. »Mein Vater muss schon in ein paar Tagen dorthin, um alles vorzubereiten. Er fährt zusammen mit ein paar anderen Männern. Vorhin hat er es uns erzählt.«

Sie ließ den Kopf hängen. »Du kannst dir also ausrechnen, dass es nur eine Frage der Zeit ist, bis die Familien hinterher ziehen. Das heißt also auch meine Mutter, meine Schwester und … ich.« Elisabeth flüsterte fast, als sie das letzte Wort sagte. Indem sie es aussprach, wurde es zur realen Bedrohung.

Christoph verstand sie kaum, weil sie so leise gesprochen hatte. Aber natürlich ahnte er sofort, worum es ging. Unsicher blickte Elisabeth zu ihm. Es war ihr unangenehm, dass er sah, wie sehr sie die Vorstellung schmerzte.

Beide waren stehen geblieben. Ohne nachzudenken, drehte sich Christoph zu Elisabeth und nahm sie kurz entschlossen in seine Arme. Ganz fest drückte er sie an sich. Er folgte einfach seinem Gefühl, das sie trösten und beschützen wollte.

Und genauso selbstverständlich ließ sie ihn gewähren.

Es war das erste Mal, dass sie sich so nahe kamen. Bislang hatten sich das beide nicht getraut, doch jetzt erschien es ihnen ganz normal.

Christoph wusste nicht, was er sagen sollte. Die Nachricht, die den meisten Schottianern so vielversprechend erschien, machte ihm genauso wie Elisabeth Angst. Er brauchte eine Weile, bis er sich wieder gefasst hatte. Lange standen sie eng umschlungen und hielten sich gegenseitig fest, ohne ein Wort zu sagen.

»Bestimmt dauert es noch lange, bis wirklich alle umziehen können«, sagte Christoph und schob Elisabeth ein kleines Stückchen von sich weg, um ihr in die Augen zu schauen. Er versuchte dabei, möglichst viel Zuversicht in seine Stimme und seinen Gesichtsausdruck zu legen. Zu seiner eigenen Überraschung gelang ihm das recht gut.

»Überleg doch mal. Die müssen doch erst einmal für alle Familien entsprechende Unterkünfte finden. Und das ist bestimmt nicht einfach.« Er suchte nach Argumenten. »Hier dagegen habt ihr euch alle mittlerweile einigermaßen eingelebt. Gut, ich gebe zu, manche habe es besser getroffen als andere. Aber solange nicht absolut feststeht, dass das in Zwiesel alles so klappt, wie Dr. Schott sich das vorstellt, macht es keinen Sinn, sämtliche Familien umzusiedeln.«

Elisabeth nickte mutlos.

»Ja, das hat Vater auch gesagt. Mindestens bis zum nächsten Frühjahr bleiben wir sicherlich noch hier.« Sie sah ihn unglücklich an. »Aber, das ist schneller da, als uns lieb ist. Und dann … und dann müssen wir uns trennen.«

Eigentlich hatte sie den letzten Satz nicht sagen wollen. Er war ihr einfach so rausgerutscht. Unsicher schaute sie Christoph an. Was würde er jetzt von ihr denken? Sie ärgerte sich über sich selbst und war daher überrascht, als sie bemerkte, dass er von ihrem Gerede nicht im Geringsten befremdet wirkte. Ganz im Gegenteil, plötzlich lächelte er sogar.

Ohne ein Wort zu sagen, drückte er sie wieder ganz fest an sich und beugte langsam seinen Kopf zu ihr herunter. Dann küssten sie sich zum ersten Mal.

Zärtlich, vorsichtig und noch sehr unsicher.

Nur zu gern erwiderte Elisabeth seinen Kuss.

»Eines verspreche ich dir«, sagte Christoph feierlich, als sie sich endlich voneinander lösten. »Ich weiß zwar noch nicht wie, aber ich werde dafür sorgen, dass wir uns nie mehr voneinander trennen müssen. Von jetzt an gehören wir zusammen!«

Elisabeth lächelte ihn selig an. »Hoffentlich«, flüsterte sie und wünschte sich in diesem Augenblick nichts sehnlicher, als dass ihm das gelingen möge.

»Früher habe ich mich manchmal wie eine Schachfigur gefühlt, die von unsichtbarer Hand auf einem riesigen Spielfeld hin und her geschoben wird. Vermutlich war es uns vorherbestimmt, dass wir uns hier treffen sollten«, meinte Elisabeth, als sie wenig später, eng umschlungen, den Rückweg antraten. Es fing bereits an zu dämmern.

»Glaubst du an so etwas wie Schicksal?«, fragte Christoph.

»Irgendwie schon. Wenn ich daran denke, wie böse ich auf meinen Vater war, als er mich aus Neustadt abgeholt hat. Ich wollte so gerne dort bleiben, aber dann hätten wir beide uns nie getroffen.« Sie machte eine Pause. »Jedenfalls war ich so traurig, dass ich mir nicht vorstellen konnte, jemals wieder glücklich zu sein. Und dann kamst du in den Stall und alles war plötzlich wie verzaubert.« Sie blieb stehen, sah ihm ins Gesicht und schmiegte sich eng an ihn. »Und jetzt bin ich tatsächlich wieder glücklich! Dabei sind seitdem erst ein paar Wochen vergangen.«

Ihre Gefühle blieben auf dem Hof nicht lange verborgen. Ihre Mutter hatte schon etwas Derartiges geahnt, denn ihr war längst aufgefallen, wie sehr Christoph immer wieder Elisabeths Nähe suchte und wie sehr die Augen ihrer Tochter leuchteten, sobald nur das Gespräch auf ihn kam.

»Haben Sie schon unser junges Glück bemerkt?«, fragte sie die Kirchenbäuerin ein paar Tage später, als die beiden Frauen zusammen in der Küche hantierten.

»Wie meinen Sie das? Glauben Sie, dass Christoph und Elisabeth ein Paar sind?«

»Ja, Elisabeth hat es mir gestern Abend erzählt.«

»Das ist ja schön!« Die Kirchenbäuerin hielt mit ihrer Arbeit inne und lächelte versonnen vor sich hin. Sie hatte nichts gegen die Verbindung ihres Lieblingsneffen mit Elisabeth, die sie fast genauso gern mochte.

»Ich freue mich für die beiden«, sagte sie nach einer Weile. »Für meinen Geschmack passen sie richtig gut zusammen.«

»Ja, das finde ich auch«, schmunzelte Agnes. »Christoph liest Elisabeth ja schon seit Längerem jeden Wunsch von den Augen ab. Und sie fängt an zu strahlen, sobald sie ihn nur sieht.«

Die Kirchenbäuerin fing an zu kichern. »Die beiden sind wie Topf und Deckel genau füreinander gemacht.«

»Ja, sie sind wirklich ein hübsches Paar«, stimmte Agnes stolz zu. »Ich bin bloß gespannt, wie mein Mann reagiert, wenn er davon erfährt. Ich glaube, ich werde es ihm lieber nicht vor seiner Abfahrt sagen. Das hat noch Zeit.«

»Vielleicht ist es tatsächlich besser, wenn er ohne dieses Wissen nach Zwiesel fährt. Väter tun sich bei so etwas ja manchmal schwer«, stimmte die Kirchenbäuerin nachdenklich zu.

3

Für Johanna hatte sich ein Abgrund aufgetan, als Otto ihr von seiner bevorstehenden Abreise nach Zwiesel berichtete. »Ich frage mich langsam, was ich getan habe, dass mir solche Prüfungen auferlegt werden?« Johanna schlug die Hände über dem Kopf zusammen, als Otto ihr erklärte, dass er in den nächsten Tagen ohne sie und Erika nach Zwiesel aufbrechen würde. Sie konnte sich nicht vorstellen, wie sie die kalten Winterwochen allein mit ihrer Tochter hier in diesem muffigen Zimmerchen überstehen sollte.

»Auch wenn ich nicht weiß, wie es in Zwiesel ist, kann es dort eigentlich nur besser sein als in diesem … in diesem Dreckstall.« Sie starrte ihren Mann an. »Am liebsten würde ich sofort mitkommen. Wie soll ich das nur aushalten?«

»Och, ich bin ganz froh, wenn wir nicht schon wieder fort müssen«, wagte sich Erika einzumischen, noch bevor ihr Vater antworten konnte. Sie hatte das Gespräch zwischen ihren Eltern verfolgt. »Ich finde es hier gar nicht so schlecht«, fügte sie ausdrücklich hinzu.

»Ja, du! Dich mögen die alten Schachteln ja auch, aber mich eben nicht!« Johanna funkelte ihre Tochter missmutig an. »Und im Übrigen haben wir dich überhaupt nicht nach deiner Meinung gefragt.«

Erika zog den Kopf ein und suchte das Weite. Wenn ihre Mutter in einer solchen Stimmung war, gab es früher oder später Ärger. Und den wollte sie sich ersparen. Außerdem hatte sie das Wesentliche mitbekommen: Sie würde vorerst mit ihrer Mutter hier in Heuchlingen bleiben. Allein dieser Umstand beruhigte sie, denn sie wollte auf keinen Fall schon wieder weg. Es sei denn, es ginge zurück nach Jena. Aber selbst das würde sie nicht zu Freudensprüngen verleiten, denn sie war glücklich hier. Sie hatte sich auf dem Hof genauso wie in Heuchlingen gut eingelebt und in der Schule sogar ein paar Freundinnen gefunden. Darüber war sie besonders froh, wenn sie daran zurückdachte, wie schwer sie Kontakt zu den anderen gefunden hatte. All das wollte sie nicht schon wieder aufgeben müssen.

Erika dachte an die Schule und wurde sich darüber bewusst, dass sie sich dort mittlerweile richtig wohl fühlte. Sie war in die Klasse für die größeren Schulkinder gekommen. Anfangs hatte sich Erika dort wie gewohnt in ihr

Schneckenhaus zurückgezogen. Doch neben ihr saß ein Mädchen, das mit ihren Eltern aus Siebenbürgen geflohen war und hier ebenfalls noch niemanden kannte. Völlig selbstverständlich hatte die sich einfach an Erikas Fersen geheftet und sie vollkommen in Beschlag genommen. Hatte diese es zunächst nur widerwillig geschehen lassen, bemerkte sie zu ihrer eigenen Überraschung bald, wie lustig und nett die Fremde war. Seitdem hatte Erika nichts mehr gegen deren Nähe einzuwenden und sich darüber hinaus selbst bemüht, ihre Freundin zu werden. Mittlerweile verbrachten die beiden Mädchen fast jeden Nachmittag zusammen.

Voller Freude dachte Erika daran, dass sich sogar noch ein paar andere Mädchen aus der Klasse zu ihnen gesellt hatten, sodass sie ein richtig lustiges Grüppchen geworden waren. Endlich fühlte Erika sich nicht mehr so schrecklich ausgeschlossen und einsam. Nein, sie war wirklich froh, dass sie wenigstens noch einige Monate lang hier bleiben würde. Gleich morgen, in der Schule, würde sie ihren Freundinnen diese gute Neuigkeit erzählen.

»Bist du denn gar nicht traurig, dass dein Vater alleine weg muss und du ihn bestimmt lange nicht sehen wirst?«, fragte ihre Freundin Lieselotte am nächsten Tag verwundert. »Also, ich wäre total unglücklich darüber.«

Erika sah ihre Freundin irritiert an. Das war ihr noch gar nicht in den Sinn gekommen, sodass sie einen Augenblick überlegte. Ach, sollte ihr Vater doch nur ruhig allein nach Zwiesel fahren, dachte sie dann und spürte, dass der Gedanke sogar etwas Befreiendes an sich hatte.

»Nein, wenn ich ehrlich sein soll, bin ich eigentlich überhaupt nicht traurig darüber«, sagte sie schließlich. »Ganz im Gegenteil! Mein Vater ist immer so streng, dass ich manchmal richtige Angst vor ihm habe. Und so entkomme ich wenigstens für eine Weile seiner strengen Fuchtel«, fügte sie hinzu. »Meine Mutter ist längst nicht so streng.«

In diesem Moment kam ihr Lehrer zur Tür herein und setzte dem Gespräch ein abruptes Ende.

»Heute steht Naturkundeunterricht im Freien auf dem Plan«, verkündete er sofort. »Zieht eure Jacken und Mützen an, wir gehen in den Wald und sammeln Tannenzapfen zum Anfeuern. Dabei erkläre ich euch gleich noch ein paar Dinge über den Forst.«

»Au fein«, freute sich Erika sofort. Sie liebte diese »Unterrichtsstunden im Freien«. Schon öfters war die ganze Klasse hinaus auf Felder, Wiesen und zu den Waldrändern gelaufen, um Kräuter wie Kamille, Schafgarbe oder Spitzwegerich zu bestimmen, sich genauestens einzuprägen und dann in großen Mengen zu sammeln. Später wurden Blüten und Rispen getrocknet, um sie als Tee oder Gewürz zu verwenden.

Bei dieser Art des Unterrichts hatte Erika bereits so einiges gelernt, das ihr als Stadtkind vorher völlig unbekannt gewesen war. Sie erinnerte sich daran, wie sie einmal Kamille gesammelt hatten und ihr Lehrer trotz der großen Menge nur missbilligend ins Körbchen geschaut hatte.

»Wieso reißt du denn die Kamille mit der Wurzel raus?« Seine Frage klang empört. »Das ist doch dummes Zeug! Nur die Köpfchen darfst du abpflücken! Nur die können wir verwenden! So wird doch alles dreckig und ist nicht mehr zu gebrauchen.«

Entsetzt hatte Erika daraufhin in ihren Korb geschaut und musste ihm Recht geben. Die an den Wurzeln anhaftende Erde war längst getrocknet und abgebröselt, wobei sie natürlich auch in den kleinen Blütenkelchen hängen geblieben war. Enttäuscht hatte sich Erika davon geschlichen, etwas abseits hingesetzt und den gesamten Inhalt ihres Korbes verärgert ausgeschüttet. Als sie den Haufen betrachtete, der da auf dem Boden lag, tat es ihr leid darum. Sie konnte doch nicht all das einfach wegschmeißen, dachte sie aufgebracht. Zunächst zögerlich, dann immer flotter hatte sie die Stiele in die Hand genommen und die Blütenköpfchen einzeln davon abgezwickt und sauber gepustet. Schließlich war sie erneut zu ihrem Lehrer gegangen, der ihre Mühe anerkennend registrierte.

»Ja, Erika, das ist viel besser zu gebrauchen. Und denk beim nächsten Mal daran: Nur die Blütenköpfe sammeln.«

Erika hatte beflissen genickt und ihre Lektion gelernt. Heute, beim Sammeln der Tannenzapfen, erinnerte sie sich sofort daran und nahm sich fest vor, dass ihr nicht wieder so ein blöder Fehler unterlaufen würde.

Als sie auf dem Weg in den Wald waren, musste sie plötzlich an Jena denken, vor allem an ihre Oma. Sie vermisste ihre Großmutter nach wie vor schmerzlich. Wie es ihr wohl ging? Zwar hatte Erika schon mehrere Briefe an sie geschrieben, aber die waren immer endlos lange unterwegs, wenn sie überhaupt ankamen. Sie selbst hatte bisher nur einen Brief von ihrer Oma erhalten, den sie hütete wie einen Schatz. Plötzlich kam ihr das große Puppenhaus in den Sinn, das ihr Opa eigens für sie gebaut hatte.

»Wenn ich doch nur meine schöne Puppenstube mitgenommen hätte«, hörte sie sich selbst laut sagen. Ihre Freundin sah sie fragend an.

»Ja, ich hatte in Jena eine ganz tolle Puppenstube, mit der ich immer sehr gerne gespielt habe. Aber leider war sie zu groß für den LKW und ich durfte sie deshalb nicht mitnehmen.«

Erika machte ein trauriges Gesicht.

»Erzähl mal, wie sah sie denn aus?«

Ihre Freundin war neugierig geworden.

»Also, sie war etwas ganz Besonderes. Mein Opa hat sie extra für mich gebastelt, als ich noch klein war. Und er hat etwas ganz Tolles gemacht«, fügte sie theatralisch hinzu und verstummte, um die Spannung zu steigern.

Ihre Freundin wurde ungeduldig. »Nun erzähl schon, was war denn so toll daran?«

»In den kleinen Lampenschirmen leuchteten echte, winzige Glühbirnchen. Du kannst dir gar nicht vorstellen, wie hübsch das aussah! Vor allem abends, wenn es draußen dunkel wurde. Dann habe ich immer am liebsten damit gespielt.« Sehnsüchtig dachte Erika daran zurück. »Wie gerne würde ich jetzt damit spielen. Du hättest bestimmt auch Spaß damit.«

»So etwas habe ich ja noch nie gesehen! Leuchtende Puppenhauslampen! Das hat bestimmt wunderschön ausgesehen«, versuchte ihre Freundin es sich vorzustellen. »Wie kam denn da Strom rein?«, fragte sie nach einer Weile interessiert.

»Na ja, meine Großeltern hatten einen kleinen Elektroladen. Und mein Opa hat ein paar kleine Kabel gezogen, die Birnchen eingebaut und alles mit einem kleinen Trafo versehen. Nur, um mir eine besondere Freude zu bereiten.« Erika strahlte. »Ich war immer so stolz darauf, das kannst du mir glauben.« Sie seufzte. »Zu schade, dass ich es nicht mitnehmen durfte.«

Während sie weitergingen, hing jeder seinen Gedanken nach.

»Wer wohl jetzt mit meinen Spielsachen spielt? Ich musste ja außer meinen beiden Puppen alles zurücklassen«, erzählte Erika traurig. »Was das wohl für Kinder sind? Ich bete jeden Abend, dass sie nett sind und mein Bärchen und alles andere gut behandeln.«

Verwundert bemerkte ihre Freundin Tränen in Erikas Augen.

4

Während Erika im Wald Tannenzapfen sammelte, haderte ihre Mutter mit der neuen Wendung ihres Schicksals.

»Ich kann doch nicht den ganzen Winter in diesem Verschlag verbringen«, lamentierte sie und wusste doch im selben Augenblick, dass ihr kaum etwas anderes übrig bleiben würde.

Wo sollte sie sonst hin? Ihr Verhältnis zu dem Bauern und den beiden Schwestern war trotz ihrer Hilfe während der Erntezeit distanziert geblieben. Nie luden die beiden Frauen Johanna grundlos für einen Plausch zu sich ein. Sie spürte, dass sie nach wie vor unerwünscht war. Mit Otto an ihrer Seite konnte Johanna das einigermaßen ertragen, doch der Gedanke, dass sie künftig ganz auf sich gestellt sein würde, überforderte sie.

Das trübe und kalte Herbstwetter tat ein Übriges, damit ihr unmittelbar nach Ottos Abreise die Decke auf den Kopf fiel. Ab und zu traf sie sich mit Agnes und ein paar anderen Frauen, deren Männer ebenfalls nach Zwiesel gefahren waren. Agnes gab sich alle Mühe, Johanna aufzumuntern.

»Nun, wenn Sie es nicht mehr aushalten, kommen Sie einfach zu uns rüber. Bei uns geht es eigentlich immer lustig zu und etwas Warmes zu trinken gibt es auch.«

»Das ist wirklich nett von Ihnen.« Johanna warf ihrer Leidensgenossin einen dankbaren Blick zu. »Aber ich kann doch nicht jeden Abend zu Ihnen kommen. Nein, ich muss mir etwas anderes einfallen lassen.«

Agnes überlegte, was sie an Stelle von Frau Kreuzinger tun würde. Plötzlich kam ihr eine Idee.

»Können Sie gut nähen?«, fragte sie vorsichtig. »Gerade heute habe ich von der Frau Bürgermeister gehört, dass sie unbedingt ein neues Winterkleid brauche und nicht wisse, woher sie eines bekommen solle, weil sie selber nicht nähen könne. Wenn Sie zufälligerweise gut nähen können, dann wäre das doch vielleicht eine Möglichkeit für Sie. Sie könnten es nähen, hätten etwas Sinnvolles zu tun und würden sich vielleicht sogar noch etwas dazu verdienen. Kennen Sie die Frau Bürgermeister? Ich stelle Sie Ihnen gerne vor.«

Johanna fiel ihre alte Singer-Nähmaschine ein, die noch immer in einer Kiste im Stall vor sich hin gammelte.

»Das ist eine hervorragende Idee«, rief sie begeistert. »Ich habe früher tatsächlich sehr viel genäht. Und ich habe sogar meine Nähmaschine aus Jena mitgenommen.« Dann, plötzlich, verschwand ihre Euphorie. »Was ich allerdings nicht habe, ist Stoff.«

»Oh, ich glaube, das ist nicht das Problem. Die Frau Bürgermeister hat mir erzählt, dass sie einen wunderschönen dunkelgrünen Samtvorhang habe, den sie zu einem Kleid umarbeiten lassen möchte.« Agnes sah Johanna an und überlegte. »Wissen Sie was? Gleich morgen gehen wir beide zu ihr hin, und ich stelle Sie vor. Bestimmt werden Sie sich einig! Dann haben Sie in der nächsten Zeit eine Aufgabe, die keine Langeweile mehr aufkommen lässt.«

»Das ist eine tolle Idee. Ich nehme Ihr Angebot wirklich gerne an, und wenn ich kann, revanchiere ich mich bei Gelegenheit. Das verspreche ich Ihnen!«

»In Ordnung«, lachte Agnes, »obwohl ich zugeben muss, dass auch ich meine Nähmaschine eingepackt habe.«

Agnes Idee entpuppte sich für Johanna bald als blendende Geschäftsidee. Das Kleid, das sie der Frau des Bürgermeisters in kurzer Zeit schneiderte, gelang ihr so gut, dass es die korpulente Frau ausgesprochen vorteilhaft kleidete. »Das sieht ja fantastisch aus«, hatte diese beim Anblick ihres Spiegelbildes entzückt ausgerufen. »Ich empfehle Sie gerne weiter!«

Eine bessere Werbung hätte sich Johanna nicht wünschen können. Schnell sprach es sich im Dorf herum, dass sie sehr geschickt nähte und ein glückliches Händchen hatte, wenn es darum ging, aus einem nichtssagenden Stoff eine schicke Jacke oder einen flotten Rock zu schneidern. Von allen Seiten kamen Anfragen für Näharbeiten und Johanna willigte jedes Mal gern ein, wenn die Frauen ihr nur einen Stoff mitbrachten.

Johanna hatte außerdem einen guten Blick dafür, wie man ein Kleidungsstück mit geringem Aufwand so verändern konnte, dass es wieder aktuell erschien – eine Gabe, die in diesen Zeiten des Mangels ein einträgliches Geschäft ermöglichte. Sie war nicht böse, dass sie statt Geld meist Naturalien erhielt, mit denen sie den eher eintönigen Speiseplan deutlich abwechslungsreicher gestalten konnte. Darüber hinaus empfand sie Genugtuung gegenüber den beiden Schwestern, denen der Neid deutlich ins Gesicht geschrieben stand. Es war ein gutes Gefühl der Unabhängigkeit, das sie spürte, und in den letzten Wochen sehr vermisst hatte.

Johanna war von sich selbst überrascht. Die Ideen, wie man ein altes Teil so verändern konnte, dass es wieder modern und schick erschien, flogen ihr nur so zu. Das war früher nie so gewesen. Zwar hatte sie schon immer Wert darauf gelegt, ordentlich und sauber gekleidet zu sein, doch war sie sicherlich nie besonders modevernarrt gewesen oder selbst auf dem neuesten Stand der Mode gekleidet. Das erschien ihr immer zu unwichtig. Doch ihr Gespür für Formen und Farben war offensichtlich vorhanden und war etwas, das auch vor Erika nicht halt machte.

»Meine Güte, Erika, du bist aber gewachsen seit dem letzten Winter!«, rief Johanna an einem feuchten, ungemütlichen Oktobertag aus, als Erika zum ersten Mal wieder ihr dickes Winterkleid anziehen wollte. Doch es passte hinten und vorne nicht mehr, sodass sie unglücklich daran herumzupfte.

»Dein Kleid ist ja viel zu kurz und eng geworden.«

Es brauchte wahrlich nicht viel Sachverstand, um dies zu sehen. Prüfend drehte Johanna den Rocksaum um.

»Schade, hier können wir beim besten Willen nichts mehr auslassen. Nein, das kannst du so nicht mehr anziehen.« Sie sah Erika an. »Eines steht fest. Du brauchst ein neues Winterkleid. Die Frage ist nur: Woher nehmen wir den Stoff dafür?«

Erika, die sich in dem viel zu kleinen Kleid überhaupt nicht mehr wohlfühlte, nickte zustimmend und zögerte nicht lang. Schnell griff sie zu Rock und Bluse von gestern und schlüpfte gegen die Kälte noch in ihre dickste Strickjacke, bevor sie sich auf den Weg zur Schule machte. Sie hatte schon befürchtet, den Spott der anderen ertragen zu müssen, wenn sie in einem viel zu engen Kleid angekommen wäre.

Als Erika mittags zurückkehrte, hatte ihre Mutter eine Lösung für das Kleiderproblem gefunden. Ohne die neugierigen Fragen ihrer Tochter zu beantworten, legte sie Erika verschiedene Stoffreste aus ihrer Wühlkiste auf den Tisch.

»Gefallen dir diese Muster und Farben?«

»Ja, dieser Stoff würde mir am besten gefallen.« Erika zeigte auf einen. »Aber das reicht doch bestimmt nicht für ein ganzes Kleid, oder?«

»Nein, da hast du leider recht. Was hältst du von den anderen Mustern?«

Erika brauchte nicht lange zu überlegen. »Eigentlich gefallen sie mir alle. Und ihre Farben passen so schön zusammen. Aber wie willst du denn daraus ein Kleid machen?«

Johanna lächelte nur geheimnisvoll. »Das wirst du schon sehen!«

Erika blieb nichts anderes übrig, als ihre Mutter abwartend zu beobachten. Es fiel ihr schwer, währenddessen die Hausaufgaben zu erledigen. Immer wieder blickte sie neugierig zu ihrer Mutter, die am anderen Ende des Tisches mit den Stoffbahnen hantierte.

Plötzlich begriff Erika, was ihre Mutter vor hatte und ihre Augen begannen zu leuchten. Ja, das könnte nett aussehen, überlegte sie, doch wagte sie nicht, das laut zu sagen. Gespannt sah sie dabei zu, wie ihre Mutter zur Schere griff, die Stoffe zuschnitt, zusammensteckte und probeweise zusammenreihte. Dann endlich durfte Erika hineinschlüpfen.

»Vorsichtig, sonst gehen die provisorischen Nähte wieder auf«, ermahnte ihre Mutter sie, wobei die eigene Begeisterung für das Geschaffene in ihren Augen leuchtete.

Erika trat zu dem kleinen Spiegel, der über der Kommode hing, um sich darin zu betrachten. Obwohl sie sich nur teilweise sehen konnte, gefiel ihr das, was sie entdeckte. »Ich glaube, das wird toll«, rief sie überschwänglich, bevor sie eilig einen Stuhl heranrückte, um darauf zu steigen und einen anderen Ausschnitt von sich im Spiegel zu erhaschen. Ihr Gesicht strahlte. Keine ihrer Freundinnen würde solch ein ausgefallenes Kleid haben.

Die Nähmaschine schnurrte den ganzen Nachmittag vor sich hin und Erika wartete ungeduldig auf das Ergebnis. Irgendwann schnitt Johanna den letzten Faden endlich ab und reichte Erika das fertige Kleid zur letzten Anprobe.

»Kann ich es gleich morgen anziehen?«, fragte sie erwartungsvoll.

»Ja, sicher! Dafür habe ich es ja gemacht. Trage es nur kräftig, bevor du wieder herausgewachsen bist«, nickte ihre Mutter zufrieden mit sich selbst. »Der kleine Schönheitsfehler«, sie betonte diese Worte schmunzelnd, »stört dich hoffentlich nicht?«

»Aber nein! Das ist doch gerade das Tolle daran. So ein Kleid hat sonst niemand in der Klasse.«

Erika drehte sich aufgeregt um die eigene Achse, sodass der Rock hin und her schwang. Vorder- und Rückseite und auch die Ärmel bestanden aus völlig unterschiedlichen Stoffen, die allerdings farblich wunderbar miteinander harmonierten. Dadurch sah es fast so aus, als wäre es Absicht gewesen und nicht etwa aus Not geboren.

5

Es war Anfang November. Clara hatte endlich ihren Berg an Hausaufgaben erledigt und wollte so schnell wie möglich zu ihrer Freundin Martha. Die beiden Mädchen trafen sich fast jeden Tag zum Spielen. Als Clara ins Freie trat, bemerkte sie, dass es ungewöhnlich mild war, obwohl es neblig und unfreundlich aussah, sodass die beiden Mädchen beschlossen, draußen zu spielen. Kaum hatten sie damit begonnen, rief Marthas Mutter sie zu sich.

»Martha, Clara, könntet ihr mir helfen? Ich hätte Arbeit für euch.« Dabei schwenkte sie viel versprechend zwei kleine Beile in der einen und Bänder in der anderen Hand.

»Ich brauche gebündeltes Feuerholz zum Anfeuern.« Sie deutete auf einen großen Haufen voller Gestrüpp und dürrer Äste in der Ecke des Hofes. »Das alles müsste zu kleinen Reisigbündeln gehackt und zusammengebunden werden. Wollt ihr das für mich erledigen?«

»Au ja, gerne«, riefen beide Mädchen gleichzeitig und begannen sofort mit der Arbeit.

»Endlich dürfen wir mal mit den Beilen spielen«, meinte Martha zufrieden, sobald ihre Mutter außer Hörweite war. »Normalerweise verbietet sie mir sogar, die Dinger auch nur anzufassen.«

»Komm, wir stellen uns vor, wir wären zwei arme, in der Wildnis ausgesetzte Kinder, die für eine böse Hexe hart arbeiten müssen«, verwandelte Clara die Arbeit schnell in ein Spiel.

»Gute Idee«, rief Martha. »Ich heiße Isabella und du bist …«

Martha verstummte abrupt. Clara glaubte, sie suche nur nach einem passenden Namen und wunderte sich deshalb zunächst nicht. Völlig vertieft in ihr Tun, bemerkte sie auch nicht, wie sich ihre Freundin aufrichtete und versteinert innehielt.

Ungläubig starrte Martha zum offenen Hoftor. Dort schlich ein müde aussehender Mann langsam die Straße entlang und näherte sich dem Hof. Martha bemerkte den großen Rucksack auf seinem Rücken und die abgewetzte, teilweise zerrissene Kleidung, die er trug. Neugierig schaute er sich um und drehte sein unrasiertes Gesicht nach allen Seiten.

Plötzlich, als hätte sich ein Bann von Martha gelöst, kam Leben in sie. Achtlos warf sie ihre kleine Axt zu Boden und lief auf die Haustür zu.

»Der Vater, der Vater …!«, schrie sie währenddessen ohne Unterlass.

Verwundert richtete sich Clara auf, um zu sehen, was so plötzlich in ihre Freundin gefahren war. »Der Vater ist endlich wieder da!« Wie eine Fanfare klang Marthas Ruf quer durchs ganze Haus. Clara stand unentschlossen vor dem Reisighaufen und wusste nicht, was sie tun sollte.

Wenige Sekunden später tauchte Martha mit ihrer Mutter im Schlepptau wieder im Türrahmen auf. Beide stolperten förmlich aus der Tür, um dann unmittelbar an der untersten Treppenstufe stehen zu bleiben, als würde sie etwas zum Anhalten zwingen.

Wie gebannt starrten sie beide auf den Mann, der sich ihnen langsam näherte. Die Augen von Marthas Mutter waren weit aufgerissen, sie schien nicht glauben zu können, was sie sah. Sie drückte ihre Hände so verkrampft auf ihren Mund, dass Clara sehen konnte, wie sich die Knöchel vor Anspannung weiß färbten. Mit jedem Schritt, den der Fremde näher kam, nahm ihr Gesicht etwas mehr den Ausdruck glückseliger Fassungslosigkeit an.

»Herr Göttle von Biberach! Hab Dank! Der Vater ist wieder da! Er lebt! Er lebt! Endlich ist er zu Hause«, flüsterte sie hastig ihren Dank an eine höhere Instanz. Dann fiel sie ihrem Mann, der wortlos wartend vor ihr stehen geblieben war, in die Arme und fing an zu schluchzen. Vorsichtig und etwas unsicher legte er seine Arme um sie. So standen sie eine ganze Weile lang wortlos und aneinandergeschmiegt da, fühlten den Körper des anderen nach so langer Zeit und mussten sich erst wieder nahe kommen.

»Ist es wirklich wahr, dass du wieder da bist? Ich kann es kaum fassen«, hauchte sie, nachdem sie sich etwas voneinander gelöst hatten. »Seitdem der Krieg vorbei ist, wurde meine Hoffnung, dich lebend wiederzusehen mit jedem neuen Tag kleiner, an dem ich kein Lebenszeichen von dir bekommen habe.« Sie betrachtete ihn prüfend. »Bist du unverletzt?«, fragte sie vorsichtig.

»Ja, es ist noch alles an mir dran.« Er lächelte schief. Auch er konnte offenbar noch nicht richtig glauben, wieder zu Hause zu sein.

Plötzlich griff Marthas Mutter nach seinem Arm und hielt sich daran fest. »Mir ist ganz komisch«, murmelte sie schwach. »Ich muss mich setzen!«

Martha hatte ihre Eltern während der ganzen Zeit neugierig beobachtet. Vor allem der Fremde interessierte sie.

»Das also soll mein Vater sein«, dachte sie verwundert. Sie verglich ihn mit der Fotografie in der Wohnstube, die ihre Eltern bei deren Hochzeit zeigte, und auf der ihr ein gut aussehender Mann fröhlich entgegen lachte. Dem Mann, der jetzt vor ihr stand, fehlte dieses unbeschwerte Lachen.

Martha war nicht böse darüber, dass ihre Eltern vollkommen mit sich beschäftigt waren, denn so hatte sie Zeit, sich den Fremden genau anzuschauen und sich an seinen Anblick zu gewöhnen. Sie kannte ihn ja kaum! Es wäre ihr unangenehm gewesen, diesen fremden Mann plötzlich als Vater umarmen zu müssen. Bange fragte sie sich, was er wohl für ein Mensch war. Würde er lieb zu ihr sein oder streng? Bisher hatte sie in einem reinen Frauenhaushalt gelebt und konnte sich nicht vorstellen, wie es sein würde, plötzlich einen Vater zu haben.

»Komm mit rein, Martha!« Ihre Mutter zog an ihrem Ärmel und riss sie aus ihren Überlegungen.

Eigentlich sah er nett aus, dachte sie, bevor sie schnell antwortete.

»Ja, sicher!«

Endlich hatte sie einen Vater, der leibhaftig vor ihr stand und nicht nur ein Phantom auf dem Hochzeitsbild ihrer Eltern war.

Irgendwann dämmerte auch Clara, was los war, und sie beschloss, die Verkünderin der frohen Botschaft zu werden. Sofort!

Schwungvoll warf sie ihr Beilchen zur Seite und rannte zum Hoftor hinaus. Vor allem Marthas Oma, die Mutter des Heimkehrers, die nur ein paar Häuser die Straße weiter aufwärts wohnte, sollte als Erste erfahren, dass ihr Sohn heimgekehrt war. Also rannte Clara, so schnell sie nur konnte, zum Haus der alten Frau. Ohne Zeit für höfliches Klopfen zu vertrödeln, drückte sie die Türklinke laut krachend herunter und warf sich gleichzeitig mit aller Wucht gegen die Tür, sodass sie im wahrsten Sinne des Wortes mit der Tür ins Haus fiel. Sie hatte vor lauter Aufregung rote Bäckchen bekommen. Ihre Augen waren kugelrund geweitet und suchten im Halbdunkel des Raumes nach der alten Frau, die still in ihrem Sessel saß und strickte.

»Oh mein Gott, Kind«, stieß die Frau erschocken hervor, als sie Clara erkannte. »Was ist denn in dich gefahren? Warum erschreckst du mich fast zu Tode?« Schützend hielt sie sich ihr Strickzeug vor die Brust.

Clara war vom Laufen außer Atem.

»Der Herr Bräuer, also dein Sohn, … er ist … er ist wieder da! Gerade eben ist er angekommen. Drüben bei der Martha. Los, komm schnell!«

Die alte Frau sackte in ihrem Sessel zusammen und gab keinen Laut von sich. Clara bekam Angst. Es würde ihr doch wohl hoffentlich nicht ausgerechnet in diesem Moment etwas zustoßen, dachte sie verzweifelt.

»Das ist schön!« Die Stimme der alten Frau klang zittrig. »Dem Herrn sei Dank! Ich habe jeden Abend für ihn gebetet!«

Nach einem weiteren regungslosen Augenblick hievte sie sich schwerfällig aus dem Sessel. Langsam ging sie zu Clara und streichelte ihr mit einem dankbaren Lächeln zart über das Haar.

»Komm, hilf mir!«

Auf das Kind gestützt, machten sich beide auf den Weg zum Hof ihres heimgekehrten Sohnes.

6

Anfang Dezember fand Anton endlich etwas Abwechslung im tristen Einerlei seiner trüben Wintertage in Hermaringen. Erich Schott hatte ihn gebeten, gemeinsam mit einem Kollegen nach Holzminden zu reisen, weil es vielleicht doch noch Chancen für die Deportierten gab, sich auch in dem dortigen Werk neu zu etablieren. Und dafür mussten noch einige Fragen vor Ort geklärt werden.

Mangels eines Autos fuhren die Männer mit der Bahn gen Norden. Sie waren mehrere Tage unterwegs, da es keine durchgehende Verbindung gab und sie laufend auf irgendwelchen Bahnhöfen auf den nächsten Zug warten mussten, der sie wieder nur ein paar Kilometer weiter transportieren konnte. Zudem fuhren die Züge häufig erhebliche Umwege, da viele Bahngleise noch nicht in Stand gesetzt worden waren.

»Das Reisen hat früher eindeutig mehr Spaß gemacht«, schimpfte Anton, als die Männer auf dem Bahnhof in Fulda ausharren mussten. »Derzeit ist wirklich keine angenehme Zeit für lange Reisen. Wohl dem, der einfach zu Hause bleiben darf.« Natürlich meinte er damit nicht Hermaringen. »Von hier aus ist es gar nicht mehr so weit nach Jena. Vielleicht sollten wir uns eine Zugverbindung nach Osten suchen, anstatt nach Nordwesten.«

»Da kämen Sie aber gewiss nicht sehr weit«, erwiderte sein Kollege überrascht. »Haben Sie schon vergessen, dass ganz in der Nähe die Zonengrenze verläuft? Sie glauben doch nicht ernsthaft, dass die Russen Sie einfach so einreisen lassen würden. Ohne die notwendigen Papiere, meine ich.«

Anton wiegte seinen Kopf zweifelnd hin und her.

»Wer weiß, vielleicht sollte man es einfach ausprobieren.«

Sein Kollege starrte ihn ungläubig an.

»Würden Sie das wirklich tun? Ich habe gehört, dass die Russen nicht zimperlich sind. Nachher glauben die noch, Sie könnten ein Spion sein.« Entschieden schüttelte er den Kopf. »Nee danke, da bleibe ich lieber bei den Amerikanern.«

»Na ja, es war ja auch nur so ein Gedanke«, wimmelte Anton ab, als er das Ressentiment seines Kollegen spürte. »Schauen Sie mal, kommt nicht da hinten unser Zug?«

Die Waggons waren vollkommen überfüllt, sodass die beiden nur ihre eigenen Koffer als Sitzgelegenheiten nutzen konnten. Zu allem Unglück fehlten außerdem zahlreiche Fensterscheiben, sodass sie vor Kälte zitterten. Deshalb waren sie sogar erleichtert, als sie bereits nach kurzer Zeit erneut den Zug wechseln mussten. Im Bahnhof mussten sie jedoch feststellen, dass der Zug, den sie nehmen wollten, bereits abgefahren war und es an diesem Tag keine weitere Verbindung mehr geben würde.

»Heißt das, wir müssen hier übernachten und können erst morgen früh weiterfahren?«, fragte Anton entgeistert den Schaffner.

»So sieht es aus, mein Herr«, antwortete der lapidar. »Wenn Sie wollen, können Sie die Nacht in der Bahnhofshalle verbringen. Sie wird nicht abgesperrt.«

»Na, wunderbar«, meinte Anton entnervt.

Sein Kollege zuckte nur mit den Schultern. »Es wird uns kaum etwas anderes übrig bleiben.«

Die Nacht war grauenvoll. Sie konnten es nicht vermeiden, dass sie während der endlosen Nachtstunden, die nicht vorbei gehen wollten, völlig auskühlten. Nur hin und wieder nickten sie unruhig ein. Als sie am nächsten Morgen in den ersten einfahrenden Zug stiegen, waren sie völlig steif und zitterten vor Kälte.

»Oh, ich glaube, hier funktioniert zur Abwechslung mal die Heizung«, rief Antons Kollege erleichtert, als sie einen Sitzplatz gefunden hatten. »Kommen Sie hierher, hier ist es schön warm.« Er winkte Anton zu sich.

Beide rieben sich die klammen Finger dicht über einer Öffnung, aus der warme Luft strömte. Jetzt knurrte nur noch der Magen.

Sie blieben nicht lange in Holzminden. Schnell stellten sie fest, dass ihre lange Reise gänzlich umsonst war und sich ihre Hoffnungen als trügerisch erwiesen. Die örtlichen Gegebenheiten ließen sich nicht vernünftig in Einklang mit den Bedürfnissen der Deportierten bringen. Außerdem verweigerten die Engländer nun endgültig ihre Zustimmung für die Produktion optischen Glases in Holzminden.

Bevor sie zurückfuhren, bemühte sich Anton tatsächlich darum, eine Erlaubnis für einen kurzen Abstecher nach Jena zu bekommen. Die Idee war ihm seit der Hinfahrt nicht mehr aus dem Kopf gegangen. Er wollte die Chance nicht ungenutzt lassen, um vielleicht wenigstens für ein paar Tage seine Eltern wiederzusehen, und von hier aus erschien ihm die Fahrt nach Jena nicht ganz so weit wie von Heidenheim. Doch er bekam keine Erlaubnis. Mürrisch und frustriert machte er sich mit seinem Kollegen auf den mühsamen Weg nach Heidenheim.

Zurück in Hermaringen, fiel Anton in eine tiefe Depression. Alles schien ihm sinnlos. Jetzt, da die Tage immer kürzer wurden, fiel ihm das Aufstehen morgens besonders schwer. Wenn die späte Dämmerung ihr graues Licht durch die Vorhänge drängte, sträubte sich alles in ihm, den neuen Tag in Angriff zu nehmen.

»Wozu soll ich aufstehen?«, fragte er gleichgültig, wenn Sophie ihn sanft weckte. »Ich weiß ohnehin nicht, was ich den ganzen Tag machen soll.« Er starrte zur Decke. »Da kann ich auch im Bett liegen bleiben und mich meinen Tagträumen hingeben. Ich bin schon seit Stunden wach und war in Gedanken in Jena.«

»Wir könnten spazieren gehen«, versuchte Sophie ihn abzulenken. »Es ist zwar kalt, aber die Luft ist trocken und eigentlich ganz angenehm.«

»Ach, jeden Tag spazieren gehen, ist doch langweilig«, winkte er lustlos ab.

»Ist dir eigentlich bewusst, dass in ein paar Tagen Weihnachten ist?«, fragte sie, anstatt auf sein Genörgel einzugehen.

»Ja, allerdings! Als wir im Sommer hierher verschleppt worden sind, hatte ich fest damit gerechnet, dass wir spätestens Weihnachten wieder zu Hause sein würden und mit unseren Eltern in Jena feiern können. Aber das klappt ja wohl auf keinen Fall.«

»Nein, dann müsste noch ein Wunder geschehen.« Sophie ließ sich von seiner trüben Stimmung anstecken. »Das wird bestimmt ein trauriges Weihnachtsfest.«

»Und das Schlimme ist, dass immer noch nicht absehbar ist, wann wir nach Jena zurückkehren können.«

Beide hingen ihren Gedanken nach.

»Weißt du noch, wie wir früher immer Weihnachten gefeiert haben?«, fragte Anton plötzlich, in Erinnerungen schwelgend.

»Ja, das war immer schön. Was deine Eltern wohl in diesem Jahr machen?«

»Bestimmt sind sie genauso traurig wie wir. Am liebsten würde ich das Fest einfach ausfallen lassen. Wir haben wirklich keinen Grund zum Feiern.«

»Nein, mir ist auch danach zumute!«

7

Ein paar Tage vor dem Weihnachtsfest kehrten Otto, Karl und die anderen Männer zum ersten Mal aus Zwiesel zurück zu ihren Familien. Teils mit dem Bus, bisweilen per Anhalter und mit dem Zug überwanden sie die weite Strecke zwischen Zwiesel und Heidenheim.

»Wieder ein paar Kilometer näher bei meiner Familie«, rief Karl jedes Mal frohgemut, wenn sich eine neue Mitfahrgelegenheit aufgetan hatte. Die Aussicht seine Frau und seine Töchter bald wieder zu sehen, ließ ihn die Qual der langen Fahrt ertragen. Sogar als er zwischendurch einige Kilometer zu Fuß laufen musste, machte ihm das nichts aus.

Stundenlang erzählte er Agnes sowie dem Kirchenbauern und dessen Frau von den Strapazen der zurückliegenden Wochen in Zwiesel. Sie hatten es sich am großen Esstisch in der Küche bequem gemacht und lauschten ihm neugierig. Die Kinder waren längst zu Bett gegangen, als Karl ein Fazit aus den Geschehnissen der zurückliegenden Wochen zog.

»Wir sind gut vorangekommen. Wenn wir im neuen Jahr zurückkehren, bauen wir auf einer guten Grundlage auf. Ich bin fest davon überzeugt, dass wir dort in absehbarer Zeit unsere Gläser schmelzen können.«

»Wie lange wird es denn noch dauern, bis ihr fertig seid?«, fragte Agnes. Die Worte ihres Mannes hatten sie unangenehm daran erinnert, dass er nur für ein paar Tage bleiben würde. Zu gern hätte sie das vergessen.

»Keine Ahnung. Fest steht, dass wir noch viel Arbeit vor uns haben.« Karl zuckte mit den Schultern. »Aber jetzt feiern wir erst einmal das Weihnachtsfest. Ich bin glücklich, bei euch zu sein und wir sollten die nächsten Tage so gut wie möglich nutzen.«

Für alle Jenenser war es das erste Christfest und der erste Jahreswechsel in der Fremde, fern von Eltern, Geschwistern und Freunden. Viel lieber hätten sie mit diesen Menschen das Fest verbringen wollen. Ihre Gefühle waren dementsprechend gemischt.

»Wir Schottianer in Heuchlingen sollten ein positives Zeichen für das neue Jahr setzen und den Jahreswechsel alle zusammen feiern. Weihnachten mag ein Familienfest sein, das man am liebsten in der Familie verbringt, aber Silvester eignet sich doch eigentlich sehr gut für ein gemeinsames Fest«, schlug Karl vor, als er mit mehreren Schottianern abends in der Dorfgaststätte zusammen saß.

»Ja, das ist eine gute Idee! Keiner von uns sollte an diesem Abend alleine sein«, stimmten seine Kollegen sofort zu. »Wir sollten gleich nachfragen, ob wir hier im ›Ochsen‹ den Festsaal nutzen können. Dann hätten wir garantiert für alle genügend Platz.«

»Genau! Und wenn wir unsere Lebensmittelkarten und Vorräte zusammenlegen, schaffen es unsere Frauen bestimmt, dass auch für unser leibliches Wohl gut gesorgt wird«, spann Karl seine Idee weiter.

»Vielleicht steuert auch der ein oder andere Bauer etwas Leckeres bei«, hoffte einer. »An diesem Tag sollten wir alle etwas Anständiges zum Essen haben, findet ihr nicht?«

Die Männerrunde war sich einig. Und als ihre Frauen und die anderen Schottianer in Heuchlingen von der Idee hörten, zeigten auch sie sich sofort begeistert. Das Gefühl, gemeinsam das neue Jahr zu begrüßen, hatte für jeden entweder etwas Tröstendes oder etwas Hoffnungsvolles.

»Schließlich gehören wir zusammen«, befanden sie unisono. Außerdem hatten sie Glück, der Wirt vom »Ochsen« stellte ihnen seinen Festsaal zur Verfügung.

Die Frauen trafen sich gleich tags drauf und eruierten, welche Lebensmittelvorräte ihnen zur Verfügung standen. Es kam eine ganze Menge zusammen, aus der sie eine stattliche Anzahl an Kuchen und Broten backen konnten. Und dank solch großzügiger Wirtsleute wie dem Kirchenbauern standen rechtzeitig zum Jahreswechsel auch Fleisch und Gemüse auf dem Tisch.

Zwischen den Jahren hatten die Frauen alle Hände voll zu tun, darunter natürlich auch Agnes und Johanna.

»Wie wäre es, wollen wir uns nicht zusammentun und gemeinsam Kuchen und Brot backen?«, fragte Agnes an Johanna gerichtet. »Auf Ihrem kleinen Kanonenofen ist es doch wirklich allzu kompliziert, irgendetwas Größeres zubereiten zu wollen. Und die Kirchenbäuerin hat gewiss nichts dagegen, wenn Sie bei uns mitmachen.«

»Ja gerne, das Angebot nehme ich sofort an«, nickte Johanna dankbar.

Seit der Sache mit der Schneiderei waren sich die beiden Frauen näher gekommen und hatten sich angefreundet. Agnes versuchte, Johanna dadurch zu helfen, dass sie ihr bei sich eine Art Refugium gewährte.

»Ich habe mir eben überlegt, was ich beisteuern könnte«, fuhr Johanna fort. »Etwas backen könnte ich tatsächlich nicht und es ist bestimmt lustiger, wenn wir das Fest gemeinsam vorbereiten«, freute sie sich.

»Dann ist es abgemacht. Sie kommen gleich morgen früh zu mir und dann legen wir gemeinsam los.«

Die beiden Frauen blieben nicht allein. Erika, Elisabeth und Clara halfen genauso wie die Kirchenbäuerin, die es sich nicht nehmen ließ, den Köchinnen mit guten Ratschlägen und unterschiedlichen Gewürzen zur Seite zu stehen.

»Mein Mann spendiert den Schottianern übrigens einen großen Schweinebraten«, verkündete sie gleich morgens, kurz nachdem Johanna angekommen war, und hielt ein riesiges Stück Fleisch in die Höhe.

»Wie großzügig von ihm«, rief Agnes begeistert und klatschte in die Hände. »Das wird ein richtiger Festtagsschmaus! Mir läuft schon jetzt das Wasser im Munde zusammen.«

Alle lachten und machten sich gut gelaunt an die Arbeit. Während die Frauen in verschiedenen Küchen fleißig waren, dekorierten Karl und die anderen Männer derweil den Festsaal im »Ochsen« so gut es ging, auch wenn ihre Mittel bescheiden waren. Alle Schottianer versuchten das ihre dazu beizutragen, um ein gelungenes Fest zu organisieren. Sie wollten ein Zeichen setzen.

Am Silvestertag steigerte sich ihre Betriebsamkeit nochmals. Die Kinder brachten die gefüllten Schüsseln und Platten voller Köstlichkeiten von überall her in den Festsaal, bis sich die Tische fast bogen.

Auch Agnes hatte bis zuletzt Hand angelegt, damit alles nicht nur schmackhaft aussehen, sondern auch so schmecken würde. Als Clara mit der letzten Schüssel Richtung Festsaal abzog, setzte sie sich auf einen Stuhl und verschnaufte. Seit den frühen Morgenstunden war sie auf den Beinen und brauchte nun eine kurze Pause, wohlwissend, dass es noch eine lange Nacht werden würde.

»Ich glaube, wir können ganz zufrieden sein, was wir in den vergangenen drei Tagen so gezaubert haben«, nickte sie stolz zu Johanna rüber, die sich ebenfalls an den Tisch gesetzt hatte.

»Das denke ich auch. Wie viel man doch schaffen kann, wenn man nur zusammenlegt. Eines steht jedenfalls fest: Heute Abend gibt es für jeden Geschmack etwas und keiner muss Hunger leiden.«

Agnes lachte zufrieden. »Jetzt müssen wir uns nur noch umziehen, dann kann das Fest von mir aus losgehen.« Sie stand auf. Es wurde höchste Zeit, wenn sie rechtzeitig fertig werden wollten.

Johanna nickte. »Stimmt! Ich mach los. Bis später!«

Keiner von ihnen hatte eine Festgarderobe, doch alle wollten wenigstens ihre besten Sachen anziehen. Als Agnes in ihr Zimmer hochkam, hatte Karl bereits seinen einzigen Anzug angezogen und war gerade dabei, sich die Krawatte zu binden.

»Oh, du bist ja schon so gut wie fertig«, meinte Agnes, als sie ihren Mann sah. »Ich beeile mich.«

»In Ordnung, ich geh schon mal runter und warte in der Küche auf dich. Die Mädchen sind ebenfalls fertig.«

»Gut! Bis gleich!«

Agnes ging zum Schrank und griff nach ihrem geblümten Sonntagskleid mit dem weißen Spitzenkragen, als sie plötzlich ein mulmiges Gefühl im Bauch spürte. Irritiert hielt sie inne. Hoffentlich werde ich nicht ausgerechnet jetzt krank, dachte sie ärgerlich. Sie hatte so viel Energie und Arbeit in das bevorstehende Fest gesteckt, dass sie es keinesfalls verpassen wollte und verdrängte daher kurzentschlossen das merkwürdige Grummeln im Bauch. Zügig zog sie sich um und richtete ihre Haare. Doch die merkwürdige Beklemmung ließ sie nicht los. Plötzlich wurde ihr bewusst, was es war: Sie dachte an ihren Vater in Jena. Schlagartig war ihre Vorfreude auf das Fest verflogen. Gedankenversunken schlüpfte sie in die guten Schuhe und strich ihr Kleid nochmals glatt, bevor sie die Treppe hinunterging.

»Wunderbar, du bist fertig«, rief Karl, als sie reinkam. »Schön siehst du aus!«, meinte er bewundernd und drückte sie kurz an sich. »Dann gehen wir am besten gleich los!« Auffordernd sah er zu Clara und Elisabeth, die voller Ungeduld aufsprangen.

Doch Agnes zögerte.

»Geht schon einmal vor«, sagte sie, an ihre Töchter gerichtet. »Ich möchte noch kurz etwas mit eurem Vater besprechen.«

Verwundert machten sich die beiden Mädchen allein auf den Weg. Als sie den Raum verlassen hatten, wandte Agnes sich an den verdutzt dreinblickenden Karl.

»Was ist los mit dir? Eben war doch noch alles in Ordnung?«, fragte er besorgt.

»Ich kann nicht mit auf dieses Fest gehen.« Unglücklich sah sie ihn an und kämpfte mit ihrem schlechten Gewissen, weil sie wusste, dass sie ihm damit das Fest verderben würde.

»Was soll das bedeuten? Du kommst nicht mit?«, reagierte Karl verständnislos.

»Ich habe so ein komisches Gefühl im Bauch. Ich kann dir nicht genau sagen, was es ist, aber ich weiß, dass ich nicht feiern kann. Bitte, geh mit den Mädchen alleine zu dem Fest. Ich bleibe hier.« Sie sah müde und tieftraurig aus.

Karl verstand überhaupt nichts mehr.

»Wie, du kannst jetzt nicht feiern. Nach all der Arbeit und der Mühe, die ihr euch seit Tagen gemacht habt, willst du jetzt ernsthaft nicht mitkommen? Nur weil du ein komisches Gefühl im Bauch hast.«

Karl war richtig verärgert. Keinesfalls wollte er sich das Fest von ihren Launen verderben lassen. Obwohl er genau wusste, dass sie selten so schlechter Stimmung war und diese dann meist triftige Gründe hatte.

»Vergiss es, du kommst mit! Ich lasse dich doch nicht ausgerechnet heute Abend allein hier sitzen.«

Agnes druckste herum. Das, was sie befürchtete, war allzu erschreckend. Sie schluckte krampfhaft, bevor sie leise sagte: »Irgendwie hab ich das Gefühl, dass mein Vater tot ist.«

Karl starrte sie fassungslos an. »Spinnst du, oder was? Wie kommst du denn ausgerechnet darauf? Hast du Post bekommen und mir noch nichts davon erzählt?«

»Nein, nein«, beeilte sie sich zu sagen, »das nicht, aber ich hab trotzdem das Gefühl, dass er nicht mehr lebt. Deshalb ist mir nicht zum Feiern zumute.«

»Ach was! Du und dein Gefühl.« Karl wurde unwirsch. »Sei nicht albern. Woher willst du denn wissen, dass dein Vater tot ist, wenn du keine Nachricht bekommen hast?« Er war nicht bereit nachzugeben. »Heute ist Silvester und ich möchte mit meiner Frau zusammen ins neue Jahr feiern. Und deshalb kommst du jetzt mit!«

Er hakte sich bei Agnes ein und zog sie energisch zur Tür.

»Du wirst schon sehen. Wenn wir erst einmal unter Leuten sind, verschwindet dieser dumme Quatsch ganz von selbst. Dort kommst du auf andere Gedanken. Wenn du alleine hier bleibst, bläst du nur noch mehr Trübsal.«

Zögernd nickte sie. Wahrscheinlich hatte ihr Mann recht. Sie bildete sich da etwas völlig Verrücktes ein und wusste ja eigentlich auch nicht, wie sie darauf kam.

»Vielleicht ist es wirklich besser, mich auf dem Fest abzulenken«, lächelte sie schwach und ließ sich von Karl mitziehen.

Während die meisten Jenenser das neue Jahr unter dem Motto »Es kann nur besser werden« begrüßten und einen lustigen Abend verbrachten, blieb

Agnes Stimmung bedrückt. Die Hoffnung, durch den Trubel auf andere Gedanken zu kommen, erfüllte sich nur bedingt und sie blieb in sich gekehrt und schweigsam. Karl beobachtete sie besorgt. Was war nur plötzlich in seine Frau gefahren, fragte er sich besorgt. So kannte er sie gar nicht.

Irgendwann fand Agnes die Fröhlichkeit der anderen unerträglich und hielt es nicht mehr aus. Als ihr Blick auf Clara fiel, die just in diesem Augenblick herzhaft gähnte, wusste sie, wie sie dem Trubel entkommen konnte.

»Ich glaube, es wird für Clara höchste Zeit, dass sie ins Bett kommt«, befand sie so energisch, dass auch Karl nicht wagte, etwas dagegen einzuwenden. Er sah sie nur fragend an.

Claras Proteste waren so heftig wie erfolglos. Mit einem selbstmitleidigen Seufzer fügte sie sich schließlich in ihr Schicksal und kam widerwillig mit. Kaum hatten sie den Festsaal verlassen und die kalte Winterluft eingeatmet, fühlte sich Agnes besser. Mit einem Seitenblick auf Clara bemerkte sie, wie verärgert ihre Tochter war.

»Sei mir nicht böse, Clara«, meinte sie daher versöhnlich. »Aber mir hat es dort gereicht und dich ruft schon lange dein Bett. Also ist es doch am besten, dass wir zusammen nach Hause gehen, anstatt noch länger dort herumzusitzen. Meinst du nicht?«

»Warum hattest du denn keine Lust mehr zum Feiern? Bist du krank?«, fragte Clara neugierig.

»Ach, ich weiß es auch nicht!«, erwiderte Agnes ausweichend. Sie wollte ihrer Tochter nicht den wahren Grund verraten.

Auch während der ersten Tage des neuen Jahres blieb sie ruhelos und bedrückt, obwohl sie selbst nicht verstand, warum. Nur mit Mühe konnte sie die düsteren Gedanken in Schach halten und ihre täglichen Aufgaben erledigen. Auf die anderen wirkte sie in sich gekehrt.

Das Silvesterfest war kaum vorbei, als die Stockmüllers ein Brief aus Jena erreichte. Aufgeregt riss Agnes ihn auf. Sie hatte schon lange keine Nachrichten mehr von ihrer Familie bekommen. Vielleicht lag ja darin ihre Unruhe begründet, überlegte sie, während sie den Briefbogen auffaltete. Sofort erkannte sie die Handschrift ihres Bruders und war gespannt, was er zu berichten hatte. Ein Blick auf die Kopfzeile genügte, um zu sehen, dass der Brief schon vor Wochen geschrieben worden war. Es beschlich sie der Eindruck, dass das Kuvert bereits geöffnet worden war. Ob diese Zeilen ein Fremder gelesen hatte? Die Vorstellung beklemmte sie. Sie dachte noch darüber nach, als sie die ersten Sätze überflog. Dann stockte sie. Agnes konnte nicht glauben, was sie las. In allen Einzelheiten berichtete ihr Bruder davon, dass ihr Vater an seinem 75. Geburtstag, dem 25. November, an Blasenkrebs gestorben war.

Ihr wurde schwarz vor Augen, sodass sie sich schnell auf den nächsten Stuhl setzte. Wieder und wieder las sie die Worte.

»Also war mein Gefühl doch richtig«, murmelte sie schließlich vor sich hin. Ihr Vater lebte nicht mehr! Nun würde sie ihn nie mehr wiedersehen. Nie mehr! Die Endgültigkeit dieser Worte war nicht zu begreifen.

Als Karl viel später zufällig vorbeikam, saß Agnes immer noch apathisch auf dem Stuhl.

»Um Himmels willen, ist was passiert?«, fragte er ängstlich. »Du bist ja weiß wie eine Wand.«

»Lies selbst«, sagte sie tonlos und reichte ihm den Brief.

Nachdem Karl zu Ende gelesen hatte, drückte er sie fest an sich.

»Es tut mir so leid«, sagte er leise. »Dann war dein Gefühl am Silvesterabend also doch begründet.«

Agnes nickte. Es war ihr keine Genugtuung, recht behalten zu haben.

»Wir können ihm nicht einmal mehr ein letztes Geleit geben«, schlurzte sie plötzlich auf. »Er liegt ja längst unter der Erde.« Endlich kamen die Tränen.

Karl dachte mit Schrecken an sein Verhalten am Silvesterabend.

»Ich komme mir jetzt richtig ungehobelt und gemein vor, so wie ich dich behandelt habe. Aber wer konnte das denn ahnen? Bitte, verzeih mir!«Wieder drückte er sie fest an sich und bemerkte erleichtert, dass sie seine Umarmung erwiderte.

8

Auch für Erich Schott, und damit letztendlich für alle Deportierten, hielt das neue Jahr gleich zu Beginn Hiobsbotschaften parat. Sie betrafen nicht nur das Glaswerk, sondern auch das Schwesterunternehmen Carl Zeiss. Die sowjetische Militäradministration mit Sitz in Berlin-Karlshorst hatte bereits am 30. Oktober 1945 den Befehl Nr. 124 erlassen. Auf dessen Grundlage beschlagnahmte die thüringische Militärregierung zum 31. Dezember 1945 die beiden Werke in Jena und stellte sie unter Zwangsverwaltung (Sequestration). Damit waren die vorläufig eingesetzten Geschäftsführer vor Ort in ihren Handlungsbefugnissen maßgeblich beschnitten und zu bloßen Erfüllungsgehilfen russischer Befehlshaber degradiert worden. Die Zwangsverwaltung schaffte Fakten, die keiner mehr übersehen konnte. Erich Schott wusste, dass dies eine einvernehmliche Zusammenarbeit in Zukunft vermutlich zusätzlich erschweren würde. Diese Entwicklung war für ihn ein sicheres Indiz, dass sein Streben nach Unabhängigkeit richtig gewesen war.

Aber seine Auffassung überzeugte die verantwortlichen Herren in Jena nicht. Da dort die Produktion stetig gesteigert wurde, hielten sowohl Geschäftsführung als auch Belegschaft dies vielmehr für ein gutes Zeichen und damit für einen Grund zur Zuversicht. Die Tatsache, dass die meisten fertigen Produkte als Reparationsleistungen in die Sowjetunion geschickt wurden und nicht etwa in den freien Handel gelangten, war für sie kein Grund zur Beunruhigung.

9

»Die Russen sind ganz anders als wir Deutschen befürchtet haben!« Der Brief aus Jena, den Anton in den Händen hielt, hatte ihn stark beeindruckt. Er stammte von dem Lebensgefährten seiner Schwiegermutter, der einer der drei von Erich Schott berufenen, provisorischen Geschäftsführer war. Sophies Mutter war schon lange verwitwet und lebte seit einigen Jahren mit ihm mehr oder weniger eng zusammen. Aus dieser Quelle speisten Sophie und Anton ihre Informationen über die Entwicklungen im Glaswerk. Obwohl die Briefe nur sehr unregelmäßig eintrafen, sog Anton ihren Inhalt regelrecht in sich auf.

»Hast du das gelesen? Die Russen bauen unser Werk wieder auf, anstatt es zu demontieren, wie so viele Leute befürchtet hatten. Im Gegensatz zu den Amerikanern helfen sie uns!« Er verglich die beiden Besatzungsmächte miteinander. »Und hier? Endlose Wochen haben sie gebraucht, bevor sie uns die Genehmigung für Zwiesel erteilten.« Seine Stimme klang verächtlich. »Und was ist seitdem passiert? Nichts! Sie lassen uns wieder und wieder hängen. Also ich meine, sie müssten uns doch wenigstens die notwendigen Baumaterialien und Rohstoffe besorgen, damit unsere Männer in Zwiesel auch was bewirken können. Aber die müssen ganz allein zusehen, wie sie zurechtkommen. Und dabei muss doch jedem klar sein, dass es so viel länger dauern wird, bis wir tatsächlich dort optisches Glas produzieren können.« Er schüttelte den Kopf. »Ich verstehe diese Hinhaltetaktik der Amis nicht.«

Sophie, die den Brief schon gelesen hatte, nickte.

»Ja, es ist wirklich erstaunlich, wie bereitwillig und entgegenkommend die Russen sind. Damit hatte vorher wohl kaum jemand gerechnet. Hier steht, dass sie das zerstörte Ferngasnetz wieder in Ordnung gebracht haben und dem Glaswerk sämtliche notwendigen Glasrohstoffe zur Verfügung stellen, damit es seine Aufträge auch erfüllen kann.«

»Dort geht es wenigstens voran«, brummte Anton neidisch. Er sah Sophie böse an, als könnte sie etwas dafür, dass sie nicht in Jena waren.

»Ach, ich fühle mich wie ein Gefangener hier.«

»Beruhige dich!« Sophie legte ihre Hand auf seinen Arm. »Vielleicht ist ja an den Gerüchten etwas dran, dass die Russen im neuen Jahr wieder aus Deutschland abziehen werden. Und dann fallen gewiss auch die Zonengrenzen. Du wirst sehen, das dauert bestimmt nicht mehr lange.«

Sie klammerte sich an diese Hoffnung, genauso wie Anton und unzählige andere Deutsche auch.

Jeder einzelne Brief aus Jena wirkte wie ein unwiderstehlicher Lockruf auf die beiden, den der Lebensgefährte von Sophies Mutter außerdem unmissverständlich formulierte:

»Es gibt mehr als genug Arbeit für Sie im Glaswerk. Finden Sie bitte unbedingt einen Weg, um an die Saale zurückzukehren.« Er mochte Anton nicht nur privat sehr gern, sondern schätzte auch seine fachlichen Qualitäten. Deshalb wollte er ihn so schnell wie möglich wieder im Glaswerk an seinem alten Arbeitsplatz sehen. Mit der Deportation hatte das Werk seine besten Leute verloren. Jetzt witterte er bei Anton, von dem er wusste, wie gern er zurückkehren wollte, die Chance, wenigstens einen zurückzubekommen.

»Nichts lieber als das!«, seufzte Anton jedes Mal mit wachsender Bitternis, wenn er sich derart direkt aufgefordert fühlte. Von Brief zu Brief fiel es ihm schwerer, sich dem Sog dieser Worte zu entziehen.

Dabei gab es auch unerfreuliche Entwicklungen an der Saale, von denen Sophies Mutter mit der gleichen Offenheit berichtete wie von den Fortschritten. Doch das ließ Anton nicht in sein Inneres durchdringen – nichts konnte seine Verklärung für Jena ins Wanken bringen.

So erfuhr er zwar von den erheblichen Schwierigkeiten bei der Braun- und Steinkohleversorgung trotz russischer Hilfe, genauso wie von anderen Energie- und Rohstoffengpässen. Doch die tat er als »Anfangsschwierigkeiten« ab.

Auch die Berichte seiner Schwiegermutter über die Beschlagnahmung von Bankkonten und die Verschleppung oder Flucht von Bekannten nahm Anton nicht ernst. »Die sind selbst daran schuld«, befand er verächtlich.

Und die Klagen über die schlechte Versorgung mit Lebensmitteln und Heizmaterial tat er mit dem Hinweis auf ihre eigene Situation ab. »Wir haben hier doch auch nicht genug zu essen und zu heizen.«

Diese Schattenseiten passten einfach nicht in sein Bild. Er wollte sie nicht wahrhaben und verdrängte sie problemlos.

Bereits im Herbst hatte die neue Geschäftsleitung in Jena Erich Schott offiziell aufgefordert, mehrere Deportierte an die Saale zurückzuschicken. Anton gehörte natürlich auch dazu und er hoffte inständig auf eine baldige Erlaubnis. Trotz ständiger Nachfragen tat sich jedoch nichts.

Erich Schott zeigte sich zwar gesprächsbereit, aber er konnte sich nicht wirklich darauf einlassen. Wenn er eine neue Produktion im Westen aufbauen wollte, brauchte er jeden einzelnen seiner wenigen Leute dringend selbst. Und auch er schätzte die Arbeit und das Können von Anton Heuerling und den anderen angeforderten Mitarbeitern.

Außerdem hatte er ein Argument, dem die Jenaer nichts entgegensetzen konnten: Ohne ausdrückliche Zustimmung der Amerikaner durfte niemand deren Zone verlassen. Und es war nicht davon auszugehen, dass die Amerikaner freiwillig diejenigen Fachleute, die sie für ihre eigenen Belange requiriert hatten, zu den Russen zurückkehren lassen würden. So brauchte er nur auf die Besatzungsmächte zu verweisen, um jede Diskussion für sich zu entscheiden.

Für Anton war die Situation trotz seiner Sehnsucht vollkommen klar: »Ich werde natürlich stets meine Rückkehr nach Jena im Auge behalten und alles tun, dieselbe durchzusetzen. Nur krumme Wege kann ich schlecht gehen«, beendete er all seine Briefe nach Jena. Und mit Sophie war er sich einig: »Wir können nicht einfach von hier verschwinden. Das wäre absolut unehrenhaft.«

10

Der Januar schien der Monat der schlechten Nachrichten aus Jena zu sein. Auch Sophie erreichte ein alarmierender Brief aus der Heimat. Ihre Mutter sendete einen Hilferuf an sie.

»Bitte, wenn es dir irgendwie möglich ist, komm sobald du kannst. Mir geht es nicht gut«, schrieb sie. Sie war unglücklich auf einer Treppe ausgerutscht, gestürzt und hatte sich ein Bein gebrochen. »Alleine fühle ich mich nicht in der Lage, die nunmehr schwierig gewordenen Kleinigkeiten des Alltags zu meistern«, klagte sie.

Nachdem Sophie diese Zeilen gelesen hatte, stand ihre Entscheidung sofort fest. »Ich fahre nach Jena«, sagte sie ohne Umschweife zu Anton, als der wenig später von seinem wöchentlichen Rapport beim Bürgermeisteramt zurückkam. Überrascht sah er sie an.

»Hier, lies selbst, meine Mutter braucht meine Hilfe.« Sie reichte ihm den Brief, den er schnell überflog. Dann nickte er.

»Ja, natürlich musst du zu ihr fahren. Komm, lass uns gleich beim Bürgermeisteramt eruieren, wo und wie wir eine Erlaubnis von den Amerikanern bekommen können. Mit diesem Brief dürfte es nicht allzu schwer sein, wenigstens für dich eine Reisegenehmigung zu erwirken.«

Er schnitt eine Grimasse. »Schließlich bleibe ich ja hier.«

Den stechenden Neid, den er empfand, konnte er nicht verbergen und schämte sich doch zugleich dafür. Schnell versuchte er, seine Gefühle mit Aktionismus zu überspielen und zog Sophie mit sich aus dem Zimmer.

»Und wenn du fahren darfst, hat das Malheur deiner Mutter immerhin etwas Gutes. Dann kommst wenigstens du nach Jena zurück, wenn auch nur vorübergehend. Wie gerne würde ich mitkommen!«

Sophie sah ihn an. Sie konnte seine gemischten Gefühle nachvollziehen und er tat ihr leid.

»Das weiß ich! Und es ist wirklich schade, dass das nicht geht.«

»Allerdings!«, nickte er heftig. Natürlich gönnte er Sophie diese Fahrt, auch wenn es ihm schwer fallen würde, allein zurückzubleiben. Er sah ihr direkt ins Gesicht.

»Ich bin jeden einzelnen Augenblick bei dir. Versprochen! Dieser Unfall deiner Mutter ist eine Chance für uns, beziehungsweise für dich. Wir dürfen sie auf keinen Fall ungenutzt lassen.«

»Ja, das denke ich auch«, stimmte Sophie zu. »Obwohl deine Eltern oder die Nachbarn sicherlich genauso gut helfen könnten.«

»Das ist egal! So hast du einen triftigen Grund für eine Reise nach Jena.«

Beide waren überrascht, wie problemlos Sophie die notwendigen Reisepapiere bekam. Sofort machte sie sich ans Packen.

»Ich denke, ich reise mit leichtem Gepäck und nehme nur den Rucksack mit«, beschloss sie, »wer weiß, wie oft ich umsteigen muss.« Über den Inhalt brauchte sie nicht lange nachzudenken. »So wenig Wäsche und Kleidung wie nötig, dafür umso mehr Naturalien. Wenn ich bedenke, wie sehr sich meine Mutter in ihrem vorletzten Brief beklagt hat, wie schwierig es ist, ordentliche Lebensmittel zu bekommen, dann muss ich alles mitnehmen, was wir entbehren können und was hinein passt.« Sie stopfte den Rucksack mit Mehl, Gries, Haferflocken, Linsen und Butter so voll, dass zu platzen drohte.

Am 18. Januar machte sich Sophie auf die Reise. Sie wollte sich gerade von der Bäuerin verabschieden, als die ihr ein kleines Päckchen in die Hand drückte.

»Hier nehmen Sie das für Ihre Mutter mit. Es sind ein paar Eier und etwas Speck drin.«

Sophie war gerührt. »Das ist aber nett von Ihnen. Vielen Dank! Wir werden es gut gebrauchen können. Und wenn wir die Sachen essen, denke ich an Sie. Danke!«

Sie wollte das Paket in ihren Rucksack obenauf legen, doch Anton drängte zum Aufbruch, bevor sie die bereits fest verschlossenen Ösen und Bänder wieder geöffnet hatte.

»Es ist schon spät und wir müssen den Bus nach Heidenheim bekommen. Am besten nimmst du das Päckchen in die Hand und verstaust es nachher im Zug.« Er nahm ihr den Rucksack aus der Hand. Sophie blickte auf ihre Armbanduhr.

»Ja, du hast recht. Es wird höchste Zeit.« Sie wandte sich an die Bäuerin. »Hoffentlich überstehen die Eier heil die Reise. Vielen Dank noch mal und auf Wiedersehen!«

Anton begleitete seine Frau nach Heidenheim, wo diese in einen Zug Richtung Osten steigen sollte. Wie weit sie damit kommen würde und wo sie umsteigen musste, wusste Sophie noch nicht, aber sie vertraute darauf, vom Schaffner die günstigsten Verbindungen zu erfahren. Durch Zufall hatte sie vor ein paar Tagen gehört, dass zwei Bekannte ebenfalls nach Jena reisen wollten. Kurz entschlossen entschieden die drei Frauen, sich zusammen auf den Weg zu machen, worüber Anton ausgesprochen froh war. Doch dann musste eine der Frauen gestern wieder absagen. Als sie nun am Bahnsteig ankamen, suchte Anton deshalb sogleich nach der anderen Reisegefährtin.

»Siehst du Frau Schneider irgendwo? Ich kann sie nirgends entdecken.«

»Ach, sie kommt bestimmt gleich.« Sophie nahm es gelassen. »Noch haben wir ja ein paar Minuten Zeit.«

»Hoffentlich. Mir wäre es viel lieber, ich wüsste, du reist nicht alleine. Dann könntet ihr euch gegenseitig helfen. Außerdem geht die Zeit in Gesellschaft schneller um.« Wieder schaute er sich nach allen Seiten um. Doch vergebens, schließlich fuhr der Zug ein und Sophie musste einsteigen.

»Mir gefällt es gar nicht, dass du jetzt doch alleine fahren musst«, schimpfte Anton ins offene Abteilfenster, aus dem sich Sophie zum Abschied herausgebeugt hatte. Nervös suchten seine Augen noch ein letztes Mal den Bahnsteig ab.

»Ach, mach dir keine Sorgen«, versuchte Sophie ihren Mann zu beruhigen. »Es ist schließlich nicht das erste Mal, dass ich alleine mit der Eisenbahn fahre.« Sie fand seine Besorgnis etwas übertrieben.

»Ja, aber früher war es für alleine reisende Frauen auch nicht so gefährlich wie heutzutage.« Er war ernsthaft besorgt.

»Na ja, nun ist nichts mehr zu ändern und es wird mich nicht davon abhalten zu fahren.« Sophie ließ an ihrer Entschiedenheit keine Zweifel aufkommen. Sie freute sich viel zu sehr auf Jena, als dass sie nun davon Abstand hätte nehmen wollen – erst recht nicht deshalb, weil sie allein reisen würde.

»Lass dich nicht von fremden Männern anreden«, riss Anton sie aus ihren Gedanken.

Sophie sah ihn überrascht an, unsicher ob er diese Bemerkung ernst gemeint hatte. Mit ungläubigem Staunen stellte sie fest, dass er es voller Überzeugung gesagt hatte. Sie musste lachen.

»Jetzt lass es aber gut sein. Ich bin doch kein kleines Kind mehr, das zum ersten Mal ohne Begleitung auf Reisen geht.« Sie beugte sich zu ihm runter und gab ihm einen liebevollen Kuss.

»Ja, ja! Das ist mir klar«, wehrte Anton pikiert ab, weil er ihren unwirschen Unterton gespürt hatte. »Aber die Umstände waren noch nie so schwierig und ungewiss wie heute«, verteidigte er sich. »Weißt du, wo du überall umsteigen musst? Weiß du, wie das an der Grenze sein wird? Ob sie dich passieren lassen oder festhalten? Es ist ja alles nicht mehr so wie früher.« Er sah seine Frau bekümmert an. »Pass auf dich auf!«

»Ich schreibe, sobald ich angekommen bin«, rief Sophie, als der Zug anfuhr.

Anton blieb stehen, bis die roten Rücklichter verschwunden waren.

»Wie soll ich das nur überstehen«, fragte er sich unglücklich. Wann würde er Sophie wiedersehen? Ihm graute vor den langen Wochen ohne seine Frau in Hermaringen.

Anton hatte sich ausgerechnet, dass Sophie zwei, vielleicht drei Tage für ihre Fahrt nach Jena brauchen würde. Daher wartete er vom vierten Tag an sehnsüchtig auf ein Lebenszeichen, obwohl ihm bewusst war, dass die Post ebenfalls einige Zeit brauchte. Aber erst wenn er seine Frau sicher in Jena wusste, würde er wieder ruhig schlafen können.

Doch ein Tag folgte dem nächsten ohne die herbeigesehnte Nachricht.

»Sicherlich kommt ihr Brief morgen an«, sagte er jeden Abend zur Bäuerin, wenn sie ihn fragte, ob er etwas von Sophie gehört habe.

»Bestimmt«, nickte diese dann zuversichtlich.

Dieses Gespräch war zum Ritual geworden. Doch mit jedem weiteren Tag, an dem eine Nachricht ausblieb, fiel es ihnen schwerer, den anfänglichen Optimismus zu behalten.

»Hoffentlich ist ihr nichts passiert«, gab die Bäuerin eines Morgens zu bedenken, nachdem aus den Tagen längst Wochen geworden waren. »Mittlerweile hätte doch längst ein Brief ankommen müssen. Meinen Sie nicht? Vielleicht hat man sie ja auch an der Grenze festgesetzt, wer weiß.«

»Jetzt malen Sie den Teufel nicht an die Wand«, wehrte Anton entrüstet ab, obwohl er längst dasselbe gedacht hatte. Es konnte, es durfte nicht sein!

Am 1. Februar wusste er immer noch nichts Genaues. Verzweifelt und voller Angst schrieb er in sein Tagebuch: »Bis heute noch keine Nachricht von Sophie. Sie ist jetzt seit zwei Wochen weg.«

Was sollte er tun, wenn Sophie etwas passiert war? Schmerzlich wurde ihm bewusst, wie sehr er seine Frau liebte. Ohne sie fühlte er sich regelrecht amputiert: Sie war im wahrsten Sinne des Wortes seine bessere Hälfte, die er zum Leben brauchte. Nur sie verstand ihn wirklich, nur sie unterstützte ihn bedingungslos. Er fühlte sich eins mit ihr und nur ihr gegenüber vermochte er über Gefühle zu sprechen, die er sonst keinem anvertrauen konnte. Es wurde ihm bewusst, wie viel Kraft sie ihm gab. Ein Leben ohne Sophie erschien ihm absolut unmöglich. Besonders hier in Hermaringen.

Anton versuchte alles Denkbare, um etwas über ihren Verbleib herauszufinden. Irgendjemand musste sie doch gesehen haben. Überall fragte er nach, ob vielleicht ein mitgegebener Brief einfach vergessen worden war, obwohl er wusste, wie unwahrscheinlich das war. Und er schrieb seinerseits lange Briefe an seine Eltern und Sophies Mutter, wohl wissend, dass auch seine Post für unbestimmte Zeit unterwegs sein würde.

Mit jedem weiteren Tag fiel es ihm jedoch schwerer, Sophies »Sprachlosigkeit« mit schlechten Transportbedingungen zu erklären. Und doch war es das einzige, worauf er hoffen konnte.

Die Angst um seine Frau drohte ihn mehr und mehr zu ersticken.

»Ich halte das nicht mehr lange aus«, sagte er verzweifelt zur Bäuerin, als sie ihn an einem kalten Tag Mitte Februar in seinem Zimmer aufsuchte. Die Sorge um Sophie hatte sie miteinander vertraut werden lassen. Anton hatte, seinen düsteren Gedanken nachhängend, aus dem Fenster gestarrt und sich nicht umgedreht, als sie das Zimmer betreten hatte. So sah er nicht, wie sehr ihr Gesicht strahlte.

»Ich habe ihn«, unterbrach ihn die Bäuerin sofort.

»Wen haben Sie?« Erst jetzt drehte sich Anton um und bemerkte das weiße Kuvert, mit dem sie in der Luft herum wedelte.

»Den Brief! Ich glaube, hier ist endlich der Brief Ihrer Frau!« Dabei sah sie ihn triumphierend an, so als hätte sie höchstpersönlich für seine Ankunft gesorgt.

Mit einem Riesenschritt trat Anton vor sie und riss ihr den Brief förmlich aus der Hand. Er brauchte nur einen Blick auf die Adresse zu werfen, um Bescheid zu wissen.

»Ja, das ist Sophies Handschrift!« Zitternd riss er den Umschlag auf. »Er ist von ihr!«

Anton hätte jubeln können. Gespannt verschlang er die eng beschriebenen Zeilen. Die Bäuerin stand neben ihm und wartete ungeduldig. »Na, geht es ihr gut? Ist alles in Ordnung?«

»Ja, sie ist gut angekommen.« Anton sah sie an. »Gott sei Dank!« Von einer Welle der Erleichterung erfasst, umarmte er die Bäuerin überschwänglich, die froh in sein Lachen einstimmte.

Er las den Brief wieder. Dann fiel sein Blick auf die Kopfzeile. »Dem Datum zufolge hat meine Frau nur zwei Tage bis Jena gebraucht. Jedenfalls hat sie den Brief zwei Tage nach ihrer Abfahrt geschrieben«, meinte er nachdenklich. »Heute ist der 14. Februar, nicht wahr? Meine Frau hat Hermaringen also vor knapp einen Monat verlassen und erst jetzt weiß ich Bescheid.« Er schüttelte den Kopf, dann las er den Brief nochmals.

»An der Grenze musste sie lange warten, steht hier. Aber schließlich habe man sie problemlos passieren lassen. Und sie musste tatsächlich x-mal umsteigen. Ja, und schöne Grüße an Sie: Die Eier sind heil angekommen.«

Die Bäuerin schmunzelte zufrieden. »Gut!«

Später, als Anton allein war, drückte er den Brief fest an sich. Ihm war eine Zentnerlast von der Seele gefallen und er hätte tanzen können, so leicht fühlte er sich. Sie lebte! Das war alles, was zählte. Nun würde er die kommenden Wochen bis zu Sophies Rückkehr auch noch überstehen.

Ein paar Tage später saß er beim Mittagessen in der Gastwirtschaft und blätterte in einer Zeitung. Plötzlich blieb er an einer Überschrift hängen, die ihm augenblicklich einen kalten Schauer über den Rücken jagte. Im ersten Augenblick hielt er es für einen schlechten Scherz, doch ihm wurde schnell klar, dass es bitterer Ernst war:

»Kein Abzug der Russen – Die Zonen und ihre Grenzen bleiben unverändert« stand da in großen Lettern. Anton hatte das Gefühl, den Boden unter den Füßen zu verlieren. Mit dieser Überschrift sah er sich seiner größten Hoffnung beraubt. Damit schien ihm ein ehrlicher Rückweg nach Jena auf unbestimmte Zeit verwehrt. Wer konnte jetzt schon sagen, wann er offiziell nach Thüringen zurückkehren dürfte? Plötzlich durchzuckte ihn ein ganz anderer Gedanke: Würde seine Frau problemlos wieder zu ihm in die amerikanische Zone kommen dürfen!

11

Sophie hatte ihren Brief in der Tat sofort nach ihrer Ankunft in Jena geschrieben. Sie war glücklich, wieder in ihrer Heimatstadt zu sein, auch wenn der Anlass eigentlich kein schöner war. Erleichtert merkte sie, dass es ihrer Mutter gar nicht so schlecht ging, auch wenn sie noch einige Zeit auf Hilfe angewiesen sein würde. Sophie beschloss so lange hier zu bleiben, wie ihre Mutter sie brauchte, auch wenn Anton sie derweil vermisste.

»Du kannst in deinem alten Mädchenzimmer schlafen«, schlug ihre Mutter vor. »Oder willst du lieber drüben in eurer alten Wohnung wohnen? Immerhin hast du dort noch eine ganze Menge Sachen, die du bestimmt vermisst hast.«

Sophie lachte. »Das wäre ja noch schöner! Wie soll ich dir denn helfen, wenn ich drüben im Haus wohne und nicht hier bei dir. Natürlich schlafe ich in meinem alten Zimmer. Und die paar Sachen, die mir fehlen, kann ich mir ja holen.«

Sie begann, ihren prall gefüllten Rucksack auszupacken.

»Kind, was hast du nur alles mitgeschleppt«, rief ihre Mutter aufgeregt, als Sophie ihr erst das Eierpaket in die Hand drückte und danach Mehl, Haferflocken, Zucker und all die anderen Sachen zum Vorschein brachte. Plötzlich hielt Sophie inne und sah nachdenklich auf die Lebensmittel.

»Ich denke, ich werde einen Teil davon gleich zu Antons Eltern bringen. Sie können es gewiss auch gut gebrauchen. Und sie werden sich über die Grüße ihres Sohnes freuen. Sie wissen ja auch noch gar nicht, dass ich hier bin.«

Sie zeigte auf die Eier, die ihre Mutter immer noch in der Hand hielt. »Und wenn ich wieder zurück bin, mache ich uns eine schöne Portion Rührei mit Speck.«

»Hm, das wird ja ein Festessen«, lachte ihre Mutter.

Sophie besuchte von nun an mindestens einmal täglich ihre Schwiegereltern. Sie war erschrocken, als sie die alten Leutchen sah, waren sie doch in den letzten Monaten deutlich gealtert und viel gebrechlicher geworden. Offenbar hatte ihnen die Deportation ebenso zugesetzt, obwohl sie hiergeblieben waren. Solange Sophie in Jena sein würde, beschloss sie sofort, würde sie Antons Eltern helfen, wo immer sie konnte.

Sophie genoss es, die vertrauten Wege zu gehen und alte Bekannte wieder zu treffen. Der Frühling hielt auch an der Saale langsam Einzug und die milde Luft war Balsam für ihre Seele. Sie hatte das Gefühl, damit ihr Gemüt gründlich zu durchlüften. Trotzdem fand sie ihr früheres Leben nicht wieder.

»Jena hat sich verändert! Es ist nicht mehr so, wie ich es kannte. Jetzt, nachdem ich mehrere Monate lang fort war, fällt es mir auf«, meinte sie eines Tages wehmütig, als sie von einem Besuch zurückgekehrt war.

»Wie meinst du das?«, fragte ihre Mutter überrascht.

»Na ja, es ist nicht das Aussehen, sondern mehr die Atmosphäre. Klar, es ist viel zerstört und damit verändert, aber das meine ich nicht. Das kannte ich ja auch schon, bevor wir weggegangen sind.« Sophie zögerte, sie fand nicht die richtigen Worte für ihr Empfinden. »Irgendwie herrscht eine ganz andere Stimmung. Manche Leute wirken total verängstigt, fast wie gelähmt. Wenn man wiederum andere hört, habe ich den Eindruck, sie wollen zwanghaft alles anders, alles besser machen …«

»Ja, und hoffentlich schaffen sie es«, unterbrach ihre Mutter sie. »Es ist gut, dass sich nun viele Menschen aktiv am Aufbau eines neuen Landes beteiligen. Nach all den Ungerechtigkeiten und Verbrechen, die im Dritten Reich geschehen sind, bin ich froh, wenn wir endlich versuchen, ein besseres Deutschland nach sozialistischem Vorbild zu verwirklichen. Und ich glaube, dass die Russen dafür einerseits Vorbild sind, aber andererseits auch die notwendigen Druckmittel haben. Denn soviel steht fest, nicht alle wollen sich freiwillig daran beteiligen.«

»Ja, aber es gibt doch auch viele Leute, die von Politik überhaupt nichts mehr wissen wollen«, wandte Sophie ein.

Ihre Mutter zuckte mit den Schultern.

»Vielleicht liegt es daran, dass sie es selbst schwer haben, ihren Alltag zu meistern. Denk nur daran, wie viele noch immer auf der Straße leben müssen. In der ganzen Stadt müssen die Menschen enger zusammenrücken. Die Bomben der letzten Kriegswochen haben Jena arg zugesetzt. Und erst die unzähligen Flüchtlinge. Noch immer treffen jeden Tag neue ein, die untergebracht werden müssen. Letztens habe ich gehört, dass die Stadt zum Jahreswechsel rund 15 900 Um- und Übersiedler zu versorgen hatte. Stell dir das doch mal vor!« Sie machte eine kurze Pause. »Und dann die Lebensmittel! All diese Leute brauchen schließlich auch etwas zu essen. Wie lange man Schlange stehen muss, um wenigstens die Zuteilungen der Lebensmittelkarten zu bekommen, weißt du ja selbst. Wenn man Pech hat, geht man trotz stundenlangen Wartens schließlich mit leeren Taschen wieder nach Hause, weil schon alles ausverkauft ist, wenn man endlich an der Reihe ist. Und die Portionen sind natürlich für eine ganze Familie auch zu klein. Das alles macht keinen wirklichen Spaß, deshalb kann ich schon verstehen, wenn Leute darüber hinaus keine Lust mehr auf Politik haben.« Sie machte eine Pause. Sie dachte einen Augenblick nach, bevor sie fortfuhr.

»Trotzdem ist es wichtig, dass wir jetzt neue Grundlagen schaffen. Im Gegensatz zu den Amerikanern haben die Sowjets, schon kurz nachdem sie hier angekommen sind, die Gründung von Gewerkschaften und Parteien zugelassen. Es ist spannend zu beobachten, wie die politischen Gruppen in der Stadt langsam wieder zum Leben erwachen«, fügte ihre Mutter begeistert hinzu.

Nur ein paar Wochen später, im April 1946, wurde Sophie Zeuge, wie sich in der sowjetischen Zone die Kommunistische Partei KPD und die sozialdemokratische SPD zur sozialistischen Einheitspartei SED zusammenschlossen und damit für diesen Teil Deutschlands maßgebliche politische Weichen stellten, deren Folgen niemand abschätzen konnte. Bei den ersten demokratischen Kommunalwahlen in Jena seit 1932 ging im September 1946 schließlich die Liberal-Demokratische Partei (LDP) als Sieger hervor und stellte den neuen Oberbürgermeister.

»Weißt du eigentlich, wann die neue Camsdorfer Brücke fertig sein soll?«, fragte Sophie eines Tages, als sie aus der Innenstadt zurückkam und die Saale nur über eine Behelfsbrücke, die die Russen kurz nach ihrer Ankunft ausschließlich für Fußgänger verlegt hatten, überqueren konnte. »Die Bauarbeiter sind ja emsig bei der Arbeit.«

»Soweit ich weiß, soll die neue Brücke im Sommer eröffnet werden. Hoffentlich klappt das, denn momentan ist Jena-Ost ziemlich vom Zentrum abgeschnitten. Was war das für eine verrückte Idee der deutschen Wehrmacht, noch wenige Tage vor Kriegsende sämtliche Brücken über die Saale in die Luft zu sprengen.« Sophies Mutter konnte sich immer noch darüber empören. »Aufhalten konnte das die Amerikaner auch nicht und wir Bürger haben jetzt das Nachsehen, weil wir kaum von einem Flussufer zum anderen kommen.«

»Stimmt! Ich finde es ziemlich beachtlich, wie viel schon wieder repariert worden ist. Die meisten großen Schuttberge sind verschwunden und alles, was noch gebraucht werden kann, haben die Leute feinsäuberlich sortiert und aufgestapelt, um es wieder einzubauen. Und die meisten Gas-, Wasser- und Elektroleitungen sind auch repariert, oder?«

»Schon. Aber die ganzen Strom- und Gassperren gehen mir ganz schön auf die Nerven. Da muss man mit den Essenszeiten doch ungeheuer flexibel bleiben«, fügte Sophies Mutter ironisch hinzu.

Fast täglich fielen Strom und Gas aus und man wusste vorneweg nie, wann es einen treffen würde. So kam es häufig vor, dass sie ihr halb gares Mittagessen nicht fertig kochen konnten.

Das Essen und besonders die Beschaffung von Lebensmitteln nahmen viel Zeit in Anspruch. Dank des umsichtigen Einsatzes der mitgebrachten Sachen gelang es Sophie, zusammen mit den Rationen der Lebensmittelmarken, nahezu jeden Tag ein einfaches, aber vollständiges Mittagessen auf den Tisch zu bringen.

»Es ist wirklich unschätzbar, was du alles hierher geschleppt hast. Wenn ich mir überlege, wie lange wir nun schon davon zehren«, sinnierte Sophies Mutter. »Was mache ich bloß, wenn du wieder bei Anton bist und alles aufgebraucht ist.« Sie schüttelte den Kopf. »Dass du überhaupt wieder weg musst, finde ich grauenvoll.«

Sophie machte ein unglückliches Gesicht.

»Mir gefällt der Gedanke auch nicht. Das kannst du mir glauben! Aber andererseits vermisse ich Anton mittlerweile sehr. Ich habe ihn nun schon seit weit mehr als zwei Monaten nicht gesehen. Wie es ihm wohl geht?«

Sie versank in Schweigen und dachte an ihn. Seine Briefe waren sehr unterschiedlich: Manche hörten sich leicht und optimistisch an, andere dagegen waren voller Schwermut.

»Ist dir schon mal aufgefallen, dass im Stadtbild eindeutig die Frauen dominieren? Es gibt kaum Männer. Und wenn, sind es Invaliden, ganz junge Kerle oder alte Männer«, wechselte Sophie plötzlich das Thema. Ihrer Sehnsucht nach Anton wollte sie lieber heute Abend im Bett allein nachspüren.

»Na ja, überleg mal«, erwiderte ihre Mutter. »In vielen Haushalten fehlen schließlich die Männer, weil sie entweder im Krieg geblieben oder irgendwo in Gefangenschaft sind. Aber ich kann dir versichern, der Männermangel ist in den Betrieben viel schlimmer als auf den Straßen.«

»Du meinst auch bei Schott und Zeiss? Wieso das denn?«

»Überleg mal. Vor allem bei Schott gibt es viele Stellen, die körperlich harte Arbeit erfordern, wie zum Beispiel die Glasbläser. Das können Frauen nicht leisten, weil sie einfach nicht stark genug sind. Und die wenigen Männer, die noch da sind, haben so viel zu tun, dass sie nicht alles schaffen können. So kommt es mitunter zu erheblichen Engpässen.«

»Darüber habe ich noch nie nachgedacht.«

»In anderen Firmen, wie bei Zeiss, ist das Männermanko nicht ganz so schwer zu verkraften. Dort können häufig auch Frauen angelernt werden, die ihre Arbeit dann genauso gut erledigen wie die Männer.« Sie machte eine kurze Pause. »Die Russen haben wegen des Männermangels Ende November sogar eigens ihren Befehl 153 erlassen.«

»Und was besagt der?«

»Nun, damit wurde eine Meldepflicht für alle arbeitsfähigen Frauen zwischen 15 und 50 Jahren eingeführt. Ausgenommen davon sind nur Frauen, die Kinder unter sechs Jahren selbst betreuen müssen.«

»Um Gottes Willen! Dann hätte ich mich wohl auch melden müssen«, rief Sophie.

Ihre Mutter schmunzelte.

»Nein, ich kann dich beruhigen. Da du dich hier nur besuchsweise aufhältst, fällst du nicht unter diese Meldepflicht. Außerdem hast du zwar kein Kind zu versorgen, aber doch mich, oder? Und das ist doch fast dasselbe?«, sagte sie mit einem herausfordernden Seitenblick. »Damit hätten wir gewiss eine Ausnahmeerlaubnis erwirkt.«

»Na, da bin ich ja erleichtert!« Sophie fiel in das Lachen ihrer Mutter ein.

»Du kannst dir gar nicht vorstellen, wie froh ich bin, dass du wieder auf die Beine kommst«, sagte Sophie in den ersten Apriltagen zu ihrer Mutter, die sich zunehmend sicherer bewegte. »Im wahrsten Sinne des Wortes.«

In gleichem Maß, in dem ihre Mutter wieder mobiler wurde, wuchs Sophies Sehnsucht nach Anton. Es wurde Zeit, zu ihm zurückzukehren, auch wenn sie Jena eigentlich gar nicht mehr verlassen wollte. Erst gestern Abend hatte sie im Bett einmal mehr darüber nachgedacht, wie es wohl wäre, einfach hierzubleiben. Für immer. Und darauf zu vertrauen, dass Anton irgendwie, irgendwann ebenfalls zurückkommen würde. Aber sie hatte dieses Gedankenspiel schnell verworfen. Nein, das war undenkbar: Sie liebte ihren Mann und gehörte an seine Seite! Deshalb musste sie zurück.

Vorsichtig machte sie sich also an die ersten Reisevorbereitungen.

»Ich glaube, du brauchst deinen Stock bald nicht mehr«, versuchte sie am nächsten Tag ihre Mutter darauf einzustimmen.

»Doch, doch«, wehrte diese Sophies Ansinnen sogleich ab. Sie verstand sofort, worauf ihre Tochter hinaus wollte. »Ohne ihn fühle ich mich noch sehr unsicher. So schnell geht das nicht. Das kannst du mir glauben«, beteuerte sie.

Sophie schaute sie von der Seite an und ließ es auf sich beruhen. Der Anfang war jedenfalls gemacht, dachte sie zufrieden. Sie nahm sich vor, sich in den nächsten Tagen nach den notwendigen Papieren für die Rückfahrt zu erkundigen.

Über den Lebensgefährten ihrer Mutter stellte ihr die Direktion des Glaswerks eine schriftliche Bescheinigung mit dem Datum vom 11. April 1946 aus, aus der hervorging, dass sie sich ausschließlich besuchsweise in Jena aufgehalten habe, weil ihre Mutter krank gewesen sei. Sie sei mit ihrem Mann von den Amerikanern nach Heidenheim deportiert worden und habe ein neues Heim in der amerikanischen Zone gegründet. Deshalb habe sie dort und nicht mehr in Jena ihren Wohnsitz, hieß es in dem Schreiben weiter. Damit ausgestattet, so hofften alle, würde Sophie problemlos die Zonengrenze passieren können – dieses Mal in Richtung Westen.

Zwei Tage vor ihrer geplanten Abreise trat plötzlich ein dunkelhaariger Mann in Sophies Weg, als diese langsam die steile Straße zurück zur Wohnung ihrer Mutter ging. Sie war bei ihren Schwiegereltern gewesen und tief in Gedanken an den bevorstehenden Abschied, sodass sie ihn nicht wahrgenommen hatte und erschrocken zur Seite sprang, um nicht mit ihm zusammenzustoßen. Irgendwie kam er ihr entfernt bekannt vor, doch wusste sie nicht woher. Verwundert bemerkte sie, dass er sich nicht etwa entschuldigte, wie es sich gehört hätte, sondern sich stattdessen regelrecht vor ihr aufbaute.

»Mir ist zu Ohren gekommen, dass Sie zu den deportierten Glasmachern gehören und zurück in die amerikanische Zone fahren.« Es war mehr eine Feststellung als eine Frage.

»Was geht Sie das an?«, gab Sophie barsch zurück. Seine Art gefiel ihr nicht.

»Ich weiß es halt«, sagte er zunächst patzig, doch dann wurde sein Gesichtsausdruck plötzlich verbindlicher. »Und deshalb möchte ich Sie um einen Gefallen bitten.« Er vergeudete keine Zeit mit unnötigen Höflichkeiten. »Ich habe hier einige Papiere, die dringend zu den Deportierten nach Heidenheim müssen. Und Sie wissen ja, die Post funktioniert nicht zuverlässig.« Er zog einen großen, braunen Briefumschlag aus seinem Mantel. »Könnten Sie diesen Brief mitnehmen und Herrn Seifert übergeben? Es ist ziemlich wichtig. Bitte!«

Sophie wusste nicht, was sie davon halten sollte. Dieser Typ wirkte auf sie unheimlich. Andererseits war es gang und gäbe, Briefe für andere mitzunehmen. Jeder war darauf angewiesen, und auch sie hatte schon oft genug andere Leute bemüht, obwohl sie die Boten nicht wirklich kannte und es überdies ja offiziell verboten war. Der Mann, der vielleicht ihr Alter hatte, sah sie bittend an. Plötzlich tat er ihr leid, und sie gab sich einen Ruck.

»Also gut, wenn es sein muss. Wie heißt der Adressat, sagten Sie?«

»Dr. Seifert«, antwortete der Mann umgehend und zeigte auf den Briefumschlag. »Der Name steht auch drauf. Vielleicht kennen Sie ihn? Er arbeitet für Zeiss.«

»Nein, ich kenne ihn nicht, aber wenn er Zeissianer ist, werde ich ihn in Heidenheim schon finden.« Sie überlegte. »Oder wenigstens jemanden, der ihn kennt.«

Dem Mann wirkte erleichtert. »Danke! Ich danke Ihnen sehr! Und gute Fahrt!«

Plötzlich hatte er es offensichtlich sehr eilig. Er drehte sich um und verschwand hinter der nächsten Ecke.

Erst jetzt bemerkte Sophie, dass sie nicht einmal den Namen des Mannes kannte. Er hatte sich nicht vorgestellt und auf dem Briefkuvert stand kein Absender.

»Komisch«, sie schüttelte den Kopf und steckte den Umschlag in ihre Tasche. Schließlich konnte sie ihn nicht auf der Straße liegen lassen, auch wenn sie das jetzt am liebsten getan hätte.

Als sie zwei Tage später nach einem tränenreichen Abschied im Zug saß und sich der Grenze näherte, fiel ihr der Umschlag wieder ein. Sie hatte ihn ganz unten in ihrem Rucksack verstaut, der jetzt viel leichter war als auf der Hinfahrt, und dann schlicht vergessen. Plötzlich kamen ihr wieder Zweifel: Wenn sie nun an der Grenze alles auspacken müsste und nicht erklären könnte, woher dieser Umschlag kam, würde sie vermutlich Ärger bekommen.

Vielleicht war es besser, ihn nicht im Rucksack zu lassen, sondern lieber unter ihrer Wäsche zu tragen, auch wenn das unbequem sein würde. Aber jedenfalls noch besser, als festgehalten zu werden. So unauffällig wie möglich kramte sie den Umschlag aus ihrem Rucksack, steckte ihn unter ihren Pulli und verschwand auf der Zugtoilette. Dort stopfte sie ihn sich noch tiefer unter ihre Unterwäsche, damit sie ihn nicht beim Laufen verlieren würde. Etwas beruhigter ging sie zurück zu ihrem Platz.

Es dauerte nicht mehr lange bis zur Zonengrenze, wo der Zug stehen blieb. Alle mussten aussteigen. Sophie wurde nervös. Worauf hatte sie sich da bloß eingelassen?

»Hoffentlich geht das gut«, betete sie still vor sich hin.

Der russische Soldat betrachtete mürrisch ihren Passierschein.

»So, so, … eine Deportierte, …neues Heim in der amerikanischen Zone …«

Seine Deutschkenntnisse waren nicht gut und er ließ sich Zeit. Misstrauisch taxierte er erst das Schreiben, dann Sophie. Unwillkürlich fing sie an zu schwitzen, aber sie brachte ein unschuldiges Lächeln zustande.

»Auspacken!«, er deutete auf ihren Rucksack.

Zögerlich kramte sie ihre Wäsche, den Kulturbeutel, Schuhe und allerlei Kleinkram heraus und lobte sich währenddessen im Stillen dafür, den Briefumschlag rechtzeitig versteckt zu haben, obwohl dieser auf ihrer Haut zu brennen schien. Mit diesem Soldaten war offensichtlich nicht zu spaßen. Als alles um den Rucksack herum verstreut auf dem Tisch lag, nahm der Soldat das ein oder andere prüfend in die Hand, um es danach gelangweilt wieder fallen zu lassen. Er schien anderes erwartet zu haben. Unvermittelt verlor er sein Interesse und bedeutete ihr mit einer ungeduldigen Handbewegung, ihre Sachen zusammenzupacken und zu verschwinden.

Sophie gehorchte eiligst. Erst nachdem sie sich vergewissert hatte, dass er seine Aufmerksamkeit dem nächsten zugewandt hatte, traute sie sich, unauffällig durchzuatmen.

Der Rest der Fahrt war zwar noch einigermaßen umständlich, blieb aber ohne Zwischenfälle. Nahezu genau drei Monate nach ihrer Abfahrt sahen sich Sophie und Anton Mitte April in Hermaringen wieder. Beide konnten es kaum glauben, wieder zusammen zu sein. Glücklich schlossen sie sich in die Arme.

Als Sophie ihm von dem Briefumschlag erzählte, schimpfte er zunächst mit ihr.

»Wie unverantwortlich von dir! Stell dir nur vor, wenn sie dich festgehalten hätten – wegen eines Briefes von einem Unbekannten. Wer weiß, was da drinnen ist?«

»Ja, ich weiß«, gab sie kleinlaut zu. »Aber es ist ja gut gegangen. Jetzt müssen wir nur noch diesen Dr. Seifert finden.«

»Das übernehme ich«, bestimmte Anton sofort. »Ich glaube, ich weiß, wer das ist. Den Namen habe ich jedenfalls schon einmal gehört.«

12

Mit dem Osterfest ging für die Deportierten endgültig der erste harte Winter in der Fremde zu Ende. Die Farbenpracht des Frühjahrs überzog das ganze Land und die milden Temperaturen erleichterten das Leben der Schottianer erheblich.

Auch Clara war froh, wieder draußen im Hof spielen zu können und dachte dabei an die fröhliche Stimmung der vergangenen Festtage zurück, als sich plötzlich ihr Bauch verkrampfte und unerträgliche Schmerzen verursachte. Außerdem wurde ihr speiübel. Von Panik ergriffen vergaß sie ihr Spiel und rannte los, um ihre Mutter zu suchen. Die nahm das Ganze zunächst nicht allzu erst.

»Vermutlich hast du zu viele Ostereier verputzt«, versuchte sie ihre Tochter zu necken, doch dann merkte sie, dass es Clara wirklich nicht gut ging.

»Hm, ein paar Tage Bettruhe, eine Wärmflasche und etwas Diät bringen dich bestimmt wieder auf die Beine. Komm, ich helfe dir.« Mit diesen Worten schob sie Clara sanft vor sich her in die Schlafkammer.

Mit einer Wärmflasche auf dem Bauch fiel Clara schnell in einen unruhigen Dämmerschlaf, aus dem sie immer wieder aufschreckte, wenn sich ihr Bauch erneut zusammenkrampfte und sie Angst bekam, er würde gleich zerreißen. Dann schaffte sie es nur noch mit knapper Not, rechtzeitig zur Toilette zu flitzen. Abends stieg darüber hinaus das Fieber deutlich an. Ihre Mutter blieb trotzdem gelassen.

»Es war zu erwarten, dass Durchfall und Fieber kommen würden. Was immer in deinem Bauch rumort, muss dein Körper erst einmal bekämpfen«, versuchte sie Clara den Krankheitsverlauf zu erklären.

Die Beschwerden hielten allerdings überraschend lange an. Auch in den folgenden Tagen schafften es weder Tee noch Wärmflasche, Claras Beschwerden zu lindern, geschweige denn zu beseitigen. Überdies blieb die Übelkeit hartnäckig, an Essen mochte sie gar nicht denken. Sie lag einfach matt in ihrem Bett und wollte nur ihre Ruhe haben. Nach vier Tagen ohne wesentliche Besserung, begann sich Agnes nun doch ernsthafte Sorgen zu machen.

»Es ist komisch, dass ihr Zustand so schlecht bleibt. Bei einer normalen Magenverstimmung beruhigt sich doch eigentlich alles wieder nach zwei, manchmal drei Tagen. Aber bei ihr bleiben Fieber, Durchfall und Erbrechen unverändert stark«, überlegte sie mit der Kirchenbäuerin, die ebenfalls keinen Rat mehr wusste. Sie hatten bereits alle Hausmittel ausprobiert.

»Vielleicht sollten Sie doch den Arzt holen«, schlug die Kirchenbäuerin daher vor.

»Ja, darüber habe ich auch schon nachgedacht. In Jena hätte ich vermutlich längst unseren Hausarzt gerufen. Aber hier kenne ich niemanden. Gibt es einen zuverlässigen Arzt in Heuchlingen?«, fragte Agnes.

»Aber sicher!«, erwiderte die Kirchenbäuerin. »Der alte Dr. Bergmann hat schon unsere Kinder kuriert. Ich werde ihn rufen.«

»Ja, das wird das Beste sein«, nickte Agnes dankbar. Dann kam ihr ein anderer Gedanke. »Hoffentlich berechnet er nicht so viel. Schließlich ist unser Geld knapp.«

»Darauf nimmt er bestimmt Rücksicht. Ich werde mit ihm reden«, versprach die Kirchenbäuerin.

Dr. Bergmann kam direkt nach dem Mittagessen zu ihnen auf den Hof und untersuchte Clara gründlich. Doch auch er konnte nichts Außergewöhnliches feststellen.

»Ich denke, Ihrer Tochter setzt ein hartnäckiger Infekt zu«, bestätigte er schließlich mehr oder weniger Agnes Diagnose. »Am besten wird es sein, wenn Sie vorerst mit Bettruhe und Diät fortfahren. Sie sollten nur darauf achten, dass sie viel trinkt. Das ist wichtig.« Er wandte sich an Clara. »Wenn ich in ein paar Tagen wiederkomme, bist du bestimmt wieder putzmunter. Gute Besserung!«

Doch so schnell ging es nicht: Erst nach mehr als einer Woche ließen die Koliken endlich nach und das Fieber verschwand. Claras Appetit kam allmählich zurück. Jeden Tag fühlte sie sich besser und stärker und auch die frische Frühlingsluft tat das ihre dazu, dass Claras gesunde Gesichtsfarbe zurückkehrte.

Agnes ließ sicherheitshalber noch ein paar Tage vergehen, bevor sie ihre Tochter wieder zur Schule schickte. Alle waren froh, dass das Kind diese merkwürdige und so hartnäckige Krankheit überstanden hatte. Clara selbst war genauso erleichtert und stürzte sich mit neuer Energie in ihren gewohnten Trott. Bald war die Erkrankung vollkommen in Vergessenheit geraten.

Desto überraschter waren alle, als sich die Koliken im Frühsommer schmerzhaft zurückmeldeten. Es war der gleiche Krankheitsverlauf: fürchterliche Bauchkrämpfe, Erbrechen und Durchfall sowie Fieber.

»Mutti, wieso bekomme ich schon wieder dasselbe?«, fragte Clara unglücklich. »Ich hatte doch sonst nie einen empfindlichen Magen. Was ist das nur?«

Agnes sah ihre Tochter ratlos an.

»Ich weiß es auch nicht. Das einzig Sinnvolle, was wir tun können, ist wohl die gleiche Bettruhe und Diät einzuhalten wie beim letzten Mal. Vielleicht ist irgendetwas zurückgeblieben, was jetzt wieder zum Vorschein kommt.«

Also hütete Clara erneut das Bett und verbrachte unangenehme Tage voller Schmerzen und Unwohlsein. Dr. Bergmann kam, sah sich Clara an und fand wieder nichts Beunruhigendes. Wie beim letzten Mal wurde der jüngste Spross der Stockmüllers nach einiger Zeit von selbst wieder gesund.

Als die Koliken einige Wochen später in gleicher Manier abermals auftraten, waren sie Clara schon fast vertraut.

»Nicht schon wieder«, stöhnte sie daher nur entnervt, als sie den nunmehr bekannten Schmerz in der Bauchgegend spürte. Sie sagte ihrer Mutter Bescheid und legte sich freiwillig ins Bett.

Ihre Mutter allerdings begann, sich ernsthafte Gedanken zu machen. Das war wirklich nicht normal. Aber was sollte sie tun? Eine teure Arztbehandlung in der Stadt konnte sie sich schlicht nicht leisten und Dr. Bergmann fand nichts Besonderes.

»Vielleicht liegt es ja am Wachstum, das hat auch der Doktor angedeutet«, sagte sie zur Kirchenbäuerin, als sich die beiden Frauen darüber unterhielten, doch war sie von dieser Erklärung selbst nur halb überzeugt. »Merkwürdig finde ich es trotzdem.«

Immer wieder kehrten die Bauchkoliken in unregelmäßigen Abständen zurück und zwangen Clara ins Bett. Und genauso sicher verschwanden sie danach wieder. Sowohl Clara, als auch ihre Mutter fanden das Ganze zwar ausgesprochen unangenehm, aber sie lernten beide, damit umzugehen und entwickelten eine gewisse Routine. Sie entdeckten, welche Lebensmittel die Koliken offenbar auslösten, und welche ihr gut taten. Irgendwann rief Agnes auch Dr. Bergmann nicht mehr zu Hilfe – er würde ohnehin nichts Neues finden.

Der erste Guss im Westen

1

Die Pfingsttage im Juni 1946 versprachen einige Momente abseits der üblichen Routine. Für die deportierten Schottianer sollten sie darüber hinaus zu einem ganz besonderen Fest werden. Denn es war so weit: Zu Pfingsten sollte der erste Guss optischen Glases in Zwiesel gewagt werden. Knapp ein Jahr, nachdem sie von den Amerikanern nach Heidenheim deportiert worden waren, und ein gutes halbes Jahr, nachdem sich Karl, Otto und die anderen Männer des Stoßtrupps in Zwiesel an die Umbauarbeiten gemacht hatten, konnten sie endlich den Neuanfang wagen. Denn das würde es sein. Dessen waren sich alle bewusst.

An ebenjenem großen Tag waren die meisten schon zeitig auf den Beinen. Jeder Einzelne wartete gespannt auf den Augenblick, in dem sich das rot glühende, flüssige Glas aus der Wanne ergießen würde. Neben den Zwieseler Werksangehörigen waren natürlich Otto, Karl und die anderen Deportierten vor Ort, die das Werk trotz der vielen Widrigkeiten umgebaut hatten. Und selbstverständlich war Erich Schott mitsamt den Kollegen der Geschäftsleitung angereist, um dem feierlichen Augenblick der ersten optischen Schmelze beizuwohnen. Dieser Tag stellte insbesondere für ihn einen ungeheuren Erfolg dar, begründete er doch die berechtigte Hoffnung, das Vermächtnis seines Vaters auch anderswo als in Jena fortführen zu können.

Dagegen waren die meisten Angehörigen der Deportierten in den Dörfern rund um Heidenheim geblieben. Obwohl sie es gern miterlebt hätten, wäre die Anreise doch viel zu umständlich und teuer gewesen. Sie konnten nur in Gedanken an dem für alle Deportierten so wichtigen Augenblick teilnehmen.

Die Schottianer drängten sich um den neuen Ofen in der Werkshalle. Jeder versuchte, einen möglichst guten Platz zu ergattern, um das große Ereignis gut überblicken zu können. Anspannung und Aufregung lagen in der Luft. Würde die erste Schmelze so funktionieren, wie sie hofften? Immerhin hatten sie in den vergangenen Monaten fast ausschließlich improvisiert. Da war es durchaus möglich, dass etwas nicht so funktionieren würde, wie geplant.

»Erst wenn heute alles klappt, hat sich die Mühe der letzten Monate wirklich gelohnt«, sagte Karl zu Otto. Sie standen nebeneinander, um den großen Augenblick abzuwarten. Beiden hatten sich in den vergangenen Wochen in Zwiesel schätzen gelernt, auch wenn sie zu unterschiedlich waren, um wirkliche Freunde zu werden. Aber sie wussten, sie konnten sich aufeinander verlassen und zogen am gleichen Strang.

»Ja, heute ist sozusagen unsere Feuertaufe«, stimmte Otto zu. »Wenn es klappt, haben wir allen Grund, stolz zu sein.«

Von der Mutlosigkeit, die so vielen Schottianern seit ihrer Deportation zugesetzt hatte, war an diesem Tag nichts zu spüren. Vielmehr herrschte eine Stimmung voller Optimismus.

Nun also war der neue Ofen tatsächlich »angetempert«. Das bedeutete, dass er auf eine Temperatur von rund 1 500 Grad Celsius angeheizt worden war. Quarzsand, Soda, Kali und all die anderen Rohstoffe, die für die Erzeugung optischen Glases in genau definierten Verhältnissen benötigt wurden, befanden sich als sogenanntes Gemenge in der selbst gebauten Wanne und gingen mit zunehmender Temperatur ihre chemischen Verbindungen ein.

Optisches Glas musste ganz bestimmten Bedingungen genügen, um später tatsächlich als Linse, Prisma oder Spiegel in Feldstechern, Ferngläsern oder Kameras Karriere zu machen. Es musste präzisen Eigenschaften der Lichtbrechung und Farbzerstreuung entsprechen und durfte deshalb beispielsweise keinerlei Einschlüsse, Blasen oder Schlieren aufweisen. Deshalb war es ungleich schwerer, optisches Glas herzustellen als »einfaches« Gebrauchsglas.

Als das flüssige Glas aus dem Ofen floss, wurde Karl unruhig. Obwohl er Elektriker war, arbeitete er doch lang genug im Glaswerk, um zu erkennen, dass das flüssige Glas nicht die richtige Farbe und Beschaffenheit hatte.

»Vielleicht täusche ich mich ja. Aber für mein Empfinden sieht die Masse viel zu dunkel aus«, sagte er halblaut zu Otto.

Der nickte. »Das finde ich auch. Ich kann mir nicht vorstellen, dass das ein Eins-a-Guss wird. Aber wir müssen abwarten.«

»Der Guss reicht ganz sicher nicht an unsere gewohnte Qualität in Jena heran«, raunte ihnen ein echter Glasspezialist zu, der hinter ihnen stand und gehört hatte, was die beiden geflüstert hatten. »Da sind noch Schlieren und Blasen drin, die sich nicht vollständig aufgelöst haben. Das kann man schon jetzt erkennen.«

Karl nickte. »Also kein fehlerfreies Glas, das wir verkaufen könnten?«

»Nein, ganz bestimmt nicht.«

»Vielleicht hat das Verhältnis der einzelnen Rohstoffe zueinander nicht exakt gestimmt«, überlegte Otto.

»Das kann gut sein. Oder die Qualität der Rohstoffe war nicht so, wie sie sein sollte. Denn das ist genauso wichtig.«

»Aber, ich finde, das macht nichts!« Karl wollte sich den Erfolg nicht klein reden lassen und fühlte sich zur Verteidigung berufen. »Immerhin ist es unser erster Versuch, hier überhaupt optisches Glas herzustellen. Und auch, wenn wir an der Qualität noch arbeiten müssen, so kann man doch guten Gewissens behaupten, dass unser erster Guss funktioniert hat! Oder sehe ich das falsch?«

»Nein, das ist richtig«, stimmt Otto nur zu gern zu. »Wir haben es tatsächlich geschafft, den Ofen auf die erforderliche Temperatur anzuheizen und die Wanne hat dem Druck standgehalten. Das ist der eigentliche Erfolg des heutigen Tages.«

»Genau! Die exakte Berechnung des Gemenges ist dagegen mit Sicherheit das kleinere Problem.«

Die Männer katschten sich gegenseitig in die Hände.

»Wir haben es geschafft! Wir können zu Recht stolz auf uns sein«, rief Karl laut.

Die Umstehenden, die ihre Unterhaltung mitbekommen hatten, stimmten ein. »Ja, das Schwierigste haben wir gemeistert. Alles Weitere wird dagegen fast ein Kinderspiel sein.«

»Ich habe das Gefühl, wir haben den Gipfel eines unbezwingbaren Berges erklommen«, sagte Karl begeistert und er klang, als wäre er selbst überrascht.

Es gab allerdings auch Kollegen, die vom ersten Guss enttäuscht waren und die Begeisterung von Karl und Otto nicht teilten. Sie hatten sich eingebildet, nahtlos dort anknüpfen zu können, wo sie vor knapp einem Jahr in Jena aufgehört hatten. Aber das war natürlich unrealistisch gewesen.

Die Quintessenz des Tages stand fest: Es gab keine Zweifel mehr, dass sie optisches Glas auch in Zwiesel herstellen konnten – bald gewiss auch in der richtigen Konsistenz und Qualität – und zwar unabhängig vom Jenaer Stammwerk.

Der Sohn des Firmengründers nahm an diesem denkwürdigen Tag, der ihnen allen neuen Mut gab, eine gute, alte Tradition aus Jena auf: Die Nummerierung der einzelnen Schmelzen. Hatte es im Stammwerk seit 1884 gut 60 000 optische Schmelzen gegeben, so begann an diesem Tag eine neue Ära: Die Schmelze bekam die Nummer »1«.

2

Während der darauf folgenden Wochen arbeitete ein Teil der Deportierten unter Hochdruck daran, die Qualität des Glases zu verbessern. Die anderen machten sich kurz darauf an den Bau der nächsten Wanne, in der Laborglas geschmolzen werden sollte. Der Bedarf an Laborgläsern in allen Größen und Formen war zu dieser Zeit besonders groß und versprach gute Gewinne.

Wieder schafften die Männer das Unglaubliche: Nicht einmal sechs Monate später, im November 1946, konnten die Deportierten mit der Herstellung von Laborgläsern in Zwiesel beginnen. Damit hatten sie sich ein zweites, wichtiges Standbein geschaffen.

Die sichtbaren Erfolge wirkten sich unmittelbar auf die Schottianer aus. Immer mehr konnten, ja mussten in Zwiesel mitarbeiten. Angesichts des wachsenden Arbeitsanfalls wurde ihre Hilfe dringend benötigt, sodass einer nach dem anderen nach Zwiesel beordert wurde.

Die Frauen und Kinder sollten dagegen vorerst weiterhin in den Dörfern rund um Heidenheim bleiben. Bislang gab es am neuen Produktionsort einfach nicht genügend akzeptable Unterkünfte für alle. Und außerdem sollte die Produktion erst stabilisiert werden, bevor man die Familien nachholen wollte. Damit erlebten nun die meisten Deportiertenfamilien das, was für die Stockmüllers und Kreuzingers schon lange selbstverständlich war: wochenlange Trennungen voneinander.

Nur ein paar Kollegen aus der Forschung und Verwaltung blieben in Heidenheim. Nach wie vor galten die Büroräume unter dem Dach der Maschinenfabrik als provisorische Geschäftsstelle der Schottianer in der amerikanischen Zone. Und daran sollte sich vorerst nichts ändern.

3

Als die Verantwortlichen im Jenaer Glaswerk von der ersten optischen Schmelze in Zwiesel erfuhren, hatte das natürlich auf sie eine ganz andere Wirkung als auf die Deportierten. Für sie erschien es wie ein Angriff auf die eigene Existenz. Spätestens seit diesem Zeitpunkt standen sich beide Seiten als echte Konkurrenten gegenüber. Sie würden um dieselben Kunden buhlen. Keiner von ihnen traute sich zunächst, diese Tatsache so offen zu formulieren, doch war dies allen mehr oder weniger bewusst.

Nur widerwillig und unter sorgfältiger Abwägung der gesamtpolitischen Prämissen konnte sich die Jenaer Geschäftsführung in einem ausführlichen Schreiben vom 7. Mai 1946 dazu durchringen, den Deportierten in Zwiesel offiziell die Herstellung optischen Glases zu erlauben. Allerdings, so betonten sie, nur in begrenztem Umfang und nur für die Zeitspanne, in der die wirtschaftliche Einheit Deutschlands faktisch nicht gegeben war und ein freier Warenaustausch zwischen den Zonen deshalb nicht möglich sein würde.

Gleichzeitig legten sie größten Wert auf die Feststellung, dass sie trotz der erteilten Erlaubnis nach wie vor fest darauf vertrauten, dass die Alliierten die wirtschaftliche Einheit Deutschlands erhalten würden. Zwar könne man nicht einschätzen, ob und wann es so weit wäre, doch, so schrieben sie, gehe der »Industrieplan« davon aus, dass dies »spätestens im Jahre 1949 erreicht« sei.

Ihrer Meinung nach bewiesen im Übrigen die angelaufenen Kompensationsgeschäfte zwischen den Zonen darüber hinaus eine erste Normalisierung im Warenaustausch.

Obwohl diese Geschäfte mit erheblichem Aufwand verbunden waren und nur begrenzt zustande kamen, gaben sie ihnen doch Hoffnung auf eine allmähliche Besserung. Und wenn das Ziel auf die Wiederherstellung der wirtschaftlichen Einheit Deutschlands gerichtet sei, so argumentierten sie, sei der Aufbau einer eigenen Produktion im Westen grundsätzlich kontraproduktiv. Ungeachtet dessen würden sie die Genehmigung für optisches Glas aber erteilen, weil sie den Eindruck hätten, dass die Amerikaner die Deportierten zur Aufnahme einer eigenen Fabrikation in ihrer Zone gedrängt hätten.

Allerdings wollten die Jenaer auf jeden Fall vermeiden, dass die in Zwiesel gefertigten Gläser »unter dem Namen unserer Firma« vertrieben werden. Sie befürchteten eine »Verwässerung« des guten Namens »Jenaer Glas«. Daher bestanden sie auf einer selbstständigen und von Jena unabhängigen Produktion in Zwiesel: Also auf eigene Rechnung und auf der Basis von Lizenzen, deren Einzelheiten noch abzuklären seien. Sie seien damit einverstanden, schrieben sie, wenn man in Bayern beim Verkauf des Glases auf diese Lizenzen hinweisen und betonen würde, »dass durch die Übernahme mehrerer früherer Mitarbeiter des Jenaer Glaswerkes die Gewähr für die Güte der Gläser« gegeben sei.

Für fast alle anderen Arten von Gläsern, egal ob das Laborgläser, Glasspritzen, Gleichrichter oder Milchfläschchen waren, verweigerten die Herren dagegen ihre Zustimmung. Sie begründeten ihre Ablehnung mit dem erheblichen Aufwand, der betrieben werden müsste und den sie finanziell zu tragen hätten. Das sei unverhältnismäßig. Da sie in dem Moment, in dem ein normaler Warenaustausch zwischen den Zonen wieder gewährleistet wäre, diese Gläser selbst liefern könnten, seien entsprechende Vorbereitungen von vornherein überflüssig.

Eine Ausnahme erteilten sie nur noch für Backschüsseln. Die sollten ihrer Meinung nach sinnvoller Weise in Grünenplan produziert werden, ebenfalls in Lizenz und natürlich nur begrenzt für die Zeit des erschwerten Warenaustausches.

So versuchten die Jenaer eine Situation im Griff zu behalten, die ihnen aufgrund der politischen Umstände zunehmend außer Kontrolle geriet. Aber offenbar ließen es diese politischen Rahmenbedingungen nicht zu, es den Deportierten leichter als notwendig zu machen.

Daher beharrten sie auf einer »einwandfreien Klarstellung« ihrer »rechtlichen Zuständigkeit als einzige Geschäftsleitung.« Mitte Juni formulierten sie gemeinsam mit der ebenfalls neuen Geschäftsleitung von Zeiss einen entsprechenden Brief »im Interesse der gesamten Carl-Zeiss-Stiftung«. Erst wenn die Deportierten sich eindeutig dazu bekannt hätten, könne man über die weitere Abwicklung von Geschäften in den verschiedenen Zonen verhandeln.

Im Übrigen wiesen sie darauf hin, dass sie unabhängig von dieser Erklärung die »offizielle Abberufung« der früheren Geschäftsleitungen vorbereiten müssten, die ihre rechtliche Grundlage in den neuen, Thüringer Gesetzen fände. Damit verbunden sei der Verlust aller dazugehörigen materiellen

Ansprüche. Für diese Abberufung sei laut dem Gesetz bereits die formelle Mitgliedschaft in der nationalsozialistischen Partei NSDAP oder einer ihrer Untergliederungen ausreichend.

Um dieses Verfahren nicht einleiten zu müssen, forderten die Jenaer die deportierten Geschäftsleiter von Schott und Zeiss auf, von sich aus auf »ihre Bestellung zu Mitgliedern der Geschäftsleitungen zu verzichten«.

Da die meisten Führungskräfte in den Betrieben während des Dritten Reichs um eine zumindest formelle Mitgliedschaft in der Partei gar nicht herumgekommen waren, würde das neue Thüringer Gesetz Erich Schott genauso treffen wie seine Mitstreiter und die ehemaligen Geschäftleiter von Zeiss. Das war wohl auch den Herren in Jena bewusst, denn sie betonten ausdrücklich, wie außerordentlich bedauerlich sie diese Maßnahme empfänden.

4

Nachdem die Produktion in Zwiesel angelaufen war, erwies sich die Beschaffung der erforderlichen Rohstoffe lange Zeit als das größte Problem. Ähnlich wie im Jenaer Stammwerk hatten auch die Schottianer in der amerikanischen Zone große Mühe, alle Bestandteile in ausreichender Menge und der notwendigen Qualität aufzutreiben. Grund dafür waren vor allem die Zonengrenzen, die es unmöglich machten, bestimmte Rohstoffe aus bestimmten Gegenden zu beziehen.

Besonders schwierig gestaltete sich etwa die Beschaffung von Kali, einer Verbindung von Pottasche und Kalisalpeter, die für die Glasherstellung unbedingt erforderlich war und bisher nur von Firmen hergestellt wurde, die jetzt in der sowjetischen Besatzungszone lagen. Für Erich Schott in der amerikanischen Zone war es nahezu aussichtslos, die alten Geschäftskontakte wiederzubeleben. Es war klar, dass die russischen Behörden die dafür erforderlichen Genehmigungen verweigern würden.

Also musste er sich auf die Suche nach neuen Bezugsquellen machen. Aber er bekam lauter Absagen. Diejenigen Firmen in den westlichen Zonen, die Kali hätten herstellen können, lehnten sein Ansinnen mit der Begründung ab, dass es für sie zu aufwändig und kostspielig wäre, da sie ihrerseits dafür Umbauten hätten vornehmen müssen.

Nach vielen erfolglosen Versuchen konnte Erich Schott schließlich eine Firma davon überzeugen, künftig Kali herzustellen. Die Verbundenheit beider

Unternehmen aus früheren Zeiten hatte den Ausschlag gegeben: »Sie haben uns immer geholfen mit Ihrem Glas, wir werden Sie jetzt in dieser Notlage nicht im Stich lassen«, konnte Erich Schott in dem Antwortschreiben erleichtert lesen. Wieder war eine Hürde genommen.

Ähnliche Schwierigkeiten gab es mit der ebenfalls unbedingt erforderlichen Borsäure. Eigentlich hatte Schott noch aus Kriegszeiten einen großen Lagerbestand davon in Rheinfelden bei Basel. Doch das lag jetzt in der französischen Besatzungszone unerreichbar weit weg. Da die Franzosen die Borsäure gut selbst brauchen konnten, verweigerten sie kurzerhand die notwendige Ausfuhrgenehmigung. Darauf würden die Schottianer also nicht zurückgreifen können, zumal Erich Schott erfuhr, dass der größte Teil der Borsäure bereits nach Frankreich abtransportiert worden war. Aber auch den noch verbliebenen Rest dieses ansonsten nur im Ausland vorkommenden Rohstoffs wollten die Franzosen nicht herausrücken.

Auch hierbei kamen Erich Schott ehemalige Geschäftsfreunde zu Hilfe. Als der alte Herr Leitz von der Firma Leitz in Wetzlar von dem Problem erfuhr, ließ er den entsprechenden Stellen kurzerhand eine seiner begehrten Leica-Kameras zukommen, selbstverständlich verbunden mit einem entsprechenden Hinweis. Beides zusammen bewirkte das erhoffte Wunder: Die Schottianer in Zwiesel erhielten wenigstens den noch vorhandenen Rest der Borsäure aus Rheinfelden, dessen Menge für die nächsten Monate reichen würde.

Eine Flucht zurück

1

Sophie war kaum aus Jena zurückgekehrt und die erste Schmelze in Zwiesel hatte noch nicht begonnen, als Anton mit wichtigen Neuigkeiten aus dem Gemeindeamt zurückkam. Es war ein wunderschöner Frühlingstag und Sophie saß mit ihrem Nähzeug im Garten, wo sie löchrige Strümpfe stopfen wollte. Doch Lust dazu hatte sie nicht. Viel lieber genoss sie die milde Luft mitsamt der üppigen Vielfalt der Natur und dachte über ihre und Antons Situation nach: Jetzt waren sie seit fast einem Jahr in Hermaringen und noch immer hatte sich nichts geändert. Ihre Geduld war erschöpft.

In diesem Moment bog Anton um die Hausecke. Es war so gut, wieder in seiner Nähe zu sein, dachte Sophie glücklich. Die langen Wochen in Jena hatten ihr deutlich vor Augen geführt, wie sehr sie ihn liebte und brauchte. Froh darüber, einen Grund zu haben, keine Strümpfe stopfen zu müssen, machte sie ihm bereitwillig neben sich Platz.

»Komm, setz dich zu mir. Es ist so friedlich hier.«

»Wir müssen uns schon wieder voneinander trennen«, platzte Anton anstatt einer Begrüßung heraus.

Sophie sah ihn bestürzt von der Seite an.

»Wie bitte? Warum das denn? Hast du Post aus Jena bekommen? Ist schon wieder etwas passiert?« Sie kam gar nicht auf die Idee, dass es etwas sein könnte, was nichts mit der alten Heimat zu tun hatte.

»Nein, dort ist wohl alles in Ordnung. Jedenfalls soweit ich weiß. Aber …«, er zögerte einen Moment. »Ich muss nach Zwiesel. Eben gerade habe ich es erfahren. Schon übermorgen soll ich mit ein paar anderen fahren und dort bei den Laboruntersuchungen für die erste optische Schmelze helfen.«

Seine Frau starrte ihn an. »In nur zwei Tagen schon? Ja, und ich? Warum kann ich nicht mitkommen?«

»Das weißt du doch. Vorerst reisen nur die Männer dorthin und die Frauen bleiben hier.« Anton sah sie traurig an. »Es tut mir leid. Du kannst mir glauben, dass es mir auch lieber wäre, wenn du mich begleiten würdest.«

»Das darf doch alles nicht wahr sein! Dann hätte ich auch gleich in Jena bleiben können.« Sophie war wütend. Dass damit aber genau das eintrat, was sie eben noch bemängelt hatte, nämlich, dass endlich was passieren würde, realisierte sie nicht. Sie dachte nur an die vielen einsamen Abende, die vor ihr lagen.

»Und was soll ich hier alleine machen?«, stöhnte sie.

Anton zuckte hilflos mit den Schultern. »Ich weiß es doch auch nicht!« Ihm behagte die Vorstellung, wieder wochenlang von Sophie getrennt zu sein, genauso wenig.

»Wenn wir nach Jena müssten … Ja, das wäre etwas anderes. Dann wäre ich sofort freudestrahlend dabei. Aber so …«

Er dachte an seine unzähligen Anträge, nach Hause zurückkehren zu dürfen, die bislang alle im Sande verlaufen waren.

»Es ist wirklich zum Verzweifeln, wie sehr sie uns hinhalten. Es gibt einfach keine klare Auskunft, weder von Dr. Schott noch von den Amerikanern, ob und wann wir wieder nach Jena heimreisen dürfen. Bei den anderen, die auch zurück wollen, ist es genauso.«

»Wenn sie dich jetzt in Zwiesel brauchen, werden sie einer Rückreise gewiss nicht zustimmen. Davon kannst du wohl ausgehen«, war sich Sophie sicher.

»Ja, stimmt! Du kannst dir gar nicht vorstellen, wie begeistert die anderen reagiert haben, die mit mir nach Zwiesel kommen sollen. Ich verstehe die nicht. Das beweist doch nur, dass sie nicht daran glauben, in absehbarer Zeit nach Jena zurückzukehren.«

»Ich hab ohnehin das Gefühl, dass sich viele längst damit abgefunden haben, sich bei den Amerikanern eine neue Existenz aufzubauen. Deshalb ist es für sie natürlich ein gutes Zeichen, wenn demnächst in Zwiesel optisches Glas hergestellt wird.«

Anton nickte nachdenklich. »Hm, vermutlich. Manchmal wünschte ich mir, ich könnte auch so empfinden. Dann wäre es leichter für uns.«

Er stand abrupt von der Bank auf und trat energisch gegen einen Tannenzapfen, der noch vom letzten Winter auf dem Boden lag.

»Das macht mich alles so wütend. Es ist unseren alten Kollegen in Jena gegenüber nicht fair. Mir kommt es wie ein Verrat vor, wenn wir demnächst auch in die Produktion gehen. Wir fallen denen damit doch regelrecht in den Rücken.« Er überlegte. »Ich kann den Unmut, über den dein Stiefvater uns schreibt, gut nachvollziehen.« Unbewusst hatte Anton sich dessen Ansichten zu eigen gemacht.

»Wenn sich nicht bald was ändert, müssen wir uns eben doch was anderes überlegen.«

Anton hatte diesen Satz leise, fast wie zu sich selbst gesagt. Er fügte nichts hinzu und erklärte ihn nicht. Trotzdem war er sicher, dass Sophie ihn richtig verstanden hatte.

Der Satz stand im Raum!

Langsam drehte er sich zu Sophie um und beobachtete sie fast lauernd. Er war gespannt auf ihre Reaktion. Sophie glaubte, sich verhört zu haben. Verdutzt schaute sie von ihrer Näharbeit auf, die sie mittlerweile doch zur Hand genommen hatte. Ungläubig starrte sie ihren Mann an. Auf ihrer sonst so glatten Stirn bildeten sich Falten.

»Was willst du damit sagen?« Instinktiv senkte sie ihre Stimme. Sie konnte nicht glauben, dass Anton seine Bemerkung so gemeint hatte, wie sie diese interpretierte. »Bis jetzt waren wir uns doch darüber einig, auf eine offizielle Rückreisemöglichkeit zu vertrauen? Gilt das nicht mehr? Willst du über die grüne Grenze heimlich zurück oder wie soll ich das verstehen?«

Anstatt einer Antwort erhielt Sophie nur einen unergründlichen Blick ihres Mannes. Als wäre er über seine eigenen Worte erschrocken, dachte sie verwirrt und sah ihn ihrerseits forschend an. Sie wusste nicht, was sie davon halten sollte.

Anton hielt dem Blick seiner Frau nicht lange stand. Plötzlich wusste er selbst nicht mehr, warum er sich zu dieser Äußerung hatte hinreißen lassen und schämte sich dafür. Mit diesem Satz hatte er all seine Prinzipien verraten.

»Ach, vergiss es einfach! Ich habe es nicht so gemeint«, sagte er unwirsch und zuckte mit den Schultern. Eine Weile starrte er in die Ferne.

»So kann es jedenfalls nicht mehr lange weitergehen«, beendete Anton wenig später das Thema und ging ohne ein weiteres Wort ins Haus. Sophie sah ihm hinterher und wusste nicht, ob sie seine Äußerung gut finden sollte oder nicht. Bis zu Antons Abreise redeten sie nicht mehr darüber. Doch der Satz stand seither zwischen ihnen und glich einem Samenkorn, das gesät worden war.

2

Wie geplant fuhr Anton zwei Tage später nach Zwiesel und Sophie musste mit ihrer Einsamkeit zurechtkommen, die ihr unerträglich erschien. Anstatt allerdings etwas dagegen zu unternehmen, zog sie sich in ihr Zimmer zurück und hing ihren Gedanken nach. Antons Satz ging ihr nicht mehr aus dem Kopf. Sollten sie es wirklich wagen? Sie fand die Vorstellung vermessen.

»Nein, das können wir nicht tun!«, mahnte ihr Verstand. »Ja, lieber heute als morgen!«, ermutigte sie dagegen ihr Gefühl.

Bald erreichte sie der erste Brief von Anton. Er schrieb, dass sie gut voran kämen und tatsächlich zu Pfingsten die erste optische Schmelze wagen wollten. Sophie sah von den Zeilen auf und plötzlich kam ihr eine Idee: Nach einer schlaflosen Nacht hatte sie im Morgengrauen ihre Entscheidung getroffen: Ja, sie würde es wagen und zu Pfingsten auf eigene Faust nach Zwiesel fahren, um Anton zu besuchen. Sie hatten so viel zu besprechen.

»Träume ich oder ist es wahr?«, rief Anton ungläubig, als seine Frau leibhaftig auf dem neuen Werksgelände auftauchte. Sophie hatte ihn nicht über ihr Kommen informiert und musste über seinen schockierten Gesichtsausdruck lachen.

»Na ja, besonders glücklich siehst du aber nicht gerade aus«, neckte sie ihn.

»Aber doch, … aber ja«, stotterte er, immer noch sprachlos. »Es ist nur, dass ich dich nicht erwartet habe. Wie kommst du denn hierher?«

Er nahm Sophie zärtlich in seinen Arm.

»Oh, erst habe ich den Bus nach Heidenheim genommen, dann bin ich in einen Zug gestiegen, der mich nach Nürnberg gebracht hat. Dort bin ich …«

»Hör auf«, unterbrach er sie lachend. »So genau wollte ich es gar nicht wissen.«

»Ich habe nicht eingesehen, warum ich die Pfingstfeiertage alleine in Hermaringen verbringen sollte, wenn ich hier bei dir sein und sogar diesen denkwürdigen Augenblick miterleben könnte.« Der letzte Teil des Satzes triefte nur so vor Ironie. »Und mit dieser Begründung war es kein Problem, eine Erlaubnis zu bekommen, auch wenn die mich, glaube ich, für ziemlich verrückt gehalten haben.«

»Schön, dass du da bist!« Anton drückte seine Frau an sich. »Jetzt müssen wir nur eine Unterkunft für dich finden. In unserem Männerzimmer kannst du schließlich schlecht übernachten.«

Sophie winkte ab.

»Das habe ich schon erledigt. Ich wusste ja aus deinem Brief, dass du mit mehreren Kollegen in einem Zimmer schläfst. Deshalb habe ich mich vorhin gleich in einer kleinen Pension eingemietet, bei der ein Schild im Fenster hing und die angenehm sauber aussah. Das Zimmer kostet nicht viel.«

Am nächsten Morgen – dem großen Festtag – gehörte Sophie zu den wenigen Frauen, die der ersten Schmelze beiwohnten. Zwischen all den Männern in ihren dunklen Anzügen stach sie in ihrem hellen Sommerkleid strahlend heraus.

»Wie ein Lichtblick wirkt sie«, dachte Anton stolz.

Sophie merkte, wie sehr sie die Blicke auf sich zog.

»Vielleicht hätte ich doch ein unauffälligeres Kleid wählen sollen«, flüsterte sie Anton zu. Obwohl die anderen Deportierten sie höflich begrüßt hatten, konnte sich Sophie des Eindrucks nicht erwehren, unerwünscht zu sein.

»Vermutlich habe ich gegen eine ungeschriebene Regel verstoßen, indem ich auf eigene Faust hierher gereist und nicht brav in Heidenheim geblieben bin«, überlegte sie.

»Ich bin jedenfalls froh, dass du hier bist«, erwiderte Anton und drückte unauffällig ihre Hand.

Sophie beobachtete die anderen Schottianer in ihrer Nähe und bemerkte deren Zuversicht.

»Spürst du diese Aufbruchstimmung? Diese leuchtenden Augen?«, fragte sie Anton leise. »Es ist ja wirklich toll, was ihr alle in so kurzer Zeit geleistet habt. Aber das Ganze ist doch eigentlich unsagbar traurig, weil es uns von Jena weiter entfernt.«

»Ich verstehe, was du meinst«, raunte Anton zurück. »Und du hast recht. Aber ich glaube, daran denkt hier heute niemand.«

3

Sophie blieb nach Pfingsten noch für ein paar weitere Tage in Zwiesel.

»Ich habe es nicht eilig«, antwortete sie auf Antons Frage, wann sie wieder nach Hermaringen zurückkehren wolle. »Schließlich wartet dort niemand auf mich.«

Anton war froh darum.

Abends nach der Arbeit holte er sie in ihrer Pension ab und gemeinsam unternahmen sie lange Spaziergänge. Sie genossen die geruhsame Atmosphäre des ausklingenden Tages und die hügelige Landschaft im saftigen Grün.

»Hast du eigentlich mal darüber nachgedacht«, fing Anton eines Abends unvermittelt an, »was ich kurz vor meiner Abreise gesagt habe?« Er hielt es nicht mehr aus. Die wage Idee einer Flucht zurück nach Jena stand so übermächtig zwischen ihnen, dass es höchste Zeit wurde, endlich darüber zu sprechen. Bis jetzt hatten beide aus Angst geschwiegen. »Also, ich gebe zu, ich denke ziemlich oft darüber nach. Ich meine, wie wir es anstellen könnten.«

Sophie blieb stehen und sah ihren Mann forschend an. »Du hast deinen Vorschlag damals also wirklich ernst gemeint?«

Er nickte bloß.

»Ich war mir, ehrlich gesagt, nicht ganz sicher, ob du es wirklich so meintest, weil ich mir nicht vorstellen konnte, dass du deine Auffassung so radikal ändern würdest.«

Anton sah Sophie zerknirscht an.

»Ich bin ja über mich selbst schockiert. Aber, je mehr ich darüber nachdenke, desto sicherer werde ich mir.« Plötzlich wurde sein Gesichtsausdruck entschlossen. »Egal um welchen Preis. Ich muss nach Jena zurück oder ich werde hier verrückt.«

Sophie nickte langsam. »Ich verstehe.«

Er nahm sie in den Arm, sah ihr tief in die Augen und flüsterte werbend: »Warum probieren wir es nicht einfach? Was haben wir schon zu verlieren?«

Sophie befreite sich aus seiner Umarmung. »Aber was geschieht mit den anderen Deportierten? Die bekommen wegen uns vielleicht Probleme mit den Amerikanern und müssen die Konsequenzen unserer Flucht tragen. Das wollten wir doch immer vermeiden!«

Sie hatte genau den wunden Punkt getroffen, der auch Anton zu schaffen machte.

»Das weiß ich ja alles.« Er machte ein unglückliches Gesicht. »Du kannst mir glauben, dass mir auch nicht wohl bei dem Gedanken ist. Auch nicht, dass Dr. Schott und alle anderen uns dann für Verräter halten werden ... Aber trotzdem ...«, er zögerte kurz und betonte jedes weitere Wort. »Ich halte es hier einfach nicht mehr aus. Ich will zurück nach Jena. Egal wie!«

»Ich verstehe dich ja!«, erwiderte Sophie, genauso heftig. »Glaubst du, es geht mir anders?«

Sie waren beide so aufgebracht, dass sie sich unwillkürlich wieder in Bewegung setzten. Wortlos gingen sie ein Stück nebeneinander her, bis Sophie erneut stehen blieb.

»Du meinst also, wir sollten es wirklich wagen und ohne offizielle Erlaubnis nach Jena zurückkehren?«

Antons Entschluss stand fest.

»Ja!«, bekannte er laut und bestimmt. »Ich habe mich längst mit der Vorstellung abgefunden, so zum schwarzen Schaf der Deportierten zu werden.« Plötzlich sah er tieftraurig aus. »Auch wenn ich mich zutiefst dafür schäme, werde ich diesen Preis wohl bezahlen müssen.«

Jetzt lag es also nur noch an Sophie. Sie war sich dessen bewusst und auch bei ihr rangen Wunsch und Verantwortung, Verlangen und Pflichtgefühl sichtbar miteinander. Dann gab sie sich einen Ruck.

»Wer weiß, wie lange wir sonst weiterhin nur davon träumen würden«, argumentierte sie mehr zu sich als zu Anton, bevor sie ihm in die Augen sah. »Also gut, wir machen es!«

Die Entscheidung war getroffen. Anton schloss seine Frau erleichtert in die Arme.

»Du wirst sehen, es ist richtig so!«

»Hoffentlich!«

Sophie war schlecht. Auf welchen Pfad hatten sie sich damit bloß begeben? Um ihre Angst zu verdrängen, wendete sie sich den organisatorischen Fragen einer solchen Flucht zu.

»Und wie wollen wir es anstellen? Schließlich haben wir keine Papiere und es darf nichts schief gehen.«

»Stimmt! Ich denke, wir sollten uns Wege abseits der großen Straßen suchen, auf denen möglichst wenig los ist. Und an der Grenze müssen wir auf alle Fälle die offiziellen Übergänge meiden.«

»Und wenn wir unterwegs trotzdem kontrolliert werden?«

»Ach, das wird schon nicht geschehen! Pass auf! Ich habe immer aufmerksam zugehört, wenn andere über die Zonengrenze geredet haben. Schließlich ist die hier in Zwiesel nicht allzu weit entfernt. Wenn wir uns quasi in die Büsche schlagen …«, Anton lächelte über seinen passenden Vergleich, »ist ein Grenzübertritt ohne große Kontrollen durchaus möglich. Auf den Straßen, die quer zur Demarkationslinie verlaufen, gibt es zwar genaue Kontrollen, aber nicht mitten im Wald. Schließlich können sie nicht permanent jeden einzelnen Forstweg überwachen.« Er machte eine Pause. »Und deshalb, denke ich, liegt dort unsere Chance. Ich werde mich unauffällig umhören, welchen Weg wir am besten nehmen können. Wo es erfahrungsgemäß am wenigsten Patrouillen gibt. Und dort probieren wir es dann einfach.«

»Das würde also bedeuten, dass wir Zwiesel als Ausgangspunkt nehmen?«, fragte Sophie.

»Ja und nein. Ich denke, wir sollten uns irgendwo noch näher an der Grenze treffen.« Er überlegte. »In Hof vielleicht. Ja, das wird das Beste sein. Vermutlich kommen wir beide relativ problemlos dorthin und es liegt auf dem Weg nach Jena. Weiß du noch, wir waren einmal vor vielen Jahren dort und bestimmt gibt es noch dieses Gasthaus, direkt gegenüber vom Bahnhof. Da könnten wir uns verabreden und unauffällig aufeinander warten.«

Sophie nickte nachdenklich.

»Und wenn wir es tatsächlich schaffen, was werden die Russen dann mit uns machen? Was glaubst du?«

»Keine Ahnung!« Anton zuckte mit den Schultern. »Vielleicht sperren die uns erst einmal ein und verhören uns über die Amerikaner.« Daran hatte er bisher noch nicht gedacht und wollte es jetzt auch lieber nicht tun. Mit einer Handbewegung wischte er die Frage weg. »Aber so schlimm wird es schon nicht werden. Eigentlich müssten die doch ganz froh sein, wenn wir freiwillig zurückkommen. Und dein Stiefvater wird gewiss ein gutes Wort für uns einlegen können. Da bin ich mir sicher.«

»Hoffentlich halten sie uns nicht für Spione oder so etwas!«

»Ach, Quatsch«, wiegelte Anton erneut ihre Zweifel ab. »Ich denke, wir müssen es einfach darauf ankommen lassen.«

»Hm«, Sophie war nicht wohl bei der Vorstellung, nicht zu wissen, was die Russen mit ihnen machen würden. Dann fiel ihr ein weiterer wichtiger Aspekt ein: »Und was sagen wir den anderen Deportierten? Wenn wir von Hof aus starten wollen, müssen wir beide dorthin fahren. Was sagen wir als Begründung?«

»Na, wir dürfen niemanden vorher in unsere Pläne einweihen«, brauste er auf. »Das ist doch klar.« Anton dachte nach. »Wie wäre es, wenn du behaupten würdest, du hättest so große Sehnsucht nach mir, dass du mich unbedingt mal wieder besuchen wolltest. Da fällt mir ein, in drei Wochen ist unser Hochzeitstag. Das wäre doch ein günstiges Datum. Du musst dich halt damit abfinden, dass die Leute dich für leicht übertrieben halten.«

Sophie zog eine Grimasse. »Das ist mir reichlich egal.«

»Umso besser! Und wenn ich genauso behaupte, wegen unseres Hochzeitstages ein paar Tage nach Hermaringen fahren zu wollen, wird das bestimmt ähnlich gesehen. Dann fällt unsere Flucht vermutlich gleich mehrere Tage lang überhaupt nicht auf. Bis sie es merken, sind wir längst in Jena.«

Zum ersten Mal fingen Sophies Augen an zu glänzen.

»Ja, das könnte tatsächlich klappen!«

»Natürlich müssten wir auf einige unserer Sachen verzichten«, überlegte Anton. »Wir können nur das mitnehmen, was in unsere Rucksäcke passt. Sonst fällt es auf.«

»Das ist schon klar«, nickte Sophie. »Aber das Wichtigste passt rein, und die paar Habseligkeiten, die wir zurücklassen müssen, verkraften wir schon. Schließlich sind wir ja aus Jena auch nur mit leichtem Gepäck gereist.«

4

Ein paar Tage später kehrte Sophie nach Hermaringen zurück. Bis zu ihrer Abreise hatten sie ihr Vorhaben in allen Einzelheiten ausgefeilt. Nun saß Sophie mit dem genauen Plan im Kopf im »Ochsen«, wo sie mit den anderen Schottianern aus Hermaringen zu Mittag aß.

»Ich werde übrigens bald nochmal nach Zwiesel reisen«, verkündete sie, um eine erneute Abreise plausibel erscheinen zu lassen.

»Wieso denn das? Sie sind doch gerade erst von dort zurückgekommen.«

»Stimmt, aber mein Mann und ich feiern in drei Wochen unseren Hochzeitstag. Und den wollen wir unbedingt zusammen verbringen.«

Sophie bemerkte die verwunderten Gesichter an ihrem Tisch und musste innerlich grinsen. Ihr gefiel die Rolle der etwas verrückten Ehefrau.

»Warum sollte ich diesen Tag alleine verbringen? Hier sitze ich doch nur rum und habe nichts zu tun. Schließlich habe ich keine Kinder, auf die ich

Rücksicht nehmen müsste, und mir machen die Strapazen der Fahrt nichts aus.« Sophie erzählte es absichtlich in aller Ausführlichkeit, damit möglichst viele darüber Bescheid wussten und über ihr vermeintliches Reiseziel keinerlei Zweifel aufkamen.

»Haben Sie denn schon die Erlaubnis der Amerikaner?«, fragte die Frau neben ihr.

»Nein, aber ich glaube nicht, dass sie mir die verweigern werden. Ich gehe gleich morgen hin und kümmere mich darum.«

»Oh, bevor Sie losfahren, sagen Sie doch bitte kurz Bescheid. Sie können dann doch sicherlich einen Brief an meinen Mann mitnehmen, oder?«, fragte eine andere, sofort ihren Vorteil erkennend.

Mehrere weitere Schottianer nickten bekräftigend.

»Ja, ich hätte auch einen zu befördern!«

Sophie zögerte nur kurz. »Aber sicher! Das ist doch selbstverständlich«, sagte sie und überlegte zugleich, wie diese Briefe je an ihr Ziel kommen sollten. Schließlich würde sie überhaupt nicht bis nach Zwiesel fahren.

Dann war der Tag der Abreise da. Sophie hatte problemlos die notwendigen Reisepapiere erhalten und einen ganzen Packen Briefe von Schottianern in die Hand gedrückt bekommen. Sie hatte alles, was ihr am Herzen lag, in ihrem Rucksack untergebracht, sodass der nun drohte, aus allen Nähten zu platzen. Alles Weitere konnte sie ohne Wehmut in Hermaringen zurücklassen.

Als sie sich von ihren Wirtsleuten verabschiedete, wurde ihr plötzlich schwer ums Herz. Ihr wurde die Selbstverständlichkeit und Liebenswürdigkeit bewusst, mit der diese Leute sie und Anton vor fast genau zwölf Monaten bei sich aufgenommen hatten. Sie kannte mittlerweile genügend andere Geschichten, um zu wissen, dass dies durchaus nicht selbstverständlich war. Sophie merkte, wie sehr sie die beiden in ihr Herz geschlossen hatte und spürte die Freundschaft, die sich vor allem zwischen ihr und der Bäuerin entwickelt hatte. Auch wenn beide Frauen das förmliche »Sie« nie abgelegt hatten, mochten sie einander doch wirklich sehr. Sophie schmerzte es, diese Freundschaft nun nicht mehr fortführen zu können und, schlimmer noch, sie sogar verraten zu müssen. Nur sie wusste, dass es kein Wiedersehen geben würde, und tat doch genau so.

Einen Moment lang spielte Sophie mit dem Gedanken, doch wenigstens der Bäuerin die Wahrheit zu sagen. Eigentlich war sie es ihr schuldig, dachte sie mit schlechtem Gewissen, und verwarf diese Idee doch fast augenblicklich wieder. Sie durfte es nicht tun, schon allein deswegen nicht, weil sie die Bäuerin davor schützen wollte, später als Mitwisserin zu gelten.

»Nächste Woche bin ich wieder zurück.« Sophie bemühte sich, ihre Stimme beim Abschied so unbekümmert wie möglich klingen zu lassen. Sie konnte kaum glauben, dass die Bäuerin nichts bemerkte.

»Ja, ja, gewiss«, winkte diese ab. »Ich würde es auch nicht anders machen. Genießen Sie das bisschen Zeit mit ihrem Mann nur ausgiebig.« Mit einer mütterlichen Geste steckte sie Sophie etwas Proviant zu.

»Hier, für die Fahrt. Ich habe ein paar Wurstbrote geschmiert und auch etwas Kuchen eingepackt. Lassen Sie es sich schmecken. Es ist extra etwas mehr. Vielleicht reicht es ja noch für Ihren Mann.«

Sophie musste gegen die aufsteigenden Tränen ankämpfen.

»Wie lieb von Ihnen! Vielen Dank dafür! Ich werde bestimmt etwas davon für meinen Mann aufheben, das verspreche ich Ihnen.« Nur mit äußerster Willensanstrengung gelang es ihr, den lockeren Plauderton beizubehalten. Sie hasste es, ausgerechnet diese Frau anlügen zu müssen.

»Ich weiß gar nicht, womit ich das verdient habe«, murmelte sie und drückte die Bäuerin mit solcher Heftigkeit an sich, dass die verdutzt nach Luft rang. Solche Gefühlsregungen hatte es bislang nicht zwischen ihnen gegeben.

»Ist alles in Ordnung?«

»Ja, ja, natürlich!« Schnell ließ Sophie sie wieder los. »Jetzt nur keinen Fehler machen«, dachte sie. Hastig drehte sie sich weg und nestelte an ihrem Rucksack herum. Sie ertrug es nicht länger, in das ahnungslose Gesicht der Bäuerin zu schauen.

»Mal schauen, ob ich das Proviantpaket noch irgendwie unterbringen kann«, bemühte sie wieder den lockeren Plauderton. Dann hievte sie sich den Rucksack mit Schwung auf den Rücken und ging angesichts seines Gewichts sofort in die Knie.

»Huch, ist der aber schwer!«, entfuhr es ihr mühsam lächelnd.

»Ich wundere mich eh, was Sie für die wenigen Tage so alles mitnehmen«, sagte die Bäuerin und rückte Sophie kopfschüttelnd den Rucksack zurecht.

Sophie hatte keine Antwort parat. Sie fühlte sich ertappt und entgegnete lahm: »Ja, ich weiß es auch nicht«, bevor sie aufgesetzt lachte.

»Grüßen Sie Ihren Mann von mir! Und nochmals vielen Dank für alles!« In ihrem Kopf meinte sie damit die gesamten vergangenen zwölf Monate.

Die Bäuerin begleitete sie hinaus.

»Gute Reise!«

Am Tor winkte Sophie der Bäuerin ein letztes Mal zu.

»Leben Sie wohl! In ein paar Tagen bin ich wieder zurück.« Nur mühsam konnte sie die aufsteigenden Tränen unterdrücken.

Zur selben Zeit erzählte Anton in Zwiesel ebenfalls die Geschichte von einer kleinen Feier anlässlich ihres Hochzeitstages – mit dem Unterschied, dass sie dieses Mal in Hermaringen stattfinden sollte. Großzügig bekam er sogar die Erlaubnis, drei Tage länger zu bleiben. »Dann lohnt sich doch wenigstens die lange Fahrt«, hieß es. Anton nahm die zusätzlichen freien Tage gern an. So würde noch länger niemand Verdacht schöpfen.

Er und Sophie machten sich also jeweils auf den Weg nach Hof, das neuerdings im westlichen Gebiet, aber unmittelbar an der Zonengrenze zwischen Bayern und Thüringen lag. Ihr pünktliches Zusammentreffen dort war einer der Unsicherheitsfaktoren in ihrem Plan. Dessen waren sich beide bewusst.

»Wir müssen damit rechnen, dass wir zu unterschiedlichen Zeiten in Hof ankommen könnten«, hatte Anton zu bedenken gegeben, als sie ihren Plan ausfeilten.

»Dann wartet eben derjenige, der zuerst eintrifft, in dem Gasthof gegenüber vom Bahnhof«, hatte Sophie erwidert.

»Hoffentlich gibt es dieses Lokal überhaupt noch. Erinnerst du dich noch an den wunderschönen Biergarten mit den alten Kastanienbäumen?«

»Ja! Und falls es das Wirtshaus nicht mehr gibt, müssen wir eben auf dem Bahnhof aufeinander warten.«

Als Sophie endlich in Hof aus dem Zug stieg, hatte sie diesen Wortwechsel wieder im Ohr. Sicherheitshalber schaute sie sich deshalb um, vielleicht würde sie Anton ja schon auf dem Bahnhof entdecken. Doch nirgends tauchte sein vertrautes Gesicht auf, sodass sie zügigen Schrittes aus dem Gebäude ging. Sofort entdeckte sie auf der anderen Straßenseite die großen Kastanienbäume – ihre Erinnerung war also richtig gewesen.

Würde Anton schon da sein? Sie hoffte es inständig. Was würde sie tun, wenn er nicht auftauchen sollte? Den Gedanken hatte sie bislang erfolgreich verdrängt, sodass er sie in diesem Augenblick schier überwältigte.

Plötzlich entdeckte sie ihn. Ihr Herz machte einen Sprung. Anton saß an einem Tisch und hatte ein großes Glas Limonade vor sich stehen. Vollkommen vertieft starrte er in das Glas hinein und drehte es dabei unablässig um die eigene Achse, sodass er sie nicht bemerkte.

»Guten Tag Herr Heuerling! Ist neben Ihnen noch ein Platz frei«, fragte Sophie mit affektierter Stimme. »Oder suchen Sie in Ihrem Glas Antworten auf schwierige Fragen und möchten nicht gestört werden?« Mit einem koketten Augenaufschlag strahlte sie ihn an.

»Gott sei Dank, du bist da!« Anton schreckte aus seinen Gedanken hoch, sprang auf und riss dabei fast seinen Stuhl um. »Aber natürlich, schöne Frau, bitte, setzen Sie sich zu mir. Ich wäre sehr glücklich!«

Sie lachten beide und fielen sich in die Arme.

»Geschafft!«

»Ja, und damit haben wir einen der größten Unsicherheitsfaktoren erfolgreich gemeistert«, stimmte Anton leise zu. »Ich warte schon seit gut zwei Stunden auf dich und bin langsam etwas nervös geworden«, erzählte er, als sie sich hinsetzten. »Ich hatte damit gerechnet, dass du deutlich früher eintreffen würdest.« Er lächelte. »Aber nun bist du ja da!«

»Mir war auch ganz mulmig, als ich eben aus dem Bahnhof gekommen bin.«

Anton senkte seine Stimme zum Flüsterton. »Seitdem ich hier sitze, haben sich verschiedene Leute an meinen Tisch gesellt und mit einigen bin ich auch ins Gespräch gekommen. Ich habe versucht, möglichst unauffällig ein paar Informationen über die Grenze und die Kontrollen herauszufinden. Ich habe eine ganze Reihe guter Tipps bekommen und denke, es dürfte kein allzu großes Problem werden, die Grenze unbeobachtet zu passieren.«

»Hoffentlich haben diese Leute nichts gemerkt«, meinte Sophie ängstlich.

Anton zuckte mit den Schultern. »Besonders verwundert schien mir keiner von ihnen.«

Beide waren aufgeregt und nervös, zugleich aber auch glücklich. Die Aussicht, endlich nach Jena heimzukehren, beflügelte sie.

»Endlich hat das Träumen ein Ende und wir verwirklichen unseren größten Wunsch«, meinte Anton überschwänglich.

Der Kellner kam und Sophie bestellte sich ebenfalls ein Glas Limonade.

»Die Zugfahrt war doch anstrengend«, entschuldigte sie sich, »da kann ich eine Erfrischung gut gebrauchen, bevor wir uns auf den Weg machen.«

»Das ist klar. Aber danach sollten wir aufbrechen. Ich möchte die Grenze auf alle Fälle noch heute überwinden«, raunte Anton ihr zu, nachdem der Kellner wieder außer Hörweite war. »Wie weit wir danach kommen, ist mir egal. Nur auf der anderen Seite ankommen, das will ich unbedingt heute noch.«

Hand in Hand machten sie sich schließlich auf den Weg. Sie wirkten, als würden sie frohgemut zu einer Wanderung aufbrechen, was in gewisser Weise ja auch stimmte. Die Tipps, die Anton im Biergarten gesammelt hatte, erwiesen sich als hilfreich. So kamen sie zügig voran.

»Wie gut, dass wir so gerne lange Abendspaziergänge unternehmen«, meinte Anton, als sie schon mehrere Kilometer hinter sich gebracht hatten.

»Ja, nur die schweren Rucksäcke fehlten dabei. Ich spüre meinen mittlerweile sehr unangenehm.«

In diesem Moment näherte sich von hinten ein Bauer auf seinem Fuhrwerk. Anton winkte ihm freundlich zu.

»Könnten Sie uns netterweise ein Stück auf ihrem Fuhrwerk mitnehmen?«, rief er dem Mann zu.

Der Bauer zügelte sein Pferd und blieb neben den beiden stehen. Er zog seine Mütze vom Kopf und kratzte sich. »Na ja, wo wollen Sie denn hin?«

Darauf konnte Anton keine klare Antwort geben. »Nun, wenn wir einfach ein gutes Stück die Straße entlang mitfahren könnten, wäre uns schon geholfen.« Er überlegte. »Ich gebe Ihnen auch drei Zigaretten dafür. Wie wäre es?«

Die Zigaretten überzeugten den Bauern sofort. »Steigen Sie hinten auf.«

Anton hatte sich in den vergangenen Wochen immer wieder die ein oder andere Zigarette vom Munde abgespart und sicher verwahrt, um einen kleinen Vorrat für eben solche Gelegenheiten parat zu haben. Als starker Raucher war ihm das nicht leicht gefallen, aber jetzt, da er den Bauern sofort damit überzeugen konnte, war er froh darum.

»Diese Investition hat sich gelohnt«, dachte er zufrieden.

Der Bauer ahnte schnell, wohin die beiden wollten. Für ihn waren derartige Grenzübertritte von Fremden nichts Ungewöhnliches. Sie kamen in beiden Richtungen immer wieder vor. Er hinterfragte sie nicht und wunderte sich auch über dieses Paar nicht besonders. Aber er zeigte sich entgegenkommend.

»Wenn Sie wollen, fahre ich Sie bis kurz vor die Demarkationslinie.«

Anton sah ihn zuerst schockiert, dann verwundert an.

»Ist uns an der Nasenspitze anzusehen, wohin wir wollen?«, fragte er vorsichtig.

»Solche Leute wie Sie tauchen hier derzeit öfters auf«, meinte der Bauer lapidar und zuckte die Schultern. »Und es liegt ohnehin auf meinem Weg.«

»Also dann, natürlich gerne!«

Sie fuhren schweigend weiter.

»Sehen Sie den Waldweg dort vorne?«, meinte der Bauer nach einer Weile und deutete auf einen schmalen Pfad. »Den müssen sie immer weiter gehen, dann landen sie automatisch an der Demarkationslinie. Es ist nicht mehr weit. Und hier in diesem Gebiet gibt es nur wenige Grenzpatrouillen. Es müsste also klappen. Ich wünsche Ihnen viel Glück!«

Anton half Sophie von der Ladefläche.

»Vielen Dank für Ihre Hilfe«, sagte Anton und winkte. »Auf Wiedersehen!«

Sie warteten, bis das Fuhrwerk um die nächste Kurve verschwunden war, dann folgten Sophie und Anton dem schmalen Weg, den der Bauer ihnen gezeigt hatte und der immer tiefer in den Wald führte. Weit und breit war keine Menschenseele zu sehen. Instinktiv griff Sophie nach Antons Hand. Beiden war mulmig zumute.

Trotzdem gingen sie zügig den schattigen Weg entlang und waren bald in die kühle Stille des Waldes eingetaucht. Nur einige Vögel zwitscherten in den Baumkronen. Ab und zu raschelte es im dichten Unterholz. Jedes Mal zuckte Sophie mit einem Anflug von Panik zusammen.

»Und wenn es ein Grenzsoldat ist, der uns verfolgt?«

»Es wird schon keiner kommen«, wiegelte Anton unwirsch ab. »Lass uns auf unser Glück vertrauen. Und wenn es Tiere sind, dann haben die mehr Angst vor uns als andersherum.«

»Wann kommt endlich diese Demarkationslinie?«, fragte Sophie mit wachsender Ungeduld. Langsam hielt sie die Spannung nicht mehr aus. Was würde sie an der Grenze erwarten? Plötzlich tauchte ein Pfahl vor ihnen auf, vor dem sie abrupt stehen blieben. Daran hing ein Schild:

»Halt! Demarkationslinie! Sie verlassen die amerikanische Zone!«

Sie sahen sich verwundert an. »Das ist alles?«, fragte Sophie ungläubig.

»Weit und breit kein Soldat«, flüsterte Anton. »Weder ein amerikanischer noch ein russischer.« Auch wenn er genau darauf gehofft hatte, klang er doch verblüfft.

Für einen kurzen Augenblick verharrten beide respektvoll vor dem Schild, bevor sie sich erneut die Hände gaben und kurz zunickten. Dann gingen sie zielstrebig an dem Schild vorbei. Unbewusst beschleunigten sie ihre Schritte und liefen zügig ein ganzes Stück schweigend weiter, bevor sie endlich wagten, eine Pause zu machen.

»Jetzt müssten wir doch eigentlich in der russischen Zone sein, oder?«, fragte Sophie immer noch unsicher.

»Ich denke schon.« Auch Anton konnte es nicht recht glauben, dass der Grenzübertritt so einfach gewesen sein sollte.

Sophie entdeckte einen umgefallenen Baumstamm und zeigte darauf.

»Ich glaube, ich brauche jetzt dringend eine Pause.« Plötzlich fühlte sie sich ganz schwach. Sie wuchtete ihren schweren Rucksack vom Rücken und stöhnte erleichtert auf.

»Eine Zentnerlast weicht mir von den Schultern«, rief sie theatralisch. Sie rieb sich die Druckstellen der Lederriemen, als ihr das Proviantpaket der Bäuerin einfiel.

»Oh, das habe ich ja total vergessen.« Sie schlug sich gegen die Stirn. Anton sah sie fragend an, doch statt einer Antwort begann Sophie damit, in ihrem Rucksack zu kramen, bis sie die Wegzehrung der Bäuerin in der Hand hielt.

»Den ganzen Tag lang schleppe ich das schon mit mir herum und habe es vor lauter Aufregung vollkommen vergessen«, erklärte sie Anton. »Die

Bäuerin hat es mir heute Morgen mit schönen Grüßen auch an dich mitgegeben. Das wäre doch jetzt genau das Richtige, oder?« Sie grinste und wickelte Wurstbrote und Kuchen aus.

Anton sah ihr gierig zu, erst jetzt bemerkte er, wie hungrig er war. Herzhaft biss er in eines der Brote. Sophie kicherte und erzählte mit vollen Backen, wie ihr die Bäuerin das Paket zugesteckt hatte.

»Es war ein grässliches Gefühl, als ich mich so verlogen verabschiedet habe.« Noch immer quälte sie deswegen ein schlechtes Gewissen.

»Das liegt jetzt hinter uns. Vergiss es einfach! Das Schwierigste haben wir geschafft, da bin ich mir sicher. Wir sind in der russischen Zone! Auch wenn ich es noch nicht so recht glauben kann. Jetzt müssen wir nur noch den Weg nach Jena finden.«

Plötzlich fingen beide an zu lachen, immer lauter und ausgelassener. Anton zog Sophie auf die Beine und drückte sie fest an sich. Schließlich tanzten sie übermütig im Kreis herum und sangen dabei lauthals: »Wir haben es geschafft! Wir haben es geschafft!«

Alle Anspannung wich von ihnen.

»Den Rest des Weges meistern wir auch noch«, meinte Anton zuversichtlich, als sie ihre Rucksäcke wieder geschultert hatten. »Lass uns noch ein Stück laufen, bevor es dunkel wird«, schlug er vor. »Jeder Schritt bringt uns Jena etwas näher!«

Bald wurde es dämmrig. Der unbekannte Weg durch den finster werdenden Wald war unheimlich. Die Schatten wurden immer tiefer und verwandelten jedes harmlose Rascheln und Knacken in eine Bedrohung. Zum Glück zuckten sie aber jedes Mal umsonst zusammen, denn weder aufgebrachte Wildschweine noch feindliche Soldaten stellten sich in ihren Weg.

»Man könnte den Eindruck haben, alleine auf dieser Welt zu sein«, murmelte Anton. »Hier ist weit und breit keine Menschenseele.« Instinktiv flüsterte er.

Schweigend setzten sie ihren Weg fort. Ihnen war nicht zum Reden zumute.

»Meinst du, dass wir noch in die richtige Richtung gehen?«, erkundigte sich Sophie irgendwann. »Ich finde es komisch, dass wir nicht längst ein Dorf erreicht haben.«

»Es wird schon stimmen.« Anton versuchte selbstsicher zu klingen, obgleich er sich längst dasselbe gefragt hatte.

»Und wenn wir im Kreis laufen?« Sophie gab keine Ruhe. »Dann sind wir vielleicht schon wieder in der amerikanischen Zone, ohne es zu ahnen.«

»Ach Quatsch, sei ruhig«, herrschte Anton seine Frau an. Kaum hatte er es gesagt, bereute er bereits seine Worte. »Entschuldige bitte, ich wollte dich nicht verletzen.«

Aber Sophie hatte gar nicht richtig zugehört.

»Sieh nur, da hinten ist ein Licht!«, rief sie plötzlich aufgeregt. »Bin ich froh«, seufzte sie laut.

Mit zügigen Schritten liefen sie dem Licht entgegen und stellten schnell fest, dass es zu einem kleinen Weiler gehörte. Anton ließ wieder ein paar Zigaretten springen, die ihnen die Scheunentür eines Bauern öffneten, sodass sie trocken und halbwegs sicher übernachten und sich von den Strapazen des Tages erholen konnten. Vom dem Bauern erfuhren sie, dass sie sich tatsächlich in der sowjetischen Zone befanden. Eng aneinander gekuschelt und glücklich über diese Bestätigung schliefen sie sofort ein.

Als sie im Morgengrauen wach wurden, machten sie sich zügig abmarschbereit. Dankbar nahmen sie die angebotene Tasse Milch entgegen. Der Bauer versorgte sie noch mit ein paar Ratschlägen für die weitere Route, die sie sich genau einprägten, dann verabschiedeten sie sich.

Das Glück blieb ihnen treu und sie fanden häufig eine Mitfahrgelegenheit auf einem Fuhrwerk oder erwischten einen Bus, der sie größere Strecken mitnahm. Kilometer um Kilometer arbeiteten sie sich durch den Thüringer Wald in Richtung Jena vor.

In Saalfeld bestiegen sie schließlich einen Zug. Die Namen der Ortsschilder auf den kleinen Bahnhöfen, die sie passierten, wurden ihnen immer vertrauter. Ihre Laune stieg mit jedem bekannten Schriftzug.

»Oh, weißt du noch, als wir unseren Ausflug hierher gemacht haben?«, meinte Sophie immer wieder und schaute versonnen in die Landschaft.

»Nun ist es nicht mehr weit. Damals sind wir mit dem Fahrrad bis hierher gefahren«, konstatierte Anton, als sie Kahla passiert hatten.

Beide empfanden ein ungewohntes Gefühl von Leichtigkeit. Sophie fing an, immer mehr zu strahlen, dann las sie das Schild: »Jena-Paradies«. Sie gab einen kleinen spitzen Schrei von sich.

»Wir sind da! Wir sind in Jena! Ich kann es nicht glauben! Wir haben es geschafft!«

Sie fiel Anton um den Hals. Er grinste breit.

»Ja, wir haben unser ganz privates Paradies wiedergefunden«, meinte er doppeldeutig und spielte auf den ungewöhnlichen Namen des Bahnhofs an. »Ich glaube, dieser Name ist ein Orakel.«

Sophie strahlte ihn an und nickte

»Wir sind wieder zu Hause! In unserem Paradies!«

5

Der Zug war längst weitergefahren, als Sophie und Anton noch immer auf dem Bahnsteig standen und ihr Glück nicht begreifen konnten. Plötzlich hatten sie es nicht mehr eilig. Mit großen Augen schauten sie sich um, als kämen sie von einem anderen Planeten.

»Was werden wohl unsere Eltern sagen, wenn wir gleich bei ihnen auftauchen?«, fragte Anton und legte ein spitzbübisches Grinsen auf, das ihn zehn Jahre jünger aussehen ließ. All die Sorgen und Qualen der vergangenen zwölf Monate schienen von ihm abgefallen zu sein.

Sophie hatte Tränen in den lachenden Augen. Anton sah es und stupste ihr mit dem Finger auf die Nasenspitze.

»Nun kann das Leben wieder beginnen«, rief er übermütig, griff nach Sophies Hand und zog sie lachend mit sich.

Gemächlichen Schrittes und Hand in Hand liefen sie quer durch die Saaleaue, bestaunten die mittlerweile fertig gebaute Camsdorfer Brücke und stiegen dann die steile Straße hoch zu Antons Elternhaus. Sie genossen es, durch die vertrauten Gassen zu laufen und guckten voller Neugier in jede Richtung. Alles – jeden Anblick, jeden Geruch und jedes Geräusch – wollten sie in sich aufsaugen. Alles erschien ihnen schön, heiter und gut.

Dann standen sie vor dem Gartentor von Antons Elternhaus und hielten inne. Selig lächelten sie sich an.

»Sieh nur, dahinten werkelt dein Vater und deine Mutter jätet dort drüben Unkraut«, wisperte Sophie kaum hörbar und zeigte auf die beiden alten Leutchen, die so sehr in ihr Tun vertieft waren, dass sie nicht aufschauten.

»Ich glaube fast, die haben uns noch nicht bemerkt«, flüsterte Anton. Er wartete noch einen Augenblick und ließ den Eindruck auf sich wirken. »Komm«, sagte er dann und öffnete das Türchen, das noch genauso durchdringend quietschte wie vor einem Jahr.

»Höchste Zeit, dass ich das endlich öle«, verkündete Anton schmunzelnd.

Durch das Geräusch aufgeschreckt, schauten seine Eltern irritiert von ihrer Arbeit auf. Ungläubiges Staunen überzog augenblicklich ihre Gesichter.

»Das kann doch nicht wahr sein! Siehst du auch das, was ich sehe?«, rief Antons Vater. Seine Stimme klang beinahe entsetzt.

»Anton! Sophie! Seid ihr das wirklich oder träume ich?« Antons Mutter ließ ihren Rechen fallen und lief ihren Kindern entgegen. So schnell und wendig hatte sie sich schon lange nicht mehr bewegt.

»Ich kann es nicht glauben. Ich kann es nicht glauben. Ihr seid wieder da!«, stammelte sie immer wieder. Sie umarmte einen nach dem anderen und wischte sich die Freudentränen aus den Augen.

»Ich hatte die Hoffnung schon fast aufgegeben, euch nochmals lebend zu sehen«, sagte sie aufgewühlt. »Wie schön!«

Auch Antons Vater stand nun neben den beiden und drückte erst Sophie, dann Anton fest an sich.

»Willkommen zu Hause«, sagte er mit zitternder Stimme.

An diesem Abend holte Anton die Flasche Sekt aus dem Keller, die er vor gut einem Jahr eigens für diesen Anlass dort unten deponiert hatte.

»Ich habe euch doch gesagt, die trinken wir auf unsere Rückkehr«, rief er übermütig.

Natürlich waren mittlerweile auch Sophies Mutter und ihr Lebensgefährte dazu gekommen, die Sophie sofort verständigt hatte, sodass es im Wohnzimmer eng wurde. Aber das störte niemanden. Alle redeten unablässig durcheinander, von der unerwarteten Rückkehr immer noch überwältigt. Anton zelebrierte regelrecht das Öffnen der Sektflasche.

»Auf unsere gemeinsame Zukunft!«, rief er und konnte sein Glück noch immer nicht fassen.

»Ich glaube, so gut wie heute hat mir Sekt noch nie geschmeckt!«

6

»Haben euch die Amerikaner denn einfach so gehen lassen?«, fragte Antons Mutter, als sich alle etwas beruhigt hatten. Anton sah Sophie fragend an und zögerte einen Moment lang.

»Nun ja, das nicht unbedingt«, begann er langsam. Früher oder später würden ohnehin alle erfahren, auf welche Weise sie ihre Rückreise bewältigt hatten. »Ich denke, die wissen davon bis jetzt noch nichts, genauso wenig wie die anderen Deportierten.«

»Wie bitte?«

»Wir sind auf eigene Faust und heimlich hierher zurückgeflohen«, erklärte nun Sophie.

Dann erzählten sie abwechselnd von ihrer riskanten Reise. Als sie fertig waren, herrschte betretenes Schweigen. Das, was die beiden berichtet hatten, klang in den Ohren ihrer Eltern absolut ungeheuerlich.

Der Lebensgefährte von Sophies Mutter fand als Erster seine Sprache wieder. »Also, ehrlich gesagt, ist es mir völlig gleich, wie ihr zurückgekommen seid. Hauptsache, ihr seid da! Und darüber freue ich mich ganz besonders.« Er wandte sich an Anton. »Nicht nur privat, lieber Anton, sondern vielmehr auch für das Glaswerk. Denn dort brauchen wir dringend solche Fachleute wie dich.« Er hatte Anton erst vorhin das vertrauliche »Du« angeboten. Nach dessen Rückkehr hielt er das für angemessen.

»Das hatte ich gehofft«, meinte Anton bescheiden.

»Am besten kommst du gleich morgen zu mir ins Büro. Dann stelle ich dich unserem Hauskommandanten vor. Der kann euch bestimmt auch mit den ganzen Formalitäten behilflich sein. Schließlich müsst ihr euch ja hier anmelden.«

»Natürlich, es soll alles seine Richtigkeit haben. Deshalb wäre ich sehr dankbar, wenn er uns helfen könnte.« Anton atmete erleichtert auf. »Ehrlich gesagt, haben wir ein bisschen Angst davor, wie die Russen reagieren werden.«

»Das kann ich verstehen. Aber ich verspreche euch, meinen ganzen Einfluss geltend zu machen, damit ihr unbehelligt bleibt. Das ist doch Ehrensache!«

Nach ein paar Tagen war alles erledigt. Anton und Sophie bezogen ihre alte Wohnung und meldeten ihren Wohnsitz offiziell in Jena an. Sie waren selbst verblüfft, dass sie keinerlei Repressalien erdulden mussten. Natürlich stellte der russische Hauskommandant Anton viele neugierige Fragen zu den Aktivitäten der Schottianer in Zwiesel und Heidenheim. Aber eingesperrt wurden sie beide nicht.

»Ich bin ganz angetan von der Herzlichkeit, mit der uns alle hier begegnen«, fand Sophie. »Das hätte ich nicht erwartet. Stell dir vor, heute Morgen hat der Metzger mich ganz überschwänglich begrüßt und gemeint, dass wir beide nun ›wichtige Stützen unserer neuen sozialistischen Gesellschaft‹ seien.« Sie lachte. »Das fand ich denn doch etwas übertrieben.«

»Naja«, gab Anton zu bedenken. »Schließlich haben wir mit unserer Rückkehr ein deutliches Signal gesetzt und zwar für Jena und für die sowjetische Zone mit all ihren Bedingungen. Und derzeit gibt es wahrlich genug Leute, die den entgegengesetzten Weg einschlagen. Also von hier verschwinden. Was wir gemacht haben, ist schon eher ungewöhnlich. Und ich denke, sie sind hier über jeden froh, der freiwillig zurückkommt.«

»Vermutlich hast du recht.«

Weder Sophie noch Anton hatten sich bislang politisch engagiert, auch wenn sie den sozialistischen Ideen schon immer durchaus zugetan waren.

»Ich finde, man sollte dem Ganzen positiv und offen gegenüberstehen«, überlegte Anton laut. »Mir geht es zwar in erster Linie um das Glaswerk. Dort will ich mein Können einbringen, um es so schnell wie möglich wieder auf die Beine zu bringen. Aber wenn ich mich gleichzeitig daran beteiligen kann, so auch ein besseres Deutschland aufzubauen, habe ich nichts dagegen.«

Am 13. August 1946 nahm Anton seine Stelle als Cheflaborant im Glaswerk wieder auf. Als er nach seinem ersten Arbeitstag abends nach Hause kam, strahlte er übers ganze Gesicht.

»Jetzt weiß ich endlich wieder, wo ich hingehöre.«

7

Nachdem Anton auch mehrere Tage nach seinem verlängerten Wochenende nicht nach Zwiesel zurückgekehrt war, fingen seine Kollegen an, sich Sorgen zu machen. Sie erkundigten sich in Hermaringen, ob er vielleicht krank geworden sei und mussten zu ihrem Entsetzen feststellen, dass Anton nie im Schwäbischen angekommen war. Ihre Verblüffung wurde noch größer, als sie überdies herausfanden, dass auch Sophie verschwunden war.

Es fiel ihnen nicht schwer, eins und eins zusammenzuzählen und ihr Verdacht bestätigte sich, als das Jenaer Glaswerk in der zweiten Augusthälfte offiziell die Wiedereinstellung Antons mitteilte. Alle hatten über den offiziellen Antrag der Heuerlings zur Rückkehr Bescheid gewusst, und doch waren die meisten nun verwundert über die Flucht, hatte es zuletzt doch so ausgesehen, als hätten sich beide mit der neuen Situation abgefunden.

Die Reaktionen der Deportierten reichten von blankem Unverständnis bis zur heimlichen Anerkennung ihres Mutes.

»Ich kann sie nicht verstehen«, befand Karl kopfschüttelnd. »Wie können sie freiwillig zu den Russen gehen? Die Amerikaner behandeln uns doch wirklich nicht schlecht. Und jetzt, da wir hier so gut vorankommen, hätten wir das Wissen von Herrn Heuerling wahrlich gut gebrauchen können.«

»Vermutlich war ihr Heimweh viel größer als wir uns vorstellen können«, wandte sein Kollege ein.

»Trotzdem setzt man sich nicht einfach heimlich ab«, empörte sich ein Dritter. »Wir sind doch eine richtige Schicksalsgemeinschaft, die zusammen hält. Und aus der bricht man nicht einfach aus, ohne Rücksicht auf die Zurückbleibenden. Wer weiß, was sich die Amerikaner jetzt einfallen lassen, um uns vor einer möglichen Nachahmung abzuschrecken. Das war den beiden offensichtlich vollkommen egal.«

»Sie werden schon sehen, was sie davon haben«, meinte ein Vierter abfällig. »Die Verhältnisse in Jena sind wirklich nicht mehr so, wie man sie in Erinnerung hat.« Er hatte – wie so viele andere Schottianer während der vergangenen Monate – den entgegengesetzten Weg eingeschlagen und war erst kürzlich aus Jena geflüchtet. Die meisten kamen sofort nach Zwiesel, weil sie darauf hofften, bei ihrem alten Chef schnell wieder Arbeit zu finden. Und da die gut anlaufende Produktion immer mehr fleißige Hände benötigte, wurden sie gern genommen.

Schwierige Zeiten in Jena

1

Der September des Jahres 1946 bescherte Anton und Sophie die Ruhe und das späte Glück, das dem ausklingenden Sommer oft innewohnt. Wenn sich der Dunst über der Saale gehoben hatte und die Sonne hervorkam, lächelte Sophie still vor sich hin. Sie fühlte sich wieder mit sich im Reinen. Genauso wie Anton fiel ihr das Aufstehen morgens überhaupt nicht mehr schwer, sondern sie sprang voller Energie aus dem Bett.

Für Anton war jeder neue Arbeitstag mehr Freude als Last.

»Endlich habe ich wieder Ideen und weiß, was ich ausprobieren könnte, damit es besser klappt«, erzählte er abends von seinen Versuchsschmelzen im Werk. »Endlich spüre ich wieder einen Sinn.«

»Mir geht es ganz ähnlich«, stimmte Sophie zu und dachte glücklich, dass Anton endlich wieder so war, wie sie ihn von früher kannte. »Ich finde es einfach herrlich, wieder in meiner eigenen Wohnung zu sitzen und all meine gewohnten Handgriffe erledigen zu können. So wie früher. Andere mögen es langweilig finden, ich habe mich so lange danach gesehnt, dass ich mein Glück gar nicht fassen kann.«

Sie stellte eine Schüssel mit frisch gepflückten Pflaumen auf den Tisch und naschte eine davon.

»Aber mir geht das Lamentieren der Leute auf die Nerven«, sagte sie mit vollen Backen, »wenn die sich über schlechte Qualität oder lange Schlangen aufregen. Das war ja schließlich in Hermaringen auch nicht anders. Und ich bin mir sicher, dass all die Mängel bald der Vergangenheit angehören.«

»Ja, wobei wir natürlich zugeben müssen, dass andere wesentlich weniger zu essen haben als wir.« Anton zeigte auf die Schüssel mit den Pflaumen. »Und wenn man Hunger hat, wird man schnell ungeduldig. Aber auch ich bin davon überzeugt, dass sich alles peu à peu normalisieren wird.«

»Wie gefällt dir jetzt eigentlich unser Wohnzimmer?«, wechselte Sophie unvermittelt das Thema. Sie hatte einige Möbel umgestellt, um die Lücken der Sachen, die in Hermaringen geblieben waren, auszugleichen. »Ich finde es viel besser als vorher. Dem alten Krempel weine ich, ehrlich gesagt, keine Träne nach. Und mit den neuen Gardinen bekommt das Zimmer ein so frisches Aussehen. Meinst du nicht?«

Der Stoff stammte von ihrer Mutter und Sophie hatte sich sofort hingesetzt und ein paar neue Gardinen daraus geschneidert.

»Mir gefällt es sehr gut«, stimmte Anton zu. »Und vor allem sind es unsere eigenen Sachen.« Ihm hatte es nie behagt, in den Möbeln fremder Leute wohnen zu müssen.

2

Draußen war es noch dunkel, als laute Schläge gegen die Eingangstür polterten und durchs ganze Haus dröhnten. In alle Frühe hämmerte es an diesem nieselnassen 22. Oktober an die Tür von Antons Familie und der ungewohnte Lärm riss alle Hausbewohner unsanft aus dem Schlaf. Anton rieb sich verwirrt die Augen und beeilte sich, nach dem Rechten zu sehen. Im Treppenhaus traf er auf seinen Vater. Mit einem unguten Gefühl und voll grimmiger Entschlossenheit gingen beide zur Haustür.

»Was hat das nun wieder zu bedeuten, zu dieser nachtschlafenden Zeit?« Anton war ehrlich empört und riss die Tür regelrecht auf. »Was zum Teufel …« Der Anblick der russischen Soldaten, die ihn sofort zurück in den Hausflur drängten, ließ ihn entsetzt verstummen.

Unmittelbar hinter den bewaffneten Soldaten betrat eine Dolmetscherin in Uniform das Haus. Mit dunkler Stimme übersetzte sie den knappen russischen Befehl: »Da der Betrieb, in dem Sie arbeiten, in die UdSSR verlagert wird, haben sie auf Befehl der Sowjetischen Militäradministration für die Dauer von fünf Jahren in Ihrem Fach in der Sowjetunion zu arbeiten. Die

Arbeitsbedingungen sind dieselben wie für sowjetische Facharbeiter in entsprechender Stellung.«

Ohne auf den entsetzten Aufschrei Antons zu reagieren, fuhr die Russin in ihrer Litanei fort, die sie an diesem Morgen insgesamt 15 Schott-Fachleuten, vier Lehrlingen sowie einer wesentlich größeren Zahl von Zeissianern und einigen weiteren Deutschen zu überbringen hatte:

»Die Familien sind mitzunehmen, sie alle werden gemeinsam in Personenzügen an ihre Bestimmungsorte transportiert und haben mit einer Reisedauer von drei bis vier Wochen zu rechnen. Für Möbel und Hausrat stehen Güterwaggons bereit.«

»Aber das ... das ... das können Sie doch nicht machen«, stotterte Anton entsetzt.

In seinem Kopf rotierte es. Das konnte doch nicht wahr sein! Welch eine Katastrophe! Mit einer Demontage und Deportation der Russen hatte in Jena mittlerweile niemand mehr ernsthaft gerechnet. Auch er nicht. Alles war so gut angelaufen, die Russen hatten sogar geholfen, die Produktion in Gang zu bringen und für Rohstoffe gesorgt. Alles hatte darauf hingedeutet, dass ihnen nicht dasselbe Schicksal bevorstehen würde, wie so vielen anderen deutschen Betrieben in der russischen Besatzungszone.

Nun würden also doch noch die großen Fabrikhallen und Glashütten von Schott, genauso wie die von Carl Zeiss, abgetragen und in die Sowjetunion verschickt und eine Reihe von Mitarbeitern in die Sowjetunion verschleppt werden.

»Und dafür bin ich von den Amerikanern hierher zurückgeflohen?« Fassungslos stellte sich Anton diese Frage immer wieder. Er konnte es nicht glauben, dass das Schicksal so grausam war. Er musste einen Weg finden, das abzuwenden. Egal wie. Noch eine Deportation würde er nicht überstehen!

3

Nachdem die Dolmetscherin ihre Ausführungen beendet und sich verabschiedet hatte, musste Anton sich erst einmal setzen. Er hatte das Gefühl, den Boden unter den Füßen zu verlieren. Sophie war mittlerweile dazugekommen und stand genauso fassungslos im Hausflur wie ihre Schwiegereltern. Tränen liefen Sophie über das Gesicht.

»Womit haben wir das verdient?« Sie konnte es nicht fassen. »Reicht es nicht, dass uns die Amerikaner verschleppt haben? Warum jetzt auch noch die Russen?« Verzweifelt sah sie ihren Mann an, doch der stellte sich dieselben Fragen und wusste genauso wenig eine Antwort darauf wie sie.

Die beiden russischen Soldaten, die sich vorhin so rücksichtslos Zugang zum Haus verschafft hatten, standen immer noch da und ließen sie nicht aus den Augen. Als Anton schwerfällig die Treppe hochstieg, um sich anzuziehen, folgte ihm einer der beiden Soldaten wie ein Schatten. Auch als er sich anzog und rasierte, konnte er es nicht verhindern, dass der Soldat bei ihm im Schlafzimmer blieb und ungerührt dabei zuschaute. Selbst als Anton zur Toilette ging, kontrollierte der Russe diese zunächst und postierte sich dann unmittelbar vor der Tür. Der andere Soldat war unten bei Sophie geblieben und begleitete sie ebenfalls überall hin. Es war offensichtlich, dass die Militärs dem Befehl folgten, auf »Nummer sicherzugehen« und niemanden aus den Augen zu lassen. Die Dolmetscherin hatte den Heuerlings zuvor noch mitgeteilt, dass sie unverzüglich packen und sich zur Abreise bereit halten müssten. Es blieb nicht viel Zeit, schon gegen Mittag würden sie zum Bahnhof gebracht.

»Ich will nicht schon wieder alles zusammenpacken! Nicht noch einmal«, stöhnte Sophie und weinte vor Verzweiflung, als sie realisierte, dass sie genau das würde tun müssen. »Ich kann das nicht. Nicht jetzt, nachdem wir uns gerade wieder eingerichtet haben.«

Sie stand ganz dicht bei Anton und sprach so leise wie möglich, nachdem es ihnen nicht gelungen war, auch nur einen Augenblick unter vier Augen ungestört miteinander zu reden. Einer der beiden Soldaten hatte sie immer fest im Blick, allerdings war nicht ersichtlich, ob diese verstanden, was Anton und Sophie miteinander redeten, denn ihre Gesichter blieben ausdruckslos. Vielleicht war es aber auch nur Mitleid.

»Bitte, du musst dir was einfallen lassen. Wir können hier nicht weg. Ich will nicht!«, betonte Sophie immer wieder.

Anton nickte resigniert. Auch er wollte keinesfalls nochmals eine solche Reise ins Ungewisse antreten. Bereits beim Anziehen hatte er sich hektisch überlegt, wie er dieses Unglück noch abwenden könnte. Doch es war ihm kein überzeugendes Argument eingefallen. Plötzlich sah er einige Notizen zu Versuchsschmelzen auf dem Tisch liegen, die er gestern im Werk gemacht und ausnahmsweise mit nach Hause genommen hatte, um sie nochmals durchzugehen. Das brachte ihn jetzt auf eine Idee.

Anton räusperte sich und sprach den Soldaten direkt an.

»Ähm, … also ich müsste noch einmal dringend ins Glaswerk.« Er hoffte, dass der Soldat ihn verstehen würde und sprach betont langsam. »Ich habe dort noch wichtige Unterlagen, die ich unbedingt für meine Arbeit brauche.« Der Soldat schaute Anton einen Moment lang forschend an, bevor er in recht gutem Deutsch antwortete: »Also gut, dann werde ich Sie begleiten.«

Sophie schaute überrascht zwischen beiden hin und her. Sie wusste nicht, was ihr Mann vorhatte.

Mit seinem Gewehr im Anschlag eskortierte der Soldat Anton quer durch die Stadt, der sich dadurch wie ein Schwerverbrecher vorkam. Es gab keine Chance zur Flucht, das erkannte er schnell. Jetzt bestand nur noch die Hoffnung, einen der Verantwortlichen im Glaswerk zu treffen. Vielleicht würde einer ein gutes Wort für ihn einlegen können.

4

So sehr sich Sophie innerlich dagegen sträubte, auch nur eine kleine Tasche zu packen, so praktisch war sie doch zugleich veranlagt. Deshalb gelang es ihr nicht, untätig die knappe Zeit verstreichen zu lassen, in der Anton mit dem Soldaten unterwegs war. Unwillig begann sie damit, sich zumindest zu überlegen, was sie unbedingt mitnehmen müsste.

Was würde sie erwarten? Was würden sie unbedingt brauchen, worauf könnten sie getrost verzichten?

»Habe ich mich das nicht alles schon einmal gefragt?«, dachte Sophie entnervt und machte eine Schranktür zu und die nächste auf.

Dann wurde ihr bewusst, dass ja der Winter vor der Tür stand: Auf alle Fälle brauchte sie also warme Sachen, denn schließlich war bekannt, dass der in der Sowjetunion klirrend kalt und entsetzlich war.

Was wusste sie sonst noch über das Land? Nicht viel, wenn sie ehrlich war. Das Volk hatte eine blutige, aber erfolgreiche Revolution hinter sich gebracht und der Kommunismus war Staatsform. Der Geheimdienst war berüchtigt und natürlich kannte auch sie die Gräuelgeschichten über russische Männer und deutsche Frauen. Aber alle Russen, die sie bislang in Jena erlebt hatte, waren anständig und korrekt gewesen, also gab es offenbar auch andere.

Sie hatte keine Lust irgendwelchen Hausrat einzupacken. Sie würde die dicksten Schuhe, Mützen, Handschuhe und die wärmsten Pullover raussuchen. Aber keine Teller, Tassen und Töpfe, beschloss sie trotzig. Plötzlich musste sie schmunzeln, als sie an ihre erste Deportation zurückdachte: Ja, ihren Tauchsieder allerdings durfte sie keinesfalls vergessen.

Unter welchen Bedingungen würden sie dort leben müssen? Dazu hatte die Frau vorhin nichts gesagt. Würden sie in Sammelunterkünfte gesperrt und müssten dort ähnlich schlimm hausen wie in dem Polizeilager in Heidenheim? Oder würde man ihnen Wohnungen geben, in denen sie einigermaßen menschenwürdig leben könnten? Würden sie sich überhaupt frei bewegen dürfen?

Alles Fragen, auf die sie keine Antworten wusste. Doch genau das machte ihr Angst.

Vor dem Haus waren mittlerweile zwei weitere russische Soldaten in einem Lastwagen vorgefahren, der offenkundig für ihren Hausrat bestimmt war. Nun, die würden nicht viel zu tun bekommen, dachte Sophie bitter.

Als Anton endlich mit dem Soldaten im Schlepptau zurück kam, sah Sophie schon von Weitem, dass er wohl nichts erreicht hatte. Sein mutloser Gesichtsausdruck ließ keinen anderen Rückschluss zu und erinnerte Sophie fatal an die Zeit unmittelbar vor der amerikanischen Deportation. Als sie ihn dennoch fragend ansah, schüttelte er nur den Kopf.

»Es gibt keinen Ausweg, wir müssen mit.«

Für Sophie brach erneut die Welt zusammen.

5

Schon bald hatte sich die Nachricht der bevorstehenden Deportation und Demontage in der ganzen Stadt herumgesprochen. Fast jeder kannte jemanden, der davon betroffen war. Bereits mittags saßen Anton und Sophie, gemeinsam mit allen anderen neuen Leidensgenossen, in bereitgestellten Zügen am Saalbahnhof im Norden der Stadt. Die Soldaten hatten sie schließlich zur Eile angetrieben. Sophie gelang es irgendwie, das Nötigste zusammenzukramen, bevor sie sich erneut tränenreich von ihren Eltern verabschieden mussten.

Nun verging Stunde um Stunde, doch nichts passierte.

»Warum sind wir vorhin so sehr zur Eile gemahnt worden, wenn es jetzt nicht losgeht?«, überlegten sie ratlos.

In dem Abteil, in dem Sophie und Anton Platz gefunden hatten, saßen außerdem ein entfernt bekannter Kollege von Anton mit seiner Frau und drei kleinen Mädchen. Die Frau stellte sich als Berta Emmerich vor und dann ihre Kinder.

»Das ist Brigitte, unsere Älteste, sie ist acht Jahre alt, daneben sitzt Gudrun, sie ist zwei Jahre jünger und unser Küken ist Susanne. Erst letzte Woche haben wir ihren vierten Geburtstag gefeiert.«

Alle drei standen artig auf, sobald ihr Name fiel, und gaben Sophie und Anton jeweils die Hand. Die Kleinste schlüpfte danach auf den Schoß ihrer Mutter. Man sah ihr die Verunsicherung deutlich an.

»Ich habe den Mädchen gesagt, dass wir eine große Abenteuerreise unternehmen«, erklärte ihre Mutter entschuldigend, »aber wer weiß, was uns wirklich erwartet.«

»Wenn es nur endlich losginge«, seufzte Sophie. »Dieses Warten macht mich noch verrückt.« Sie überlegte kurz. »Obwohl wir ja so vielleicht doch noch die Hoffnung haben können, dass alles nur ein riesengroßer Irrtum ist und wir wieder nach Hause dürfen.« Sie fand Frau Emmerich und ihre Mädchen ausgesprochen sympathisch. Vor allem die kleine Susanne sah aus wie ein blonder Engel und hatte sofort Sophies Herz erobert.

»Es ist bestimmt nicht leicht, diese Reise mit Kindern antreten zu müssen. Ich beneide Sie nicht darum und bin froh, dass ich noch keine eigenen Kinder habe. So sind wir wenigstens nur für uns selbst verantwortlich.«

»Wem sagen Sie das.« Frau Emmerich schaute unglücklich und streichelte ihrer Jüngsten über das blonde Haar.

Zähflüssig tröpfelten die Stunden dahin, ab und zu ruckelte der Zug und alle dachten, jetzt geht es gleich los, um dann enttäuscht festzustellen, dass offenbar nur rangiert wurde. Niemand wusste, was mit ihnen passieren sollte und jeder Einzelne kämpfte auf ganz eigene Weise mit seinen Ängsten. Anton starrte teilnahmslos vor sich hin, er konnte einfach nicht fassen, wie viel Pech er hatte. Gab es noch jemanden, der diese Tortur gleich zweimal erleben musste? Er kannte niemanden, der von den Amerikanern deportiert worden und zurückgekehrt war, so wie er. Deshalb ging er davon aus, dass er der Einzige war, dem das Schicksal so übel mitspielte.

»Jetzt verstehe ich auch, warum letzte Woche die Russen bei uns geklingelt und sich alles genau angeschaut haben«, sagte plötzlich Hartmut Emmerich und schlug sich mit der Hand vor die Stirn.

Nicht nur bei ihm, sondern auch bei einer Reihe anderer Familien, die jetzt mit im Zug saßen, hatten die sowjetischen Soldaten ungebetene Besuche abgestattet, alles genau eruiert und waren dann ohne eine Erklärung wieder verschwunden. Auch die ungewöhnlich große Zahl sowjetischer Laster in der Stadt war in den vergangenen Tagen den Leuten aufgefallen, ohne dass die dafür eine Erklärung gehabt hätten.

»Und ich hatte befürchtet, sie wollten uns irgendwelche Flüchtlinge in die Wohnung setzen«, schüttelte Antons Kollege den Kopf über die eigene Fehleinschätzung. »Was würde ich darum geben, wenn es ›nur‹ das gewesen wäre.« Er sah zornig aus.

»An eine Deportation habe ich jedenfalls nicht gedacht«, mischte sich nun seine Frau ein. »Dass das noch passieren könnte, hätte ich wirklich nicht erwartet.« Sie schüttelte den Kopf. »Und nun haben wir den Salat. Ob wir wirklich fünf Jahre lang bei den Russen bleiben müssen?«

Plötzlich entstand auf dem Gang ein Tumult.

»Ich habe noch was vergessen, ich muss nochmal nach Hause!« Ein Mann mittleren Alters versuchte, sich an zwei Soldaten vorbei zur Tür zu drängeln, doch die verwehrten ihm eisern den Durchgang.

»Zu spät! Was Sie jetzt nicht dabei haben, brauchen Sie nicht. Und jetzt gehen Sie zurück in Ihr Abteil.« Der scharfe Ton ließ keine Zweifel aufkommen – dem Soldaten war es bitterernst.

»Aber…«

»Gehen Sie zurück oder ich bringe Sie zurück«, fiel ihm der Soldat mit einem bösen Blick ins Wort.

»War ja ein guter Versuch, aber …«, Anton zuckte nur mit der Schulter.

»Ich habe vorhin einen Kollegen getroffen, der es geschafft hat durchzusetzen, dass seine Frau mit den Kindern hier bleiben kann und er alleine fährt.« Hartmut Emmerich schaute von seiner Frau zu seinen Töchtern. »Vielleicht hätte ich das auch probieren sollen«, überlegte er zweifelnd.

»Ob sie deshalb glücklicher werden, steht aber in den Sternen«, antwortete seine Frau sofort. »Ich komme lieber mit dir, als die nächsten fünf Jahre auf dich zu warten und nicht zu wissen, wie es dir geht.«

»Aber die Kinder …«, meinte Herr Emmerich. »Für sie wäre es bestimmt besser, wenn sie hierbleiben könnten.«

»Um ohne Vater groß zu werden?« Berta Emmerich schaute ihren Mann unglücklich an. »Nein, wenn schon, dann lieber gemeinsam.«

Sophie, die dieser Unterhaltung schweigend gefolgt war, hätte sich nie vorstellen können, einmal so froh zu sein, keine Kinder zu haben.

Während die Kleinste auf dem Schoß ihrer Mutter eingeschlafen war, wurden die beiden größeren Kinder irgendwann unruhig. Sie waren es nicht gewöhnt, so lange still sitzen zu müssen, sondern draußen auf der Straße zu spielen.

»Vielleicht dürfen sie ja vor dem Zug spielen, bis es tatsächlich losgeht«, schlug Sophie vor, als sie bemerkte, wie der Mutter die Spielideen ausgingen.

Doch die Soldaten blieben dabei: Keine Ausnahme! Auch nicht für Kinder, für die es angesichts der rangierenden Züge ohnehin gefährlich gewesen wäre.

»Oh je, wie soll das nur werden?«, murmelte Frau Emmerich leise. Ihr graute vor der langen Fahrt.

Erst am Abend des nächsten Tages, als die Ersten schon daran zweifelten, ob es überhaupt irgendwann losgehen würde, setzte sich der Zug plötzlich mit einem Ruck in Bewegung. Die Schilder der Bahnhöfe huschten im Dunklen vorbei: Camburg, Leipzig, Torgau, später erkannten sie Frankfurt/Oder. Die Vorstellung davon, wo man war, wurde immer ungenauer.

Von nun an waren sie tagelang ununterbrochen unterwegs. Mal schlich der Zug auf Nebengleisen langsam voran, manchmal ratterte er zügig durch die Landschaft, die immer fremder wurde. Häufig wurden die einzelnen Waggons rangiert oder mussten vorübergehend aufs Abstellgleis, um andere Züge passieren zu lassen. Immer wieder gab es Pausen, aber nur wenn sie auf freiem Feld hielten, durften die Deportierten aussteigen, um sich die Beine zu vertreten.

»Puh, der Mief in den Abteilen wird von Tag zu Tag unerträglicher.« Antons Bemerkung beim Aussteigen stieß auf allgemeine Zustimmung.

Jeder sog die kühle, schon nach Winter riechende Herbstluft tief in die Lungen ein, um wieder einen klaren Kopf zu bekommen. Außerdem versuchte jeder auf seine Art, die steifen Gelenke in Gang zu bringen, dankbar darüber, wenigstens ein paar Schritte machen zu können.

Da es kein Licht in den Zügen gab, waren die Reisenden an ihre Plätze gebunden, sobald es draußen dunkel wurde. Ende Oktober war das schon zeitig. So blieb den Reisenden kaum etwas anderes übrig, als die Zeit zu verdösen.

In Brest, an der polnisch-russischen Grenze, mussten plötzlich alle den Zug verlassen. Angst breitete sich unter den Deportierten aus, weil es niemand für nötig befunden hatte, ihnen den Grund dafür zu nennen. Alle Deportierten mussten sich im Bahnhofshotel versammeln, während ihre Sachen ausgeladen wurden.

Plötzlich ging Anton ein Licht auf: »Alles harmlos«, winkte er ab. »Wir müssen die Züge bestimmt nur wechseln und in sowjetische umsteigen, weil die Eisenbahnen hier auf breiteren Gleisspuren fahren.«

»Na gut, aber wer weiß, was uns für Einreiseformalitäten bevorstehen«, sorgte sich Herr Emmerich auf dem Weg ins Hotel. »Das dauert bestimmt endlos lange.« Doch als er den großen Saal betrat, bemerkte er sofort, dass seine Befürchtungen unbegründet waren.

»Damit hätte ich ja nicht gerechnet«, rief er überrascht den anderen hinter sich zu. Sie blickten auf Tische, die einladend mit Essen und Getränken eingedeckt waren.

»Das ist ja ein richtiger kleiner Empfang.« Auch Anton war die Verwunderung anzuhören. Und er behielt recht: Als alle in dem Raum versammelt waren, begrüßte ein Uniformierter sie offiziell in der Sowjetunion.

»Vielleicht wird es ja doch nicht so schlimm«, sagte Sophie leise, die immer wieder die fürchterlichen, ersten Tage in dem Heidenheimer Polizeilager vor ihren Augen hatte. Damit hatte dies hier wirklich nichts gemein.

6

Es war schon Nachmittag als sie nach zehn Tagen endlich in Moskau aus den Zügen stiegen. Das Licht wurde bereits dämmrig, aber die Deutschen konnten einen ersten flüchtigen Eindruck vom Roten Platz und dem Kreml erhaschen. Die Umgebung sah fremd und ungewohnt aus, aber nicht unfreundlich. Die Schriftzeichen waren merkwürdig, weil unverständlich. Nur ein paar Deutsche beherrschten etwas Russisch und konnten entziffern, was auf den Hinweisschildern stand. Stolz verkündeten sie den anderen, was sie übersetzen konnten. Es war kalt und die Menschen, die sie auf den Straßen beobachteten, waren in dicke Mäntel gehüllt.

Plötzlich wurden die Frauen und Kinder von ihren Männern getrennt. Es hieß, sie würden mit ihrem »Handgepäck« schon in Bussen zu den Bestimmungsorten nach Lytkarino oder Krasnogorsk gebracht, während die Männer sich um den Hausrat kümmern und alles auf bereitgestellte Lastwagen umladen sollten. Wenn das erledigt wäre, würden sie nachkommen, versicherte man den Deportierten. Unruhe breitete sich aus. Ob das wohl stimmte? Oder hatten sie die endlose Fahrt unternommen, um hier voneinander getrennt zu werden und sich vielleicht nie mehr wiederzusehen?

Ein mulmiges Gefühl begleitete die Frauen, als sie losfuhren und die Dunkelheit schnell ihre zum Abschied winkenden Männer verschluckte. Nachdem sie das Stadtgebiet verlassen hatten, setzten nur noch einzelne Lichter kurze Orientierungspunkte, die sie gleichwohl nicht zu deuten wussten.

Die Zielorte lagen in der Nähe von Moskau, sodass es bereits nach wenigen Stunden hieß »Ende der Reise«. Sophie und Berta Emmerich stiegen zunächst nur zögernd aus dem Bus. Draußen nahm sie eine junge Russin freundlich in Empfang:

»Bitte, kommen Sie ins Haus«, sagte sie auf Deutsch und machte eine einladende Geste.

Sie führte beide Frauen in den dritten Stock eines modern anmutenden Mietshauses. Frau Emmerich wurde eine großzügige Drei-Zimmer-Wohnung zugewiesen, Sophie brachte man in eine kleinere, aber ebenso freundlich wirkende Zwei-Zimmer-Wohnung. Kaum hatten beide Frauen festgestellt, dass sogar die Betten frisch bezogen waren und alles einen sauberen Eindruck machte, liefen sie wieder in den Hausflur zurück, um sich zu treffen.

»Sie haben für uns alles richtig schön hergerichtet.« Sophies Stimme klang ehrlich überrascht und auch Frau Emmerich sah verwundert aus, als sie nickend hinzufügte: »Jetzt fehlen nur noch unsere Männer. Hoffentlich kommen die bald.«

Sophie ging zurück in »ihre« neue Küche und begann, den Herd mit dem bereit gelegten Holz anzufeuern. Sie wollte nicht nur die kalte Wohnung aufwärmen, sondern hatte vor allem das unwiderstehliche Bedürfnis, sich nach der langen Reise gründlich zu waschen. Gerade als sie fertig war, bemerkte sie Unruhe vor dem Haus. Ein Blick aus dem Fenster genügte: Die Männer waren da! Sie hatten am Moskauer Bahnhof tatsächlich lediglich ihr Hab und Gut auf Laster umgeladen und waren anschließend, quasi auf ihrem Eigentum sitzend, ihren Familien hinterher kutschiert worden. Man hatte ihnen also die Wahrheit gesagt.

Sophie fiel ein Stein vom Herzen und sie seufzte laut. Das war doch ein ganz anderer Anfang als damals in Heidenheim.

Ähnlich wie bei der amerikanischen Deportation waren die Lebensbedingungen für die Betroffenen fortan auch hier sehr unterschiedlich. Einige hatten Glück und konnten – wie Familie Emmerich – in moderne Drei-Zimmer-Wohnungen einziehen. Anderswo hingegen mussten sich mehrköpfige Familien mit einem einzigen Zimmer begnügen und sich außerdem Küche sowie Toilette mit anderen teilen. Mancherorts wohnten deutsche und russische Familien in ordentlichen Mehrfamilienhäusern zusammen, anderenorts waren Wohnblöcke ausschließlich für die Deutschen reserviert und eingezäunt worden, um sie von der russischen Bevölkerung klar zu trennen. Am schlechtesten erwischte es allein reisende Männer. Ihnen wurde das geringste Maß an Komfort und Privatsphäre zugestanden. Meist mussten sie sich Zimmer, Bad und Kochgelegenheit mit anderen Leidensgenossen teilen.

Es gab Russen, die den Deportierten in der fremden Umgebung fürsorgliche Unterstützung zuteil werden ließen und sie freundlich aufnahmen, doch manche hatten auch das Pech, von Einheimischen als ehemalige Feinde angesehen und dementsprechend abweisend behandelt zu werden.

Für alle waren die Lebensmittel gleichermaßen teuer. Nur diejenigen, die arbeiteten, bekamen Lebensmittelkarten, sodass nur die arbeitenden Männer eigene Rationen erhielten, die mitgereisten Frauen und Kinder dagegen ohne

Bezugskarten auskommen mussten. Und wehe dem, der krank wurde und nicht arbeiten konnte. Auch dem drohte dann der Entzug der Lebensmittelkarten. Aber wie in Heidenheim empfanden sich die Jenenser als Schicksalsgemeinschaft und man versuchte, sich gegenseitig, so gut es ging, zu helfen.

7

Unterdessen war die Demontage der beiden großen Werke von Zeiss und Schott in Jena in vollem Gange.

»Das ist eine Katastrophe, nicht nur für die beiden Stiftungsbetriebe, sondern für die ganze Stadt«, brachte es Sophies Mutter auf den Punkt. Seit Jahrzehnten hatten beide Werke maßgeblich das Bild der Stadt geprägt. Tausende Einwohner arbeiteten dort und identifizierten sich damit. Es war etwas Besonderes, ein Zeissianer oder ein Schottianer zu sein und man war stolz darauf.

Keiner verstand, warum die Werke ausgerechnet jetzt demontiert wurden. Warum hatten die Russen zunächst alles drangesetzt, die Kriegsschäden zu beseitigen und die Produktion hochzufahren? Und nun sollte alles wieder abgerissen werden?

»Das macht doch keinen Sinn!«, wunderte sich die Stadtbevölkerung.

Auch Sophies Stiefvater konnte die Entwicklungen des 22. Oktobers nicht verstehen. Russische Soldaten hatten nicht nur die Deportierten bewacht, sondern gleichzeitig auch vor den Werkstoren und an strategisch wichtigen Orten Position bezogen. Der eilig zusammengerufene Betriebsrat versuchte alles in seiner Macht Stehende, um auf dem Verhandlungsweg Milderungen zu erreichen. Man beschloss, um jede einzelne Maschine zu kämpfen.

Die Sowjets befahlen, dass sämtliche, rund 2 600 Mitarbeiter des Glaswerks bei der Demontage mithelfen sollten. Die Männer und Frauen waren also dazu verdammt, ihre eigenen Arbeitsplätze abzubauen, in Kisten zu verpacken und zum nahe gelegenen Westbahnhof zu transportieren. Indem sie Öfen, Glaswannen und Kühlvorrichtungen in Einzelteile zerlegten, demontierten sie gleichzeitig ihre eigene Existenzgrundlage. Das war jedem schmerzlich bewusst.

Die Stimmung war trübe wie das Wetter Ende Oktober. Es gab keinen Lichtblick, keine Hoffnung mehr. Es war, als hätte sich ein dichtes Tuch von Mutlosigkeit über die ganze Stadt gesenkt.

Vorsichtige Versuche, Widerstand zu leisten, erstickten die sowjetischen Besatzer im Keim: Sie hatten »allerstrengste Strafmaßnahmen« selbst für diejenigen angekündigt, die nur kleinstes Demontagegut mitnehmen würden.

Obwohl es immer wieder Mitarbeitern gelang, wichtige Papiere oder seltene Werkzeuge aus den Betrieben zu schmuggeln, statuierten die Russen Exempel, sobald sie jemanden erwischt hatten. Eine einfache Zange im Frühstücksbeutel konnte reichen, um inhaftiert und enteignet zu werden. Sogar unmittelbare Angehörige wurde nicht über den Verbleib der »ertappten Diebe« informiert. Manche bleiben jahrelang verschwunden, weil sie zu mehrjährigen Haftstrafen verurteilt wurden und diese bis zum Ende absitzen mussten. Es gab auch Fälle, in denen Angehörige nie wieder etwas von ihren Vätern, Ehemännern oder Söhnen hörten. Erst viel später erfuhren sie, dass die Sowjets die ehemaligen Konzentrationslager Buchenwald und Sachsenhausen zu eigenen Internierungslagern umfunktioniert hatten und dort so mancher verschwunden war.

Trotz der Gefahr eines solchen Schicksals, gingen einige Mitarbeiter hohe Risiken ein. So konnten sie schriftlich fixierte Ergebnisse bestimmter Versuchsschmelzen für optische Gläser gerade noch rechtzeitig heimlich abschreiben und aus dem Werk schmuggeln, bevor die Russen den Befehl gaben, genau diese Papiere einzupacken.

Auch das äußerst wertvolle Platin, das für die Schmelze bestimmter Gläser unbedingt erforderlich war, galt als Gegenstand allgemeiner Begierde. Obwohl die sowjetischen Besatzer es gut bewachen ließen, gelang es einigen, geradezu dreisten Männern, dennoch dieses wertvolle Edelmetall aus dem Werk zu schaffen, wohl wissend, dass sie später vermutlich keines mehr bekommen würden.

Einen ganz anderen Weg schlug der Sekretär der Geschäftsleitung im Glaswerk ein. Gemeinsam mit dem Einkaufsleiter machte er sich auf den Weg nach Berlin, um den SED-Vorsitzenden, Otto Grotewohl, auf den Fall aufmerksam zu machen. Doch ihre Reise war umsonst: Sie wurden nicht empfangen. In ihrer Verzweiflung schickten sie daraufhin ein Telegramm an den Alliierten Kontrollrat und baten diesen um Hilfe.

Sogar ein Telegramm an den großen Stalin höchstpersönlich schickten sie los. Doch die hohen Herren hüllten sich in Schweigen. Die Hilferufe im Telegrammstil verhallten allesamt ungehört.

Zwei Tage nach dem Demontagebefehl machten sich außerdem zwei weitere Herren, jeweils einer von Schott und einer von Zeiss, auf den Weg nach Berlin, um ebenfalls mit der Parteileitung der SED zu verhandeln. Sie mussten mit dem damals stellvertretenden SED-Vorsitzenden, Walter Ulbricht, Vorlieb nehmen, der allerdings allem Anschein nach kein besonderes Interesse zeigte, ihrer »Bitte um positive Einflussnahme bei der sowjetischen Militäradministration« (SMAD) nachzukommen.

8

Niemandem gelang es, das Unvorstellbare abzuwenden: Die Öfen wurden gelöscht, der Glasbetrieb eingestellt. Am 4. November schob man die ersten Holzkisten in die Güterwaggons, die am nahen Westbahnhof für die weite Reise in die Sowjetunion bereitstanden. Die Russen konnten einfach alles gebrauchen. Sie begnügten sich nicht etwa mit den eingelagerten Rohstoffen, Werkzeugen und leicht abzubauenden Maschinen sowie den Geschäftsunterlagen. Nein, sie ließen sogar Lichtschalter, Türen und Fenster, Heizkörper, Toilettenschüsseln und Waschbecken demontieren.

Komplette Produktionshallen mussten die Schottianer abbauen, teilweise bis auf Straßenniveau. Vor allem diejenigen, die modernsten Anforderungen entsprachen, weil sie erst zwischen 1936 und 1941 errichtet worden waren.

Bei den ebenfalls neuen Schmelzwannen interessierten die Russen vor allem die darin verbauten Quarzsteine. Riesige Stahlträger wurden mit Schneidbrennern zerlegt, bevor man sie unter ungeheurem Kraftaufwand zu den Zügen hievte. Als die Schottianer zu Beginn des Jahres 1947 schließlich ihren hochmodernen Gasgenerator demontieren mussten, war das Werk endgültig lahmgelegt.

Der Abbau des traditionsreichen Schott-Glaswerks dauerte den ganzen Winter. Am 20. März 1947 rollte der letzte Güterzug in Richtung Osten. Damit galt die Aktion offiziell als beendet.

In rund fünf Monaten hatten die Schottianer nahezu ihr komplettes Werk in 72 Güterzüge verladen und bis auf die Grundmauern abgebaut: Offiziell zu 94 Prozent.

9

»Soviel steht fest: Das können wir nur gemeinsam schaffen! Nur wenn wir alle unser Äußerstes geben und zusammen an einem Strang ziehen, wird hier jemals wieder ein Glaswerk stehen. Da liegt ein riesiger Haufen Arbeit vor uns.« Die gegenseitigen Anfeuerungen, sich nochmals an den Wiederaufbau des Glaswerks zu wagen, klangen allerorts ähnlich. Es würde nunmehr der dritte Anlauf sein, um das Werk nach Kriegszerstörungen, amerikanischer Deportation und zuletzt der kompletten Zerstörung des Werkes durch die Sowjets, aus Ruinen wiederentstehen zu lassen.

Kein Bombenangriff war so verheerend gewesen wie die russische Demontage. Übrig geblieben war nur noch ein riesiger Trümmerhaufen.

Aber was hatten sie für eine Wahl? Sie gingen zu Recht davon aus, dass es im allgemeinen, öffentlichen Interesse war, sowohl Schott als auch Zeiss in Jena so schnell wie möglich wieder auf die Beine zu bringen. Die Produkte beider Firmen wurden nicht nur in der sowjetischen Zone dringend gebraucht, sondern waren auch anderswo heiß begehrt und versprachen entsprechende Deviseneinnahmen. Trotz der ringsum herrschenden Versorgungsengpässe erhielten beide Werke deshalb bevorzugt Sonderzuteilungen aller Art, um den Wiederaufbau voranzutreiben.

Und tatsächlich: Nach nur gut drei Monaten, im Juni 1947, war es den Schottianern gelungen, Werkshallen, Öfen und Maschinen soweit wieder herzurichten, dass sie in der Lage waren, die ersten Glasrohre zu produzieren.

»Wie ein Phönix aus der Asche wächst das neue Glaswerk aus dem Wenigen, was uns nach der Demontage noch geblieben war«, schrieb Antons Stiefvater an seine Kinder in der Sowjetunion.

»Der ganze Brief strotzt nur so vor Begeisterung«, lächelte Anton, als er ihn Sophie zeigte. »Mittlerweile werden sie Weiteres geschafft haben, davon bin ich überzeugt«, fügte er hinzu, »schließlich war der Brief endlos lange unterwegs.«

Er war froh darum, so vielversprechende Nachrichten aus Jena zu lesen, nachdem ihm fast das Herz gebrochen war, als er von der kompletten Demontage erfahren hatte.

»Ja, ganz sicher. Ich habe es nicht für möglich gehalten, dass es Ihnen so schnell gelingen würde«, erwiderte Sophie ebenfalls begeistert.

»Es ist wirklich enorm, was da jeder Einzelne leistet«, sagte Anton voller Anerkennung. Umso mehr freue ich mich, dass sich tatsächlich so schnell ein erster Erfolg einstellt. Das macht bestimmt allen den Mut, den sie so dringend brauchen.«

Sehnsüchtig dachte Anton am Jena. Was hätte er darum gegeben, jetzt dort sein zu dürfen, obwohl er zugeben musste, dass ihm die Arbeit in dem russischen Werk durchaus auch Spaß machte. Die russischen Kollegen waren ihm gegenüber sehr nett und hilfsbereit und schienen froh um seinen fachkundigen Rat. So hatte er durchaus das Gefühl, etwas Sinnvolles zu tun.

Im Glaswerk gehe es kontinuierlich voran, schrieb Sophies Stiefvater weiter. Der zweite wichtige Teilerfolg beim Wiederaufbau sei bereits im August 1947 erreicht worden, als es ihnen gelungen sei, optisches Glas zu schmelzen. Und weitere drei Monate später, im November, habe man mit der Herstellung von Fensterglas begonnen.

»Wurde früher eigentlich auch Fensterglas in Jena produziert?«, fragte Sophie überrascht, als sie davon erfuhr.

»Soweit ich weiß, gehörte das ursprünglich nicht unbedingt zur Produktpalette des Werks. Dafür war Schott zu sehr auf Spezialgläser ausgerichtet«, antwortete Anton. »Aber trotzdem wurde bereits vor der Demontage Fensterglas hergestellt. Schließlich sind im Krieg unzählige Scheiben zu Bruch gegangen und mussten ersetzt werden.« Anton überlegte. »Der Bedarf ist sicherlich immer noch riesig. Also lässt sich damit im Moment bestimmt viel Geld verdienen.« Er machte eine Pause. »Wenn ich richtig informiert bin, werden die Fensterscheiben außerdem für Kompensationsgeschäfte mit den Westzonen genutzt, um auf diesem Umweg an unbedingt notwendige Maschinen und Rohstoffe zu gelangen, an die sie sonst nicht kämen.«

Unterschiedliche Arrangements im neuen Leben

1

Die in den Westen Deportierten waren entsetzt, als sie mit einiger Verzögerung im Spätherbst 1946 von der Demontage des Jenaer Werks und der russischen Deportation erfuhren. Erich Schott fühlte sich in seiner Haltung bestätigt. Zum Glück hatte er sich nicht davon abbringen lassen, zügig die technischen Voraussetzungen zu schaffen, um in der amerikanischen Zone unabhängig vom Jenaer Stammhaus Spezialgläser produzieren zu können. Doch das war ein schwacher Trost. Das Werk, das sein Vater einst aufgebaut hatte, existierte in dieser Form nicht mehr. Ein Großteil seines eigenen Lebens hatte dort stattgefunden. Doch geblieben davon waren ihm nur seine ganz privaten Erinnerungen.

Nachdem die Deportierten in Zwiesel die erste Schmelze optischen Glases zu Pfingsten bewerkstelligt hatten, ging es nun auch bei ihnen rasch voran. Das Gefühl erzwungener Untätigkeit gehörte endgültig der Vergangenheit an. Sogar die Skeptiker unter ihnen, die lange nicht an einen Erfolg hatten glauben wollen, wurden nun vom Optimismus der anderen angesteckt.

Im November 1946 begannen die Schottianer mit der Produktion von Laborglas. Während die ehemaligen Kollegen in Jena ihr Werk demontierten, konnten sie außerdem mit dem neuen Jahr in ihrem anderen Zweigwerk in Mitterteich mit der Fertigung von Hauswirtschaftsglas beginnen. Anfang 1947 nahmen sie dort des Weiteren eine Linsenpresserei in Betrieb, in der optische Linsen gepresst werden sollten. Langsam aber sicher wuchs ihre Angebotspalette deutlich an.

2

Agnes und ihre beiden Töchter hatten sich längst an ihr neues Leben auf dem Land gewöhnt, genauso wie an die Trennung von Karl. Die langen Wochen, die Karl jeweils am Stück in Zwiesel arbeitete, vergingen meist wie im Fluge, obwohl Agnes ihren Mann schmerzlich vermisste. Jedes Mal, wenn sie nach Karls Besuch erneut voneinander Abschied nehmen mussten, ohne zu wissen, wie lange die Trennung dieses Mal dauern würde, hätte Agnes ihn am liebsten festgebunden, um ihn nicht mehr fortzulassen.

»Warum nur muss Zwiesel so weit von hier entfernt sein«, stöhnte sie am Abend vor Karls Abreise nach den Weihnachtsfeiertagen. »Jetzt, nachdem ihr so gut vorankommt, scheint Zwiesel als neuer Standort doch sicher zu sein, oder?« Sie machte eine Pause. »Und wenn das so ist, könnten doch eigentlich endlich die Familien nachkommen. In Zwiesel kann man bestimmt genauso gut leben wie hier, auch wenn es mir jetzt schon leid tut, den Hof des Kirchenbauern verlassen zu müssen. Aber ich würde doch gerne wieder richtig mit dir zusammenleben, anstatt dich nur alle paar Monate zu sehen. Gibt es schon einen Termin für einen möglichen Umzug der Familien?«

Karl zuckte mit den Schultern.

»Nein, nicht dass ich wüsste. Aber wenn du sehen könntest, wie wir dort hausen, wärst du froh, hier beim Kirchenbauern leben zu dürfen. Es fehlen passende Unterkünfte für Frauen und Kinder. Das ist das Problem. Dr. Schott versucht ja, Wohnungen aufzutreiben. Ich glaube, es sollen sogar welche gebaut werden. Aber das dauert eben noch einige Zeit. Und solange werden wir uns wohl oder übel gedulden müssen.«

»Na ja, uns geht es beim Kirchenbauern ja wirklich gut. Abgesehen davon, dass du nicht da bist, fühlen wir drei uns hier richtig wohl.« Agnes dachte einen Moment lang darüber nach, was sie von den anderen Deportierten wusste.

»Am schlimmsten sind wohl die großen Familien dran, die in Heidenheim bleiben mussten und dort in der Schule untergekommen sind. Dort hausen sie immer noch wie am Anfang. Völlig beengt und mit anderen Flüchtlingen auf dichtem Raum. Auch die Verpflegung soll katastrophal sein. Einige haben sogar die Ruhr, habe ich gehört. Ist das nicht furchtbar?« Agnes schüttelte den Kopf.

»Ich stelle mir das ähnlich schlimm vor wie unsere ersten Tage im Lager. Dagegen leben wir hier fast wie im Paradies. Wir haben gutes Essen und alle sind nett zu uns. Ich glaube sogar, dass die Kirchenbäuerin eine richtig gute Freundin geworden ist. Es macht so viel Spaß, mit ihr zu reden. Obwohl wir so unterschiedlich sind, haben wir doch meist dieselben Ansichten!«

»Das freut mich für dich. Aber du musst auch bedenken, dass du hier mitarbeitest, als wäre es der eigene Hof. Genauso wie Elisabeth«, wandte Karl ein. »Ihr seid zwei absolut vollwertige und zuverlässige Arbeitskräfte, die nicht einmal Lohn dafür bekommen und ihr fühlt euch für alles genauso verantwortlich wie der Kirchenbauer. Ich bin mir sicher, er weiß genau, was er an euch hat und tut gut daran, euch ordentlich zu versorgen.«

»Trotzdem ist es nicht selbstverständlich. Andere Schottianer arbeiten auch auf den Höfen mit und werden doch abgelehnt von den Bauern. Denk nur an Frau Kreuzinger. Die hat nach wie vor nichts zu lachen.« Sie dachte an ihre Töchter. »Und Clara verwöhnen alle fast zu viel. Unser Nesthäkchen saust um alle Ecken und kennt sämtliche Winkel, als wäre sie hier zu Hause. Sie ist ein richtiges Landkind geworden, mit ihren ewig dreckigen Füßen und ihrer gesunden Gesichtsfarbe.« Sie schmunzelte über ihre Jüngste. »Im Grunde bin ich natürlich froh darum. So hat sie trotz der schlechten Zeit eine schöne Kindheit ohne Entbehrungen. Viel besser als so viele andere Kinder heutzutage, die nicht einmal genug zu essen haben. Und sie scheint nichts zu vermissen. Vermutlich würde sie nicht mehr gerne in einer Stadtwohnung leben.«

Wieder schwieg sie und dachte nun an ihre große Tochter. Da war noch etwas, was sie Karl unbedingt erzählen musste. Aber sie wusste nicht, wie sie anfangen sollte. »Ja, und Elisabeth will vermutlich gar nicht mehr weg von hier.«

Agnes sah prüfend zu ihrem Mann, der sie überrascht anschaute.

»Was meinst du damit?«

»Ja, also … «, sie zögerte, weil sie nicht wusste, wie Karl reagieren würde. »Ich glaube, sie und Christoph, na ja, also ich habe das Gefühl, das ist längst eine ernste Angelegenheit zwischen den beiden.«

Sie hatte nun Karls volle Aufmerksamkeit.

»Die beiden verbringen jede freie Minute zusammen und turteln miteinander, dass es nur so trieft vor Süßholzraspelei. Bei Elisabeth dreht sich alles nur noch um Christoph.«

Karl wusste nicht, was er von dieser Information halten sollte und sah seine Frau nachdenklich an. »Wahrscheinlich müssen wir uns langsam an den Gedanken gewöhnen, dass unsere Tochter erwachsen wird.«

Ganz wohl war ihm allerdings nicht dabei. Automatisch dachte er an früher, als sie noch zu viert in Jena gelebt hatten. Da kam ihm ein anderer Gedanke.

»Denkst du eigentlich oft an Jena zurück? Vermisst du es?«

»Nein. Eigentlich nicht. Sicherlich denke ich daran, aber seitdem Vater tot ist, zieht mich nicht mehr viel dorthin zurück. Wer weiß, wer jetzt in unserer Wohnung lebt. Und wie es ist, seitdem die Russen dort das Kommando haben. Solange die da sind, will ich ganz bestimmt nicht dorthin zurück. Dann lieber ganz neu in Zwiesel anfangen.«

Agnes war über die Entschiedenheit, mit der sie sich erklärte, selbst überrascht. So klar hatte sie das bisher noch nicht in Worte gefasst. Aber ihr wurde bewusst, dass sie schon seit einiger Zeit so fühlte.

»Wenn du wirklich ein Kind bekommst, dann heiraten wir eben so bald wie möglich, jedenfalls noch vor der Geburt. Dann kommt es ehelich als mein Kind zur Welt.« Christoph sah Elisabeth ernst an. Er hatte voller Überzeugung und mit fester Stimme gesprochen, was diese erleichtert registrierte.

»Mein Kind«, wiederholte er leise und ließ den Klang dieser Worte wirken. Dann fing er plötzlich an zu schmunzeln. »Ja, das klingt gut! Mein Kind. Das gefällt mir! Wann, sagst du, soll es kommen?«

»Voraussichtlich im Dezember, denke ich.«

Elisabeth fiel ein Stein vom Herzen. Auch wenn sie keine ernsthaften Zweifel gehegt hatte, so war sie doch unsicher gewesen, wie Christoph zu seiner Vaterschaft stehen würde. Schließlich kannten sie sich noch nicht einmal ein Jahr. Dass er sich dazu bekennen würde, hatte sie eigentlich erwartet. Immerhin war er kein leichtfertiger Kerl, der sich seiner Verantwortung entzogen hätte. Aber dass er so begeistert reagieren würde, hatte sie kaum zu hoffen gewagt.

»Weiß deine Mutter schon davon?«, Christoph riss sie aus ihren Gedanken.

»Nein, bisher habe ich mich nicht getraut, es irgendjemandem zu sagen. Schließlich bin ich erst siebzehn Jahre alt und nicht mit dir verheiratet. Und zunächst wollte ich wissen, wie du dazu stehst. Ich habe keine Ahnung, wie meine Mutter darauf reagieren wird.« Elisabeth hatte Angst vor diesem Gespräch.

Christoph gefiel der Gedanke, eine eigene Familie zu gründen, immer besser. Und Elisabeth war die richtige Frau für ihn, da war er sich sicher. Er hatte sich gleich bei ihrem ersten Zusammentreffen damals im Stall in sie verliebt und war unendlich glücklich, als er erkannte, dass sie offenbar genauso fühlte. Ihm gefiel einfach alles an ihr, sodass er sich jetzt nicht nur problemlos zu seiner Vaterschaft bekennen konnte, sondern sich mit Freude ans Planen ihrer gemeinsamen Zukunft machte. Es würde bestimmt nicht leicht werden, denn mit dem bisschen Geld, das er bei seiner kaufmännischen Lehre verdiente, die er vor zwei Monaten angefangen hatte, würden sie zu dritt nicht weit kommen. Aber es würde schon irgendwie gehen und schließlich war seine Familie auch noch da.

»Wann sollen wir am besten heiraten? Was denkst du?« Er wurde ganz aufgeregt, wenn er daran dachte.

»Na ja, auf alle Fälle müssen wir erst mit meinen Eltern reden«, überlegte Elisabeth und dachte mit Unbehagen an dieses Gespräch. »Und natürlich möchte ich, dass mein Vater dabei ist, also muss er aus Zwiesel herkommen können.« Sie schaute an sich runter. »Zum Glück konnte ich meinen Bauch bisher noch gut verstecken.« Neckend sah sie ihn an. »Sogar du hast es nicht bemerkt. Aber lange klappt das nicht mehr, da bin ich mir sicher. Deshalb sollten wir nicht mehr lange warten.«

Christoph nickte.

»Wir brauchen auf alle Fälle die Unterstützung deiner Mutter. Ohne die wird alles viel schwieriger.« Er überlegte. »Erst wenn wir wissen, wie sie reagiert, sage ich es auch meinen Eltern.«

Wie sollte sie es ihrer Mutter sagen? Schon seit Tagen quälte sich Elisabeth mit dieser Frage. Noch nie war ihr etwas so unangenehm gewesen. Schließlich half ihr der Zufall. Es war ein ruhiger Abend nach einem arbeitsreichen Tag und alle saßen zwar in der Stube zusammen, doch wollte das sonst meist so muntere Gespräch heute nicht in Schwung kommen. Jeder war müde und Clara schlief schon lange in ihrem Bett.

Plötzlich stand Agnes auf.

»Ich glaube, ich gehe heute Abend früh zu Bett. Ich bin so müde, als hätte ich die letzte Nacht überhaupt nicht geschlafen. Gute Nacht allseits!« Sie drehte sich zu Elisabeth. »Was ist mit dir? Kommst du mit, oder bleibst du noch unten?«

Das war ihre Chance. Nun würden sie ungestört miteinander reden können.

»Nein, ich komme mit. Ich bin auch müde«, flunkerte sie, denn sie fühlte sich in diesem Augenblick so hellwach, wie schon lange nicht mehr. Schnell wünschte sie allen eine »Gute Nacht« und folgte ihrer Mutter in das gemeinsame Schlafzimmer. Sie zögerte nicht lange, als sie die Türe hinter sich zugezogen hatte.

»Du, ich muss dir was sagen.«

Überrascht horchte Agnes auf, denn der Klang in Elisabeths Stimme war anders als sonst. Fragend schaute sie ihre Tochter an und wartete.

»Ich erwarte ein Kind von Christoph. Ich glaube, es wird wohl gegen Ende des Jahres auf die Welt kommen.«

Jetzt war es raus. Elisabeth fühlte sich schlagartig erleichtert, wartete aber gleichzeitig ängstlich auf die Reaktion ihrer Mutter.

Agnes Müdigkeit war wie weggeblasen. Im ersten Moment glaubte sie, sich verhört zu haben. »Wie bitte?«

Dann schaute sie ihre Tochter genauer an. Na ja, wenn man wollte, konnte man tatsächlich einen kleinen Babybauch entdecken. Mit offenem Mund ließ sie sich auf die Bettkante plumpsen.

»Puh!«

Elisabeth beobachtete ihre Mutter gespannt. Das Schlimmste hatte sie geschafft: Sie hatte ihr die Wahrheit gesagt – egal wie es weitergehen würde. Erst jetzt wurde ihr bewusst, wie sehr sie die Geheimniskrämerei belastet hatte. Geduldig wartete sie auf das Urteil ihrer Mutter.

»Und, was sagt Christoph dazu?« Agnes brauchte eine Weile, bis sie ihre Sprache wieder fand.

Darauf hatte Elisabeth gewartet. Nun konnte sie problemlos von ihren gemeinsamen Plänen erzählen, die sie mit Christoph längst geschmiedet hatte.

Agnes staunte immer mehr über ihre Tochter. Sie war verblüfft, wie gründlich die beiden jungen Leute offenbar alles bereits durchdacht hatten.

»Nun, ihr scheint ja genau zu wissen, was ihr wollt.« Sie überlegte. »Das finde ich gut, auch wenn du, meines Erachtens, noch viel zu jung bist für ein Kind. Ich glaube, dass ihr beide das gut machen werdet und Christoph ein liebevoller Vater sein wird. Von daher hast du dir immerhin den Richtigen ausgesucht.«

Sie mochte Christoph sehr gern und konnte ihn sich als Schwiegersohn gut vorstellen. Dann fiel ihr etwas ein und ihr Blick wurde säuerlich.

»Dann werde ich ja Großmutter!« In Agnes' Stimme schwang Entsetzen mit. »Also darauf hätte ich wirklich noch eine Weile verzichten können.« Sie strafte ihre Tochter mit einem bösen Blick, bevor sie sie schließlich in ihre Arme zog.

»Aber ich freue mich auch ein bisschen darauf. Jetzt müssen wir es nur noch den anderen und vor allem deinem Vater schonend beibringen.«

Elisabeth schmiegte sich erleichtert an ihre Mutter und nickte.

»Das macht mir keine Angst«, nuschelte sie glücklich, denn jetzt wusste sie ihre Mutter auf ihrer Seite.

Die beiden saßen noch lange zusammen und sprachen sich aus. Ein Kind würde Elisabeths Leben grundlegend verändern und nicht zuletzt auch das von Agnes, Karl und Clara. Da gab es unendlich viel zu bedenken und zu besprechen.

Als Agnes endlich in ihrem Bett lag, wusste sie, dass sie eine schlaflose Nacht verbringen würde. Sie musste Klarheit in ihren Kopf bekommen, wo widersprüchliche Gedanken herumwirbelten. Plötzlich fühlte sie sich alt: Die Nachricht von der Schwangerschaft ihrer eigenen Tochter machte ihr bewusst, dass Elisabeth erwachsen war und fortan ihr eigenes Leben führen würde. Ihre eigene, kleine, vierköpfige Familie würde nie wieder das sein, was sie früher einmal war. Das war für immer vorbei. Traurig drehte sie sich auf die andere Seite.

Als Mutter würde ihr nichts anderes übrig bleiben, als ihrer Tochter auf deren Weg ins eigene Leben so gut wie möglich zu helfen. Das erschien ihr das einzig Sinnvolle. Auch wenn es ihr lieber gewesen wäre, wenn ihre Tochter mit dem Heiraten und Kinderbekommen noch etwas gewartet hätte, würde sie sich damit jetzt wohl oder übel anfreunden müssen.

Karl war zunächst ausgesprochen schockiert, als Agnes ihn in einem Brief darüber informierte, dass er Großvater werden würde.

»So eine Schande! Meine eigene Tochter lässt sich auf so etwas ein«, hatte er empört vor sich hingemurmelt und wütend den Brief zerknüllt.

Neben seiner Wut auf Elisabeth machte er irgendwie auch seine Frau dafür verantwortlich, sicherlich wäre das alles nicht passiert, wenn er vor Ort in Hermaringen gewesen wäre und nicht so weit weg in Zwiesel. Doch während der schlaflosen Nachtstunden wurde ihm bewusst, wie ungerecht das Agnes gegenüber war. Nein, musste er sich eingestehen, auch ihm war die Ernsthaftigkeit dieser Beziehung nicht klar gewesen.

Obwohl er alles andere als begeistert davon war, liebte er seine Tochter doch viel zu sehr, als dass er sie deshalb verdammt hätte. Als er am nächsten Abend eine Antwort schrieb, war er zwar nach wie vor von Elisabeth tief enttäuscht, doch hatte er sich mittlerweile einigermaßen beruhigt, sodass sein Brief nicht allzu unversöhnlich wurde. Ihm wurde klar, dass er sich bereits etwas mit der Vorstellung abgefunden hatte, zumal ihm Christoph als Schwiegersohn durchaus sympathisch war.

Bald wusste das ganze Dorf von der geplanten Hochzeit. Über ihre »große Liebe auf den ersten Blick« hatten schon viele spekuliert, sodass es nun niemanden ernsthaft verwunderte, dass die beiden heiraten wollten. Von Elisabeths Schwangerschaft erfuhr zunächst nur die nahe Verwandtschaft, doch natürlich machte auch das bald die Runde und ihr Bauch war ohnehin nicht mehr zu übersehen. Wenn im Dorf darüber getuschelt wurde, bekam es Elisabeth jedenfalls nicht mit. Und es war ihr auch egal, denn Christoph bekannte sich offen zu der Vaterschaft und außerdem würde die Hochzeit vor der Geburt stattfinden. Damit war Elisabeths Ehre nicht ernsthaft beschädigt, was offenbar die meisten Dorfbewohner ebenso sahen, denn man begegnete ihr weiterhin mit derselben Freundlichkeit wie bisher. Alles würde ja seine Richtigkeit finden.

Das Brautpaar hatte beschlossen, vor der Geburt »nur« standesamtlich zu heiraten. Die richtige, die kirchliche Hochzeit sollte dagegen erst weit im nächsten Frühjahr stattfinden, wenn das Wetter wieder schön sein und Elisabeth vor allem keinen dicken Bauch mehr haben würde. Das Kind sollte Ende des Jahres kommen, daher hatten Elisabeth und Christoph geplant, sich Anfang November 1946 das Jawort zu geben. So würde das Kind ehelich das Licht der Welt erblicken.

»Das wird aber höchste Zeit, dass du unter die Haube kommst. Dein Bauch ist ja mittlerweile ganz schön mächtig geworden. Lange wird es nicht mehr dauern, dann ist das Kindlein da«, zog die Kirchenbäuerin Elisabeth auf, als diese herausgeputzt für die Trauung die Treppe hinunterstieg. »Aber du siehst wunderschön aus!«, fügte sie versöhnlich hinzu.

Sie konnte es sich erlauben, Elisabeth so zu necken, denn diese wusste ganz genau, wie gern die Kirchenbäuerin sie hatte und sich darüber freute, dass ihr Lieblingsneffe und sie ein Paar waren.

Agnes hatte Elisabeth ein dunkelblaues Kleid geschneidert, dessen weißer Kragen ihrem Aussehen zusätzliche Frische bescherte. Es war günstig geschnitten und kaschierte Elisabeths füllige Figur. Ihre langen Haare waren geschickt hochgesteckt, was ihr ein reiferes Aussehen verlieh. Als Christoph sie kurz vor dem Standesamt traf, schaute er sie bewundernd an. So damenhaft erwachsen hatte er sie noch nie gesehen. Seine zukünftige Frau gefiel ihm ausgesprochen gut.

»Schöne Frau, wollen Sie mit mir gehen?«, rief er übermütig und reichte ihr seinen Arm, den sie lachend nahm.

Christoph selbst trug seinen einzigen dunklen Anzug und hatte eine kleine rote Nelke in das Knopfloch gesteckt, was ihm einen nicht ganz passenden, fast mondänen Ausdruck verlieh. Man sah beiden deutlich an, dass es keine »Muss-Heirat« war, sondern dass sie über beide Ohren verliebt waren. Über kurz oder lang hätten sie wahrscheinlich sowieso geheiratet, dachte Agnes, als sie die beiden betrachtete. Die Schwangerschaft hatte das lediglich etwas beschleunigt.

Die Brautleute strahlten bei der schlichten Zeremonie, die nur im engen Familienkreis gefeiert wurde, vor Glück um die Wette. Selbstverständlich feierte die Familie des Kirchenbauern mit. Da ihre Wohnstube deutlich größer war als die von Christophs Eltern, hatten sie sich bereit erklärt, das üppige Festessen bei sich auszurichten. Draußen pfiff ein eisiger Wind, aber drinnen war der alte Kachelofen kräftig eingeheizt worden und die Kirchenbäuerin servierte mit Agnes als erstes einen aromatisch riechenden Punsch, sodass allen schnell wieder warm wurde. Es dauerte nicht lange, bis Claras Wangen mit denen der Braut um die Wette glühten.

»Sagt mal ihr beiden Mädchen, habt ihr eure roten Wangen eigentlich wegen der ganzen Aufregung oder wegen des wärmenden Getränks?«, scherzte Karl und hielt seine Tasse hoch. Er war mittlerweile völlig versöhnt.

Elisabeth legte lachend ihre Hände auf Claras Gesicht, die direkt neben ihr stand, und schaute sie besorgt an. »Oh kleine Schwester, du wirst doch nicht etwa krank werden und musst ins Bett?«

Clara wollte schon protestieren, als sie an den Lachern der anderen gerade noch rechtzeitig bemerkte, dass die Erwachsenen sie auf den Arm nahmen. Einen Augenblick lang war sie ärgerlich, aber sie schaffte es nur kurz, zu schmollen. Die gute Laune der anderen war viel zu ansteckend, als dass sie lange hätte böse sein können.

Dann zog der Kirchenbauer plötzlich ein paar kleine Gläser und eine Flasche Obstler hervor und ging damit auf Karl und Agnes zu. Gleichzeitig rief er seine Frau und Christophs Eltern zu sich. Wortlos goss er sämtliche Gläser voll und reichte jedem eines. Schließlich nahm er selbst das letzte und sagte mit feierlicher Stimme:

»Also, ich glaube, es wird Zeit, dass wir uns endlich duzen. Lasst uns die Hochzeit eurer Kinder zum Anlass nehmen und miteinander Brüderschaft trinken. Jetzt sind wir ja sozusagen miteinander verwandt, oder zumindest verschwägert.« Er schaute zwinkernd in die Runde und nahm seine Frau in den Arm. »Auf jeden Fall gehören wir doch irgendwie zusammen, oder?«

Alle stimmten lachend zu. Karl und Agnes freuten sich aufrichtig.

»Sehr gerne«, sagte Karl und schaute zu seiner Frau, die ihm fast unmerklich zunickte. »Bei dieser Gelegenheit möchten wir uns übrigens endlich mal ganz offiziell bei dir und deiner lieben Frau für eure Gastfreundschaft bedanken. Ich glaube, es gibt bestimmt nur wenige Schottianer, die so nett aufgenommen worden sind wie wir von euch. Wir wissen, dass das nicht selbstverständlich ist und rechnen es euch hoch an.«

Agnes nickte wieder bestätigend und fügte hinzu. »Ihr wisst wahrscheinlich gar nicht, wie sehr ihr uns geholfen habt.«

Zufrieden winkte der Kirchenbauer ab und machte eine einladende Geste Richtung Tisch. Er hatte es sich nicht nehmen lassen, eigens für den großen Tag ein Ferkel zu schlachten, das die Bäuerin und Agnes in einen schmackhaften Festtagsbraten verwandelt hatten.

Selbst Clara kam an diesem Abend ausgesprochen spät ins Bett. Für sie war die ganze Sache ohnehin ungeheuer aufregend. Zwar war sie traurig, dass ihre Schwester künftig nicht mehr bei ihnen wohnen würde, aber sie tröstete sich mit dem Wissen, dass Elisabeth nicht weit entfernt leben würde. So konnte sie ihre Schwester und auch das Baby jederzeit problemlos besuchen.

Die Vorstellung, dass ihre Schwester bald ein Kind bekommen und sie selbst damit eine leibhaftige Tante werden würde, machte Clara einerseits stolz, andererseits jedoch erfüllte sie der Gedanke mit Angst.

»Wenn sich dann plötzlich alle nur noch um das Baby kümmern, hat bestimmt keiner mehr Zeit für mich. Was soll ich denn dann machen?«, fragte sie eines Nachmittags ihre Freundin Martha.

»Ach, dann kommst du einfach zu mir rüber und wir kümmern uns um dich. Bei uns gibt es schließlich keine Neugeborenen«, sagte Martha leichthin und erntete dafür einen dankbaren Blick von Clara.

3

Das frischgebackene Ehepaar richtete sich nach der Trauung auf dem Bauernhof von Christophs Eltern ein. Die hatten den Jungvermählten zwei große Kammern in einem wenig benutzten Wirtschaftsgebäude schräg gegenüber von ihrem eigenen Wohnhaus zur Verfügung gestellt, die Christoph in den vorangegangenen Wochen gemeinsam mit seinem Vater so hergerichtet hatte, dass sie bewohnbar waren. Seine Eltern hatten Ehebetten für die beiden organisiert, der Kirchenbauer steuerte eine alte Kommode sowie einen Schrank bei und Agnes trennte sich von einem kleinen Tisch, der in ihrem Zimmer ohnehin zu viel Platz weggenommen hatte. Nachdem auch Elisabeth das ihrige dazu getan hatte, waren die kargen Räume in eine gemütliche, kleine Wohnung verwandelt worden.

Christophs Mutter hatte außerdem die alte Wiege, in der schon der werdende Vater gelegen hatte, vom Dachboden geholt, gründlich gereinigt und mit einem fröhlichen Stoff frisch bezogen. Sie sah entzückend aus und Elisabeth war ganz gerührt, als sie die Wiege zum ersten Mal sah. Sie versuchte, sich ihr Baby darin vorzustellen und strich sich dabei gedankenverloren über den dicken Bauch.

Trotz der wenigen Möbel blieb kaum Platz, um sich zu bewegen, doch störte das die jungen Leute nicht im Geringsten.

»Ist es nicht einfach fantastisch, endlich zusammen leben zu dürfen, so ganz offiziell als Mann und Frau?« Immer wieder stellte Elisabeth diese Frage, wenn sie sich abends im Bett an Christoph kuschelte.

»Ja, jetzt müssen wir uns wenigstens nicht mehr immer genau dann trennen, wenn es gerade am schönsten ist«, betonte er und drückte sie an sich. Er war genauso glücklich und verliebt wie sie.

4

Wenige Tage vor Weihnachten spürte Elisabeth eines Morgens kurz nach dem Aufstehen ein unangenehmes Ziehen im Rücken. Zuerst nahm sie es nicht bewusst wahr, doch als es im Laufe des Tages deutlich stärker würde, fragte sie sich bange, ob damit wohl die Geburt einsetzen würde. Doch nach den Erzählungen anderer Frauen sollten Geburtsschmerzen viel heftiger sein, sodass sie beschloss, das Ziehen vorerst zu ignorieren. Gegen Abend jedoch, als es in krampfartigen Schüben auftrat und sehr viel schmerzhafter wurde, weihte sie Christoph ein.

»Ich glaube, es wird Zeit, die Hebamme zu verständigen. Diese Schmerzen werden langsam unerträglich. Sie kommen alle paar Minuten wieder und der Bauch wird dabei ganz hart. Ich glaube, das sind die Wehen.« Plötzlich hielt sie die Luft an, bevor sie vorsichtig tief einatmete. »Huh, da kommt schon wieder eine!«

Christoph blickte seine Frau erschrocken an. Hoffentlich würde alles gut gehen, dachte er ängstlich, versuchte seiner Stimme aber einen zuversichtlichen Klang zu geben.

»Ja, natürlich. Ich mache mich sofort auf den Weg.« Schnell zog er seine dicke Jacke über. »Aber vorher sage ich meiner Mutter Bescheid, damit sie gleich rüberkommt und du nicht alleine bist.«

Besorgt sah er zu ihr. »Kann ich dich alleine lassen?«

Sie versuchte zu lächeln.

»Geh nur. Ich komme zurecht.«

Christophs Mutter klopfte kurze Zeit später an die Tür und blickte Elisabeth prüfend an, bevor sie sich nach den Abständen der Wehen erkundigte.

»Na ja, vielleicht so alle vier bis fünf Minuten. Manchmal auch länger.«

»Gut, dann dauert es noch. Ich koche schon mal heißes Wasser und bereite alles für die Hebamme vor. Leg du dich ruhig hin und versuch dich zu entspannen. Du hast bestimmt eine lange und anstrengende Nacht vor dir.«

Christoph brachte die alte Hebamme, die im Dorf schon unzählige Kinder auf die Welt geholt hatte, eine halbe Stunde später mit. Nachdem er sich nochmals vergewissert hatte, dass es Elisabeth den Umständen entsprechend gut ging, zog er sich in das Nachbarzimmer zurück. Er wollte unbedingt in der Nähe seiner Frau bleiben und verschwand nicht etwa in die Dorfkneipe, um sich abzulenken. Auch er richtete sich auf eine lange Nacht ein.

Agnes kam erst später. Zwar hatte ihr Christoph noch vor der Hebamme Bescheid gegeben, doch sie wollte zunächst abwarten, bis Clara fest schlief. Für alle Fälle hatte sie vor dem Verlassen des Hauses die Kirchenbäuerin informiert, sodass sie sich um Clara keine Sorgen machen musste.

Agnes brachte einen Schwall frostig kalter Luft mit in den wohlig warmen Raum.

»Ich glaube, bald fällt der erste Schnee«, sagte sie zur Begrüßung und registrierte zufrieden, dass Christoph offensichtlich den Kanonenofen kräftig eingeheizt hatte. Darauf stand ein riesiger Kessel mit heißem Wasser. Die Fenster waren von der warmen Feuchtigkeit beschlagen.

Es beruhigte sie, dass die Hebamme bereits da war und sich um Elisabeth kümmerte. Alles schien so weit in Ordnung. Sie setzte sich neben ihre Tochter auf einen Stuhl und nahm ihre Hand.

»Bald wirst du dein Kind in den Armen halten«, versuchte sie ihr Mut zu machen.

Die Nacht zog sich hin, Elisabeths Stöhnen wurde immer unleidlicher und kam irgendwann im Minutentakt. Christoph, der im Nebenzimmer hörte, wie sich seine Frau quälte, überlegte ernsthaft, ob er nicht doch lieber in die

Dorfschänke gehen sollte. Aber nein, er wollte sie nicht allein lassen. Auch wenn er wusste, dass er Elisabeth nicht helfen konnte, wollte er wenigstens in ihrer Nähe bleiben. Seine Hilflosigkeit setzte ihm zu, am liebsten wäre er in das andere Zimmer gestürmt, doch das wäre unschicklich gewesen und die Frauen hätten ihn gleich wieder fortgeschickt. Es blieb ihm also nichts anderes übrig, als auf dem Stuhl auszuharren und zu warten. Irgendwann fielen ihm vor Anstrengung die Augen zu.

Gegen Morgen weckte ihn plötzlich Babygeschrei. Draußen war es noch dunkel und zunächst wusste er nicht, wo er war. Dann fiel ihm alles wieder ein. Er schreckte so ungestüm hoch, dass der Stuhl, auf dem er gesessen hatte, nach hinten umkippte, doch er achtete gar nicht darauf. Hastig riss er die Tür zum Nachbarzimmer auf und fand sich vor der völlig erschöpften Elisabeth wieder, auf deren Bauch ein winziges Baby lag, das unwillig vor sich hin wimmerte. Ihm schien es überhaupt nicht zu gefallen, in diese kalte Welt gezerrt worden zu sein.

Sprachlos starrte er zuerst auf dieses kleine Wesen, dann schaute er zärtlich in Elisabeths Gesicht. Ihr sah man deutlich die Strapazen der vergangenen Nacht an, doch sie lächelte ihn glücklich an. »Unsere kleine Tochter«, flüsterte sie nur.

»Sind alle Neugeborenen so zerknittert?« Er konnte sich diese Frage nicht verkneifen und kam sich doch vollkommen albern vor. Das Baby entsprach so gar nicht seiner unklaren Vorstellung von rosigen Säuglingen.

Die Hebamme mischte sich ein und beruhigte ihn lächelnd.

»Warten Sie eine halbe Stunde, dann sieht Ihr Kind schon ganz anders aus. Die Luft bewirkt wahre Wunder.«

Christoph hatte weiche Knie und musste sich setzen. »Jetzt bin ich Vater«, murmelte er verwundert zu sich selbst. Er konnte es noch nicht recht glauben.

Agnes streichelte ihrer Tochter über die Wange. »Das hast du gut gemacht«, sagte sie voller Stolz und Erleichterung. Sie war dankbar, dass alles gut gegangen war.

Plötzlich merkte sie auch ihre eigene Erschöpfung. Ein Blick auf die Uhr zeigte ihr, dass es höchste Zeit wurde zurück zu Clara zu kommen, um diese zu wecken und zur Schule zu schicken.

»Schlaf dich aus«, raunte sie ihrer Tochter zu, bevor sie ihr einen Kuss zum Abschied gab. Dann drehte sie sich lächelnd zu Christoph um. »Und dir, herzlichen Glückwunsch, du frisch gebackener Vater!«

5

»Guten Morgen, Clara. Wach werden! Ich habe großartige Neuigkeiten: Du bist heute Nacht Tante geworden! Hörst du? Elisabeth hat vor ein paar Stunden ihr Baby bekommen!«

Sofort war Clara hellwach. Heute Morgen brauchte sie nicht so lange wie sonst, um klar denken zu können.

»Was ist es denn: ein Mädchen oder ein Junge?«, fragte sie atemlos.

Obwohl alle schon seit Tagen damit gerechnet hatten, war sie jetzt doch überrascht. »Wann kann ich es sehen?«

Agnes lachte und stupste mit dem Finger auf Claras Nase.

»Es ist ein kleines Mädchen und heißt Ruth. Elisabeth und ihr geht es gut. Nur müde sind die beiden, sodass sie jetzt bestimmt schlafen. Deshalb würde es überhaupt keinen Sinn machen, wenn du sie gleich besuchen wolltest. Aber nachher, nach der Schule, gehen wir zu ihnen. Versprochen!«

»Au ja, fein! Darauf freue ich mich schon.«

Voller Tatendrang hüpfte Clara aus dem Bett, um sich anzuziehen. Die Nachricht schien ihr Flügel zu verleihen, was Agnes angesichts der durchwachten Nacht erschaudern ließ. Sie freute sich schon darauf, wenn Clara gleich zur Schule verschwinden würde, dann wollte sie sich hinlegen und wenigstens bis zum Mittag ausruhen.

Clara ließ nichts unversucht, um ihre Mutter davon zu überzeugen, heute die Schule besser ausfallen zu lassen und gleich das Baby zu besuchen. Aber Agnes blieb standhaft. Dafür beantwortete sie geduldig Claras unzählige Fragen so gut sie konnte. Wie sah das Baby aus? Welche Augenfarbe hatte es? Hatte es schon Haare? Wann konnte man mit ihm spielen?

In der Schule platzte sie fast vor Stolz, als sie die große Neuigkeit ihren Freundinnen gerade noch rechtzeitig verkünden konnte, bevor Herr Anselm in die Hände klatschte, um mit dem Unterricht anzufangen. Mit Genugtuung registrierte sie die bewundernden Blicke von Martha und den anderen und war den ganzen Vormittag über nicht richtig bei der Sache.

Als die Schulglocke sie mittags endlich erlöste, rannte Clara so schnell sie konnte nach Hause, schmiss ihren Schulranzen in die Ecke und stellte sich ungeduldig vor ihre Mutter.

»Können wir jetzt gehen?« Aufgeregt strich sie über ihren Rock und schaute ihre Mutter erwartungsvoll an. Agnes lächelte nachsichtig, sie ahnte, wie hart der Unterricht heute für Clara gewesen sein musste. Da sie tatsächlich etwas geschlafen hatte, fühlte sie sich einigermaßen erfrischt, um es mit der übersprudelnden Energie ihrer Jüngsten aufnehmen zu können.

»Also komm, lass uns losgehen!« Lachend drehte sie Clara an der Schulter herum und schob sie zur Tür hinaus.

»Wasch dir aber erst noch einmal gründlich die Hände.«

Clara konnte kaum glauben, dass es so kleine Näschen, so zarten Haarflaum und so zarte Finger gab.

»Die Fingerchen sind ja kaum dicker als Streichhölzer«, rief sie überrascht, während sie sich vorsichtig über die Wiege beugte.

Clara war so verwundert, dass sie viel lauter gesprochen hatte, als beabsichtigt und das Baby damit aufweckte. Mit einem verblüfften, fast vorwurfsvollen Gesichtsausdruck öffnete es kurz die leuchtend blauen Augen und blickte Clara missbilligend an. Ein paar Minuten lang rückte es sein Köpfchen unleidlich hin und her, als hätte es Mühe, eine bequeme Position zu finden, um dann – genauso plötzlich – innezuhalten, leise zu seufzen und sichtbar entspannt wieder einzuschlummern.

Clara beobachtete all dies mit fasziniertem Staunen. Sie konnte nicht glauben, wie zart und niedlich ihre Nichte aussah. Sie sah zum ersten Mal ein Neugeborenes. Als Ruth wieder eingeschlafen war, wandte sich Clara zu ihrer Mutter und Elisabeth, die sie schmunzelnd beobachtet hatten.

»Ist die süß!«, war alles, was Clara in ihrer Verzückung von sich geben konnte. Sofort war sie in ihre kleine Nichte vernarrt. Von diesem Tag an gab es eine neue Priorität in ihrem Leben: Ruth.

6

Die Schottianer feierten bereits das zweite Weihnachtsfest fern von Jena. Doch im Gegensatz zum vergangenen Jahr war die Stimmung dieses Mal merklich besser. Die sichtbaren Fortschritte in Zwiesel und Mitterteich, von denen die angereisten Männer berichten konnten, machten allen Mut. Außerdem waren mittlerweile rund eineinhalb Jahre vergangen, seitdem sie Jena verlassen mussten, und die Nachrichten von der laufenden Demontage machten ihnen kaum Hoffnung auf baldige Rückkehr. Vielleicht hatte man es doch besser getroffen, trotz aller Schwierigkeiten und Provisorien.

Für Clara wurde Weihnachten in diesem Jahr zu einem ganz besonderen Fest, das ihr als eines der schönsten ihrer gesamten Kindheit in Erinnerung bleiben sollte. Tatsächlich hatte es kurz nach Ruths Geburt kräftig geschneit und die Landschaft war in ein weißes Wintermärchen verwandelt worden. Gemeinsam mit ihrer Mutter besuchte sie jeden Tag ihre Schwester, um dort stundenlang die kleine Ruth zu beobachten und jede Regung begeistert zu kommentieren. Wenn sie dann meist schon im Dunkeln aus der warmen Stube in die frostige Winterluft traten und sich durch den knirschenden Schnee auf den Rückweg machten, liefen Clara regelmäßig wohlige Schauer über den Rücken, und zwar nicht nur weil es kalt war, sondern auch weil der ganzen Atmosphäre etwas Verwunschenes und Magisches innewohnte. Sie freute sich auf Weihnachten und hatte das Gefühl, dass das Christkind mit Ruth längst in ihrer Familie angekommen war.

»Wie lange dauert es eigentlich noch, bis ich richtig mit ihr spielen kann?« Wie immer drehten sich sämtliche Gedanken um Ruth.

»Nun, das wird sicherlich noch eine Weile dauern«, vernichtete ihre Mutter Claras Hoffnungen, die daraufhin ein enttäuschtes Gesicht zog.

»Glaubst du denn, dass sie sich über meine Kette freuen wird?«

Unmittelbar nach Ruths Geburt hatte Clara begonnen, eine lange Holzkette für ihre Nichte zu basteln, die sie ihr zu Weihnachten schenken wollte. Noch nie hatte Clara das Basteln eines Weihnachtsgeschenkes so viel Freude bereitet. Marthas Vater hatte ihr die dafür notwendigen Holzklötzchen überlassen und ihr beim Bohren der Löcher geholfen. Anschließend hatte sie in stundenlanger Feinarbeit die scharfen Kanten jedes einzelnen Holzstückchens mit Schmirgelpapier abgerundet und eingeölt. Zum ersten Mal in ihrem Leben spürte Clara, wie viel Freude es bereiten konnte, etwas zu verschenken.

Natürlich kam Karl für die Festtage nach Heuchlingen. Direkt nach seiner Ankunft besuchte er als erstes Elisabeth, schließlich hatte er sein Enkelkind noch nicht gesehen. Die Rührung stand ihm in den Augen, als er sich über die Wiege beugte, das feine Gesichtchen betrachtete und voller Stolz seine Tochter lobte.

»Das hast du gut hinbekommen!«

Den Heiligen Abend feierten alle zusammen in der Wohnstube von Christophs Eltern. Sie hatten einen kleinen Weihnachtsbaum mit Strohsternen, roten Äpfelchen und einigen Kerzen geschmückt. Es wurde ein fröhliches Fest, das durch Ruths Geburt etwas ganz Besonderes war, auch wenn es nur wenige Geschenke gab.

Allerdings hatte Karl in Zwiesel für seine Jüngste etwas ergattert, auf das er mächtig stolz war. Clara hielt unwillkürlich die Luft an, als sie einen großen Hornschlitten unter dem Tannenbaum entdeckte. Sie wagte kaum zu hoffen, dass der für sie sein könnte. Karl, der ihre Reaktion mit Spannung und Genugtuung beobachtet hatte, genoss diesen Augenblick. Als er bemerkte, dass sie es kaum mehr aushielt, erlöste er sie lachend.

»Ja, Clara, der ist für dich!«

»Ist nicht wahr«, rief sie ungläubig aus, rannte zu dem Schlitten und ließ sich auf ihn plumpsen. Es sah so ulkig aus, dass alle herzlich lachten. Verdutzt bemerkte sie die Lacher und fiel glücklich mit ein.

»Wie bist du denn daran gekommen?«, fragte Agnes ihren Mann und der erzählte stolz, wie er den Schlitten zufällig entdeckt hatte und es ihm gelungen war, ihn gegen Zigaretten einzutauschen. Obwohl der Rodel gebraucht war, befand er sich in einem sehr guten Zustand und seine Größe ließ ihn majestätisch aussehen.

Gleich am nächsten Morgen machten sich Vater und Tochter auf den Weg zum Schlittenberg. Triumphierend registrierte Clara die neidischen Blicke der anderen Kinder und genoss den Augenblick, in dem sie sich auf ihren tollen Schlitten setzte und zum ersten Mal den Hang hinunter sauste.

»Der geht ja ab wie verrückt«, rief sie ihrem Vater überschwänglich zu, als sie mit leuchtenden Augen und roten Bäckchen den Schlitten wieder hochgezogen hatte. Noch ehe er antworten konnte, war sie schon wieder auf dem Weg bergab.

Als Clara eines Nachmittags Anfang Januar laut schluchzend und ohne ihr Prachtstück vom Schlittenberg zurückkam, befürchtete ihre Mutter schon das Schlimmste, doch ein Blick genügte, um festzustellen, dass Clara offensichtlich unverletzt war. Sie brauchte ein Weile, bevor sie sich so weit beruhigt hatte, um stoßweise das ganze Malheur zu berichten:

»Die …, die sind so gemein … Sie geben mir meinen Schlitten nicht wieder zurück!« Völlig empört sah sie ihre Mutter an, als hätte die damit etwas zu tun.

Nach und nach kam die ganze Geschichte heraus. Der Schlitten hatte offenbar die Begehrlichkeiten der größeren Jungen geweckt, die ihn Clara – unter Ausnutzung ihrer Überzahl und Stärke –kurzerhand weggenommen hatten. Deren Gegenwehr war viel zu zaghaft gewesen, als dass die Jungen sie ernst genommen hätten. Lachend waren sie mit dem Schlitten abgezogen. Die eigene Hilflosigkeit hatte Clara die Tränen in die Augen getrieben. Mit geballten Fäusten und ängstlich an der Unterlippe nagend, stand sie oben am Rodelhang und hoffte inständig, dass sie ihr den Schlitten gleich zurückgeben würden. Doch die Burschen dachten überhaupt nicht daran, mit jeder Fahrt trieben sie es wilder und zeigten Clara nur eine lange Nase, wenn sie vorsichtig versuchte, ihr Recht einzufordern. Irgendwann hatte Clara verstanden, dass sie sich nicht allein helfen konnte und war wütend nach Hause gerannt.

Agnes reagierte prompt. Schnell zog sie Wintermantel und Stiefel an und nahm ihre Tochter an die Hand. »Komm, denen zeigen wir es«, versprach sie grimmig.

Als die beiden am Schlittenhang ankamen, sausten die Burschen immer noch ausgelassen den Berg hinunter und hatten Claras Abwesenheit nicht einmal bemerkt. Doch als die jetzt plötzlich mit ihrer Mutter auftauchte, brauchte Agnes gar nicht viel zu sagen. Mit einem artigen »Dankeschön« gaben sie Clara eiligst den Schlitten zurück. Ihnen stand das schlechte Gewissen ins Gesicht geschrieben. Agnes konnte es sich nicht verkneifen, ein paar strenge Worte an sie zu richten, sodass sie tatsächlich kleinlaut versprachen, Clara künftig in Ruhe zu lassen, was diese mit grimmiger Genugtuung zur Kenntnis nahm.

7

Mit dem neuen Jahr wollten die Schottianer im oberpfälzischen Mitterteich an die Verwirklichung ihres nächsten Projektes gehen. Dort, nicht weit von der neuen tschechischen Grenze entfernt, lag ein Zweigwerk des Schott-Tochterunternehmens Deutsche Spiegelglas AG (DESAG). Es war geplant, in dem Werk künftig Röhren für Ampullen, Thermometer und Spritzen herzustellen. Außerdem sollten dort optische Linsen gepresst werden.

Das Werk hatte für die Schottianer den Vorteil, dass sie notwendige Umbauten auf ein Mindestmaß beschränken konnten, da Gasgeneratoren, Öfen, Glaswannen und auch Linsenpressen bereits vorhanden waren. Außerdem brauchte man keine unqualifizierten Arbeiter anzulernen, da dort bereits Glasmacher und Glasfachleute arbeiteten, die ihr Fach verstanden.

Kurz bevor es losgehen sollte, sahen sich die Schottianer allerdings unvermuteten Schwierigkeiten ausgesetzt. Unerwartet verfügten die Amerikaner noch im Dezember, dass die DESAG eine ihrer Werkshallen sowie eine Brillenglaswanne der Berliner Firma Osram zur Verfügung stellen sollte, damit diese dort die in den Westzonen dringend benötigten Glühlampen herstellen könnten. Längst hatten die Schottianer jedoch sowohl Halle als auch Wanne fest für die eigene Produktion eingeplant, sodass nun ihr gesamtes Vorhaben ins Wanken geriet.

Erich Schott, der das nicht einfach so hinnehmen wollte, bat um einen Lokaltermin. Wenige Tage vor Weihnachten versuchte er mit all seiner Überredungskunst, die Amerikaner vom eigenen Bedarf zu überzeugen. Als Kompromiss bot er zugleich an, Osram eine andere, bisher leer stehende Halle zu überlassen und sie dort mit Strom, Gas und Hilfskräften zu unterstützen.

Die Jenenser waren unendlich erleichtert, als die Amerikaner dies schließlich akzeptierten. So konnten sie Weihnachten entspannt feiern und dann – wie geplant – Anfang 1947 mit der Produktion von Röhrengläsern und Presslingen in Mitterteich beginnen.

8

Da Otto bereits in Jena in der Linsenpresserei gearbeitet hatte, gehörte er nun zu denjenigen, die für die Arbeit in Mitterteich prädestiniert waren. Nach dem Jahreswechsel sollte er also anstatt nach Zwiesel nunmehr dorthin reisen und sich dort den neuen Herausforderungen stellen.

Als er Johanna davon erzählte, zuckte sie zunächst relativ unbeteiligt mit den Schultern: »Für Erika und mich macht es wenig Unterschied, ob du die meiste Zeit in Zwiesel oder in Mitterteich bist. Wir sitzen ja trotzdem weiterhin hier in diesem Loch fest.« Jetzt im Winter, fiel es Johanna noch schwerer, dort zu hausen, obwohl immerhin die Mücken verschwunden waren. Trotzdem kam es ihr wie ein Gefängnis vor.

Diese Bemerkung, die Johannas gesamte Unzufriedenheit ausdrückte, kam ihm wieder in den Sinn, als Otto sich in Mitterteich nach einer Unterkunft umsah und ihm völlig unerwartet das Angebot gemacht wurde, im Haus des früheren Hüttenmeisters einzuziehen. Vielleicht war das ja die Lösung, dachte er sofort. Da der Hüttenmeister als ehemaliger Nazi eingestuft worden war, mussten er und seine Familie sich künftig mit lediglich zwei Zimmern begnügen. Das bedeutete, dass dort mehr als genügend Platz nicht nur für Otto, sondern auch für Johanna und Erika sein würde.

»Könntest du dir vorstellen, mit Erika nach Mitterteich zu ziehen?«, schrieb er sofort einen Brief an seine Frau. »Dann wären wir endlich wieder zusammen und ihr kämet aus diesem Verschlag raus.«

Otto hatte schon seit Langem ein schlechtes Gewissen, dass die Lebensbedingungen für seine Familie nicht besser wurden, auch wenn er wusste, dass es anderen noch schlechter ging. Außerdem war es die Chance, die Trennung voneinander endlich zu überwinden und neu anzufangen. Allein das wäre ja schon eine erhebliche Verbesserung, fand er. Er schilderte Johanna die Vorzüge etwas farbiger als sie waren, denn so genau wusste er selbst nicht, was auf sie zukommen würde.

Doch das wäre gar nicht nötig gewesen. Johanna sah in Ottos Vorschlag genau die Gelegenheit, die sie gesucht hatte und sie griff danach wie nach einem Strohhalm.

»Es kann nur besser werden als hier«, beschied sie sofort. »Ich bin froh, wenn ich von hier weg komme. Lieber heute als morgen.« Unversehens war Johanna nun ausgesprochen froh um die berufliche Veränderung ihres Mannes.

Sie konnte es kaum abwarten, den Hof zu verlassen. Endlose anderthalb Jahre ertrug sie nun schon den Mief vom Misthaufen unter ihrem Fenster genauso wie all die Unfreundlichkeiten des Bauern und seiner Schwestern. Ihr Verhältnis war in der ganzen Zeit nicht besser geworden. Die Vorstellung, all dem jetzt endlich entkommen zu können, beflügelte Johanna regelrecht. Deshalb schreckte sie die Vorstellung, bei Eis und Schnee einen Umzug organisieren zu müssen, nicht im Geringsten ab. Genauso wenig wie die Tatsache, dass sie in Mitterteich kaum vertraute Gesichter finden würde, weil nur einige wenige Schottianer mit in die Oberpfalz umziehen sollten. Sie hatte das Gefühl, von einer zentnerschweren Last befreit zu werden und erst jetzt wurde ihr richtig bewusst, wie sehr sie die feindliche Atmosphäre auf dem Hof belastet hatte. Während sie bislang jeden Tag so genommen hatte, wie er gekommen war, sah sie endlich wieder eine Perspektive für die Zukunft.

Außerdem gab es noch etwas anderes, was sie vorteilhaft fand: »Es ist gut, wenn du als Vater für Erika wieder mehr greifbar bist«, meinte Johanna kurz vor dem Umzug. »Sie kommt langsam in ein schwieriges Alter und ich bin froh, wenn ich künftig nicht alles alleine entscheiden muss und du auch mal ein Machtwort sprechen kannst.«

Es war nicht schwierig, ihre wenigen Sachen in Heuchlingen zusammenzupacken. Otto organisierte im Werk einen Lastwagen mit Fahrer, der sie und ihre Habe nach Mitterteich beförderte. Der Abschied vom Bauern und seinen Schwestern blieb so distanziert, wie ihre Beziehung all die Monate war: Alle waren erleichtert, dass es vorbei war. Dafür fiel Johanna der Abschied von Agnes und einigen anderen Frauen aus Jena erstaunlich schwer. Wer wusste schon, ob und wo und wann man sich wiedersehen würde?

Allein Erika war unglücklich. Als sie zum ersten Mal von den Umzugsplänen erfuhr, brach ihre kleine Welt zusammen. »Was soll ich denn da? Dort kenne ich doch niemanden«, rief sie ungehalten und rannte aus dem Zimmer.

Auch als ihre Mutter ihr das künftige Leben in Mitterteich in schillernden Farben ausmalte, blieb sie verzweifelt. Erika hatte Angst vor dieser erneuten Veränderung.

Die beiden Zimmer im Haus des ehemaligen Hüttenmeisters, die ihre künftige Wohnung darstellten, waren hell und freundlich. Johanna nickte zustimmend, als sie die Räume zum ersten Mal sah.

»Ja, hieraus lässt sich was machen«, war ihr zuversichtlicher Kommentar.

Zu ihren neuen Nachbarn gehörte nicht nur die Familie des Hüttenmeisters, sondern noch eine weitere, deren Vater ebenfalls im Werk arbeitete. Sie alle mussten sich miteinander arrangieren, ob sie es wollten oder nicht. Das Gebäude war ursprünglich als Einfamilienhaus gebaut worden, was zur Folge hatte, dass sämtliche Bewohner ihr Wasser nur von einem einzigen Waschbecken im Flur abzapfen konnten und allen nur ein einziges Plumpsklo auf dem Treppenabsatz zur Verfügung stand. Ein Badezimmer gab es ebenso wenig. Aber das wäre ohnehin ein Luxus gewesen, über den nur die wenigsten verfügten. Dafür war ihnen erlaubt worden, einmal in der Woche ein gründliches Bad im Werk zu nehmen, wo sich ein altes Waschhaus mit großen Holztrögen befand. Jetzt im Winter war das allerdings eine ziemlich ungemütliche, weil kalte Angelegenheit.

Vor allem Erika begnügte sich deshalb gern mit einem »kleinen« Bad in der alten Zinkbadewanne, die sie seinerzeit aus Jena mitgenommen hatten. Wenn sie ihre Knie anzog, passte sie gerade noch hinein. Johanna stellte die Wanne dann mitten in den als Küche genutzten Raum und füllte sie mit heißem Wasser, das sie zuvor auf dem Ofen Topf für Topf erwärmt hatte.

Erika schlief nach wie vor in ihrem alten Eisenbett, das Otto in den Raum gestellt hatte, in dem auch die Erwachsenen schliefen. Johanna hatte einen alten Stoffüberwurf aufgetrieben und ihn zu einer Art Gardine umfunktioniert, die nun als Raumtrennung und Sichtschutz diente. Während diese tagsüber mit einem Band zusammengerafft an der Seite hing, zogen sie den Vorhang abends, wenn Erika schlafen ging, zwischen den Betten zu. Johanna hatte das für nötig befunden, denn immerhin war Erika mittlerweile zwölf Jahre alt und damit kein kleines Kind mehr.

Ansonsten gab es nur wenige Möbel. Jetzt bereuten sie es, nicht das ein oder andere Stück aus Jena mitgenommen zu haben, nur weil sie damals dachten, ihre Reise könnte nach Amerika führen. Aber es dauerte nicht lange, bis ihre neue Wohnung auch so gemütlich war.

Wie alle Mitarbeiter im Werk bekam Otto, neben seinem Lohn, hin und wieder fertige Brillengläser ausgehändigt. Die waren offiziell als Tauschobjekte gedacht und äußerst gefragt. Wenn man sich geschickt anstellte, konnte man dafür weitaus kostbarere Sachen bekommen, als für das immer wertloser werdende Geld. Mal tauschte Otto sie gegen ein paar Strümpfe für Johanna ein, mal gegen Seife oder andere Gegenstände des täglichen Bedarfs, die ansonsten beinah ausnahmslos nur »unter der Hand« zu ergattern waren.

Eines Tages kam er nach Hause und spielte sich auf, als hätte er einen Schatz geborgen.

»Schau mal, was ich heute im Werk bekommen habe. Das ist so gut wie Gold.« Er trug eine Fensterscheibe ins Zimmer und legte sie vorsichtig auf den Tisch. »Wir müssen uns gut überlegen, was wir damit anfangen wollen.«

»Oh, das ist fantastisch.« Johanna war ganz begeistert. »Wir brauchen so vieles. Vielleicht bekommen wir sogar ein paar neue Betten oder einen Schrank dafür. Das bräuchten wir beides dringend.« Sie machte eine Pause.

»Vielleicht solltest du dich morgen mal umhören, ob nicht der Tischler Verwendung für Fensterglas hat.« Sie nickte ihm aufmunternd zu.

Der Tischler war äußerst interessiert. Otto handelte im Gegenzug dafür zwei solide Betten samt Nachttischchen und einen ordentlichen Kleiderschrank aus. Nach drei Wochen wurden die Möbel aufgestellt. Sie waren schlicht und ohne Schnörkel, aber die helle Maserung des Birkenholzfurniers sah freundlich aus und die Stücke passten wunderbar zusammen. Als der Tischler mit seinen Männern die Möbel aufgebaut hatte, konnte Johanna ihr Glück kaum fassen. Schon lange hatte sie nicht mehr so etwas Schönes gesehen.

Als beide abends zum ersten Mal in ihren neuen Betten lagen, kamen sie sich vor, als hätten sie in der Lotterie gewonnen.

»Riech doch mal. Ist dieser Geruch nicht einfach traumhaft?« Johanna hatte Kissen und Decken extra frisch bezogen, sodass es nach frischer Wäsche duftete. Gemischt mit dem Geruch des frisch lackierten Holzes verursachte es in ihrer Nase ein angenehmes Kribbeln.

»Besser als das teuerste Parfum«, schwärmte sie überschwänglich. Otto lachte, auch er konnte sein Glück kaum fassen.

»Purer Luxus, wenn ich mich hier so umschaue.« Er zog mit der Hand einen Kreis durchs Zimmer und sagte andächtig: »Johanna, das ist ein klares Zeichen: Von jetzt an geht es aufwärts! Da bin ich mir sicher!«

Der zweite Raum diente den Kreuzingers als Küche und Wohnzimmer zugleich. Wie in Heuchlingen musste Johanna auch hier auf einem alten Ofen kochen, der jetzt im Winter gleichzeitig das Zimmer wärmte. Ein Problem stellte allerdings das Heizmaterial dar, denn der Holzvorrat reichte hinten und vorn nicht. Johanna schickte deshalb Erika oft los, damit sie Tannenzapfen und Reisig im Wald sammelte, was allerdings schwierig war, wenn Schnee den Boden bedeckte. Deshalb war Johanna immer froh, wenn es ihr gelang, ein paar Kohlen zu ergattern, die deutlich länger Wärme spendeten. Die Güterzüge, die ins Werk fuhren, verloren öfters welche und wenn man schnell genug war, konnte man die heruntergefallenen Stücke einsammeln und mit nach Hause nehmen. Es kam aber auch vor, dass das Werk allen Bewohnern offiziell eine Extraration Brennmaterial spendierte.

Verglichen zu vielen anderen Deutschen ging es Familie Kreuzinger durchaus gut. Otto brauchte für die Unterkunft keine Miete zu bezahlen und auch der Strom war umsonst, sodass ihnen wenig zusätzliche Kosten entstanden. Zwar waren ihre Lebensverhältnisse sicherlich nicht üppig, doch im Vergleich zu Heuchlingen schienen sie Johanna geradezu luxuriös.

9

Die Arbeit im Werk war dafür besonders am Anfang enorm kräftezehrend. Obwohl Otto und seine wenigen Kollegen auf einige funktionsfähige Hallen samt Maschinen, Pressen und Wannen zurückgreifen konnten, blieb genügend, was zunächst umgebaut oder erst neu eingerichtet werden musste. Genauso wie in Zwiesel benötigten sie dafür ein hohes Maß an Fantasie und Improvisationstalent. Sie waren weitgehend auf sich gestellt und mussten das meiste irgendwie allein bewältigen. Auf sämtlichen Schrottplätzen der Umgebung suchte Otto, gemeinsam mit einem Schlossermeister und einem Dreher, nach Materialen und Dingen, die sie im Werk dann so umfunktionieren konnten, dass es ihren Anforderungen entsprach. So schafften sie es schließlich auch in Mitterteich, ein funktionsfähiges Werk für Glasröhren und optische Linsen auf die Beine zu stellen.

Die Produktion kam schnell in Schwung. Jede Woche traf ein Güterwaggon voll Rohglas ein, das zuvor in Zwiesel hergestellt worden war. Das verarbeiteten die Männer dann mit Hilfe der alten Pressen für Brillengläser, die sie umgebaut hatten, in optische Presslinge. Im Anschluss daran schliffen sie diese zu optischen Linsen und verarbeiteten sie weiter.

Es gab für diese körperlich schwere Arbeit, die gleichzeitig viel Fingerspitzengefühl und Erfahrung erforderte, bislang keine Maschinen. Da die optischen Presslinge ganz bestimmten Anforderungen entsprechen und absolut exakt gearbeitet sein mussten, wurden sie von Hand hergestellt. Jeder einzelne optische Pressling wurde nach der Vorlage einer Zeichnung gefertigt.

Um Linsen und Prismen mit ganz bestimmten Eigenschaften herzustellen, legte der Glaspresser die aus entsprechenden Rohteilen herausgeschnittenen Würfel zunächst in das Unterteil einer Form, die er in einen sogenannten Vorwärmofen mit Temperaturen von rund tausend Grad schob. Seiner Intuition und Erfahrung folgend musste er nun entscheiden, wann der Zeitpunkt gekommen war, an dem die Glasmasse genau die richtige Konsistenz entwickelt hatte, um den glühend heißen und damit elastischen Glaswürfel in das Oberteil des Formmodels zu pressen und so in die gewünschte Gestalt zu bringen. Danach kam der Pressling in einen »Kühlofen«, wo er langsam wieder erkalten konnte.

In der Regel war es einem einzelnen Glaspresser unmöglich, all die umfangreichen Schritte allein zu bewältigen. Deshalb arbeitete man in einer Gruppe zusammen, in der alle so eingespielt waren, dass sich jeder auf jeden hundertprozentig verlassen konnte.

Otto war als Schichtleiter bald für rund 40 Leute verantwortlich. Selbst einen Teil des Schriftverkehrs erledigte er in Eigenregie. Erst viel später kamen zwei weitere, aus Jena geflohene Schottianer, als »Presser« hinzu und entlasteten ihn.

Der zweite Schwerpunkt in Mitterteich lag auf der Herstellung von Ampullenglasröhren, mit der Otto jedoch nicht näher betraut war. Die Nachfrage danach hatte kurz nach Kriegsende schlagartig zugenommen, sodass der Betrieb bald expandieren musste. Im Laufe der kommenden Jahre sollte sich das Werk sogar zu einem der weltweit größten Produktionsstätten für derartige Glasröhren entwickeln.

10

Während ihre Eltern zuversichtlich in die Zukunft schauten, bedeutete der Umzug für Erika das Gegenteil: Sie würde sich neue Freundinnen suchen und in einer unbekannten Klasse zurechtfinden müssen. Das Argument ihrer Mutter, endlich wieder als Familie zusammenleben zu können, überzeugte sie nicht. Erika traute sich nicht zu sagen, dass sie ihren Vater in den vergangenen Monaten nicht besonders vermisst hatte. Ganz im

Gegenteil. Sie hatte die Freiheit genossen, weil er sie so in seiner strengen Art nicht bei jeder Kleinigkeit maßregeln konnte. Das würde von nun an wieder anders werden.

Am schlimmsten war für Erika die Vorstellung, in eine neue Schule gehen zu müssen. Wieder fünfzehn oder zwanzig fremden Mädchen gegenüber zu stehen, die sie nicht einschätzen konnte. Erika dachte mit Grauen an die erste Zeit in Heuchlingen, als sie mit dem Gefühl gekämpft hatte, anders zu sein und nicht dazuzugehören. Es war reinste Schwerstarbeit gewesen, neue Freundinnen zu finden. Jetzt würde dieses Martyrium wieder von vorn beginnen.

An der neuen Schule fand Erika ihre ärgsten Befürchtungen bestätigt. Ihre Mutter hatte sie umgehend in einer katholischen Nonnenschule angemeldet, die nicht weit von ihrer neuen Wohnung entfernt lag. Schon bei der Anmeldung verpatzten sie sich das Entree.

Die Mutter Oberin empfing Erika und Johanna für ein erstes Gespräch in ihrem schlichten Büro. In der schwarz-weißen Nonnentracht wirkte die Frau unnahbar. Desto überraschter war Erika von der Wärme und Milde in deren Stimme. Sie bat die beiden mit einer einladenden Geste, an dem kleinen runden Tisch Platz zu nehmen, dessen strahlend weiße Tischdecke in die Augen stach. Einzig eine kleine Vase mit zarten Christrosen stand darauf, die Erika stur anstarrte, da sie ihr das einzig Lebendige in diesem Raum schien. Alles, was sie bisher von der Schule gesehen hatte, war ihr unsympathisch gewesen, weil es zwar ordentlich, aber gleichzeitig kalt und abweisend wirkte. Sie wollte hier nicht unterrichtet werden, das stand für Erika sofort fest. Auch dieses Zimmer, mitsamt der Mutter Oberin, machte einen furchtbar strengen und steifen Eindruck, da konnte diese Frau noch so freundlich tun. Erika schien es unvorstellbar, dass man hier lachen durfte.

»Sicherlich hast du schon die heilige Kommunion empfangen?«, holte die Mutter Oberin sie plötzlich aus ihren düsteren Überlegungen zurück. Dabei beugte sie sich, wie Erika fand, unangenehm dicht zu ihr vor.

»Heilige Kommunion? Was ist das?«, fragte sie und sah die Nonne verständnislos an. Sie hatte noch nie davon gehört und blickte irritiert zu ihrer Mutter, die jedoch ihrerseits mit fragendem Blick zu der Schulleiterin schaute.

Jena war eine protestantisch geprägte Gegend, weder Erika noch Johanna waren je mit katholischen Kirchenritualen konfrontiert worden, geschweige denn damit vertraut. Ohnehin waren sie zu Hause nicht besonders religiös, sodass beide nichts damit anfangen konnten. Es entstand ein peinliches Schweigen.

»Na ja, man kann ja nicht alles wissen, nicht wahr«, antwortete die Mutter Oberin pikiert.

All ihre Mildtätigkeit schien verflogen und Erika hatte das Gefühl, dass es plötzlich kälter geworden war. Angestrengt mied sie ihren Blick, aber die Nonne ließ es sich nicht nehmen, mit eisiger Stimme zu erklären, was es mit der heiligen Kommunion auf sich hatte.

»Natürlich wirst du dich bei uns umgehend mit den katholischen Gebräuchen vertraut machen«, schloss sie ihre Erklärung. Es klang wie ein Befehl, der keinen Widerspruch duldete. Mit gesenktem Blick nickte Erika schüchtern.

Johanna tat es leid, ihrer Tochter nicht helfen zu können, ihr war die gesamte Situation ungeheuer peinlich und sie fühlte sich schuldig für das Nichtwissen ihrer Tochter. Wie konnte sie sich nur eine derartige Blöße geben, denn es war offenbar ihr Versagen. Betreten hatte sie den Ausführungen der Mutter Oberin zugehört und musste sich eingestehen, dass sie sich noch nie darum gekümmert hatte.

Das Gespräch endete alsbald abrupt. In der nunmehr restlos eisigen Atmosphäre klärte die Mutter Oberin kurz einige Formalitäten ab und prüfte, welchen ungefähren Wissensstand Erika in den Hauptfächern hatte. Mit einem knappen »Aha« notierte sie die Ergebnisse vollkommen regungslos auf einem Zettel. Erika vermochte nicht einzuschätzen, wie ihre Leistungen bewertet wurden.

Dann hatte die Nonne offenbar genug erfahren, denn sie erklärte mit einer knappen Handbewegung das Gespräch unmissverständlich für beendet, verbindliche Worte hatte sie keine mehr übrig. Johanna und Erika verließen das Büro mit dem unguten Gefühl, arme Sünder zu sein.

Eigentlich musste Johanna danach froh sein, dass ihre evangelische Tochter überhaupt in der katholischen Schule aufgenommen wurde. Erika ihrerseits war allerdings alles andere als glücklich darüber und merkte in den folgenden Wochen schnell, dass sie zu Recht Angst davor gehabt hatte. Sie war »die Neue« und hatte als solche einen schweren Stand. Die meisten Mitschülerinnen reagierten reserviert und zeigten keinerlei Interesse daran, eine Fremde in ihrer Mitte aufzunehmen.

»Du Preußin«, riefen sie ihr hinterher und meinten es nicht als Kompliment. Zwar waren sie nicht offen feindselig, aber sie ließen Erika einfach links liegen, halfen ihr nicht und erklärten ihr nichts. Erika hatte manchmal das Gefühl, dass die anderen einfach durch sie hindurch sahen und sie gar nicht wahrnahmen.

Und die Lehrerinnen – ausschließlich Nonnen – unterstützten Erika ebenso wenig. Keine forderte die Mädchen auf, die Neue mit den herrschenden

Gepflogenheiten vertraut zu machen oder ihr die einzelnen Unterrichtsräume zu zeigen. Erika kam sich wie ein dummes Schäfchen vor, wenn sie hinter den anderen hertrotten musste, um herauszufinden, wo die Chemiestunde abgehalten wurde oder die Turnhalle lag.

Manchmal war es sogar noch schlimmer: Die Lehrerinnen winkten einfach entnervt ab, wenn Erika etwas nicht wusste oder falsch beantwortet hatte. »Na ja, kein Wunder, sie ist ja nicht von hier«, hieß es dann herablassend. Erika selbst kam sich jeden Tag etwas dümmer und noch fremder vor.

Es war ihr Pech, dass ihr Anderssein jedem sofort auffiel, sobald sie bloß den Mund aufmachte. Es war weniger ihr Dialekt als die schwere Oberpfälzer Mundart der meisten Mitschülerinnen. Deren gerolltes »R« hörte sich in Erikas Ohren wie Gewittergrollen an. Im Vergleich zu ihnen sprach sie das reinste Hochdeutsch und gab sich damit sofort als »nicht Einheimische« zu erkennen. Ihre Versuche, so schnell wie möglich den hiesigen Zungenschlag zu imitieren, gelangen ihr erstaunlich gut. Doch ihre Mitschülerinnen bemerkten nicht einmal ihr verzweifeltes Bemühen.

So verbrachte Erika gezwungenermaßen die meisten Hofpausen allein, abseits stehend und gleichzeitig doch sehnsüchtig zu den Mädchen ihrer Klasse schielend, die in der Mitte des Schulhofes ausgelassen spielten. Niemand forderte sie auf, mitzumachen und Erika selbst war viel zu eingeschüchtert, als dass sie sich getraut hätte, auf die anderen zuzugehen. Noch nie in ihrem Leben hatte sie sich so ausgeschlossen und unglücklich gefühlt.

Es geht aufwärts

1

Doch das Schicksal hatte ein Einsehen mit Erika. Nur wenige Wochen später, als es vor den Osterferien Zeugnisse gab, nutzte ihre Mutter den Schuljahreswechsel, um ihre Situation nachhaltig zu verändern. Johanna war die unglückliche Lage ihrer Tochter durchaus bewusst, denn das Einführungsgespräch mit der Mutter Oberin hatte sie das Schlimmste ahnen lassen und obwohl Erika ein verschlossenes Kind war, das nicht viel erzählte, konnte sie sich anhand der wenigen Äußerungen dennoch ein klares Bild vom Leidensdruck ihrer Tochter machen.

»Würde es dir etwas ausmachen, wenn du nochmal die Schule wechseln müsstest?«, fragte sie Erika deshalb eines Mittags beim Essen, kurz nachdem die Osterferien begonnen hatten.

Morgens beim Bäcker hatte sie durch Zufall erfahren, dass zum kommenden Schuljahr eine evangelische Mädchenschule neu eröffnet werden sollte. Johanna war augenblicklich die Blamage mit der heiligen Kommunion eingefallen und dies schien ihr der Ausweg zu sein: eine evangelische Schule für Erika.

Erika schaute verdutzt zu ihrer Mutter. »Überhaupt nicht. Diese blöden Ziegen in meiner Schule mag ich allesamt nicht«, schimpfte sie.

»Gut. In Waldsassen wird eine evangelische Schule eröffnet. Dort könntest du unterrichtet werden. Allerdings müsstest du dann jeden Tag mit dem Bus fahren.« Der kleine Ort lag gut acht Kilometer von Mitterteich entfernt.

Erika brauchte nicht lange zu überlegen. »Das ist mir völlig egal. Bus fahren ist doch nicht schlimm.«

Sie wurde ganz aufgeregt und vergaß das Essen. Mit jeder Minute hellte sich ihre Miene etwas mehr auf.

»Wenn die Schule ganz neu eröffnet wird, dann kennen sich die anderen Mädchen doch auch nicht, oder?«

»Nein, natürlich nicht. Alle fangen dort neu an.« Johanna verstand, worauf ihre Tochter hinaus wollte. »Bestimmt findest du dort leichter eine Freundin.«

Erika nickte vorsichtig. »Ja, genau das hab ich eben auch gedacht.«

In Waldsassen konnte es nur besser werden, so viel stand fest. Auch wenn es bedeutete, morgens früher aufstehen zu müssen. Doch Erika hätte ganz andere Dinge getan, um ihre jetzige Situation zu verändern.

Gleich am nächsten Tag fuhr sie mit ihrer Mutter zur Anmeldung. Sie hatten Glück, es gab noch freie Plätze. Als Erika später aus dem modernen Schulgebäude trat, fühlte sie sich befreit. Jetzt wagte sie es, dem neuen Schuljahr mit Zuversicht entgegenzublicken.

Als Johanna sie nach den ersten Schultagen fragte, wie es ihr in der neuen Klasse gefallen hatte, kam Erikas Antwort prompt.

»Es ist schön da. Jeder ist neu und alle müssen sich erst kennenlernen. Ich bin also nicht mehr die Außenseiterin«, stellte sie analysierend fest und strahlte. »Und das Mädchen, neben dem ich sitze, das ist richtig nett. Ich glaube, sie mag mich auch.« Noch wagte sie nicht daran zu glauben, dass sie tatsächlich eine neue Freundin gefunden haben könnte.

Erika blühte in der darauf folgenden Zeit förmlich auf und wurde für ihre Verhältnisse richtig mutig. Plötzlich traute sie sich, dic Initiative zu ergreifen und diejenigen, die ihr sympathisch erschienen, anzusprechen. Ihr fremder Tonfall störte hier offenbar niemanden, jedenfalls blieben die Hänseleien aus. Morgens verließ Erika das Haus ohne Bauchschmerzen und Johanna fiel auf, dass der missmutige Gesichtsausdruck auf dem Gesicht ihrer Tochter verschwunden war. Sie wirkte wieder fröhlich und konnte andere für sich einnehmen. Schon bald hatte sie einige Mädchen gefunden, mit denen sie sich auch nach der Schule traf.

»Du kannst dir gar nicht vorstellen, wie nett unsere Klassenlehrerin Frau Fiedler ist«, erzählte Erika voller Begeisterung. »Längst nicht so streng und humorlos wie die Nonnen. Sie macht auch mal einen Spaß mit und bestraft uns nicht gleich, nur weil wir ihr einen Streich gespielt haben.«

Voller Bewunderung dachte sie an ihre neue Lehrerin.

»Außerdem ist sie jung, wahnsinnig hübsch und hat immer so schicke Kleider an. Im Vergleich dazu kommen mir die Nonnen mit ihren bodenlangen Gewändern wie düstere Vogelscheuchen vor«, sagte sie gelöst und revanchierte sich mit dieser kleinen Boshaftigkeit für all die erlittene Zurückweisung.

»Du schwärmst ja richtig«, neckte Johanna sie und war froh, dass es ihrer Tochter sichtbar besser ging.

2

Endlich fühlte sich Erika auch in Mitterteich wohl. Gemeinsam mit ihren neuen Freundinnen eroberte sie sich den Ort Stück für Stück und fand so zu neuer Selbstsicherheit.

Zu ihrer besten Freundin wurde indes Marie, die 14-jährige Tochter des ehemaligen Hüttenmeisters, die im selben Haus wohnte und sich aufgrund der Vergangenheit ihres Vaters ebenso wie Erika als Außenseiterin fühlte.

Zunächst hatten sich die Mädchen nur vorsichtig beäugt, keine von beiden brachte den Mut auf, den ersten Schritt zu wagen, obwohl sie sich jeden Tag mehrfach trafen, wenn sie zum Waschbecken im Flur und zur Toilette auf der Treppe mussten.

Irgendwann nahm Erika all ihren Mut zusammen und drehte sich zu Marie um, als die hinter ihr am Waschbecken stand und darauf wartete, dass sie an die Reihe kam.

»Hallo, ich bin Erika Kreuzinger. Wir wohnen schon seit ein paar Wochen hier. Ihr wohl auch, oder?« Etwas Intelligenteres fiel ihr in diesem Moment nicht ein, aber sie wollte die heutige Chance auf keinen Fall ungenutzt lassen. Erika fand, dass das Mädchen mit den rotbraunen Locken sympathisch aussah, trotzdem hatte sie sich bisher nicht getraut, sie anzusprechen. Mit ihrem neu gewonnenen Selbstbewusstsein war das plötzlich kein Problem mehr.

»Ja, hallo! Ich heiße Marie. Früher haben wir ganz alleine in dem Haus gewohnt. Da hatten wir mehr Platz. Aber ich finde es toll, dass ihr jetzt auch hier seid. Da ist immer was los.« Marie war neben Erika getreten. Sie schien froh und wirkte als habe sie längst darauf gewartet, angesprochen zu werden. »Wenn du möchtest, zeige ich dir ein paar versteckte Ecken, die du bestimmt noch nicht kennst.«

Erika nickte sofort begeistert. »Ja, gerne. Ich muss nur die Schüssel schnell zu meiner Mutter bringen. Die wartet schon auf das Wasser. Dann komme ich. Treffen wir uns vor der Haustür?«

»In Ordnung.«

Beide lächelten sich zu. Bald waren sie unzertrennlich.

Als Dritter im Bunde gesellte sich eines Tages ein kleiner schwarzer Kater zu ihnen. Erika verliebte sich augenblicklich in ihn. War das die Chance auf das so inständig gewünschte Haustier, fragte sie sich sofort, als das junge Kätzchen zutraulich und genüsslich schnurrend um ihre Beine streifte. Sie genoss die Nähe des Tieres und ließ es begeistert gewähren. Schließlich nahm sie den kleinen Kater prüfend hoch.

»Na, du bist ja ein ganz Süßer! Vollkommen schwarz. Nur ein rosa Schnäuzchen und grüne Augen. Du gefällst mir!«

Dem Tier gefiel es offensichtlich auch, im Mittelpunkt ihrer Aufmerksamkeit zu stehen und so hatte Erika nach einem wundervollen gemeinsamen Nachmittag kurzerhand beschlossen, den kleinen Kerl mit nach Hause zu nehmen.

»Guck mal, das ist Mohrle, mein neuer Kater. Er ist mir heute hinten im Hof zugelaufen. Ich glaube, der gehört niemandem. Jedenfalls hat während des gesamten Nachmittags keiner nach ihm gefragt. Darf ich ihn behalten?« Flehend schaute sie ihre Mutter an. »Bitte!«

Johanna war hin und her gerissen. Ihr gefiel der kleine Kerl ebenso gut wie Erika. Und sie wusste, dass ihrer Tochter der Umgang mit Tieren nach der Zeit in Heuchlingen fehlte.

»Wir können doch nicht einfach einen fremden Kater aufnehmen, der anderswo bestimmt vermisst wird«, gab sie dennoch zu bedenken. »Zuerst müssen wir jedenfalls herausfinden, wem er fortgelaufen ist.«

Das leuchtete Erika ein. Gleich am nächsten Tag begannen sie ihre Nachforschungen. Schließlich fanden sie heraus, dass Mohrle von einem nicht weit entfernten Hof ausgerissen war, auf dem die Bauern bereits viel zu viele Katzen hatten und deshalb gern eine davon abgaben.

Erika war überglücklich.

3

Endlich war es so weit: Zwei Wochen nach Ostern wollten Elisabeth und Christoph nun ihre »richtige« Hochzeit feiern. Dafür hatten sie gemeinsam mit Agnes, Clara und der Familie des Kirchenbauern geräumt und gefegt, sodass der große Innenhof nur so blinkte. Bunte Blumen, frische Birkenzweige und fröhlich im Wind flatternde Bänder ließen die Frühling einkehren und unterstrichen die fröhliche Atmosphäre. Der Hof sah prächtig aus und Elisabeth war sich sicher, damit ihre vielen Gäste zu beeindrucken. Sowohl das halbe Dorf war eingeladen als auch ein Großteil der in Heuchlingen untergebrachten Schottianer.

Bereits seit Wochen kochten und backten die Frauen. Christophs Eltern schlachteten für das Fest eigens ein Schwein und auch sonst wurde aufgetischt, was die kargen Zeiten hergaben. So mancher Schottianer staunte angesichts der Fülle.

Natürlich reiste auch Karl zur Hochzeit seiner Tochter aus Zwiesel an. Er freute sich für Elisabeth, die nach der Geburt der kleinen Ruth allem Anschein nach völlig problemlos in ihre neue Rolle hineingewachsen war.

»Was bist du für eine hübsche junge Mutter«, rief er stolz, als er sie begrüßte und drückte sie an sich. Dann sah er sie kritisch prüfend von oben bis unten an und nickte. »Die Ehe scheint dir gut zu tun«, stellte er zufrieden fest.

»Ich hab mir ja auch den besten aller Ehemänner ausgesucht«, erwiderte sie lachend.

Und tatsächlich. Elisabeth war rundum glücklich. Der bevorstehende Festtag war für sie das i-Tüpfelchen in ihrem neuen Leben, das ihr so gut gefiel. Auch Petrus freute sich offenbar mit ihr und schickte perfektes Hochzeitswetter. Die Sonne lachte vom blitzblanken Himmel, als Agnes in aller Frühe die Vorhänge zurückzog.

Clara war bereits zeitig wach, sie hatte vor lauter Aufregung kaum schlafen können. Flugs zog sie sich ihr bestes Kleid an, das ihr ihre Mutter am

Abend zuvor zurechtgelegt hatte. Es stammte zwar noch vom vorigen Jahr und saß deshalb ein bisschen knapp, doch Agnes war es gelungen, das Kleid mit ein paar neuen Spitzen und einem farblich passenden Band geschickt zu »verlängern«. Für Claras Zöpfe hatte sie Bänder in der gleichen Farbe zugeschnitten. Marthas Mutter steuerte außerdem einen passenden Haarkranz bei, geschmückt mit Gänseblümchen und Vergissmeinnicht, sodass sich Clara begeistert vor dem Spiegel drehte.

»Wie eine Elfe fühle ich mich jetzt«, rief sie begeistert, bevor sie schwungvoll nach draußen stürmte. Für sie konnte das Hochzeitsfest beginnen.

Es wurde den ganzen Tag fröhlich und ausgelassen gefeiert. Clara schritt mit ihrem prächtigen Kranz stolz vor dem Brautpaar einher und streute die Blumen. Sie fühlte sich beinah selbst wie die Braut.

Elisabeth sah bezaubernd aus. Agnes hatte ihr ein schlichtes, eierschalfarbenes Kleid genäht. Den Stoff dafür hatte Christophs Mutter bei einer Bekannten, die Schneiderin war und noch einige Vorräte aus Vorkriegszeiten besaß, gegen einen Schinken eingetauscht. Allerdings war das Kleid nur knielang und ging nicht bis zum Boden, wie es sich Elisabeth gewünscht hätte. Dafür hatte die Stoffmenge nicht gereicht. Dazu trug sie einen üppigen grünen Kranz im Haar, an dem ein kurzer Tüllschleier befestigt war.

Nach der Trauung ging es zum Hof des Kirchenbauern. Ein paar Männer aus dem Dorf hatten Instrumente mitgebracht und sich zu einer kleinen Kapelle zusammengeschlossen. Der erste Tanz gehörte allein dem Hochzeitspaar. Ermuntert von den Beifallsrufen der Gäste hatte Elisabeth das Gefühl zu schweben, als Christoph sie ausgelassen herumwirbelte. Alle Blicke waren auf sie gerichtet.

Die junge Braut konnte ihr Glück kaum fassen. Nun hatte sie alles, was sie wollte: einen liebevollen und gut aussehenden Ehemann, eine bezaubernde Tochter und ein Zuhause, in dem sie sich rundum wohl fühlte. Sie hatte das Gefühl, angekommen zu sein. Für sie hätte dieser Tanz ewig dauern können, sodass sie fast enttäuscht war, als die Musiker eine kurze Pause einlegten. Plötzlich stand ihr Vater neben ihr.

»Schöne Braut, darf ich um den nächsten Tanz bitten?« Er verbeugte sich wie ein Kavalier und Elisabeth musste lachen. Es war ein herrliches Gefühl im Mittelpunkt zu stehen. Sie genoss es und tanzte den ganzen Tag lang. Auch den anderen Gästen schien es zu gefallen, jedenfalls wurde die Stimmung immer ausgelassener.

Clara kümmerte sich derweil um die kleine Ruth. Die war nun gut vier Monate alt und hatte sich zu einem munteren Baby entwickelt. Am wohlsten fühlte sie sich mitten im Hochzeitstreiben und Clara sorgte genau dafür. Sie schob den Kinderwagen stets dahin, wo der größte Trubel herrschte. Nur als ihre Nichte müde wurde, stellte sie den Wagen abseits in den Schatten, damit diese in Ruhe schlafen konnte.

Die Distanz wird grösser

1

Mitte Mai rissen traurige Nachrichten die Kreuzingers aus ihrer mittlerweile eingekehrten Routine in Mitterteich: Ottos Mutter war gestorben.

»Ich wusste, dass ich Oma nie mehr wiedersehen würde«, rief Erika bestürzt, als Johanna den Brief vorlas. Tränen schossen ihr in die Augen. Sie konnte nicht glauben, dass ihre über alles geliebte Oma tot und für immer verloren sein sollte. Ihre diffuse Angst, damals bei der Deportation, war also doch begründet gewesen, dachte sie bestürzt.

Wie Otto im Nachhinein erfuhr, war seine Mutter bei einem tragischen Unfall am 1. Mai ums Leben gekommen. Während sein Vater mit ein paar Bekannten eine Wanderung in die nahe gelegenen Kernberge unternommen hatte, war sie zu einer alten Freundin in die Jenaer Innenstadt gefahren, die sie schon lange nicht mehr gesehen hatte. Als sie gegen Abend wieder in der Straßenbahn saß, schwirrte ihr von der stundenlangen Plauderei förmlich der Kopf. Sie ließ die vielen Neuigkeiten, die sie erfahren hatte, Revue passieren und schwelgte in Erinnerungen. Daher schreckte sie regelrecht hoch, als ein ehemaliger Nachbar zustieg und sie ansprach. Sofort machte sie ihm Platz und begann eine angeregte Unterhaltung mit ihm.

»Noch mehr Neues über alte Zeiten«, sagte sie aufgekratzt.

Natürlich fragte er auch nach Otto, dessen Deportation vor fast zwei Jahren für erhebliche Aufregung in Lobeda gesorgt hatte.

»Und wie geht es Ihrem Sohn und seiner Familie? Werden die immer noch von den Amerikanern festgehalten?«

»Nein, von festhalten kann man längst nicht mehr sprechen. Er lebt mittlerweile mit seiner Familie in Mitterteich. Das ist in der Oberpfalz. Amerikanische Zone.« Der Stolz in ihrer Stimme war nicht zu überhören. »Dort arbeitet er in einem Betrieb von Schott. Es ist nicht leicht für ihn, schreibt er, vieles muss er alleine machen. Aber sie haben Erfolg und kommen voran.«

Sie machte eine kurze Pause und überlegte, was Otto und Johanna in ihren wenigen Briefen sonst noch geschrieben hatten und erzählte von deren Zwei-Zimmer-Wohnung.

»Dann kommt er vorläufig wohl nicht zurück, oder?«

»Nein, das kann ich mir nicht vorstellen. Erich Schott braucht ihn ja in Mitterteich«, wieder zitterte ihre Stimme vor Stolz. Als sie von Erikas schwerer Zeit auf der Nonnenschule erzählte, hielt sie mitten im Satz inne.

»Och nee, hier hätte ich doch aussteigen müssen«, rief sie plötzlich ärgerlich mit einem Blick aus dem Fenster. »Ich Schaf! Vor lauter Quasselei habe ich jetzt meine Haltestelle verpasst. So ein Mist!«

Ihr Nachbar schaute verdutzt und überlegte noch, was er darauf erwidern sollte, als der Zug im Begriff war langsam anzufahren. In dem Moment kam blitzschnell Bewegung in Ottos Mutter. Sie wusste aus Erfahrung, dass die Tram einige Zeit brauchen würde, um volle Fahrt aufzunehmen, und dass es kein Problem war, die Türen währenddessen zu öffnen. Ohne lange nachzudenken, beschloss sie daher, noch aus der anfahrenden Bahn zu springen. Sie schnappte sich ihre Handtasche, murmelte im Aufstehen eine kurzes »Tschüss Herr Henrichs, ich muss raus« und war mit einem Schritt an der gegenüberliegenden Tür. Die Vorstellung, bis zur nächsten Station fahren und dort auf eine Bahn retour warten zu müssen, erschien ihr zu lästig.

Mit einem heftigen Ruck zerrte sie die beiden Türflügel auseinander. Hektisch trat sie mit einem Fuß auf die metallene Zwischenstufe. Sie wollte sich gerade zum Absprung bereit machen, als sie mit dem anderen Fuß hängen blieb und stolperte. Entsetzt schrie sie auf und versuchte, an der Seite Halt zu finden. Doch sie verpasste den rettenden Griff knapp. Nichts konnte den Sturz in die Tiefe verhindern. Zu allem Unglück verhedderte sich Ottos Mutter auch noch mit dem rechten Fuß im Zwischentritt.

Weder Herr Henrichs noch die anderen Fahrgäste konnten ihr helfen. Alle waren von der Plötzlichkeit der Ereignisse so überrascht, dass keiner rechtzeitig reagieren konnte. Schockiert verfolgten die Mitfahrenden das grausige Geschehen.

Die Bahn gewann währenddessen immer mehr an Fahrt, sodass Ottos Mutter noch ein weites Stück mitgeschleift wurde. Es schien endlos zu dauern, ehe das laute Geschrei der entsetzten Leute bis zum Fahrer vordrang und der Zug mit einem metallischen Quietschen endlich zum Stehen kam.

Frau Kreuzinger war sofort tot.

Auch wenn die Beerdigung längst stattgefunden hatte, als Otto, Johanna und Erika von dem tragischen Unglück erfuhren, wollten sie doch nach Jena zurückfahren, um sich um Ottos Vater zu kümmern. Doch die Amerikaner verweigerten die Genehmigung und ließen Otto nicht reisen.

»Sie haben wohl zu große Angst, dass die Russen mich in Jena festsetzen könnten, wenn ich nur erst einmal dorthin zurückgekehrt bin – egal aus welchem Grund«, berichtete er traurig von der Absage. »Aber du und Erika, ihr dürft beide ohne mich fahren«, fügte er hinzu. Dies war ihm ein schwacher Trost.

Traurig standen die beiden vor dem frisch aufgeworfenen Grab, auf dem Blumen und Kränze längst verwelkten. Besonders Erika war untröstlich über den Verlust ihrer Oma. Fortwährend kamen ihr die Tränen.

Ottos Vater schien seit dem Tod seiner Frau ein gebrochener Mann zu sein. Johanna hatte ihn zunächst kaum wiedererkannt, so gealtert war er. Sie tat ihr Möglichstes, um ihm zu helfen, auch wenn es nicht viel mehr war, als die persönlichen Sachen ihrer Schwiegermutter zu ordnen, den ein oder anderen Behördengang zu erledigen und einiges für das körperliche Wohlergehen des alten Mannes zuzubereiten.

Nach gut zwei Wochen fuhren Johanna und Erika wieder nach Mitterteich zurück. Johanna war deprimiert. Während der Zug sich immer weiter von Jena entfernte, stellte sie voller Trauer fest, dass nichts mehr so war, wie sie es von früher kannte. Nicht nur, dass die Schwiegermutter tot und der Schwiegervater darüber ein alter Mann geworden war. Auch die Stadt, die sie früher so geliebt hatte, war nicht mehr dieselbe. Jena hatte sich grundlegend verändert.

Johanna grübelte lange, was sie während der vergangenen vierzehn Tage so unangenehm berührt hatte. Es lag nicht an der materiellen Not und der Mangelwirtschaft, die nach wie vor den Alltag bestimmten. Mit solchen Schwierigkeiten, wie man an einen neuen Kamm, Strümpfe oder blaue Nähseide kam, kämpfte sie in Mitterteich ebenfalls beinah täglich. All diese Dinge waren es nicht, die sie irritierten.

Dann fiel es ihr wie Schuppen von den Augen. Es lag an den Menschen, die ihr auf der Straße begegnet waren. Johanna hatte zahlreiche bekannte Gesichter getroffen. Bei vielen war sie erschrocken gewesen, was für einen mutlosen, verhaltenen Eindruck sie machten, so als würden sie von einer unsichtbaren Kraft zurückgehalten. Freunde hatten eingeschüchtert gewirkt und in einigen Häusern war eine unerträglich gedrückte Stimmung, manchmal sogar offene Angst zu spüren.

Ja, das war es, was Johanna so erschreckt hatte. Die Furcht in den Augen der Menschen. Vermutlich trugen die willkürlichen Verhaftungen der Russen, von denen man in letzter Zeit hörte, das ihrige dazu bei, dachte sie.

Natürlich hatte Johanna während ihres Besuches auch andere Leute gesehen, solche, die sich mit glühendem Eifer an dem Wiederaufbau beteiligten. Doch die Reden, die sie im Brustton der Überzeugung schwangen, hatte Johanna meist nicht nachvollziehen können und deren Argumente überzeugten sie nicht.

Als ihr bewusst wurde, wie sehr sie sich von ihren alten Bekannten entfremdet hatte, war sie tief traurig. Sie quälte das Gefühl eines endgültigen Verlustes, und das nicht nur wegen des Todes ihrer Schwiegermutter. Es schmerzte, sich eingestehen zu müssen, dass es nicht mehr »ihr« Jena war, das sie einst gekannt und geliebt hatte. Johanna verließ Thüringen mit dem niederschmetternden Gefühl, dass ihr die alte Heimat in den vergangenen, knapp zwei Jahren gründlich fremd geworden war. Es dauerte die ganze Rückfahrt, bis sie diese Erkenntnis einigermaßen akzeptieren konnte.

Dafür war sie nun in der Lage, einen endgültigen Schlussstrich unter ihr bisheriges Leben ziehen. Sie tat es voller Entschiedenheit und empfand es als befreiend. Sie wusste, dass ihre Zukunft nicht mehr in Jena lag.

Für den Moment sah es so aus, als würde Mitterteich zu ihrer neuen Heimat werden. Ein Gedanke der Johanna zunehmend besser gefiel. Aber wie lange hier ihr Zuhause sein würde, wagte sie nicht einzuschätzen. Nie wieder würde sie darauf vertrauen, an einem Ort bleiben zu können. Seit der Deportation wusste Johanna, dass sie jederzeit mit unverhofften Wendungen in ihrem Leben rechnen musste.

2

Die schleichende Entfremdung zwischen Ost- und Westdeutschland, die Johanna bei ihrem Besuch in Jena so intensiv empfunden hatte und doch kaum begreifen konnte, erfasste ebenso unauffällig wie unaufhaltsam auch das Verhältnis zwischen dem Stammwerk und den Deportierten. Die Auseinandersetzungen um die richtige Vorgehensweise nahmen im Laufe des Jahres 1947 an Schärfe erheblich zu. Die Ansichten beider Seiten liefen konträr auseinander. Immer seltener waren die Parteien bereit, auf die Belange und fremdbestimmten Vorgaben der jeweils anderen Gruppe Rücksicht zu nehmen. Auch das zunächst so große Mitleid füreinander schwand angesichts der eigenen wirtschaftlichen Zwänge. Es war offenkundig, dass die Verstimmungen auf beiden Seiten in gleichem Maße zunahmen wie das Verständnis füreinander abnahm. Der Blick auf die gemeinsamen Wurzeln wich einer kleinlich anmutenden Prinzipienreiterei.

Mühsam einigten sich Stammwerk und Deportierte auf gemeinsame Richtlinien hinsichtlich der Produktpalette und dem Umgang mit Kunden. Man wollte so, zumindest nach außen hin, Geschlossenheit demonstrieren, auch wenn die in Wirklichkeit längst nicht mehr existierte.

Die Reisebestimmungen zwischen russischer und amerikanischer Zone waren mittlerweile so kompliziert, dass es viel zu selten zu den notwendigen Konsultationen und klärenden Gesprächen von Angesicht zu Angesicht kam. Bald begannen beide Seiten, die Richtlinien jeweils zum eigenen Vorteil auszulegen.

Obwohl die Jenaer die Erlaubnis zur Produktion verschiedener Gläser in den westlichen Zonen gegeben hatten, behaupteten sie bei einer Besprechung im März 1947 plötzlich, dass ihnen allein die endgültige Entscheidung über die Abnehmer der fertigen Produkte zustünde. Davon sollten sämtliche Aufträge für optisches Glas und Laboratoriumsglas betroffen sein.

In Erich Schotts Augen musste dies wie eine Steuerung von russischer Seite erscheinen und er lehnte die Forderung daher konsequent ab. Nach langem Hin und Her einigten sich beide Parteien darauf, sich wenigstens gegenseitig zu informieren, wer an welche Kunden Laboratoriumsglas lieferte. So sollte zumindest ein Überblick über die jeweiligen Aktivitäten ermöglicht werden.

Immer häufiger stritten sich die Parteien um die eingetragenen und geschützten Warenzeichen. Die Verantwortlichen im Stammhaus wollten die Bezeichnung »Jenaer Glas« auf den in Zwiesel hergestellten Laboratoriumsgläsern unbedingt vermeiden. Man wollte sich den guten Namen nicht verderben lassen und wies als Argument auf festgestellte Qualitätsmängel bei den Zwieseler Gläsern hin. Erich Schott musste diese eingestehen, bewertete sie allerdings als Schönheitsfehler und Anfangsschwierigkeiten. Die Mängel seien dem noch nicht voll eingearbeiteten Personal und den zum Teil minderwertigen Rohstoffen geschuldet und daher in absehbarer Zeit gewiss ausgemerzt, bekräftigte er. Gleichzeitig war natürlich auch Erich Schott darauf erpicht, so schnell wie möglich wieder die altbekannte Qualität zu liefern. Nur so würde er die Kunden überzeugen und halten können. Er versprach daher, alles Notwendige dafür zu unternehmen.

Schließlich verständigten sich beide Seiten darauf, die in Zwiesel gefertigten Gläser mit einem »Z« über der bekannten Viereckmarke von Schott und Gen. zu markieren. So konnten Außenstehende eindeutig erkennen, ob das Glas in Jena oder Zwiesel gefertigt worden war.

Im Laufe des Jahres 1947 begannen sich die gegensätzlichen politischen und wirtschaftlichen Grundüberzeugungen in den verschiedenen Besatzungszonen zu verfestigen. Die Russen wollten offensichtlich ein anderes Wirtschaftssystem etablieren, als es in den Zonen der Amerikaner, Briten und Franzosen der Fall war. Diese, von den Schottianern nicht zu beeinflussende Stimmung beförderte die Entfremdung der Firmenteile erheblich und erschwerte ein einvernehmliches Miteinander, an dem beide Seiten eigentlich ein grundlegendes Interesse hatten. In jeder Zone gab es Verlautbarungen und Verfügungen der Siegermächte, die je nach Sichtweise unterschiedlich gedeutet werden konnten.

So vertrauten die Verantwortlichen im Stammwerk beharrlich auf eine Wiederherstellung der wirtschaftlichen Einheit Deutschlands. Immerhin betonten die Alliierten – Russen wie Amerikaner gleichermaßen – diese Einheit in ihren offiziellen Reden. Und das war den Jenaern Grund genug, darauf zu hoffen, ihre Spezialgläser bald wieder ungehindert in ganz Deutschland und das westliche Ausland liefern zu können.

Mittlerweile erteilten nicht mehr die Russen die dafür erforderlichen Genehmigungen, sondern die neuen deutschen Behörden in Weimar. Die Verantwortlichen in Jena bewerteten diese Änderung als ersten Schritt einer sich anbahnenden Normalisierung. Voller Optimismus erhofften sie sich davon erhebliche Erleichterungen für die Zukunft. Lediglich für bestimmte Waren, die auf einer sogenannten Ausnahmeliste standen, benötigten sie weiterhin eine ausdrückliche sowjetische Erlaubnis.

Auch ein Beschluss des Thüringer Landtags Ende März 1947 stimmte die Geschäftsleitung in Jena hoffungsvoll. Demzufolge sollten die Stiftungsunternehmen Zeiss und Schott nach der Freigabe durch die Besatzungsmacht wieder in die Verfügungsgewalt der Carl-Zeiss-Stiftung übergehen. Ein gutes Zeichen für eine fortschreitende Normalisierung, glaubten sie zuversichtlich.

Erich Schott hingegen schätzte die gesamtpolitische Entwicklung anders ein. Seiner Meinung nach sprach die politische Großwetterlage nicht für eine Zusammenführung der verschiedenen Zonen. Dafür hörten sich die Auseinandersetzungen um grundlegende Fragen, vor allem zwischen Russen und Amerikanern, äußerst unversöhnlich an. Auch wenn die Alliierten in Ost und West die Einheit Deutschlands beschworen, schenkte er diesen

Bekundungen immer weniger Glauben. Betrachtete man die gleichzeitig erlassenen Maßnahmen, die den Alltag der Deutschen bestimmten, so hörten sich diese Reden in seinen Ohren zunehmend unwahrscheinlich an. Die Erfahrungen des täglichen Lebens sprachen eine andere Sprache.

So wurde das Reisen zwischen den Zonen erheblich erschwert. Der »Eiserne Vorhang« verdichtete sich im Laufe des Jahres 1947 deutlich, die Kontrollen entlang der Demarkationslinie zwischen Hof und Lübeck wurden drastisch intensiviert. Reisegenehmigungen erteilten die Behörden in der sowjetischen Zone immer restriktiver. Zwar war ein Passieren jenseits der offiziellen Grenzposten vor allem über Berlin noch möglich, doch musste man sich vorsehen. Es wurde spürbar schwieriger und gefährlicher.

Die wachsende Zahl von Deutschen, die in der sowjetischen Besatzungszone entweder für ihre eigene Zukunft keine Perspektive sahen oder gar Repressionen und Verhaftungen ausgesetzt waren, weil sie dem Geist der neuen politischen Führung nicht entsprachen, ließ die Zahl der West-Flüchtlinge derart steigen, dass die Verantwortlichen in Ost-Berlin sich nicht anders zu helfen wussten, als die Grenze zum Westen Deutschlands abzuriegeln.

Darüber hinaus vermochte sich Erich Schott angesichts der existenziellen Probleme des Stammwerks nach dem Abschluss der russischen Demontage nicht dem Optimismus der Jenaer anzuschließen. Das Verhalten der Russen hatte in ihm die Angst vor der Unberechenbarkeit sowjetischer Militärbehörden erheblich verstärkt. Und auch die neuen deutschen Stellen, in die die Jenaer Geschäftsführung offenbar so viel Hoffnung setzte, flößten dem alten Firmenchef wenig Vertrauen ein. Allzu offensichtlich schienen sie seinem Dafürhalten nach an einem Staatsgefüge interessiert, in dem man nicht frei wirtschaften konnte. Außerdem würden sie vorerst weiterhin einer russischen Oberhoheit unterstehen.

Deshalb blieb er beharrlich bei seiner Forderung nach eigener Unabhängigkeit von Jena. Er würde mit den Deportierten solange seine eigene Produktion vorantreiben und aufrechterhalten, bis tatsächlich eine Normalisierung spürbar sein würde – unabhängig davon, was die offiziellen Verlautbarungen versprächen und wie verstimmt die Jenaer Geschäftsführung sein würde.

3

In Jena hatten sämtliche Schottmitarbeiter derweil alle Hände voll zu tun, um nach dem offiziellen Ende der Demontage im März 1947 ihr Werk Stein für Stein erneut aufzubauen. Bevor die Öfen und Wannen nicht wieder funktionierten, war an eine Glasproduktion nicht zu denken. Exporte in die Westzonen oder gar ins Ausland lagen in ferner Zukunft. Die Schottianer mobilisierten alle verfügbaren Kräfte für den nunmehr dritten Wiederaufbau und hatten dabei gegen ganz unterschiedliche Probleme anzukämpfen:

So machten ihnen insbesondere die ständig neuen Engpässe an Baumaterialien, Energie und Rohstoffen schwer zu schaffen. Sie waren derart essenziell, dass die Aufbauarbeiten deshalb regelmäßig ins Stocken gerieten. Erst die entsprechenden staatlichen Sonderzuteilungen verbesserten die Situation.

Ein Mangel ganz anderer Art bereitete den Verantwortlichen nicht minder viel Kopfzerbrechen: Es gab immer weniger Fachkräfte. Nach den beiden Deportationen riss vor allem die wachsende Zahl von West-Flüchtlingen immer größere Lücken in die Reihen der Belegschaft. Fast täglich hörte man von Leuten, die sich in den Westen abgesetzt hatten – überall in der Stadt und nicht nur unter den Schottianern. Es glich einer um sich greifenden Seuche, die ansteckend war und im Laufe des Jahres deutlich an Dynamik gewann. Zum Leidwesen der Verantwortlichen waren es oft ausgerechnet die besonders talentierten Mitarbeiter, die von heute auf morgen verschwanden und ihren Arbeitsplatz verwaist hinterließen.

Die Zurückbleibenden hatten keine andere Wahl, als die Aufgaben der Geflüchteten zu übernehmen. Das war nicht leicht, denn häufig mussten sie sich plötzlich mit fachfremden Themen und Arbeitsabläufen vertraut machen. Und das betraf sämtliche Bereiche des Werks: egal ob Ingenieur, Chemiker oder Glasbläser. Doch glücklicherweise funktionierten die alten Freundschaften zwischen den Kollegen noch immer. So wie die Jenaer den Heidenheimern vor einem Jahr mit fachlichem Rat brieflich zur Seite gestanden hatten, teilten jetzt die Heidenheimer ihr Wissen mit den Jenaern.

Für manchen Schottianer bedeutete der Weggang eines Kollegen allerdings auch die Chance, der eigenen Karriere etwas auf die Sprünge zu helfen, vorausgesetzt es gelang, sich in der übernommenen Position zu bewähren. Und es gab solche, die die Flucht der Kollegen schlichtweg als unehrenhaft empfanden und mit Trotz reagierten. Mit einem wütendem »Denen zeigen wir es« spuckten sie in die Hände und griffen für das Werk zu Schippe, Maurerkelle und Mörtel.

Doch gleichgültig aus welchem Beweggrund sich die Betroffenen an den Wiederaufbau machten, allen gemeinsam war der eiserne Wille, es ein weiteres Mal zu schaffen. Alle standen gleichermaßen mit dem Rücken zur Wand, es war ihre einzige Hoffnung. Ähnlich wie die Heidenheimer auf der anderen Seite des Eisernen Vorhangs vor nicht allzu langer Zeit, sahen auch sie die Chance einer besseren Zukunft nur im Fall des Gelingens. Daher würden sie nichts unversucht lassen.

Sie hatte eine Herkulesaufgabe bewältigt, als sie nach nur gut drei Monaten Werkshallen, Öfen und Maschinen soweit aufgebaut hatten, dass sie tatsächlich wieder die ersten Glasrohre in Jena produzieren konnten.

Anschließend ging es zügig voran.

4

Während sich zunächst sämtliche Alliierten unmittelbar nach Kriegsende relativ einig darüber waren, dass sie ihre jeweils eigenen Interessen am wirkungsvollsten mit einem politisch geeinten Deutschland erreichen würden, hatte diese grundsätzliche Übereinstimmung längst Risse bekommen. Vor allem zwischen Amerikanern und Sowjets waren die Gegensätze so unüberwindbar geworden, dass ein gemeinsames Voranstreben immer unwahrscheinlicher wurde. Beide Seiten sprachen sich zwar für ein antifaschistisches, demokratisches Deutschland aus, doch meinten damit beide etwas ganz unterschiedliches: Die einen wollten eine parlamentarische Demokratie mit privat-kapitalistischer Ausrichtung nach amerikanischem Vorbild, die anderen eine kommunistisch orientierte Volksdemokratie nach Moskauer Muster.

Schon Ende 1946 zeichnete sich deshalb ab, dass die Siegermächte nicht wirklich zu einer gemeinsamen und einheitlichen Politik über das besiegte Deutschland in der Lage waren. Immer deutlicher versuchten die Sowjets auf der einen Seite und die Amerikaner, Briten und Franzosen auf der anderen Seite ihre Besatzungszonen jeweils nach den eigenen politischen Überzeugungen auszurichten.

Der Zusammenschluss der britischen und amerikanischen Besatzungsgebiete zu einer gemeinsamen Wirtschafts- und Verwaltungseinheit, auch »Bi-Zone« genannt, schaffte Anfang 1947 Fakten. Der amerikanische Präsident Truman verkündete in einer Rede im März 1947 ganz offen Maßnahmen zur »Eindämmung des kommunistischen Expansionskurses«.

Längst ging es den Siegermächten nicht mehr um eine Befriedung Deutschlands, sondern vor allem um die eigene Vorherrschaft im Machtkampf um konträre Gesellschaftssysteme. Der »Kalte Krieg« begann sich zu formieren, und die sich feindlich gegenüberstehenden Fronten wurden quer durch Deutschland abgesteckt, ohne dass die deutsche Bevölkerung dies hätte beeinflussen können.

Als der amerikanische Außenminister George C. Marshall am 5. Juni 1947 seinen Plan zum Wiederaufbau Europas und Deutschlands verkündete, vertiefte das weiter den Riss durch Europa. Die Sowjetunion lehnte den Plan für ihre Besatzungsgebiete ab. So gingen die bald anlaufenden Sachlieferungen und Gelder der USA ausschließlich in die westeuropäischen Staaten sowie die westlichen Besatzungszonen Deutschlands.

Mit der Verkündung des »Marshall-Plans« legte Amerika gleichzeitig den sogenannten Morgenthau-Plan von 1944 endgültig zu den Akten. Nach diesem war geplant gewesen, Deutschland auf den Status eines Agrarlandes zu reduzieren, indem seine Industrie vollständig abgebaut und das Ruhrgebiet sowie die deutschen Wasserstraßen internationalisiert werden sollten. Zunächst waren sich die Amerikaner nicht einig, welchen Weg sie in Deutschland einschlagen sollten, bis sich schließlich die Verfechter des Marshall-Plans durchsetzten.

Dieser ließ jetzt den Wiederaufbau und die Modernisierung der deutschen Wirtschaft zu und unterstützte diese darüber hinaus mit umfangreichen Mitteln. Das wiederum hatte einen enormen psychologischen Effekt auf die Menschen in den begünstigten Gebieten: Sie schöpften neue Hoffnung. Vor allem in der Wirtschaft regte sich langsam der Mut zu neuen Investitionen. Und das versprach über kurz oder lang neue Arbeitsplätze und zusätzliche Wohnungen. Man hoffte auf eine Linderung des alltäglichen Mangels und eine Verbesserung der gesamten Lebensumstände.

Die Menschen und Unternehmen in der sowjetischen Besatzungszone hingegen, die eine derartige Unterstützung für den Wiederaufbau ihrer kriegszerstörten Städte, Landschaften und demontierten Werke genauso gut hätten brauchen können, gingen leer aus. Zudem erließ die sowjetische Militäradministration (SMAD) ihrerseits eine Reihe von Beschlüssen, mit denen sie ihre Besatzungszone fest in das sowjetische Gesellschaftssystem integrieren und umbauen wollte. So schafften Russen wie Amerikaner gleichermaßen Fakten, die die verschiedenen Zonen Deutschlands voneinander trennten.

Bereits im April 1946 waren die Parteien von Sozialdemokraten und Kommunisten in der Sozialistischen Einheitspartei SED zusammengefasst worden.

Gut eine Woche nach der Verkündung des amerikanischen Marshall-Plans beriefen die Russen am 14. Juni 1947 die »Deutsche Wirtschaftskommission« zum obersten Verwaltungsorgan der sowjetischen Besatzungszone.

Darüber hinaus wurde bereits seit einiger Zeit im Osten Deutschlands eine Bodenreform durchgeführt, die zusammen mit der entschädigungslosen Enteignung von Unternehmen zu zahlreichen Verstaatlichungen und einer erheblichen Verlagerung von Kapital führte.

Dies geschah durchaus mit der Zustimmung vieler Bürger, wie der sächsische Volksentscheid im Juni 1946 bewies: Mehr als 77 Prozent der Beteiligten sprachen sich für eine Enteignung von »Naziaktivisten und Kriegsverbrechern« aus. Viele Menschen sahen zu dieser Zeit vor allem in Großunternehmen und Banken ehemalige Unterstützer und Gewinner des Nazi-Regimes. Daher empfanden sie es als »gerechte Strafe«, dass diese nun zur Rechenschaft gezogen und enteignet wurden.

5

Trotz oder wegen all dieser einander widersprechenden Maßnahmen der Alliierten litt eine Vielzahl der Deutschen in sämtlichen Besatzungszonen weiterhin an Hunger, Armut und Obdachlosigkeit. Jeden Tag musste man stundenlang anstehen, um die dürftigen Rationen der Lebensmittelkarten und Bezugsscheine zu bekommen. Dieses System konnte die Menschen nur mit dem Allernötigsten versorgen, und das mehr schlecht als recht. Die Portionen waren zum Leben zu wenig und zum Sterben zu viel.

Ein Grund für die nach wie vor miserable Versorgungssituation war die alte Reichsmark, die noch immer als offizielle Währung in Deutschland galt. Sie erwies sich als erheblicher Hemmschuh bei der Gesundung der deutschen Wirtschaft, da ihr längst niemand mehr Vertrauen schenkte. Wer gute Ware besaß, tauschte sie lieber auf dem Schwarzmarkt ein oder gab sie an besondere Kunden weiter, die ihrerseits etwas zu bieten hatten. Die Geschäftsauslagen der Läden dagegen blieben leer, niemand wollte dort etwas präsentieren, um dafür Reichsmark zu bekommen. Vorerst konnten daran weder der Marschall-Plan auf der einen, noch die Verstaatlichungen auf der anderen Seite etwas ändern. Gute Geschäfte machten derzeit ausschließlich die Schwarzmarkthändler, bei denen regelrechte Hochkonjunktur herrschte.

Ob Bohnenkaffee, Bauernwurst, Eier oder echte Butter – was man früher in Feinkostläden gekauft hatte, bekam man derzeit fast nur auf dem Schwarzmarkt. Und hier galt eine andere Währung als die wertlose Reichsmark: Zigaretten. Sie wurden nicht nur in ganzen Päckchen gehandelt, sondern auch einzeln. Wer die Glimmstängel besaß, konnte dafür nahezu alles bekommen, was sein Herz begehrte. Wohl dem, der gute Beziehungen zu den Besatzungsmächten hatte, etwa weil er für sie arbeitete. Vor allem die Amerikaner zeigten sich großzügig und spendabel.

Der »Umtauschkurs« der »Zigarettenwährung« variierte. Zu Beginn des Jahres 1948 kostete eine Zigarette in Frankfurt am Main beispielsweise zwischen 5 und 10 Mark. In Berlin bezahlte man zu dieser Zeit für einen Laib Brot 30 bis 35 Mark. Je nach Verhandlungsgeschick machte das also einen »Zigarettenpreis« zwischen 3 und 7 Zigaretten pro Laib. Ein Pfund Butter kostete zwischen 250 und 280 Mark, machte also 25 bis 56 Zigaretten, ein Pfund Kaffee wurde sogar für 450 bis 500 Mark gehandelt, was einen »Zigarettenpreis« von 45 bis 100 Zigaretten bedeutete.

Wer keine Tabakwaren hatte, musste wohl oder übel anderes zum Tausch anbieten. Schweren Herzens trennte man sich vom guten Perserteppich im Wohnzimmer, Omas Pelzmantel oder man holte das selten benutzte Sonntagsporzellan aus der Vitrine, um dafür wenigstens das Nötigste zum Essen zu bekommen. Wer im Gegenzug ein paar Kilogramm Mehl, ein lebendes Huhn oder frischen Rahm mit nach Hause brachte, vergaß bald, dass er vielleicht ein lang gehegtes Erbstück weggegeben hatte, wenn er dafür seine Familie ein paar Tage lang satt bekam.

Die Tauschgeschäfte verliefen nicht immer fair. Nicht selten nutzten skrupellose Profiteure die Notlage der Menschen aus und zogen ihnen förmlich das letzte Hemd aus. Daran konnte weder das offizielle Verbot des Schwarzmarkthandels etwas ändern, noch überraschende Kontrollen der Besatzungsmächte an stadtbekannten Umschlagsplätzen. Oft genug sahen diese auch weg, womöglich aus Mitleid mit den ausgemergelten Gestalten.

Offiziell war das sogenannte »hamstern« ebenfalls verboten. Und doch setzten sich die Menschen aus purer Not darüber hinweg. Die vom Hunger ungleich stärker betroffene Stadtbevölkerung fuhr mit Rucksäcken und Körben aufs Land, um dort zu versuchen, ihr Hab und Gut unmittelbar bei den Bauern gegen ein paar Kartoffeln, Möhren oder etwas Speck einzutauschen. Und wer nichts zum Tauschen hatte, musste betteln.

Glücklich konnten sich dagegen diejenigen schätzen, die Freunde und Verwandte auf dem Land hatten oder einen Garten besaßen. So wie Agnes und ihre Töchter, deren Freundschaft zum Kirchenbauern sie vor dem Hungern bewahrte. Und so wie Otto und Johanna, die offiziell vom Werk Gläser zum Tauschen bekamen. Johanna fand auch in Mitterteich schnell heraus, wie und wo sie an frische Eier, Obst und Gemüse kommen konnte.

Ihr Talent zum Nähen sprach sich erneut schnell herum. Das erste Kleid, das sie der Frau des Metzgers schneiderte, war wirklich gut gelungen und konnte sich sehen lassen. Und die bezahlte nicht nur in Naturalien, die die Familie mindestens eine Woche lang üppig schwelgen ließ, sondern empfahl Johanna mit Freude weiter, wenn sie auf ihr neues Kleid angesprochen wurde.

So hatte Johanna bald wieder reichlich zu tun. Wie in Heuchlingen brachten die Frauen die Stoffe mit und bezahlten mit Naturalien.

Sie überstanden damit diese Phase, die später die »schlechte Zeit« genannt wurde, genauso gut wie Agnes mit ihren Mädchen sicherlich viel besser als so manch anderer Deutsche.

6

Es dauerte noch Monate, bevor sich tatsächlich etwas zum Besseren änderte – und auch das nur in den westlichen Besatzungszonen. Zunächst mussten die Deutschen einen langen und strengen Winter überstehen, der die Versorgungslage im ganzen Land weiter verschärfte. Obwohl der Krieg seit gut zwei Jahren vorbei war, froren und hungerten die Menschen weiter.

Erst ein Überraschungscoup im darauf folgenden Frühsommer bewirkte die so dringend herbeigesehnte Wende: Die Währungsreform am 20. Juni 1948 schaffte mit ihrem neuen Geld von heute auf morgen eine völlig veränderte Situation für die drei westlichen Zonen Deutschlands.

Viele Menschen hatten dort längst geahnt, dass in absehbarer Zukunft etwas passieren würde, ja passieren müsste. Allzu offensichtlich war der galoppierende Verfall der alten Reichsmark. Allein der Zeitpunkt blieb unklar. Dieser war bis zum Schluss ein gut gehütetes Geheimnis und dementsprechend von Spekulationen umrankt.

Banken und Geldinstitute hatten ihre Pforten längst für das Wochenende geschlossen, als am späten Freitagnachmittag des 18. Juni eine Radiomeldung für Aufruhr sorgte: »Die neue Währung heißt Deutsche Mark« schallte es aus den Lautsprechern und ließ die Menschen in den westlichen Zonen – nun doch überrumpelt – aufhorchen. Über Rundfunk verkündeten die zuständigen Militärbehörden der West-Alliierten die Einzelheiten der geplanten Währungsumstellung. In Windeseile verbreitete sich die Nachricht.

Zwei Tage später, am Sonntag, bekamen die Menschen die ersten neuen Geldscheine. Geduldig warteten sie viele Stunden lang, bis sie an der Reihe waren. Jeder Bürger erhielt zunächst ein sogenanntes »Kopfgeld« von 40 D-Mark, zwei Monate später gab es nochmals 20 DM. Bankguthaben und private Verbindlichkeiten wurden zunächst 10 zu 1 abgewertet, später bekam man für 100 Reichsmark noch 6,50 DM. Die alte Reichsmark wurde mit dem 20. Juni 1948 ungültig.

7

Das neue Geld bewirkte, was alle Parolen und Maßnahmen der Besatzungsmächte zuvor nicht geschafft hatten: Über Nacht zauberte es die lang entbehrten Waren zurück in die Läden. Plötzlich standen keine entschuldigenden Hinweistafeln mehr auf verlorenem Posten in ansonsten leeren Schaufenstern. Bereits Anfang der Woche quollen die Auslagen der Schaufenster förmlich über. Die unverhofft präsentierte Vielfalt überwältigte die Menschen. Schließlich waren sie seit den letzten Kriegsjahren dergleichen nicht mehr gewohnt.

Johanna blieb zwei Tage nach der Währungsreform ungläubig staunend vor einem Feinkostladen in Mitterteich stehen, in dem sich Fischkonserven, Kaffeepäckchen und saure Drops um den besten Platz in der Auslage zu streiten schienen. Hatte da vorgestern nicht noch gähnende Leere geherrscht, fragte sie sich irritiert. Alles war so schnell gegangen, dass sie es noch nicht richtig begreifen konnte. Am letzten Freitag, als Otto abends nach der Arbeit aus dem Werk gekommen war, hatte sie zunächst an einen Scherz gedacht, den er sich mit ihr erlaubte.

»Hast du schon gehört? Es gibt neues Geld. Vorhin haben sie es im Radio durchgesagt. Drüben im Werk sind alle ganz aufgeregt. Am Sonntag können wir uns 40 neue Deutsche Mark abholen. So heißt das jetzt: Deutsche Mark und nicht mehr Reichsmark. Wir bekommen es dort, wo wir sonst unsere Lebensmittelkarten abholen. Und unser altes Geld ist damit ungültig.«

Johanna schaute ihren Mann ungläubig an. »Ich weiß von nichts. Ich hab den ganzen Nachmittag lang die Erdbeeren, die ich von Frau Müllergruber für die Jacke bekommen habe, zu Marmelade verkocht. Ich bin hier nicht rausgekommen.«

Da sie kein eigenes Radio besaßen, war sie tatsächlich ahnungslos.

Otto hatte sich am Sonntag bereits in aller Frühe auf den Weg zur Ausgabestelle gemacht. Trotzdem war er bei Weitem nicht der Erste gewesen und musste sich in einer endlosen Schlange hinten einreihen. Die Neugierde hatte die Menschen schon lange vor der Schalteröffnung in Scharen zu den Ausgabestellen strömen lassen. Alle mussten geduldig warten, bis sie an der Reihe waren.

Als er bis zum Nachmittag immer noch nicht zurückgekehrt war, fühlte sich Johanna immer unbehaglicher.

»Hoffentlich ist ihm nichts passiert«, überlegte sie voller Sorge.

»Vielleicht hat ihm jemand sein neues Geld gestohlen«, mutmaßte Erika.

Johanna schaute sie grübelnd an. Die Fantasie ihrer Tochter war blühend, aber vielleicht hatte sie ja recht. Der Gedanke ließ ihr keine Ruhe mehr.

»Komm, wir gehen zu der Ausgabestelle und schauen mal nach, ob wir ihn finden«, forderte sie Erika daher auf.

Als sie die Menschenmenge vor dem Gebäude sahen, ahnte Johanna, warum Otto noch nicht nach Hause gekommen war. Nach einigem Suchen entdeckte sie ihn ziemlich weit vorn in der Schlange. Er war überrascht, als er sie sah.

»Was macht ihr denn hier? Wollt ihr mir Gesellschaft leisten?« Er deutete auf die Leute vor sich. »Das kann noch eine ganze Weile dauern. Ihr könnt euch ja gar nicht vorstellen, wie viele Menschen schon hier standen, als ich heute Morgen angekommen bin. Und ich habe mir eingebildet, ich wäre früh dran.« Er schlug sich mit der flachen Hand gegen die Stirn und erntete einen trockenen Lacher von dem Mann hinter ihm, der dem Wortwechsel zugehört hatte.

»Hoffentlich bekommen wir heute überhaupt noch was«, sagte der skeptisch. »Nicht, dass denen das Geld ausgeht, bevor wir dran sind.«

Johanna und Erika blieben bei Otto und warteten gemeinsam, sodass sie ihr Geld persönlich in Empfang nehmen konnten. Sie hatten doppeltes Glück, denn es dauerte doch nicht mehr so lange, bis sie dran waren, und außerdem verwandelte sich der Scherz des Hintermannes kurz nach ihnen in Realität. Während sie ihr Geld noch zählten und neugierig begutachteten, wurde der Schalter geschlossen.

»Morgen können Sie wiederkommen. Dann haben wir frische Banknoten!« Diskussion waren überflüssig: Selbst wenn er gewollt hätte, konnte er nichts mehr auszahlen.

»Puh, da haben wir aber wirklich Schwein gehabt«, Otto atmete erleichtert auf. »Ich hätte wirklich keine Lust gehabt, mich morgen hier nochmal so lange anstellen zu müssen.«

Zu Hause holten sie das Geld aus Ottos Portemonnaie. Jetzt konnten sie es in Ruhe studieren.

»Es sieht irgendwie modern aus«, fand Johanna, als sie es zwischen ihren Fingern rieb. »Und es fühlt sich gut an.« Auch das leise knitternde Geräusch gefiel ihr, das trocken und sauber klang und deutlich verriet, dass die Noten frisch gedruckt waren.

»Die sind wenigstens noch nicht so speckig und eklig wie so manche alten Scheine«, sagte sie und beschloss, es als gutes Omen für die Zukunft zu nehmen. »Hoffentlich haben wir immer genug davon im Geldbeutel«, wünschte sie sich.

»Ja, das hoffe ich auch. Am besten, wir schließen das Geld jetzt erst einmal in die Schatulle ein, in der wir unsere Ausweise verwahren«, antwortete Otto und nahm das Geld wieder an sich.

»Und dann schauen wir uns am Montag gründlich in der Stadt um, ob und was wir dafür kaufen können. Schließlich müssen wir uns erst daran gewöhnen und noch eine Weile damit auskommen.« Er verschloss die Kassette mit besonderer Sorgfalt. »Dieses Geld ist immerhin alles, was wir bis zum nächsten Ersten haben.«

»Du hast recht«, stimmte Johanna ihm zu. »Wir müssen genau überlegen, bevor wir auch nur einen Pfennig ausgeben.«

Deshalb hatte sie auch kein Geld in ihrer Tasche, als sie zwei Tage später vor dem Feinkostladen in der Stadt stand. Sie schaute sich einfach die Auslagen an und kam aus dem Staunen nicht mehr raus.

»Wo kommen denn auf einmal all diese Herrlichkeiten her?«

Ein alter Mann war neben Johanna stehen geblieben und starrte ebenso wie sie in das Schaufenster. Mit seiner Frage beförderte er sie unvermittelt in die Wirklichkeit zurück.

»Das habe ich mich eben auch gefragt«, gab sie zu.

Der Mann deutete mit dem Finger auf den Laden. »Letzte Woche erst habe ich hier nach Kaffee gefragt und nur ein mitleidiges Kopfschütteln zur Antwort bekommen, als hätte ich etwas Unanständiges verlangt.« Er verstellte seine Stimme. »Tut mir leid, den haben wir nicht.« Es schwang Empörung in seiner Stimme, als er fortfuhr. »Und jetzt liegen die Päckchen hier pfundweise herum. Die müssen doch schon da gewesen sein. Das kann doch gar nicht anders sein.«

Johanna konnte ihm nur zustimmen.

Und tatsächlich waren viele Lebensmittel und Gebrauchsgegenstände schon letzte Woche in den Läden vorhanden gewesen. Doch die Eigentümer hatten sie in Erwartung einer Besserung lieber gehortet, als sie zu verkaufen. Als nun die neue D-Mark endlich einen lukrativen Gegenwert für die eigenen Waren versprach, wanderten deshalb quasi über Nacht die sogenannten Unter-Tisch-Waren, kurz »U-T-Waren«, wieder nach oben auf die Ladentheken und in die Auslagen.

Allerorts bot sich dasselbe Bild. Plötzlich gab es wieder Gummiband, schwarze Socken und Parfum zu kaufen. Wer genug neues Geld hatte, brauchte jetzt nicht mehr auf den Schwarzmarkt zu gehen, sondern konnte sich seine Wünsche – so wie früher – ganz normal im Laden erfüllen.

Allerdings hatten viele Deutsche vorerst nur wenig Geld, sodass ihre Wünsche weiterhin unerfüllt blieben. Die Löhne stiegen in den kommenden Monaten nicht so schnell wie die Preise. Besonders hart traf es Haushalte, die allein auf den Inhalt der Lohntüte angewiesen waren. So wie einfache Arbeiter und zigtausende Flüchtlinge, die weder Grundstücke, Häuser noch andere nennenswerte Sachwerte in neues Geld umwandeln oder auf Bankguthaben zurückgreifen konnten. Ihre Lebensbedingungen blieben weiterhin bescheiden. Sie mussten sich damit begnügen, die Auslagen der Schaufenster sehnsüchtig zu betrachten und konnten nur davon träumen, sich all das eines Tages einmal leisten zu können.

Trotzdem weckte die neue Währung und die plötzliche Vielfalt an Konsumgütern allgemein neue Hoffnung. Man konnte sich wieder darauf verlassen, für seine Arbeit auch »gutes« Geld zu bekommen und musste nur lange genug sparen, bis man sich die dringend benötigten, größeren Schuhe für den Sohn, das neue Fahrrad für den Vater oder den schicken Hut für die Mutter auch würde leisten können.

Mit der Währungsreform wurden gleichzeitig die Lebensmittelrationierung, die Preisbindung und das Bezugsscheinwesen für die meisten Waren aufgehoben. Ludwig Erhard, seit März 1948 zum »Direktor der Verwaltung für Wirtschaft« im vereinigten westlichen Wirtschaftsgebiet berufen, setzte damit zusätzliche Impulse für Industrie und Handel. Nur wenige Grundnahrungsmittel sowie Kohle, Stahl, die Mieten und Düngemittel blieben von dieser Freigabe bis auf Weiteres ausgenommen. Die von Erhard schon bald als »soziale Marktwirtschaft« propagierte Wirtschaftsform startete ihren Motor und gewann an Fahrt.

Innerhalb weniger Wochen wurde bis August 1948 die Industrieproduktion im Westen um rund ein Viertel gesteigert, sodass die Währungsreform mitsamt ihren begleitenden Maßnahmen tatsächlich den so dringend benötigten

Anstoß bewirkte, um das Leben in Deutschland wieder zu normalisieren – zumindest in den westlichen Zonen.

Nur wenige Tage nach der Reform im Westen führten auch die Sowjets in ihrem Besatzungsgebiet eine Währungsreform durch. Sie tauschten die alte Reichsmark gegen die neue »Ostmark« ein, die mit der D-Mark außer dem Begriff »Mark« jedoch nichts gemeinsam hatte. Vor allem bewirkte sie nicht solche »Wunder« wie das westdeutsche Pendant. Vielleicht lag es daran, dass die Russen trotz des neuen Geldes weiterhin an der Preisbindung für die meisten Waren sowie den Lebensmittelkarten und Bezugsscheinen festhielten. Die Güter wurden weiterhin zentral zugewiesen und verteilt. So blieben die Läden trotz neuen Geldes leer, Tauschhandel und Mangelwirtschaft bestimmten weiterhin den Alltag.

8

Ähnlich wie Johanna und Otto blieb auch Agnes, trotz aller Begeisterung für das neue Geld, vorerst zurückhaltend, wenn es darum ging, es wieder auszugeben. In Heuchlingen waren die Einkaufsmöglichkeiten ohnehin beschränkt. Doch als sie wenige Tage nach der Währungsumstellung beim Metzger vorbeikam, war es um sie geschehen. Im Schaufenster entdeckte sie eine große Schüssel voller Fleischsalat. Abrupt blieb sie stehen und starrte auf die bergartig angehäufte Leckerei hinter der Glasscheibe.

»Den muss ich haben«, murmelte sie vor sich hin. »Wann habe ich so was zum letzten Mal gegessen?« Angestrengt versuchte sie sich zu erinnern, doch es fiel ihr nicht ein. Sie spürte, wie ihr das Wasser im Munde zusammen lief. Fleischsalat auf frischem Brot oder mit Pellkartoffeln. Oh, wie gern hatte sie das früher immer gegessen. All ihre Vorsätze zu äußerster Sparsamkeit waren vergessen, als sie die Klinke der Ladentür drückte und hinein ging. Sie würde jetzt etwas davon kaufen, egal was es kostete.

»Ein Pfund Fleischsalat, bitte«, hörte sie sich selbst sagen und war erschrocken über die Menge, die sie verlangte. Das würde bestimmt unendlich viel kosten, dachte sie mit schlechtem Gewissen. Doch als die Verkäuferin ihr den Salat abwog, sah er so köstlich aus, dass es ihr egal war. Anstandslos bezahlte Agnes den geforderten Preis und weigerte sich erfolgreich, darüber nachzudenken, ob sie sich das leisten konnte. Die neuen Münzen glänzten sauber und unschuldig, als sie sie auf die Ladentheke legte.

Schnell verließ Agnes den Laden. Am liebsten hätte sie gleich an Ort und Stelle davon genascht. Aber das wäre ihr nun doch zu peinlich gewesen. Sie wollte den Salat in aller Ruhe genießen, Gabel für Gabel. Ihre restlichen Besorgungen hatte sie vergessen.

In der Küche des Kirchenbauern angekommen, riss sie die kleine Tüte ungeduldig auf und stach umgehend mit einer Gabel in den Salat. Sie war froh, dass sie allein war und sich weder erklären musste noch – was viel schlimmer gewesen wäre – hätte teilen müssen. Genießerisch schloss sie die Augen, als sie die Gabelladung in ihren Mund schob.

»Mhm!« Es war eine wahre Geschmacksexplosion, die augenblicklich die Erinnerung an den Fleischsalat in Jena weckte. Plötzlich stürmte Clara zur Küche herein.

»Was machst du denn da?«, fragte sie überrascht und blieb neugierig stehen. Der genussvolle Ausdruck auf dem Gesicht ihrer Mutter und die volle Schüssel Fleischsalat in deren Hand sprachen für sich.

»Was ist das? Darf ich auch mal probieren?«

Agnes fühlte sich ertappt. Am liebsten hätte sie sich weggedreht, um die Schüssel zu verbergen, doch sie beherrschte sich gerade noch rechtzeitig.

»Ja. Natürlich kannst du davon kosten«, druckste sie herum und reichte Clara die Gabel. »Also, das nennt man Fleischsalat.«

Sie bedauerte ehrlich, den Salat nicht allein essen zu können, obwohl sie das niemals zugegeben hätte. Mit gemischten Gefühlen beobachtete sie Clara dabei, wie diese dem Geschmack in ihrem Mund nachspürte. Es war offensichtlich, dass es ihr schmeckte.

»Das kennst du gar nicht, nicht wahr? Ich glaube, ich habe seit Ewigkeiten keinen so guten Fleischsalat mehr gegessen. Der hier ist besonders lecker.«

»Ja, das schmeckt wirklich köstlich.«

Agnes gab sich einen Ruck, grinste und stupste ihrer Tochter auf die Nase, bevor sie fragte: »Mehr?«

Clara nickte verschwörerisch und beeilte sich, zwei Teller und eine zweite Gabel zu holen. Agnes schnitt derweil ein paar Scheiben Brot ab. Kichernd verputzten sie den gesamten Fleischsalat, bis sie satt und sehr zufrieden die Teller von sich weg schoben.

»Meine Güte, war das lecker! Kannst du den bald wieder kaufen?«, fragte Clara und strich sich mit der Hand über ihren Bauch.

»Ich glaube, mir wird gleich schlecht«, sagte Agnes statt einer Antwort. Für einen Augenblick schwiegen beide.

»Ich glaube, mir auch!«

Den restlichen Tag aßen beide nichts mehr.

9

»Jetzt hör dir das doch bloß an! Das ist ja furchtbar! Wie können die Russen denn so etwas machen?« Johanna stand die Empörung ins Gesicht geschrieben. »Die Russen haben in Berlin einfach die Grenzen dicht gemacht. Jetzt kommt niemand mehr raus noch rein. Weder Mann noch Maus. Und auch keine Schiffe und keine Laster mehr. Damit ist die Stadt vollkommen von der Versorgung abgeschnitten. Wie soll das werden? Die haben doch schon in ein paar Tagen nichts mehr zu essen und keine Kohlen mehr. Nichts!«

»Wenn das mal nur nicht wieder Krieg gibt«, brummte Otto düster. Es war erst vier Tage her, als die Währungsreform für Aufregung gesorgt hatte. Und nun das. Diese Neuigkeit ließ nicht nur Otto trotz der sommerlichen Hitze frösteln. »Wieso machen die Russen das?«

»Vielleicht ist das eine Retourkutsche für unser neues Geld. Schließlich haben die ja nicht mitgezogen.« Johanna überlegte kurz. »Oder vielleicht wollen sie sich Berlin komplett einverleiben. Die Westsektoren liegen jetzt schließlich wie eine Insel in der russischen Zone.«

»Auf jeden Fall sieht das nicht gut aus.«

Tatsächlich hatte die Währungsreform die Gegensätze zwischen den Siegermächten massiv verschärft, da sie für die Westzonen Deutschlands eine klare Orientierung zur kapitalistischen Wirtschafts- und Gesellschaftsform bedeutete. Wie provokant das auf die Russen wirken musste, wussten die Alliierten genau, allen voran die Amerikaner. Doch auf solche Befindlichkeiten nahm längst keiner mehr Rücksicht.

Und die Sowjets reagierten prompt: Nach dem Plan der West-Alliierten sollte die Währungsreform ursprünglich auch für die drei westlichen Sektoren Berlins gelten. Aber das lehnten die Sowjets strikt ab und schlossen kurzerhand die Grenzen, womit sie die drei Westsektoren komplett von der notwendigen Versorgung abschnitten. Überlebenswichtige Güter wie Kohle, Strom und Nahrungsmittel durften weder auf dem Wasser- noch über den Landweg die sowjetische Zone passieren.

Damit begann vier Tage nach der Währungsreform die »Berliner Blockade« und wurde zum Sinnbild der Konfrontation zwischen Amerikanern und Sowjets, zwischen Kapitalismus und Kommunismus, für die die beiden Staaten stellvertretend standen. Die verbindende Euphorie des gemeinsamen Sieges über Nazideutschland war längst verflogen und konnte die vollkommen konträren Siegermächte nicht länger zusammenhalten. Keine Seite war bereit nachzugeben, jede wollte die eigenen Machtinteressen durchsetzen.

Die Amerikaner reagierten zwei Tage nach dem Beginn der nun ihrerseits als Provokation empfundenen Blockade, indem sie eine Luftbrücke nach Berlin einrichteten. Während der kommenden elf Monate versorgten ihre Flugzeuge die Westsektoren Berlins mit dem Nötigsten aus der Luft. Die Berliner, dankbar für die Unterstützung der Amerikaner und trotz aller Not schlagfertig, gaben den schwerfälligen Flugzeugen bald den liebevollen Namen »Rosinenbomber«. Jedes Mal wenn sie das tiefe Brummen am Himmel hörten, hatten sie das beruhigende Gefühl, von der Welt nicht vergessen worden zu sein.

Erst am 12. Mai 1949 lenkten die Sowjets ein und gaben ihre Blockade auf.

»Wie soll das nur weitergehen mit Deutschland?«

Es schwang Ratlosigkeit und Entsetzen in Karls Stimme mit, als er sich mit Agnes und dem Kirchenbauern zwei Wochen nach dem Beginn der Berliner Blockade über die politische Entwicklung Deutschlands unterhielt. Er hatte ein paar freie Tage bekommen und verbrachte sie in Heuchlingen bei seiner Familie. Es war ein herrlicher Sommerabend und sie genossen die laue Abendluft auf einer Bank im Hof.

»Wir Deutschen driften, durch Amerikaner und Russen gezwungen, immer weiter auseinander. Ich finde, das sieht alles gar nicht gut aus.«

»Ich glaube nicht, dass die Russen diese Blockade lange durchhalten können«, sagte Agnes. »Sie verstoßen damit gegen sämtliche internationalen Verträge. Das lassen sich die Amis doch nicht gefallen. Du wirst sehen, die Russen geben bald klein bei und lassen die Schiffe und Laster wieder nach Berlin. Mit ihrer Luftbrücke zeigen die Amerikaner doch deutlich, dass sie das Verhalten der Russen nicht akzeptieren.«

»Mag schon sein«, mischte sich der Kirchenbauer ein. »Aber mich macht es wütend, dass wir Deutschen überhaupt nichts dagegen tun können. Wir haben den Krieg verloren und deshalb haben wir jetzt überhaupt nichts mehr zu sagen.« Er fuchtelte aufgebracht mit den Händen herum. »Wir dürfen nur noch kuschen. So sieht es doch aus. Es ist einfach zum aus der Haut fahren! Ich habe das Gefühl, dass wir zuschauen müssen, wie man die Reste unseres Heimatlandes auch noch kaputt macht.« Eigentlich wusste er ganz genau, dass es dieses Land, auf das er früher einmal stolz gewesen war, längst nicht mehr gab.

»Alles, was jetzt in Deutschland passiert, ist der Preis für den verlorenen Krieg«, meinte Karl nach einer Weile. »Und nach all den Gräueltaten, die Deutsche begangen haben, ist es nicht verwunderlich, dass nun die Welt alle Deutschen dafür verantwortlich macht und bestrafen will«, meinte er niedergeschlagen. Er war keineswegs mehr stolz darauf, Deutscher zu sein, ganz im Gegenteil, er schämte sich dafür.

»Solange die Russen Berlin abriegeln, brauchen wir gar nicht daran zu denken, mal wieder nach Jena zu fahren«, versuchte Agnes dem Gespräch eine andere Wendung zu geben. »Nicht, dass ich im Moment das Bedürfnis danach hätte: Solange die Russen dort sind, will ich eh nicht zurück. Aber irgendwann würde ich meinen Bruder und all die anderen doch gerne mal wiedersehen.« Sie dachte an Jena. »Ach, es ist doch verrückt«, stieß sie aufgebracht hervor. »Schließlich sind wir ein Land, ein Volk, eine Familie und gehören zusammen! Es macht mich wütend, wenn ich darüber nachdenke.«

Das offenkundig feindliche Verhalten der Siegermächte und die zwei verschiedenen Währungen ließen eigentlich nur noch eine Deutung der politischen Situation zu: die klare Trennung zwischen Ost und West. Immer rasanter entwickelten sich beide Teile auseinander und standen sich zunehmend unversöhnlich gegenüber, mochten offizielle Bekenntnisse zur Einheit Deutschlands versprechen, was sie wollten.

Und die deutsche Bevölkerung musste sich damit abfinden. Es kümmerte die Siegermächte nicht, ob sie mit ihren Entscheidungen das Land entzweiten und Familien dauerhaft auseinanderrissen.

10

Karl war gerade erst wieder nach Zwiesel gereist, als Clara abermals ihre Bauchkoliken bekam. Mittlerweile waren sowohl Clara als auch ihre Mutter damit so vertraut, dass sie genau wussten, wie sie damit umgehen mussten. Doch schnell bemerkte Agnes, dass der Verlauf der Krankheit dieses Mal ein anderer war. Obwohl sie meist ohne die Hilfe des alten Hausarztes auskam, holte sie ihn in diesem Fall sicherheitshalber doch.

»Liebe Frau Stockmüller, es tut mir leid, aber Ihre Tochter muss sofort ins Krankenhaus nach Heidenheim«, sagte Dr. Bergmann, nachdem er Clara gründlich untersucht hatte. »Ich denke, das Kind leidet unter einer akuten Blinddarmentzündung, die operiert werden muss.«

Agnes war schockiert. »Sind Sie sicher, Herr Doktor?« Zärtlich strich sie über Claras schweißnasses Haar. »Mein armes Mädchen.«

»Es gibt keinen Zweifel.« Er sah zu Clara. »Bitte sorgen Sie dafür, dass sie sofort ins Krankenhaus kommt. Ich rufe dort an, um sie anzumelden.«

Clara wurde umgehend operiert. Alles verlief problemlos. Trotzdem machte der leitende Arzt ein besorgtes Gesicht, als er Agnes hinterher traf.

»Frau Stockmüller, ich muss Ihnen leider mitteilen, dass Ihre Tochter noch länger wird hierbleiben müssen.«

Agnes sah den Arzt erschrocken an. »Warum? Es hieß doch, alles sei gut verlaufen.«

»Das ist richtig, doch die Blinddarmentzündung war nicht das einzige Problem, das wir festgestellt haben.« Er machte eine Pause. »Clara leidet unter einer ernst zu nehmenden Erkrankung, an einer Tuberkulose, die sich im Darm festgesetzt hat. Wir müssen versuchen, das Kind mit Medikamenten entsprechend zu behandeln.« Er ließ seine Worte wirken. »Es tut mir wirklich leid, aber das kann eine Weile dauern. Und solange müssen wir Clara hier behalten.«

Agnes war schockiert. Und zu allem Unglück war Karl nicht hier.

»Litt das Kind vielleicht schon öfters unter schweren Bauchkoliken mit Erbrechen und Fieber?«

Die Frage holte Agnes in die Wirklichkeit zurück. Sie nickte langsam.

»Ja! Immer wieder hatte sie diese Koliken. Seit gut zwei Jahren, würde ich sagen. Aber Doktor Bergmann konnte nie etwas Außergewöhnliches feststellen, sodass wir gedacht haben, es liegt am Wachstum.« Agnes hatte das Gefühl sich rechtfertigen müssen. »Aber die Koliken gingen ja dann auch immer wieder von selbst weg. Clara hat Diät gehalten und das Bett gehütet, bis es ihr wieder gut ging.«

Der Arzt bemerkte ihre Selbstvorwürfe. »Machen Sie sich nicht zu viele Sorgen«, versuchte er sie zu beruhigen. »Jetzt ist das Kind ja bei uns, und Sie werden sehen, bald ist Clara wieder vollkommen gesund. Aber Sie sollten untersuchen lassen, ob nicht auf dem Hof, auf dem Sie leben, Tbc erkrankte Kühe im Stall stehen. Die könnten die Ursache sein.«

Tatsächlich stellte sich heraus, dass kranke Kühe auf dem Hof lebten, ohne dass jemand etwas davon bemerkt hatte. So war das vermeintlich gesunde Glas frische Milch, das Clara jeden Morgen mit so viel Genuss getrunken hatte, die Ursache für ihre jahrelangen Beschwerden.

Der Bruch wird vollzogen

1

Die derart auf Konfrontation angelegten Rahmenbedingungen konnten am Glaswerk und den Deportierten nicht spurlos vorübergehen. So verhärteten sich im Laufe des Jahres 1948 die Fronten weiter. Trotz aller Bemühungen fanden sich keine Lösungen, die den Erfordernissen des Stammhauses einerseits und der Deportierten andererseits gerecht geworden wären. Selbst wenn es viele Schottianer auf beiden Seiten nicht wahrhaben wollten, sprach mittlerweile alles für eine Trennung.

Als zum 1. Juni 1948 außerdem das Glaswerk in Jena aufgrund der Befehle Nummer 64 und Nummer 124 der sowjetischen Militäradministration entschädigungslos enteignet wurde, stellte das die Kontrahenten erneut vor vollendete Tatsachen. Das Zeiss-Werk erlitt übrigens das gleiche Schicksal.

Damit war die große Hoffnung der Jenaer Geschäftsleitung endgültig zerstört, auf die sie sich bisher immer berufen hatte und zu der das Thüringer Parlament mit seinem Beschluss im März 1947 die Grundlage geliefert hatte. Darin war postuliert worden, dass die beiden Stiftungsunternehmen nach der Freigabe durch die Besatzungsmacht wieder in die Verfügungsgewalt der Carl-Zeiss-Stiftung zurückkehren sollten.

Die außergewöhnliche Konstellation der Werke von Schott und Zeiss, die in einer Stiftung zusammengefasst waren, hatte die Verantwortlichen hoffen lassen, dass die Betriebe vor einer Enteignung geschützt sein könnten.

Nun aber wandelte man das Glaswerk Schott & Genossen genauso wie das Schwesterunternehmen Carl Zeiss in »volkseigene Betriebe« um und integrierte sie in der »Vereinigung Volkseigene Betriebe – Optik«. Damit verloren sie ihre eigene Rechtspersönlichkeit, galten fortan nur noch als Zweigwerke und ihre Verantwortlichen verloren sämtliche Handlungs- und Entscheidungsbefugnisse. Sie hatten dem übergeordneten Diktat anderer zu gehorchen, das mehr von politischen als wirtschaftlichen Beweggründen bestimmt wurde.

2

Bis Erich Schott davon erfuhr, vergingen Wochen, erst am 15. Juli 1948 erhielt er eine Kopie der Enteignungsurkunde. Zum 30. November 1948 wurde das Werk seines Vaters aus dem Handelsregister beim Amtsgericht in Jena gelöscht.

Damit hatten sich seine größten Befürchtungen bewahrheitet. Das Stammwerk in Jena schien für ihn endgültig verloren. Eine Rückkehr war noch unwahrscheinlicher geworden. Daher trieb er die vollständige Abnabelung seiner kleinen Gruppe von Jena weiter systematisch voran. Zum 1. September 1948 verlegte er den Firmensitz der Deportiertengruppe offiziell von Heidenheim ins bayerische Landshut. Schott betrieb dort ein Zweigwerk aus alten Zeiten, das ihm dafür besonders geeignet schien. Von nun an firmierten sie im Handelsregister von Landshut als »Jenaer Glaswerk Schott & Gen. Landshut/Bayern« und bezeichneten sich aufgrund der Enteignung in Jena als »Hauptsitz der Gesellschaft«. So konnten sie die beengten Arbeitsmöglichkeiten in Heidenheim etwas verbessern und setzten außerdem ein klares Zeichen.

Damit war Landshut künftig nicht nur der Standort für die Herstellung einiger Glassorten wie Ampullen und Gleichrichter, sondern vor allem das »Hauptquartier« der im Westen befindlichen Schottianer.

Natürlich widersprach das Stammhaus dem umgehend, doch hinderte das Erich Schott nicht, seinen Plan der eigenen Unabhängigkeit konsequent zu verwirklichen. Die Verlegung des Firmensitzes nach Landshut hatte vor allem für diejenigen Deportierten Konsequenzen, die im Vertrieb, der Verwaltung und der Forschung arbeiteten, denn sie mussten jetzt nach Landshut umziehen. Allerdings begrüßten das fast alle, weil damit ihr nunmehr fast dreijähriges Provisorium in Heidenheim endlich ein Ende fand. Bis zuletzt hatten sie in den beengten Räumlichkeiten der Firma Voith gearbeitet und in den Quartieren gelebt, in die sie unmittelbar nach der kurzen Lagerzeit eingewiesen worden waren.

Besonders für diejenigen, die damals in Sammelunterkünften untergekommen waren, bedeutete der Umzug eine deutliche Verbesserung ihrer Lebensumstände. Während sich also ein Teil der Deportierten in diesem Spätsommer in Landshut neu einrichtete, konnte die Produktion in Zwiesel und Mitterteich weiter gesteigert werden. Die Gruppe der 41 Glasmacher war nun auf drei Standorte in Bayern verstreut: Landshut, Zwiesel und Mitterteich, und einige Familienangehörige, wie Agnes und ihre Töchter, lebten immer noch in und um Heidenheim. Wie es mit ihnen und mit Deutschland angesichts der schwierigen politischen Lage weitergehen würde, wusste keiner.

3

Die besondere rechtliche Konstruktion als Stiftungsbetrieb erschwerte die Lage für beide Seiten erheblich. Nach der Umwandlung der Jenaer Niederlassungen in volkseigene Betriebe wurden Schott und Zeiss nun rechtlich unabhängig von der Stiftung betrieben. So stellte sich die Frage, ob die Stiftung aufgehört hatte zu existieren. Schließlich war ihr vorrangiger Stiftungszweck, die Existenz beider Unternehmen auf Dauer in Jena zu sichern, verloren gegangen.

Eine entsprechende Änderung des Stiftungsstatuts war zwar von offizieller Seite in Ostberlin angestrebt worden, doch irgendwie kam es nie zu einer Neufassung. Die Carl-Zeiss-Stiftung blieb deshalb zwar faktisch in Jena bestehen, hatte aber nicht mehr die Bedeutung und die Aufgaben wie früher. Nunmehr war sie lediglich für Pensionsfragen von Werksangehörigen und für die Unterstützung gemeinnütziger Einrichtungen in der Stadt zuständig.

Erich Schott und seine Mitarbeiter nahmen die konträre Position ein. Ihrer Auffassung nach war die Stiftung mit den Deportierten in den Westen verlagert worden und existierte dort weiter. Ein Standpunkt, den die Verantwortlichen in Jena kategorisch ablehnten, da sie sich auf einen Passus im Stiftungsstatut stützten, nach dem die Stiftung zwingend an den Ort Jena gebunden war.

Wer also hatte recht? Die Frage nach dem »Ob« und »Wie« und »Wo« eines Fortbestehens der Carl-Zeiss-Stiftung beschäftigte in den kommenden Jahrzehnten unzählige Gerichte in Ost und West, denn die Kontrahenten schafften es nicht, sich außergerichtlich zu einigen. Diese Frage war vor allem deshalb so bedeutsam, weil die Stiftung nicht nur erhebliche Vermögenswerte auf beiden Seiten des eisernen Vorhangs besaß, sondern außerdem Inhaberin der wichtigen Warenzeichen und Namensrechte von Zeiss und Schott war. Ihr oblag also eigentlich die Rechteverwertung. Sollte die Stiftung jedoch nicht mehr existieren, so stellte sich zwangsläufig die Frage, wem diese Rechte nun zustanden. Letztendlich ging es um sehr viel Geld.

Wer besaß künftig die Verfügungsgewalt? Welche Seite war berechtigt, den Namen »Schott« beziehungsweise »Jenaer Glas« oder »Zeiss« für seine Produkte zu verwenden? Sollte die Stiftung trotz der Verstaatlichung weiterhin in Jena bestehen, so stünden diese Rechte dem Stammwerk zu. Hätten dagegen die Deportierten die Stiftung mit nach Heidenheim genommen, so könnten sie als Rechtsnachfolger die Berechtigten sein.

Eine ungewöhnlich schwierige rechtliche Problematik, mit der die Juristen sich beschäftigen mussten, ohne dass sie auf vergleichbare Fälle hätten zurückgreifen können. Natürlich hing es maßgeblich davon ab, wer auf welcher Seite des Eisernen Vorhangs die Gerichte anrief. Immer wieder wurden die Fragen konträr entschieden, nicht zuletzt aus ideologischen Gründen. So war es nicht verwunderlich, dass man im Laufe der Jahre zu keiner, beide Seiten befriedigenden Lösung kam.

Dabei hatte der Physiker und Universitätsprofessor Ernst Abbe seinerzeit 1889 wohlweislich die Rechtsform einer Stiftung gewählt, um so die Werke von Carl Zeiss und Otto Schott auf Dauer in ihrem Bestand zu schützen. Er wollte sicherstellen, dass nicht die Unwägbarkeiten einer natürlichen Erbfolge den Firmen schaden könnten und sie durch die Stiftung dauerhaft als Einheit zusammenhalten.

Gleichzeitig war er bestrebt, mit dem Stiftungsstatut seine Vorstellungen einer modernen Unternehmensführung festzuschreiben. Dazu gehörten vor allem solch soziale Errungenschaften wie Pensionsleistungen, ein Acht-Stunden-Tag, eine Arbeitervertretung sowie Regelungen für Urlaub und Krankheitsfälle, die für sämtliche Arbeiter und Angestellte Geltung hatten.

Eine derart fürsorgliche Einstellung zugunsten der eigenen Mitarbeiter war damals alles andere als selbstverständlich. Viele dieser Bestimmungen, die aufgrund des Stiftungsstatuts bereits zu Beginn des Jahrhunderts für beide Werke verbindlich waren, erstreikten die Gewerkschaften flächendeckend erst viele Jahrzehnte später.

So war es eigentlich tragisch, dass der gute Geist von Abbe und den Firmengründern Zeiss und Schott durch die wachsenden Spannungen des Kalten Krieges nicht nur extrem belastet wurden, sondern ein einvernehmliches Miteinander der auseinandergerissenen Firmenteile zusätzlich erschwerte.

4

Natürlich erfuhr Otto von dem Umzug der Geschäftsleitung nach Landshut, doch auf seine tägliche Arbeit hatte dies keinen Einfluss. Wie immer erledigte er seine Aufgaben gründlich und gewissenhaft. Er blieb sich treu: gleichermaßen streng gegenüber sich selbst wie gegenüber all denjenigen, für die er als Werksmeister verantwortlich war. Es erfüllte ihn mit Stolz, dass die wirtschaftliche Situation im Werk konstant nach oben zeigte und die Zahl der nach Zwiesel zurückgeschickten fertigen Presslinge ständig wuchs. Er hielt sich einen Teil des Erfolgs durchaus selbst zugute.

Johanna arbeitete mittlerweile ebenfalls im Werk. Dort lernte sie andere Frauen für die Arbeit in der Presserei und der Schleiferei an. Sie hatte die Chance gern ergriffen, als sich diese ihr überraschend bot. So brauchten sie jetzt nicht mehr ausschließlich mit Ottos Lohn auszukommen.

»Auch wenn ich nicht viel verdiene, so bleibt vielleicht doch etwas übrig, um für größere Anschaffungen zu sparen«, hatte Johanna ihre Entscheidung begründet.

Otto war es recht. »Jetzt nach der Währungsreform macht das Sparen wenigstens wieder Sinn. Auch wenn alles sündhaft teuer ist, sind die Preise doch längst nicht so astronomisch hoch wie früher auf dem Schwarzmarkt. Man hat nicht mehr das Gefühl, ständig übers Ohr gehauen zu werden.«

»Und wir brauchen noch eine Menge Sachen, bis wir uns hier richtig eingerichtet haben«, sagte Johanna. »Mir geht unser Provisorium langsam aber sicher auf die Nerven.«

5

Otto ging abends nur selten in die Kneipe, um noch ein Bier zu trinken. Das Geld sparte er sich in der Regel lieber. Doch an diesem Dienstag im September hatte er sich ausnahmsweise von einem Kollegen überreden lassen. Er dürstete regelrecht nach einem kühlen Bier, der Tag war lang und anstrengend gewesen und seine Kehle fühlte sich staubtrocken an. Die Männer saßen noch nicht lange an dem gescheuerten Tisch, als sie am Nachbartisch einen fremden Mann von Fotoapparaten schwärmen hörten. Obwohl es nicht seine Art war, fremde Gespräche zu belauschen, konnte Otto es nicht verhindern, einzelne Sätze deutlich zu verstehen, da der Mann ausgesprochen laut sprach. Mehrmals hörte er dabei den Namen »Leica«. Das erinnerte ihn an seine eigene Kamera, die er damals in Lobeda im Garten vergraben hatte und er dachte darüber nach, wo die eigentlich hingekommen war.

»Eine Leica-Kamera, ja, das ist etwas Feines«, sagte er kurz darauf zu seinem Kollegen neben sich. Er war froh, ein neues Gesprächsthema gefunden zu haben. »Ich habe auch eine, noch von früher, nur weiß ich gerade nicht so genau, wo die hingekommen ist. Ich habe schon seit ewigen Zeiten nicht mehr damit fotografiert. Aber in der letzten Zeit gab es ja auch nicht allzu viele Gelegenheiten dazu. Ich muss doch mal meine Frau fragen, wo der Apparat abgeblieben ist.«

»Sie haben eine Leica-Kamera?« Der Mann vom Nachbartisch hatte seinerseits Ottos Gespräch mibekommen und mischte sich nun ein.

»Wenn Sie schon lange keine Fotos mehr damit gemacht haben, vielleicht haben Sie Interesse daran, mir die Kamera zu verkaufen? Ich suche dringend eine. Natürlich müsste sie funktionstüchtig sein und Sie machen einen vernünftigen Preis. Eine Neue kann ich mir einfach nicht leisten.«

Otto schaute den Mann überrascht an und dachte nach.

»Ja, also, ich habe tatsächlich eine. Nur, wie gesagt, ich weiß im Moment nicht so genau, wo die ist.« Er kratzte sich am Kopf, bevor er langsam fortfuhr. »Ich habe noch nie darüber nachgedacht, ob ich sie verkaufen könnte. Geschweige denn, zu welchem Preis.«

In seinem Kopf arbeitete es. Er würde die Kamera wahrscheinlich nicht allzu schmerzlich vermissen, wenn er sie jetzt wirklich verkaufen würde. Und das Geld käme gerade recht. Vielleicht sollte er den Apparat tatsächlich in gute neue D-Mark umwandeln. Damit könnte er gewiss mehr anfangen.

»Passen Sie auf. Ich will darüber nachdenken. Außerdem, wie gesagt, muss ich das gute Stück erst wiederfinden. Aber eigentlich müsste sie hier sein, denn ich weiß, ich habe sie damals in Lobeda eigenhändig eingepackt.«

Er überlegte. »Wir können es ja so machen. Wenn ich sie gefunden habe, unterhalten wir uns über den Preis. Vielleicht werden wir uns einig.«

»Einverstanden, wir treffen uns, sagen wir, übermorgen Abend hier zur selben Zeit.«

»Ja, so machen wir es.« Sie besiegelten ihr Abkommen mit einem Handschlag und einem kräftigen Schluck Bier.

Als Otto nach Hause kam, versetzte er Johanna sofort in Aufregung. »Weißt du, wo meine Leica-Kamera hingekommen ist? Ich könnte sie günstig verkaufen. Was hältst du davon?«

Johanna wusste sofort, wo der Fotoapparat war. Aber sie war von der Idee nicht so begeistert wie Otto. »Also, ich weiß nicht. Überleg doch mal, wie lange wir die schon haben! Es wäre doch schade darum. Bevor wir uns einen neuen Apparat leisten können, dauert es gewiss sehr lange. Und bis dahin können wir dann gar keine Bilder mehr machen.«

»Das stimmt zwar, aber wie viele Aufnahmen haben wir denn in den letzten drei Jahren gemacht?« Er schaute sie an, nickte und gab sich selbst die Antwort.

»Genau! Keine. Also brauchen wir sie doch eigentlich nicht. Das Geld könnten wir jedenfalls besser nutzen.«

Anstatt Otto etwas zu entgegnen, ging Johanna zu dem Kleiderschrank im Schlafzimmer und kramte die Kamera aus der hintersten Ecke hervor. Sie hatte den wertvollen Apparat selbst in ein weiches Tuch eingeschlagen, um ihn vor Beschädigungen und Staub zu schützen, daher wusste sie gleich, wo er war. Vorsichtig wickelte sie die Kamera aus.

»Natürlich könnten wir das Geld gut gebrauchen. Aber schade ist es trotzdem.«

»Vielleicht würde das Geld ja reichen, um eine neue Couchgarnitur zu kaufen. Damit wir endlich etwas Gescheites zum Hinsetzen haben. Wäre das nicht besser, als eine Kamera tief unten im Schrank versteckt?«

Johanna fixierte Otto einen Augenblick lang. Das Argument überzeugte sie, eine neue Couchgarnitur war wirklich viel besser. Also willigte sie ein.

Wie verabredet trafen sich die beiden Männer am übernächsten Tag im Wirtshaus und wurden sich schnell einig. Otto hatte die Kamera gleich mitgebracht, um sie vorzuführen. Es war genau das Modell, das der Mann haben wollte. Für alle Fälle hatte der genügend Geld eingesteckt, sodass sie hier und jetzt ihr Geschäft vollenden konnten.

Als Otto die Kamera aus der Hand gab, tat es ihm doch ein bisschen leid. Sie hatte schon so lange zu ihm gehört und stammte noch aus einer anderen, längst vergangenen Zeit. Aber dann fühlte er die neuen D-Mark-Scheine in seiner Hand und die Wehmut war vergessen.

Als das neue Sofa sowie zwei mit dem gleichen Polsterstoff bezogene kleine Sessel und ein passender Couchtisch einige Wochen später angeliefert wurden, waren beide ganz aufgeregt.

»Meine Güte, sind die schön!«, rief Johanna immer wieder voller Begeisterung. Ihre Stimme überschlug sich förmlich.

»Diese Prachtstücke müssen richtig zur Geltung kommen. Wir müssen sie anders stellen«, forderte sie Otto abends so bestimmt auf, dass der keinen Widerspruch wagte. Gemeinsam rückten sie sämtliche Möbel so lange hin und her, bis Johanna zufrieden war. Sorgfältig wischte sie danach mit ihrem Staubtuch alles ab, nahm ein kleines altes Sofakissen und legte es dekorierend auf die Couch.

»Wirklich schön, oder? Ich traue mich kaum, mich hinzusetzen«, rief Johanna voller Stolz.

Auch Otto war sichtlich angetan von den neuen Möbeln. »Siehst du, war doch gut, die Kamera zu versilbern, oder? Damit können wir wirklich mehr anfangen.«

»Es tut so gut, endlich wieder etwas Modernes zu besitzen. Oh, wie ich dieses Improvisieren satt habe«, nickte sie und betonte nach einem Augenblick nochmals, »Ja, es war richtig, dass du dich durchgesetzt und die Kamera verkauft hast.« Sie ging zu Otto und drückte ihm einen Kuss auf die Wange. Otto schaute verblüfft zu seiner Frau. So etwas war sonst bei ihnen nicht üblich.

Auch in den darauf folgenden Wochen hielt sich Johannas Hochgefühl. Immer wieder ging sie mit einem Lächeln auf dem Gesicht ins Wohnzimmer und strich fast zärtlich über das glänzende, dunkelbraune Holz der Armlehnen und den honiggelben Polsterstoff. Johanna war von sich selbst überrascht. Früher hatte sie solchen Dingen keine Bedeutung zugemessen. Doch nach der langen Zeit der Provisorien hatte all das einen neuen Stellenwert bekommen.

Sie brauchte allerdings eine Weile, bis sie sich auf den Möbeln auch entspannen konnte. Dann allerdings gab es kein Halten mehr.

6

»Nimm die Füße herunter!«

Fast täglich hörte Erika von nun an diese lästige Ermahnung ihrer Mutter, wenn sie es sich ihrerseits auf dem neuen Sofa gemütlich machen wollte. Zwar entnervt, aber doch gehorchend, fand sie dieses Verhalten reichlich übertrieben. Schließlich war eine Polstergarnitur doch ein Gebrauchsgegenstand zum Entspannen, warum sollte sie es dann nicht tun? Aber sie fand es sinnlos, darüber zu diskutieren. Ohnehin war sie derzeit mit ganz anderen Dingen beschäftigt: Mittlerweile war sie 13 Jahre alt und steckte in einer Zeit voller Widersprüche und Selbstzweifel, die sie selbst nicht verstand und noch viel weniger artikulieren konnte. Ständig entdeckte sie einen neuen, leuchtenden Pickel mitten in ihrem Gesicht und hasste sich dann noch ein wenig mehr. Grauenvoll sah das aus, fand sie. Sie drückte und quetschte, bis die roten Stellen schließlich doppelt so groß wurden. Es war im wahrsten Sinne des Wortes zum »Aus-der-Haut-Fahren«, dachte sie dann sarkastisch, und war gleichzeitig unglücklich darüber, dass das nicht tatsächlich möglich war. Es blieb ihr nichts anderes übrig, als sich im Bett zu verkriechen und das gefleckte Gesicht hinter einem Buch zu verstecken, bis sich die Haut wieder einigermaßen beruhigt hatte.

Auch die anderen Veränderungen ihres Körpers bemerkte sie mit gemischten Gefühlen. Sie war hin und her gerissen. Mal gefiel sie sich recht gut, wenn sie in den kleinen Spiegel über dem Waschbecken im Flur schaute. Ein anderes Mal, wenn sie ihr Ebenbild in der großen Fensterscheibe vom Metzger bemerkte, irritierten sie die fraulich werdenden Formen ihres Körpers. Sie war viel zu selbstkritisch und störte sich an Dingen, die anderen gar nicht auffielen.

»Ach, so ein dummes Zeug. Du siehst ganz normal aus«, lautete jedes Mal die ungeduldige Antwort ihrer Mutter, wenn Erika versuchte, mit ihr darüber zu reden.

Es war nicht die Antwort, die sie hören wollte. Dafür fühlte sie sich in ihrer Meinung bestätigt, dass ihre Mutter sie sowieso nicht verstand. Es schienen Welten zwischen ihnen zu liegen. Dabei war das Verhältnis zu ihr prinzipiell noch besser als zu ihrem strengen Vater, dem sie am liebsten ganz aus dem Weg ging.

Erika gewöhnte sich stattdessen an, ihre Probleme mit Freundinnen zu besprechen, und war überrascht, als sie feststellte, dass die von den gleichen Unsicherheiten geplagt wurden. Aber es beruhigte sie doch etwas.

7

»Hast du ein neues Fahrrad?«

Erika sah verdutzt auf. Die Stimme war ihr zwar nicht fremd, aber auch nicht wirklich vertraut. Sie stutzte, als sie den Neffen des Hüttenmeisters erkannte.

»Ähm, ja, das ist mein neues Fahrrad. Sieht doch toll aus, so blau angestrichen, oder?«

Sie war gerade dabei gewesen, es mit einem Lappen zu putzen und hatte deshalb auf dem Boden gehockt. Schnell stellte sie sich aufrecht hin, um

Franz auf gleicher Höhe begegnen zu können. Sie wunderte sich, dass er sie angesprochen hatte, denn sie hatte ihn zwar schon ein paar Mal getroffen, wenn er seine Tante besucht hatte, doch hatten sie nie miteinander gesprochen. Sein offenkundiges Interesse schmeichelte ihr, sodass sie prompt verlegen wurde. Schnell versuchte sie, den Gesprächsfaden wieder aufzunehmen, in der Hoffnung, dass er ihre Unsicherheit nicht bemerken würde.

»Mein Vater hat mir das Rad erst vor zwei Tagen gekauft. Es ist zwar gebraucht, aber mir gefällt es trotzdem. Diese blaue Lackierung sieht doch lustig aus. Nicht so langweilig schwarz wie die meisten Damenräder. Findest du nicht?«

»Doch, du hast recht! Das ist toll und passt außerdem gut zu dir! Es sieht genauso fröhlich aus wie du.«

Erika traute ihren Ohren nicht. Verblüfft schaute sie ihn an. War das ein Kompliment oder veralberte er sie? Sie wurde noch verlegener und ihr Kopf fühlte sich plötzlich an, als wäre nur Watte darin.

»Also, für ein neues Fahrrad hätte halt das Geld nicht gereicht«, hörte sie sich sagen und kam sich total blöd vor.

Aber Franz schien es völlig normal zu finden.

»Das ist doch in Ordnung. Dieses Rad sieht aus, als wäre es gut in Schuss. Also gibt es gar keinen Grund, warum man nicht damit fahren sollte. Ich habe übrigens auch ein Fahrrad. Wie wäre es, wenn wir mal zusammen durch die Gegend radeln würden?«

Erika hatte Mühe, ihre Überraschung und wachsende Freude nicht allzu offensichtlich zu zeigen. Das wäre ihr peinlich gewesen. Mit aller Gewalt bemühte sie sich um eine gelassen klingende Antwort. »Ja, das können wir gerne mal machen.« Interessiert schaute sie ihn an. Er sah wirklich gut aus, stellte sie verwundert fest.

»In Ordnung, dann hol ich dich morgen Nachmittag um halb vier ab. Geht das bei dir?«

»Ja, sehr gut. Das passt! Einverstanden!«

Nachdem Franz gegangen war, glaubte Erika zu träumen. War das eben wirklich passiert? Sie konnte es kaum glauben. Sollte sich so ein gut aussehender und netter Kerl tatsächlich für sie interessieren? Augenblicklich fiel ihr der Pickel auf der Stirn ein, und sie stöhnte entnervt auf. Doch der schien ihm nichts ausgemacht zu haben, überlegte sie ungläubig und freute sich immer mehr auf morgen.

»Hallo, da bist du ja.« Franz wartete schon, als sie am nächsten Tag zur ausgemachten Zeit im Hof erschien. Erika hatte ihn vom Fenster aus kommen sehen, aber absichtlich noch herumgetrödelt, bevor sie raus ging. Sie fühlte sich unsicher.

»Grüß dich. Schön, dass du gekommen bist.«

Auch er schien verlegen und beide drucksten herum.

»Tja ... ähm ... also, dann hol ich am besten mal mein Fahrrad aus dem Schuppen.« Erika war froh, etwas zu tun zu haben und verschwand. Als sie mit ihrem Fahrrad zurückkam, hatte sie wenigstens etwas in der Hand, an dem sie sich festhalten konnte.

»Wollen wir gleich losfahren?« Auch Franz wollte lieber etwas unternehmen, um die peinliche Sprachlosigkeit in Schach zu halten.

»Gerne«, rief Erika, schwang sich behände aufs Rad und fuhr mit einem erlösten Lachen davon. Überrumpelt musste er sich beeilen, um sie wieder einzuholen.

»Wohin wollen wir denn fahren?«, fragte Franz, als er sie erreicht hatte.

Erika zuckte mit den Schultern. »Vielleicht hier entlang«, rief sie übermütig und bog plötzlich nach links ab. Franz hatte alle Mühe, dem abrupten Richtungswechsel zu folgen.

»Na, warte«, murmelte er verblüfft und nutzte die nächste Möglichkeit, um seinerseits die Richtung vorzugeben.

Jetzt war Erika überrascht und fuhr schnell hinter ihm her. Unversehens verloren beide darüber ihre Verlegenheit, konnten miteinander lachen und hatten plötzlich unendlich viele Gesprächsthemen. Erika erfuhr an diesem ersten gemeinsamen Nachmittag nicht nur, dass Franz zwei Jahre älter war als sie und nach der Schule eine Lehre als Elektromechaniker machen wollte, sondern auch, dass er noch zwei Geschwister hatte und sein Vater im Krieg gefallen war.

Als sie ihm erzählte, wie sie mit ihrer Familie aus Jena hierher gekommen war, hatten sie ihre Räder längst an einen Baum gelehnt und sich im Gras gemütlich niedergelassen.

»Ich finde es so spannend, was du da erzählst. Ihr habt so viel Aufregendes erlebt«, meinte Franz bewundert, als Erika irgendwann erschrocken inne hielt, weil ihr bewusst geworden war, dass nur sie redete. Aber er hatte ihr tatsächlich ernst und interessiert zugehört. »Komm schon, jetzt musst du bis zum Schluss erzählen.«

Erika schaute ihn forschend an. »Wenn du wirklich willst. Also gut!«

Es war ein ganz neues Gefühl, dass sich jemand so für sie interessierte wie Franz. Es tat ungeheuer gut und sie genoss seine Aufmerksamkeit.

Verwundert bemerkte sie, dass es ihr in seiner Gegenwart gar nicht schwer fiel, auch von Dingen zu sprechen, über die sie sonst noch nie mit jemandem geredet hatte. Sie verriet ihm Einzelheiten, die bisher sogar ihre besten Freundinnen nicht kannten. Beide genossen das Gefühl, vom anderen ernst genommen und verstanden zu werden.

Als es schließlich Zeit wurde, sich zu verabschieden, war ihr schwer ums Herz. »Es war ein herrlicher Nachmittag«, sagte sie schlicht und schaute ihm tief in die Augen.

»Ja, das fand ich auch. Mir hat es viel Spaß gemacht, mit dir zusammen zu sein und zu reden. Vielleicht können wir das bald einmal wiederholen?«

Erika überlegte nicht lange. »Sehr gerne«, rief sie und schwang sich schnell auf ihr Rad, um die letzten paar Meter allein nach Hause zu fahren.

Sie schaffte es gerade noch rechtzeitig zum Abendbrot, sodass ihre Mutter keinen Grund hatte, mit ihr zu schimpfen, was diese in letzter Zeit oft tat. Trotzdem war Erika der forschende Blick ihrer Mutter unangenehm, die das selige Lächeln auf dem Gesicht ihrer Tochter bemerkt hatte.

»Wo hast du dich den ganzen Nachmittag herumgetrieben? Du siehst so …«, ihre Mutter stockte, »so anders aus.«

»Och, ich habe bloß mein neues Fahrrad ausprobiert und bin ein bisschen in der Gegend herumgefahren.« Auf keinen Fall wollte sie etwas von Franz erzählen. Das hätte ihre Mutter sowieso nicht verstanden oder, noch schlimmer, vielleicht sogar verboten. Diese wunderbaren Stunden vorhin, die gehörten ihr ganz allein und wieder huschte ein verklärtes Lächeln über ihr Gesicht.

»Du, ich habe richtig schöne Wanderwege entdeckt«, versuchte sie deshalb ihre Mutter schnell abzulenken. Sie atmete tief durch, als die darauf einging.

»Ach ja, dann können wir ja am nächsten Sonntag mal einen davon ausprobieren, wenn du glaubst, den Weg wieder zu finden.«

»Klar, das ist kein Problem!«

Sie brauchte eine Weile, bis sie verstand, dass sie sich verliebt hatte – zum ersten Mal und bis über beide Ohren. Ständig hatte sie sein Gesicht vor Augen, mit seinen braunen Augen mit diesem spitzbübischen Lachen. Und seinem spärlichen Bartwuchs, der ihr dennoch ungemein männlich vorkam. Wenn sie auf der Straße einen Jungen mit ähnlicher Figur und Haarfarbe entdeckte, machte ihr Herz sofort einen Hüpfer, glaubte sie doch, es wäre Franz. Und wie groß war dann regelmäßig die Enttäuschung, wenn sie feststellen musste, dass es doch ein Fremder war. Noch immer war sie verblüfft, dass so ein toller Junge Interesse an ihr hatte. Sicherheitshalber verriet sie niemandem, auch ihren Freundinnen nicht, dass sie verliebt war, weil sie Angst hatte, sich lächerlich zu machen. Doch die Zuneigung, die Franz ihr ganz offensichtlich ebenso entgegenbrachte, gab ihr ein ganz neues Selbstbewusstsein.

Die beiden trafen sich von nun an regelmäßig, was dann doch anderen auffiel.

»Ich verstehe überhaupt nicht, warum Franz plötzlich so viel für meine Mutter zu erledigen hat. Neuerdings taucht er fast jeden Tag hier auf«, überlegte Marie eines Nachmittags, als sie mit Erika im Hof saß, und Franz gerade zu ihrer Mutter in die Wohnung gehen sah. Zuvor hatte er die beiden Mädchen zwar kurz begrüßt, doch sich nicht lange aufgehalten. Allerdings war Marie ein plötzliches Strahlen in Erikas Gesicht nicht verborgen geblieben. Das Mädchen ahnte schon seit einiger Zeit etwas und wollte jetzt die Gelegenheit nutzen, um Klarheit zu bekommen.

»Hast du eigentlich bemerkt, dass Franz eben nur dich angeschaut hat?«, fragte sie unschuldig und wartete gespannt auf die Reaktion ihrer Freundin.

»Ach, das stimmt doch gar nicht«, verteidigte sich Erika sofort. »Er hat dich genauso angesehen.«

»Du magst ihn, oder?«, wagte Marie nun den Überraschungsangriff. Aber zu ihrer Enttäuschung hatte Erika sich voll im Griff. Mit einem knappen Schulterzucken antwortete sie. »Ja, ich finde ihn sehr nett. Du doch auch, oder?« Dabei stand sie schnell auf, nahm den neben ihr liegenden Ball und warf ihn der immer noch forschenden Marie zu. »Komm, wir spielen ein bisschen.«

Auf die Dauer war es schwierig, ihre Freundschaft vor Marie, ihren Eltern und den anderen Bewohnern des Hauses zu verheimlichen, doch weder Franz noch Erika hatten den Mut, sich offen dazu zu bekennen. Vor allem Erika war sich sicher, dann ernsthaften Ärger mit ihren Eltern zu bekommen.

»Pass auf, wir verabreden ein Erkennungszeichen«, schlug Franz eines Tages vor. »Wenn ich in die Nähe des Hauses komme, pfeife ich immer dasselbe Liedchen. Hör zu!« Er spitzte seine Lippen und pfiff drauf los. Es war ein beliebter Schlager, den Erika sofort erkannte.

»Das ist eine gute Idee«, rief sie nach den ersten Takten. »So weiß ich, wann du da bist und komme dann unter einem Vorwand runter, sodass es aussieht, als träfen wir uns zufällig.« Sie überlegte kurz, nickte dann: »Ja, so machen wir es.«

Seitdem spitzte sie permanent die Ohren, sobald sie von der Schule nach Hause gekommen war, immer in der Hoffnung, die geliebte Melodie zu hören. Meist trafen sich die beiden dann im Hofdurchgang, weil sie dort einigermaßen vor neugierigen Blicken geschützt waren. Jeweils an einer der gegenüberliegenden Wände des Durchgangs lehnend, wechselten sie ein paar Worte und neckten sich, bevor sie sich meist für später verabredeten. Sie hatten mehrere Stammplätze rund um Mitterteich, wo sie sich im Wechsel trafen und zu denen sie getrennt mit ihren Rädern hinfuhren.

Erika genoss jeden Augenblick, den sie mit Franz zusammen war. Bald begrüßten und verabschiedeten sie sich mit einem zarten Kuss und kamen sich dabei ungemein erwachsen vor.

Doch trotz aller Vorsichtsmaßnahmen schien sich ihre Freundschaft irgendwie herumzusprechen.

»Was bildest du dir eigentlich ein?«, fauchte Johanna sie eines Herbstnachmittags an, kaum dass Erika zur Tür hereingekommen war. Ihre Mutter kochte vor Wut und Erika blieb, das Schlimmste befürchtend, wie angewurzelt stehen.

»Da gehe ich ahnungslos zum Metzger und muss mir von Frau Schuster aus dem Nachbarhaus sagen lassen, dass meine Tochter einen Freund hätte! Wie sie sich an meiner Überraschung und Ungläubigkeit gelabt hat, dieses intrigante Weib. In aller Ausführlichkeit erzählte sie sämtlichen Leuten im Laden, wie sich meine Tochter mit dem Neffen des Hüttenmeisters herumtreibt. Und ich stand daneben, wusste von nichts und kam mir vor wie eine dumme Gans. War das peinlich!«

Johanna hatte sich regelrecht in Rage geredet und stand jetzt ganz dicht vor ihr. Erika war sich sicher, dass ihre Mutter ihr gleich eine Ohrfeige verpassen würde. So aufgebracht hatte sie ihre Mutter noch nie erlebt. Wortlos hatte sie deren Vorwürfe über sich ergehen lassen und war instinktiv einen Schritt zurückgetreten. Was sollte sie bloß sagen? Hatte sie jemand gesehen und verraten? Erika hatte das Gefühl an einem Abgrund zu stehen. Zugeben würde sie jedenfalls nichts, beschloss sie trotzig.

»Also, sprich endlich. Stimmt das etwa? Hast du was mit dem Neffen vom Hüttenmeister?«

»Ich weiß überhaupt nicht, was du meinst. Natürlich kenne ich den Neffen vom Hüttenmeister. Schließlich ist er oft genug da, wenn ich bei Marie bin. Aber deshalb ist er doch nicht sofort mein Freund«, verteidigte sich Erika. Ihr Gesicht war rot angelaufen, was sie nicht unbedingt glaubwürdiger erscheinen ließ. Das schlechte Gewissen stand ihr ins Gesicht geschrieben. Plötzlich kam ihr die Idee, dass Angriff vielleicht die beste Verteidigung sein könnte.

»Woher will Frau Schuster das eigentlich wissen?«

»Ach, was weiß ich«, erwiderte Johanna, schon etwas ruhiger. »Es reicht mir aber, dass es Leute gibt, die so etwas von meiner Tochter behaupten. Und ich will wissen, ob da etwas dran ist!«

Mühsam beherrscht funkelte sie Erika an. Aber die hielt ihrem Blick stand und starrte zurück. Erika wusste beim besten Willen nicht, was sie hätte antworten sollen, ohne alles zuzugeben, also schwieg sie beharrlich. Johannas Wut über die beim Metzger erlittene Schmach ebbte langsam ab.

»Mensch, Mädchen!«, seufzte sie schließlich milder. »Sei doch nicht so dumm! Du bist noch so jung! Werd nicht jetzt schon närrisch mit den Jungs und lauf ihnen hinterher! Du tust dir selber keinen Gefallen damit.«

Johanna hatte den Satz noch nicht zu Ende gesprochen, als sie spürte, wie die Ermahnung an Erika abprallte. Unversehens erfasste sie ein Gefühl der Hilflosigkeit, ihr war bewusst, dass sie mit allem, was sie derzeit sagte, nur Ablehnung provozierte.

»Warum nur willst du keinen Ratschlag von mir annehmen«, fragte sie traurig und beließ es dabei.

Von diesem Tag an vermied Erika es noch penibler, zusammen mit Franz gesehen zu werden. »In eine solche Situation will ich nicht noch einmal kommen«, schwor sie Franz, als sie ihm von dem Streit mit ihrer Mutter erzählte.

»Das kann ich verstehen.« Er streichelte sie zärtlich, während er überlegte.

»Pass auf, dann treffen wir uns halt nur noch hier an unserem Plätzchen im Wald. Zumindest in der nächsten Zeit«, schlug er vor. »Ich will schließlich auch nicht, dass die Leute über uns reden.«

»In Ordnung«, stimmte Erika sofort zu. »Dabei habe ich ja noch Glück, dass meine Mutter meinem Vater nichts davon erzählt hat.« Sie lachte gekünstelt. »Dann dürfte ich wahrscheinlich überhaupt nicht mehr aus dem Haus. Wir müssen uns also wirklich vorsehen. Wenn meine Mutter noch mal so etwas hört, komme ich bestimmt nicht mehr so glimpflich davon.«

Erika entwickelte außerdem eine neue Strategie und erzählte jetzt zu Hause absichtlich viel öfter und ausführlicher von dem, was sie vorhatte. Allerdings stimmten ihre Pläne nur selten mit der Wirklichkeit überein: Sie begann zu lügen.

Mal übte sie vermeintlich mit der einen Freundin für die nächste Deutscharbeit, mal ging sie mit einer anderen ins Kino, obwohl sie sich tatsächlich mit Franz im Wald traf.

Zu ihrer Genugtuung stellte Erika fest, dass es klappte: Johanna hatte das veränderte Verhalten ihrer Tochter durchaus bemerkt und staunend zur Kenntnis genommen. Sie wertete es als Entgegenkommen und wollte es auf keinen Fall durch ihr eigenes Misstrauen wieder zunichte machen. Daher schaute sie ihre Tochter zwar forschend an, wenn die neuerdings in ungewohnter Ausführlichkeit von ihren Plänen erzählte, doch hinterfragte sie diese nicht weiter, zumal Johanna in aller Regel nichts Unrechtes daran erkennen konnte.

Erika frohlockte und traf sich weiterhin heimlich mit Franz.

8

Für Franz war Erika die erste richtige Freundin und er war völlig vernarrt in sie. Mit allen Mitteln versuchte er, ihr zu imponieren und machte ihr gern kleine Geschenke. Mal hatte er ein kleines Sträußchen selbst gepflückter Astern dabei, mal warme, frisch geröstete Maroni. Nie waren es wertvolle Geschenke, dafür fehlte ihm das Geld. Aber all seine Geschenke waren mit Liebe ausgesucht und bewiesen seine Wertschätzung.

Und genau so verstand sie Erika auch.

»Oh, du bist so lieb zu mir, wie es noch nie jemand war«, rief sie voller Begeisterung, bevor sie ihm glücklich in die Arme fiel.

Im Laufe der Wochen setzte sich bei ihm die Idee fest, ihr unbedingt mal etwas »Richtiges« zu schenken: einen echten Beweis seiner Zuneigung. Lange dachte er darüber nach, schließlich hatte er nicht viel Geld, obwohl er in der letzten Zeit die paar Groschen, die ihm seine Tante für die Botengänge regelmäßig zusteckte, eisern für genau diesen Zweck sparte. Und irgendwann stellte er befriedigt fest, dass mittlerweile eine respektable Summe zusammengekommen war, die auf alle Fälle reichen würde, um Erika etwas Schönes zu kaufen.

Am nächsten Tag machte er sich mit dem Geld in der Tasche auf den Weg und streunte durch die Läden der Stadt. Am liebsten wollte er ihr ein Schmuckstück kaufen, doch er machte sich wenig Hoffnung, dass dafür das Geld tatsächlich reichen könnte. Dann entdeckte er im Schaufenster eines kleinen Juwelierladens ein feines, silbernes Kettchen, an dem ein zierlich gearbeiteter Anhänger in Form einer Rosenblüte hing. Er überlegte noch, ob die Kette wirklich zu Erika passen würde, als ihm das Preisschildchen ins Auge fiel.

»Na, das reicht doch gerade so«, murmelte er begeistert und betrat sofort etwas aufgeregt den Laden.

Er tat sehr erwachsen, als er sich von der Verkäuferin die Kette zeigen ließ, und brauchte nicht lange zu überlegen.

»Ja, die nehme ich. Die ist genau richtig. Und bitte packen Sie mir das Schmuckstück recht schön ein. Es ist ein Geschenk für meine Freundin!« Der Stolz in seiner Stimme war nicht zu überhören.

Als Franz den Laden mit einem liebevoll dekorierten Päckchen verließ, waren seine Ersparnisse auf wenige Pfennige zusammen geschmolzen. Aber das störte ihn nicht. Er konnte es vielmehr kaum abwarten, Erika das Geschenk in die Hand zu drücken und malte sich ihre Reaktion aus.

Sie hatten sich für den nächsten Nachmittag an einer kleinen Lichtung im Wald verabredet, die sie erst vor Kurzem entdeckt hatten und die nicht weit hinter dem Ortsausgang Richtung Waldsassen lag. Diese war nicht nur leicht und schnell für beide zu erreichen, sondern bot vor allem hinreichenden Schutz vor neugierigen Blicken. Franz war extra früh gekommen und hielt seine Ungeduld kaum mehr aus.

»Du bist aber ganz schön spät dran heute.« In seiner Stimme schwang Unmut über ihre Unpünktlichkeit.

»Ja, ich weiß. Tut mir leid. Kurz bevor ich losfahren wollte, musste ich für meine Mutter noch ein Brot beim Bäcker kaufen. Und das hat gedauert.«

»Na ja, jetzt bist du ja da! Ich freue mich.« Franz fiel es schwer, nicht sofort mit seinem Geschenk herauszuplatzen. »Weißt du eigentlich, dass heute ein ganz besonderer Tag ist?«

»Nein, wieso?« Erika fiel beim besten Willen kein Grund ein.

»Nun, dann will ich dich mal aufklären. Heute vor drei Monaten haben wir uns zum ersten Mal getroffen. Wir sind heute also genau seit drei Monaten zusammen.« Er zog sein Päckchen aus der Jackentasche. »Und ich bin ganz schön froh darüber.« Er hielt ihr das Geschenk entgegen. »Hier für dich. Ich hoffe, es gefällt dir.«

Erika war völlig überrascht und etwas verlegen, da sie nicht an dieses Jubiläum gedacht hatte. Vorsichtig, als könnte es bei der bloßen Berührung zerbröseln, nahm sie das Päckchen entgegen und sah Franz liebevoll an. Sie setzte sich auf einen umgefallenen Baumstamm und begann umständlich, das Kästchen auszuwickeln.

»Franz, du bist ja verrückt! Die muss doch ein Vermögen gekostet haben!«, rief sie mit zitternder Stimme, als sie die kleine Rose schließlich in ihrer Hand hielt. Sie musste heftig schlucken, um die plötzlich aufsteigenden Tränen zurückzuhalten. Mit einem Seufzer fiel sie ihm um den Hals. Sie konnte kaum glauben, dass sie Franz so wichtig war und er ihr solch ein wertvolles Geschenk machte.

Nachdem Erika die Kette umgelegt hatte, nahm sie den baumelnden Anhänger schützend in ihre Hand. »Du bist so lieb«, murmelte sie immer wieder. Dann küssten sie sich so lange wie noch nie zuvor.

Leider hatten beide keinen Taschenspiegel dabei, deshalb wäre Erika am liebsten sofort nach Hause gefahren, um sich dort im Spiegel zu bewundern. Dabei kam ihr plötzlich ein niederschmetternder Gedanke und das Strahlen auf ihrem Gesicht erlosch, als hätte jemand das Licht ausgeschaltet.

»Wie soll ich meiner Mutter erklären, woher ich diese Kette habe? Ich kann ihr doch nicht erzählen, dass ich die von dir habe.«

Verzweifelt schaute sie zu Franz und das Entsetzen in seinem Gesicht sagte ihr, dass auch er nicht daran gedacht hatte.

»Ach du meine Güte!« Er kratzte sich verlegen am Kopf und überlegte. Schlagartig war ihm die Freude über sein gelungenes Geschenk vergangen.

»Du könntest sie ja nur bei unseren Treffen tragen. Sozusagen ganz alleine für mich«, schlug Franz schüchtern vor.

»Nein, das kommt überhaupt nicht infrage. Dafür bin ich doch viel zu stolz darauf. Am liebsten würde ich sie gleich all meinen Freundinnen zeigen.« Sie schüttelte heftig den Kopf. »Es muss eine andere Lösung geben.«

Vor lauter Wut stampfte sie heftig auf den weichen Waldboden. Das brachte sie auf eine Idee. Ohne ein Wort zu sagen, nahm Erika vorsichtig die Kette ab und betrachtete sie lange mit einem bedauernden Blick. Dann, plötzlich und vollkommen unvermittelt, warf sie die Kette auf den Boden. Franz dachte an ein Versehen und wollte seine Liebesgabe schnell aufheben, aber Erikas Fuß kam ihm zuvor. Entschieden, aber doch so vorsichtig wie möglich trat sie die Kette in den feuchten Boden.

Erschrocken zog Franz seine Hand zurück und starrte sie beleidigt an.

»Was soll das? Was machst du denn da? Dafür habe ich dir die Kette nicht geschenkt«, empörte er sich lautstark. Doch Erika sah ihn triumphierend an.

»So kann ich vor meiner Mutter behaupten, ich hätte die Kette zufällig im Wald gefunden«, erklärte sie endlich, als sie nun selbst das Schmuckstück vorsichtig wieder aufhob. Besorgt inspizierte sie den Anhänger.

»Es ist alles in Ordnung. Nichts passiert«, beruhigte sie Franz, selbst erleichtert darüber und rieb absichtlich die dunkle Walderde tief in die Falten der Rose hinein. »Der weiche Waldboden hat den Druck des Schuhes aufgefangen«, stellte sie fachmännisch fest.

Franz war immer noch verstimmt über Erikas grobes Verhalten. »Na also, ich weiß nicht, ob das wirklich eine gute Idee ist.« Ihm war die Freude über sein Geschenk gründlich vergangen. Plötzlich wurde ihm bewusst, wie spät es war, denn es dämmerte bereits.

»Wenn wir rechtzeitig zum Abendbrot nach Hause kommen wollen, müssen wir uns jetzt beeilen«, sagte Erika, die seine Verstimmung spürte und ihn nicht weiter reizen wollte.

Als sie zu Hause die Tür aufschloss, wartete Johanna bereits auf sie.

»Endlich kommst du! Na, du siehst ja reichlich durchfroren aus. Wo warst du denn den ganzen Nachmittag?« Johanna schüttelte missbilligend den Kopf. »Es wird höchste Zeit, dass du den Abendbrottisch deckst. Schnell, wasch dir die Hände und komm!«

Erika nickte wortlos und ging zum Waschbecken in den Flur. Sie war froh, auf diese Weise ein paar Minuten länger überlegen zu können, wie sie es ihrer Mutter beibringen sollte. Plötzlich schien ihr die Skepsis von Franz viel überzeugender als die eigene Zuversicht. Doch dann fiel ihr Blick im Spiegel auf den kleinen Anhänger in ihrem Blusenausschnitt und sie wusste, dass sie es versuchen musste. Mit einem betont gleichgültigen Gesichtsausdruck schlenderte sie in die Küche zurück.

»Schau mal, was ich heute Nachmittag am Waldrand gefunden habe, als ich mit Gisela dort spazierengegangen bin und nach Esskastanien gesucht habe.«

Mit einem möglichst unschuldigen Gesichtsausdruck hielt sie ihrer Mutter die Kette vor die Nase. Hoffentlich bemerkte die nicht, wie aufgeregt sie war, dachte sie besorgt.

Mit einem kritischen Blick nahm Johanna den Anhänger in Augenschein.

»Ein richtiger Glücksfund, findest du nicht auch?«, versuchte Erika leichthin zu klingen. »Ich kann sie doch behalten, oder? Schließlich habe ich sie gefunden.«

»Das ist wirklich eine hübsche Kette. Und außerdem ist sie aus echtem Silber. Guck, hier ist der Stempel.« Johanna wischte den Erdkrümel vorsichtig ab und drehte die kleine Rose hin und her. »Wo hast du sie nochmal gefunden?«

Johanna sah ihre Tochter eindringlich an. Ein zweites Mal erzählte Erika ihre Geschichte in aller Ausführlichkeit und hoffte dabei inständig, sich nicht in Widersprüche zu verstricken.

Doch ihre Angst war unbegründet, ihre Mutter glaubte ihr. Erika sah sich bereits am Ziel, als ihre Mutter zögernd fortfuhr.

»Aber du kannst die Kette trotzdem nicht behalten. Ich möchte, dass du sie morgen zum Fundbüro bringst.«

»Aber, warum das denn?« Es kam Erika wie ein vernichtender Peitschenhieb vor. »Ich … ich habe sie doch gefunden. Dann kann ich sie auch behalten«, stotterte sie trotzig. Sie konnte es nicht glauben. Es hatte doch so gut funktioniert und jetzt sollte alles umsonst gewesen sein? Das konnte einfach nicht wahr sein!

Als Johanna Erikas enttäuschten Gesichtsausdruck sah, bekam sie Mitleid.

»Ich verstehe dich ja. Der Anhänger ist wirklich sehr hübsch. Aber überleg doch mal. Wenn du diese Kette verloren hättest, würdest du dich bestimmt auch freuen, wenn ein ehrlicher Finder sie im Fundbüro abgeben und du sie so wiederbekommen würdest. Oder?«

Wie ein begossener Pudel stand Erika vor ihrer Mutter und musste ihr zustimmen. Warum nur hatte sie nicht selbst daran gedacht? Sie hätte doch wissen können, wie korrekt ihre Mutter war.

»Und außerdem, stell dir vor, die Eigentümerin sähe ihre Kette an deinem Hals. Irgendwo in einem Laden etwa. Dann könnte sie dich sogar für eine Diebin halten.« Johanna machte eine entschiedene Geste. »Morgen bringst du sie bitte zum Fundamt!«

Widerspruch war zwecklos, das wusste Erika genau. Unglücklich zog sie sich in ihr Bett zurück, nachdem sie mühsam das Abendbrot und den anschließenden Abwasch hinter sich gebracht hatte. Wie konnte sie nur so dumm sein? Wie sollte sie das jetzt bloß Franz erklären?

Lange wälzte sie sich schlaflos hin und her, bis ihr endlich eine Idee kam. Hoffentlich ist die nicht wieder so ein Reinfall, dachte sie zweifelnd und beschloss, dieses Mal alles erst gründlich zu durchdenken.

Am nächsten Tag ging sie unmittelbar nach der Schule zum Fundbüro. Das hatte sie ihrer Mutter versprechen müssen. Dort gab sie brav, wenn auch mit wehem Herzen, den Liebesbeweis ihres Freundes ab. Die schöne Kette, dachte sie unglücklich und fragte sich bange, wie wohl Franz auf ihre Beichte reagieren würde. Bei dem bloßen Gedanken daran wurde ihr schlecht.

Die Gelegenheit dazu ergab sich schneller, als ihr lieb war. Franz kam am späten Nachmittag auf einen Sprung bei seiner Tante vorbei. Er war selbst neugierig, ob es Erika gelungen war, ihre Mutter zu überzeugen.

Wie immer hatte er sie mit seinem Liedchen gerufen, und sie standen in der zugigen Hofdurchfahrt, als sie versuchte, ihm das Malheur schonend beizubringen. Es regnete und ein eisiger Wind pfiff.

»Tja, und jetzt liegt deine schöne Kette im Fundbüro«, schloss sie schließlich ihre Beichte.

Er funkelte sie wütend an. »Siehst du, ich wusste es doch. Ich fand die Idee gleich doof. So ein Mist. Da hätte ich mein Geld auch wegschmeißen können.«

»Jetzt warte doch mal!« Eilig unterbrach Erika ihn, damit er sich erst gar nicht in Rage reden konnte. »Ich habe eine Idee, wie wir sie zurückbekommen können.«

»Ich hab genug von deinen Ideen.« Franz hob abwehrend seine Hände.

»Jetzt hör wenigstens erst mal zu.« Sie schaute ihn beschwörend an. »Also: Wie wäre es, wenn du gleich morgen zum Fundbüro gehst, die Kette ganz genau beschreibst und sagst, sie gehöre deiner Cousine. Die habe die Kette verloren. Und du wolltest das gute Stück für sie abholen. Wenn du den Anhänger genau beschreiben kannst, muss man doch glauben, dass alles seine Richtigkeit hat.« Sie sah Franz flehend an. »Bitte, wir können es doch wenigstens versuchen. Und wenn der Mann im Fundbüro verlangt, dass deine Cousine sie selbst abholen soll, na, dann müssen wir halt zur Not Marie einweihen. Dann musst du eben nochmal zusammen mit ihr dahingehen. Aber vielleicht haben wir ja auch Glück, und er glaubt dir.« Erika nickte Franz aufmunternd zu.

»Bitte! Lass es uns probieren. Ich verspreche dir auch, danach die Kette nur noch zu unseren Treffen zu tragen. So wie du das von Anfang an wolltest.«

Franz sah sie zweifelnd an. »Na ja, einen Versuch ist es wert«, gab er widerwillig zu. Erika wäre ihm fast um den Hals gefallen, wenn ihr nicht im letzten Augenblick noch eingefallen wäre, dass sie ja in der Hofdurchfahrt standen.

Dieses Mal war das Glück auf ihrer Seite, der Beamte im Fundbüro glaubte Franz' Geschichte und händigte ihm am nächsten Tag tatsächlich das Schmuckstück aus. Franz war erleichtert, nicht seine Cousine ins Vertrauen ziehen zu müssen. Erika hatte voller Ungeduld an der nächsten Straßenecke auf ihn gewartet und bemerkte sofort seinen fröhlichen Gesichtsausdruck.

»Du hast sie wiederbekommen, stimmt's?« Erwartungsvoll lief sie ihm entgegen.

Er nickte.

»Gott sei Dank«, murmelte sie erleichtert. Als Franz schließlich direkt vor ihr stand, drückte er ihr die Kette in die Hand.

»Hier hast du sie wieder. Ich schenke sie dir quasi noch einmal. Bitte pass jetzt besser darauf auf und mach nicht wieder so einen Quatsch damit!« Er hielt ihre Hand, in die er die Kette gelegt hatte, fest. »Und von jetzt an trägst du sie nur noch für mich! Abgemacht?«

»Ehrenwort!«, Erika hatte das Gefühl, eine Zentnerlast sei von ihr abgefallen.

Langlebige Provisorien

1

Die Ernte war in vollem Gange, als Karl Anfang September 1948 überraschend für nur drei Tage zu Besuch nach Heuchlingen kam. Dieses Mal wollte er jedoch nicht – wie sonst immer – tatkräftig bei der Ernte helfen, sondern er hatte Wichtiges mit seiner Frau zu besprechen. Während der Fahrt durch die goldene Spätsommerlandschaft überlegte er angestrengt, wie er ihr die Neuigkeiten beibringen sollte. Karl war selbst dermaßen von den Ereignissen überrollt worden, dass er es noch nicht recht glauben konnte.

Agnes stand mit der Kirchenbäuerin in der Küche und kochte Pflaumenmus ein, als plötzlich die Tür polternd aufgerissen wurde. Ungläubig starrte sie auf ihren Mann, der so unerwartet im Türrahmen aufgetaucht war.

»Hallo, ihr Lieben! Ich wollte mal nachschauen, ob ihr auch ordentlich arbeitet«, rief er ihnen lachend entgegen.

»Mein Gott Karl! Was machst du denn hier? Ist was passiert?«

Agnes ließ den Löffel aus der Hand fallen und eilte ihm besorgt entgegen. Dabei bemerkte sie jedoch zugleich seinen gutgelaunten Gesichtsausdruck und wusste instinktiv, dass nichts Schlimmes geschehen sein konnte. Deshalb ließ sie sich erst einmal in seine Arme fallen und begrüßte ihn. Immer wieder empfand sie ein überwältigendes Glücksgefühl, wenn sie Karl nach längerer Abwesenheit wiedersah.

»Nein, nein«, zerstreute er sofort alle Befürchtungen, »keine Sorge, es ist nichts Schlimmes. Ganz im Gegenteil.« Er machte eine Kunstpause, um die Spannung bewusst zu steigern.

»Ich bin gekommen, weil ich richtig gute Nachrichten habe, die ich dir persönlich und so schnell wie möglich mitteilen wollte. Und außerdem müssen wir eine ganze Menge besprechen.«

Agnes schaute Karl mit großen Augen an. »Gute Nachrichten? Viel zu besprechen? Was soll das heißen?«

In dem Moment kam Clara in die Küche gerannt, sie hatte die Stimme ihres Vaters gehört. Freudig fiel sie ihm in die Arme und ließ sich von ihm herumwirbeln. Agnes schaute ungeduldig zu.

»Nun sag schon!«

Karl setzte Clara gut gelaunt wieder ab und begrüßte erst noch ausdrücklich die Kirchenbäuerin, bevor er seine Frau aufforderte, ihn in den Garten zu begleiten.

»Also«, fing er umständlich an, als sie es sich auf der Wiese unter einem Apfelbaum gemütlich gemacht hatten.

Auch Clara war mitgekommen und lag wie ein überdimensionaler Bindestrich zwischen ihren Eltern. Sie war selig, beiden gleichzeitig so nahe sein zu können – ein zu seltenes Vergnügen, wie sie fand.

»Demnächst komme ich nicht mehr nach Heuchlingen.«

»Was soll denn das jetzt bedeuten? Willst du dich von uns trennen?«, fuhr Agnes auf, als wäre sie von einer Tarantel gestochen worden. »Ich dachte, du hättest gute Nachrichten.« Sie fand das nicht lustig.

»Nein, ganz sicher nicht«, lachte Karl.

Dieses Spielchen machte ihm richtigen Spaß, stellte er fest, aber langsam ließ er doch lieber die Katze aus dem Sack.

»Ihr könnt bald zu mir nach Zwiesel ziehen. Vor ein paar Tagen haben sie mir eine kleine Mietwohnung auf dem Werksgelände angeboten, die für uns alle groß genug ist. Ich hab sie mir schon angesehen. Sie macht einen sehr hellen und freundlichen Eindruck. Anfang Oktober könnten wir einziehen. Was hältst du davon?«

Agnes war sprachlos. Es dauerte einen Moment, bis sie diese Information verarbeitet hatte.

»Du meinst, wir alle wieder zusammen in einer eigenen Wohnung …« Agnes lächelte verträumt, dann klatschte sie überschwänglich in die Hände. »Das ist ja fantastisch! Das ist wirklich eine gute Nachricht«, rief sie begeistert und fiel Karl um den Hals.

Clara stimmte in ihren Jubel automatisch ein und drängelte sich noch dichter an ihre Eltern, die es lachend zuließen.

»Endlich wieder wie eine richtige Familie zusammenleben. Ich weiß ganz genau, dass ich mir nichts sehnlicher wünsche.« Agnes Worte kamen aus tiefstem Herzen.

Diese Reaktion hatte Karl erhofft.

»Seit drei Jahren sehen wir uns nur alle paar Monate für ein paar Tage. Ich habe das schon lange satt«, gab er nun unumwunden zu. »Und ich glaube, die Werksleitung macht jetzt wirklich Nägel mit Köpfen in Zwiesel. Ich habe das Gefühl, dass wir dort dauerhaft bleiben werden«, berichtete Karl nun ausführlicher. »Es wurden auch andere Kollegen gefragt, ob sie nicht ihre Familien nach Zwiesel holen wollen. Ihr werdet also vermutlich nicht die Einzigen sein, die demnächst umziehen.«

»Glaubst du nicht mehr, dass Doktor Schott alles dransetzen wird, um wieder nach Jena zurückzukehren?«, fragte Agnes.

»Nein, das kann ich mir, ehrlich gesagt, im Moment nicht vorstellen. Nachdem das Werk in Jena enteignet worden ist und Doktor Schott seine Geschäftsleitung offiziell nach Landshut verlegt hat, spricht doch alles dafür, dass unsere Gruppe vorerst hier im Westen bleibt. Jedenfalls solange, bis sich die politische Situation wieder ändert.« Er sah seine Frau an. »Ich fürchte, es bestätigt sich mal wieder, dass Provisorien besonders langlebig sind.«

Clara hatte ihren Eltern schweigend zugehört. Ihre anfängliche Euphorie war mittlerweile Nachdenklichkeit gewichen. Würde das etwa bedeuten, dass sie den Hof des Kirchenbauern verlassen und alles, was sie hier lieb gewonnen hatte, aufgeben müsste? Dann kam ihr ein schlimmer Verdacht.

»Was wird mit Ruth und Elisabeth? Kommen die auch mit oder bleiben die hier?« Sie mochte gar nicht daran denken. Bange schaute sie ihren Vater an, obwohl sie die Antwort längst ahnte.

»Nun, die bleiben natürlich hier«, bestätigte er umgehend ihre größten Befürchtungen. Ein Ausdruck des Bedauerns trübte sein fröhliches Gesicht. »Ja, darüber habe ich unterwegs auch nachgedacht. Ich fürchte, Elisabeth gehört jetzt hierher, zu Christoph und seiner Familie. Und natürlich bleibt Ruth bei ihren Eltern. Daran lässt sich leider nichts ändern.«

Karl schaute erst zu seiner Frau, dann zu Clara.

»Das ist wirklich der einzige Wehrmutstropfen, den ich bisher an der ganzen Sache entdecken konnte. Ihr werdet euch dann nicht mehr so häufig sehen können«, gab er zu bedenken.

Die Freude an dem Umzug war Clara gründlich vergangen. Auf die mittlerweile sehr muntere und fröhliche Ruth wollte sie definitiv nicht verzichten. Auch konnte sie es sich beim besten Willen nicht vorstellen, ihre Freundin Martha und all die anderen in ihrer Klasse verlassen zu müssen.

Clara kämpfte sichtbar mit den Tränen und Agnes nahm ihre Tochter wortlos in den Arm. Sie konnte deren Ängste gut nachempfinden. Auch sie war traurig, wenn sie daran dachte, ihre große Tochter hier zurücklassen zu müssen.

»Du wirst sehen, Clara, du findest auch in Zwiesel neue Freundinnen. Und Ruth und Elisabeth besuchen wir ja weiterhin. Sicherlich wirst du sie nicht mehr so oft wie bisher sehen, aber ganz bestimmt oft genug. Das verspreche ich dir.«

Auch Karl tat es leid, Clara so unglücklich zu sehen. Er wischte ihre Tränen zärtlich weg.

»Dadurch haben wir sogar einen entscheidenden Vorteil gegenüber all den anderen Schottianern, die hier ebenfalls endgültig ihre Zelte abbrechen. Wir werden durch Elisabeth, Christoph und Ruth für immer mit Heuchlingen verbunden bleiben. Das ist doch auch schön, oder?«

In gewohnter Manier versuchte er in allem das Positive zu sehen, doch er wusste, dass das für seine Jüngste nur ein schwacher Trost sein konnte.

2

Agnes hatte knapp vier Wochen Zeit, um den bevorstehenden Umzug vorzubereiten. Voller Elan machte sie sich daran, ihre Sachen zu sortieren und einzupacken. Dabei überkam sie auch Wehmut, wurde ihr doch bewusst, wie viele Freundschaften sie in den vergangenen drei Jahren geschlossen hatte.

Sie hatte das Gefühl, dass ein Abschnitt ihres Lebens zu Ende ging, der ihr, trotz aller Schwierigkeiten, viel Schönes geboten hatte. So war sie auch damit beschäftigt, Abschiedsbesuche abzustatten – manchmal ohne, häufig mit Clara.

Die hatte sich mittlerweile nicht nur an die bevorstehenden Veränderungen in ihrem Leben gewöhnt, sondern blickte denen sogar mit ihrer altvertrauten Abenteuerlust entgegen. Die Nase kribbelte ihr förmlich vor lauter Aufregung, wenn sie darüber nachdachte, was sie in Zwiesel wohl erwarten würde. So gelang es ihr, die traurigen Abschiedsgedanken in Schach zu halten.

An einem der letzten, herrlichen Spätsommertage, die immer auch ein wenig melancholisch stimmten, machte sich Agnes schon zeitig auf den Weg nach Heidenheim. Sie hatte vor, sich dort von mehreren Bekannten persönlich zu verabschieden und wollte Clara mitnehmen, da sie vermutlich den ganzen Tag unterwegs sein würde. Sie hatte ihre Tochter dafür sogar von der Schule beurlauben lassen.

Nun standen beide an der Haltestelle und warteten auf den Bus, als die Kirchenbäuerin mit ihren beiden Töchtern Helene und Wilma auf dem Pferdefuhrwerk gemächlich vorbeizog. Die drei waren auf dem Weg zum Feld, wo sie das Heu wenden und nach Möglichkeit einholen wollten, falls es schon trocken genug sein sollte.

»Hallo ihr beiden. Wir wünschen euch einen schönen Tag in Heidenheim«, winkte die Kirchenbäuerin ihnen fröhlich zu. »He, Clara, willst du nicht lieber mit uns aufs Feld fahren? Wir könnten eine helfende Hand mehr gut gebrauchen«, rief sie dann, einer plötzlichen Eingebung folgend. »So ein langer Tag in der Stadt ist doch langweilig für dich.«

»Oh ja, gerne«, antwortete Clara spontan. Sie hatte überhaupt keine Lust auf die bevorstehende Abschiedsrunde in Heidenheim, bei denen doch nur die Erwachsenen immerzu redeten. Bei diesem schönen Wetter erschien ihr ein Tag auf dem Feld tatsächlich viel verlockender. Erwartungsvoll schaute sie ihre Mutter von der Seite an. Vielleicht ließe die sich ja doch noch umstimmen.

»Bitte Mutti, ich könnte ihnen doch viel mehr von Nutzen sein, als wenn ich mit dir nach Heidenheim fahre. Das ist doch langweilig!«

Aber Agnes verneinte genauso gut gelaunt wie entschieden. »Das ist eine nette Idee, aber heute geht es wirklich nicht. Vielen Dank! Ich möchte, dass Clara mitkommt. Wir haben so viel zu erledigen.« Agnes winkte den drei Frauen auf dem Fuhrwerk fröhlich zu. »Bis heute Abend. Auf Wiedersehen!«

»Och, Mutti, warum denn nicht?« Clara schossen vor lauter Enttäuschung Tränen in die Augen. »Lass mich doch hier«, bettelte sie. »Ich mache auch bestimmt keinen Unsinn. Bitte! Bitte!«

»Nein, ich möchte wirklich, dass du mitkommst und jetzt Schluss damit!« Agnes blieb unerbittlich. Dann kam der Bus und Clara stieg wohl oder übel nach ihrer Mutter ein. »Das wird bestimmt ein furchtbar langweiliger Tag«, murmelte sie leise vor sich hin.

Doch ganz so schlimm wurde es nicht. Clara war selbst überrascht, als sie feststellte, wie schnell der Tag in Heidenheim vorüberging. Zum ersten Mal in ihrem Leben sah sie prächtig dekorierte Schaufenster und war ehrlich überrascht, was man alles kaufen konnte. Die beiden blieben immer wieder vor den Geschäftsauslagen stehen, und wiesen sich gegenseitig auf Schönes, Praktisches oder sündhaft Teures hin. Und bei den verschiedenen Abschiedsbesuchen bekam Clara jedes Mal leckeren Kuchen vorgesetzt, sodass sie am späten Nachmittag schließlich gleichermaßen erschöpft wie satt im Bus zurück nach Heuchlingen saß.

An die Schulter ihrer Mutter gekuschelt, ließ das gleichmäßige Motorengeräusch Clara alsbald in einen sanften Schlaf fallen, sodass Agnes in Ruhe über den Tag nachdenken konnte. Ihr war wehmütig zumute. Dann kam ihr die Begegnung mit der Kirchenbäuerin von heute Morgen wieder in den Sinn und sie wurde noch trauriger. Die Kirchenbäuerin war ihr in den vergangenen drei Jahren eine echte Freundin geworden und sie würde deren unkomplizierte Art und gute Ratschlägen künftig sehr vermissen.

3

Die Kirchenbäuerin und ihre beiden Töchter hatten derweil stundenlang das zum Trocknen ausgelegte Heu gewendet und anschließend das Pferdefuhrwerk damit beladen.

»Bevor wir zurückfahren, lasst uns doch hier im Schatten noch vespern und ein bisschen verschnaufen«, meinte die Kirchenbäuerin, als nichts mehr auf den Wagen passte. Gern stimmten ihre Töchter zu, denn sie waren erschöpft von der harten Arbeit an diesem heißen Tag. Nachdem sie ihre mitgebrachten Brote restlos verputzt und ein angenehmer Luftzug ihren Schweiß getrocknet hatte, machten sie sich schließlich mit neuem Elan auf den Rückweg. Mit dem befriedigenden Gefühl getaner Arbeit saßen alle drei nebeneinander hoch oben auf dem Kutschbock und unterhielten sich fröhlich.

»Bald sind wir zu Hause. Wir müssen noch klären, wer heute die Kühe melkt«, sagte die Kirchenbäuerin irgendwann. »Außerdem bräuchte ich noch eine Schüssel voll Zwetschgen, um den Kuchen fürs Wochenende zu backen. Wer von euch beiden übernimmt das?«, fragte sie.

»Das mache ich gerne«, meldete sich sofort Wilma, die jüngere Tochter. Sie kletterte mit Begeisterung in Bäumen herum, sodass ihr diese Aufgabe nach Vergnügen klang.

Helene saß in der Mitte zwischen ihrer Schwester auf der einen und ihrer Mutter auf der anderen Seite des Kutschbocks und zügelte den gutmütigen, alten Max. Die Frauen hatten das Fuhrwerk so voll beladen, dass das Pferd sich schwer tat, den Wagen vorwärts zu ziehen. Helene war schon immer für das Lenken des Pferdes zuständig und tat es sicher und routiniert.

Der Kutschbock war für drei Personen eigentlich etwas zu schmal. Weil aber nach dem anstrengenden Tag keiner mehr Lust hatte, zu laufen, saßen die drei eng zusammengequetscht nebeneinander. Die Kirchenbäuerin und Wilma, jeweils am Rand der Sitzbank, mussten sich gut festhalten, um nicht seitlich herunter zu rutschen. Aber das waren sie gewohnt.

Langsam zockelte das hoch beladene Fuhrwerk durch einen schmalen Hohlweg, als plötzlich das rechte Vorderrad an einer dicken, aus dem Boden ragenden Wurzel hängen blieb und den Wagen einen Moment lang ins Stocken brachte, bevor er ruckend darüber hinwegrumpelte.

»Pass auf, dass du nicht zu weit an die Seite gerätst«, rief die Kirchenbäuerin erschrocken und hielt sich krampfhaft am Sitz fest, »sonst reißen uns die Büsche das ganze Heu vom Wagen.«

Tatsächlich reichten die Äste weit in den Hohlweg hinein, aber Helene blieb kaum etwas anderes übrig, als in der schmalen Fahrspur zu bleiben.

In diesem Moment blieb der Wagen mit seinem Hinterrad an einem dicken Stein hängen. Der Ruck war so heftig, dass das Fuhrwerk für Helene unkontrollierbar wurde und drohte umzukippen.

Ehe die drei Frauen überhaupt begriffen, was passierte, wurde die Kirchenbäuerin auf der einen Seite genauso wie Wilma auf der anderen Seite von ihren knappen Sitzflächen heruntergeschleudert. Sie hatten keinerlei Chance, sich irgendwie festzuhalten.

Helene schaffte es nur mit Mühe, sich in der Mitte auf ihrem Sitz zu halten und den von Panik erfassten Max zu zügeln. Aufgrund der wankenden Last unmittelbar hinter sich, ließ sich das Pferd kaum noch bändigen. Doch zum Glück kam das Fuhrwerk zum Stillstand ohne umzukippen.

Während sich Wilma beim Sturz instinktiv wie eine Katze zusammengerollt hatte und mit einigen Kratzern nahezu unverletzt auf dem Boden gelandet war, schlug ihre Mutter mit voller Wucht hart auf und prallte mit ihrem Hinterkopf auf einen spitzen, faustgroßen Stein. Die Kirchenbäuerin war sofort bewusstlos.

Helene fing wie verrückt an zu schreien, als sie ihre Mutter regungslos auf dem Boden liegen sah und kletterte hektisch vom Kutschbock. Wilma war im ersten Moment von ihrem Sturz zu benommen, um reagieren zu können und brauchte einige Minuten, bis sie sich aufrappeln konnte.

»Was ist denn los? Warum schreist du so?«, rief sie verstört und humpelte um den Wagen herum zu der Seite, wo ihre Mutter lag. Innerhalb kürzester Zeit hatte sich eine große, rote Blutlache auf dem staubigen Boden gebildet und vergrößerte sich zusehends. Fassungslos starrte Wilma darauf, bevor auch sie anfing, laut zu schreien.

»Mutter! So sag doch was!« Schluchzend kniete sie neben der Bewusstlosen, schüttelte sie vorsichtig und versuchte den Kopf leicht anzuheben, in der naiven Hoffnung, dass das helfen würde.

»Mutter! Bitte! So wach doch auf!« Ihre Stimme überschlug sich förmlich vor Verzweiflung. Das Blut quoll warm über ihre Finger. Voll blanken Entsetzens schaute sie zu ihrer Schwester, die auf der anderen Seite kniete. Erst nach einer Weile konnte Wilma wieder einen klaren Gedanken fassen und rannte los, um Hilfe zu holen.

Erst Stunden später erfuhr der Kirchenbauer von dem Unglück. Er war mit ein paar Männern schon früh morgens tief in den Wald hinein gefahren, um Holz zu schlagen und die Leute aus dem Dorf brauchten lange, um ihn zu finden. Bis dahin hatten andere die Kirchenbäuerin auf den Hof gebracht, vorsichtig ins Bett gelegt und den Arzt gerufen.

Der Kirchenbauer war außer sich vor Wut und Verzweiflung, als er zu Hause seine Frau bewusstlos im Bett liegen sah. Er beschimpfte seine beiden Töchter mit wütenden Flüchen, da er sie für das Unglück verantwortlich machte. Agnes, die gerade erst aus Heidenheim zurückgekehrt war und noch nichts von dem Unfall wusste, kam genau in dem Moment hinzu, als er sich in ganzer Größe direkt vor seinen Töchtern aufgebaut hatte und ihnen mit geballter Faust drohte.

»Ich bring euch um, wenn die Mutter nicht wieder aufwacht! Was habt ihr nur gemacht?« Tränen liefen ihm über das derbe Gesicht. Allein das schockierte seine Töchter, die ihren Vater noch nie so erlebt hatten. Er steigerte sich immer mehr in seine Wut. »Eine Satansbrut seid ihr! Seit wann seid ihr denn zu dumm, ein einfaches Fuhrwerk zu lenken?«

Agnes war schockiert. Auch sie kannte den Kirchenbauern so nicht. Er wirkte völlig aufgelöst in seinem Schmerz und schien nicht mehr Herr seiner selbst zu sein. Auch wenn Agnes noch nicht verstand, was im Einzelnen passiert war, reagierte sie sofort. Schnell nahm sie Clara an die Hand, die den schrecklichen Gefühlsausbruch schaurig staunend aus sicherer Entfernung beobachtete und zog sie die Treppe rauf in ihr Zimmer. »Los, komm! Du musst weg von hier.«

Ohne sich die Mühe zu machen, ihrer Tochter etwas zu erklären, stopfte Agnes rasch Claras Nachthemd, frische Unterwäsche sowie deren Zahn- und Haarbürste in eine Einkaufstasche, die am Haken hing. »Lauf rüber zu Elisabeth«, befahl sie ohne Umschweife und drückte ihr die Tasche in die Hand. »Und sag ihr, dass du vorläufig bei ihr bleiben musst. Ich erkläre ihr alles andere später.«

Clara sah ihre Mutter verständnislos an, spürte aber, dass keine Zeit für Widerworte blieb und machte sich sofort auf den Weg, obwohl sie allzu gern weiter verfolgt hätte, was passieren würde.

Derweil rannte Agnes schnell wieder hinunter zum Bauern und seinen Töchtern. Seine maßlose Wut machte ihr Angst und Agnes hatte das Gefühl, dass er in diesem Zustand zu allem fähig sein könnte. Sie glaubte, seine Töchter vor ihm beschützen zu müssen.

Der Bauer drohte und schimpfte immer noch, als sie die große Wohnküche betrat. Er stand noch dichter vor den Mädchen, die sich völlig verängstigt auf die Eckbank gekauert hatten und leise vor sich hin weinten. Erst der Schock des Erlebten und nun die Schimpftiraden ihres Vaters – das war zu viel für sie. Sie konnten immer noch nicht fassen, was passiert war. Unfähig, auch nur einen klaren Gedanken zu fassen oder den Vorwürfen ihres Vaters etwas entgegenzusetzen, fühlten sich beide wie gelähmt. Ständig aufs Neue wiederholte sich das fatale Geschehen in ihren Köpfen.

Beide rechneten damit, jeden Augenblick die niedersausende Hand ihres Vaters zu spüren und hätten es sogar als eine Art gerechter Strafe empfunden, fühlten sich doch beide für das Unglück ihrer Mutter verantwortlich. Besonders Helene machte sich Vorwürfe, schließlich hatte sie das Fuhrwerk gelenkt. Ihr kam überhaupt nicht in den Sinn, dass sie den Unfall kaum hätte verhindern können und die Anschuldigungen ihres Vaters bestätigten ihre Schuldgefühle.

»Jetzt lass es endlich gut sein, Kirchenbauer! Es reicht!« Agnes gab sich alle Mühe, ihre Stimme möglichst laut und bestimmt klingen zu lassen, auch wenn sie ihren ganzen Mut dafür aufbringen musste. Beherzt machte sie einen Schritt vorwärts, um sich so zwischen die Mädchen und ihren Vater zu stellen. Sie wirkte viel bestimmter und sicherer, als sie sich fühlte, da sie nicht abschätzen konnte, wie er auf ihre Einmischung reagieren würde. Aber sie wusste, dass diese ungerechten Vorwürfe endlich aufhören mussten.

»Das hilft uns doch nicht weiter, wenn du die Mädchen immer wieder mit den gleichen Vorwürfen beschimpfst. Siehst du denn nicht, dass sie völlig fertig sind. Schau sie dir doch mal an!« Sie wies mit der Hand auf Helene und Wilma hinter sich.

»Nur noch zwei Häufchen Elend sitzen da, die gleich von der Bank kippen.«

Agnes gab kurz die Sicht frei, ohne jedoch ihre schützende Position aufzugeben.

Sowohl der Kirchenbauer als auch die Mädchen hielten verblüfft inne: er mit dem Schimpfen, Wilma und Helene mit dem Weinen. Alle drei schauten Agnes überrascht an, als würden sie sie erst jetzt wahrnehmen. Der Kirchenbauer richtete seinen Blick auf Agnes und sah dabei aus wie ein vor Wut schnaubender Stier, der beim Kampf ausgetrickst worden war und plötzlich nicht mehr wusste, was er tun sollte.

Agnes gab sich alle Mühe, ihm standhaft in die Augen zu schauen, doch innerlich zitterte sie vor Angst, da sie fest damit rechnete, dass er auf sie losgehen könnte.

Aber nichts dergleichen geschah. Stattdessen sackte er in sich zusammen, als hätte jemand eine Nadel in einen prall gefüllten Luftsack gestochen. Verzweifelt schmiss er seinen mächtigen Körper auf den nächsten Stuhl, verschränkte die Arme vor sich auf dem Tisch und verbarg darin laut schluchzend sein Gesicht. Er weinte hemmungslos.

Das war der Moment, auf den Agnes gehofft hatte. Schnell packte sie die beiden Mädchen und zog sie hoch. »Los, kommt schnell weg von hier. Ich bringe euch in mein Zimmer. Da seid ihr vorerst sicher.«

So leise wie möglich dirigierte Agnes die Mädchen in ihr Zimmer.

»Ihr bleibt vorerst hier. Beruhigt euch erst einmal. Wenn ich gleich wieder runter gehe, schließe ich die Türe sicherheitshalber ab und nehme den Schlüssel mit. Dann kann euch euer Vater nichts tun. Ich versuche, ihn zu beruhigen und kümmere mich auch um eure Mutter. In Ordnung?«

Wilma und Helene nickten wortlos, froh darüber, dass ihnen jemand sagte, was sie tun sollten. Willenlos fügten sie sich ihren Vorschlägen.

»Nachher bringe ich euch etwas zu essen. Verhaltet euch einfach ruhig. Ich glaube, es wird das Beste sein, wenn ihr eurem Vater vorläufig nicht unter die Augen tretet. Er muss sich erst beruhigen, bevor man wieder normal mit ihm reden kann. Dann sieht er bestimmt auch ein, wie dumm seine Vorwürfe sind.« Agnes versuchte, den Mädchen aufmunternd zuzulächeln und streichelte beiden über die Wangen. Dabei musste sie sich zusammenreißen, am liebsten hätte auch sie einfach losgeheult.

Bis sie in die Küche zurückkam, hatte sich der Kirchenbauer tatsächlich etwas beruhigt. Er weinte nicht mehr und starrte dafür in dumpfer Fassungslosigkeit mit roten Augen vor sich ins Leere. Völlig erschöpft, fühlte er sich nicht in der Lage aufzustehen. Nachdem Agnes bemerkt hatte, dass keine unmittelbare Gefahr mehr bestand, ging sie langsam zu ihm und setzte sich schweigend neben ihn. Vorsichtig legte sie ihren Arm tröstend um seine breite Schulter. Verwundert bemerkte sie, dass sie ihm in den vergangenen drei Jahren noch nie so nahe gekommen war.

»Kopf hoch, Kirchenbauer, das wird bestimmt wieder. Ganz sicher sieht im Moment alles viel schlimmer aus, als es ist.«

Sie musste hart schlucken. Hoffentlich stimmt das, dachte sie bange und sah das immer fröhliche Gesicht der Kirchenbäuerin vor sich. Was würde sein, wenn sie Unrecht hatte? Ihr fiel auf, dass sie die Einzelheiten immer noch nicht kannte, geschweige denn, wie ernst der Zustand ihrer Freundin war.

»Und was wird, wenn doch?«, murmelte der Kirchenbauer tonlos.

»Das darfst du jetzt überhaupt nicht denken! Hast du verstanden?« Agnes schaute ihn eindringlich an, als könnte sie ihn damit beschwören. Nach einer Weile tätschelte sie seinen Arm und stand auf.

»Ich gehe jetzt erst einmal hoch zur Bäuerin und schaue, ob ich etwas für sie tun kann. Und danach mache ich uns allen etwas zu essen. Schließlich ist ihr nicht damit geholfen, wenn wir vor Hunger umkippen.« Sie versuchte Zuversicht in ihre Stimme zu legen und wartete geduldig, bis sein Kopfnicken signalisierte, dass er verstanden hatte.

Als sie am Bett der Kirchenbäuerin saß, war sie sprachlos vor Kummer und Trauer. Der Kopf der Bäuerin war in einen dicken Verband eingepackt, der ihr Gesicht nur knapp aussparte. Während die weißen Leinenstreifen an manchen Stellen von getrocknetem Blut rot befleckt waren, sah ihr Gesicht wächsern und blass aus. Vorsichtig streichelte Agnes ihren Arm, bevor sie wieder nach unten ging. Hier konnte sie im Augenblick nichts tun.

Nach und nach erfuhr Agnes das ganze Ausmaß der Tragödie und war heilfroh, dass sie morgens so eisern auf Claras Gesellschaft bestanden hatte. Wer weiß, was passiert wäre, wenn auch ihre Tochter auf dem Wagen gesessen hätte.

4

Am nächsten Tag hatte der Kirchenbauer sich wieder unter Kontrolle. Wilma und Helene fassten daher wieder Mut, ihrem Vater unter die Augen zu treten. Agnes hatte außerdem so lange auf ihn eingeredet, bis er einsah, dass die Mädchen nichts für den Unfall konnten und genauso schockiert darüber waren wie er. Auch wenn sein Blick immer noch voller Verachtung auf sie gerichtet war, blieb er friedlich. Aber er weigerte sich, mit ihnen zu reden.

Der Zustand der Kirchenbäuerin blieb unverändert kritisch. Sie lag im Koma und reagierte nicht. Der Arzt hatte nicht beurteilen können, ob und wann sie wieder aufwachen würde. Außerdem hatte sie sehr viel Blut verloren. Es blieb nichts anderes übrig, als abzuwarten und zu hoffen.

Es war, als wäre der Hof des Kirchenbauern unvermittelt in einen traurigen Dornröschenschlaf gefallen: Das sonst so muntere Treiben stand still. Keiner wagte laut zu sprechen, alle schauten betroffen und traurig vor sich hin, niemand lachte. Mühsam erledigte ein jeder seine alltäglichen Aufgaben, schließlich wollten die Kühe trotz Krankheit und Trauer gemolken werden und die Schweine brauchten ihr Futter. Selbst der Kirchenbauer nutzte die täglichen Pflichten, um sich abzulenken und nicht über die plötzlich ungewisse Zukunft nachgrübeln zu müssen.

Agnes übernahm, ohne zu fragen, vollständig das Kommando über Küche und Haushalt. Sie erledigte routiniert sämtliche Arbeiten der Kirchenbäuerin, schließlich waren die beiden in den vergangenen drei Jahren zum eingespielten Team geworden, sodass sie genau wusste, worauf es ankam. Ihre Freundin fehlte ihr schmerzlich. Jeder Handgriff erinnerte sie an eine Begebenheit, die sie mit der Kirchenbäuerin erlebt hatte.

Mit Schrecken fiel ihr der geplante Umzug ein. Sie konnte doch jetzt nicht einfach von hier weggehen und den Kirchenbauern mit seinen Kindern allein lassen. Was wäre, wenn seine Frau bis dahin noch nicht gesund, oder noch schlimmer, vielleicht sogar tot sein würde? Schnell verdrängte sie diesen Gedanken wieder, da sie keine Antwort darauf wusste.

Bewusst versuchte sie, Wilma und Helene in möglichst viele Arbeiten einzubinden, um sie so von ihren Grübeleien und Selbstvorwürfen abzulenken. Vor allem Helene plagten nach wie vor schwere Schuldgefühle.

Der sonnige September wich einem herbstlichen Oktober. Die Tage gingen ins Land, ohne dass sich der Zustand der Kirchenbäuerin merklich veränderte.

Wilma, Helene und Agnes wechselten sich mit der Pflege der Bewusstlosen ab. Trotz aller Mühen mussten sie akzeptieren, dass sie nichts tun konnten, was deren Zustand tatsächlich verbessert hätte. Auch der Arzt, der täglich kam, wusste sich keinen anderen Rat, als sie zur Geduld zu ermahnen.

Clara wohnte währenddessen bei ihrer Schwester. Agnes wollte vermeiden, dass sie das Leid und die Trauer auf dem Hof allzu unmittelbar miterleben musste. Außerdem hätte sie ohnehin keine Zeit für ihre Tochter gehabt. Und Clara war nicht böse darum, denn so konnte sie wenigstens die letzten Wochen in Heuchlingen voll und ganz mit der kleinen Ruth verbringen.

»Ich bin dir so dankbar, dass du das hier alles erledigst. Ohne deine Hilfe würde auf dem Hof derzeit wohl nichts mehr funktionieren«, sagte der Kirchenbauer eines Abends anerkennend zu Agnes. »Aber ich weiß, ehrlich gesagt, nicht, wie wir hier weitermachen sollen, wenn ihr demnächst nach Zwiesel umzieht. Mir graut davor, wenn ich bloß daran denke.«

»Das kann ich verstehen.« Agnes nickte nachdenklich. »Und glaub mir, ich hab auch kein gutes Gefühl dabei. Ich kann euch doch nicht einfach hier alleine lassen. Das kommt mir wie ein Verrat an euch vor.« Sie schaute unglücklich zum Kirchenbauern. »Aber der Umzug ist schon geplant. Was soll ich machen?«

»Vielleicht kannst du doch noch eine Weile hierbleiben, bis meine Frau wieder aufwacht?«

Der Kirchenbauer sah erwartungsvoll zu Agnes. Die war hin und her gerissen.

Als Karl zwei Wochen später nach Heuchlingen kam, um beim letzten Packen zu helfen, war der Zustand der Kirchenbäuerin immer noch unverändert. Auch ihn bekniete der Kirchenbauer deshalb nachdrücklich.

»Ist es nicht möglich, dass ihr den Umzug noch für eine Weile verschiebt. Lass doch bitte deine Frau noch eine Weile hier bei uns. Wir brauchen sie. Wirklich! Ohne ihre Hilfe sind wir vollkommen aufgeschmissen.« Er sah flehend zu Karl hinüber, dem das Gespräch sichtbar unangenehm war. »Ich bitte dich inständig! Nur bis meine Frau wieder wach wird. Dann kommen wir bestimmt auch alleine zurecht. Aber bis dahin?« Er schüttelte den Kopf.

»Ich verstehe dich ja«, setzte Karl an und geriet ins Stocken. »Aber … wie lange sollen wir denn warten? Wie lange soll Agnes noch hierbleiben?«

Der Kirchenbauer zuckte mit den Schultern.

»Bis meine Frau wieder aufwacht.« Er klammerte sich an diese Hoffnung.

»Wer weiß, wie lange ihre Bewusstlosigkeit noch dauert. Das kann nicht einmal der Arzt sagen. Natürlich habe ich nichts dagegen, wenn Agnes euch hier noch einige Zeit helfen würde. Das ist selbstverständlich. Nach allem, was ihr für uns getan habt, sind wir euch das mehr als schuldig.« Karl hielt inne und schaute betrübt. »Was mir allerdings Sorgen macht, ist das Ende, das nicht absehbar ist. Auf ewig will und kann ich nicht auf meine Frau und meine Tochter verzichten. Ich hoffe, du kannst das verstehen?« Karl legte seine Hand auf die Schulter des Kirchenbauern. »Du weißt, unsere Trennung dauert einfach schon viel zu lange, als dass ich bereit wäre, sie auf unabsehbare Zeit fortzuführen.« Er traute sich nicht, dem Kirchenbauern klar zu sagen, dass seiner Meinung nach jeder weitere Tag der Bewusstlosigkeit die Chancen einer Genesung verringerte.

»Ja, natürlich, das kann ich verstehen«, antwortete der Kirchenbauer schließlich. »Aber lass Agnes wenigstens noch für die nächsten paar Wochen hier. Es kann doch nicht mehr lange dauern, bis meine Frau wieder aufwacht!« Erneut spürte Karl, wie verzweifelt sich der Kirchenbauer an diese Hoffnung klammerte.

»Und wenn sie aufwacht, brauchen wir Agnes erst recht, damit sie meiner Frau helfen kann.«

»Ja, gewiss«, gab Karl zögernd zu.

Er war kein Arzt, aber seiner Meinung nach standen die Chancen für die Kirchenbäuerin nicht gut. Doch das behielt er lieber für sich. Noch etwas anderes bereitete ihm Sorgen.

»Du bist dir aber schon darüber bewusst, dass deine Frau bestimmt noch lange Hilfe brauchen wird, bis sie wieder richtig gesund ist, selbst wenn sie aufwacht, oder?« Er hatte das Gefühl, ihm das deutlich sagen zu müssen.

»Sicher, das weiß ich. Aber wenn sie erst einmal wach ist, dann weiß ich auch, dass alles wieder gut wird. Nur dann haben wir eine Chance.«

Karl konnte ihn verstehen und nickte.

»Also gut«, sagte er schließlich. »Ich schlage dir einen Kompromiss vor: Nach allem, was ihr für uns getan habt, wollen auch wir euch, so gut es geht, helfen. Wie wäre es, wenn Agnes, sagen wir, vorläufig für die nächsten vierzehn Tage, noch hier bleiben würde? Vielleicht kommt deine Frau in dieser Zeit ja wieder zu sich. Dann würden wir Agnes Aufenthalt natürlich noch verlängern, bis es deiner Frau wieder einigermaßen gut geht.«

Karl nickte dem Kirchenbauern aufmunternd zu, bevor er langsam fortfuhr.

»Wacht sie aber bis dahin nicht auf, können wir den Umzug beim besten Willen nicht länger hinauszögern. Deshalb wäre es vielleicht sinnvoll, wenn du dich für alle Fälle im Dorf nach einer erfahrenen Haushaltshilfe umschaust, die dann Agnes' Arbeit übernehmen könnte.«

Der Kirchenbauer brauchte nicht lange nachzudenken.

»In Ordnung. Ich danke dir.« So hatte er wenigstens zwei Wochen gewonnen. Bis dahin musste seine Frau einfach wieder zu sich kommen. Es konnte gar nicht anders sein.

Die ausgemachte Frist verstrich, ohne dass die Kirchenbäuerin ihr Bewusstsein wiedererlangte. Ihr Zustand blieb unverändert schlecht. Schweren Herzens packten die Stockmüllers schließlich endgültig ihre Sachen zusammen. Mit vielen Tränen und einem schlechten Gewissen machten sich Karl, Agnes und Clara schließlich am 29. Oktober 1948 auf den Weg nach Zwiesel. Es war ein trauriger Abschied, der allen gleichermaßen am Herzen zerrte.

»Mir war schon klar, dass es mir unendlich schwer fallen würde, von hier wegzugehen – auch unter normalen Umständen. Nach all dem, was wir hier erlebt haben«, sagte Agnes, als sie schon ein gutes Stück gefahren waren. Sie hatte gerötete Augen und fühlte sich ganz benommen. »Aber wie unerträglich traurig und trostlos es werden würde, hätte ich mir beim besten Willen nicht vorstellen können. Ich werde das Gefühl nicht los, dass wir sie im Stich gelassen haben, jetzt da sie uns am meisten brauchten.«

Karl nickte. Auch ihm war der Abschied an die Nieren gegangen.

»Das geht mir genauso. Aber ich glaube, ehrlich gesagt, nicht, dass die Kirchenbäuerin wieder zu sich kommt. Dafür ist sie schon viel zu lange bewusstlos.«

»Ach, es ist alles so maßlos traurig«, seufzte Agnes unglücklich.

5

Die gedrückte Stimmung überschattete den Start der Stockmüllers in Zwiesel. Dort bezogen sie eine helle, freundliche Werkswohnung im ersten Stock, direkt hinter der Glashütte. Ihre wenigen Habseligkeiten waren schnell verstaut. Agnes ging durch die zwei Zimmer, die kleine Küche und das eigene Bad mit Ofen, das einen richtigen Luxus darstellte, und konnte nicht glauben, dass von nun an all dieser Platz ihnen allein zustehen sollte. Es schien ihr geradezu verschwenderisch, doch zugleich fand sie es unendlich befreiend, wieder in den eigenen vier Wänden zu wohnen.

Clara bekam überdies ein eigenes kleines Mansardenzimmer unter dem Dach. Ein eigenes kleines Reich, und dann auch noch so weit weg von der elterlichen Einflussnahme bedeutete für sie eine ganz neue Dimension. Die Elfjährige hatte den Eindruck, unversehens ein gutes Stück erwachsener geworden zu sein. Und das gefiel ihr ausnahmslos gut.

Sie alle hatten sich noch nicht richtig eingelebt, als sie knapp zwei Wochen nach dem Umzug die Nachricht vom Tod der Kirchenbäuerin erreichte.

»Ich mache mir Vorwürfe, dass ich nicht doch länger da geblieben bin. Ich habe fast das Gefühl, als hätte die Kirchenbäuerin ihren Lebenswillen verloren, nachdem wir sie verlassen haben.« Agnes weinte bittere Tränen, als sie nun endgültig von ihrer Freundin Abschied nehmen musste. Sie konnte einfach nicht glauben, dass sie diese lebensfrohe und tatkräftige Frau nie mehr wiedersehen sollte.

»Nein, so ist es gewiss nicht. Du darfst dir keine Vorwürfe machen«, widersprach Karl sofort. »Wer so viele Wochen im Koma liegt, wacht kaum wieder daraus auf. Und wenn, ist er krank für den Rest seines Lebens.« Er nahm seine Frau in den Arm. »Vielleicht ist es so besser für alle, meinst du nicht? Vermutlich wäre sie nie mehr so geworden, wie wir sie kannten.«

Agnes nickte traurig. »Wie es wohl dem Kirchenbauern geht? Und für Helene und Wilma ist es bestimmt auch schwer. Ich wäre jetzt gerne bei ihnen, um sie zu trösten. Es sind so liebe Mädchen, die nun alleine zurechtkommen müssen. Sie tun mir so entsetzlich leid.«

Karl stimmte zu.

»Ja, es ist unendlich traurig. Aber jetzt ist keiner mehr in falscher Hoffnung gefangen, sondern alle können richtig um die Kirchenbäuerin trauern. Auch wir«, meinte er nachdenklich. »Und irgendwann werden wir die Trauer überwinden und können wieder nach vorn schauen. Das wünsche vor allem dem Kirchenbauern und seiner Familie von ganzem Herzen.«

In den darauf folgenden Wochen war Agnes vollkommen damit beschäftigt, sich in ihrem neuen Leben in Zwiesel zurechtzufinden. Alles war so ganz anders, zwar immer noch bescheiden, aber doch so viel großzügiger und moderner als in den vergangenen drei Jahren. Sie wurde davon so vereinnahmt, dass ihre Trauer über den Tod der Kirchenbäuerin und den Abschied aus Heuchlingen langsam schwächer wurde. Jeden Tag spürte sie, wie sehr ihre Freude über den neuen »Luxus« einer eigenen Wohnung und die zurückgewonnene Normalität, ihre Abende gemeinsam mit Karl verbringen zu können, wuchs.

»Ich bin so froh, dass wir endlich wieder als Familie zusammenleben dürfen«, sagte sie immer wieder staunend. »Es war eine verdammt lange Zeit, die wir getrennt verbringen mussten, meinst du nicht?« Mit dem Glücksgefühl, das sie empfand, meldete sich jedoch augenblicklich auch ihr schlechtes Gewissen, das ihr der tragische Tod der Kirchenbäuerin verursachte.

»Unsere Trennung war lang genug«, antwortete Karl und schmiegte sich an seine Frau. »Und ich hoffe von ganzem Herzen, dass wir das nie wieder erleben müssen. Schließlich haben wir geheiratet, um zusammen zu leben und nicht, um voneinander getrennt zu sein.«

»Allerdings! Und dieser schreckliche Unfall der Kirchenbäuerin hat mir mal wieder deutlich vor Augen geführt, wie schnell sich alles ändern kann. Von jetzt auf gleich! Ich sehe noch das lachende Gesicht, als die Kirchenbäuerin Clara gefragt hatte, ob sie nicht mit aufs Feld kommen will. Und nur ein paar Stunden später war alles anders.« Sie erwiderte seine Umarmung und dachte nach. »So ein Unfall kann jedem von uns jederzeit passieren. Desto wichtiger, dass wir die Zeit, die uns gegeben ist, auch zusammen verbringen.«

Es klang wie ein Gelübde.

Clara fühlte sich in Zwiesel viel schneller wohl, als sie erwartet hatte. Vor allem in ihrem »Dachstübchen« war sie sehr zufrieden. Als Karl sie danach fragte, kam ihre Antwort prompt.

»In meinem Zimmer komme ich mir vor wie in einem Adlerhorst. Weit über allen, auch über euch. Das ist toll! Nur ein bisschen leer ist es noch.«

Karl nickte. Er war froh gewesen, als er gerade noch rechtzeitig vor dem Umzug ein ordentliches Bett, eine kleine Kommode und einen einfachen Stuhl für seine Tochter hatte organisieren können. Aber ansonsten war der Raum leer.

»Das einzige, was mir hier richtig fehlt, ist Ruth. Ich vermisse sie wirklich sehr.« Claras Gesicht wurde ganz traurig und Karl tätschelte ihr tröstend die Wange.

»Das verstehe ich gut. Aber ich verspreche dir, dass wir sie bald besuchen werden, in Ordnung?«

Clara nickte. Das war besser als nichts. Aber richtig aufmuntern konnte es sie nicht, denn dieser Besuch würde vermutlich noch ziemlich lange auf sich warten lassen.

Nachdem Clara die ersten Wochen noch in die 6. Klasse der Volksschule gegangen war, wechselte sie nach den Osterferien auf eine private Mittelschule für Mädchen. Da hier die Klassen neu zusammengestellt wurden und sich nur wenige bereits kannten, nutzte Clara die allgemeine Unsicherheit für sich: Sie beobachtete in der Hofpause die anderen und suchte sich diejenige aus, die ihr am nettesten erschien. All ihren Mut zusammennehmend, sprach sie die dann ohne falsche Schüchternheit an.

»Hallo, ich bin Clara. Wir gehen in dieselbe Klasse, weiß du? Ich sitze zwei Bänke hinter dir. Wollen wir zusammen spielen?«

Das angesprochene Mädchen war froh, nicht selbst die Initiative ergreifen zu müssen und nahm den Vorschlag dankbar an: »Au ja, fein. Ich heiße übrigens Gerda.«

Es dauerte nicht lange, bis sich weitere Mädchen dazugesellten. Schnell entwickelte sich daraus eine lustige Gruppe, die unzertrennlich wurde und in der Clara, dank ihrer unkomplizierten und immer fröhlichen Art, diejenige war, die den Ton angab. Ihre oft witzigen und fantasievollen Spielideen taten ein Übriges.

Die Schule wurde von sogenannten »Englischen Fräulein« geleitet. Das waren katholische Nonnen, die ihr Regiment mit eiserner Disziplin und Ordnung führten. Selbst im kalten Winter durften die Mädchen keine warmen, langen Hosen tragen, ein Rock war genauso Pflicht, wie das Tragen von Hausschuhen im Schulgebäude. Das Lernpensum war straff, Stenografie und Schreibmaschine schreiben standen genauso auf dem Lehrplan wie Hauswirtschaftslehre. Die Hausaufgaben mussten die Mädchen in der Schule erledigen. Kinobesuche waren offiziell verboten, doch ließ sich das in der Freizeit natürlich kaum kontrollieren. Obwohl Clara ein solcher Stil bisher völlig fremd war, fügte sie sich schnell ein. Sie war eine willige Schülerin und ihre Leistungen waren in Ordnung.

»Lade doch mal ein oder zwei deiner neuen Freundinnen am Sonntagnachmittag zu uns nach Hause ein«, schlug Agnes ihr eines Tages vor. Sie wollte gerne die Freundinnen ihrer Tochter kennenlernen.

Clara schaute ihre Mutter verdutzt an. Auf die Idee war sie noch nicht gekommen. Zwar hatte sie sich schon ein paar Mal nachmittags mit ihnen zum Spielen getroffen, aber irgendwie noch nie hier zu Hause.

»Klasse, wenn du das erlaubst. Dann kann ich ihnen ja mein tolles Zimmer zeigen. Bekommen wir dann auch ein Stück vom Sonntagskuchen ab?«, fragte sie und legte spitzbübisch den Kopf zur Seite.

Agnes lachte. »Natürlich, was denkst du denn?«

Die Idee erwies sich als voller Erfolg. Da kaum eine ihrer Freundinnen über ein eigenes Zimmer verfügte, war Claras Adlernest schnell der bevorzugte Treffpunkt, um ungestört herumkichern zu können und Albernheiten auszuhecken. Die leckeren Kuchen von Agnes waren auch sehr beliebt.

6

Eines Tages dachte Clara an Gespenster, als sie während der Hofpause einem Mädchen gegenüber stand, das sie kannte: Erika! Sie war deutlich größer und erwachsener geworden, aber es war eindeutig Erika.

»Hallo! Was machst du denn hier? Ich dachte, ihr seid in Mitterteich. Bist du hier zu Besuch?«

»Grüß dich, Clara!« Auch Erika musste einen Moment lang überlegen, woher sie das Gesicht kannte. Sie war genauso überrascht wie Clara.

»Na, mit dir habe ich jetzt aber nicht gerechnet. Ich dachte ihr wärt noch in Heuchlingen.« Sie räusperte sich. »Aber, um deine Frage zu beantworten: Nein, leider bin ich nicht nur zu Besuch hier. Das wäre allzu schön, um wahr zu sein. Es ist viel schlimmer.« Sie machte eine kleine, traurige Pause.

»Wir sind nämlich vor ein paar Tagen von Mitterteich nach Zwiesel umgezogen.«

Clara bemerkte verwundert, wie bedrückt Erika aussah, als sie das sagte.

»Freust du dich denn nicht darüber? Hier ist es doch sehr schön.« Doch sie erntete für diese Bemerkung nur einen missbilligenden Blick.

»Findest du? Also ich finde hier alles ziemlich blöd. Ich wäre viel lieber in Mitterteich geblieben. Aber mein Vater wurde versetzt und arbeitet jetzt hier in Zwiesel. Also sind wir alle mal wieder umgezogen.«

Erika klang entnervt.

»Dann gehst du wohl von nun an auch auf diese Schule?«, schlussfolgerte Clara treffsicher.

»Ganz genau. Heute ist mein erster Schultag«, antwortete Erika düster. »Schon wieder eine neue Schule mit fremden Mädchen, die ich nicht kenne. Und bis jetzt, muss ich dir sagen, gefällt mir keine von denen. Oh, wie ich das alles hasse!« All ihr Unmut brach sich mit diesen Worten Bahn.

Tatsächlich war Otto im Frühjahr 1949 als Werksmeister nach Zwiesel beordert worden. Für ihn bedeutete das erneut einen beruflichen Aufstieg mit einem erheblichen Zuwachs an Verantwortung, die er gern übernahm, auch wenn das für seine Familie bedeutete, ihre gerade erst geknüpften Kontakte abermals kappen zu müssen. Doch es wäre ihm gar nicht in den Sinn gekommen, deshalb dieses Angebot abzulehnen. Er freute sich über die Anerkennung seiner Leistungen und fühlte sich in seiner Arbeit bestätigt. Das tat ihm ausgesprochen gut und verlieh ihm ein ganz neues Selbstbewusstsein.

Nunmehr unterstanden ihm gut 60 Leute. Erikas eindringliche Versuche, den Umzug zu verhindern, mussten natürlich scheitern.

»Das entscheiden wir, halt dich gefälligst da heraus«, hatte Otto barsch geantwortet. Er wusste ja nichts von Erikas Verliebtsein.

Also blieb ihr nur Franz, bei dem sie ihren Kummer ausschütten konnte, und der natürlich ohnehin der eigentliche Grund ihrer Ablehnung war.

»Was soll ich nur ohne dich machen?«, fragte sie ihn verzweifelt, nachdem sie mit der schlechten Nachricht herausgeplatzt war.

»Das würde ja bedeuten, dass wir uns dann nicht mehr sehen können?« Auch für ihn war das eine niederschmetternde Neuigkeit, die er nicht glauben wollte. »Die Entfernung von Mitterteich nach Zwiesel ist viel zu weit, als dass wir uns dann noch oft besuchen könnten.«

»Ja, ich weiß. Aber irgendwie müssen wir einen Weg finden. Ich will dich nicht verlieren«, begehrte Erika auf. »Das kann doch nicht das Ende sein.«

Sie saßen an ihrem Lieblingsplatz im Wald auf einer mitgebrachten Decke. Um sie herum reckten die ersten bunten Frühlingsblumen ihre Köpfchen der Sonne entgegen und verzauberten die kleine Lichtung in ein farbenprächtiges Paradies. Doch in diesem Moment erschien ihnen alles trist und grau.

»Du wirst mir sehr fehlen«, murmelte Franz leise, nachdem sie einige Zeit schweigend aneinander gekuschelt da gesessen hatten, und jeder seinen trüben Gedanken nachgespürt hatte. Erika schossen die Tränen in die Augen. Die paar Worte ließen ihre Selbstbeherrschung zusammenbrechen.

Viel später, nachdem sich beide wieder gefasst hatten, beschlossen sie, sich von nun an mindestens täglich einmal zu treffen, um bis zum Umzug noch so viel Zeit wie möglich miteinander verbringen zu können. Das erschien ihnen das Einzige, was sie tun konnten. Und natürlich war der Umzugstermin viel schneller gekommen, als ihnen lieb war.

Ihre ersten Wochen in Zwiesel erlebte Erika wie in Trance. Nichts und niemand erschien ihr hier interessant, denn das Wichtigste hatte sie ja in Mitterteich zurücklassen müssen. Und sie wollte auch überhaupt niemanden kennenlernen oder sich hier zurechtfinden. Nicht schon wieder!

Erika schrieb Franz jeden Tag einen Brief. Es dauerte nicht lange, bis der rege Postverkehr zwischen Mitterteich und Zwiesel Johanna auffiel. »Wer schickt dir da eigentlich so viel Post?«

»Och, das ist eine Freundin aus meiner Klasse«, log Erika prompt und ohne rot zu werden. Da Franz seinen Vornamen auf dem Absender stets abkürzte, hätte es ja ebenso gut ein Mädchen sein können. So blieb Johanna unwissend.

Clara, die sie ja noch von früher kannte, wurde für Erika zu einer Art Rettungsanker, obwohl diese im Vergleich zu ihr, mit ihren knapp zwölf Jahren noch ziemlich kindlich war und eigentlich ganz andere Interessen hatte. Aber das war Erika egal, denn sie musste Clara nicht erst mühevoll kennenlernen. Und Clara als die Jüngere fand natürlich das Interesse der so viel reiferen Schulkameradin sehr schmeichelnd. Also trafen sie sich öfters.

Alle anderen hingegen lehnte Erika kategorisch ab, sodass sie sich wieder einmal einsam und allein fühlte. Bewusst schaffte sie Distanz zwischen sich und ihren Mitschülerinnen und bemitleidete sich selbst.

Ihre Mutter indes hatte keine Lust, auf Erikas Launen einzugehen. Das Verhältnis zwischen ihnen war ja schon seit einiger Zeit nicht besonders herzlich. Das Kind würde sich schon damit abfinden, entschied sie mitleidlos. Sie selbst freute sich viel zu sehr über den Umzug nach Zwiesel, als dass sie ihn sich von ihrer Tochter hätte madig machen lassen. Seitdem ihr Otto in Aussicht gestellt hatte, eine Neubauwohnung mit rund 45 Quadratmetern Wohnfläche beziehen zu können, stellte sie alles andere dahinter zurück.

Und tatsächlich hielt die neue Wohnung ihren höchsten Erwartungen stand. Das eigens für die Schottianer neu gebaute Mietshaus lag direkt hinter der Glashütte und bot Platz für vier Familien: Ein Glasschneidemeister und zwei Glasbläser, die jeweils erst kürzlich aus Jena geflüchtet waren, wurden zu ihren neuen Nachbarn.

Nun besaßen sie auch einen eigenen Wasseranschluss in der Küche, sodass sie nicht mehr zum Wasserzapfen in den Flur mussten. Nur ein eigenes Bad gab es auch weiterhin nicht, alle vier Mietparteien mussten sich ein gemeinsames Badezimmer im Keller miteinander teilen.

»Doch, auch das ist ein Fortschritt im Vergleich zu früher, als wir zum Baden extra ins Werk fahren mussten«, befand Johanna zufrieden.

Vor allem die Helligkeit der Räume begeisterte sie, auch wenn die Wohnung nicht glücklich geschnitten war, weil sie schlauchartig angelegt war. Erst kam eine Wohnküche, in die Otto außer Küchentisch und Küchenschrank auch Erikas altes Eisenbett stellte. Zunächst hatte Otto das Bett automatisch ins Schlafzimmer stellen wollen, doch Johanna hatte ihn zurückgehalten.

»Meinst du nicht, dass Erika mittlerweile zu alt dafür ist, um mit uns immer noch in einem Zimmer zu schlafen?«

Otto musste zugeben, dass die Zeit dafür vielleicht tatsächlich vorbei war, sodass sie das Bett schließlich mangels Alternativen in die Küchenecke gestellt hatten.

»Dann hat sie es im Winter wenigstens schön warm«, meinte Johanna lapidar.

Ihr neue Couch-Garnitur kam in dem hellen Wohnzimmer besonders gut zur Geltung und auch Otto war völlig begeistert. »Dass wir einmal so schick wohnen würden, hätte ich mir vor einem Jahr noch nicht vorstellen können.«

Im Gegensatz zu ihrer Tochter fühlten sich sowohl Johanna als auch Otto in Zwiesel schon nach kurzer Zeit absolut heimisch.

7

Das Jahr 1949 besiegelte endgültig die dauerhafte Aufspaltung des früheren Deutschen Reiches in zwei voneinander unabhängige Staaten: Am 23. Mai 1949 wurde in Bonn feierlich das Grundgesetz für die neue »Bundesrepublik Deutschland« verkündet, die sich auf dem Gebiet der drei Westmächte konstituierte. Nur wenige Monate später, am 7. Oktober 1949, trat in Ost-Berlin die Verfassung der »Deutschen Demokratischen Republik« in Kraft, deren künftiges Staatsgebiet das Territorium der sowjetischen Besatzungszone umfasste.

Zur neuen Hauptstadt der Bundesrepublik wurde Bonn am Rhein, die DDR regierte ihr Land von Ost-Berlin aus. West-Berlin behielt einen besonderen Status. Eigentlich gehörte es zur Bundesrepublik, doch es blieb als »Insel« inmitten der DDR unter besonderer alliierter Kontrolle, zumal so kurz nach Beendigung der Berliner Blockade.

Die Gründung zweier deutscher Staaten vier Jahre nach dem offiziellen Ende des Krieges widersprach klar dem ursprünglich postulierten Ziel der Alliierten, die deutsche Einheit zu erhalten – so, wie sie es auf der Potsdamer Konferenz übereinstimmend formuliert hatten. Doch längst hatte der »kalte« Krieg den »heißen« abgelöst, und es gehörte zum offiziellen Ton der Siegermächte, sich gegenseitig Schuldzuweisungen zuzuschieben: Natürlich hatte die jeweils andere Seite die gemeinsame Deutschlandpolitik aufgegeben.

Die Alliierten hatten die deutsche Einheit geopfert, um ihre eigenen Machtinteressen voranzutreiben. Die deutsche Bevölkerung musste sich damit abfinden. Daher verfolgten die meisten Deutschen die beiden Staatsgründungen – hüben wie drüben – mit dem Gefühl, dem Willen der Alliierten ausgeliefert zu sein.

In der Präambel des Grundgesetzes wurde der provisorische Charakter in Bezug auf die deutsche Wiedervereinigung ausdrücklich betont, genauso wie die DDR-Verfassung von der »provisorischen« Volkskammer verabschiedet wurde. Und doch war den beiden Staatsgründungen eine lange Lebensdauer beschieden: Für die nächsten 40 Jahre lebten die Deutschen in zwei konträren Staaten. Wieder einmal bestätigte sich die Binsenweisheit, dass Provisorien von besonderer Dauer sind.

40 lange Jahre, in denen sich die überwiegende Mehrheit der Deutschen in Ost und West zunächst nichts sehnlicher wünschte, als wieder in einem geeinten Land zu leben.

40 lange Jahre, in denen sich die meisten Leute dann doch irgendwann mit den Realitäten arrangierten, irritiert über den Zaun auf die immer fremder werdenden anderen Deutschen starrten und sich darüber auseinander lebten.

40 lange Jahre, die trotzdem den Glauben und Hoffnung nicht ganz auslöschen konnten, ein deutsches Volk in einem geeinten Land zu sein.

»Hast du gehört, es sind schon wieder welche aus Jena zu uns gekommen«, erzählte Otto an einem Abend im Herbst. »Und du kennst sie sogar: Es sind die Christoballs aus Lobeda.«

»Wie bitte?« Johanna war sichtlich überrascht. »Ausgerechnet die? Ich habe immer gedacht, die wären mit dem Sozialismus verheiratet. Jedenfalls haben sie immer so getan. Vor allem er. Der hat schon früher immer solche Reden geschwungen«, meinte Johanna ehrlich verwundert. »Eigentlich müsste er doch höchst zufrieden sein, dass es nun eine DDR gibt, die alles ganz anders machen will.« Sie betonte die drei Buchstaben so, als müsse sie einen schlechten Geschmack ausspucken, denn sie fand diese Trennung in zwei deutsche Staaten fürchterlich. Auch wenn die Aufteilung faktisch schon seit Kriegsende existierte, schufen die Staatsgründungen doch etwas Endgültiges, das ihr überhaupt nicht behagte. Und da es sich für sie in Zwiesel so gut entwickelt hatte, bevorzugte sie eindeutig die im Westen herrschenden Bedingungen. Der neuen DDR stand sie hingegen besonders kritisch gegenüber, zumal die vielen Flüchtlinge, die speziell aus Jena kamen, nur Negatives erzählten, egal ob es sich um die schlechte Versorgung oder Repressalien handelte.

»Na ja, so, wie ich gehört habe, hatte er wohl Ärger mit den Russen«, erzählte Otto. »Hat seinen Mund vermutlich mal wieder zu weit aufgerissen. Das konnte er ja schon früher besonders gut. Soweit ich weiß, hat er sich lautstark darüber beschwert, dass sie immer noch nicht genug zu essen haben und

Schlange stehen müssen. Und das hat wohl einigen Leuten nicht gefallen. Jedenfalls standen die Russen plötzlich vor seiner Haustür und haben ihn mitgenommen. Einfach so. Seine Frau hat wochenlang nichts von ihm gehört. Aber vielleicht hatte sie noch ein paar gute Verbindungen, die sie anzapfen konnte, denn plötzlich war er wieder zu Hause.«

Otto machte eine Pause. »Ganz verändert soll er da gewesen sein: Hat sich von allem zurückgezogen und mit niemandem mehr gesprochen.« Er zuckte mit den Schultern. »Tja, und jetzt ist die ganze Familie eben hier.«

»Meine Güte. Das ist ja furchtbar.« Johanna schüttelte den Kopf, bevor sie langsam sagte: »Wer hätte sich damals vorstellen können, als wir gegen unseren Willen deportiert wurden, dass wir den Amis einmal dafür dankbar sein würden, dass sie uns aus unserer Heimat verschleppt haben.«

Die Anzahl derer, die im Laufe der folgenden Jahre aus der DDR in die Bundesrepublik flüchteten, war deutlich größer, als umgekehrt. Viele verließen ihre Heimat nicht nur aus politischen Gründen, sondern auch, weil sie glaubten, im Westen ein besseres Leben führen zu können.

Seit Gründung der Bundesrepublik verbesserten sich die Lebensbedingungen auf ihrem Staatsgebiet merklich. Überall entstanden neue Firmen und schafften damit Arbeitsplätze und Verdienstmöglichkeiten. Und wer Geld hatte, konnte sich in den Läden wieder alles Mögliche kaufen. Die Zeit der Entbehrungen war im Westen für eine wachsende Zahl der Menschen vorbei. Wenn auch noch in bescheidenem Umfang, war der zunehmende Wohlstand doch überall deutlich zu spüren.

Die Aufbauleistungen der Menschen in der »Ostzone« waren genauso riesig. Doch aufgrund des anderen politischen Systems, in dem die zentrale Zuweisung von Konsumgütern, Energie und Wohnungen im Vordergrund stand, regelte kein wirklich freier Markt Angebot und Nachfrage. Eine Verbesserung der Lebensbedingungen ließ deshalb hier deutlich länger auf sich warten.

Gleichzeitig gab es auf beiden Seiten des Eisernen Vorhangs einen enormen Nachholbedarf an gutem, reichhaltigem Essen, an warmen, gemütlichen Wohnungen und an schicker, modischer Kleidung. Eine Reihe von Menschen in der DDR, die ihren Blick in westliche Richtung schweifen ließen, hatten den Eindruck, dass es viele Dinge in der neuen Bundesrepublik leichter gab. Grund genug für so manchen, sich in den Westen abzusetzen.

Für das Glaswerk bedeutete die Aufspaltung Deutschlands in zwei unabhängige Staaten die endgültige Festschreibung ihrer Entzweiung. Vor allem die Verantwortlichen in Jena verloren die Grundlage ihrer Argumentation. Wie sich künftig ein Warenaustausch zwischen den ideologisch entgegengesetzt orientierten Seiten entwickeln würde, wurde immer ungewisser. Nur eines schien klar: Ein wirkliches Miteinander würde künftig schon von Staats wegen nicht mehr möglich sein.

Allerdings war der eigentliche Bruch zwischen den Schottianern in Ost und West längst vollzogen: Als die Stiftungsbetriebe in Jena vor gut einem Jahr enteignet und in volkseigene Betriebe umgewandelt worden waren, bedeutete dies den endgültigen Todesstoß für die ursprüngliche Verbundenheit.

Seitdem war der Ton auf beiden Seiten deutlich frostiger und unversöhnlicher geworden. Ganz offen und ungeniert umwarben beide Seiten die alten Kunden als knallharte Konkurrenten. Und beide Seiten pochten gleichermaßen auf die alleinige Rechtmäßigkeit der Namensrechte, sodass die Kunden immer häufiger irritiert fragten, wer denn nun das »echte« Schottglas verkaufe.

Hüben und drüben

1

Anton war glücklich: Sophie und er befanden sich auf dem Rückweg nach Jena – und zwar dieses Mal ganz offiziell und mit den notwendigen Reisepapieren. Allerdings gab der Anlass Grund zur Sorge: Anton war in der Sowjetunion ernsthaft erkrankt, sodass die dortigen Behörden ihm schließlich die Erlaubnis erteilt hatten, nach Jena zurückzukehren. Ohne die vehemente Unterstützung seines Schwiegervaters hätte er jedoch vermutlich nicht ausreisen dürfen, das stand für ihn außer Frage. Anderen Schottianern, die ebenfalls in der Fremde erkrankten, war das bislang stets verwehrt worden. Zwar hatte Anton deshalb Mitleid mit seinen betroffenen Kollegen, doch freute er sich deshalb nicht weniger, nun selbst auf dem Heimweg zu sein.

Die Zeit in Lytkarino war nicht schlecht gewesen, dachte er rückblickend, auch wenn er, genauso wie seine Kollegen vor Ort, die ersten Monate mehr oder weniger zum Nichtstun verdammt gewesen war. Es hieß, sie sollten auf das Demontagegut aus Jena warten, um es in dem sowjetischen Glaswerk einzubauen und anschließend damit zu arbeiten. Doch das Material hatte monatelang auf sich warten lassen. Für Anton begann erneut eine Zeit der Untätigkeit, genauso wie einst in Heidenheim, bis ihm ein Posten im Forschungslabor zugewiesen wurde. Dort konnte er an Versuchsschmelzen arbeiten und die Tätigkeit hatte ihm sofort großes Vergnügen bereitet. Er war überrascht gewesen, wie hilfsbereit und aufgeschlossen seine russischen Kollegen waren. Die Zusammenarbeit war angenehm und Anton war ehrlich traurig, als er sich vor ein paar Tagen von ihnen verabschieden musste. Ob und wann er sie wiedersehen würde?

Plötzlich schüttelte ihn ein Hustenanfall. Sophie, die ihm gegenübersaß, sah ihn besorgt an. Es dauerte Minuten, bis er sich wieder etwas beruhigt hatte, dann lächelte er ihr entschuldigend zu.

»Schon vorbei! Alles halb so schlimm.«

Er versuchte, tief Luft zu holen und spürte flüchtig wieder diesen Schmerz, der ihn beunruhigte.

»Vielleicht solltest du dir auf dem nächsten Bahnhof ein bisschen die Beine vertreten und tief durchatmen«, schlug Sophie vor. Die Luft in unserem Abteil kann man ja schneiden, da ist es kein Wunder, dass du hustest.«

Sophie war froh, dass sie den größten Teil ihrer langen Reise bereits problemlos hinter sich gebracht hatten und sich endlich wieder auf deutschem Boden befanden.

»Es dauert nicht mehr lange bis Jena«, konstatierte sie laut. »Und dann kannst du dich endlich richtig untersuchen lassen«, dachte sie nur für sich. Sie machte sich ernsthafte Sorgen um ihren Mann. Angefangen hatte alles vor etwa drei Monaten mit einer heftigen Erkältung. Anton musste zwei Wochen lang das Bett hüten, so schwach war er gewesen. Nur langsam hatte er sich erholt. Die Hustenanfälle waren geblieben. Sophie hatte nicht den Eindruck, dass sie an Heftigkeit geringer geworden wären, und fragte sich bange, was die Ursache dafür sein mochte. In der Sowjetunion gab es für Anton keine Möglichkeit, dies gründlich untersuchen zu lassen. Sophie hatte ihren Stiefvater deshalb solange in ihren Briefen bekniet, seinen Einfluss geltend zu machen, bis er das Unmögliche erreicht hatte und sie tatsächlich die Heimreise nach Jena antreten konnten.

Plötzlich kam ihr eine andere Rückreise an die Saale in den Sinn.

»Weißt du noch, als wir das letzte Mal nach Jena zurückgefahren sind, da waren wir auf der Flucht vor den Amis und kamen von Süden.« Sophie machte eine Pause. »Und jetzt kehren wir von den Russen heim und kommen aus nördlicher Richtung.«

Anton dachte über die Worte seiner Frau nach.

»Ja, und jetzt sollten wir es unbedingt schaffen, für immer in Jena zu bleiben. Mir reichen die vielen Monate, egal in welcher Fremde. Nur in Jena fühle ich mich zu Hause«, sagte er mit Nachdruck.

»Ja, das finde ich auch«, stimmte sie sofort zu. »Vielleicht hat dein Husten sogar etwas Gutes, weil wir so früher als die anderen zurückkehren durften. Oder müssen wir deshalb ein schlechtes Gewissen haben?«

»Ich wünsche allen, dass sie möglichst bald wieder nach Hause kommen. Aber ich habe sicherlich kein schlechtes Gewissen deswegen«, erwiderte Anton. »Schließlich war das schon unsere zweite Deportation.«

Sophie nickte. Sie empfand es ebenso. Ihre Gedanken gingen weiter auf Wanderschaft.

»Stell dir mal vor, wir wären noch immer in Hermaringen oder jetzt vielleicht in Zwiesel oder Landshut, so wie die anderen Deportierten. Könntest du dir vorstellen, dort zu leben?«

»Da wüssten wir vermutlich immer noch nicht, wie es mit uns weitergehen soll. Und eine Rückkehr nach Jena wäre mit Sicherheit deutlich schwieriger, da es jetzt ja zwei getrennte deutsche Staaten gibt und die Grenze dichter ist.« Er sinnierte einen Augenblick lang über die Staatengründung. »Eigentlich bin ich ganz froh, mich auf dieser Seite des Eisernen Vorhangs zu befinden.«

»Ich auch. Wenn ich die Briefe meiner Mutter richtig verstanden habe, dann soll hier das Volk künftig grundlegend mitbestimmen. Also auch wir! Und das finde ich gut! Ich bin mir sicher, dass wir hier bald ein besseres Deutschland haben werden als die drüben«, sagte Sophie voller Überzeugung.

2

Auf der anderen Seite des Eisernen Vorhangs bewerteten Agnes und Karl ihre Lage ganz ähnlich und doch grundsätzlich entgegengesetzt. Sie empfanden die Gründung der Bundesrepublik als die bessere Alternative und waren ihrerseits froh, im Westen Deutschlands gelandet zu sein. Dachten sie an Jena, konnten sie sich ebenso wenig vorstellen, dort zu leben, wie Anton und Sophie andersherum.

»Wenn all das, was die Flüchtlinge berichten, tatsächlich stimmt, hat es mit unserer Heimatstadt, so wie wir sie kannten, schon lange nichts mehr gemein«, war sich Karl sicher.

Beide Werke in Zwiesel und Mitterteich nahmen ehemalige Kollegen aus Jena ausgesprochen gern auf. Da die Produktion ständig ausgebaut wurde, wuchs auch der Bedarf an Glasbläsern, Schmelzern und anderen Fachkräften. Außerdem hatten diese Fachleute noch den alten Schott-Ethos verinnerlicht und wussten genau, worauf es ankam. Das war etwas gänzlich anderes, als wenn Fremde neu eingearbeitet werden mussten.

»Ja, obwohl natürlich diejenigen, die rüberkommen, kein gutes Haar an der Lage dort lassen können, sonst hätten sie nicht das Wagnis einer Flucht auf sich genommen«, gab Agnes zu bedenken.

»Natürlich. Aber selbst, wenn nur die Hälfte von dem stimmt, was sie erzählen, fände ich es schlimm genug. Vermutlich wären wir selbst längst abgehauen.« Karl dachte an die Berichte von Bevormundungen und der Angst, offen über Missstände zu reden. »Wahrscheinlich wäre ich längst angeeckt, ich kann doch den Schnabel nicht halten«, überlegte er selbstkritisch.

»Da hast du allerdings recht!«, lachte Agnes. »Jetzt im Nachhinein war es gut, wie alles gekommen ist. Ich kann mir, ehrlich gesagt, auch nicht vorstellen, wie wir in Jena leben würden und bin den Amis mittlerweile richtig dankbar dafür, dass sie uns damals mitgenommen haben.«

Plötzlich kam Agnes ein anderer Gedanke.

»Ob du mit den Russen hättest gehen müssen, wenn wir da geblieben wären? So wie Anton Heuerling?«

Sein Schicksal hatte Agnes gerührt, als ihr durch Zufall davon berichtet wurde. Sie hatte seine Flucht zwar verurteilt, empfand die zweite Deportation aber als gar zu harte Strafe.

»Oder vielleicht hättest du das Werk mit eigenen Händen demontieren müssen, überleg doch mal!«

Karl zuckte mit den Schultern. Er fand es müßig, sich das vorzustellen.

»Nein, das will ich gar nicht. Ich bin froh, wie es gekommen ist und fühle mich hier rundum wohl.«

Agnes lenkte ein. »Das tue ich ja auch.«

Sie schätzte vor allem den zunehmenden Wohlstand, den sie sich leisten konnten. Auch wenn das Geld immer noch knapp war, kam doch ein ums andere hinzu, wenn sie nur lange genug dafür sparten. Ihr Blick fiel auf den neuen Küchenschrank, den sie erst vor Kurzem erstanden hatten. Sie musste lächeln. Und abgesehen davon reichte es ihr vollkommen, sich bei ausgedehnten Schaufensterbummeln durch die Stadt neue Anregungen zu holen. Sie konnte sich an der Vielfalt der Auslagen – egal ob Kleidung, Möbel oder Haushaltsgegenstände – gar nicht satt sehen, und zehrte dann lang von der Fülle neuer Ideen.

Die Stockmüllers hatten sich schnell in Zwiesel eingelebt und integriert. Karl war dank seines frechen Charmes sogar bei den Einheimischen gern gesehen und Agnes fand mit ihrer selbstverständlichen Hilfsbereitschaft ebenfalls neue Freunde.

Karl war als Werksmeister für die gesamte Elektroabteilung in der Gießerei, der Optik und der Schleiferei des Zwieseler Werkes zuständig. Er hatte reichlich zu tun und kam ständig in den verschiedenen Abteilungen herum. Man spürte, dass die Arbeit für ihn nicht nur Verpflichtung, sondern auch Vergnügen bedeutete.

Die freien Tage an den Wochenenden nutzten Agnes, Karl und Clara, um mit großer Neugierde die nähere Umgebung zu erkunden. Der Radius ihrer Ausflüge wurde von Woche zu Woche größer. Nachdem ihnen Zwiesel vertraut war, stiegen sie in Bus oder Bahn und fuhren nach Bayerisch Eisenstein, nach Regensburg oder Passau. Und im Winter ging es rauf auf den »Großen Arber« zum Schneewandern oder Rodeln.

Diese Ausflüge waren ihre kleinen Fluchten aus dem anstrengenden Alltag, der sechs Tage die Woche dauerte. In der Ruhe der Natur und der Schönheit nicht zerstörter Ortschaften fanden sie nicht nur Erholung und neue Kraft, sondern vor allem das beruhigende Gefühl, dass es ihnen gut ging.

So manchen Sommersonntagnachmittag verbrachten sie auch mit ihren Nachbarn im gemeinsamen Garten hinter dem Haus. Dann sprachen sich die Frauen kurz ab, wer Kuchen backen, den Kaffee kochen und wer die Schlagsahne beisteuern würde. Unter den alten Obstbäumen, die außer den Früchten für den Kuchen auch Schatten spendeten, deckten sie den Kaffeetisch für alle Hausbewohner zu einer kunterbunt zusammengewürfelten Tafel.

Es waren unkomplizierte Nachmittage, an denen die kleinen Probleme des Alltags genauso erörtert wurden wie die bevorstehende Konfirmation, ein unbekanntes Kochrezept oder das Angebot des neuen Ladens in der Innenstadt. Meist dauerte es allerdings nicht lange, bis die Frauen unter sich waren. Während die Kinder hastig ihren Kuchen verputzten, um möglichst schnell zum Spiel zurückzukehren, verschwanden die Männer so unauffällig wie möglich, sobald die Übertragung der Fußballspiele im Radio begonnen hatte.

»Aha, es ist Fußballzeit! Für unsere Männer ist die Kaffeepause vorbei«, stichelte dann diejenige der Frauen grinsend, die als Erste einen der Männer wegschleichen sah. Der Spruch war jedes Mal der gleiche und wirkte wie eine Absolution, bedeutete er doch für alle anderen Männer die Erlaubnis, jetzt ohne Schimpf und Schande aufstehen zu können. So kam an diesen faulen Sommersonntagen jeder auf seine Kosten: Die Kinder tobten, die Frauen plauderten und die Männer lauschten der Fußballübertragung im Radio. Ja, es ging ihnen wirklich gut!

3

Einzig Erika konnte Zwiesel lange Zeit nichts Gutes abgewinnen. Sie war gefangen in ihren Kümmernissen, die die »Backfisch-Zeit« naturgemäß mit sich bringt. Natürlich trauerte sie vor allem ihrem Franz hinterher. Doch davon wusste selbst Clara nichts, obwohl sie ansonsten die Einzige war, mit der sich Erika anfangs ab und zu nach der Schule traf. Aber das war keine ebenbürtige Freundschaft, da Clara im Vergleich zu ihr noch viel zu kindlich war und mit den Themen, die Erika interessant erschienen, nichts anfangen konnte.

Wenn Erika allein war, holte sie das Silberkettchen, das Franz ihr geschenkt hatte, gern aus seinem Versteck. Nach der Episode mit ihrer Mutter hielt sie es stets gut verborgen und erfreute sich nur heimlich daran. Seitdem sie in Zwiesel lebte, empfand sie beim Anblick der Kette allerdings in erster Linie Liebeskummer, der ihr die Tränen in die Augen trieb. Dann ließ sie sich von ihrem Selbstmitleid mitreißen und brauchte in der Regel sehr lange, bis sie wieder normal denken konnte.

Doch irgendwann im Spätsommer spürte sie, dass die Erinnerung an Franz nicht mehr ganz so weh tat. Der Anblick des Kettchens rief zunehmend nur noch schöne Erinnerungen an gemeinsame Nachmittage mit langen Gesprächen und schüchterner Zärtlichkeit wach und in gleichem Maße nahm sie plötzlich ihre Umgebung anders wahr: Vielleicht war es hier doch gar nicht so schlecht, wie sie anfangs angenommen hatte? Nach den Sommerferien kamen ihr auch die Mädchen in ihrer Klasse nicht mehr ganz so einfältig vor. Es gab sogar welche, die sie neuerdings recht sympathisch fand, stellte sie überrascht fest.

Erika freundete sich mit Brigitte an, die sogar bei ihr im Haus wohnte, und mit der sie sich plötzlich stundenlang unterhalten konnte. Überhaupt wich das Spiel immer mehr dem Gespräch. Und es dauerte nicht lang, bis sich Doris, die ebenfalls in ihre Klasse ging und nur eine Querstraße weiter wohnte, hinzugesellte.

Bald waren die drei unzertrennlich. Sobald Schulaufgaben und aufgetragene Hausarbeiten erledigt waren, holten sie sich jeden Nachmittag gegenseitig ab. Dann trieben sie sich irgendwo herum, Hauptsache, sie waren den wachsamen Blicken ihrer Mütter entzogen. Bei trockenem Wetter saßen sie im Park und unterhielten sich am liebsten über Jungen. Plötzlich konnte Erika von Franz erzählen und da sie die Bewunderung in den Augen ihrer Freundinnen sah, schmückte sie ihre Geschichten gern etwas aus. Eines Nachmittages zeigte sie ihnen sogar die kleine Silberkette.

»Die habe ich ja noch nie bei dir gesehen«, meinte Brigitte ehrfurchtsvoll und nicht ohne Neid. Einen Freund, der ihr schon einmal ein solch wertvolles Geschenk gemacht hatte, konnte sie nicht vorweisen.

»Nein, das kannst du auch nicht. Ich habe sie nämlich immer gut versteckt. Das musste ich ihm versprechen. Ich habe sie nur für ihn getragen.« Erika ließ die Geschichte mit dem Fundbüro lieber weg. So hörte sich das doch viel besser an und sie stellte mit Genugtuung fest, dass es seine Wirkung nicht verfehlte.

»Nein, wie romantisch!«

Damit war Erika in den Augen ihrer Freundinnen zur Expertin in Liebesdingen aufgestiegen. Sie fühlte sich ungemein erwachsen.

Als es kälter wurde, trafen sich die drei Mädchen meist bei Doris, die ein eigenes Zimmer hatte. Hier waren sie zumindest solange ungestört, bis ihre kleine Schwester rein schneite und dazugehören wollte. Nur mit Mühe und kleinen Bestechungsgeschenken wurden sie die Kleine wieder los. Aber das war unbedingt notwendig, denn die sollte keinesfalls irgendetwas mitbekommen, was sie später an ihre Mutter verpetzen konnte. Dabei ging es oft genug um harmlose Themen wie die neueste Mode.

»Habt ihr das schon gesehen? Jetzt tragen auch Mädchen Hosen, die nur dreiviertel lang sind, und flache Schuhe dazu. Das habe ich letztens in einer Frauenzeitschrift entdeckt. Sieht ganz toll aus«, schwärmte Erika. »Und die Haare bindet man sich jetzt ganz hoch oben am Hinterkopf zu einem Pferdeschwanz.«

Sie warf den Kopf nach unten, sodass ihre schulterlangen Haare mit Schwung nach vorne schleuderten. Dann fasste sie alle Strähnen mit beiden Händen am Hinterkopf zusammen, hob ihren Kopf wieder und sah völlig verändert aus. »So etwa.«

»Ja, das steht dir gut«, riefen Doris und Brigitte gleichzeitig.

»Warte, ich hole ein Band. Dann können wir es richtig probieren.« Doris sprang auf.

»Ich finde diese neue Mode auch toll, sie ist so frech und aufmüpfig«, pflichtete Brigitte bei, während Doris Erikas Haare kämmte. »Ich hätte gerne so einen weit schwingenden Petticoat in hellblau«, ergänzte sie.

Die beiden anderen stimmten sofort nickend zu. Plötzlich hielt Doris inne.

»Wie ärgerlich, dass sich keine von uns so etwas Schickes leisten kann«, maulte sie frustriert. »Das ist doch alles viel zu teuer.«

Da hatte Erika eine Idee. »Ich könnte ja mal meine Mutter fragen, ob sie uns nicht etwas nach der neuen Mode schneidern kann. Wenn ihr den Stoff mitbringt, lässt sie sich bestimmt von mir breitschlagen und näht es euch.«

Der überraschte Gesichtsausdruck der anderen machte ihr klar, dass sie etwas deutlicher werden musste. »Ihr müsst wissen, meine Mutter kann richtig gut nähen. Obwohl sie natürlich noch nie etwas so Modernes geschneidert hat.«

»Warum nicht?«, war Johannas spontane Antwort auf Erikas Vorschlag. Allerdings stieß diese Bereitschaft schnell an ihre Grenzen, als sie erfuhr, was Erika haben wollte.

»Mädchen tragen Röcke, keine Hosen«, lautete Johannas kategorisches Urteil, als sich Erika ausgerechnet eine solche Dreiviertelhose wünschte.

»Was ist denn dabei?« Erika konnte ihre Mutter mal wieder nicht verstehen.

»Es tut mir leid, aber ich finde es unschicklich.« Johanna ließ sich nicht umstimmen. »Und ich möchte auf keinen Fall, dass ausgerechnet meine Tochter damit anfängt.«

Nur mit Mühe konnte Erika ihre Tränen zurückhalten und Johanna, die es sah, lenkte ein. »Aber wenn du willst, schneidere ich dir einen hübschen, weiten Rock, so wie sie jetzt modern sind.« Sie konnte ja verstehen, dass ihre Tochter modisch gekleidet sein wollte. »Und deinen beiden Freundinnen auch, wenn sie mir einen Stoff bringen«, fügte sie als Friedensangebot hinzu.

Erika wusste, dass ihr das reichen musste. Und immerhin war es besser als nichts. Zumindest würden sie alle beisammen neue Röcke bekommen und müssten nicht mehr davon nur träumen.

Es dauerte nur wenige Tage, bis Johanna den ersten Rock für Erika fertig genäht hatte. Gemeinsam hatten sie einen fröhlich bunten Blumenstoff gekauft, und auch wenn Johanna die Stoffmenge ziemlich verschwenderisch fand, war sie selbst von dem Ergebnis angetan.

Erika war absolut begeistert und wieder versöhnt. Voller Stolz führte sie den Rock am nächsten Tag ihren Freundinnen vor, die, auf einer kleinen Mauer sitzend, auf sie warteten. Erika kam mit einem besonders ausladenden Hüftschwung daher geschlendert, um so die ganze Fülle des neuen Rockes zur Geltung zu bringen.

»Meine Güte Erika, siehst du fesch aus! Hat den wirklich deine Mutter genäht?« Brigitte konnte es nicht glauben.

»Und bist du dir sicher, dass sie uns wirklich auch solche wundervollen Röcke nähen will? Das ist ja fantastisch.« Doris konnte ihr Glück kaum fassen.

»Aber ja, das hat sie doch versprochen«, lachte Erika stolz. »Besorgt euch Stoff und bringt ihn vorbei. Wenn euch mein Rock gefällt, könnt ihr ja das gleiche Schnittmuster nehmen. Wir haben ja ungefähr die gleichen Maße. Ich weiß nur nicht, wann meine Mutter dazu kommt. Vielleicht dauert es also etwas.«

»Das macht überhaupt nichts«, war die spontane Antwort der beiden Freundinnen.

4

Johanna beobachtete die Veränderungen ihrer Tochter mit gemischten Gefühlen. Für die modischen Anwandlungen konnte sie noch Verständnis aufbringen, die offensichtliche Begeisterung für das andere Geschlecht, die ihr nicht entgangen war, behagte ihr dagegen gar nicht. Doch alle Versuche, mit Erika darüber zu reden, endeten zwangsläufig mit dem Gefühl des Unverstandenseins – auf beiden Seiten.

Johanna befürchtete schon seit einer Weile, dass ihre Tochter ihr eine ganze Menge verheimlichte und lag mit dieser Vermutung richtig, auch wenn sie keine Beweise dafür fand. Erika versuchte, ihre Mutter, so gut es ging, aus ihrem Leben auszuschließen, um lästigen Diskussionen zu entgehen. Oft genug flunkerte sie auch. Besonders schlimm wurde es, als Brigitte eines Nachmittags von dem neuen GI-Heim erzählte.

»Was soll denn das sein? Wie heißt das?«

Weder Doris noch Erika hatten bisher davon gehört.

»Das ist ein neuer Jugendclub, der von den Amerikanern geführt wird. Dort soll man interessante Leute kennenlernen können«, erklärte Brigitte wichtig. »Und außerdem spielen sie am Samstagnachmittag immer die aktuelle amerikanische Hitparade. Manchmal wird angeblich auch Live-Musik angeboten.«

»Das hört sich ja toll an.« Erika war sofort interessiert. »Ich glaube, das sollten wir uns einmal anschauen!«

»In Ordnung, am nächsten Samstag sind wir dabei!«

Lauter, amerikanischer Beat empfing die drei, als sie am frühen Nachmittag des darauf folgenden Samstags den spärlich möblierten, hallenartigen Raum betraten. Für ihre Ohren waren das ungewohnte Klänge, die ihnen jedoch sofort gefielen, sodass sie sich automatisch leicht im Rhythmus der Musik bewegten, als sie zum Tresen gingen, um sich Getränke zu bestellen.

»Ich nehme eine Limonade«, sagte Erika forsch, um ihre Unsicherheit zu überspielen. Es standen eine ganze Reihe nett aussehender Jungen herum, die die drei hübschen Mädchen interessiert musterten.

»Deutsche Brause oder amerikanische Coke?«, fragte der junge Mann hinter der Theke und grinste frech.

»Was ist denn Coke? Hab ich ja noch nie gehört«, wagte Brigitte nachzuhaken und schaute ihre Freundinnen fragend an.

»Ihr kennt keine Coca Cola?«, mokierte sich der Barkeeper überlegen. »Dann müsst ihr sie erst recht probieren. Ihr werdet sehen, die wird euch schmecken.«

Ohne abzuwarten drehte er sich um und goss eine dunkelbraune Flüssigkeit in drei Gläser. Die drei Mädchen schnitten Grimassen, sie hatten keine Ahnung, was sie erwartete. Als er die gefüllten Gläser servierte, kicherten sie verlegen.

»Zum Wohl! Oder vielmehr ›Cheers‹, wie die Amis sagen. Lasst es euch schmecken«, sagte er aufmunternd, bevor er sich anderen Gästen zuwendete.

Die Mädchen nahmen gleichzeitig ihre Gläser hoch und nippten vorsichtig daran. Kaum hatten sie den ersten Schluck getrunken, sahen sie sich mit großen Augen an.

»Oh, das ist ja lecker!«, riefen alle drei so laut, dass der Barkeeper grinsend zu ihnen zurückkam. »Das habe ich euch doch versprochen«, nickte er ihnen lachend zu. »Übrigens, ich heiße Mike. Also eigentlich Michael, aber alle hier nennen mich nur Mike. Ihr seid zum ersten Mal hier, nicht wahr?«

Die drei Mädchen nickten kichernd.

»Na, ich würde mich freuen, euch von jetzt an hier öfters zu sehen.«

Solange sich ihre Besuche auf die Nachmittage beschränkten, war es kein Problem für Erika, die Erlaubnis ihrer Mutter zu bekommen. Natürlich erzählte Erika nicht, dass sie dort hauptsächlich mit Jungen tanzte und flirtete, und Johanna hielt die Veranstaltungen wegen ihres frühen Zeitpunktes für harmlos.

»Aber sei bitte pünktlich wieder zu Hause und bleib mit Brigitte und Doris zusammen«, waren Johannas einzige Bedingungen für ihre Zustimmung und Erika konnte beides problemlos versprechen.

Schwierig wurde es erst, als Erika bis in den Abend hinein dortbleiben wollte. Die Mädchen hatten herausgefunden, dass es dann erst richtig interessant wurde. Wenigstens bis um neun Uhr wollte sie ausgehen dürfen.

»Mir passt es überhaupt nicht, wenn du abends so lange fort bist«, intervenierte Johanna sofort. »Was sagen denn die Eltern von Brigitte und Doris dazu? Erlauben die das so ohne Weiteres?«

»Ja!« Erika nickte entschieden, obwohl das nicht ganz stimmte. Auch die beiden anderen mussten harte Überzeugungsarbeit leisten, bevor sie losgehen durften.

»Na, also gut. Diesen Samstag darfst du gehen. Aber ich möchte nicht, dass du jetzt jede Woche danach fragst. Das lange Wegbleiben am Abend bleibt die Ausnahme. Verstanden?«

Erika hatte die Warnung begriffen und vermied es künftig, allzu häufig danach zu fragen, obwohl sie natürlich nicht darauf verzichten wollte.

»Wir müssen uns unbedingt etwas einfallen lassen, um ohne diese Erlaubnisbettelei dort sein zu können«, überlegte sie daher laut und stieß damit sofort auf die Zustimmung der beiden anderen. Angestrengt dachten alle nach.

»Passt auf, ich habe eine Idee«, rief Erika plötzlich. »Du erzählst deinen Eltern, dass du am Samstagabend zum Kartenspielen bei mir eingeladen bist.« Erika zeigte auf ihre Freundin Doris. »Ich erzähle, dass ich zu Brigitte gehe, und Brigitte sagt, dass wir uns bei dir treffen.« Die anderen beiden schauten sie zweifelnd an. So ganz hatten sie es noch nicht verstanden.

»Mensch, Kartenspielen bei den anderen zu Hause klingt doch absolut harmlos, oder? Sozusagen unter der Obhut unserer Eltern. Da können wir doch gar nicht auf dumme Gedanken kommen und dürfen bestimmt auch länger bleiben«, grinste Erika triumphierend.

»Wir sollten es auf alle Fälle einmal probieren«, meinten die beiden anderen vorsichtig, nachdem sie es kapiert hatten.

Es funktionierte. Keine der Mütter schöpfte Verdacht oder erkundigte sich bei den anderen Eltern. Problemlos bekamen die Mädchen eine Erlaubnis bis abends um zehn Uhr.

»Viel besser als gehofft«, frohlockte Erika triumphierend.

Vor allem Johanna waren Kartenspiele bei den Freundinnen ungleich sympathischer als Tanznachmittage in dem ominösen GI-Heim. Da Erika den Jugendclub bewusst nicht mehr erwähnte, glaubte Johanna tatsächlich, dass ihre Begeisterung dafür abgeflaut sei. Deshalb hinterfragte sie das Ganze auch nicht und zu Erikas Genugtuung vergaß ihre Mutter das GI-Heim bald ganz.

5

Die drei Mädchen freuten sich jede Woche auf den nächsten Samstag. All ihre Gedanken kreisten um das nächste Tanzvergnügen und sie übten heimlich die Schrittfolgen von »Rock 'n' Roll«, »Boogie-Woogie« und »Jive«. Da alle drei ausgesprochen hübsch waren und viel Wert auf ihr Äußeres legten, gehörten sie bald zu den begehrtesten Tanzpartnerinnen und wurden heftig umschwärmt.

Im Laufe der Monate fanden Doris und Brigitte zwei Lieblingstanzpartner, die bald auch ihre festen Freunde wurden. Erika hingegen tanzte immer wieder mit verschiedenen jungen Männern. Es war keiner darunter, den sie besonders gemocht hätte. Allerdings begeisterte sie einer der Musiker, der öfters mit seiner Band im GI-Heim spielte. Es war die Art und Weise, wie er seine Trompete spielte, mit der er Erika für sich einnahm.

»Hör doch mal, was für zarte Töne er seiner Trompete entlocken kann«, schwärmte sie bei ihren Freundinnen. Immer wenn er mit seiner Band auftrat, stand Erika ganz vorn und lauschte verträumt seiner Musik.

Bald hatte sie herausgefunden, dass er aus Zwiesel stammte, ungefähr genauso alt war wie sie und Bernhard hieß. Er war eine imposante Erscheinung: groß und breitschultrig und in dem dunklen Anzug, den er zu seinen Auftritten trug, sah er richtig elegant aus, fand sie. Er hatte ein charmantes Lächeln, das er ihr schenkte, sobald er sie entdeckte. Die beiden hatten zwar noch nie miteinander geredet, aber sie war Bernhard offenbar auch aufgefallen.

Mittlerweile war sich Erika ihres guten Aussehens durchaus bewusst: Sie wusste, dass der neue Rock ihre große, schlanke Figur vorteilhaft betonte und die dunkelblonden, schulterlangen Haare den meisten Männern gut gefielen.

Als sie eines Abends zufällig allein am Tresen stand und auf ihre bestellte Cola wartete, trat Bernhard plötzlich an ihre Seite. Sie hatte ihn nicht kommen sehen und war deshalb erschrocken, als er direkt neben ihr stand und für sich und seine Bandkollegen Bier bestellte.

»Hallo, bist du nicht das hübsche Mädchen, das mich immer so verträumt anschaut?«, sprach er sie selbstbewusst von der Seite an.

Sie war so verblüfft über seine Arroganz, dass ihr keine passende Antwort einfiel. Also erwiderte sie bloß seinen forschen Blick, so gut es ging.

»Es sieht ganz so aus, als würde dir unsere Musik gefallen. Zumindest bist du jedes Mal da, wenn wir spielen. Das ist mir aufgefallen.« Er grinste sie frech an.

»Ich heiße übrigens Bernhard.«

»Ich weiß«, hätte Erika sich fast verraten, doch sie konnte sich gerade noch zurückhalten. Immer noch wusste sie nicht, wie sie ihm schlagfertig hätte antworten können und ärgerte sich über sich selbst. Seine Selbstgefälligkeit imponierte ihr zwar einerseits, andererseits aber ärgerte die sie, weil sie ihr nichts entgegenzusetzen hatte. Und sie fühlte sich ertappt. Zu ihrem Entsetzen hörte sie sich dann auch noch stottern:

»Ja, ja, natürlich. Eure Musik ist toll ... Ganz toll! ...Wirklich!« Warum nur war sie plötzlich so aufgeregt? »Ähm ... also ich heiße Erika.«

Er lächelte, aber bevor er etwas erwidern konnte, wurde er von seinen Kollegen auf die Bühne zurückgerufen.

»Tja, tut mir leid, aber ich muss an die Arbeit, wie du hörst. Vielleicht sehen wir uns später noch?«, fragte er, schon im Gehen begriffen. »Tschüss, Erika!«

»Tschüss.«

Am liebsten wäre sie im Boden versunken. Diese Chance, mit ihrem Traumprinzen zu reden, hatte sie ja total verpatzt, dachte sie, wütend auf sich selbst.

»Oh, ich hab alles vermasselt«, schimpfte Erika, als sie wieder am Tisch der anderen war und sich auf ihren Stuhl plumpsen ließ. »Jetzt hält er mich bestimmt für eine dumme Gans und redet nie wieder mit mir.« Sie war ganz niedergeschlagen.

Brigitte und Doris schauten sie verständnislos an. Sie hatten von der Begegnung nichts mitbekommen und auch keine Lust, sich damit zu beschäftigen, weil gerade eines ihrer Lieblingslieder gespielt wurde und sie tanzen wollten. Ohne es wirklich ernst zu meinen, sagte Doris im Gehen: »So schlimm wird es schon nicht sein.«

Erika blieb allein am Tisch zurück und grübelte vor sich hin. Verwundert hob sie den Kopf, als plötzlich der Kellner neben ihr stand und einen kleinen Zettel vor sie legte.

»Mit schönen Grüßen vom Bandleader.« Er zwinkerte ihr zu und verschwand wieder.

»Warte nach der Vorstellung auf mich. Dann lade ich dich noch zu einer Cola ein«, stand auf dem Zettel.

Erika traute ihren Augen nicht. Ohne lange nachzudenken, suchte sie seinen Blick und nickte ihm strahlend zu. Sie konnte es nicht glauben. »Hoffentlich reicht die Zeit«, dachte sie bange und sah von nun an alle paar Minuten auf ihre Uhr. Sie musste pünktlich um zehn Uhr zu Hause sein, daran führte kein Weg vorbei.

Die Uhrzeiger rannten erbarmungslos voran, ohne dass die Band aufhörte zu spielen. Erika hatte schon fast die Hoffnung aufgegeben, als der

Schlussakkord erklang. Es blieben noch zehn Minuten Zeit und als hätte Bernhard es geahnt, kam er direkt auf sie zu.

»Hat es dir gefallen?«, fragte er lächelnd. »Komm, lass uns eine Cola trinken.« Er wollte sie zur Theke ziehen, doch sie wehrte sich.

»Tut mir leid, ich habe keine Zeit mehr. Ich muss jetzt nach Hause.«

Damit hatte er offenbar nicht gerechnet. Forschend sah er sie an, ob sie es ernst meinte, bevor er enttäuscht nickte.

»Vielleicht können wir uns ja am Montagnachmittag hier treffen«, schlug er dann vor.

»Gerne!« Erika strahlte ihn an. »Bis dann.«

Vielleicht war es gar nicht so schlecht gewesen, ihn einfach stehen zu lassen, dachte Erika zufrieden, als sie nach Hause rannte. Obwohl es ihr schwer gefallen war, nicht einfach zu bleiben. Jedenfalls empfand sie Genugtuung für ihr dummes Verhalten vorhin. Jetzt war sie die Überlegene gewesen, das spürte sie deutlich.

»Na, wie war dein Abend? Hattest du Glück im Spiel oder wer hat gewonnen?« Ihre Mutter meinte es dieses Mal ausnahmsweise nicht misstrauisch, sondern wollte einfach nur nett sein.

Aber Erika fühlte sich ertappt. Nur mit größter Selbstbeherrschung schaffte sie es, ihre Aufregung zu verbergen.

»Ähm … also, eigentlich hat Doris den ganzen Abend lang gewonnen. Das ging schon nicht mehr mit rechten Dingen zu«, antwortete sie stotternd.

»Im Grunde hasse ich diese Lügerei«, dachte sie entnervt. Aber sie wusste, dass sie längst viel zu tief in ihrem Lügengespinst verstrickt war, als dass sie da noch mit Anstand herausgekommen wäre. Deshalb beendete sie das Gespräch so schnell wie möglich.

»Also, das war richtig anstrengend. Ich bin total müde. Ich glaube, ich gehe gleich ins Bett. Gute Nacht!« Ohne eine Antwort abzuwarten, drehte sie sich schnell um und ging in ihr Bett. Sie wollte in Ruhe über alles nachdenken.

Erika war frisch verliebt.

6

»Die Untersuchung von Dr. Braunfels hat nichts Besonderes ergeben.« Anton war sichtlich erleichtert, als er Sophie von dem Arztbesuch berichtete. »Er geht davon aus, dass es ein sehr aggressiver Infekt gewesen sein muss, der sich auf die Bronchien gesetzt hat, sodass ich diesen hartnäckigen Husten bekommen habe. Er ist sich sicher, dass es bald besser wird«, fügte er gut gelaunt hinzu.

»Dann haben wir es also einer normalen Erkältung zu verdanken, dass wir vor allen anderen nach Jena zurückkehren durften?«, fragte Sophie ungläubig. Nur zu gern wollte sie an diese Diagnose glauben und verdrängte sämtliche Ängste der vergangenen Zeit. Dann kam ihr ein anderer unangenehmer Gedanke in den Sinn. »Ob wir jetzt wieder in die Sowjetunion müssen?«

Anton winkte sofort ab. »Ich war schon bei deinem Stiefvater. Er will mir bescheinigen, dass ich im Werk unabkömmlich bin. Und ich bekomme meine alte Stelle wieder, sobald ich mich kräftig genug fühle.« Er nahm seine Frau in den Arm und lächelte. »Jetzt bleiben wir hier und lassen uns von niemandem mehr wegschicken.«

Zwei Wochen später arbeitete Anton wieder im Glaswerk. Als Cheflaborant war er nun für die tägliche Kontrolle und Zusammensetzung der Glasschmelzen von hüttentechnischen Gläsern verantwortlich. Die Kollegen schätzten seine Arbeit sehr, auch wenn sie zunächst verwundert waren, dass er einfach in Jena bleiben und quasi seine alte Stelle wieder einnehmen konnte. Aber seine freundliche und gewissenhafte Art ließ das schnell vergessen. Alle kannten seine enge, private Beziehung zu einem der drei Geschäftsführer und dachten sich ihren Teil. Da er jedoch nicht weiter damit angab, waren sie einfach froh, einen alten Kollegen zurückgewonnen zu haben. Ihre Reihen waren viel zu ausgedünnt, als dass sie auf seine Fachkenntnisse hätten verzichten können und sein Schicksal war hart genug gewesen.

Endlich lief Antons Leben wieder in gemäßigten Bahnen. Er war dankbar dafür und genoss seine Tage, egal wie arbeitsreich sie sein mochten.

Auch Sophie gewöhnte sich schnell wieder in ihr altes Leben ein. Abends wartete sie ungeduldig mit dem Abendessen auf ihren Mann und gab sich viel Mühe bei der Zubereitung. Die allerdings fiel ihr wesentlich leichter als den meisten anderen, seitdem sie zusätzlich zu den normalen Lebensmittelrationen sogenannte »Intelligenz-Pakete« bekamen. Das waren Sonderzuteilungen an Lebensmitteln, die von zentraler staatlicher Stelle an »besonders unterstützenswerte Personen« vergeben wurden. Die neue DDR-Führung wollte damit quasi denjenigen, die für den Aufbau ihres Staates dringend gebraucht wurden, das Hierbleiben »schmackhafter« machen. Nur 15 bis 18 Leute im Glaswerk kamen in den Genuss dieser Sonderzuteilungen.

Auch wenn bei Anton bestimmt nicht die Gefahr bestand, dass er sich in den Westen absetzen könnte, zählte er offenbar zu der geistigen Elite, die man für besonders förderungswürdig hielt. Vielleicht war es auch seine Nähe zur Geschäftsführung oder man wollte etwas an ihm wiedergutmachen. Er hinterfragte es nicht weiter und war einfach froh über die Zusatzrationen, die Sophie in so wunderbar schmackhafte Mahlzeiten verwandeln konnte.

»Ach übrigens, meine Mutter war vorhin kurz hier. Sie hat uns gebeten, später noch auf einen Sprung vorbeizukommen. Es seien ein paar wichtige Leute da. Sie meinte, es könnte für dich vielleicht interessant werden: jemand von der Stadt und auch von der sowjetischen Kommandantur.«

»Na gut, wenn sie meint.« Er überlegte. »Obwohl ich eigentlich sehr müde bin.«

Die beiden hatten bei Sophies Mutter schon viele nette Abende erlebt, wenn deren Lebensgefährte in seiner Eigenschaft als Geschäftsführer wichtige Würdenträger der Stadt eingeladen hatte.

Anton war durchaus bewusst, dass ihn seine familiären Beziehungen in eine privilegierte Stellung gebracht hatten, die er früher so nicht gekannt hatte. Ihm gefiel es, in so unmittelbaren Kontakt zu den Mächtigen im Werk, der Stadt und sogar zu den Russen zu treten. Zwar war er kein Parteimitglied, doch noch kurz vor seiner Deportation in die Sowjetunion war er in den gerade gegründeten Freien Deutschen Gewerkschaftsbund (FDGB) eingetreten.

Ohnehin brauchte er seine Gesinnung nicht mehr unter Beweis zu stellen. Die hatte er in überzeugendem Maße kundgetan, als er zusammen mit seiner Frau heimlich nach Jena zurück geflohen war – gegen den Willen der Amerikaner und damit des Klassenfeindes. Das verlieh ihm einen besonderen Status.

»Ich hätte heute Abend viel lieber etwas auf der Geige geübt«, gab er zu bedenken. »Ich hatte mich schon den ganzen Heimweg darauf gefreut.«

»Ja, ich weiß, dabei entspannst du dich am besten. Aber ein kurzer Spaziergang wird dir bestimmt auch gut tun.«

»Natürlich. Ich müsste halt nur unser Stück noch proben, das wir am Freitag in unserem Kreis spielen wollen. Das klappt einfach noch nicht richtig.«

Als Anton vor Kurzem plötzlich nach seiner Geige und seinen Noten gefragt hatte, waren Sophie vor Erleichterung fast die Tränen gekommen. Früher hatte er oft und gern gespielt, aber seit der Deportation nach Heidenheim war das Instrument samt den Notenblättern in der hintersten Ecke verschwunden. »Das ist keine Zeit zum Musizieren«, lautete Antons knappe Erklärung, als sie damals ihre Sachen für Heidenheim hatten zusammenpacken müssen und er absichtlich seine Geige in Jena gelassen hatte.

Umso glücklicher war Sophie, dass Anton nun seine Lust am Musizieren wiederentdeckt hatte. Nachdem er die alte Fingerfertigkeit beim Spielen unzähliger Etüden zurückgewonnen hatte, gründete er mit einigen Kollegen, die ebenfalls Instrumente spielten, einen Kreis, in dem sie regelmäßig gemeinsam musizierten. Anton liebte diese Abende, an denen die Musik so vollkommen im Mittelpunkt stand, dass er alles andere darüber vergaß.

Im Frühjahr 1950 bestätigte ihm die Kader-Abteilung des Glaswerkes schriftlich, dass er über »außerordentliche fachliche Qualifikationen auf dem Gebiet der technischen Glasschmelze« verfüge. Obwohl er nur eine einfache Schulausbildung absolviert habe, hieß es weiter, könne er doch mit einem »akademischen Wissenschaftler« gleichgesetzt werden. Der ihm eigene Drang, sich ständig fortzubilden und Neues zu lernen, hatte ihn im Laufe der Jahre zu einer ausgesprochen hoch qualifizierten Fachkraft werden lassen. Das geschafft zu haben, machte ihn besonders stolz und entsprach außerdem ganz den Vorstellungen der neuen DDR-Doktrin: ein Mann aus dem einfachen Volk, der aufgrund seines Fleißes und seines Ehrgeizes genauso erfolgreiche und herausragende Arbeit leisten konnte, wie es bisher nur Akademikern zugesprochen worden war.

Genau das war seit jeher Antons Traum gewesen: Wissenschaftler zu sein. Und längst wurde er wahrhaftig als solcher bezeichnet. Als er die Auszeichnung in der Hand hielt, dachte er an früher zurück. Wie gern hätte er damals nach der Schule gleich studiert. Und wie enttäuscht war er gewesen, als er erkennen musste, dass sein Vater ihm ein Studium nicht würde bezahlen können. Nun doch als »akademischer Wissenschaftler« bezeichnet zu werden, erfüllte ihn mit dem Gefühl der Genugtuung.

Bis spät in den Herbst hinein hatte Anton neben der Arbeit im Glaswerk das Haus seiner Eltern auf Vordermann gebracht. Er besserte bröckelnden Putz an der Fassade aus, tapezierte die Räume neu, in denen er mit Sophie lebte und strich auch die Zimmer frisch, die seine Eltern bewohnten.

»Du stellst dich dabei ganz schön geschickt an. Das hätte ich dir gar nicht zugetraut«, neckte Sophie ihn einmal.

»Ja, ich bin selbst recht angetan von mir«, ging er auf ihren frechen Ton ein. »Wenn es nur nicht so kompliziert wäre, an Tapeten, Kleister, Mörtel und Farben zu kommen«, fuhr er ernster fort. Bisher hatte er es zwar aufgrund seiner guten Beziehungen und seiner hilfsbereiten Art immer geschafft, die notwendigen Materialien zu organisieren, doch nervte es ihn zunehmend, wie viel Zeit dabei verloren ging.

»Mensch, überleg doch mal!«, beklagte er sich bei Sophie. »Der Krieg ist seit fast fünf Jahren vorbei! Langsam fände ich es auch für unser Land angebracht, dass man wieder alles kaufen kann. So wie es drüben längst wieder möglich sein soll.« Es war das erste Mal, dass er so etwas wie Kritik äußerte.

»Ach, es wird bestimmt bald besser«, versuchte Sophie ihn zu beschwichtigen. »Und wir brauchen ja sonst nicht so außergewöhnliche Dinge wie Tapetenkleister oder Mörtel.« Sie dachte über ihren Alltag nach. »Also, normalerweise komme ich gut zurecht. Im Großen und Ganzen fehlt mir eigentlich nichts und ich kann dieses Genörgel langsam nicht mehr hören.« Dabei vergaß sie die regelmäßigen Zuwendungen aus den »Intelligenz-Paketen« genauso geflissentlich wie die Tatsache, dass sie vieles in ihrem großen Garten selbst anbauten.

Anton und Sophie wechselten in das neue Jahr mit Zuversicht. Sie glaubten, die Zeiten der Ungewissheit ein für alle Mal hinter sich gelassen zu haben. Als endlich mildere Westwinde die ersten Vorboten des nahenden Frühjahrs schickten, wurde im Glaswerk mal wieder eine routinemäßige Reihenuntersuchung angesetzt. Der hatten sich alle Mitarbeiter in regelmäßigen Abständen zu unterziehen. Auch Anton bekam die Aufforderung zur Teilnahme. Ihm fiel sein heftiger Husten im vergangenen Jahr ein. Ab und zu plagte der ihn noch, aber darüber machte er sich keine weiteren Gedanken. Sein Hausarzt hatte ihm ja bestätigt, dass es nichts Schlimmes war. Daher trug er sich den Termin zwar in seinen Kalender ein, doch dann vergaß er ihn bald wieder. Er war völlig überrascht, als ihn eine Kollegin daran erinnerte.

»Ich glaube, ich könnte ihn mir schenken, denn ich fühle mich großartig und könnte Bäume ausreißen«, scherzte er. »Aber gut, bringen wir es halt hinter uns.«

Als er wenig später in der Krankenstation des Werkes dem Arzt gegenüber saß, wiederholte er diese Einschätzung. »Herr Doktor, bei mir werden Sie kein Glück haben. Mir geht es wunderbar.«

Der Arzt lachte gutmütig. »Na, dann lassen Sie uns mal sehen, Herr Heuerling. Ihr Wort in allen Ehren, aber darüber bilde ich mir gerne selbst ein Urteil. Ich hoffe, Sie verstehen das. Bitte machen Sie Ihren Oberkörper frei!«

»Natürlich.«

Anton stand auf und gehorchte, sodass der Arzt ihn abhorchen und abtasten konnte. Dabei stellte er allerlei neugierige Fragen: »Treiben Sie Sport? Rauchen Sie? Trinken Sie viel Alkohol?«

»Also Sport treibe ich kaum, rauchen tue ich bestimmt zu viel und mit dem Alkohol hält es sich in Grenzen«, antwortete Anton grinsend.

»Na gut«, schmunzelte der Arzt. »Also alles ganz normal, ja? Zum Schluss machen wir trotzdem noch eine Röntgenaufnahme von Ihrer Lunge.«

Nachdem das Bild entwickelt war, rief der Arzt Anton zu sich. Er schaute es sich lange und gründlich an und sagte dabei kein Wort. Anton, der ihm gegenübersaß und wartete, wurde langsam ungeduldig. Irgendwie machte ihn das Schweigen des Mediziners nervös.

»Na, Herr Doktor, Sie werden doch wohl hoffentlich nicht ein großes, schwarzes Loch entdeckt haben? So intensiv, wie Sie auf das Bild starren«, scherzte er.

Der Arzt warf Anton einen forschenden Blick zu, bevor er endlich sprach.

»Na ja, ein großes Loch ist es sicherlich nicht.« Er zögerte. »Aber hier ist ein Schatten auf dem Bild, der mir nicht gefällt. Um es deutlich zu sagen, er beunruhigt mich. Ich weiß nicht, wie ich ihn einschätzen soll. Deshalb denke ich, dass es das Beste ist, wenn ich sicherheitshalber einen Kollegen von der Universitätsklinik um Rat bitte.« Der Doktor drehte die Röntgenaufnahme so, dass Anton bequem darauf schauen konnte, und zeigte auf eine etwas dunklere Stelle.

»Hier, sehen Sie, Herr Heuerling? Es geht um diesen Bereich.«

Anton sah auf das Bild und erkannte doch nichts. Das Ganze war ein diffuses Gemisch aus Grauschattierungen. Für ihn sah die Stelle, auf die der Doktor zeigte, nicht anders aus als der Rest des Bildes auch.

Mit besorgtem Gesichtsausdruck wandte sich der Mediziner erneut an ihn. »Und Sie fühlen sich nicht schlapp oder haben öfters mal Atemnot? Keinen Husten oder unerklärliche Schmerzen in der Brust?«

»Na ja. Ich hatte diesen schweren Infekt im vergangenen Jahr, weshalb ich ja auch aus der Sowjetunion zurückkehren durfte. Aber den habe ich gut auskuriert und außer etwas Husten ab und zu, spüre ich davon nicht mehr. Wie gesagt, eigentlich fühle ich mich absolut gesund.« Anton hielt den Doktor für übertrieben vorsichtig.

»Herr Heuerling, ich möchte Sie keinesfalls beunruhigen, aber ich denke, wir sollten diesen Schatten genau im Auge behalten. Ich möchte Sie zu einer weiteren Untersuchung in die Universitätsklinik einbestellen.«

Anton hatte den Eindruck, als würde ihm der Boden unter den Füßen weggezogen. Er fühlte sich vollkommen benommen. »Das kann doch alles nicht wahr sein«, dachte er verwirrt.

Als er das Sprechzimmer des Arztes verlassen hatte, war bereits später Nachmittag, sodass er zum Glück nach Hause gehen konnte. Er hätte sich auch nicht mehr konzentrieren können, denn ständig geisterte ihm nur ein Satz durch den Kopf: »Und wenn der Doktor recht hat?«

Auf dem Nachhauseweg überlegte er verzweifelt, ob er Sophie etwas davon erzählen oder lieber noch bis zur Abklärung in der Uniklinik warten sollte. Er wollte sie nicht umsonst beunruhigen, hatte aber keine Ahnung, ob es ihm gelingen würde, solange seine eigene Angst vor ihr zu verbergen. Er kannte ihr feines Gespür für seine Stimmungen und sie würde vermutlich sofort bemerken, dass etwas nicht stimmte. Am liebsten hätte er es einfach komplett verdrängt.

»Geht es dir nicht gut? Du siehst so blass und müde aus.« Sophie schaute Anton besorgt an, kaum dass er sich hingesetzt hatte.

Verwirrt erwiderte er ihren Blick. Dass sie es so schnell merken würde, hatte er nicht erwartet. All seine Überlegungen auf dem Heimweg waren damit Makulatur. Trotzdem wehrte er sich noch dagegen.

»Nein, nein, es ist alles in Ordnung«, log er. »Ich hatte nur einen anstrengenden Tag im Labor.«

Im Gegensatz zu sonst, wenn er müde von der Arbeit heimkam, blieb er heute ruhig und ungewöhnlich verschlossen. Sophie wunderte sich, er war ganz anders als sonst. Nach einem schweigsamen Abendbrot reichte es ihr.

»Also, erzähl schon! Was ist los mit dir? Ich spüre doch, dass etwas nicht stimmt.«

Anton sah sie unglücklich an. Lange fand er keine Worte.

»Wir hatten heute unsere routinemäßige Reihenuntersuchung.« Er war immer noch nicht sicher, ob es gut war, Sophie mit dem bloßen Verdacht zu belasten.

»Ja, und?« Sofort war sie alarmiert.

»Nun ja«, zögerte er, »der Doktor meint, einen kleinen Schatten auf dem Röntgenbild gesehen zu haben – auf der Lunge.«

Sophies Augen weiteten sich vor Entsetzen. »Wie bitte?«

»Ach, es ist bestimmt ein Fehlalarm! Der Arzt war sich nur unsicher, wie er das Röntgenbild beurteilen soll. Und deshalb will er mich sicherheitshalber zusätzlich in die Uniklinik schicken. Dort sollen dann noch ein paar Untersuchungen gemacht werden, um es genau abzuklären.« Anton versuchte, seine eigene Angst kleinzureden. Doch es gelang ihm nicht.

Ganz automatisch und wie jeden Abend nach dem Essen griff er zu seiner Zigarettenschachtel, die in seiner Jackentasche steckte. Er wollte sich gerade eine Zigarette anzünden, als er irritiert innehielt, sie wieder aus dem Mund nahm und angewidert anstarrte.

7

»Oh, ich bin total verliebt. Bernhard ist so zuvorkommend, wie es noch nie ein Junge zuvor war.« Erika schwärmte in den höchsten Tönen. »Im Vergleich dazu war meine Freundschaft mit Franz nur eine nette Backfisch-Schwärmerei. Ich hätte mir nie vorstellen können, dass ich für einen Jungen noch mehr empfinden könnte als für Franz. Aber das mit Bernhard ist etwas völlig anderes: viel größer und bedeutender.« Sie strahlte Brigitte und Doris an.

Bernhard war in der Tat ausgesprochen charmant zu ihr. Er schaute sie mit verliebten Augen lächelnd an und wusste genau, wie einnehmend das auf Mädchen wirkte. Auch auf Erika, wie er mit Genugtuung feststellte.

»Noch nie hat mir jemand so viele wunderbare Komplimente gemacht«, betonte sie. Doch dann umwölkte sich ihr strahlendes Gesicht. »Allerdings habe ich manchmal das Gefühl, dass er etwas übertreibt«, überlegte sie kritisch. »Dann denke ich, dass er damit nur etwas Bestimmtes erreichen will, obwohl er es in Wirklichkeit gar nicht so meint.« Sie spürte diesem Zweifel nach, bevor sie hinzufügte. »Und das mag ich eigentlich gar nicht.«

Schon mehrfach hatte sie diesen Eindruck gehabt, es aber nicht wahrhaben wollen und schnell wieder verdrängt. Jetzt sprach sie zum ersten Mal darüber.

Anfangs trafen sie sich fast ausschließlich im GI-Heim. Brigitte und Doris waren mit ihren Freunden ebenfalls dabei, genauso wie Bernhards andere Bekannte. Es war eine laute, lebhafte Clique. Vor seinen Freunden gab Bernhard gern mit Erika an, denn er wusste, dass einige für sie schwärmten und gern sofort mit ihm getauscht hätten. Waren andere in der Nähe, legte er stets besitzergreifend seinen Arm um ihre Taille und flüsterte ihr Heimlichkeiten ins Ohr, die sie zum Lachen brachten. Er konnte dann sicher sein, dass gleich mehrere seiner Kumpels innerlich platzten vor Neid. Das durchschaute Erika schnell.

»Ich glaube, du willst nur deine Freunde eifersüchtig machen«, warf sie ihm ohne Umschweife vor.

»Ach was, red nicht so ein dummes Zeug«, wiegelte Bernhard ärgerlich ab. »Es macht mir halt Spaß, mit dir anzugeben«, sagte er leichthin und zog sie entschlossen zu sich, um sie auf den Mund zu küssen. Sie ließ es geschehen, auch wenn sie spürte, dass er so lediglich ihre Erwiderung geschickt unterband.

So lustig es in der großen Clique war, störte es Erika doch zunehmend, dass sie sich deshalb fast nie allein trafen. »Wollen wir nicht mal nur zu zweit was unternehmen?«, fragte sie ihn deshalb nach den ersten Wochen erwartungsvoll und war sich eigentlich sicher, dass das – genauso wie für sie – sein größter Wunsch sein müsste. »Ich meine, dann könnten wir uns doch ganz anders miteinander unterhalten und nicht nur herumalbern.« Verwundert registrierte sie sein Zögern und setzte deshalb hastig hinzu: »Und außerdem auch mal ungestört schmusen.«

Er grinste. »Also, natürlich hab ich nichts dagegen, dass wir uns mal woanders treffen«, erwiderte er langsam. »Aber ich finde es auch schön so zusammen mit all unseren Freunden. Wir sind doch eine herrliche Clique und haben viel Spaß. Und der Jugendclub ist der beste Treffpunkt für alle. Findest du nicht?«

»Doch, sicher. Aber es wäre eben was ganz anderes, wenn wir alleine wären.«

»Und wo, meinst du, sollten wir uns treffen? Du hast doch gesagt, dass wir uns auf keinen Fall bei dir zu Hause sehen können.« Bevor sie antworten konnte, fügte er schnell hinzu: »Und bei mir geht es auch nicht. Meine Mutter ist oft krank. Sie würde das nicht wollen. Das weiß ich. Außerdem haben wir nicht genug Platz zu Hause.«

Erika war über seine Heftigkeit irritiert. Sie verstand seine Ablehnung nicht, denn nach ihrem Empfinden hätte es nichts Schöneres gegeben, als mit ihm allein zu sein. Doch das traute sie sich nicht auszusprechen.

»Es war ja nur so eine Idee.« Enttäuscht zog sie sich zurück. »Ich muss jetzt los. Bis morgen.«

Im Gegensatz zu Erika sah Bernhard diese Freundschaft ganz locker. Natürlich, sie gefiel ihm und er war gern mit ihr zusammen. Jedenfalls bis jetzt, denn er merkte durchaus, dass sie fordernder wurde. Und das passte ihm eigentlich überhaupt nicht. Ansonsten aber fügte sie sich gut in seine Sammlung ein. Denn das war sie: eine weitere Trophäe in der langen Reihe seiner Eroberungen. Auch wenn er ihr mit überschwänglichen Worten seine Liebe versicherte, blieb er innerlich doch unbeteiligt.

Anfangs war Erika viel zu verliebt gewesen, als dass sie das durch ihre rosarote Brille bemerkt hätte. Doch nachdem er zur letzten Verabredung wieder einmal nicht erschienen war, musste sie selbstkritisch feststellen, dass es nicht so war, wie es sein sollte. Sie konnte die Indizien nicht länger ignorieren und musste zugeben, dass ihre Freundschaft ziemlich einseitig war – trotz all seiner Liebesschwüre. Zwar stellte sie ihn beim nächsten Treffen wegen der nicht eingehaltenen Verabredung zur Rede, doch gegen seinen Charme kam sie nicht an. Problemlos schaffte er es, ihre Zweifel zu zerstreuen. Aber sie wollte Bernhard ja auch allzu gern glauben.

Seine Ausflüchte blieben fester Bestandteil ihrer Beziehung. Immer wieder hatte er alle möglichen Gründe, warum er nicht kommen konnte. Mal war es seine kränkelnde Mutter, die er häufig vorschob, dann seine Band oder schwere Klassenarbeiten, auf die er sich vorbereiten musste. Und immer wieder wickelte er sie um seinen Finger.

8

Sämtliche Verdrängungstaktiken nutzten nichts. Der Verdacht des Werksarztes bestätigte sich bereits nach den ersten Untersuchungen in der Jenaer Universitätsklinik: Anton hatte tatsächlich einen Tumor in seiner Lunge.

Weder er noch Sophie konnten es begreifen. Schon wieder eine Katastrophe aus heiterem Himmel – und dieses Mal auch noch eine wirklich lebensbedrohliche.

»Warum können wir nicht einfach in Ruhe und Frieden unser Leben leben? Reicht es denn nicht, was wir schon alles durchmachen mussten?« Sophie haderte mit ihrem Schicksal.

»Ich kann es auch nicht glauben, dass das alles stimmen soll«, Anton schüttelte ratlos den Kopf. »Ich spüre nichts und fühle mich ganz normal. Und das bisschen Husten schien mir wahrlich nicht bedrohlich. Wenn die Ärzte nicht behaupten würden, ich hätte Lungenkrebs, würde ich einfach so weitermachen wie bisher und guten Gewissens denken, dass alles in Ordnung sei.« Er war verzweifelt und hatte Angst. Wie würde es jetzt weitergehen? Müsste er vielleicht bald sterben?

Die Ärzte der Universitätsklinik hatten nicht gezögert. Innerhalb weniger Tage hatten sie ihm einen Platz in der weltberühmten Berliner Charité besorgt. Dort sollte Anton so bald wie möglich operiert werden. Obwohl die Jenaer Uniklinik einen guten Ruf hatte, überließen die Ärzte diesen – in ihren Augen – komplizierten Fall lieber den Kollegen in Berlin.

Zusätzliche Auslagen entstanden ihm deshalb nicht. Die Personalabteilung sicherte zu, dass die Kosten übernommen werden.

»Welch Glück in all diesem Unglück«, sagte Sophie anerkennend. »Wenigstens bekommst du so die bestmögliche Behandlung, die es gibt. Denn die Berliner sind doch für ihr Können berühmt.«

»Ja, das glaube ich auch«, meinte Anton und dachte an den Abschied im Glaswerk zurück. »Das war heute mein letzter Arbeitstag vor der Operation«, sagte er langsam. Geplant war, dass er am Wochenende nach Berlin reisen sollte, um dann montags oder dienstags operiert zu werden.

»Es war ein komisches Gefühl, als ich mich von allen verabschiedet habe und nach Hause gegangen bin. Wer weiß, ob und wann ich das Werk wieder betreten werde?«

Sophie erschrak. »Das darfst du überhaupt nicht denken. Natürlich wirst du dort wieder ein- und ausgehen!« Sie machte eine kurze Pause, bevor sie mit Nachdruck hinzufügte: »Und du wirst sehen, das wird schneller sein, als dir lieb ist.«

Anton lachte bitter. »Mir kann es gar nicht schnell genug gehen. Lieber würde ich jeden Tag fünf Stunden extra arbeiten, wenn ich dafür nicht unters Messer müsste.«

Es war geplant, dass Sophie mit nach Berlin fahren sollte, obwohl sich die beiden deshalb zunächst heftig gestritten hatten. Anton hätte diese schwere Reise viel lieber allein angetreten, aber Sophie ließ sich nicht abwimmeln.

»Bilde dir ja nicht ein, dass ich dich alleine fahren lasse. Ich will in deiner Nähe sein. Und zwar die ganze Zeit. Wenn ich hier in Jena bleibe, bin ich viel zu weit entfernt, als dass ich etwas mitbekommen würde.« Sie hatte ihn herausfordernd angefunkelt. »Von mir aus kannst du dich auf den Kopf stellen, aber ich komme mit.«

Anton hatte schließlich nachgegeben. »Aber du weißt, dass es mir eigentlich nicht recht ist.«

»Das ist mir egal. Ich muss trotzdem mitkommen. Sonst werde ich hier verrückt!«

Die letzten Tage vor der Abfahrt erlebten beide wie in Trance. Sophie packte ein paar Sachen für sich und Anton ein, ohne wirklich darauf zu achten, was. Ihre Angst drohte sie zu ersticken. Was würde werden, wenn die Operation misslang? Oder noch schlimmer: Wenn Anton dabei sterben würde? Sie schaffte es nicht, diese Gedanken zu verdrängen und konnte auch mit Anton nicht darüber sprechen, denn sie wusste genau, dass ihn dieselben Fragen quälten.

In Berlin suchte sie sich ein günstiges Zimmer in einer kleinen Familienpension, die nur wenige Querstraßen von der Charité entfernt lag. So konnte sie immer schnell bei Anton sein.

Die Operation verlief ohne Komplikationen. Zwar hatte sie nach Sophies Empfinden endlos lange gedauert, doch irgendwann war einer der Ärzte zu ihr gekommen.

»Frau Heuerling, wir sind fertig. Soweit man das zum jetzigen Zeitpunkt beurteilen kann, haben wir Ihren Mann erfolgreich operiert. Der Tumor und das angrenzende Gewebe konnte vollständig entfernt werden. Natürlich liegt ihr Mann noch in der Narkose und es wird eine Weile dauern, bevor er aufwacht und Sie zu ihm können. Aber ich wollte Ihnen das erst einmal mitteilen.«

»Vielen Dank, Herr Doktor! Glauben Sie, dass mein Mann wieder ganz gesund wird?« Sophie hielt gespannt die Luft an.

»Das kann man derzeit noch nicht beurteilen. Wir müssen abwarten, wie es sich entwickelt. Aber bis jetzt, denke ich, ist alles so gut wie möglich gelaufen. Sie müssen bedenken, es war ein wirklich sehr schwerer Eingriff, Frau Heuerling.«

Sophie nickte. »Ja, natürlich, dessen bin ich mir bewusst.«

Ihr war klar, dass sie sich damit begnügen musste, aber sie hätte zu gern etwas mehr Optimismus in seiner Stimme gehört. Doch immerhin bot seine Aussage Grund zur Hoffnung. Das musste vorerst reichen. Erschöpft machte sie sich auf den Weg zu ihrer Pension, um nun auch ein wenig zu schlafen.

Anton war von der langen Operation sehr geschwächt. Er brauchte lange, um sich zu erholen. Sophie beobachtete jede kleine Besserung mit Begeisterung und demonstrierte Anton gegenüber ausschließlich Zuversicht. Doch nach wie vor kämpfte sie mit ihrer Angst. Da ihn das Sprechen sehr anstrengte, saß sie oft einfach nur schweigend an seinem Bett. Aber sie hatte das Gefühl, dass ihre bloße Anwesenheit ihm gut tat.

Besonders anfangs vergingen die Stunden quälend langsam. Zunächst verschlief Anton die meiste Zeit des Tages. Da Sophie nie wusste, wann er wach wurde, blieb sie kurzerhand die ganze Zeit bei ihm. Sie hatte ohnehin das Gefühl, dass die Zeit stehen geblieben war und keine Idee, was sie sonst hätte tun sollen.

Um sich während seiner Schlafphasen etwas auszuruhen, hatte sie sich einen Sessel ins Zimmer stellen lassen, in dem sie sich bequemer hinsetzen konnte. Sobald er aber wach war, versuchte sie, ihm sämtliche Wünsche von den Augen abzulesen.

Nachdem Anton wieder aufstehen konnte, schob Sophie ihn in einem Rollstuhl in den Krankenhausgarten, sobald es das Wetter zuließ. Die Beschaulichkeit des Parks mit seinen alten Bäumen, die jetzt in frischem Grün leuchteten, tat ihm gut. Oftmals hing jeder seinen eigenen Gedanken nach und beide sprachen nur, wenn es ihnen wirklich erwähnenswert erschien. Viele Sätze begannen dann mit »Weißt du noch …«, denn beide fanden es irgendwie tröstlich, auf diese Weise ihr gemeinsames Leben Revue passieren zu lassen. Über die Zukunft sprachen sie dagegen nicht. Weder Sophie noch Anton hatten den Mut dazu, erschien ihnen das alles doch zu ungewiss.

Dafür ging Sophie ab und zu in die Bücherei und lieh sich dort die alten Klassiker aus. Sie wusste, dass Anton deren wohlgeformte Sprache liebte, aber noch zu schwach war, um selbst zu lesen. Also las sie ihm jeden Tag ein paar Kapitel daraus vor, was für beide eine angenehme Abwechslung im eintönigen Krankenhaustrott bedeutete. Allerdings war Antons Befinden noch immer so schwankend, dass es jeden Tag ungewiss war, ob ihn die klangvollen Sätzen von Goethe, Schiller oder Schopenhauer anregten oder so sehr aufwühlten, dass Sophie mit dem Lesen aufhören musste.

Zunächst waren die Ärzte mit dem Verlauf seiner Genesung sehr zufrieden und äußerten die Hoffnung, dass Anton wieder gesund werden könnte. Sophie fasste neuen Mut. Doch nach einiger Zeit bemerkte sie bestürzt, dass der Optimismus der Mediziner zunehmend schwand.

»Frau Heuerling, uns bereiten die Blutwerte ihres Mannes Sorgen«, erklärte eines Tages der behandelnde Arzt.

»Was meinen Sie damit, Herr Doktor? Ich verstehe Sie nicht. Sie haben doch immer gesagt, Sie seien mit der Genesung recht zufrieden?« Ihre Angst kehrte augenblicklich zurück.

»Ja, und das war anfangs auch so. Aber mittlerweile müsste seine Genesung viel schneller voranschreiten, als sie es tut. Und die Untersuchung seines Blutes hat ergeben, dass das Verhältnis von weißen und roten Blutkörperchen nicht stimmt.«

»Und was heißt das?«, fragte Sophie tonlos.

»Wir untersuchen es noch. Aber auf alle Fälle ist es nicht so, wie wir erwartet haben. Im schlimmsten Fall hätte der Krebs schon Metastasen gebildet, die nun ihr zerstörerisches Werk fortsetzen.«

Sophie konnte ihn nur hilflos anstarren.

»Es tut mir sehr leid, Ihnen nichts Besseres sagen zu können.«

Tatsächlich verschlechterte sich Antons Zustand zusehends. Er wurde immer schwächer statt stärker und verlor darüber den letzten Rest seines Lebensmutes.

»Das hat doch alles keinen Sinn mehr, Sophie«, stellte er eines Tages Anfang Juni fest. »Ich will dich nicht erschrecken, aber ich glaube nicht, dass ich hier lebend rauskomme.« Traurig schaute er seine Frau an. »Es tut mir so leid, dich alleine zurücklassen zu müssen. Schließlich hatten wir noch so viele Pläne. Aber es soll wohl nicht sein.«

»Bitte sag nicht so etwas. Ich will das nicht hören«, fuhr sie ihn an. »Natürlich wirst du wieder gesund. Du musst nur daran glauben!« Am liebsten hätte sie ihn geschüttelt, obwohl sie eigentlich genau wusste, dass er recht hatte. Aber sie wollte es nicht wahrhaben.

Doch irgendwann blieb ihr nichts anderes übrig, als die Realität zu akzeptieren: Ende des Monats starb Anton an den Folgen seines Lungentumors. Der Krebs war zu spät entdeckt worden, sodass die bösartigen Wucherungen genügend Zeit gehabt hatten, um sich im ganzen Körper auszubreiten. Die Fertigkeiten der Ärzte konnten nichts dagegen ausrichten. Sie konnten Anton nicht retten.

Wie betäubt kehrte Sophie als Witwe nach Jena zurück. Sie konnte sich nicht vorstellen, wie sie von nun an ohne Anton leben sollte. Wie sollte sie das nur schaffen? Sie hatte so lange mit ihm zusammengelebt, dass ihr alles andere unmöglich erschien. Und egal, was sie tat, ständig fiel ihr Blick auf irgendetwas, das sie an ihn erinnerte. Sie weinte viel, doch brachte das keine Erleichterung. Am liebsten wäre sie davon gelaufen, aber es gab keinen Ort, an den sie vor ihrem Kummer hätte flüchten können. Irgendwie nahm sie es Anton richtig übel, sie allein zurückgelassen zu haben und war deshalb verrückterweise wütend auf ihn.

»Du blöder Kerl, wie konntest du mir das nur antun?«, schimpfte sie manchmal laut vor sich hin. Plötzlich verstand sie den Sinn der Redewendung »meine bessere Hälfte«: Genau die hatte sie verloren. Sophie fühlte sich wie amputiert.

»Wir könnten verstehen, wenn du lieber wieder zu deiner Mutter ziehen willst«, sagte ihre Schwiegermutter eines Tages und schaute sie erwartungsvoll an, als sie schnell hinzufügte: »Aber du sollst wissen, dass du uns eine große Hilfe bist und wir uns freuen würden, wenn du hierbleiben würdest.«

Der Tod ihres Sohnes machte Antons Eltern schwer zu schaffen. Auch sie waren am Boden zerstört. Deshalb hofften sie inständig, dass Sophie sie jetzt nicht auch noch alleinlassen würde.

»Für uns zwei ist das Haus doch viel zu groß. Wir schaffen das alles nicht mehr. Von daher wären wir dir sehr dankbar, wenn du bleiben würdest.«

Sophie war gerührt. »Darüber habe ich mir auch schon Gedanken gemacht und ich kann euch beruhigen: Ich würde gerne weiterhin hier wohnen. Und natürlich kümmere ich mich um euch und alles andere.« Sie ließ ihren Blick über die erst vor Kurzem von Anton renovierten Räume gleiten. »Das bin ich Anton schuldig«, sagte sie traurig. Sie hatte tatsächlich überlegt, wieder zu ihrer Mutter zu ziehen. »Wenn ich zurückgehen würde, käme mir das wie ein Verrat an ihm vor.« Entschieden schüttelte sie den Kopf. »Nein, ich bleibe.«

Auch ihr Schwiegervater war mittlerweile hinzugetreten. Die beiden alten Leute nickten erleichtert. Sie hätten nicht gewusst, wie sie ohne Sophie hätten zurechtkommen sollen. Es war ihnen ein gewisser Trost, dass wenigstens sie bei ihnen bleiben würde.

Zukunftsweisende Ideen bahnen sich ihren Weg

1

Für die drei Werke in Zwiesel, Mitterteich und Landshut wurde die Auftragslage im Laufe der Jahre 1949 und 1950 stetig besser. Das Leben in der jungen Bundesrepublik konsolidierte sich zunehmend, die Nachfrage nach Konsumartikeln aller Art wuchs und wuchs. Die vielfältigen Gläser der Firma Schott wurden außer im Haushalt vor allem in der optischen, pharmazeutischen und chemischen Industrie dringend benötigt. So konnten nicht nur alte Geschäftsbeziehungen wieder aufgegriffen, sondern auch vermehrt neue Interessenten im In- und Ausland hinzugewonnen werden.

Die technische und kaufmännische Verwaltung sowie die Geschäftsführung hatten seit September 1948 ihr vorläufiges Zuhause in Landshut gefunden und sich dort gut eingelebt. Auch einige Nachverarbeitungsabteilungen, die nicht unbedingt in der Nähe der Schmelzöfen liegen mussten, konnten dort angesiedelt werden.

Die Schottianer hatten sich auf dem Gelände einer ehemaligen Klosterschule eingerichtet, in deren Turnhalle sie bereits während des Krieges eine kleine Ausweichproduktion aufgebaut hatten. Nun bekamen sie das gesamte Schulgelände. Zügig errichteten sie dort mehrere Baracken, in denen sowohl Geschäftsräume als auch Wohnungen für Mitarbeiter eingerichtet wurden. Erich Schott fand hier mit Frau und Sohn ebenfalls ein neues Zuhause.

In der alten Heeresbäckerei des ehemaligen Landesproviantamtes, das nicht weit entfernt lag, bauten sich außerdem die Wissenschaftler der Forschungs- und Entwicklungsabteilung ein neues Versuchslabor auf. Weitere

Werkswohnungen wurden in unmittelbarer Nähe hochgezogen, sodass endlich auch die letzten Schottianer mit ihren Familien ihre Zelte in Heidenheim abbrechen konnten. Mehr als drei Jahre lang hatte sie es in mehr oder weniger ärmlichen Provisorien aushalten müssen.

Bevor allerdings die neue Forschungsabteilung ihre Arbeit in Landshut tatsächlich aufnehmen konnte, mussten die Wissenschaftler jede Menge »Basisarbeit« leisten: Sämtliche Schmelztiegel, Kühlöfen und andere Einrichtungen, die sie für ihre Versuche brauchten, hatten sie selbst zu konstruieren und zu bauen. Es gab nichts Adäquates zu kaufen. Wieder einmal vermissten sie all die Unterlagen und Sachen, die sie damals in Jena in die fünfzig Waggons verpacken mussten und nie wieder gesehen hatten.

Aber sie fanden eine feinmechanische Firma in Landshut, die sich gern auf ihre speziellen Bedürfnisse einstellte. Deren Mitarbeiter bauten nicht nur die gewünschten Anlagen und Gerätschaften nach Maß, sondern arbeiteten sich so gut ein, dass sie bald eigene Vorschläge machen konnten, die von den Schottianern gern aufgegriffen wurden. Der Grundstein für eine jahrelange fruchtbare Zusammenarbeit war gelegt.

2

Der Glaube der Deportierten, einen Neuanfang im Westen tatsächlich zu schaffen, wuchs immer mehr. Auch Erich Schott spürte wieder festen Boden unter den Füßen. Er war zu Recht stolz auf das, was er mit seinen ursprünglich 41 Mitarbeitern bisher auf die Beine gestellt hatte. Trotz aller Schwierigkeiten und Rückschläge wurden die Geschäftszahlen immer besser, was nicht zuletzt auch an der guten wirtschaftlichen Entwicklung in der Bundesrepublik lag.

Doch die Zeit der Rückschläge war noch nicht vorbei: Gleich zu Beginn des Jahres 1950, am 23. Januar, vernichtete ein Feuer ausgerechnet die Baracke, in der die Geschäftsleitung in Landshut untergebracht war. Nicht nur das Gebäude wurde ein Opfer der Flammen, sondern – viel schlimmer – auch sämtliche dort gelagerten Unterlagen. Eine unmittelbar daneben liegende mechanische Werkstatt wurde ebenfalls vollkommen zerstört.

Als das Feuer drohte, auf andere Gebäude und Wohnungen überzugreifen, gelang es im letzten Augenblick, den Brand zu löschen, ohne dass ernsthaft Menschen zu Schaden kamen. Aber der Verlust wichtiger

Geschäftsunterlagen warf die Schottianer erneut zurück. Wieder mussten sie ganz von vorn anfangen: Adressen rekapitulieren, Kunden anschreiben und um Verständnis bitten sowie Pläne neu berechnen und durchdenken. Auch der Verlust der Werkzeuge in der mechanischen Werkstatt war angesichts der knappen Mittel eine Katastrophe. Wurden sie etwa vom Pech verfolgt?

Wie auch immer. Erneut aktivierten sie sämtliche Reserven und schafften es – frei nach dem Motto »Not macht erfinderisch« – ganz neue Wege zu beschreiten. Tatsächlich entwickelten sie in dieser Zeit mehrere neuartige Schmelztechniken und Verfahren, die ihnen in Zukunft viel Geld einbringen sollten. So wurde diese Zeit wider Erwarten zu einer ausgesprochen fruchtbaren Schaffensphase.

3

Schon seit einiger Zeit machte sich Erich Schott mehr oder weniger laut Gedanken darüber, wie es mit ihnen allen weitergehen sollte. Mit den steigenden Umsatzzahlen wurde die Organisation zwischen den einzelnen Werken zunehmend schwieriger. Es gefiel ihm nicht, dass seine Leute auf drei Standorte verteilt waren und nicht einmal in Landshut alle unter einem Dach arbeiten konnten. All das mochte für den Anfang in Ordnung gewesen sein, war aber langfristig keine Lösung.

Ihm war bewusst, dass sich diese Behelfsmäßigkeit irgendwann gegen sie kehren würde. So reifte im Laufe des Jahres 1950 die Idee eines großen, neuen Werkes, in dem die gesamte in Westdeutschland befindliche Glasproduktion von Schott vereint sein sollte. Die Finanzierung eines solchen Großprojektes erschien möglich, denn sie verdienten mittlerweile wieder Geld und hatte ihren guten Ruf verteidigen können. Und mit jeder weiteren D-Mark in ihren Bilanzen wuchs ihre Kreditwürdigkeit.

Vor allem die geografisch ungünstige Randlage von Zwiesel, Mitterteich und Landshut veranlasste ihn, sich auf die Suche nach einem verkehrstechnisch besser gelegenen Standort zu begeben. Eine günstige Verkehrsanbindung würde nicht nur sicherstellen, dass die fertigen Gläser unproblematisch ausgeliefert werden könnten, sondern auch, dass die erforderlichen Rohstoffe sowie Kohle und Gas relativ kostengünstig ihren Weg ins Werk finden würden.

Für nicht minder wichtig hielt Erich Schott außerdem die enge Anbindung an eine Universität. In Jena hatte sich über viele Jahrzehnte hinweg gezeigt, wie erfolgreich die gegenseitige Befruchtung von Wissenschaft und Wirtschaft sein konnte. Darauf wollte er auch in Zukunft nicht verzichten. Diese gute alte Tradition aus Jena sollte seines Erachtens nach unbedingt fortgeführt werden.

Bald war ihm klar, dass er nicht einfach nur das alte Stammwerk kopieren und anderswo wieder aufbauen konnte. Zwar war ihm viel daran gelegen, die bewährten Grundsätze von Carl Zeiss, Ernst Abbe und seinem Vater auch in einem neuen Werk umzusetzen, doch wollte er genauso ein modernes Werk aufbauen, das die vielen neuen technischen Errungenschaften und Verfahren berücksichtigen sollte. Nur wenn den zunehmend automatisierten Fertigungsmethoden Rechnung getragen würde, wäre eine zukunftsorientierte und wettbewerbsfähige Herstellungsweise möglich. Das stand für ihn fest.

Im Frühjahr 1950 begann Erich Schott seine Verhandlungen mit verschiedenen Städten: Gelsenkirchen, Aachen, Köln und Düsseldorf gehörten in Nordrhein-Westfalen genauso dazu wie Aschaffenburg, Darmstadt, Karlsruhe und Mainz weiter im Süden der nunmehr lang gestreckten und schmalen Bundesrepublik.

Die meisten Städte hatten großes Interesse daran, einen modernen Industriebetrieb, wie er Erich Schott vorschwebte, auf ihrem Terrain anzusiedeln, denn das versprach hunderte neuer Arbeitsplätze, in einer Zeit, in der unzählige Menschen nach einer Stelle suchten. Außerdem würden anfallende Steuern die Stadtsäckel füllen. Und gut fünf Jahre nach Kriegsende gab es fast überall immer noch genügend unbebaute Flächen. So machten viele Städte zum Teil erhebliche Zugeständnisse.

Desto schwerer fiel Erich Schott die Entscheidung. Dabei ließ er sich auch vom sogenannten Ausschlussprinzip leiten: Einige Standorte verfügten über keine Universität, andere lagen doch nicht zentral genug, besaßen nicht den gewünschten Hafen oder hatten keinen Anschluss an die Ferngasleitung.

So zeichnete sich im Laufe des Sommers 1950 eine Entscheidung zugunsten der Stadt Mainz am Rhein ab. Bis sich beide Seiten allerdings tatsächlich einig wurden, verging noch eine Weile, denn erst knapp ein Jahr später, am 9. Mai 1951, unterzeichneten Erich Schott und der Mainzer Oberbürgermeister Franz Stein offiziell den entsprechenden »Ansiedlungsvertrag«.

Die Glasmacher bekamen ein Areal zwischen Hattenbergstaße, Rheinallee, dem Bahndamm Richtung Kaiserbrücke sowie dem Städtischen Schlacht-

und Viehhof zugesprochen. Das Gelände war nach Kriegsende mit dem Schutt der zerbombten Stadt aufgefüllt worden und bot den Schottianern vielerlei Vorteile: Der Rheinhafen war in unmittelbarer Nähe, sodass vor allem die notwendige Kohle problemlos per Schiff fast bis zum Werk transportiert werden konnte. Auch ein Bahnanschluss war aufgrund des nahe gelegenen Güterbahnhofes vorhanden. Und die Versorgung mit Gas und Strom gewährleisteten die städtischen Kraftwerke, die ebenfalls nicht weit entfernt lagen.

Darüber hinaus hatte Mainz mit seiner genauso altehrwürdigen wie angesehenen Universität ein ähnlich günstiges geistiges Klima vorzuweisen wie Jena. Hier würde einer fruchtbaren Zusammenarbeit von Praktikern und Wissenschaftlern nichts im Wege stehen. Ähnlich wie in Jena versprach die Universität auch in Mainz das tolerante Klima, das Erich Schott so wichtig war.

Und auch die geografisch zentrale Lage stellte ihn zufrieden. Das künftige Werk würde nahezu im Zentrum der neuen Bundesrepublik liegen und mit dem Frankfurter Kreuz und dem Frankfurter Flughafen über zwei wichtige Verkehrsknotenpunkte in unmittelbarer Nähe verfügen. Nahezu ideale Ausgangsbedingungen für die Glasmacher. Erich Schott war zufrieden.

Auch die Verantwortlichen der alten Rheinstadt waren froh, als die Entscheidung zugunsten ihrer Stadt gefallen war. Die »Mainzer Allgemeine Zeitung« berichtete sogar auf einer ganzen Seite über die geplante Neuansiedlung. Euphorisch hoffte man darauf, dass das neue Glaswerk der im Krieg stark in Mitleidenschaft gezogenen Stadt viele neue Arbeitsplätze und frische Impulse bescheren würde. Das Glaswerk war für die Stadtoberen ein willkommener Hoffnungsträger, mit dessen Hilfe man so manche Wunde des Krieges heilen wollte.

4

Bereits während der langen Monate der Standortsuche hatten sich Erich Schott und seine Leute Gedanken darüber gemacht, wie das künftige Werk aussehen sollte. Jetzt, nachdem die schwierige Frage des »Wo?« fast entschieden war, traten die vielfältigen Fragen nach den Modalitäten in den Vordergrund: Wie sollte das künftige Werk aussehen? Welche technischen

Neuerungen sollten unbedingt berücksichtigt werden, um eine moderne und kostengünstige Produktion zu ermöglichen? Was hatte sich dagegen in Jena so bewährt, dass man darauf auch in Zukunft nicht verzichten wollte? Welche alten Fehler sollte man tunlichst vermeiden? Und wo gab es in den einzelnen Arbeitsprozessen Möglichkeiten, die eine zukunftsweisende Automatisierung zulassen würden?

Fragen über Fragen, mit denen sie vollauf beschäftigt waren. Erich Schott hatte eigens einen Planungsstab ins Leben gerufen und ihn unter die Leitung des früheren Luftschutzleiters des Jenaer Glaswerkes gestellt. Der war erst vor einiger Zeit aus Jena übergesiedelt und Erich Schott hatte seine unbürokratische und tatkräftige Art schon immer sehr geschätzt.

Das »Planungsbüro« war allerdings nur ein alter ausziehbarer Esstisch aus der Familienvilla in Jena. Auf unerklärliche Weise hatte der irgendwie seinen Weg bis nach Landshut gefunden. Er wurde in der nach dem Brand wieder aufgebauten Baracke der Geschäftsführung aufgestellt und musste Platz für sämtliche Entwürfe bieten.

Natürlich »mischte« sich auch Erich Schott beim Planen »ein«. Es war zugleich Herausforderung und Vergnügen für ihn, ein neues Werk aufzubauen und dabei nicht auf bauliche Gegebenheiten Rücksicht nehmen zu müssen, wie das früher im Jenaer Stammhaus mitunter der Fall gewesen war.

Doch nicht nur die räumlichen Gegebenheiten für eine möglichst effektive Produktion waren Erich Schott wichtig, sondern auch die nach außen hin wirkende Architektur des Neubaus. Es gelang ihm, den namhaften Architekturprofessor Ernst Neufert für sein Projekt zu gewinnen, ein früherer Mitarbeiter von Walter Gropius am Bauhaus in Dessau und zeitweilig Hochschullehrer in Weimar. Er kannte ihn noch aus alten Zeiten in Jena. 1935 hatte Neufert einige Umbauten an der Schott'schen Familienvilla von Schott in Jena vorgenommen.

Neufert fühlte sich den schlichten und ästhetischen Vorgaben des Bauhausstils verpflichtet. Seine Bauten waren von klaren Strukturen und Rastern genauso geprägt wie von nüchterner und trotzdem ansprechender Funktionalität. Eben das sollte auch das neue Verwaltungsgebäude von Schott in der Mainzer Hattenbergstraße ausstrahlen. Neufert wählte eine Stahlbetonskelettbauweise und Klinkersteine, die dem Gebäude später sein typisches Aussehen verliehen. Der erste Spatenstich für das künftige »Hauptwerk Mainz« erfolgte am 2. Juni 1951 im Rahmen einer hoffnungsvoll gestimmten Feier.

Es war für Erich Schott von großem Vorteil, dass die Glasproduktion in Zwiesel, Mitterteich und Landshut während der gesamten Bauzeit ungehindert weitergehen konnte. So verdienten die Schottianer gleichzeitig einen Teil des Geldes, das sie für den Neubau des künftigen Hauptwerkes dringend benötigten. Aber natürlich wurde ein Großteil der Finanzmittel über Kredite bereitgestellt. Rund 15 bis 20 Millionen Mark veranschlagten die Planer für die ersten drei Jahre. Ein Großteil stammte aus den Töpfen des amerikanischen »Marshall-Plans«. So gesehen waren es wieder die Amerikaner, die immer noch das Schicksal der 41 Glasmacher wesentlich beeinflussten.

5

Erika bekam von all diesen wegweisenden Entscheidungen der Firmenleitung in Zwiesel nichts mit. Die 16-Jährige kümmerten die Belange des Glaswerkes nicht im Geringsten, auch wenn ihr Vater dort arbeitete. Warum auch? In ihrer kleinen Welt drehte sich alles um den nächsten Samstag im GI-Heim, ihre Klamotten und die Frisur sowie um ihre Liebe zu Bernhard, die nach wie vor nicht nur Anlass zur Freude war. Außerdem gab es ja auch noch die Schule.

Als in Mainz der erste Spatenstich erfolgte, traf sie sich nach der Schule am liebsten mit Brigitte und Doris sowie ihren Freunden im Freibad, ihrem aktuellen Lieblingstreffpunkt. Ein Nachmittag dort machte keine der Mütter misstrauisch. Mitunter aber trafen sie sich auch auf einer versteckten Waldlichtung, wo sich die Pärchen problemlos in den Schatten der Bäume zurückziehen konnten, wenn sie allein sein und ungestört rumknutschten wollten.

Die Tatsache, dass es jetzt im Sommer abends länger hell war, hatte für die Mädchen zugleich Vor- als auch Nachteile: Einerseits durften sie abends eine Stunde länger unterwegs sein, andererseits konnte die fehlende Dämmerung keinen Sichtschutz gewährleisten.

Erika hatte – genauso wie ihre Freundinnen – permanent Angst davor, von ihren Eltern oder Nachbarn erwischt zu werden, wenn sie mit »den Jungs« unterwegs waren. Ihr war das Theater damals in Mitterteich wegen Franz noch deutlich in Erinnerung und sie glaubte nicht, dass ihre Mutter mittlerweile eine andere Meinung zu diesem Thema hatte. Bisher war Johanna in Bezug auf Bernhard immer noch unwissend und Erika setzte alles daran, dass es auch so blieb. Johanna ahnte zwar etwas und hatte schon oft genug versucht, bei Erika nachzuhaken, doch war die ihr immer wieder geschickt ausgewichen.

Ein Aushang in der Schule brachte Erika schließlich auf eine neue Idee, um sich der Kontrolle durch die Eltern auch in Zukunft erfolgreich zu entziehen.

»Habt ihr schon gesehen, der Turnverein sucht neue Mitglieder«, sagte sie eines Nachmittags zu ihren Freundinnen.

»Und was sollen wir da?«, fragte Doris verständnislos. Auf Turnübungen hatte sie überhaupt keine Lust.

»Na, überlegt doch mal«, Erika sah beide herausfordernd an. »Wenn wir zu Hause erzählen würden, dass wir uns das einmal anschauen wollen und dann tatsächlich Lust hätten, im Turnverein mitzumachen …«, sie machte ein Pause, um den anderen eine Chance zu geben, selbst darauf zu kommen. Aber sowohl Doris als auch Brigitte schauten sie bloß fragend an, deshalb fuhr Erika schließlich fort: »Und dann behaupten wir, dass wir zwei bis drei Mal in der Woche am späten Nachmittag oder in den frühen Abendstunden trainieren müssen. Bestimmt haben die dort auch abends Training. Das ist doch immer so. Dort gehen wir auch hin, damit wir zu Hause davon erzählen können. Und natürlich gefällt es uns ausgesprochen gut, sodass wir unbedingt weitermachen wollen.«

»Ja, und was soll uns das bringen?«, meinte Doris ungeduldig. Sie verstand den Plan immer noch nicht.

»Nun ja, irgendwann gehen wir dann anstatt zum Turnen ins GI-Heim und können dort bis zum offiziellen Ende unserer Turnstunde bleiben. Ist das nicht eine gute Idee?« Sie zog siegesgewiss eine Augenbraue hoch.

»Das würde ja dann drei Mal in der Woche abends Freiheit bedeuten, zusätzlich zum Wochenende«, rief Brigitte plötzlich begeistert aus, als sie Erikas Vorhaben endlich durchschaut hatte.

»Du hast wirklich immer ziemlich gewagte Ideen«, grinste nun auch Doris. »Hört sich so an, als müssten wir es unbedingt mal ausprobieren.«

Tatsächlich hatten ihre Mütter nichts gegen zusätzliche sportliche Aktivitäten ihrer Töchter. Johanna freute sich sogar darüber, denn so hätte Erika einen sinnvollen Zeitvertreib und käme gewiss nicht auf falsche Gedanken, frohlockte sie im Stillen.

Also setzten die Mädchen ihren Plan in die Tat um und ihre Flunkerei fiel während des ganzen Sommers nicht auf. Beladen mit ihren Turnbeuteln zogen sie drei Mal in der Woche jeweils am späten Nachmittag los und suggerierten ihren Müttern, dass sie mit Begeisterung im Verein Sport treiben würden. Tatsächlich aber machten sie nur einen Schlenker um die Turnhalle, um dann zielstrebig zum GI-Heim zu marschieren.

Es war bereits Ende September und die Dämmerung setzte wieder früher ein, als Johanna eines Abends auf die Idee eines kleinen Abendspazierganges kam. Erika war schon seit mehr als zwei Stunden unterwegs, wie so oft in letzter Zeit. Otto war ebenfalls nicht da, sodass Johanna die schöne Abendstimmung für ein bisschen Bewegung nutzen wollte. Dabei überlegte sie sich, dass sie ihre Tochter an der Turnhalle abholen könnte: So hätte sie ein Ziel und Erika bräuchte nicht allein durch die einsetzende Dunkelheit zu laufen. Vielleicht ergäbe sich ja vielleicht die Möglichkeit zu einem offenen Gespräch, hoffte Johanna. Daran, dass eigentlich ihre Freundinnen bei ihr sein müssten, dachte sie nicht.

Sie wusste, dass dort um halb neun Schluss war und machte sich so auf den Weg, dass sie rechtzeitig dort ankommen würde. Die angenehm milde Luft und das weiche Licht der letzten Sonnenstrahlen versetzte sie in eine gut gelaunte, freundliche Stimmung. Johanna hatte nicht vor, Erika zu kontrollieren, auch wenn deren Geschichten sie mitunter zweifeln ließen. Aber in Bezug auf Erikas neue Turnleidenschaft war Johanna von deren Begeisterung ehrlich überzeugt.

Als sie in die Straße einbog, an deren Ende die Turnhalle lag, verflüchtigte sich allerdings plötzlich ihre gute Laune. Sie konnte selbst nicht sagen, warum, aber irgendwie beschlich sie bei dem Anblick der Sporthalle ein komisches Gefühl. Als sie näher kam, wurde ihr klar, warum: Das Gebäude wirkte verlassen. Niemand ging ein oder aus, die Türen sahen verschlossen aus und in keinem der Fenster brannte Licht.

»Komisch«, murmelte Johanna leise. »Irgendetwas stimmt hier doch nicht.« Augenblicklich fühlte sie sich alarmiert und beschleunigte automatisch ihren Schritt.

Als sie am Haupteingang der Sporthalle ankam und erschrocken feststellte, dass die Tür tatsächlich fest verriegelt war, musste sie ihre aufkommende Panik niederkämpfen und beschloss, einmal um das Gebäude zu gehen. Wahrscheinlich war abends nur noch ein Hinterausgang geöffnet, hoffte sie auf eine harmlose Erklärung. Doch zu ihrem Entsetzen waren alle Eingänge verriegelt. Weit und breit konnte sie niemanden entdecken.

Ratlos drehte sich Johanna um und überlegte verzweifelt, was sie jetzt tun sollte. Wo war Erika? Angst und Misstrauen kämpften in ihr. Eigentlich gab es nur zwei Möglichkeiten: Entweder hatte Erika heute, wie offenbar alle anderen Sportler auch, früher aufgehört und einen anderen Rückweg gewählt, als den Weg, den sie gekommen war. Dann war sie vielleicht schon zu Hause. Oder aber sie war gar nicht beim Training gewesen, wie sie behauptet hatte. Damit aber stellte sich die Frage, was Erika stattdessen gerade tat.

In Johannas Kopf wirbelten die Gedanken quer durcheinander. Mit einem unguten Gefühl machte sie sich auf den Heimweg. Vielleicht würde sie Erika ja unterwegs treffen. Bewusst wählte sie einen anderen Weg als den, den sie gekommen war und sah sich nach allen Seiten um. Vielleicht war Erika ja auch verletzt und lag irgendwo hilflos im Gebüsch. In ihrer Fantasie malte sie sich das Schlimmste aus.

Längst war es finster geworden. Irgendwann war sie völlig erschöpft wieder zu Hause und musste sich eingestehen, dass sie keinen Schimmer davon hatte, wo ihre Tochter sein konnte.

Was sollte sie jetzt tun?

»Ausgerechnet heute Abend ist Otto nicht zu Hause«, murmelte sie verärgert vor sich hin. »Wie immer, wenn man einen Mann braucht, ist er nicht da.« Sie fühlte sich alleingelassen und verzweifelt, aber beschloss, Erika vorerst noch etwas Zeit zu geben. Vielleicht hatte sie ja doch nur einen anderen Heimweg gewählt, oder sie war noch zu Brigitte oder Doris mitgegangen. Das brachte sie auf eine Idee. Auch wenn es ihr unangenehm war, noch so spät bei fremden Leuten zu klingeln, wollte sie sich als Erstes bei den Eltern der beiden Mädchen erkundigen.

Brigittes Eltern konnte sie schnell abklären, schließlich wohnte die Familie im gleichen Haus. Sie legte sich gerade eine Entschuldigung für die späte Störung zurecht und wollte zur Wohnungstür hinaus, als sie ein letztes Mal aus dem Fenster schaute, in der stillen Hoffnung, dass sie unten auf der Straße ihre Erika entdecken würde.

Und tatsächlich, Johanna konnte es kaum glauben, plötzlich tauchten die vertrauten Umrisse ihrer Tochter im Licht einer Laterne auf.

»Gott sei Dank, zumindest ist ihr nichts passiert«, stieß sie erleichtert hervor, bevor sie eine unbändige Wut überwältigte. Erika schlenderte sichtlich gut gelaunt neben Brigitte auf das Haus zu. Die beiden hatten es offensichtlich nicht eilig.

»Die sehen nicht so aus, als wenn sie beim Turnen gewesen wären«, dachte Johanna misstrauisch. »Stellt sich bloß die Frage, wo sie stattdessen gewesen sind.«

Sie kniff die Augen zusammen, was ihr einen grimmigen Gesichtsausdruck verlieh. »Na warte, mein Kind. Gleich kannst du was erleben.«

Erika schloss, nichts Böses ahnend, die Tür auf. Sie hatte einen ausgesprochen amüsanten Abend im GI-Heim verlebt und war von einigen besonders netten Komplimenten noch beschwingt. Doch kaum hatte sie die Wohnung betreten, sah sie am Ende des Flures die drohend aufgebaute Gestalt ihrer Mutter mit verschränkten Armen stehen, sodass Erika erstarrte. Sie wusste sofort, dass das nichts Gutes bedeuten konnte. Ihr eben noch so glückseliger Gesichtsausdruck verschwand und mit einiger Mühe brachte sie es fertig, so normal wie möglich die Tür hinter sich zu schließen.

»Guten Abend, Mutti! Warum stehst du denn hier im ungemütlichen Flur?«, fragte sie unschuldig und ließ dabei demonstrativ ihre Sporttasche auf den Boden fallen.

»Wo kommst du jetzt her? Und erzähl mir ja nicht, dass du turnen warst«, kam Johanna mit drohender Stimme ohne Umschweife zur Sache. Alle Ängste der letzten zwei Stunden kamen darin zum Vorschein. »Ich weiß genau, dass du nicht beim Turnen warst.«

Erika war vor den Kopf gestoßen. Was war denn nun los? In Windeseile versuchte sie, sich eine überzeugende Ausrede einfallen zu lassen. Doch sie war von dem Auftritt ihrer Mutter dermaßen überrascht, dass ihr partout nichts einfiel. Damit hatte sie wirklich nicht gerechnet, schließlich war es den ganzen Sommer über gut gegangen, sodass sie sich absolut sicher gefühlt hatte. Und offensichtlich wusste ihre Mutter ganz genau, dass sie nicht beim Turnen gewesen war. Um zusätzlich Zeit zu gewinnen, drehte sie sich zur Garderobe um, und hängte umständlich ihre Jacke auf. So brauchte sie ihrer Mutter wenigstens nicht ins Gesicht zu sehen, als sie log.

»Tja … also … ich war mit Brigitte und Doris noch … noch im Kino. Ja … Doris hatte Geld von ihrer Tante bekommen und uns eingeladen … Also … es war ein richtig netter Film … Wirklich!«

Etwas Besseres fiel ihr auf die Schnelle nicht ein. Aber sie konnte doch nicht zugeben, wo und vor allem mit wem sie wirklich unterwegs gewesen war, dachte sie verzweifelt. Erwartungsvoll drehte sie sich zu ihrer Mutter um. War sie überzeugend gewesen?

»Ich glaube dir kein Wort«, antwortete Johanna kalt.

Erika war entsetzt.

»Du sagt mir jetzt genau, wo du wirklich gewesen bist. Ich will die Wahrheit wissen«, insistierte ihre Mutter ernst und schaute sie misstrauisch an, bevor sie langsam fortfuhr: »Und wo du all die vorangegangenen Tage und Wochen gewesen bist, wenn du behauptet hast, dass du zum Turnen gehst. Jedes Mal habe ich mich gewundert, warum du dich dafür so schick anziehst. Das hätte mich gleich stutzig machen sollen. Aber ich dumme Gans habe mich für dich auch noch gefreut, weil ich dachte, du hättest etwas gefunden, was dir besonders viel Spaß macht.« Johanna fühlte sich ernsthaft hintergangen. Kleine Flunkereien mochten im Backfischalter dazugehören, doch dies hier schien eine andere Dimension zu besitzen.

»Aber Mutti, natürlich war ich beim Sport. Nur … nur heute ist das Training ausgefallen. Und da hat Doris eben vorgeschlagen, stattdessen ins Kino zu gehen. Ich dachte, ich wäre auf alle Fälle wieder pünktlich zu Hause.« Sie merkte, dass auch das ihre Mutter nicht sonderlich beeindruckte. »Ich wollte nicht, dass du dir Sorgen machst. Bitte glaube mir doch.«

Aber Johanna blieb unversöhnlich. »Kannst du dir eigentlich vorstellen, welche Angst ich um dich hatte? Und ehrlich gesagt, ich glaube dir nicht.« Sie sah ihre Tochter enttäuscht an. »Und als ich vorhin krampfhaft überlegt habe, wo du sein könntest, fielen mir eine ganze Reihe von Ungereimtheiten in der letzten Zeit auf, die ich nie richtig hinterfragt habe. Eigentlich habe ich gar keine Ahnung, mit wem du dich wirklich triffst und wo du dich herumtreibst, wenn du nicht zu Hause bist.« Wieder machte sie eine Pause, um ihre Worte wirken zu lassen. »Und ich denke, es ist höchste Zeit, dies jetzt nachzuholen und ein für alle Male aufzuklären.«

Erika war völlig aus dem Konzept geworfen. Sie spürte, dass sie heute Abend nicht davonkommen würde. Trotzdem unternahm sie einen letzten, halbherzigen Versuch.

»Bitte, Mutti, können wir nicht morgen über alles reden? Ich bin so müde.«

»Ich auch. Aber das ist jetzt egal. Ich will Antworten und zwar jetzt sofort! Also fang an.« Noch immer stand Johanna mit verschränkten Armen vor ihr. »Ich warte!«

Erika gab sich geschlagen. Sie merkte, dass heute Abend die Stunde der Wahrheit gekommen war.

Es wurde eine äußerst unangenehme Beichte für sie. Mit jeder Lüge, die zum Vorschein kam, fühlte Erika sich schlechter. Aber eigentlich war sie auch ein bisschen erleichtert. Endlich konnte sie dieses immer komplizierter Lügenhaus einreißen. Johanna wurde im Gegenzug immer sprachloser, wütender und enttäuschter. Welch ein Vertrauensbruch! Dieses Ausmaß hatte sie sich beim besten Willen nicht vorstellen können. Sie hatte das Gefühl, einem völlig fremden Menschen gegenüberzusitzen.

Ein vorerst unbegrenzter und strenger Hausarrest war die erste Konsequenz für Erika. Als Otto später von den Lügen erfuhr, reagierte er außerdem mit einer heftigen Tracht Prügel, die Erika ihr Leben lang nicht mehr vergessen sollte.

Weder Erika noch ihre Eltern waren allerdings in der Lage, etwas für die Zukunft daraus zu lernen. Keiner schaffte es, Verständnis für die Beweggründe des anderen aufzubringen. Keiner stellte sich selbstkritisch die Frage, inwieweit das eigene Verhalten für diesen Vertrauensbruch mitverantwortlich gewesen sein könnte. Stattdessen blieb es bei gegenseitigen Vorwürfen, sodass ihre Beziehung noch schlechter wurde. Sie redeten nur noch das Nötigste miteinander und glaubten selbst das nicht mehr.

6

Der Neubau in Mainz kam ausgesprochen zügig voran. Für den ersten Bauabschnitt des neuen Glaswerks brauchten die Bauarbeiter nur gut zehn Monate. Nach der Optischen Hütte entstanden die Hohlglashütte, die Hafenstube und das Gemengehaus.

Und dann kam der große Tag: Am 10. Mai 1952 konnte Erich Schott beobachten, wie sich zum ersten Mal in »seinem« neuen Werk glühendheißes, rotflüssiges Glas in einen Hafen ergoss. Mit diesem optischen Hafenguss nahmen die Glasmacher das Werk in Mainz offiziell in Betrieb.

Erich Schott und seine Glasmacher waren damit – nach sieben langen Jahren – endlich am Ende ihrer wechselhaften Reise in die Zukunft angekommen. Es wurde für alle, die damals ihre Heimat in Jena mit ungewissem Ziel verlassen mussten, ein unglaublich bewegender Augenblick. Plötzlich wussten sie ganz sicher, endlich am Ende ihrer Odyssee angekommen zu sein. Vom heutigen Tag an würde ihre neue Heimat »Mainz« heißen. Denn eines war den Deportierten, die sich vor so langer Zeit zusammen auf den Weg machen mussten und heute hier versammelt waren, vollkommen klar: Nach all den erlebten Schicksalsschlägen der vergangenen sieben Jahre würde auch ihr weiteres Leben unmittelbar mit dem neuen »Jenaer Glaswerk Schott und Genossen – Hauptwerk Mainz« verbunden sein.

Allerdings wanderten ihre Gedanken an diesem Tag auch zur verlorenen Heimat nach Jena und zu den alten Kollegen im Stammwerk zurück. Erich Schott fand bei der feierlichen Ansprache nahezu prophetische Worte, die vielen aus dem Herzen sprachen:

»Unsere früheren Mitarbeiter in Jena, die dort bleiben mussten, haben das Werk wieder aufgebaut und hoffen auf eine glückliche Zukunft, in der wir Deutschen wieder miteinander vereint sein müssen. Denn dass dies einmal der Fall sein wird, darüber kann es keinen Zweifel geben. Wir warten auf diese Zeit und werden dann zwei Werke haben: eines hier in Mainz, das moderne, und das alte Traditionswerk in Jena. Wir hoffen auf diese Zeit!«

Epilog

1

Bis sich die zukunftsweisenden Worte des Herrn Prof. Dr. Erich Schott tatsächlich bewahrheiteten, mussten die Glasmacher in Mainz allerdings knapp vier Jahrzehnte lang warten. Dazwischen lagen viele Jahre, in denen die beiden Betriebe völlig getrennte Wege gingen und sich – aufgrund des politischen Klimas im geteilten Deutschland – nicht unbedingt freundschaftlich zugetan waren. Logischerweise erlebten beide Werke vollkommen unterschiedliche Entwicklungen.

2

Im Mainzer Werk ging es nach dem ersten, erfolgreichen Guss im Mai 1952 rasant aufwärts. Schon am Tag nach der Eröffnung erteilten die Schottianer den Auftrag zum Bau des künftigen Verwaltungsgebäudes, das bereits im November desselben Jahres etagenweise bezogen werden konnte. Andere Hütten und Gebäude sowie ein großer Laboratoriumskomplex folgten. Ganze Wohnungssiedlungen für die schnell wachsende Zahl der Mitarbeiter kamen überdies hinzu.

So zählte das Werk in Mainz bereits im Oktober 1953 wieder gut 1 400 Werksangehörige. Rund 150 von ihnen stammten aus Jena, etwa 170 hatten ihren Weg aus Bayern nach Rheinland-Pfalz gefunden. Die Hoffnung der Mainzer Stadtväter, dass das Werk vor allem den Mainzern neue Arbeitsplätze bescheren würde, bewahrheitete sich rasch. Mehr als tausend Menschen fanden in dieser kurzen Zeit hier eine neue Stellung.

Das an Fahrt gewinnende Wirtschaftswunder steigerte die Nachfrage für Gläser aller Art, genauso wie der bald einsetzende Siegeszug des Fernsehens ein Übriges für den Erfolgskurs des Mainzer Schott-Werks tat: Bildschirme und Kolbentrichter für Schwarz-Weiß-Geräte wurden vollautomatisch in Lizenz für ein amerikanisches Unternehmen am Rhein hergestellt. Bis Juli 1965 produzierten sie 10 Millionen Stück. Zwei Jahre später schloss sich die Herstellung von Bildschirmen fürs Farbfernsehen an. Auch die expandierende

Raumfahrt der NASA bescherte dem Mainzer Werk Anerkennung und Gewinn: Seine optischen Gläser steckten in den Hochleistungskameras, mit denen beispielsweise die ersten Bilder vom Mond fotografiert wurden.

Die Verantwortlichen wussten die erwirtschafteten Gelder gewinnbringend neu zu investieren. So gelang es, dass Erich Schott Mitte der Sechzigerjahre auf einer Betriebsversammlung die vollständige Rückzahlung der geliehenen Gelder aus dem »Marshall-Plan« verkünden konnte.

In den Siebzigerjahren begann das Unternehmen mit Firmenbeteiligungen im Ausland. Vor allem in Amerika, einem der größten Spezialglas-Märkte weltweit, engagierten sich die Mainzer Schottianer. Ende der Achtzigerjahre waren die Betätigungsfelder so umfangreich geworden, dass das ursprüngliche Firmengelände endgültig zu eng wurde. Die Verantwortlichen kauften daher Industrieflächen in Bingen hinzu und in Mainz-Marienborn entstand ein neues, großes Forschungszentrum für Glas.

3

Auf der anderen Seite des »Eisernen Vorhangs« hatten die dortigen Schottianer mit ganz anderen Schwierigkeiten zu kämpfen. Nachdem das Stammwerk seit dem 30. November 1948 im Handelsregister als »VEB Jenaer Glaswerk Schott und Genossen« firmierte, war der Geschäftsleitung die unternehmerische Freiheit entzogen.

Die Verantwortlichen waren vielmehr von den Vorgaben der Vereinigung Volkseigener Betriebe (VVB-Optik) abhängig. Darin waren ostdeutsche Unternehmen zusammengeschlossen, die sich mit Regelungstechnik, Gerätebau und Optik befassten. Als zentrale Organisation unterstand diese unmittelbar dem Ministerium für Maschinenbau in Ost-Berlin.

Der dritte Neuanfang des Stammwerkes nach dem Kriegsende wurde in den Fünfzigerjahren immer wieder durch Material- und Rohstoffengpässe behindert, obwohl die Staatsführung die wirtschaftliche Bedeutung des Jenaer Glases kannte und die Wiederherstellung der Firma entsprechend förderte.

Anders als Erich Schott, der quasi von Grund auf ein modernes Werk konzipieren konnte, ohne an räumliche oder materielle Zwänge gebunden zu sein, musste die Geschäftsführung in Jena die örtlichen Gegebenheiten des alten Werksgeländes berücksichtigen und außerdem mit dem Vorlieb nehmen, was sie vorfanden oder von zentraler Stelle bekamen.

Das erwies sich angesichts der zügig fortschreitenden, technischen Entwicklung als Hemmschuh. Gleichwohl wurden im Laufe der Jahre natürlich auch hier zahlreiche bauliche Veränderungen und Erweiterungen vorgenommen, um eine zunehmend automatisierte Produktion zu ermöglichen.

Außerdem mussten die Jenenser mit einem Problem ganz besonderer Art fertig werden, das die Mainzer nicht kannten: Die Flucht von Mitarbeitern in den Westen Deutschlands riss über all die Jahre nicht ab, auch wenn die Überwindung der Grenze immer lebensgefährlicher wurde. Viele, die es schafften, gingen zu Schott nach Mainz. Vor allem zu Beginn der Fünfzigerjahre, als es nicht genug Facharbeiter gab, erschwerte diese Abwanderung den reibungslosen Ablauf im Jenaer Werk.

Die Schottianer und ihre Familien, die von den Russen für fünf Jahre in die Sowjetunion zwangsverpflichtet worden waren, kehrten bis zum November 1953 tatsächlich alle, bis auf einen, der dort gestorben war, nach Jena zurück. Sie kamen in mehreren Etappen und jedem Einzelnen wurde an der Saale ein begeisterter Empfang gemacht.

Das Glaswerk fühlte sich für sie verantwortlich und half ihnen beim Zurückfinden in einen neuen Alltag in Jena so gut es ging und gleichgültig, ob das den Arbeitsplatz, die Wohnungssuche oder die Möbelbeschaffung betraf. Die meisten von ihnen empfanden die Jahre in der Sowjetunion im Rückblick als eine »interessante und lehrreiche Zeit«.

Das SED-Regime versuchte im Laufe der Zeit seinen Einfluss im Glaswerk, genauso wie beim Schwesterunternehmen Zeiss, konsequent auszubauen. Lange standen die Mitarbeiter beider Betriebe aufgrund der alten Stiftungsstatute von Ernst Abbe quasi unter dem »Generalverdacht«, reaktionär zu sein. Da fast alle Beschäftigten die besonderen Grundsätze auch weiterhin lebendig hielten und sich ihnen verpflichtet fühlten, glaubten die verantwortlichen Parteistrategen nicht daran, dass die Schottianer sich wirklich vollkommen den neuen, sozialistischen Idealen unterwarfen.

So wurden im März 1953 völlig überraschend 24 leitende Mitarbeiter in beiden Betrieben verhaftet. Offenbar hielt man es für nötig, ein Exempel zu statuieren. Sie würden den Aufbau im Osten bewusst behindern, um so den Aufbau im Westen zu fördern, lautete der Vorwurf. Schließlich machte man ihnen den Prozess. Sie wurden zu langjährigen Haftstrafen verurteilt.

Einer der wenigen, der sich noch rechtzeitig vor einem ähnlichen Schicksal retten konnte, war der ehemalige Leiter der Rechtsabteilung von Zeiss. Er floh mit seiner Familie in die Bundesrepublik und wurde von Erich Schott als Justitiar eingestellt. Ihm fiel später die – gewiss nicht dankbare – Aufgabe zu, die gerichtlichen Auseinandersetzungen für Schott West gegen Schott Ost zu führen.

Zwei der drei Geschäftsführer, die Erich Schott unmittelbar vor seiner Deportation »für die Dauer unserer Abwesenheit« zu Geschäftsleitern bestimmt hatte, schieden Ende März 1954 aus Altersgründen aus dem Glaswerk aus.

In dieser Zeit erfolgte eine grundlegende Umstrukturierung in der Werkshierarchie. Seit April 1953 leitete Hans Nordwig als alleiniger Betriebsdirektor die Geschicke des Traditionsunternehmens und löste die drei Herren ab. Auch er konnte nicht selbstständig unternehmerisch agieren, sondern war, genauso wie seine drei Vorgänger, immer an die Planvorgaben und Anweisungen aus Ost-Berlin gebunden.

Der Lebensgefährte von Sophies Mutter war einer der beiden aus Altersgründen ausscheidenden Kollegen. 1879 geboren, hatte er bereits in jungen Jahren als Hüttenjunge bei Schott angefangen zu arbeiten und verließ nach 60-jähriger Betriebszugehörigkeit das Glaswerk. Gewissermaßen zum Abschied wurde er mit dem Titel »Verdienter Techniker des Volkes« ausgezeichnet. Außerdem hatte er bereits 1949 die Ehrenbürgerwürde der Stadt Jena verliehen bekommen. Mit ihm ging auch der kaufmännische Direktor.

Der jüngste der drei Geschäftsführer, dem Erich Schott damals die wissenschaftliche Leitung übertragen hatte, blieb dem Werk noch einige Jahre lang verbunden und arbeitete bis 1958 als Forschungsdirektor in einer führenden Position. In diesen Jahren trieb er wichtige wissenschaftliche Projekte maßgeblich voran, wie etwa einen großen »Astrospiegel« für die Weltraumforschung mit einem Durchmesser von gut zwei Metern. Dafür ehrte ihn der Staat mit dem »Nationalpreis«.

Trotz aller Schwierigkeiten und Veränderungen wurde das Klima im Jenaer Stammwerk von den meisten weiterhin als »besonders familiär« empfunden. Es war und blieb etwas Besonders, ein »Schottianer« zu sein.

Außerdem ging es wirtschaftlich gesehen, wenn auch langsamer als im Westen, ebenfalls aufwärts. 1952 lieferte der Betrieb sein Jenaer Glas wieder in 35 Länder.

Hatte das Unternehmen 1947 noch 1 880 Mitarbeiter, so wuchs diese Zahl in den folgenden Jahren schnell an: 1948 waren es bereits 2 797 und 1956 rund 3 480 Werksangehörige.

Im August 1977 mussten die Schottianer in Jena einen erneuten Rückschlag verkraften. Das Zentralkomitee der SED beschloss, das »VEB Jenaer Glaswerk Schott und Genossen« in das »Kombinat VEB Carl Zeiss Jena« einzugliedern. Damit waren sie nur noch ein kleiner Teil des nunmehr rund 60 000 Kombinats-Mitarbeiter umfassenden Riesenbetriebs.

Nach und nach wurden sie auf die Rolle eines zuverlässigen Zulieferers von Zeiss reduziert. Während Schott Mainz in diesen Jahren sein weltweites

Engagement zügig vorantrieb, wurde Schott Jena die Funktion eines international agierenden Exportunternehmens zunehmend verwehrt.

Trotzdem war das Werk Ende der Siebzigerjahre der führende Spezialglas-Hersteller in der DDR und in Osteuropa. Wie sein westlicher »Ableger« beteiligte sich auch das Stammwerk an der Weltraumforschung, in der die Spezialgläser in Form von riesigen Linsen und Spiegeln von besonderer Bedeutung waren. 1978 arbeitete Schott Jena beispielsweise an einem Weltraum-Experiment zusammen mit der UdSSR, bei der eine Glasprobe unter kosmischen Bedingungen geschmolzen wurde.

4

Mehrere Jahrzehnte lang stritten beide Seiten immer erbitterter und unversöhnlicher in aller Herren Ländern vor den Gerichten über einst gemeinsame Namensrechte und Warenzeichen. Schließlich ging es um sehr viel Geld und Prestige.

An den Prozessen ließ sich die Tragik der deutschen Teilung klar erkennen: Im Laufe der Jahre verschwand die zunächst vorhandene Verbundenheit und aus ehemaligen Kollegen wurden Konkurrenten, die verbissen um Marktanteile kämpften und sich schließlich fast feindlich gegenüberstanden.

Erst am 17. November 1980 gelangten die Verhandlungspartner von Schott Ost und Schott West zu einer einvernehmlichen Lösung. An diesem trüben Herbsttag setzten beide Seiten ihre Unterschriften in Mainz unter einen Vertrag, der von nun an den Namen klar aufteilte:

Danach war das Mainzer Glaswerk künftig zur alleinigen Nutzung des Namens »Schott« in seinem Firmenlogo berechtigt, außerdem durfte es ausschließlich die alte Bildmarke »Kreis im Viereck« benutzen. Das Jenaer Glaswerk erhielt dagegen das Exklusivrecht an dem Namensteil »Jena« und damit an der weltweit bekannten, traditionsreichen Bezeichnung »Jenaer Glas«. Künftig sollte das Unternehmen in Mainz unter dem Namen »Schott Glaswerke« firmieren, das in Jena dagegen als »VEB Jenaer Glaswerk«.

Nur wenige Jahre vor dem 100-jährigen Firmenjubiläum, das 1984 anstand, waren damit beide Betriebe endgültig getrennt. Zu diesem Zeitpunkt konnten sich wohl nur noch die größten Optimisten vorstellen, dass Deutschland und damit auch die beiden Firmen jemals wieder zusammengehören könnten. Sämtliche politischen Zeichen wiesen Anfang der Achtzigerjahre entschieden in die entgegengesetzte Richtung. Allen Sonntagsreden zum Trotz, in denen unbeirrt die Deutsche Einheit betont wurde, hatten sich die meisten Deutschen längst mit der faktischen Trennung in zwei unterschiedliche und sich feindlich gegenüberstehende Staaten abgefunden. Ihnen musste jedes andere Gedankenspiel absolut unrealistisch erscheinen.

5

Als dann zur Überraschung der ganzen Welt Ende des Jahrzehnts, in der Nacht zum 9. November 1989, die Mauer friedlich niedergerissen wurde, grenzte dies an ein wahres Wunder. Allerdings zeigte sich nach der ersten Euphorie bald, dass die Gegensätze in beiden Teilen Deutschlands im Laufe der vergangenen 40 Jahre viel größer geworden waren, als man nsich das vorstellen konnte.

Viele deutsche Familien und Firmen, die nach dem Krieg ein ähnliches Schicksal erlitten wie die Menschen im »Jenaer Glaswerk Schott und Genossen«, unternahmen nun den mühsamen Versuch einer Annäherung – so auch die beiden Glasmacherbetriebe in West und Ost mitsamt ihren Mitarbeitern. Trotz aller offenkundigen Schwierigkeiten waren sie von der Hoffnung beseelt, doch wieder zusammenzuwachsen. Sie wollten diese Chance, die die Geschichte den Deutschen so unerwartet geboten hatte, nicht vertun. Vielleicht hatten sie auch die Vision von Erich Schott im Hinterkopf, die damit endlich wahr werden würde.

Allerdings gestaltete sich das Zusammenwachsen in vielerlei Hinsicht als deutlich schwieriger und langwieriger als erwartet. Endlose Verhandlungen waren nötig, bei denen die Vertreter beider Werke (u. a. auch die der Treuhand sowie die Repräsentanten der an den Stiftungen beteiligten Länder Thüringen und Baden-Württemberg) die unzähligen Rechts- und Vermögensfragen klären mussten. Nur nach und nach konnten sie die Probleme sichten und klären. Als besonders kompliziert erwies sich erneut die rechtliche Situation der Stiftung, für die schließlich sogar ein Staatsvertrag geschlossen wurde.

Es dauerte mehrere Jahre, bis die »Schott Glaswerke Mainz« zunächst 51 Prozent, und 1995 schließlich die restlichen Anteile des Jenaer Glaswerks übernahmen. Damit wurde endlich wieder zusammengefügt, was einst zusammengehört hatte.

Während der ersten Jahre des »Zusammenraufens« investierte das Mainzer Haus Millionenbeträge in die Modernisierung und Neustrukturierung des alten Stammhauses in Jena: Bis Ende der Neunzigerjahre umfasste es nach eigener Darstellung ein Volumen von rund 300 Millionen D-Mark.

Ein noch nicht abgeschlossenes Kapitel ist dagegen auch heute die »menschliche Komponente« des »Wieder-Zusammen-Wachsens«. Das allerdings betrifft sämtliche Deutsche gleichermaßen und nicht nur die Schottianer. Viel länger als anfangs gedacht, brauchen die Deutschen von hüben und drüben, um ihre alten Denkschablonen abzulegen und ihre Mauern im Kopf einzureißen. Noch immer fehlt »Ossis« und »Wessis« mitunter das notwendige Fingerspitzengefühl, um die jeweiligen Befindlichkeiten zu erkennen und zu respektieren. Noch immer ist es nicht selbstverständlich, einfach nur ein Deutscher zu sein, egal wo man geboren wurde. Bestenfalls ist man heutzutage ein »Wossi«.

Aber es wird hoffentlich jeden Tag ein bisschen besser.

6

Die beschriebenen Erlebnisse der drei Familien Kreuzinger, Stockmüller und Heuerling entsprechen weitgehend den Biografien von drei Familien, die an der amerikanischen Deportation teilgenommen haben. Clara, Erika und ihr Vater Otto sowie Sophie haben mir ihre Lebensgeschichten persönlich erzählt. Nur in Bezug auf Kleinigkeiten habe ich mir erlaubt, sie auszuschmücken oder leicht von ihren Berichten abzuweichen.

Einzig die zweite Deportation von Anton Heuerling in die Sowjetunion hat in der dargestellten Form nicht stattgefunden. Sie entspringt vollkommen meiner dichterischen Fantasie, mit der ich vor allem die Tragik der zweiten Deportation personifizieren und verdeutlichen wollte. Tatsächlich war Anton in der Lage, sich kurz vor der russischen Deportation nach Berlin abzusetzen. Dort hat er bis zum Abschluss der Demontage in einem Partnerbetrieb von Schott in Westberlin gearbeitet und war so dem Zugriff der sowjetischen Besatzer entzogen. Erst im Frühjahr 1948 kehrte er nach Jena zurück und nahm seine Arbeit im Glaswerk wieder auf, ohne von den Sowjets belangt zu werden. Es ist also nicht sicher, ob er tatsächlich auf der Liste gestanden hätte, doch erscheint es durchaus möglich. Sophie blieb während Antons Berlin-Aufenthalt allein in Jena. Die tragischen Umstände seines frühen Todes sowie die gewagte Flucht zurück nach Jena hingegen entsprechen der Wahrheit.

Der Großteil der 41 Glasmacher, die mit Erich Schott im Juni 1945 ihre Reise ins Ungewisse gen Westen angetreten hatten, folgten dem Firmenchef bis ans endgültige Ziel nach Mainz.

Auch Familie Stockmüller und Familie Kreuzinger gehörten dazu. Wie viele andere hatten auch sie zunächst erhebliche Schwierigkeiten, eine passende Wohnung in Mainz zu finden. Doch Erich Schott war allzeit bemüht, seinen Leuten zu helfen. Otto Kreuzinger rechnete es ihm sein Leben lang hoch an, dass der Firmenchef seiner Familie persönlich bei der Suche half. Viele Deportierte kamen schließlich in den modernen Neubauwohnungen unter, die das Glaswerk nach und nach bauen ließ. Sowohl Johanna und Otto, wie auch Agnes und Karl fanden am Rhein endlich eine dauerhafte Heimat, die sie nicht mehr verlassen sollten.

7

Im Herbst 1952 zogen Agnes und Karl nach Mainz. Nach der Ferienidylle in Zwiesel fühlten sie sich zunächst fast in die schlechte Zeit zurückversetzt und waren schockiert, wie sehr die Folgen des Krieges immer noch das Stadtbild prägten, denn Mainz war während der Kriegsjahre schwer in Mitleidenschaft gezogen worden. Der Anblick von Brachflächen und Ruinen war ihnen nicht mehr vertraut gewesen.

Vor allem für die mittlerweile 15-jährige Clara hatte der Umzug ernsthafte Konsequenzen. Ihr fehlte noch ein Jahr, um ihren Schulabschluss zu erlangen. Es war für sie also ein höchst unpassender Zeitpunkt, um erneut umzuziehen. Aber alle Appelle an Karl, seine Tochter das Schuljahr in Zwiesel beenden zu lassen und sie während dieser Zeit bei Bekannten unterzubringen, schlug ihr Vater aus.

»Macht doch nichts, in Mainz gibt es auch Schulen«, befand er und bestimmte, dass Clara mit umziehen sollte. Jetzt, da alles dafür sprach, dass es endlich der letzte Umzug sein würde, wollte er unbedingt die Familie zusammenhalten. Deshalb ließ er sich nicht umstimmen. Clara musste tatsächlich mitten im laufenden Schuljahr die Klasse wechseln.

Doch dieses Mal verlief es für sie nicht so problemlos, erneut Anschluss in der Klasse zu finden. Der Unterrichtsstoff unterschied sich am Rhein erheblich von dem, den Clara aus Zwiesel kannte. Schließlich lag der Ort im amerikanisch besetzten Gebiet, Mainz hingegen in der französischen Zone, und vorerst bestimmten die Besatzungsmächte die Lehrpläne. Demzufolge wurde in Mainz Französisch als erste Fremdsprache gelehrt, das Clara im englisch dominierten Zwiesel bislang überhaupt nicht gelernt hatte. Bei ihr hatte Englisch auf dem Stundenplan gestanden, das wiederum in ihrer neuen Schule in Mainz keinen interessierte.

So zeichnete sich bald ab, dass Clara das Schuljahr nicht schaffen würde. Als Karl dies merkte, diskutierte er nicht lange mit den Lehrern herum, sondern nutzte seine Beziehungen im Werk, das junge Leute dringend suchte. Er brachte seine Tochter kurzerhand dort unter.

Am 11. Januar 1953 fing Clara im neuen Mainzer Schottwerk als »Anlernling« an. Dies war eine Position, die das Werk neuerdings vor allem gern an junge Mädchen vergab, bei denen man annahm, dass sie das Werk sowieso in absehbarer Zeit zwecks Familiengründung wieder verlassen würden. Clara war einverstanden damit, schließlich hatte sie mit ihrem Schulabgang mitten im Schuljahr gar keinen Abschluss vorzuweisen, sodass sie froh sein musste, überhaupt eine Stelle zu finden.

Als Anlernling bekam sie keinen richtigen Lehrvertrag. Gleichwohl durchlief sie verschiedene Abteilungen, um diese näher kennenzulernen. Die Arbeit bereitete ihr Freude und sie stellte sich geschickt an. Deshalb wurde sie immer gern dort eingesetzt, wo »Not am Mann« war.

Ihre Stenografie- und Schreibmaschinenkenntnisse, die sie auf der Schule in Zwiesel erworben hatte, gereichten ihr nun zum Vorteil. In den kommenden zwölf Jahren arbeitete sie in verschiedenen Abteilungen von Schott, bevor sie 1962 ihren Mann, der ebenfalls im Werk arbeitete, kennenlernte und ihn 1963 heiratete. 1964 kam ihr Sohn auf die Welt.

Um ihre bereits guten Steno- und Schreibmaschinenkenntnisse zu vertiefen, trat sie frühzeitig in Mainz einem Stenografie-Verein bei. Die Bescheinigungen, die sie dort im Laufe der Jahre freiwillig erwarb, waren letztendlich die einzigen Qualifikationsnachweise, die sie in ihrem gesamten Berufsleben vorweisen konnte. Und diese Zertifikate halfen ihr später, als ihr Sohn größer wurde, erneut dabei, eine Anstellung zu finden: dieses Mal beim Gericht in Mainz.

Claras Vater Karl war als Werksmeister eine angesehene Person. Als einer der 41 Deportierten galt er – genauso wie alle anderen dieser Gruppe – als »Urgestein« oder als »Veteran«, dem besonderer Respekt entgegengebracht wurde. Sie alle behielten zeitlebens eine besondere Stellung unter den Kollegen. Allerdings plagten Karl bereits in Zwiesel ernsthafte gesundheitliche Probleme. 1950 kamen Asthma-Anfälle hinzu, die ihm seither immer wieder zusetzten.

Es stellte sich heraus, dass er einen Herzklappenfehler hatte. Mit gerade mal 60 Jahren starb er 1957 an den Folgen dieser schwerwiegenden Erkrankung.

Seine Frau Agnes überlebte ihn um viele Jahre. Während dieser Zeit nahm sie vor allem regen Anteil an dem Familienleben ihrer beiden Töchter. Ihre ältere Tochter Elisabeth hatte einige Jahre nach der kleinen Ruth noch einen Sohn zur Welt gebracht. Die Familie blieb Heuchlingen treu. Sobald es die finanziellen Mittel erlaubten, bauten sie dort ein eigenes Haus, in dem die Familie noch heute lebt.

Als Agnes Elisabeth im August 1979, wie so oft, besuchte, erlitt sie einen Schwächeanfall und musste ins Krankenhaus nach Heidenheim gebracht werden. Dieses Gebäude war just auf dem Gelände errichtet worden, auf dem sich früher das Lager befand, in dem die Deportierten 1945 ihre ersten schweren Tage fern von Jena verbringen mussten. Kurz nachdem Agnes im Krankenhaus eingeliefert wurde, starb sie ausgerechnet auf diesem für sie persönlich mit so viel Erinnerung verbundenen Gelände im Alter von 76 Jahren.

8

Für Otto bedeutete der Umzug nach Mainz abermals berufliches Vorankommen, auf das er und seine Frau Johanna stolz waren. Ihm wurde zum wiederholten Male mehr Verantwortung übertragen, die er gern annahm. Seine 17-jährige Tochter Erika dagegen hasste den Wechsel an den Rhein von Anfang an. Für sie bedeutete er eine persönliche Katastrophe.

Im Gegensatz zu Clara konnte sie allerdings vor ihrem Abschied von Zwiesel die Schule erfolgreich mit der Mittleren Reife abschließen. So verfügte sie über einen Schulabschluss und fing in Mainz eine kaufmännische Lehre an – natürlich bei Schott.

Wieder zwang sie ein nicht gewollter Umzug dazu, sich von ihrem Freund zu trennen. Obwohl Bernhard diese Beziehung nach wie vor nicht so ernst nahm wie sie, versprachen sich beide gegenseitige Treue. Sie verabredeten, dass Bernhard nach Mainz nachkommen sollte, sobald es ihm beruflich irgendwie möglich sein würde.

Erika vertraute fest auf diese Zusage und setzte all ihre Hoffnung hinein. Sie träumte davon, ihn in absehbarer Zeit zu heiraten. Tatsächlich aber besuchte Bernhard sie nur zwei Mal in Mainz. Immer wieder hatte er, nach geübter Manier, überzeugende Ausreden parat, warum er nicht kommen konnte.

Wenn er sie nicht besuchen konnte, fuhr sie halt zu ihm. Heimlich und ohne ihre Eltern vorher zu informieren, reiste sie kurz entschlossen nach Zwiesel. Natürlich stieß sie ihre Eltern damit erneut vor den Kopf, als die im Nachhinein davon erfuhren. Eines Morgens hatte sie sich wie jeden Tag verabschiedet, um zur Arbeit in den Betrieb zu gehen. Wie immer trug sie ihre Aktentasche bei sich. Aber da drinnen steckten dieses Mal statt Unterlagen frische Wäsche und ein Kleid, denn sie nahm direkt im Anschluss an den Dienst den nächsten Zug nach Zwiesel. Ihren Eltern hatte sie auf ihrem Nachttisch nur eine knappe Nachricht hingelegt: »Bin drei Tage tanzen!« stand darauf, jedoch ohne genauere Angaben über das Wo und Wieso.

Als sie drei Tage später wohlbehalten wieder zu Hause auftauchte, gab es verständlicherweise ein furchtbares Donnerwetter, das sie aber nicht sonderlich beeindruckte.

All ihr Bemühen war gleichwohl umsonst, denn Bernhard blieb in Zwiesel. Er dachte gar nicht daran, Erika zu heiraten. Als sie das schließlich enttäuscht erkannte, trennte sie sich von ihm. 1956 heiratete sie stattdessen einen anderen Mann in Mainz. Bald darauf kam ihre erste Tochter zur Welt, 1964 die zweite.

Erikas Vater Otto gehörte zu den Ersten, die nach Mainz übersiedelten. Er erlebte auch den ergreifenden Augenblick der ersten optischen Schmelze im neuen Werk. Nach einem kurzen Intermezzo in einer Wohnung in Mainz-Mombach, zogen Otto und Johanna bald in eine hübsche Neubauwohnung in Mainz-Gonzenheim. Das war ihr letzter gemeinsamer Umzug. Sie lebten dort während der kommenden gut 42 Jahre zusammen, bis Johanna 1995 starb. Dieser traurige Umstand veranlasste Otto, nunmehr selbst hoch betagt, doch noch einmal zu einem Umzug: in das Haus seiner Tochter Erika, die in der Nähe von Mainz lebte.

Otto und Johanna erlebten die Wiedervereinigung Deutschlands beide. Mit dem Gefühl, nun endlich ohne Angst die alte Heimat in Jena wiedersehen zu können, nutzten sie die Chance und fuhren nach dem Mauerfall an die Saale. Das Mainzer Glaswerk fühlte sich den wenigen, noch lebenden Kollegen der ersten Stunde verbunden und organisierte die Fahrten nach Jena.

Otto war gleichermaßen ergriffen und befremdet, als er nach so vielen Jahren in seine Heimatstadt zurückkehren durfte. Doch er musste feststellen, dass ihm Mainz längst zur neuen Heimat geworden war.

1995 wurde im Jenaer Stammwerk dem 50. Jahrestag der Deportation in den Westen feierlich gedacht. Otto war eigens dafür an die Saale gereist und einer der drei noch lebenden und hoch betagten Ehrengäste, die diese Deportation selbst miterlebt hatten.

Im Jahr 2003 starb Otto in Mainz. Erika, die sich mittlerweile von ihrem Mann getrennt hatte, zog wenig später zurück in den Bayerischen Wald. Sie hatte den Kontakt zu ihrer ersten Liebe Franz nie ganz verloren und zog mit ihm zusammen nach Bayerisch Eisenstein.

9

Sophie erlebte den Fall der Mauer und die Wiedervereinigung von der anderen Seite des Eisernen Vorhangs in Jena mit. Sie blieb nach Antons Tod im Haus ihrer Schwiegereltern im Osten Jenas wohnen und ist nie von dort weggezogen. Auch zu Beginn des neuen Jahrtausends lebte sie noch in den ehemals mit Anton bewohnten Räumen, allerdings längst allein, und pflegte nach wie vor den großen Garten vorm Haus. Sie hat nie wieder geheiratet, obwohl sie genügend Verehrer und Möglichkeiten dazu gehabt hätte.

Bis ins hohe Alter hat sie nach eigenem Bekunden ihre Entscheidung, nach Jena zurückgegangen zu sein, nie bereut, ganz im Gegenteil. Im Rückblick empfindet sie ihr Leben als gut und richtig. Auch der Bitte eines befreundeten Kollegen von Anton, der ebenfalls in den Westen deportiert worden war, doch nach dem Tod ihres Mannes zu ihm rüber zu kommen, lehnte sie ab. Dies war für sie nie eine Alternative gewesen.

10

Erich Schott erlebte die Verwirklichung seiner Vision von einem wiedervereinigten Deutschland und einem geeinten Glaswerk nicht mehr. Wenige Monate vor der »Wende« starb er im Alter von 98 Jahren am 24. Juli 1989.

Als er 1952 das neue Werk in Mainz eröffnet hatte, war er bereits 61 Jahre alt gewesen. Er leitete dessen Geschicke noch 16 Jahre lang, bevor er sich schließlich 1968 im Alter von 77 Jahren aus der Geschäftsleitung zurückzog. Doch auch danach blieb er dem Glaswerk eng verbunden.

1953 verlieh ihm die Universität Mainz die Ehrendoktorwürde, 1984 bestellte sie ihn zum Honorarprofessor. Im selben Jahr wurde er außerdem zum Ehrenbürger der Stadt Mainz ernannt. In seiner Dankesrede würdigte er das als die »Krönung seines zweiten Lebens«.

Zu guter Letzt

Ohne die bereitwillige Auskunft mehrerer Teilnehmer der amerikanischen Deportation wäre dieser Roman nicht entstanden. Ihnen gilt allen voran mein besonderer Dank. Ich war für sie eine Fremde, der sie dennoch ihre persönliche Lebensgeschichte erzählt haben. Ich durfte alte Tagebücher lesen und private Bilder einsehen, was ich als einen besonderen Vertrauensbeweis empfinde. Das Gros der Handlungsstränge des Romans basiert auf den Interviews, die ich mit vier Teilnehmern der Deportation, im Winter 2001 und im Frühjahr 2002, geführt habe. Lediglich die Namen sind fiktiv, um die Privatsphäre der Betroffenen zu schützen.

Auf das Schicksal der 41 Glasmacher bin ich zufällig über eine Broschüre der Schott Glas AG aufmerksam geworden, die in dem – sehr sehenswerten – Museum des Glaswerkes auf dem Firmengelände in Jena auslag: »Von Jena nach Mainz – und zurück« (Dokumentation von Schott aus Anlass des 50. Jahrestages, Jena und Mainz, Neuauflage 2000). Damit begannen meine Recherchen. Wolfgang Meyer, seinerzeit Geschäftsführer der Schott Jenaer Glas GmbH, öffnete mir freundlicherweise die Türen zum Firmenarchiv. Zahlreiche Dokumente aus dieser Zeit vermittelten mir einen authentischen Eindruck von der Deportation sowie ihren Begleitumständen und ermöglichten es mir, die Probleme und Befindlichkeiten, mit denen die Betroffenen zu kämpfen hatten, nachzuempfinden.

Auch die zu dieser Zeit tätige Archivarin des Glaswerkes, Uta Hoff, war mir eine große Hilfe. Sie stand mir nicht nur bei der Suche nach Informationen mit Rat und Tat zur Seite, sondern veranschaulichte mir aufgrund ihrer Jahrzehnte langen Firmenzugehörigkeit viele »Innenansichten« der »Schottianer«.

In »Die lange Reise der Glasmacher« sind die Erlebnisse der einzelnen Protagonisten stets eingebettet in die politische »Großwetterlage«, die unmittelbar nach dem Krieg bekanntermaßen äußerst turbulent gewesen ist. Um bei deren Schilderung Fehler zu vermeiden, habe ich auf verschiedene Werke zurückgegriffen, allen voran auf folgende:

· Valentin, Veit: *Geschichte der Deutschen. Mit Anmerkungen zur Nachkriegsgeschichte von Erhard Klöss*. Lizenzausgabe. Knaur Verlag, München 1979.
· Weidenfels, Werner: *Deutschland-Handbuch – Eine doppelte Bilanz 1949-1989*. In: Zimmermann, Hartmut (Hrsg.): *Studien zur Geschichte und Politik*. Schriftenreihe Band 275. Bundeszentrale für politische Bildung, Bonn 1989.

· *Fragen an die deutsche Geschichte. Katalog zur Historischen Ausstellung im Reichstagsgebäude.* Deutscher Bundestag – Presse- und Informationszentrum (Hrsg.). 5. Auflage. Bonn 1980.
· Knopp, Guido: *Unser Jahr 100 – Deutsche Schicksalstage.* C. Bertelsmann, München 1998.
· *Chronik 1945.* Bertelsmann Lexikon Institut 1988.
· Schilling, Willy: *Jena – Vom Ackerbürgerstädtchen zur Universitäts- und Industriestadt.* 1. Auflage. Geiger-Verlag, Horb am Neckar 1995.
· Hermann, Armin: *Und trotzdem Brüder – Die deutsch-deutsche Geschichte der Firma Carl Zeiss.* Piper, München 2002.
· Hermann, Armin: *Nur der Name war geblieben – die abenteuerliche Geschichte der Firma Carl Zeiss.* Deutsche Verlagsanstalt, Stuttgart 1989.

Außer zahlreichen Dokumenten und Korrespondenzen, die alle aus dem Schott-Archiv stammen, habe ich folgende Schriftreihen, Broschüren und Dokumentationen zu Rate gezogen:

· *Deportation, Demontage und Wiederaufbau – Ein schmerzhaftes Kapitel unserer Firmengeschichte.* Sonderausgabe der Firmenzeitschrift »Der Glasmacher«. Jena 1996.
· *Vom ersten Tag an das Letzte gegeben – Erinnerungen an die Aufbaujahre.* In: Jubiläumsschrift *40 Jahre Schott in Mainz.* Mainz 1992.
· *50 Jahre Schott in Mainz.* Sonderausgabe. Vierteljahrshefte für Kultur, Geschichte, Politik und Wirtschaft, 22. Jahrgang 2002.
· Fügener, Jens: *Von Alliierten und anderen Widrigkeiten.* In: *Der letzte Schliff – 150 Jahre Arbeit und Alltag bei Carl Zeiss.* Aufbauverlag, Berlin 1997.
· Fügener, Jens: *Amerikanisches Intermezzo – Jena zwischen Drittem Reich und Sowjetischer Besatzungszone.* In: *Macht und Millieu – Jena zwischen Kriegsende und Mauerbau.* Hain-Wissenschaftsverlag, Rudolstadt/Jena 2000.
· John, Jürgen: *Der Jenaer Oberbürgermeister Heinrich Mertens und seine »Notizen von einer Reise in die Westzone«.* In: *Macht und Milieu – Jena zwischen Kriegsende und Mauerbau.* Hain Wissenschaftsverlag, Rudolstadt/Jena 2000.
· Moritz, Marina: *Zeitbrüche-Lebensbrüche – Frauenalltag in Thüringen 1945.* In: Dslb.: *Schriften des Museums für Thüringer Volkskunde.* Erfurt 1995.
· Pfaender, Heinz G.: *Schott-Glaslexikon.* MVG-Verlag Landsberg am Lech. 1997.

· Schmitz, Emil-Heinz: *Und neues Leben blüht aus Ruinen: Die optische Industrie erlebt ihre Wiedergeburt*. In: *Der Augenoptiker*. 1/1987 und 2/1987.
· Schott, Erich: *Von Jena nach Mainz – Erich Schott erinnert sich*. Sonderdruck der Werkzeitung *Schott intern* zum 100-jährigen Bestehen des Schott Glaswerkes. Mainz 1984.
· Steiner, Jürgen: *Das Jenaer Glaswerk und die Folgen des Zweiten Weltkrieges*. In: *Macht und Milieu – Jena zwischen Kriegsende und Mauerbau*. Hain-Wissenschaftsverlag, Rudolstadt/Jena 2000.

Des Weiteren danke ich meinem Mann und meinen Kindern für ihre vielfältige Unterstützung während des langen Entstehungsprozesses. Sie haben immer an die Verwirklichung dieses Romans geglaubt und mir neuen Mut gemacht, wenn ich ihn mitunter verloren hatte. Auch Ulli Schleier, die es auf sich genommen hat, die erste Fassung Korrektur zu lesen, möchte ich für ihre konstruktiven Anmerkungen danken. Ebenso meiner Freundin Andrea Hesse, deren Enthusiasmus mir stets Kraft gegeben hat.

Jena im Februar 2013

Ellen Soubeyrand

Abwege

Deutschland während des Zweiten Weltkrieges. Die Schwestern Hanna und Marie verbringen ihre Sommerferien bei Verwandten in einer schlesischen Kleinstadt. Hier im beschaulichen Wallberg ist vom Kriegsgeschehen noch nicht viel zu spüren. Bei Ausflügen und kleinen Feiern genießt man den Sommer.

Hanna beginnt eine Romanze mit einem französischen Kriegsgefangenen, die der Gestapo nicht verborgen bleibt. Tante Sophie bangt bald um ihr Ansehen, Onkel Franz fühlt sich immer mehr zur polnischen Fremdarbeiterin Krystyna hingezogen und zweifelt zunehmend am nationalsozialistischen System. Die heile Fassade der Familienidylle bröckelt.

Ohne den moralischen Zeigefinger zu heben, offenbart »Abwege« persönliche Abgründe in der finstersten Zeit deutscher Geschichte. Ellen Soubeyrand schildert mal humoristisch, mal betroffen das zunehmend vom Regime und den Kriegsereignissen überschattete Leben der Protagonisten. Dabei beweist sie einmal mehr ihr Gespür für das Augenblickhafte und macht die entstehenden Bilder lebendig.

Eine eindrückliche, liebevolle Erzählung, die Soubeyrands Debüt »Lagerzeit« in nichts nachsteht.

Klappenbroschur
198 Seiten
ISBN 978-3-940085-66-5
Ladenpreis 14,90 EUR

Barbara Weinrich

Schlagsahne aus Magermilch

Vom Überleben in schwieriger Zeit

Görlitz, Februar 1945. Eines Nachts wird die sechsjährige Karin plötzlich aus dem Schlaf gerissen. Was alle schon befürchtet hatten, geschieht: Zusammen mit ihrer Mutter und drei älteren Geschwistern muss Karin ihr Zuhause verlassen. Bis auf wenige Stücke lassen sie ihre gesamte Habe zurück. Was zu diesem Zeitpunkt niemand für möglich hält: Es ist ein Abschied für immer.
Nach einer mehrwöchigen entbehrungsreichen Odyssee stranden sie in einem Dorf in der Oberpfalz/Bayern. Besonders Karin gelingt es nicht, sich in der unbekannten Umgebung zu akklimatisieren, geschweige denn heimisch zu werden. Auch mit der Mentalität der eingesessenen Bevölkerung, die jedem Fremden mit Argwohn und Vorurteilen begegnet, kommt sie nicht zurecht, vor allem wenn die Ablehnung in persönlichen Angriffen gipfelt.
Wie geht Karin mit diesen Schwierigkeiten um? Wird es ihr gelingen, sich von dem Fluch der Vertreibung zu befreien, der ihre Kindheit und Jugend überschattet hat?
Was Flucht und Vertreibung bedeuten, kann nur der wirklich begreifen, der es selbst erlebt hat. Eindringlich und fesselnd berichtet Barbara Weinrich als Zeitzeugin vom »Überleben in schwieriger Zeit«.

Softcover
186 Seiten
ISBN 978-3-938157-64-0
Ladenpreis 14,90 EUR